FOSCHI
EDITORE

47822 Santarcangelo di Romagna (RN)
Finito di stampare nel mese di giugno 2017
presso Webprint S.p.A., Milano (MI)

Daniele Bondi

Crimini a Little Italy

La prima indagine di Roy Tarantino

thriller

A Patrizia,
gioiello prezioso,
sostegno vero, cristallino e costante

Prologo

Lunedì

Sto per gettarmi nel vuoto.

Osservo l'asfalto qui sotto, questa porzione di Little Italy dove il mio corpo si schianterà tra un istante. Immagino la chiazza di sangue sotto il mio corpo fracassato, l'arrivo dell'ambulanza, la constatazione del mio decesso da parte del medico, l'assembramento di curiosi intorno.

Mi trovo sulla piattaforma della scala antincendio. Il vociare intermittente giù al Mulberry Street Bar rompe il silenzio della notte.

Mi faccio coraggio: cinque, quattro… il mio cuore comincia a palpitare in modo forsennato… tre, due… finalmente, la mia vita da fallito cesserà per sempre… uno… piego le ginocchia e prendo la spinta.

Uhm…???

Che cosa…?

Che cosa è stato?

Un grido, spaventoso quanto un tuono inatteso, lacera questo frammento di Manhattan. Mi irrigidisco per un'eternità impossibile da scandagliare.

Un grido di donna.

Breve. Acuto. Agghiacciante.

Sbaglio o proveniva dall'ultimo piano dell'edificio di fronte?

Mille pensieri contrastanti mi bloccano. L'urlo è stato unico, non seguito da altri: possibile che l'abbia soltanto immaginato? Forse l'istinto inconscio di sopravvivenza ha avuto la meglio, nel campo di battaglia della mia mente sconvolta, sulla decisione di suicidarmi. E così mi è solo… parso di udire quel… In effetti… potrebbe essere… Eppure, mi è sembrato così nitido…

Che stupido! Magari il grido c'è stato, ma proveniva dal bar…

Uhm… no, impossibile: c'è troppa distanza fra il bar e l'edificio.

Quindi, l'ho sentito davvero o mi è solo sembrato?

No, no, per Dio, quel grido è stato reale, eccome se lo è stato! E proveniva dal palazzo di fronte! Cristo santo, quella povera donna potrebbe essere stata zittita da una pistola puntata in faccia, o da un coltello piazzato sotto la gola. E se fosse stata strangolata?

Devo chiamare la polizia. E subito.

Faccio per rientrare in casa. Altri pensieri, tanto idioti quanto caotici, affollano la mia coscienza scossa. Di nuovo: e se mi sbagliassi? Se facessi accorrere inutilmente una volante, distogliendo gli agenti del NYPD dai veri crimini? Che cosa ne sarebbe di me? Mi porterebbero in una clinica psichiatrica e mi farebbero indossare la camicia di forza? Esito assai probabile, vista la condizione psichica in cui mi trovo e che mi ha condotto a un passo dal gesto più estremo.

No, non chiamerò nessuno: un potenziale suicida non è credibile.

Mentre cerco di orientarmi nel groviglio dei miei ragionamenti, se così li posso ancora chiamare, torno sulla piattaforma esterna e mi sporgo dal parapetto: non per buttarmi, come avrei fatto qualche minuto fa se quel grido non mi avesse fermato, ma per tendere l'orecchio: operazione inutile, perché ora hanno spalancato le porte del bar e il fracasso di musica, chiacchiere e bicchieri inonda in modo continuo questa fetta di downtown.

Una rapida occhiata in strada: un taxi sfreccia in direzione Broome Street, sorpassando una Mercedes scura. Il pianto sinistro di una sirena echeggia in lontananza. Un ubriaco canticchia qualcosa, barcollando davanti al bar che stanotte chiude un'ora più tardi del solito.

Già, il Mulberry Street Bar: wow! Chi potrebbe immaginare che un fallito come me abiti a pochi passi da un locale così prestigioso? Proprio nel pomeriggio sono venuti a girare un'altra puntata di *Law and Order* – o di *CSI-NY*? – ed è per festeggiare l'evento che stanotte la tirano per le lunghe.

Mi mordo le unghie: un vizio che ho da decenni. Chissà perché proprio ora ne divento così lucidamente consapevole. Ma come diavolo ho fatto a prenderlo?

Il ristorante Benito I, nell'edificio a fianco del bar, ha la saracinesca completamente abbassata.

Una leggera folata di vento rinfresca questo inizio di giugno e si mescola all'acre odore di fritto proveniente da Mott Street. Il mio Casio da polso dice che sono le due e trentacinque del mattino: a China Town c'è sempre qualcuno che lavora fino a notte fonda. Cerco di rimettere un po' d'ordine nei miei pensieri. Ma non mi è facile, preda come sono di mille tentennamenti.

A un tratto, decido che quel grido è stato reale e che rischierò una brutta figura con la Polizia piuttosto che avere sulla coscienza un'omissione di soccorso nei confronti di una poveretta aggredita da un assassino.

Davvero strano come i destini di persone che neanche si conoscono vengano talvolta ad incrociarsi: possibile che la morte di quella donna abbia salvato la mia vita? Possibile che Dio, se un Dio esiste, abbia deciso all'ultimo istante di richiamare a sé quell'anima al posto della mia?

Mors tua, vita mea…

È vero che potrei gettarmi nel vuoto comunque. E fregarmene di ciò che ho udito e di tutto il resto. La mia vita è un fallimento totale, per cui...

Vero che potrei suicidarmi *dopo* aver almeno tentato di salvare quella povera donna. Una buona azione prima di piombare nell'inferno, chissà, potrebbe forse evitare alla mia anima di essere collocata nei gironi più spaventosi descritti da Dante… Dio che cervello mi ritrovo: sono proprio un cretino! Rientro in casa deluso dalla mia stupidità innata e sollevo deciso il cordless. Compongo il 911, ma, un istante prima che qualcuno risponda all'altro capo del filo, avverto un impulso inatteso. Ma che faccio? Sono scemo?

Con decisione, ripongo il telefono al suo posto: c'è qualcuno, nell'edificio di fronte, che ha urgente bisogno di aiuto. Non posso perdere altro tempo a fornire spiegazioni telefoniche. Avanti, è ora di agire con coraggio, per una volta. Quella donna ha in qualche modo salvato me ed io, ora, devo almeno tentare di salvare lei.

Sperando di essere ancora in tempo.

PARTE PRIMA

Uno

Il mercoledì precedente

«Devi stuprare questa donna!» sbottò Frank Bruno spiaccicando una foto sul piano della scrivania in noce con gambe a zampa di leone.

Il bicchiere di cristallo cadde dalle mani di Joe *"Beast"* Garofalo e andò in mille pezzi sul pavimento di marmo. Una collosa pozzanghera di Martini si formò ai suoi piedi, e due gocce dense macchiarono le sue scarpe nere con fibbia d'ottone misura 49. Due cubetti di ghiaccio scivolarono più lontano, verso la finestra su Central Park.

L'energumeno oscillò il capo. Stava per chiedergli se gli aveva dato di volta il cervello. Ma si trattenne. Per qualche istante apparve indeciso. Il suo sguardo, per il momento più amareggiato che arrabbiato, rimase concentrato sulla bella donna ritratta nella foto. Senza neppure sfiorarla con un dito, Joe alzò il mento, con orgoglio. Inspirò profondamente e lanciò una torva occhiata al suo interlocutore. Le sue labbra si curvarono fino a disegnare l'arco scaleno del disprezzo. Un passo minaccioso in avanti e con la coscia arrivò al bordo della scrivania, spostandola di qualche centimetro e facendola stridere sul pavimento venato di rosa.

«Niente da fare, ho chiuso col crimine» rispose Joe, con aria di sfida.

Frank spense il sigaro cubano, schiacciandolo con flemma olimpica nel posacenere marcato Capodimonte. Si appoggiò allo schienale della poltrona in pelle nera e si passò entrambe le mani fra i capelli brizzolati. Una parte di lui avrebbe voluto alzarsi e fare la voce grossa, ma rimase seduto dietro la scrivania con espressione imperturbabile: sapeva di essere più basso di Joe di almeno trenta centimetri e la sua esperienza gli suggeriva che era sempre meglio evitare il confronto fisico con quelle montagne umane.

Ora, con movimenti lenti e presuntuosi, Frank Bruno si chinò verso il basso. Allungò un braccio sotto la scrivania, verso un'area non visibile a Joe. Sollevò una valigetta e se la portò sulle gambe. Prima di porla sul ripiano, diede un'altra rapida occhiata al gigante cresciuto a Chicago: due metri di altezza, centoquindici chili di muscoli e grasso sacrificati dentro una giacca scura un po' stretta e una cravatta demodé dai colori sgargianti. In Joe, quarantacinquenne, si notavano ancora i tratti dell'ex peso massimo destinato a diventare campione del mondo se ventitre anni prima non avesse preferito le lusinghe del clan di John Gotti alle fatiche degli allenamenti, la puzza di fumo delle bische clandestine al fetore delle palestre e il rischio di finire dietro le sbarre a quello di essere messo knock-out da avversari come Mike Tyson.

La vista della valigetta innervosì il gigante che spinse ulteriormente la scrivania con la coscia destra. Tre centimetri, non di più, ma sufficienti a produrre un altro stridio sul pavimento, questa volta capace di far vibrare qualcosa, i vetri delle finestre o le ante della libreria. Joe aveva mutato atteggiamento: una rabbia sorda era montata nel suo fegato e ora sembrava avere cattive intenzioni. Stringendo gli occhi per accentuare la sua collera, guardò fisso Frank. Quindi appoggiò i pugni chiusi sul piano della scrivania flettendo leggermente i gomiti in modo da avvicinare il suo naso a quello del *captain* in predicato di diventare *boss*.

Questi, con la schiena sempre aderente allo schienale della poltrona in pelle nera, si voltò verso la finestra e seguì il volo di uno stormo di uccelli. Dentro di sé stava per esplodere, ma riuscì a contenersi. Sapeva che la calma glaciale è la virtù dei forti, soprattutto nel suo mondo. E lui era intenzionato a vincere quel braccio di ferro. A qualunque costo. Con movimenti sempre lenti e misurati, abbandonò la vista della formazione a V che fuggiva verso Sud e riportò l'attenzione su Joe. Dalla sua c'era una freddezza difficilmente scalfibile e una profonda conoscenza del linguaggio del corpo, coltivata in trent'anni di carriera in seno alla *famiglia*.

Tracce oblunghe di gocce d'acqua scalfirono i vetri: aveva cominciato a piovere.

Frank notò un granello di polvere sulla scrivania e lo spazzò via con disgusto. Un altro sguardo al volto dell'omone, stavolta rapido come quello di un rapace. E lo colse, oh, se lo colse, quel leggerissimo tremolio di una palpebra. Eccola lì, la verità dietro la menzogna, ovvero la paura dietro la collera. Frank capì che Joe stava bluffando. E Joe, a sua volta, intuì che Frank aveva un asso nella manica e lo stava per giocare.

Il futuro padrino spiattellò la valigetta sul tavolo. Garofalo strinse il pugno sinistro. Anche se era Frank ad avere il coltello dalla parte del manico, poteva sempre prendersi il suo micidiale gancio sinistro in pieno viso. Per cui era bene misurare le parole ed esprimerle nei tempi e coi toni giusti. I tempi e i toni del *boss*.

I folti e brizzolati capelli di Frank furono lisciati ancora una volta dalle sue mani linde. Una tiratina alle punte dei baffi sottilissimi, mentre cercava di allontanare i propri timori e di concentrarsi sull'espressione del Carnera che aveva dinanzi. Ma era il Carnera del 1934, quello sconfitto da Max Baer, non quello del '33, vincitore del titolo mondiale contro Jack Sharkey. Era un Carnera al crepuscolo, un gigante d'argilla che sapeva di andare incontro alla sconfitta. Dietro l'apparente ira, infatti, si nascondeva il terrore. Lo si intuiva osservando quei minuscoli movimenti, impercettibili per chiunque, ma che a Frank non sfuggivano di certo: gli archi schiacciati delle narici che si allargavano, il sopracciglio destro che oscillava verticalmente, e quella cicatrice sulla guancia sinistra che si colorava di scuro in rapporto al pallore improvviso del suo faccione. E poi le labbra, carnose, bitorzolute e costellate di tagli biancastri, ora indurite dalla evidente tensione. Gli occhi, neri come il carbone, scintillavano come quelli di un impala che sta per essere azzannato da un leone.

In un impeto carico di orgoglio, *"Beast"* riuscì a far prevalere la rabbia sulla paura: alzò il pugno sinistro e lo sbatté violentemente sulla scrivania. Per compiere il gesto dovette piegarsi sulle ginocchia. Lo scricchiolio fu coperto da un tuono. Era scoppiato un bel temporale.

Santo Dio, se mi colpisce con uno di quelli mi manda dritto al Creatore…

«Si può sapere che cosa cazzo ti è saltato in… men… te?» gridò la montagna umana, ma tradendo la sua insicurezza attraverso il leggero balbettio sul finire della frase.

È agitato. Ha paura.

«È una richiesta che proviene da un committente a cui tengo molto. Non posso dirti altro».

Frank Bruno aveva compreso che era giunto il momento topico. Girò la ventiquattrore verso il gigante e lo incoraggiò: «Avanti, Joe, apri!»

Garofalo indietreggiò leggermente. Per un istante parve titubante. Uno sguardo non sufficientemente acuto all'espressione del boss e una manciata di secondi di indecisione andarono a incrementare il suo passato già fin troppo denso di azioni indegne e di ripensamenti.

Tirando su col naso, la bestia dai tratti umani si avvicinò e fece scattare le serrature della ventiquattrore nera. La vista del contenuto gli fece scuotere il capo e soffiare fuori l'aria: a occhio e croce quelli dovevano essere almeno duecentomila dollari. Forse duecentocinquantamila.

«Contali».

«Non ne ho bisogno».

«L'altra metà a obiettivo raggiunto».

Joe si voltò e fece un paio di passi verso la finestra che dava su Central Park. Era pensoso, per non dire perplesso. Un velo di tristezza avvolgeva la sua intera sagoma come un'aura di nubi copre la cima delle montagne più alte.

«Che c'è? Sono troppo pochi?»

Joe restò in silenzio. Lo sguardo perso a seguire due ragazzi con l'ombrello che si rincorrevano sul marciapiede della Central Park West senza evitare le pozzanghere.

Frank si alzò in piedi, risoluto. Per la prima volta alzò la voce.

«Ti ho fatto una domanda: che cosa cazzo c'è?»

Joe si voltò: stringeva i denti come se volesse stritolare la sfiga che gli era capitata. Tornò alla scrivania con movimenti a scatto. Alzò l'indice e lo puntò in faccia a Frank.

«C'è che non ho più nessuna voglia di passare del tempo dietro quelle fottutissime sbarre. Ho chiuso col crimine: voglio vivere una vita normale, per Dio!»

Lo scarafaggio del vittimismo si era insinuato nelle sue parole. Frank lo percepì e cercò subito di schiacciarlo sotto la suola di una velata minaccia.

«Lo so, lo so ed è proprio quello che avrai se farai ciò che ti ho detto. Viceversa...»

Un tono mellifluo aveva vestito quell'ultima parola.

«Viceversa?» Joe serrò nuovamente il pugno sinistro. Ma lo tenne abbassato, ad indicare una rabbia inutile, depressa, svuotata di ogni energia.

Frank approfittò della frazione di secondo in suo vantaggio per deglutire e trarre un ampio respiro. Ora doveva tirare fuori il suo asso dalla manica. Pensò a quanto stava per guadagnare da quell'affare e proruppe con sicumera: «Viceversa finirai in galera per il resto dei tuoi giorni. A te la scelta».

Le colossali gambe di Joe ebbero un fremito impercettibile. Frank gli leggeva nel pensiero, anzi, in quel vago tremore che rivelava una tremenda domanda: "Vuoi vedere che questo stronzo intende ricattarmi per quella vecchia storia?"

Il boss tornò a sedersi, abbandonandosi allo schienale. Guardò fisso Garofalo, malcelando intenzionalmente un truce ghigno di crudeltà. Era giunto il momento di tirare fuori la *proposta che non si può rifiutare.* La sua voce prese a somigliare al sibilo di un serpente.

«Sì, so tutto di te. C'è un omicidio, quello che hai commesso cinque anni fa, che non ti è mai stato imputato. Ti ricordi quel bravo agente dell'F.B.I? Ho le prove che ti inchiodano. Vuoi pagare anche per quello? O preferisci prenderti mezzo milione e andare a vivere felice e contento con la tua cara moglie e la tua bella bambina in quella villetta in Vermont che avete opzionato la settimana scorsa?»

Una saetta solcò gli occhi neri di Joe. Un turbinio di emozioni si sfogò in scariche elettriche che scossero il suo animo. Frank sapeva tutto del suo passato e lo teneva in pugno come un ragno con la mosca intrappolata nella sua tela.

Bruno notò il disgusto e la disperazione sommarsi alla collera sul volto di Joe. Ci sarebbe stato di che tremare dal terrore di prendersi un gancio sinistro sulla mascella, ma ora che gli aveva detto tutto, nel modo e nei tempi giusti, si sentiva al sicuro. Anzi, era il momento di affondare il colpo decisivo. Quello del *knock out*.

«Lo so che hai messo la testa a posto. Ma per realizzare il tuo sogno romantico devi prima fottere, *pardon*, violentare, questa bella quarantenne». Un rapido sguardo alla foto: «A giudicare dall'aspetto non dovrebbe poi esserti tanto penoso. Ad ogni modo, sarà il tuo ultimo lavoretto. Parola di uomo d'onore quale tu sai che io sono».

Joe guardò la fotografia della donna con maggiore attenzione. Mora, capelli lunghi e mossi, figura longilinea. Gran belle gambe.

«Chi mi garantisce che manterrai la tua parola e non mi chiederai altro?»

«Non ti fidi della mia parola? Mi spiace, ma nella posizione in cui ti trovi non ti resta che...»

Il bestione si mosse verso di lui. Lo sguardo tornò a tingersi d'ira.

Stavolta l'ho fatto incazzare davvero.

Il pugno sinistro di "Beast", nella sua enormità, si chiuse di nuovo e, ruotato verso il basso, cominciò a ondeggiare vicino al naso di Frank Bruno. Il quale non indietreggiò di un millimetro.

Non può farmi nulla. Non ne ha il fegato. È nelle mie mani.

«Se mi torci anche solo un capello, puoi dire addio a Nicole, a Michelle e alla vostra villetta in Vermont».

Il pugno di Joe si fermò. Sospeso nell'aria, perse vigore. Il suo sguardo divenne improvvisamente abulico. Privo di energia. Con quell'ultima minaccia, Frank lo aveva vinto. Definitivamente.

«Che vuoi dire?»

«Ho messo quelle prove nella mia cassetta di sicurezza in banca. Nella carpetta c'è una lettera anonima indirizzata alla Polizia. Solo io e un mio collaboratore possiamo aprirla. Se mi dovesse accadere qualcosa, la verità che ti riguarda verrebbe inevitabilmente a galla. Non ti resta che accettare. Per questo, ti ho ricevuto completamente disarmato».

Joe lasciò scendere l'avambraccio. Aprì la manona, sconsolato, e la appoggiò alla scrivania. Chiaro segno di resa.

Ma proprio quando sembrava che il bestione avesse accettato la proposta, il corso dei suoi pensieri dovette mutare all'improvviso. Frank lo vide infatti stringere ancora una volta il suo temibile pugno sinistro e avvicinarlo nuovamente al suo naso.

«Farò come hai detto, sporco ricattatore che non sei altro. Ma verrà il giorno in cui te la farò pagare!»

Anche stavolta il boss reagì con un ghigno carico di fredda indifferenza. Anzi, si piegò in avanti fino a toccare con la punta del naso il pugno di Garofalo.

«Non lo farai mai e sai benissimo per quale ragione».

Il gigante avvertì l'impulso di tirare indietro il braccio per scaricare tutta la sua rabbia su quella faccia da culo. Ma il timore di perdere moglie e figlia lo trattenne: nel suo volto la collera era stata sopraffatta dalla rassegnazione, segno evidente che il ricatto lo aveva ormai disarmato.

Frank notò quest'ennesimo crollo emotivo di Joe. Si staccò, certo di aver vinto la sfida, e si portò al bordo del tavolo. Dal vassoio d'argento prese un altro calice ove vuotò quel che restava della bottiglia di Martini, malcelando un trionfante sorriso dietro i baffi beffardi.

Quindi assunse il modo di fare di un dirigente d'azienda che si sforza di elargire un esagerato rispetto a un insignificante dipendente. Allungò il bicchiere a Joe e gli si rivolse con modi gentili e professionali.

«Avanti, veniamo al sodo. Siediti che ti spiego come dovrai organizzare lo stupro».

Due

Il mercoledì precedente

Joe si sedette e, con espressione svogliata, si sforzò di ascoltare. Nelle profondità del suo animo covava una rabbia lavica che andava smorzandosi sotto i colpi astuti di Frank. Ma le braci sotto la cenere sono sempre pericolose: quando le si ritiene spente per sempre, ecco che si creano le condizioni per una nuova eruzione, per un ulteriore incendio, per una inaspettata deflagrazione.

Frank gli spiegò che la vittima predestinata dello stupro, una donna italiana di nome Laura Morandi, abitava da alcuni anni a Little Italy. Qui, insieme al marito, aveva aperto un'agenzia turistica che organizzava viaggi in Italia. Un'agenzia che era la succursale della sede centrale di Bologna e che faceva da capofila rispetto ad altre filiali, un paio già aperte, altre ancora da aprire nel prossimo futuro, in diverse città statunitensi.

«Sono entrambi italiani?» domandò Garofalo.

«Sì, lei è bolognese, mentre il marito, Alessandro Gentile, è aquilano. Si conobbero una ventina d'anni fa all'Università di Bologna, dove entrambi studiavano Economia. Ma di questo non ce ne frega granché… Ora posso darti i ragguagli del lavoretto che devi fare?»

«No. Voglio sapere qualcosa in più sul conto di questi due».

Frank Bruno rimase ammutolito, domandandosi a cosa cavolo gli servivano tutti quei dettagli se doveva semplicemente fottere quella donna e poi darsela a gambe levate. Ma finì per assecondare la sua curiosità. Intanto, il temporale aumentava la sua intensità e un tuono colossale fece tremare l'intera vetrata che dominava le cime degli alberi di Central Park e anche la finestra sul lato nord, quella che fronteggiava il Dakota Building.

Il boss si alzò in piedi. Si servì un Jack Daniels Daniel's e, passeggiando, fornì ulteriori ragguagli.

Laura e Alex si erano messi insieme ai tempi dell'università e, dopo laurea e matrimonio, avevano cominciato a lavorare a testa bassa nell'agenzia turistica avviata anni prima dai genitori di lui. La *Italian Travel* era cresciuta notevolmente negli anni a venire, al punto da riuscire a progettare e realizzare l'apertura di una sede secondaria negli States. Conquistati da New York, i due sposi-imprenditori avevano deciso di stabilirsi a Little Italy, dove Alex conosceva un paio di famiglie abruzzesi che lo avrebbero aiutato a sviluppare il suo giro d'affari: i numerosi italo-americani residenti nella Grande Mela sarebbero stati i clienti più importanti dell'agenzia. Di recente erano state aperte altre due sedi a Los Angeles e Miami, ed erano state avviate trattative per aprirne altre a Boston, Philadelphia, Chicago e San Francisco. Il matrimonio di Laura e Alex aveva prodotto grandi risultati commerciali, ma non era stato benedetto dall'arrivo di nessun erede.

«Si può almeno sapere chi vuol far del male a questa brava donna?»

Frank scosse il capo incredulo e perse il suo fair play.

«Ma che cazzo di domande fai? Dico, va bene che vuoi mettere la testa a posto, ma ti sei completamente dimenticato come funzionano i *nostri* affari? Mi sembra di averti già detto anche troppo, no?»

Joe era a disagio. Lo avrebbe visto anche un bambino che non aveva nessuna voglia di commettere quel crimine assurdo. Ma era sotto ricatto. E poi tutti quei soldi gli avrebbero permesso di allargare l'area verde intorno alla casa in Vermont, magari di comprare anche diversi ettari di bosco. Però, più guardava i lineamenti dolci e il corpo longilineo della donna della foto, più provava pietà per lei. Ai suoi occhi, era il prototipo della brava ragazza italiana, quella tutta casa-chiesa-e-scuola, fedele al suo partner, mai una sbornia e mai uno spinello.

Frank Bruno studiava gli occhi laconici di Garofalo e capiva perfettamente cosa gli passava per la mente. Al fine di interrompere il corso dei suoi pensieri, riprese ad esporre i dettagli tecnici. Dal primo cassetto alla sua sinistra estrasse un'anella metallica che teneva insieme due chiavi e la porse al gigante.

«Una apre il portone giù in strada, l'altra quella dell'appartamento al quarto piano dove Laura vive col marito, al numero 168 di Mulberry Street. Dovrai agire fra le due e le tre di notte di domenica».

«Che cosa? Dovrei stuprarla in casa sua, davanti al marito?»

«No, tranquillo, il marito sarà in Italia, per accompagnare una comitiva di turisti. Partirà sabato mattina e non sarà di ritorno fino al sabato successivo».

«E tu come fai a...?»

Frank ignorò questa domanda dando una scrollata di spalle e socchiudendo le palpebre con fare snob.

«Domenica sera, Laura uscirà con la sua amica del cuore, una certa Jessica Johnson con cui frequenta una palestra. Tornerà all'ora che ti ho detto. Tu sarai già in casa sua, nascosto dietro la porta della cucina che si trova subito a destra dell'ingresso. Non appena lei ti passerà davanti, l'aggredirai col cloroformio. Non dovrà avere il tempo di gridare: la zona, a quell'ora, è abbastanza tranquilla e qualcuno degli inquilini dell'edificio potrebbe sentire, quindi attenzione! Mentre si farà il sonnellino, avrai tutto il tempo di portarla in camera, adagiarla sul letto e ammanettarla, mani e piedi, mi raccomando. Le sfilerai tutti i vestiti e le tapperai la bocca col nastro adesivo. Quando si sveglierà, questione di pochi minuti, tu le sarai sopra. Glielo infilerai dentro e comincerai a fotterla come un dannato. Ovviamente dovrai indossare sulla faccia una calza che nasconda i tuoi connotati. A me interessa una sola cosa: che sia stuprata, scioccata e terrorizzata, ma resti in vita. Ricorda: Laura non deve morire. Per nessuna ragione al mondo. Se la fai fuori, anche solo per errore, perderai tutto e finirai dove sappiamo. Sono stato chiaro?»

Garofalo rimase in silenzio. La cicatrice sulla guancia sinistra cambiò colore. Per un attimo sembrò sul punto di crollare. Cercando di riprendere il totale controllo delle proprie emozioni, si alzò e cominciò a misurare la stanza a passi lunghi, lenti e pesanti. La mano destra in tasca, la sinistra che vagava qua e là, ora sul mento, ora sulla capoccia pelata.

Il cellulare di Frank squillò ripetutamente ma questi, corrugando la fronte, si limitò a prendere mentalmente nota del disturbatore. Senza rispondere.

Joe andò alla finestra che dava sulla settantaduesima. Osservò il Dakota Building, e per un attimo gli ritornò alla mente l'omicidio di John Lennon, avvenuto proprio davanti all'ingresso nel 1980. Si ricordò del momento in cui, mentre sbaciucchiava una ragazza in un bar, il telegiornale diede quella tragica notizia e tutto il mondo si raggelò per diverse ore in un silenzio assordante.

Non aveva ancora smesso di piovere. Sbirciando a destra, notò una ragazza bionda con gli occhiali che spingeva una carrozzina attraversando di corsa la West Central Park. Molti ombrelli resistevano alla pioggia facendo rimbalzare le gocce come bambini su tappeti elastici. Un paio di gazze erano piombate su una pozzanghera e si dissetavano o cercavano piccole prede per sfamarsi. Centinaia di taxi gareggiavano fra loro come se partecipassero a un gran premio di formula uno. Nella competizione, schizzavano spruzzi d'acqua marrone verso i marciapiedi ottenendo in cambio le maledizioni di non pochi pedoni.

«Se hai domande, fammele ora. Una volta che sarai uscito da quella porta, io e te non ci vedremo mai più. Riceverai un'altra valigetta con altrettanto denaro a lavoro finito a casa tua. La troverai in giardino, nascosta nella tua siepe di tuia, intorno alle cinque del mattino di lunedì. Dacci solo il tempo di verificare che tu abbia portato a termine il lavoro con la massima precisione. Nessuna domanda?»

«Se qualcosa andasse storto?»

«Come può andare storto qualcosa? Sei o non sei Joe *"Beast"* Garofalo? Quella tipa sarà colta di sorpresa col cloroformio. Ammanettata al letto e incerottata. Non ha neanche un millesimo della tua forza. Tu avrai la calza in faccia. E sul pisello, ovviamente...»

«Se dovesse chiamare la polizia dopo lo... e quelli della scientifica dovessero trovare tracce del mio DNA nei dintorni della sua...? Lo sai, il preservativo potrebbe non bastare...»

«Questa sì che è una domanda intelligente».

«Beh...?»

«Se farai il lavoro come va fatto, cioè con la necessaria cattiveria, quella stronza non avrà mai il coraggio di dire niente a nessuno. Non lo dirà neanche al marito. Lo sai come sono fatte le donne: il novanta per cento delle vittime di violenze sessuali non sporge denuncia per paura di subirne altre o per la vergogna. Fottila in modo da terrorizzarla e ti garantisco che terrà il suo bel segreto tutto per sé».

Joe era perplesso. Perché l'aveva chiamata stronza? Dalla foto sembrava una creatura molto ammodo. E poi che strana cosa, uno stupro su commissione. Non gli era mai capitato, in tanti anni di... Cominciò a sbuffare e blaterare qualcosa fra sé. Infilò un dito fra il nodo della cravatta e la camicia. Come faceva a portare a termine un compito così crudele quando sentiva solo dispiacere e tenerezza per quella povera donna? Che cosa poteva aver fatto di male, e a chi, per meritarsi un simile castigo? Che avesse tradito il marito e questi volesse vendicarsi in quel modo atroce? O, piuttosto, che si fosse negata a qualche spasimante ossessionato da lei e assai facoltoso?

Un'occhiata fugace a Frank. Il boss non era più un giovanotto, ma si manteneva in forma e si faceva delle lampade che gli davano un aspetto florido. Un paio di solchi gli disegnavano due parentesi intorno alla bocca.

«Se ti può servire per darti maggior sicurezza, tieni presente che la prima cosa che farà sarà una bella doccia, magari un bagno caldo, per togliersi di dosso gli odori e tutti i possibili segni dell'esperienza appena vissuta. Prevedo che starà a lungo sotto la doccia. Molto a lungo. Si insaponerà e si sciacquerà più volte. A quel punto, se anche le saltasse in mente di chiamare la Polizia, ma puoi star certo che non lo farà, l'eventuale intervento della scientifica sarebbe del tutto inutile. Non trovi?»

Logica lapalissiana.

«Ultima domanda: se la lascio ammanettata, come farà a liberarsi?»

«Qui mi deludi, *"Beast"*. Mi spieghi come fa a farsi la doccia se la lasci ammanettata? Un attimo prima di salutarla le toglierai la manetta della mano sinistra e le metterai in quella mano le chiavi per aprirsi da sola le altre. Quando si sarà liberata, voglio sperare che tu sia già lontano».

Joe fece un cenno col capo. Prese la valigetta e si avviò alla porta. Prima di andarsene, tuttavia, sentì un improvviso rinfocolarsi della rabbia. Si voltò.

Cribbio, che faccia! Un'espressione dura, crudele, malvagia aveva preso il posto di quella perplessa, titubante, sofferta e rassegnata di poco prima. Il dito indice della sua mano sinistra si sollevò e presese la mira verso il futuro padrino.

«Se io faccio questo lavoro di merda e tu provi a fottermi, sappi che a quel punto non avrò più nulla da perdere e ti darò la caccia anche in capo al mondo finché non ti avrò ucciso con le mie mani».

Frank fece uno stanco cenno di assenso, come se avesse accettato una clausola contrattuale a lui sfavorevole, ma necessaria per concludere l'affare. D'altra parte, questo era il genere di contratti che lui stipulava e talvolta era indispensabile scendere a qualche compromesso affinché la controparte fosse pienamente soddisfatta.

Tre

Il giovedì precedente

«Stavolta voglio regalare un viaggio in Italia a mio padre e mia madre. Diciamo quattro giorni a Roma, tre in costiera amalfitana e una settimana nella loro amatissima Sicilia. Puoi farmi un preventivo?»

Laura Morandi osservò con attenzione il suo cliente, Giuseppe *Peppino* Basile, titolare di una importante catena di pizzerie presenti nelle maggiori città degli States. Era stata lei ad accalappiarlo, l'anno prima, quando era andata a mangiare nel suo locale più antico e prestigioso, ovvero *Ignazio's*, a Brooklyn. Nell'occasione, lo aveva conosciuto personalmente ed era riuscita a farsi dare il suo indirizzo di posta elettronica. Da quel momento in poi, Laura lo aveva inserito nella sua mailing-list di clienti effettivi e potenziali e aveva iniziato a tempestarlo con le sue promozioni settimanali. E lui, Peppino, si era fatto accalappiare ben volentieri, perché sin dal primo momento in cui l'aveva conosciuta, anche se allora lei era decisamente più in carne, ne era rimasto affascinato.

Peppino era un cinquantenne dall'aspetto ben curato, capelli bianchi e occhi nerissimi, basette ingrigite alla Elvis, carnagione abbronzata, pizzetto e baffetti bianchi e sottilissimi. Nessun piercing, almeno in faccia, e, con ogni probabilità, nessun tatuaggio. Rasatura perfetta e dopobarba secco. Altezza media e corporatura snella. Italo-americano di seconda generazione, con genitori siciliani approdati nella Grande Mela durante il secondo dopoguerra, indossava sempre camicie bianche su cui portava spesso giacche scure. La catena d'oro al collo faceva il paio col braccialetto al polso destro e l'anello al mignolo sinistro. Aveva la fama, oltre che l'aria, del dongiovanni e dello sciupafemmine, e Laura lo aveva potuto constatare di persona diverse volte, quando cioè era stata da lui corteggiata con quei suoi modi galanti, raffinati, forse un tantino antiquati, ma che, d'acchito, possono risultare gradevoli: Peppino era solito trattare il gentil sesso con ostentata riverenza, era generoso all'inverosimile, offriva fiori e gioiellini scintillanti, ammiccava quando era il caso e talvolta anche quando non lo era affatto. Frequentava politici e avvocati di grido. Giocava a golf e a biliardo. Lo si poteva vedere al volante di una Ferrari, come di una Lamborghini.

«Ma certo, Giuseppe. È per una ricorrenza speciale?» gli domandò Laura, sbrigliando il suo ampio sorriso mentre elaborava i dati al computer.

«Nozze d'oro, mia cara. Cinquant'anni che si sopportano... Ma sono più di dieci anni che non tornano in Italia. Se lo meritano: hanno sgobbato una vita solo per lasciare a me e a miei fratelli il nostro business».

E che business...

Mentre ancora digitava sulla tastiera e verificava le disponibilità alberghiere sul monitor, Laura ricevette una chiamata al cellulare. Scusandosi col cliente, schiacciò il *bluetooth* che portava sull'orecchio destro. Continuando a ticchettare le sue dita affusolate sui tasti, salutò la sua grande amica.

«Ciao Jessica, come va?»

«Alla grande, Laura. So che sei impegnatissima quindi ti rubo solo un attimo: stasera, dopo la palestra, ti andrebbe di fare un salto al Mulberry Street Bar?»

«Per me va bene. Verrai con John?»

Basile drizzò le orecchie. E cominciò ad indugiare con lo sguardo sui lunghi capelli neri di Laura e sul suo viso dai lineamenti delicati e simmetrici. Portava due orecchini d'argento che penzolavano dai lobi per un paio di centimetri. Il rossetto, di un rosa tenue, metteva in rilievo il perfetto disegno delle labbra e si abbinava allo smalto delle unghie ben curate. Il naso sottile e appuntito, nonché il taglio all'insù degli occhi castani, suggerivano l'idea di una donna raffinata. Il neo al lato della bocca ricordava quello di Cindy Crawford.

«Sì, esatto. Tu vieni con Alex?»

«Alex stasera è impegnato. Lavorerà fino a tardi. Comunque, un salto lo faccio volentieri. Ora però ti devo lasciare che sono con un cliente. Ci vediamo stasera».

Laura si alzò per andare a prendere un paio di fogli usciti da una stampante. Basile, come suo solito, ne approfittò per osservare le curve della sua sagoma. Gli era già risultata molto attraente quando l'aveva conosciuta, ma ora, aggraziata da una linea assai più snella, gli appariva addirittura incantevole. C'era poi quel tratto di malinconia che inteneriva i suoi lineamenti e ben si abbinava all'eleganza del portamento. Per un casanova come lui, era impossibile resistere alla tentazione...

Basile sapeva che Laura era sposata ed era più giovane di lui, ma – *who cares?* – lui era molto ricco, per certi versi affascinante, dotato di una virilità invidiabile e quindi, prima o poi, avrebbe trovato il modo di sedurla. Tra l'altro, il marito di Laura sembrava uno stakanovista freddo e privo di sentimenti, per cui, era solito raccontarsi Peppino, con un marito del genere quella bellezza italica non poteva che annoiarsi, mentre con un amante estroverso e attraente come lui avrebbe potuto divertirsi molto di più... *Dovrò soltanto spingermi più vicino alle sue labbra*, si diceva, *e cadrà tra le mie braccia in uno stato di totale abbandono... Oh l'avrò, accidenti se l'avrò!* Il pensiero di non essere ancora riuscito a conquistarla lo faceva scalpitare... *È molto più bella di tutte le mie amanti del passato e del presente... oh l'avrò, devo averla ad ogni costo!*

Gli venne un'idea: forse era giunto il momento di offrirle qualcosa di prezioso. A che cos'altro potevano servire tutti i suoi quattrini se non a sedurre quella dea? Ma sì: una volta uscito di là, le avrebbe comprato un collier di brillanti.

Laura tornò verso la scrivania con due fogli in mano. Mentre gli sorrideva, non mancò di notare lo sguardo ammiccante del cliente. Sapeva di piacergli, lo sapeva da tempo, ma lo aveva sempre tenuto alla giusta distanza, senza mai mancargli di rispetto per non mettere a rischio l'ottimo rapporto d'affari che si era instaurato. Ma ora la guardava con un'insistenza inusitata, con un'ammirazione esagerata e stucchevole che cominciava a darle sui nervi.

Laura si sedette e appoggiò i fogli. Gli lesse i dettagli del viaggio e il preventivo. Col pollice e l'indice della mano destra girava nervosamente la fede nuziale. Basile, perso nei desideri prodotti dal suo testosterone, non comprese una parola. Aveva una sola cosa in mente. E per raggiungere il suo scopo, decise di prendersi il preventivo a casa.

«In linea di massima direi che va benissimo. Lo mostrerò ai miei fratelli e presto verrò a darti la nostra risposta. Entro domani va bene?»

«Anche un paio di giorni può andare. Fate tutte le vostre valutazioni con calma».

«Oh, non ci vorrà molto. Ne parleremo già nel pomeriggio, subito dopo pranzo. Domattina ti trovo qui?»

«Io sono *sempre* qui».

«Bene. Allora domattina ti porterò la caparra. Puoi mettermi i voucher in una busta elegante?»

Laura gli ricordò che avevano delle buste-regalo, molto adatte allo scopo, che lui aveva già visto quando aveva omaggiato un altro viaggio a certi suoi cugini. Aggiunse che i suoi genitori avrebbero certamente gradito sia il dono, sia il modo di presentarlo.

Basile cominciò a pensare che non poteva attendere domattina. Le scariche ormonali nel suo organismo lo dominavano e lo spingevano all'azione immediata.

Stasera esce con la sua amica e il John della palestra. E suo marito è impegnato…

Gli venne un'altra idea.

Si alzò, la ringraziò, le allungò la mano e le sorrise. Anche lei si alzò in piedi e ricambiò il gesto e il sorriso. Ma, nel momento in cui accostò le sue labbra umide al dorso della sua mano, Laura avvertì una strana sensazione, una sorta di brivido che le raggelò il sangue nelle vene. Una sensazione inaspettata perché, sino a quel momento, per quanto egli non avesse fatto mistero di desiderarla, lei non aveva avuto difficoltà a tenerlo a distanza. Non che l'idea di una corsa in Ferrari sul Ponte di Brooklyn le facesse orrore, tutt'altro. Non che qualche volta, sola sotto la doccia o blandita dai suoi modi carezzevoli non ci avesse pensato pure lei. Ma la questione era molto più complessa perché si riallacciava ai valori di fondo con cui Laura era cresciuta e a quel romanzo di Flaubert che tanto aveva inciso nelle sue scelte di vita. Infatti, non a caso, Peppino le ricordava Rodolphe Boulanger, il benestante dongiovanni nelle cui astute lusinghe Emma Bovary era caduta, perdendo di conseguenza la faccia, la dignità e, alla fine, anche la vita. Se lei si fosse abbandonata a quello spasimante – così aveva sempre concluso il film proiettato nello schermo della sua mente – avrebbe finito per innamorarsene e per nutrire una passione smisurata per lui. A quel punto, egli si sarebbe stancato di lei e l'avrebbe abbandonata – magari, come Rodolphe con Emma, proprio il giorno della loro programmata fuga – lasciandola quindi sola, sedotta, povera e senza più alcuna prospettiva per l'avvenire. No, Laura non avrebbe mai lasciato Alex, e di certo non per un *latin lover* i cui dichiarati sentimenti erano molto probabilmente fasulli. Nelle sue elucubrazioni, una volta che lei si fosse concessa e lui avesse ottenuto quella *cosa*, la sola che Peppino desiderava, lei sarebbe caduta in disgrazia. Ecco perché, forte delle solide ragioni elaborate dalla sua mente attenta, e facendo leva sulla capacità appresa di gestire se stessa e i propri sentimenti, nonché di tenere comportamenti sempre retti e morigerati, Laura era rimasta sempre fedele allo schema, oltre che al marito, che aveva sposato: nessuna avventura, nessuna follia, nessuna fuga d'amore.

Fin qui tutto chiaro, semplice e persino ovvio, date le premesse che ne avevano formato i pensieri, le azioni e il carattere.

Ma il baciamano di quella calda mattina di giugno aprì uno squarcio più ampio, spalancando nel suo animo una finestra sull'orizzonte fosco del suo destino. Di fatto, la proiettò nell'ignoto di una nuova dimensione, provocandole una scossa, un brivido gelido e sinistro, una sorta di funesto presagio.

Mentre gli osservava la capigliatura da sopra, nell'eterno istante in cui egli era chino sulla sua mano, Laura si ritrovò in effetti a vivere una mescolanza di percezioni fra loro contrastanti. Se da un lato provò disgusto e rigetto, traendone la corroborante conferma della giustezza del proprio eterno rifiuto di qualsivoglia infedeltà, dall'altro le parve di avvertire una sorta di tragica premonizione. Quasi che una piaga letale venisse ad aprirsi nei tessuti della sua anima.

Un lampo di chiaroveggenza?

Forse. E con esso il tetro presagio che qualcosa di orribile stesse per accaderle.

Quattro

Il giovedì precedente

Tardo pomeriggio.

«Laura? Sei tu?» gridò Alex mentre entrava in bagno per farsi una doccia.

«Sì» replicò lei chiudendosi la porta alle spalle e appoggiando le chiavi sull'apposita mensola dell'ingresso.

«Vai in palestra?»

«Sì, ma prima devo passare a comprarmi un paio di scarpe da ginnastica».

Cinque minuti dopo, Alex uscì dalla doccia. Si fece la barba e si asciugò i capelli biondi. Tolto l'accappatoio, si spostò in camera dove indossò biancheria intima pulita non senza controllare nello specchio grande la definizione dei muscoli delle cosce e gli addominali a tartaruga nonostante il sottile strato di grasso che da un po' di tempo li ricopriva. Si provò un paio di camicie e tre diverse paia di jeans, ma non seppe decidersi. Tornato in bagno per darsi il deodorante *roll-on* sotto le ascelle, vi trovò Laura, seduta sul water.

Silenzio.

Alex diede un'occhiata allo specchio. Era entrato da poco negli "anta". Una decina di capelli bianchi, non di più, cominciava a fare la sua apparizione, ma essendo biondo era praticamente impossibile vederli. Le braccia non erano enormi, ma certamente turgide, grazie all'uso dei manubri che teneva sia in casa che in agenzia. I tre brevi allenamenti settimanali di jogging gli consentivano di mantenere la tonicità di cosce e polpacci e di limitare l'accumulo di adipe addominale.

Laura si alzò e tirò lo sciacquone. Si denudò con noncuranza ed entrò nella doccia. Lui la guardò. E lei sentì il suo sguardo su di sé. Nonostante gli anni di matrimonio alle spalle, Laura trovava sempre piuttosto difficile accertare cosa provasse quell'uomo: il suo sguardo algido e azzurrato non lasciava mai trasparire le emozioni. Ma di certo si era accorto – per quanto non lo desse a vedere – che lei era molto cambiata negli ultimi tempi. Fisicamente appariva in gran forma: non solo sfoggiava una silhouette invidiabile, ma, soprattutto, da mesi non soffriva più di quella dolorosa alternanza di bulimia e anoressia a cui era andata soggetta di tanto in tanto negli anni precedenti, soprattutto da quando erano venuti ad abitare a New York. Come spirito si mostrava più allegra, attiva ed esuberante: frequentava la palestra con regolarità, faceva shopping più spesso, usciva sovente con la sua grande amica Jessica. Alex non l'aveva mai disapprovata per questo, né aveva cercato di limitarla: sembrava quasi che, per il marito, Laura avesse dei doveri solo nei riguardi dell'agenzia di viaggi. Si sarebbe arrabbiato solo se lei lo avesse deluso quanto ad abnegazione rispetto all'impresa di famiglia. Il lavoro innanzitutto.

«Esco anch'io» le disse mentre seguiva il contorno arcuato della sua schiena al di là del vetro della doccia. Per un attimo avvertì l'impulso di entrare lì dentro e magari fare l'amore in piedi, come ai vecchi tempi. Ma ormai erano solo ricordi passati e Alex si era abituato a mantenere la concentrazione sul business e sul futuro.

«Vado a giocare a calcetto con quei clienti di Staten Island di origine pugliese».

Se non fosse stato per ragioni di lavoro, pensò lei, col cavolo che ci sarebbe andato.

«Sì, mi ricordavo».

Laura uscì dalla doccia. I lunghi capelli neri le si erano avvolti in una specie di treccia e le coprivano un seno. Un milione di goccioline brillavano sulla sua pelle liscia. Indossando l'accappatoio color fucsia, Laura si guardò nello specchio. E Alex guardò lei.

«Sarò di ritorno per cena. Ordiniamo un paio di pizze qui sotto? La Mela o Amici II?»

«Ehm, non credo. Dopo la palestra, se non ti dispiace, avrei un impegno».

«Andrai a bere qualcosa con la tua amica ninfomane?»

«Lo sai che non mi piace quando la chiami così...» rispose Laura stizzita. «Comunque, sì, dopo la palestra facciamo un salto giù al Mulberry Street Bar».

Alex non parve affatto sorpreso. I suoi occhi, di un azzurro chiarissimo, non sembravano capaci di variare la propria intensità. Tuttavia, gli venne in mente qualcosa.

«Al Mulberry Street Bar? Lo sai che domenica verranno a girare un'altra puntata di *Law and Order*?» le domandò avvicinandosi al water per scaricare la sua vescica.

«Sì, lo sapevo» rispose Laura. Alex la vide riagganciare l'accappatoio e dirigersi, nuda, verso la camera. Lui la seguì e la trovò mentre si allacciava il reggiseno dietro la schiena. Il pube era depilato quasi completamente. Il neo sotto il costato le donava tanto quanto quello che aveva al lato destro della bocca. I muscoli delle cosce, mentre indossava le mutandine, erano tesi e turgidi. Miracoli del *body sculpture*.

«Gran locale, il Mulberry Street Bar. Merita ampiamente il successo che ha».

«Sono d'accordo, anche se è un po' troppo piccolo per molte serate in compagnia» replicò Laura infilandosi una dolcevita aderente con paillettes dorate. Mentre si appostava a un centimetro dallo specchio per calibrare il mascara, Alex tirò lo sciacquone e la osservò: sua moglie parlava più all'immagine di se stessa riflessa nello specchio che a lui. «Sì, successo strameritato: gran bel locale per tutte le età. Non ho mai sentito una persona lamentarsi. Anzi» proseguì stavolta voltandosi verso il marito, anche se solo per un istante «di recente ho visto sul sito della *New York Nightlife*, un articolo molto favorevole seguito da una lunga serie di commenti entusiastici».

«Nessuna meraviglia» replicò Alex col tono del direttore generale durante la riunione del consiglio di amministrazione. «Gestione intelligente da parte delle sorelle Catenaccio, musica per tutti i gusti, atmosfera divertente, pizza eccezionale, cocktails insuperabili. Purtroppo io non potrò esserci per il grande evento di domenica pomeriggio, dato che parto sabato mattina. Ma tu vacci, mi raccomando, che poi mi racconti».

«Oh Dio, Alex, non ho proprio idea di cosa farò domenica. E poi lo sai che non sono esattamente una fan di quei serial televisivi».

«Quasi quasi mando te in Italia e io me ne sto qui. Magari riesco a scambiare due parole con Jeremy Sisto. Lo sai che stare vicini a questi personaggi ti permette di elevarti…»

Laura non replicò. Elevarsi, nel gergo di Alex, significava soltanto avere successo negli affari. Quante volte le aveva fatto discorsi del genere… E, d'altra parte, non l'aveva sposato proprio per questo? Non aveva evitato di proposito sia il blando approccio di Fabio che quello appassionato di Marco, l'uno perché troppo simile a Charles Bovary e l'altro perché le ricordava tremendamente Léon Dupuis? Rifiutare Fabio le era stato facile: quell'ometto grassottello e insignificante, dopo un periodo di flirt adolescenziale, le era parso di una noia mortale: sposando lui se ne sarebbe subito pentita e avrebbe fatto la stessa fine di Emma Bovary. Ma rinunciare all'amore appassionato di Marco era stata impresa molto più ardua, degna di una mente capace di governare ogni singolo impulso del cuore e delle viscere.

Assorta nei suoi pensieri, finì di preparare la borsa per la palestra. Infilò dentro la trousse dei trucchi, l'asciugacapelli e un pacchetto di salvaslip. Alex, invece, indossò la maglia del Milan che molti anni prima era stata di Van Basten e che lui aveva acquistato a un'asta di beneficienza perché lo riteneva un giocatore assolutamente perfetto, un modello da imitare. Sulla maglietta, sovrappose una tuta dell'Adidas. Laura si guardò allo specchio chinando la testa di lato e restando indecisa sul da farsi per un paio di minuti finché non decise di cambiarsi: al dolcevita preferì una camicetta di seta e ai pantaloni una gonna al ginocchio. Per far fronte alla serata, mise nella borsa anche un maglioncino leggero. Ma le sarebbe stato del tutto inutile: la perturbazione del giorno precedente era cessata durante la mattinata e, dal pomeriggio, era tornato a splendere un bel sole di inizio estate.

Scesero insieme, in ascensore, parlando della prossima perturbazione, prevista per il weekend. Quando apparvero in strada, il cielo era però terso e la temperatura gradevole. Fecero un tratto di marciapiede insieme e poi si salutarono con un casto bacio sulle guance. Quindi, arrivati all'incrocio con Grand Street, si divisero: lei si incamminò verso destra, lui verso sinistra.

Cinque

Il giovedì precedente

Terminata la lezione di aerobica sulle note travolgenti di *Think*, nella versione originale cantata da Aretha Franklin, Jessica prese per mano la sua amica italiana e la trascinò in sala pesi. Se Laura aveva a lungo odiato sollevare manubri e sforzarsi alla macchina del *leg curl* o a quella per lo sviluppo dei dorsali, ultimamente si era messa ad assecondare il desiderio di Jessica, non tanto per fare lei stessa la culturista, ma per poter scambiare due parole con Marco.

Era lui la vera ragione del recente dimagrimento record conseguito da Laura.

Era riapparso dal suo stesso passato, dalla sua stessa Bologna, da quell'innato romanticismo che li rendeva simili nei recessi dell'animo. Si erano conosciuti ai tempi dell'università, quando Laura aveva avuto tre spasimanti: Fabio, che era da tempo il suo ragazzo; Alex, che la "sottrasse" a Fabio e divenne suo marito; e, appunto, Marco. Questi, il più bello dei tre coi suoi capelli ramati e la perfetta chiostra di denti, l'aveva amata con passione smisurata. Aveva scritto per lei lettere d'amore, poesie, persino canzoni. Le aveva donato fiori, conchiglie, disegni a china e cuoricini di bigiotteria.

Ma lei, pur essendone sentimentalmente attratta, lo aveva sempre rifiutato perché sua madre le aveva fatto una testa così con quel romanzo di Flaubert che, a suo giudizio, conteneva tanta saggezza e insegnava, se non a vivere, quanto meno a scegliersi il marito giusto. Anche dopo il matrimonio con Alex, comunque, Marco aveva continuato a corteggiarla coi suoi modi appassionati e raffinati al contempo, fondati su un lirismo di stampo ottocentesco. Tuttavia, Laura non era certo il tipo capace di tradire, né tanto meno di lasciare, l'uomo al quale si era votata – non tanto "anima e corpo" – ma"mente e corpo", anzi, per essere precisi, "mente e cervello". Certo, le liriche e le galanterie le facevano palpitare il cuore. Ma ormai aveva deciso di adottare i suggerimenti di quel gran libro, quanto meno per ciò che sua madre ne aveva tratto, per cui, un pomeriggio di fine estate, Laura aveva preso il pretendente da parte e gli aveva detto che per lui non ci sarebbe mai stata alcuna speranza.

Marco l'aveva presa male, molto male, perché dentro di sé sentiva che erano fatti l'uno per l'altra. Non era solo una questione di ciò che lui provava per lei: anche negli occhi di Laura erano più volte baluginati gli spasimi del cuore e le scintille dell'attrazione fisica. Ma contro le decisioni razionali della sua bella non poté nulla e alla fine dovette rassegnarsi.

Dapprima cercò rifugio nel lavoro. Dopo la laurea in Giurisprudenza, superò l'esame da avvocato ed entrò, prima come praticante, poi come socio, in uno studio legale già avviato. Si dedicò al penale e vinse una causa dopo l'altra. Ma di tanto in tanto gli capitava di passare davanti all'agenzia di viaggi in Via Indipendenza, dove Laura lavorava con il marito, e ripiombava in uno stato di apatia che lo costringeva a passare tutto il tempo libero sdraiato sul letto a guardare il soffitto.

Poi venne il giorno in cui capì che, per uscire dalla depressione, doveva dimenticarla definitivamente. Prese allora alcune decisioni: abbandonò le sue passioni artistiche – smise di dipingere, di scrivere poesie e di leggere romanzi d'amore – e si dedicò al karate, sport che aveva praticato da adolescente con buoni risultati. Superò l'esame da cintura nera, vinse anche diverse competizioni a livello regionale e nazionale e si riempì le giornata passandole fra studio legale, tribunale e palestra, dove aveva trovato notevole conforto nell'attività di insegnamento ai bambini.

Ma ogni volta che passava davanti all'Italian Travel sotto i portici di Via Indipendenza c'era sempre un maledetto groppo da mandare giù: al di là della vetrata, Laura serviva i clienti con il suo splendido sorriso stampato sulle labbra. E alle sue spalle, sempre presente come il dolore nel cuore dell'amante respinto, ecco la figura algida del marito, biondo ai limiti dell'albino e così incomprensibilmente diverso dalla sua amata. Il giorno in cui lo vide avvicinarsi a Laura e appoggiare le mani sulle sue spalle per massaggiarle, ecco, quello fu il giorno della risoluzione definitiva: non solo Via Indipendenza, ma anche il Parco della Montagnola, Piazza Maggiore, le due Torri, Via Ugo Bassi, insomma tutta Bologna sapeva di Laura, era intrisa di Laura. Decise allora che non poteva più vivere in quella città.

Prese un mese di ferie dallo studio legale e cominciò a camminare sui sentieri dell'Appennino emiliano per cercare di trovare una soluzione al suo male d'amore. Durante una passeggiata che lo aveva portato fin sulla cima del Corno alle Scale, gli venne in mente che aveva un parente negli Stati Uniti e uno zio in Australia. Il primo aveva fatto fortuna, ma in un modo che Marco disprezzava. Il secondo era invece un uomo molto semplice che però era riuscito ad aprire un ristorante italiano a Melbourne.

Tornato a casa, scrisse una mail allo zio più lontano. Gli chiese se lo poteva assumere come cameriere per un breve periodo, giusto il tempo necessario per ambientarsi in vista dell'apertura di una palestra di arti marziali. Lo zio gli rispose immediatamente: ma certo, caro Marco, ho anche una casa molto grande e posso ospitarti per il tempo che vorrai.

Una settimana dopo, Marco viveva già a Melbourne: aveva abbandonato Bologna, l'Italia, e la sua carriera forense, nella speranza che il suo cuore riuscisse a cancellare per sempre il fortissimo sentimento che lo legava a Laura. Restò nella casa e nel ristorante dello zio per sei mesi, poi si trasferì a Sidney dove aprì la sua palestra e cominciò a tenere i suoi corsi per bambini. Ebbe il tempo e il modo di diventare anche un discreto culturista: scolpì il suo fisico donandogli un tono muscolare che non aveva mai avuto e cominciò anche a preparare le schede di allenamento per i clienti della sala pesi. Usciva soltanto il venerdì e il sabato: le altre sere della settimana le passava in compagnia dei suoi libri e col passar del tempo riprese anche a scrivere poesie e racconti.

Le cose, tutto sommato, gli andarono abbastanza bene per molti anni e le ragazze non gli mancarono. La depressione gli era passata e, pur con fatica, era riuscito a rifarsi una vita. Ma un giorno di molti anni dopo si era imbattuto nel sito Internet dell'agenzia di Alex e Laura e aveva appreso che si erano trasferiti a New York. C'era una foto, sul sito, che li ritraeva in piedi, l'uno accanto all'altra, nella loro divisa blu e con la spalletta colorata all'occhiello.

Lui era più o meno lo stesso di sempre. Ma lei! Che diavolo le era successo? Come aveva potuto ingrassare così tanto?

Benché l'avesse dimenticata, almeno a livello di sentimenti, quell'inaspettata immagine di Laura lo sconvolse. Si domandò quali potessero essere le cause di un simile deterioramento fisico. Lo stress per il lavoro? Il trasferimento a New York? La trascuratezza per se stessa? Una pessima alimentazione? O forse… il rapporto col marito era degenerato a livelli insopportabili? Già, il marito, quell'individuo freddo e distaccato che nulla aveva in comune con lei ma che lei aveva stranamente deciso di sposare… Doveva essere questa la ragione. Riguardò la fotografia. Persino le guance, lucide e rigonfie, deturpavano i suoi splendidi lineamenti. No, non lo poteva accettare: quella donna stava soffrendo e bisognava fare qualcosa.

Fu forse perché cominciò ad avvertire nel profondo una sorta di impulso da crocerossina; fatto sta che la vecchia fiamma si riaccese nel braciere del suo cuore e d'istinto optò per un altro cambiamento radicale: cedette l'attività, prenotò un volo di sola andata e si trasferì nella Grande Mela. Prese un appartamento sulla dodicesima, a due passi da Casa Italiana, e trovò subito da lavorare nella più nota palestra del *downtown*.

Quindi si preparò a rivedere Laura. La sua amatissima Laura.

La incontrò al Mulberry Street Bar circa quindici anni dopo quel mesto, ma fermo addio che lei gli aveva imposto. Pur avendo sperato che la fotografia sul sito web fosse datata e superata da miglioramenti successivi, Marco restò deluso: Laura era ingrassata e abbrutita oltre ogni immaginazione e dunque, era ovvio pensare, doveva trovarsi da diversi anni in una situazione di disagio psichico che lui addebitò alle carenze affettive prodotte dal carattere del marito.

Laura rimase invece sorpresa per il fisico straordinario che lui – alto e magro come un chiodo tre lustri addietro – era riuscito a costruire. Sì, fra i suoi capelli avevano fatto la loro comparsa alcuni fili argentati e le linee della fronte si erano approfondite, ma la pelle liscia del viso e la struttura imponente lo avevano reso un uomo ancora più attraente del ragazzo che era stato. Passarono un pomeriggio intero a raccontarsi gli avvenimenti salienti di quei tre lustri di lontananza reciproca. Ma mentre Marco sembrava essere fiorito dentro e fuori, Laura aveva evidentemente pagato a caro prezzo le scelte che aveva fatto. Scelte che l'avevano portata a disinteressarsi di sé, del proprio corpo e della propria felicità.

Vedendola in quello stato, Marco l'aveva invitata ad iscriversi nella palestra dove lui lavorava. Spinta forse più dall'orgoglio personale che dal desiderio di piacere a lui – ma in parte anche da questo – a suo marito o a chicchessia, Laura aveva accettato e aveva iniziato a seguire corsi di aerobica, corpo libero e spinning. Poi si era messa ad andare due volte la settimana a nuotare e si era fatta preparare una dieta personalizzata da una nutrizionista.

All'inizio l'impresa sembrava impossibile. Ma quando i primi miglioramenti divennero tangibili, anziché rilassarsi o prendersi una pausa, prese gusto a tutto quel sudare, mangiare poco e perdere peso. In capo a qualche mese era tornata, a detta di Marco, più bella di allora.

Ma c'era la questione Alex da tenere sotto attenta osservazione: Laura non aveva mai capito se il suo recente e improvviso mutamento esteriore aveva procurato soddisfazione o preoccupazione nell'animo del marito. Forse entrambe. D'altra parte, come si potevano sondare i sentimenti di un uomo così ermetico?

In effetti, negli ultimi anni Alex le aveva chiesto più volte di dimagrire, ma per squallide ragioni di immagine. Come si potevano ricevere i clienti in quelle condizioni e pretendere che fossero invogliati a firmare i contratti da lei proposti? Ma le sue raccomandazioni erano rimaste del tutto inascoltate: Laura le aveva trovate offensive. Di certo non mosse da un sano interesse per la sua persona e la sua salute, ma dal meschino tornaconto economico dell'azienda. Per questo non avevano mai funzionato. Anzi, le avevano procurato guai molto seri, con lunghi periodi di depressione, in cui era passata più volte dall'anoressia alla bulimia e ritorno.

Nei pensieri di Laura, la nuova silhouette che era riuscita a scolpire di recente doveva essere a dir poco soddisfacente per l'animo commerciale di Alex. Ma lui taceva e i suoi occhi chiarissimi non lasciavano trasparire alcunché. Era pur vero che, nelle ultime settimane, le era sembrato di percepire in lui il lampo di una forte emozione. Ma non le fu facile decifrarla: era forse ammirazione? Attrazione fisica? Gelosia? No, Alex geloso proprio non poteva rientrare nel campo del possibile. Troppo concentrato su se stesso e sui suoi obiettivi da raggiungere. Forse solo il vago alito del sospetto? No, anche questa possibilità doveva essere scaturita dalla sua fantasia. O, meglio, dal suo senso di colpa: già, perché si era ben guardata dal confessare al marito che aveva rivisto il suo storico e anzi eterno pretendente.

Le volte in cui aveva pensato che il marito sospettasse qualche tresca, Laura aveva cercato di rassicurarlo: il suo improvviso cambiamento era dovuto allo spavento che aveva preso la mattina in cui era salita sulla bilancia del medico e questi le aveva detto che era in sovrappeso di almeno diciotto chili e che doveva urgentemente dimagrire se non voleva rischiare di compromettere il suo sistema cardiocircolatorio. Tanto più che suo papà era morto proprio d'infarto e quindi poteva esserci anche una predisposizione genetica verso le malattie cardiovascolari. Il trauma l'aveva scossa al punto da farle prendere la ferma decisione di ritornare quella di un tempo.

Alex le era parso convinto da queste spiegazioni, che, d'altra parte, lui non aveva neppure richiesto. Si limitò a fare un ampio cenno di assenso e a dirle di procedere pure col suo programma di mantenimento in quanto l'agenzia ne avrebbe di certo beneficiato. E non ci furono mai segnali che rivelassero la presenza, nella mente del marito, del vago sospetto di un tradimento: egli continuò a rimanere concentrato sui suoi piani di sviluppo e a dare ordini a lei e agli altri dipendenti come se poco o nulla fosse cambiato.

Ma in realtà le cose erano cambiate, eccome!

Le due amiche entrarono in sala pesi intorno alle sette. Mentre Jessica si sistemava sulla panca e iniziava a sollevare bilancieri per potenziare i pettorali – nella convinzione di creare così un più forte sostegno ai suoi seni – Laura si avvicinò ai manubri e ne prelevò un paio da tre chili ciascuno. Fra un esercizio e l'altro, Jessica si rialzava e sbirciava fra le strutture delle macchine, nei grandi specchi della sala, i pettorali rigonfi e depilati, i deltoidi ben definiti e i bicipiti a tronco d'albero dei culturisti. Aveva un certo senso estetico per il corpo maschile, o almeno così lo chiamava Jessica per attenuare gli spietati pettegolezzi di tante amiche circa la sua ragguardevole collezione di uomini.

Jessica e Laura si somigliavano fisicamente, ma avevano caratteri diametralmente opposti. Entrambe more con capelli lunghi e mossi, entrambe alte intorno al metro e settanta, entrambe di carnagione chiara d'inverno e olivastra d'estate. I lineamenti di Laura erano più raffinati: il naso sottile, le labbra ben disegnate, gli zigomi proporzionati al resto dell'ovale. Quelli di Jessica erano più accentuati: il naso era più pronunciato, le labbra più carnose, gli zigomi più evidenti, il seno più prosperoso, le cosce più muscolose. Ma chi, non conoscendole, le vedeva per la prima volta, le scambiava facilmente per due sorelle.

Dopo quaranta minuti in sala pesi, vennero a sapere che quella sera Marco aveva dovuto uscire in anticipo. Le due amiche si spostarono allora in una sala attigua, per partecipare a una breve lezione di difesa personale. Si trattava di una sorta di sessione di prova per raccogliere le adesioni al corso che sarebbe iniziato la settimana successiva.

«L'insegnante è il mio uomo di stasera» aveva detto Jessica per convincere l'amica a seguirla nella sala delle arti marziali.

«Lo so, lo so. So anche che ti piace parecchio».

«Vero. Non credo corrisponda ai tuoi gusti, ma io lo trovo piuttosto belloccio».

Laura avrebbe voluto ribattere che per Jessica erano quasi tutti bellocci, ma si astenne per non ferirla. Teneva molto alla sua amica e doveva anche al suo insistito incoraggiamento se aveva preso la decisione di tornare in forma e l'aveva portata a termine.

Entrarono quasi per ultime, quando in sala c'erano già due uomini e sei donne. L'insegnante, un uomo snello e brizzolato che indossava un kimono bianco stretto in vita da una cintura nera, fece un sorriso a Jessica e si presentò. Si chiamava John, veniva dal Wisconsin, aveva quarantacinque anni e disse di essere cintura nera sia di kung-fu che di ju-jitsu. Nel presentare il corso, precisò che non avrebbe insegnato un'arte marziale ben definita, ma un sistema innovativo da lui stesso inventato per permettere a chiunque, in particolare alle donne e agli uomini esili, di fronteggiare un'aggressione senza soccombere. Era stato Marco stesso, in quanto collega e amico di John, a suggerire a Laura di partecipare almeno a quella lezione dimostrativa.

Una volta sotto la doccia, Laura si complimentò con Jessica.

«Beh, un po' rude, il tuo John, però non è poi così male...»

«Mi prendi in giro?»

Laura rise. Ma non aggiunse nulla. Come diavolo facesse, quella californiana, ad essere sempre così carica di desiderio sessuale era un vero mistero per lei. Lei che non provava più niente del genere da così tanti anni…

Uscite dalla palestra, John si avvicinò a Jessica che gli presentò Laura. Questa disse che Marco le aveva parlato più volte di lui e aggiunse che aveva apprezzato la lezione.

«Va bene lo stesso se stasera porto un amico?» domandò John alternando lo sguardo fra le due donne.

Jessica guardò Laura con aria maliziosa e disse: «Bene, benissimo, così non starai lì sola a reggere il lume!»

Laura lasciò andare un'espressione un po' perplessa, ma poi chiosò lasciando andare un sorriso e un ok di circostanza. Ma la sua fu una replica formale, espressa solo per non apparire maleducata. A lei, di conoscere gli amici di John, proprio non gliene importava nulla.

Se poi avesse saputo di chi si trattava, si sarebbe ben guardata dall'aderire all'idea di Jessica.

Scoccavano le nove quando Jessica e Laura entrarono al Mulberry Street Bar. Si fecero largo tra la calca nei pressi del bancone e presero posto all'unico tavolino disponibile. Un uomo, attorniato da diverse ragazze, stava cantando al karaoke *My Way* e la sua imitazione di Frank Sinatra era talmente perfetta che Laura aveva creduto si trattasse di un CD. D'altra parte, alle pareti del locale erano affisse due foto di "The voice" scattate proprio lì quando l'indimenticabile attore e cantante italo-americano era venuto per girare uno dei suoi film e per incontrare Mario Cuomo.

L'atmosfera era carica di energia: tutti si stavano divertendo come pazzi. C'era chi beveva, chi cantava, chi era lì per fare nuove amicizie e riusciva con grande facilità nel proprio intento. Una donna di Philadelphia stava dicendo a suo marito che non si sarebbe mai aspettata di trovare gente tanto amichevole, divertente e persino educata a New York. Ora si era messa in fila per cantare anche lei una canzone.

John entrò nel locale dieci minuti più tardi. Era un tale armadio che, mentre si faceva largo tra la gente, nascondeva quasi completamente il suo amico che lo seguiva da dietro. Ma che sorpresa, per Laura, quando arrivò al tavolo e si sedette lasciando apparire dietro di sé la ben più modesta figura di Giuseppe Basile!

«Che colpo di fortuna: ma è meraviglioso vedersi qui!» disse questi in italiano incrociando lo sguardo di Laura e porgendole la mano coi suoi gesti d'altri tempi.

«Santo Cielo, sei tu l'amico di John?» replicò lei spostando lo sguardo dagli occhi di lui a quelli di Jessica e di John. Anche lei allungò la mano, sebbene senza guardarlo, un po' come avrebbe fatto se si fosse trovata, del tutto impreparata, innanzi alla persona più sgradita che si potesse presentare.

«Voi due... vi conoscete?» domandarono Jessica e John pressoché all'unisono.

«Certo, Giuseppe è uno dei nostri migliori clienti» rispose Laura cercando di nascondere il più possibile la sua delusione. Un conto era sopportare i suoi ammiccamenti in agenzia per ragioni commerciali, un altro trovarselo lì davanti, in una serata fra amici.

«Puoi dire il migliore in assoluto» replicò lui con quel suo modo di fare da casanova dell'Italia meridionale. «Pensate che proprio stamani sono entrato nell'agenzia di Laura per regalare un viaggio ai miei genitori. Uno dei tanti che ho acquistato da lei. Beh, che dire? La vita riserva sempre delle sorprese. Delle piacevoli sorprese...» azzardò Basile con un occhiolino che la imbarazzò non poco.

Gli sguardi delle due donne si incrociarono. Jessica era sul punto di fare una battutaccia delle sue, ma Laura la fermò in tempo con un'occhiata ammonitrice.

Superati i primi minuti di impaccio, durante i quali aveva pensato di prendere una scusa qualsiasi per andarsene, Laura cominciò a sentirsi a suo agio. Giuseppe ci mise del suo, cercando di stemperare la tensione iniziale, ora parlando della sua catena di pizzerie negli States, ora narrando da par suo aneddoti abbastanza divertenti, ora chiedendo a Laura di raccontargli della sua Bologna.

Al termine del secondo giro di birra, Jessica e John cominciarono a pomiciare e si rinchiusero in un mondo tutto loro: ogni tanto si alzavano per andare a fumare una sigaretta fuori o tentare di ballare, poi tornavano con un'altra birra in mano del tutto noncuranti di ciò che gli accadeva intorno. La barriera che avevano creato nei confronti del mondo permise a Laura di approfondire la conoscenza di *Peppino* il quale, dopo aver deposto la sua presunzione di facciata, finì per rivelarsi un uomo tutto sommato spassoso, di una loquacità stavolta ben calibrata, abilissimo nel raccontare barzellette, talune in italiano, altre in inglese, altre ancora in dialetto siciliano. In più di un'occasione, Laura si trovò addirittura costretta a piegarsi in due dalle risate. E, a un certo punto, Giuseppe si alzò addirittura dal tavolo per andare a cantare *O sole mio* e *Mala Femmina* che dedicò alla «più bella donna del pianeta Terra» senza specificare a chi si riferisse, ma pronunciando questa frase guardando Laura fissa negli occhi.

Lei si stava divertendo, questo è vero, e la novità la sorprese. Ma restava il fatto che non era per niente interessata al corteggiamento di Giuseppe anzi, si guardava bene dall'incoraggiarlo in tal senso. Di tanto in tanto pensava ad Alex, ma più spesso era Marco ad aleggiare come un sogno recondito nel suo cuore in conflitto. Lui sì che sapeva come toccarla nel profondo! Che stesse facendo breccia nel suo cuore? Per un attimo si spaventò all'idea: no, per quanto attraente lo trovasse, sia per la sua bellezza, sia per la sua innata passionalità, non poteva permettersi di cedergli.

Verso mezzanotte, quando Jessica e John erano già fuggiti da un pezzo, Laura si alzò per andarsene. Avrebbe voluto percorrere da sola i pochi metri che la separavano dal portone di casa, ma Giuseppe insistette per accompagnarla. Quando giunse il momento dei saluti, lei fu molto rapida ad allungargli la mano destra e a tenerlo a distanza, come a dire: *limitati a questo e non fare cazzate*.

Ma proprio nella stretta di mano, Laura non poté far altro che avvertire nuovamente quella inquietante sensazione mista a repulsione che aveva già provato la mattina in agenzia. Lo salutò in tutta fretta e si chiuse il portone alle spalle.

Salendo in ascensore si guardò allo specchio e comprese più profondamente il proprio sentire.

Non era affatto una sensazione di repulsione.

Era piuttosto un fremito di paura. Extrasensoriale.

Oddio…

Che cosa stava per succederle?

Sei

Il venerdì precedente

Joe *Beast* Garofalo passò una notte insonne. Non la prima e neanche la seconda dopo aver ricevuto quel maledetto incarico da Frank Bruno, ma la terza. Se infatti nelle quarantottore seguenti era riuscito a non pensarci più di tanto, nella notte fra giovedì e venerdì fu tormentato dagli incubi. Di tanto in tanto si svegliò, sudato e spaventato a morte.

Sua moglie, Nicole, si destò a sua volta.

«Joe, caro, qualcosa non va?»

«Eh? Oh? Ehm... Boh... devo aver mangiato qualcosa di pesante...»

«Qualcosa di pesante? Non direi. Ieri sera abbiamo mangiato la pizza».

«Si vede che non l'ho digerita... Dormi, Nicole, e stai tranquilla. Vedrai che domattina sarà tutto passato e mi sentirò meglio».

Mentre Nicole cercava di riaddormentarsi, Joe ripensò ai due incubi che lo avevano tormentato: nel primo, la Polizia veniva ad arrestarlo per quel vecchio omicidio, quello per il quale era riuscito a farla franca. Nicole e la bambina piangevano disperatamente mentre lui veniva ammanettato e portato via davanti ai loro occhi. Nel secondo, Frank Bruno e due scagnozzi armati fino ai denti facevano irruzione in casa loro quando Joe era assente, sparavano a Nicole e rapivano Michelle.

«Vuoi che ti prepari una camomilla?» gli domandò sua moglie che evidentemente percepiva lo stato di forte agitazione in cui versava.

«No, grazie. Ora mi alzo un attimo e prendo un po' di citrato.

Così digerisco. Tu torna a dormire». E si allungò verso di lei per darle un bacio.

Joe si alzò e andò in bagno a pisciare. Le orribili immagini del secondo incubo erano ancora impresse nella sua mente. Prima di tornare a letto diede una sbirciata alla sua piccola creatura. Michelle dormiva come un angelo.

Già, proprio come un angelo. Solo un angelo come Michelle, infatti, poteva trasformare un killer della mafia come lui in un padre amorevole deciso a cambiare vita una volta per tutte. Ma questo suo desiderio sarebbe stato perseguibile anche dopo il crimine che si apprestava a compiere? Come avrebbe potuto vivere sereno, in quella villetta nel Vermont, col pesante fardello del suo passato? Un fardello che lo rendeva ricattabile in eterno.

Puoi scappare anche in capo al mondo, ma il tuo passato ti seguirà ovunque...

Si sdraiò, notando che Nicole aveva ripreso sonno. Si era avvolta stretta nelle coperte di ciniglia. Joe tentò di dormire ampliando la respirazione, contando le pecore e ripetendosi che tutto sarebbe andato bene. Provò a cambiare l'inclinazione del cuscino e persino a farne a meno. Ma non riuscì più a chiudere occhio.

Venerdì mattina.

Joe scese per primo a fare colazione e prese la decisione di fare un salto all'agenzia turistica di Laura per scrutare da vicino la sua vittima. Non che gli andasse tanto a genio incrociare lo sguardo di quella povera innocente che lui doveva stuprare solo perché costretto da un ignobile ricatto. Ma era pur sempre meglio rendersi conto visivamente di chi era e di come era fatta questa quarantenne italiana che da qualche anno viveva nella Grande Mela e chissà che cosa diavolo aveva fatto di male per meritarsi una punizione del genere.

Prese la metropolitana e nel tragitto da Bronx Zoo a Grand Street finì per assopirsi. I rumori prodotti dall'attrito sulle rotaie e il regolare ondeggiamento, uniti alla difficile notte appena trascorsa gli conciliarono il sonno, al punto che si svegliò a South Ferry, molto oltre la fermata di Canal Street, dove avrebbe dovuto abbandonare la linea verde 5 per prendere la linea marrone J, M o Z. Tornato indietro, scese a Canal Street e nel giro di cinque minuti fu davanti alle vetrine dell'agenzia turistica, al n. 255 di Centre Street, proprio all'incrocio con Broome Street.

Joe si appostò dall'altra parte della strada e attese. Ma qualcosa non gli tornava. Conosceva benissimo Little Italy, China Town e tutto il downtown, eppure non gli sembrava di aver mai visto quell'agenzia in quell'angolo. Passeggiò attorno all'incrocio trafficato per qualche minuto finché, una volta raggiunta la prospettiva più occidentale di Broome Street, ebbe un lampo: ma certo, si disse, fino a poco tempo fa, in quei locali, c'era quel negozio molto trendy di libri artistici e mostre fotografiche, com'è che si chiamava? Ah, già, *Clic Bookstore & Gallery*, una vera chicca per tutto il quartiere. Dove diavolo si saranno trasferiti? Si domandò Joe proprio quando una donna alta, coi capelli lunghi e piuttosto prosperosa entrò in agenzia. Nei cinque minuti successivi, ne uscirono due uomini, uno biondo e l'altro brizzolato, poi due ragazze snelle sui venticinque anni. Nel quarto d'ora che ne seguì, non uscì nessuno. Joe si guardò intorno. Una donna cinese stava avvicinando dei passanti per proporre dei Rolex d'oro. Un intenso aroma di pizza aleggiava nell'aria. A un tratto, due donne uscirono dall'agenzia: una era la prosperosa che aveva visto entrare pochi minuti prima. L'altra, per Dio, doveva essere la donna della foto.

La mia vittima.

Le due amiche si incamminarono a passo deciso lungo Broome Street, in direzione est. Joe si mise a seguirle, mantenendo una distanza di una ventina di passi. A guardarle da dietro, sembravano gemelle: entrambe alte e slanciate, entrambe coi capelli lunghi mossi e scuri, entrambe piuttosto eleganti, marciavano a braccetto e all'unisono. La sua vittima era leggermente più snella nel punto vita e aveva un'andatura più raffinata. L'amica era forse più larga di spalle e aveva polpacci più definiti. Ma poiché Joe aveva potuto studiarne praticamente solo il lato B, le innegabili differenze del lato A gli erano ancora del tutto oscure. E gli rimasero tali, dato che a un certo punto le due donne, svoltato che ebbero in Mulberry Street, gli sparirono letteralmente dalla vista: mentre un furgone si era frapposto fra lui e loro, queste si erano infatti infilate dentro il ristorante La Mela, e avevano preso posto in una delle sale più interne del locale. E quando Garofalo era giunto nella medesima via, era rimasto con un palmo di naso. Non poteva mica entrare in tutti e i locali per verificare dove si fossero cacciate. Anzi, dopo aver controllato l'indirizzo dell'appartamento nel quale avrebbe dovuto compiere il suo crimine, si rese conto che il numero 168 si trovava proprio lì, praticamente di fronte al ristorante La Mela, e quindi avrebbero potuto benissimo essere salite in casa della sua vittima.

Le spalle al ristorante e lo sguardo alla porta centrale del 168, Joe guardò in tutte le direzioni. La temperatura si era abbassata e il cielo era diventato rapidamente plumbeo. Una gradevole ventata di caffè lo raggiunse.

Era arrabbiato con se stesso per averle perse così stupidamente. Decise di tornare all'agenzia ove avrebbe atteso il ritorno della sua vittima per il turno pomeridiano di lavoro. Un'attesa lunga e inutile, visto che quel venerdì pomeriggio Laura non tornò affatto a lavorare, ma andò a fare shopping con Jessica sulla Fifth Avenue e passò poi la prima parte della serata in palestra.

Cominciò a piovigginare.

Dopo un paio d'ore di estenuante attesa, *Beast* comprese che la sua vittima non sarebbe tornata in agenzia. Decise allora di portarsi di nuovo sotto casa sua, in Mulberry Street. Per prima cosa studiò attentamente dall'esterno l'edificio dove Laura abitava. Poi usò la chiave che gli aveva dato Frank per entrare dal portone principale. Il quadro dei campanelli ne contava 16, tutti anonimi e numerati da 1A a 4A, poi da 1B a 4B, quindi da 1C a 4C e da 1D a 4D. Prese l'ascensore e salì al quarto piano. Diede una rapida occhiata al pianerottolo.

Quattro appartamenti per piano.

Si avvicinò alla porta della casa di Laura. Tese l'orecchio. Silenzio assoluto. Estrasse l'altra chiave. La tentazione era troppo forte: doveva vedere com'era fatto quell'appartamento. Fece scattare il catenaccio ed entrò. Non c'era nessuno.

Il marito è ancora in agenzia.

L'ingresso era come gliel'aveva descritto Frank. La porta della modesta cucina era invece situata più vicina di quanto si aspettasse. Un solo bagno, tenuto in disordine. Il soggiorno era discretamente grande e alle pareti erano affisse stampe di quadri di pittori impressionisti. La camera era piuttosto piccola.

Eccolo là, il letto in ferro battuto dove la dovrò ammanettare.

Il rumore dell'ascensore lo fece trasalire.

Va bene, ho già visto abbastanza.

Uscì di corsa, si tirò dietro la porta, diede un giro di chiave e scese per le scale. Chiunque fosse ad aver chiamato l'ascensore, per Dio, aveva finito la propria corsa proprio al quarto piano. Joe si fermò nel pianerottolo del terzo piano ad ascoltare.

Rumore di tacchi. Passi di donna.

È lei! E allora, per Dio, potrei farlo anche adesso...

Joe sentì salire l'adrenalina. Quando la donna ebbe chiusa la porta, sentì l'impulso irresistibile di salire. E così fece. Arrivò fino alla porta dell'appartamento di Laura. Da dentro proveniva una musica. Roba italiana. Moderna, ben ritmata, ma romantica. Gran belle parole, gran bella melodia.

La vita è adesso nel vecchio albergo della terra e ognuno in una stanza e in una storia...

Sei tu che hai un vento nuovo tra le braccia mentre mi vieni incontro e imparerai che per morire ti basterà un tramonto...

Ed in qualunque sera ti troverai non ti buttare via...

E non lasciare andare un giorno, per ritrovar te stesso, figlio di un cielo così bello, perché la vita è adesso...

La canzone fece entrare Joe in un altro stato. Era da un sacco di tempo che non sentiva musica italiana e per qualche istante rivisse certi momenti della sua adolescenza, quando era tornato in Sicilia e una delle sue prime ragazze gli aveva fatto ascoltare una stupenda canzone che parlava di un piccolo grande amore, di una maglietta sottile che lasciava immaginare tutto, di chiare sere d'estate, di paura e di voglia di essere nudi, di baci a labbra salate...

La musica italiana piace molto anche a Frank.

Già, Frank. La sapeva lunga quel picciotto. Meglio obbedire ai suoi ordini: di certo aveva studiato la situazione in ogni dettaglio e, se gli aveva detto di agire nella notte fra domenica e lunedì, quello doveva essere per forza il momento migliore.

Joe si voltò e prese a scendere le scale. Quando si trovò di nuovo all'altezza del terzo piano incrociò un uomo che saliva le scale di corsa. Biondo. Occhi di un azzurro chiarissimo. Atletico.

Era Alex, il marito.

Frank ha sempre ragione.

Sette

Il sabato precedente

La valigia-trolley era già chiusa e sostava innanzi alla porta. Alex la raggiunse e vi inserì il libro di James Patterson, *The big bad wolf,* e poi l'MP3, lo spazzolino da viaggio e una busta-documenti nello zainetto da portarsi sull'aereo. Canticchiava *Rimmel*, la canzone di Francesco De Gregori che aveva biecamente sfruttato più di trent'anni prima quando, adolescente, aveva lasciato la sua prima ragazza scrivendole su una cartolina *"E qualcosa rimane, fra le pagine chiare e le pagine scure..."*

Laura si alzò in quel momento. Sgranchendosi, avvertì un accumulo di acido lattico nei polpacci e si rammentò che la sera prima, in palestra, aveva praticato 3 serie di *calf in piedi* con un peso di 30 kg sulle spalle. Sentì Alex canticchiare e gli si avvicinò.

«Ehi, sei già pronto... ma che ore sono?»

«Sono le nove, e fra un'ora devo essere all'aeroporto. Mi dispiace lasciarti qui da sola per una settimana, ma devo ammettere che ho anche molta voglia di rivedere Roma e Firenze».

«Riuscirai a far visita a tua madre?»

«No, impossibile. Ci andrò la prossima volta».

La madre di Alex si era ammalata quando loro due erano ancora studenti universitari. Laura non aveva mai saputo bene di che tipo di malattia si trattasse, ma era certa che riguardasse il sistema nervoso. Sin da allora era stata ricoverata in una sorta di clinica, in Abruzzo, e, se nei primi anni era stata assistita dal marito, dopo la morte di questi era stata totalmente abbandonata. Laura aveva più volte incoraggiato Alex ad andarla a trovare di tanto in tanto, ma lui le aveva sempre risposto che sarebbe stato del tutto inutile in quanto lei stessa avrebbe preferito saperlo impegnato nello sviluppo commerciale dell'agenzia. Laura aveva intuito che l'inutilità della visita doveva in realtà attribuirsi alle condizioni della madre, ma poiché l'argomento era tabù per il marito, lei stessa lo aveva lasciato cadere per non urtarne la sensibilità.

Un minuto di silenzio. Laura andò in bagno a sciacquarsi il viso, mentre Alex recuperò il suo key-way, che sistemò nello zainetto, e un cappellino dei New York Knicks, che calcò in testa. Prese la maniglia del trolley e, dopo essersi ravviato i capelli davanti allo specchio, aprì la porta.

«Che fai, te ne vai senza salutarmi?»

«Sono di fretta, lo sai».

Laura gli si avvicinò e gli diede un bacio sulle labbra, senza abbraccio. Ma sentì un brivido. Gelido. Uno di quelli provati di recente al contatto con Basile.

Che strano... Perché mi sembra un addio?

«Ciao e buona fortuna. Chiama appena arrivi a Roma».

«Ok. La prossima settimana ricordati di far firmare quel gruppo di napoletani. Conoscono un sacco di gente a Staten Island e credo ci porteranno un ottimo incremento di fatturato».

«Va bene, boss».

Gli sorrise e accompagnò lentamente la porta. Un attimo prima di chiuderla, fece in tempo a notare il cenno col mento di Alex. Serio. Quasi imbronciato.

Ho una settimana di libertà per vedere Marco...

Nel pomeriggio Joe portò Michelle al Bronx Zoo. Il cielo era gravato da nubi dense e minacciose, ma non pioveva.

Aveva già anticipato a Nicole che in serata sarebbe andato a cena con due vecchi compagni di scuola e sarebbe rientrato a notte fonda. Così le aveva detto di prendersi tutto il pomeriggio per andare a fare shopping con le sue amiche.

Dopo aver dato un'occhiata ai tre leoncini appena nati, Joe portò Michelle al teatro interno per assistere al film di animazione a quattro dimensioni della serie "Dora & Diego" stavolta alle prese con la crudele volontà del robot-farfalla di distruggere la foresta pluviale. L'esperienza fu molto utile: divertì un sacco Michelle e distrasse Joe dal crimine che doveva compiere. Difatti, oltre al film

3D, gli spettatori erano colpiti da effetti speciali come il vento, la nebbia, profumi, illuminazioni improvvise e colorate, per un viaggio multi-sensoriale e full-immersion davvero coinvolgente.

Usciti dal cinema, Joe e Michelle fecero amicizia con un bambino di nome Chris e sua madre. Insieme a loro, andarono a vedere i gorilla del Congo, la riserva dei babbuini e il temibile orso Grizzly. Quindi tornarono a casa.

Lei felice e lui ansioso.

Bowlmor Lanes si trova nella zona universitaria, lungo la University Place, fra la dodicesima e la tredicesima strada. È il posto ideale dove passare molte ore di divertimento in compagnia, grazie alle numerose corsie per il bowling, i grandi monitor a muro, i mille video-game.

Laura e Julia si trovavano proprio lì, quel sabato sera, decise a divertirsi. Laura aveva salutato Alex la mattina, in partenza per l'Italia, mentre Julia era da poco uscita dal travaglio della separazione, si era messa con uno scienziato e aveva appena strappato al suo ex-marito, Roy, il figlio Thomas. Il giudice Mason, proprio il giorno prima, aveva concluso il dibattimento in tribunale assegnandole l'affido totale del bambino considerando le diverse condizioni economiche, e non solo, dei genitori. Difatti, mentre Julia aveva trovato un posto fisso da Macy's ed era andata a convivere con il dottor Fabio Roversi, un ricercatore della Columbia University che si occupava di malattie cardiache, l'ex marito, Roy Tarantino, aveva dovuto chiudere la fallimentare agenzia matrimoniale – in cui anche Julia aveva lavorato – e si trovava al momento disoccupato. Per di più, il padre di Thomas era il classico perdente: un cinquantenne ingenuo, idealista e sognatore, dal carattere molto incostante che non era mai riuscito a combinare nulla nella vita e non aveva né un'assicurazione sulla vita, né un dollaro da parte. L'avvocato di Julia lo aveva anche accusato di aver preso il vizio dell'alcol, per cui, anche se quest'ultimo addebito gli aveva procurato il rimprovero della ex moglie perché non corrispondeva a verità, la decisione del giudice parve del tutto scontata. All'uscita dall'aula, il padre del bambino si era portato le mani al volto e si era rannicchiato singhiozzante su una delle sedie del corridoio. Julia aveva visto la scena e avrebbe voluto andare a rincuorarlo dicendogli che avrebbe potuto vedere Thomas tutte le volte che avesse voluto, ma Fabio glielo aveva impedito convincendola che si sarebbe ripreso presto e l'aveva portata via per un braccio.

Era stato proprio in quel locale, il Bowlmor Lanes, che Laura e Julia si erano conosciute circa otto mesi prima, in occasione di un torneo di bowling al femminile, ed era stata Jessica a fare le presentazioni. Da allora si erano riviste un paio di volte, per una visita al MoMA e un pranzo al Rockfeller Centre, e fra loro si era creato un discreto feeling amicale. In particolare, Julia aveva confidato all'amica di trovarsi in una difficile situazione di transizione e Laura le aveva offerto una spalla su cui piangere. Ma quando, in una terza occasione, quest'ultima aveva appreso dall'amica che la sua nuova fiamma era proprio quel Fabio Roversi che era stato il suo primo ragazzo, Laura – sorpresa, stupefatta, sconvolta – si era ben guardata dal rivelarle tutto e, di conseguenza, non aveva più avuto quella gran voglia di fare da confidente a Julia. Non per lei, che trovava una donna energica e bene educata, ma per il timore di dover, prima o poi, rincontrare Fabio, il che non la allettava di certo.

Eppure, nonostante le mille cautele, Laura si imbattè in Fabio, proprio sotto casa sua, in Mulberry Street. Era accaduto un paio di settimane prima della partenza di Alex per l'Italia e per Laura era stato uno shock. Fabio aveva saputo da Julia della loro amicizia e l'aveva riconosciuta grazie ad alcune fotografie che lei gli aveva mostrato sul cellulare, dopodichè aveva indagato per conto proprio finché non ne aveva scoperto l'indirizzo. Senza neanche degnarsi di chiamarla, si era poi presentato al n.168 una fresca mattina di metà maggio. Era invecchiato e ingrassato, aveva perso molti capelli, portava occhiali bifocali e una barba incanutita. Se ai tempi dell'adolescenza, quando si sbaciucchiavano sotto i portici di Bologna, dimostravano la stessa età, ora Laura sembrava più giovane di almeno dieci anni. Ma il cambiamento che più sorprese Laura, questo positivo, riguardava la trasformazione caratteriale di Fabio: da insulso studente di provincia, che si era iscritto a medicina deciso a fare l'ufficiale sanitario o il medico della mutua nelle aree rurali della bassa bolognese, intorno ai trent'anni aveva avuto una crisi di identità che lo aveva spinto a fare armi e bagagli e trasferirsi negli USA. Qui era riuscito a diventare un importante ricercatore in cardiologia. Davanti a un cappuccino e una brioche da Ferrara,

Fabio le aveva rivelato che la ragione di quella trasformazione era da addebitarsi al tradimento subito dalla moglie e alla sua conseguente fuga con un camionista conosciuto nel bagno pubblico di un autogrill. Anziché disperarsi, aveva cercato di trovare una nuova ragione per vivere che poi aveva individuato nella ricerca scientifica.

Fintantoché Fabio si era limitato a raccontare della propria vita, non c'erano stati problemi. Laura aveva ascoltato con interesse e, a sua volta, aveva narrato gli sviluppi della propria esistenza. Quando però il medico aveva cominciato a fare il cascamorto e a dirle che la vedeva più bella ora che vent'anni prima e che, se solo lei avesse voluto, lui sarebbe stato subito pronto a tutto per lei, beh, Laura non aveva affatto gradito e fu per questa ragione che non si era più fatta viva con Julia. Ripensandoci nei giorni successivi, Laura aveva dovuto ammettere a se stessa che Fabio era molto cambiato e in lui non c'era più alcuna traccia di quel ragazzo noioso, pantofolaio e spento che aveva frequentato in gioventù. Lo stesso ragazzo che tanto gli aveva ricordato il personaggio di Charles Bovary, messo in ridicolo agli occhi di Emma da Flaubert, ma anche riscattato attraverso la morale conclusiva del romanzo. Era cambiato per davvero, e molto. Ora aveva una posizione di grande prestigio e aveva messo a frutto i suoi talenti intellettuali. Stava inoltre lavorando a un nuovo farmaco per gli infartuati che ben presto gli avrebbe fatto guadagnare ulteriore fama e lauti guadagni. Quindi, aveva potuto concludere che quanto scritto da Fabio, in una cartolina spedita alla sua casa di Bologna qualche tempo prima, corrispondeva certamente al vero. Ma era anche diventato maledettamente grasso, era invecchiato e, per di più, era fidanzato con una delle sue amiche. No, non avrebbe mai tradito Alex con un uomo del genere. E infatti, dopo il cappuccino da Ferrara, lo aveva liquidato in modo piuttosto secco e inequivocabile.

Dato il lungo silenzio di Laura, era stata Julia a riprendere i contatti. L'aveva chiamata intorno all'ora di pranzo, dicendole che era finalmente uscita dal tunnel del suo divorzio e che quindi aveva voglia di festeggiare. In tribunale era andato tutto bene e ora viveva in una grande casa lungo la settantesima strada ovest, a due passi dall'Hudson River e non lontano da Central Park. Con Fabio e

Thomas. Laura aveva accettato l'invito, premurandosi di accertare che fosse una serata solo al femminile.

Le due amiche occuparono la loro corsia per tutta la serata. Al ristorante interno ordinarono vassoi di formaggi, verdure, sandwich, e le specialità a base di spinaci e carciofi. Il tutto annaffiato con vino californiano. E così alternarono partite a smangiucchiate golose nonché a bevute forse un tantino esagerate.

Julia era una vera bionda in leggero sovrappeso, ma ancora piacente. Il girovita era un po' troppo largo per la sua altezza, ma le sue gambe erano sottili e attraevano molti sguardi. I capelli, tenuti fino alle spalle, erano lisci, ben curati e sfilati come voleva la moda. Un paio di occhiali dalla montatura leggerissima lasciavano intravedere due occhi grandi e verdi.

A un certo punto della serata, Laura si fece improvvisamente seria in volto. Aveva visto qualcuno che l'aveva spaventata.

«Che c'è? Per caso tuo marito è già di ritorno?» le domandò Julia.

«No, ma ho visto una persona che stasera non ho proprio voglia di incontrare» rispose Laura facendosi piccola dietro il corpo dell'amica.

«Chi diavolo è?»

«Un italiano che mi vuol portare a letto. Non posso trattarlo male perché è un importante cliente dell'agenzia. Ma non mi interessa in quel senso...»

«Almeno è simpatico?»

«Sì, ma gli sudano le mani in modo orrendo. E poi ha un che di... insomma, non mi piace. Scommetto cento dollari contro uno che è venuto qui per cercare me. Quando Alex non c'è, lui trova sempre il modo di incontrarmi... Aspetta! Per fortuna se ne sta andando. Direi che non mi ha vista...»

Giuseppe Basile, in realtà, si era solo portato al bancone del bar dove aveva ordinato un margarita e la sua sagoma si era nascosta tra la folla di avventori.

Laura indossò il giubbotto. Chiese a Julia di restituire le scarpe da gioco, mentre lei ne approfittava per uscire alla chetichella.

Pensava di non essere stata vista. Anzi, ne era certa.

Ma si sbagliava.

OTTO

La domenica precedente

La notte fra sabato e domenica passò tutto sommato abbastanza tranquilla per Joe *Beast* Garofalo. Fino alle cinque dormì come un sasso e senza incubi tormentosi. Poi si svegliò sotto l'impulso di scaricare la vescica e da quel momento non riuscì più a chiudere occhio. Si girò e rigirò nel letto fino alle sei e mezza, sprimacciò il cuscino in tutti i modi che un insonne può immaginare poi, sfinito, decise di alzarsi e di trasferirsi in sala. Si sdraiò sul divano, con le gambe che penzolavano oltre il bracciolo, accese il televisore e si mise a guardare le news su NY1, seguite dalle previsioni del tempo. Già, le previsioni. Che tempo avrebbe fatto la notte successiva? Si rizzò in piedi e seguì con attenzione l'analisi di Pat Kiernan. Beh, nulla di particolare di cui tener conto: cielo nuvoloso, temperatura ancora fresca, possibile pioggia nella mattinata di lunedì.

Intorno alle sette si preparò un caffè e un paio di uova strapazzate che ingerì con due fette di pane da toast. In cucina c'era un po' di confusione, così decise di mettere piatti, pentole, bicchieri e posate nella lavastoviglie e di riordinare il tavolo. Diede anche una pulita ai fornelli.

Poi tornò in soggiorno. Prese un taccuino e ripassò per iscritto la sequenza da seguire. Una volta salito in auto doveva indossare la barba posticcia e il parrucchino. Scendere a Little Italy e parcheggiare. Entrare nell'appartamento di Laura fra l'una e l'una e mezza. Portare le manette in camera, magari sistemandole sotto un cuscino. Posizionarsi dietro la porta della cucina.. Indossare la calza sulla faccia. Attendere che la sua vittima entrasse e gli passasse davanti. Sbucare all'improvviso alle sue spalle e piazzarle la garza col cloroformio davanti alla bocca. Distenderla sul letto e ammanettarla. Spogliarla. Indossare il profilattico. Attenderne il risveglio. Violentarla *con cattiveria*. Liberarle un polso. Consegnarle la chiave. Uscire dalla camera. Togliersi la calza, ma non la barba e il parrucchino. Darsela a gambe levate usando l'ascensore. Riprendere l'auto. Tornare a casa. Recuperare la seconda parte del denaro sotto la siepe. Festeggiare con Michelle e Nicole l'ingresso in una vita *normale*.

E Fabio? Come aveva preso l'incontro con Laura dopo tutti quegli anni?

Inutile dire che era rimasto estasiato dalla sua bellezza e dalla forma fisica in cui si trovava, una bellezza e una forma che, se da un lato lo attraevano, dall'altro lo respingevano, perché un'Afrodite del genere non avrebbe mai ceduto a uno sgorbio come lui. Tuttavia, un punto di forza lo poteva sfoggiare con grande fierezza: il prestigio internazionale raggiunto in un campo ambitissimo e di conseguenza lo stato di benessere economico e di conoscenze altolocate nel mondo della scienza e della cultura. Doveva puntare su questi aspetti, se voleva nutrire anche la più modesta speranza di riconquistare il suo primo amore. Quello che non si scorda mai.

Nelle settimane successive, Fabio si mise allora a riflettere: in quale modo avrebbe potuto far colpo su di lei? Come avrebbe potuto attrarla a sé? Offrendo quali vantaggi?

L'immagine di Laura divenne per lui un'ossessione.

Se la sognava di notte e la pensava costantemente di giorno, anche quando era alle prese con la sperimentazione di nuovi farmaci per diluire il sangue e abbassare la pressione arteriosa.

Un'ossessione. Una vera e propria ossessione.

Il sonno di Laura fu angustiato da un brutto sogno, per fortuna di breve durata. Giuseppe Basile la pedinava in metropolitana e, proprio quando lei era convinta di averlo seminato, lui la aggrediva dandole una botta in testa da dietro. Quindi iniziava a trascinarla per i capelli, lungo la banchina e stava per gettarla sotto il treno in arrivo quando… il latrato insistito di una sirena proprio sotto casa le salvò la vita… ridestandola.

Costernata, si alzò per bere un bicchier d'acqua. Si scoprì sola nel suo appartamento e le venne in mente Alex. Guardò l'orologio a parete: erano le sette del mattino. Come mai non aveva ancora telefonato?

Proprio in quell'istante, neanche a farlo apposta, le squillò il cellulare.

«Ciao cara, sono io, sei già sveglia?»

«Sì, mi sono giusto alzata...»

«Scusa se non ti ho chiamata prima, ma siamo arrivati tardi in hotel e ho dovuto spiegare il programma a tutti quanti. Tra l'altro, al gruppo di New York si sono uniti alcuni parenti di qui. Lo sai come sono i nostri meridionali».

«Ho capito. Tutto bene il viaggio?»

«Sì, un po' di turbolenze all'arrivo a Fiumicino perché pioveva a dirotto. Ma il pilota è stato bravo. Tu che hai fatto ieri sera?»

«Sono andata al bowling con la mia amica Julia».

«Ti sei divertita?»

«Sì, abbastanza. Ma niente di trascendentale» rispose Laura ripensando all'apparizione di Basile che le aveva rovinato la serata.

«Ti sento un po' strana...»

Strana io?

«Sono ancora un po' stanca. Siamo rientrate solo... fammi un po' vedere... sei ore fa».

«Scusami ancora. Ma non essendoci sentiti ieri sera, ho pensato che forse...»

«Hai fatto bene. Tranquillo. Ora torno a letto e vedo di dormire un altro paio d'ore».

«Io invece vado a pranzo col gruppo. Ti richiamerò martedì. *Take care*. Anzi "fai a modo", come dite voi emiliani».

«Già, fai a modo anche tu» concluse Laura guardando la cornetta del cordless e domandandosi per quale diavolo di ragione Alex le era sembrato così stranamente premuroso.

Intorno alle cinque pomeridiane, Joe noleggiò una Toyota Yaris all'Enterprise, nei pressi del Bronx Park e pagò in contanti in anticipo, allungando anche una generosa mancia all'impiegato di turno: gesto, quest'ultimo, che gli permise di non fornire alcun documento.

Verso le sei della sera, Joe era già a Little Italy. Col parrucchino biondo e la barba posticcia, passeggiò per un paio d'ore fra Mulberry Street, Grand Street, Canal Street, Mott Street, Broome Street, Elisabeth Street. Aveva parcheggiato la sua Yaris al Park On Auto Services, situato al n. 75 di Kenmare Street, a due passi dall'incrocio con Mulberry Street. Aveva passato parte della serata da Ferrara, in Grand Street, dove si era divorato un paio di cannoli siciliani, una fetta di pastiera napoletana e almeno tre pasticcini, la vera specialità locale. Il tutto accompagnato da un caffè lungo.

Era da un pezzo che Joe non si consolava con simili delizie. Da quando era diventato padre e la sua vita era profondamente cambiata, non ne aveva più avuto alcun bisogno. Lo scambio d'affetto che aveva quotidianamente con Nicole e Michelle gli riempiva completamente la vita. I pasticcini di Ferrara erano comunque una squisitezza senza eguali. E i numerosi turisti che affollavano il locale lungo e stretto, erano lì a dimostrarlo.

Seduto a un tavolino rotondo nell'angolo in fondo, ebbe il tempo di riflettere. Fra i tanti pensieri che attraversavano la sua mente, uno particolarmente attraente cominciò a prendere il sopravvento su tutti gli altri: dopo lo squallido *lavoro* di quella notte, avrebbe potuto portare la sua famiglia in Italia e vivere là per il resto della vita. In Sicilia aveva ancora diversi parenti che avrebbero potuto aiutarlo a trovare una sistemazione adeguata. Magari in Calabria, lungo la costa ionica. Dove nessuno avrebbe mai più potuto rintracciarlo.

Proprio nessuno?

Uhm, no. A pensarci bene c'erano destinazioni più intelligenti. L'Italia era un sogno, là erano le sue radici, ma l'Australia o la Nuova Zelanda sarebbero state certamente più sicure.

L'idea di quel mutamento radicale stava allettando la sua immaginazione, quando lo squillo del cellulare di un avventore, guarda caso un italiano, lo ridestò al suo impegno. Erano già le nove ed era giunta l'ora di spostarsi.

Nel frattempo, Laura entrava nel ristorante "Umberto's Clam House", ora al 132 di Mulberry Street, ma fino a due anni prima dove adesso si trovava l'altro ristorante italiano "Da Gennaro". Ad attenderla, non solo Jessica e John, come preventivato, ma anche quel simpatico scassa-palle di Giuseppe Basile il quale stava dicendo ai due amanti che proprio in quel ristorante, nel 1972, il sicario della mafia Joey Gallo fu assassinato. Al tempo, Umberto's si trovava al n.129 di Mulberry Street, cioè dall'altra parte della strada, ma più spostato verso l'incrocio con Hester Street. «La vedete quella porta adagiata per terra? Vedete quel foro bello largo?»

John e Jessica diedero un'occhiata e fecero un cenno di assenso. Laura era imbronciata e si rifiutò di guardare. Basile non se ne accorse perché, per mostrare l'oggetto del suo discorso, si era dovuto voltare completamente.

«Beh, si tratta del foro di uno di quei proiettili che... Laura, qualcosa non va?»

La moglie di Alex era proprio stizzita. A un tratto prese Jessica per una mano e la trascinò in bagno. Giuseppe guardò John con aria interrogativa e l'atleta alzò le spalle come a dire che non capiva neppure lui.

«Si può sapere che cosa ti è saltato in mente di chiamare quel coglione anche stasera?»

A Jessica non era mai capitato di vedere Laura così furiosa.

«Ehi, calmati un attimo. Non l'ho chiamato io. L'ho trovato qui che ci aspettava. Ho pensato che si era sentito con te e l'ho lasciato sedere. Cosa dovevo dirgli? Di andarsene?

«Sì!»

Jessica cercò di mantenere la calma e le parlò con estrema cortesia.

«Ma l'altra sera, non era andata bene con lui? Ti ho sentita sghignazzare a più non posso… Che cos'è successo, dopo, che io non so?»

«Nulla di particolare. È solo che non voglio più vederlo. Non al di fuori del lavoro. Mi dà sui nervi».

«Ma perché? Che ti ha fatto?»

«È diventato troppo appiccicoso per i miei gusti. Lo vedo benissimo che vuole portarmi a letto». Non poteva mica dirle che la sua stretta di mano le aveva trasmesso una brutta sensazione. «Cosa credi, che sia così idiota da non accorgermene? E poi sembra che non gliene freghi un cazzo del fatto che sono sposata. Dico: ma come si permette?»

Jessica cercò di usare un tono morbido e un linguaggio moderato.

«A me non era sembrato così sfacciato. Tutto sommato, mi sembra abbia dei modi galanti… E poi ha un gran bel viso… Comunque sia, ormai è qui e mica possiamo mandarlo via. Avanti, vieni, cerca di reggerlo ancora per una volta e poi, quando io e John ce ne andiamo, digli le cose come stanno, così te ne liberi una volta per tutte. Vedrai che capirà e ti lascerà stare».

Laura fece una faccia scocciata, ma se ne fece una ragione e tornò a tavola con l'amica. Una insalata di gamberetti e una zuppa di molluschi ebbero la meglio su tutte le altre proposte del locale.

La tensione nell'animo di Laura, comunque, non si dissipò affatto: se ne restò muta per la maggior parte del tempo, rispondendo in modo telegrafico alle domande che le venivano rivolte e senza mai sorridere una volta. Peppino divenne egli stesso più serioso del solito, mentre Jessica e John si tenevano la mano e si scambiavano occhiate d'intesa. Per vincere gli imbarazzanti silenzi della serata, Jessica chiese a Giuseppe di raccontare una delle sue barzellette. Ma questi disse che quella sera non si sentiva in vena di sarcasmo e spostò l'attenzione su John, chiedendogli di parlare delle arti marziali. Ma John era un tipo loquace solo quando si trovava a tu per tu con le femmine. Per cui se la sbrigò in pochi minuti e il silenzio ripiombò sul quartetto, producendo lo stesso effetto ribollente del bicarbonato di sodio versato nell'aceto.

Ma di lì a poco, ecco la svolta della serata.

Prima di ordinare il secondo, approfittando di un momento di sbaciucchiamento fra Jessica e John, Basile si avvicinò a Laura e le sussurrò in un orecchio: «Dopo cena vorrei accompagnarti a casa. C'è una cosa urgente che devo dirti».

Il fiato caldo del pizzaiolo più potente d'America disgustò l'apparato multisensoriale collocato intorno all'orecchio di Laura. Il ribrezzo superò il desiderio di replicare che anche lei aveva qualcosa da dirgli e quindi si limitò a scuotere il capo e a domandare: «A che proposito?» Nel suo viso, le tracce inconfondibili della frustrazione. Nei suoi occhi, l'iniezione di sangue di una rabbia che stava per esplodere.

Peppino si rendeva conto di esserle diventato particolarmente antipatico. Ma procedette ugualmente e proferì la sua tremenda sentenza.

«Sono venuto qui solo per dirti che sei in pericolo! Anzi, in grave pericolo!»

Nove

Quella notte fra domenica e lunedì

Laura lo guardò in tralice.

Che cosa cavolo voleva dire quel rompicoglioni? Era un'altra delle sue trovate per colpirla?

«Non è affatto divertente» replicò lei, riprendendo in mano il menù come se fosse assolutamente certa che si trattasse di uno scherzo di cattivo gusto. Peccato che, dentro di sé, alcune cellule nervose cominciarono a tremare stabilendo, in qualche remoto recesso del suo inconscio, delle spaventose sinapsi di collegamento con le sensazioni di angoscia provate nei giorni precedenti.

«Ma è la veri...»

Laura non lo lasciò finire. Nelle sue vene, il sangue aveva cominciato a ribollire, ma si sforzò di rimanere impassibile. Mentre notava che la mano destra di John si era dolcemente appropriata della coscia sinistra di Jessica, richiamò l'attenzione del cameriere e ordinò una frittura mista di pesce. Basile si associò. Jessica e John, invece, scelsero un filetto di salmone ai ferri. Il vino fu ordinato da Peppino: una bottiglia di Frascati.

Forse per dirigere altrove l'attenzione del suo animo scombussolato, Laura prese la parola e la mantenne durante la consumazione del secondo. Parlò a lungo della sua agenzia, rivelando i particolari della sua storia e decantando le gesta di suo marito Alex, che aveva avuto il grande merito di guardare lontano e di riuscire nell'impresa di espanderla all'estero. Jessica notò che la sua amica aveva qualcosa che non andava: raccontava di sé come se fosse in trance, guardando fisso il proprio bicchiere e non osando scambiare occhiate con nessuno, men che meno con Basile. Il quale si trovava in un evidente stato di preoccupazione: silenzioso e serio come se fosse in lutto, non si era mai mostrato in uno stato così dimesso. Evidentemente ha preso male il rifiuto di Laura, pensò Jessica fra sé poco prima che la mano di John si muovesse lungo la sua coscia e si avvicinasse al pube facendo mutare il corso dei suoi pensieri.

Il dessert fu servito con un certo ritardo. Tiramisù per le donne e un sorbetto al limone per gli uomini. Basile si alzò per primo, scusandosi per il bisogno impellente di andare a fumarsi una sigaretta. L'inconfondibile aroma della frittura di pesce invadeva il locale, le cui vetrate apparivano ora leggermente appannate.

Laura, Jessica e John si recarono alla cassa per pagare, ma scoprirono che Giuseppe aveva già pagato per tutti prima di uscire.

«Cosa si aspetterà in cambio?» domandò Laura maliziosa ricevendo da Jessica una stizzita levata di spalle.

«Andiamo a ringraziarlo, piuttosto» concluse John aprendo la porta alle signore.

«Se sapeste cosa mi ha detto poco fa, sareste meno cerimoniosi nei suoi confronti...»

«Chissà cosa ti avrà mai detto...» ribatté Jessica col tono della mamma che cerca di sminuire agli occhi del figlio l'offesa subita dal fratello maggiore.

In strada ritrovarono Peppino intento a spegnere il mozzicone di sigaretta con la suola. Jessica e John lo ringraziarono promettendogli che avrebbero presto ricambiato e costringendo così Laura a esprimere il proprio, svogliato, grazie. Basile fece un modestissimo cenno di assenso col capo, ma aveva ancora sul volto un'espressione decisamente accigliata.

A questo punto, Jessica tirò fuori dal cilindro la sua grande idea.

«Ora, tutti al Mulberry Street Bar!»

Capirai che novità, pensò Laura prima di correggere il tiro verso una frase più diplomatica.

«Io, veramente, andrei a dormire» disse infatti con sguardo questuante.

«Macché dormire! Non vedi che è solo l'una?» si inserì John.

«*Solo* dici? Io domani mattina devo aprire l'agenzia. E mi aspettano dieci ore di lavoro e una settimana molto intensa». Stava per aggiungere *a causa del fatto che sarò senza Alex fino a sabato prossimo*, ma si trattenne. Non voleva che Basile disponesse di una simile informazione.

«Scusami, Laura, ma forse non sai cosa succede stasera al Mulberry Street Bar».

«Lo so, invece: offrono da bere a tutti per festeggiare la puntata di *Law & Order* girata nel pomeriggio. E ti dirò che sono contenta per Vivian e sua sorella, persone molto capaci e per di più di origine italiana. Ma preferisco andarmi a riposare, se non vi dispiace troppo».

Jessica prese Laura per un braccio e se la tirò da parte.

«Hai già parlato a Giuseppe?»

«No».

«E allora si può sapere perché diavolo non vuoi venire? Questa sarà l'occasione giusta per parlargli chiaramente e togliertelo di torno una volta per tutte. Avanti!»

Laura non risultò indifferente a questo argomento. Se c'era una sola ragione per convincerla a stare fuori altre due ore, beh, Jessica l'aveva centrata in pieno.

Seppur a malincuore, Laura accettò l'invito.

E questa scelta, questa semplice scelta, segnò per sempre il destino di entrambe.

S'incamminarono. Jessica notò che il cielo si era pulito e mostrava il firmamento stellato. John frenò subito il suo entusiasmo precisando che le previsioni del tempo avevano dato per certo l'imminente arrivo di un'altra perturbazione, anche se di breve durata: fra martedì e mercoledì sarebbe iniziata l'estate e il termometro sarebbe subito salito a ottanta gradi fahrenheit.

Al Mulberry Street Bar c'era aria di festa. Come e più del solito. I clienti assembravano il locale e si divertivano eccedendo nel bere. Al karaoke c'era una fila impressionante di iscritti, mentre boccali di birra e cocktail da sballo andavano a ruba.

Dopo aver atteso al bancone del bar per una buona mezzora, Jessica vide quattro ragazzi andarsene e piombò come un falco ad occupare il tavolino che si era liberato. Neanche un minuto a sedere l'uno accanto all'altra ed ecco John e la sua bella avvinghiarsi come due polipi e iniziare a pomiciare e a palparsi come se si fossero appartati in chissà quale angolo remoto del pianeta. A un certo punto, due ubriachi di origine ispanica gli rotolarono addosso e loro manco se ne accorsero.

Giuseppe, sempre insolitamente serio, si alzò per andare a prendere due birre. Laura ne approfittò per cercare nella mente le parole adatte a liberarsene senza offenderlo oltre misura. Per un istante un dubbio sconcertante prese vita nella sua mente: *chissà se Alex accetterebbe che mi compromettessi con lui pur di non perderlo come cliente dell'agenzia?*

Prima che Basile fosse di ritorno, Jessica si girò verso di lei, evidentemente accaldata per i drink bevuti e le effusioni ricevute, e le domandò: «Senti, Laura, non è che mi faresti un favore grande-grande, eh?» Negli occhi di Jessica c'era ancora lo sguardo languido che aveva un attimo prima mentre baciava il suo uomo. Le sue pupille erano ancora dilatate.

«Se posso, volentieri» le rispose notando che parte del rossetto le era sparito dalle labbra ed era finito sulla faccia di John. Ma un istante dopo si sarebbe morsa la lingua perché non era riuscita a capire per tempo dove la sua amica volesse andare a parare.

«Senti un po', John è sposato e io ho dato le chiavi di casa mia a una coppia di amici che sono di passaggio. Domattina devono prendere un aereo al JFK. Bene, è inutile che ci giri tanto intorno: io e John siamo qui che abbiamo una voglia pazza di scopare, ma non abbiamo un posto adatto e vicino…»

Gli occhi di Laura inorridirono.

«Jessica, santo Dio, sei forse impazzita? Ti vuoi fottere John in casa mia e lasciarmi qui con Basile per tutta la notte?»

«Sarà solo per un'ora, te lo prometto. Che ore sono adesso?»

Laura guardò svogliatamente il suo orologio da polso.

«Le due meno dieci».

«Ti giuro che alle tre meno dieci, fai meno cinque, ti riporto giù le chiavi. Tu puoi approfittarne per dire quella cosa a Giuseppe».

«Ehi, Jessica, va a finire che sfrutterai questa storia fino a succhiarmi il sangue. E poi, dopo la scopata, dove andrai a dormire?».

Dall'espressione rabbonita e dalla preoccupazione per lei, si capiva che Laura stava cedendo.

«John mi accompagnerà da una mia collega, a Brooklyn. Ma lo farà… *dopo*, mi capisci? Dai, allora, dammi le chiavi. Tanto sono due passi e la strada la conosco».

Laura le tirò fuori dalla borsetta e controvoglia le allungò a Jessica.

«Grazie, sei un'amica, una vera amica, la migliore delle amiche!» sentenziò Jessica visibilmente elettrizzata e prendendo le chiavi come il vincitore di una gara stringe un trofeo.

Se solo avesse potuto anche solo immaginare a cosa andava incontro con quell'idea scellerata, forse non si sarebbe espressa proprio con quelle parole e non si sarebbe sentita così felice.

Venti minuti prima, intorno all'una e trenta, Joe era entrato nell'appartamento di Laura. Per prima cosa aveva portato le manette in camera, nascondendole sotto un cuscino. Poi era tornato in cucina. Si era tolto il giubbetto impermeabile e aveva deposto a terra lo zaino provocando un leggero tonfo metallico: già, sul fondo della tasca centrale aveva sistemato il suo revolver con silenziatore.

In questi casi non si può mai dare nulla per scontato.

Dallo zainetto estrasse la garza, il vasetto col cloroformio e la calza. Si palpò la tasca sinistra e trovò conferma circa la presenza del profilattico.

L'attesa non durò a lungo. Come aveva previsto quella vecchia volpe di Frank, intorno alle due meno cinque giunse alle sue orecchie il rumore a stantuffo dell'ascensore che si apriva sul pianerottolo del quarto piano.

Una scarica di adrenalina.

Ce la farò?

Intinse la garza nel cloroformio e si appostò. Quando la chiave fece scattare il chiavistello, sentì una doppia risata, ovvero quella di una donna e di un uomo.

Per Dio, vuoi vedere che approfitta del marito assente proprio stasera?

Un istante e ogni eventuale dubbio sparì. In effetti, erano entrati in due: un uomo e una donna!

Oh, no!

Joe si chinò ed estrasse la pistola dallo zaino. Poi aderì al muro che divideva la cucina dall'ingresso. Quindi pregò che nessuno dei due entrasse in quella stanza.

Lei rideva e lui pure. Erano su di giri. Soprattutto lui.

«Vieni, faccio strada» disse lei.

«Wow, che bel letto! Avanti, spogliati che ti faccio saltare come una puledra».

Joe capì dai toni improvvisamente soffusi che i due avevano chiuso la porta della camera. Rimase immobile, indeciso sul da farsi.

Me ne vado o aspetto?

Un altro pensiero lo fece decidere: se, dopo la scopata, la donna avesse licenziato il suo amante, lui, Joe, avrebbe avuto campo libero.

Meglio nascondersi e aspettare…

Nel frattempo, in camera stava succedendo di tutto. John prese Jessica davanti e di dietro, di fianco, da sopra e da sotto. La sua foga sembrava non avere requie. In certi momenti si lasciò andare a volgarità e a gesti al limite della violenza carnale che turbarono Jessica: non si sarebbe mai aspettata che John, in preda all'alcol, diventasse così stronzo. Ma dopo il secondo orgasmo, finalmente, John si adagiò sul letto, esausto. Jessica ne approfittò per guardare l'orologio.

«Santo Dio, le tre meno un quarto! Rivestiti e corri giù al bar. Io sistemo un attimo 'sto casino che abbiamo fatto e arrivo. Le ho promesso che le avrei riportato le chiavi entro le tre meno cinque e voglio essere di parola. Vai, John, sbrigati e dille che arrivo! E non c'è bisogno che mi accompagni dalla mia collega di Brooklyn: prenderò un taxi».

In realtà erano le due e ventotto. Ma Jessica aveva provato un inatteso disgusto per il modo in cui John l'aveva scopata. Anche per lei c'era un limite che non andava mai superato. Va bene il desiderio carnale, la sensualità, la passione e tutto quanto, ma la volgarità e i gesti sprezzanti e violenti no. Se c'era una cosa che odiava con tutta se stessa era essere trattata da puttana. Giurò a se stessa che non avrebbe mai più frequentato John.

Questi, seppur a fatica e con eccessiva lentezza, si rivestì. Jessica lo accompagnò alla porta e gliela chiuse dietro. Proprio mentre tirava un sospiro di sollievo, notò che la finestra su Mulberry Street era aperta e si portò in soggiorno per andare a chiuderla. Ma non le fu possibile: fatti due o tre passi, infatti, si sentì cingere da dietro. Un braccio enorme l'aveva braccata all'altezza della gola e una mano guantata le stava portando uno straccio bianco alla bocca.

Fece appena in tempo a lanciare un grido.

Breve. Acuto. Agghiacciante.

Prima che potesse riprendere fiato per lanciarne un altro, la garza imbibita di cloroformio le coprì interamente bocca e naso oscurandole la vista della finestra che intendeva chiudere. Nell'attimo successivo perse i sensi.

Joe la prese sotto le ascelle e la trascinò in camera procedendo a ritroso. Qui la sollevò di peso e la mise sul letto. Tirò fuori le manette e le legò polsi e caviglie agli intarsi in ferro battuto. Le mise il nastro adesivo intorno alla bocca e gliene fece diversi giri intorno alla testa. Si calò i pantaloni e, dopo averle palpato seno e pube, sentì con sollievo salire l'erezione. Indossò il profilattico.

Per guadagnare tempo cominciò a penetrarla quando ancora sonnecchiava.

Osservando quella poveraccia ammanettata e imbavagliata, mezza nuda e priva di sensi si sentì un vigliacco. Per un attimo la sua volontà di compiere quel crimine vacillò. E la sua virilità ne risentì.

Poi gli venne in mente Frank e il suo tremendo ricatto.

Ma che cazzo sto facendo?

Allora ricominciò a temere per Michelle e Nicole: se avessero fatto del male a loro, lui ne sarebbe morto. No, doveva obbedire a quel verme di Frank e guadagnarsi la propria libertà che ora aveva l'immagine di una bella casa in Australia. Quindi tornò a sentirsi in grado di portare a termine l'ultimo, tanto squallido quanto necessario, lavoro della sua vita di criminale.

Per mantenere l'eccitazione palpò nuovamente il seno di Jessica. Le prese i capezzoli e glieli strinse cercando di non farle troppo male. Poiché non si svegliava, cominciò a schiaffeggiarle piano il viso finché non riuscì nel suo intento.

Le palpebre della donna si mossero. Prima si aprì solo una fessura, poi ecco farsi strada uno sguardo imbambolato. A un tratto, gli occhi scuri di Jessica si spalancarono.

Inorriditi. Terrorizzati.

Un uomo enorme, persino più grande e grosso di John, con una calza in testa che lo rendeva irriconoscibile, le stava sopra e la stava violentando orrendamente. Quattro manette la immobilizzavano al letto. Una quantità enorme di nastro adesivo incollato alla bocca le impediva di urlare, ma non di mugugnare. Cominciò a scuotere il capo a destra e a manca e a tirare con braccia e mani facendo tintinnare le manette contro il ferro battuto.

Joe, sopra di lei, era in conflitto con se stesso.

Poveraccia, non sai quanto mi dispiace farti questo…

Se Jessica avesse potuto vedere l'espressione del suo carnefice da sotto la calza, forse non avrebbe provato, in quel preciso istante, tutta quella paura, quello sgomento, quell'orrore, quel disgusto, quella ripugnanza. Ma è e ben vero che dopo qualche minuto, si accorse ugualmente che qualcosa non andava in quello stupratore gigantesco. La sua carnalità non sembrava spontanea, ma forzata. E nei suoi gemiti non c'era uno smodato piacere, ma una specie di titubanza.

Joe si rese conto dell'attenta sensibilità della sua vittima, la quale era ora meno spaventata. Ricordando che Frank gli aveva ordinato di stuprarla in modo da lasciarle un orrendo ricordo, ripensò a Nicole e Michelle e cercò di recuperare la crudeltà iniziale. Le diede allora uno schiaffo, anzi due. Poi altri due, questi ultimi tanto forti da farle girare la faccia da ambo i lati.

Le sberle la fecero piangere. A un tratto ebbe un sussulto e parve sul punto di vomitare. Joe approfittò della situazione: si sforzò di penetrarla con ancora maggior forza, per lasciare il segno, come gli aveva ordinato quel bastardo di Frank. Voleva la libertà, per sé e per la sua famiglia, quindi doveva portare a termine quel compito schifoso. Fino in fondo.

Ma il cuore gli batteva all'impazzata in petto: non gli era mai capitato di odiarsi tanto.

A un tratto, Jessica si arrese. Si voltò da una parte. Gli occhi chiusi. Piangeva sommessamente, come un agnellino ferito e accettava la violenza nella passività più totale.

Joe, intenerito e inorridito per ciò che aveva fatto, finì in fretta e si riallacciò i pantaloni. Le liberò un polso e le consegnò le chiavi. Gliele mise in mano e le chiuse il pugno con un gesto talmente gentile da sembrare quasi cavalleresco. Ci mancò poco che non si scusasse.

Tornò in cucina. Prese lo zainetto, vi infilò la calza e indossò il giubbetto impermeabile. Aprì la porta e si avvicinò all'ascensore. Premette il pulsante, ma poi decise di scendere per le scale.

Un'altra decisione apparentemente insignificante, ma che determinò parte degli sviluppi futuri che ne sarebbero derivati.

Arrivato in fondo, aprì il portone d'ingresso.

Un uomo di media statura, capelli neri e mossi e con uno strano maglione a V con un grosso buco all'altezza della pancia, stazionava lì fuori e fece per entrare.

Che occhi da pazzo!

Di certo un inquilino di questo edificio, pensò Joe notando lo stato sconvolto in cui sembrava versare – che fosse uscito ubriaco dal bar lì a fianco?

Per quanto in totale imbarazzo e comunque cercando di nascondere il proprio viso, tenne la porta aperta al nuovo venuto. Questi iniziò ad osservarlo, come se lo strano fosse lui. Joe allora si risolse: affrettò i propri movimenti e lasciò andare il portone. Il tale lo tenne aperto ancora per qualche istante, gli occhi fissi sul gigante che se ne usciva da lì a notte fonda. Mentre Joe si dirigeva verso Kenmare Street per recuperare la sua auto, verificò che il parrucchino biondo e la barba posticcia fossero sistemati correttamente. Fra un passo e l'altro, gli capitò di ripensare all'uomo che aveva incrociato: non poteva essere un inquilino in quanto non aveva alcuna chiave in mano. Sembrava arrivato lì da poco ed era come incuriosito da qualcosa…

E se avesse udito il grido…? No, quello era uno sfigato qualsiasi, non certo un eroe…

Le tenebre lo avvolsero e, superato l'incrocio con Broome Street, cominciò a correre.

Pensava di correre verso la libertà.

Ma si sbagliava. E di grosso.

Parte Seconda

Dieci

Lunedì

Proprio nell'attimo in cui giungo innanzi al portone della casa di fronte, cioè al n. 168 di Mulberry Street, ecco che questo si apre. Nel mio cuore, non proprio impavido di natura, la sorpresa cede subito il passo allo spavento: un uomo gigantesco, che mi sovrasta di almeno 25 centimetri, appare sulla soglia. Ha i capelli di un biondo stopposo e una barbetta poco folta dello stesso colore. Mi guarda come se avesse incrociato gli occhi di un pazzo. Però è tanto gentile da tenermi la porta aperta. Mentre cerca di farmi entrare, tiene lo sguardo a terra, come se avesse qualcosa da nascondere. Sembra in imbarazzo. Io allungo un braccio per tenere la porta e lo osservo mentre si incammina. Eccolo che si tocca i capelli e la barba. Uhm… che tipo strano! Se ne è andato senza dire una parola, diretto verso nord. Ora supera l'incrocio con Broome Street e prosegue diritto. Qualcosa mi induce a seguirlo con lo sguardo: per Dio, ora si è messo a correre!

Quell'uomo sta fuggendo perché ha fatto qualcosa di male: è del tutto evidente! L'ho capito dall'energia negativa che emanava, da quello sguardo timido e sfuggente, dalla velocità che ha preso non appena ha pensato di essere sparito dalla mia vista.

Per qualche secondo rimango indeciso sul da farsi. Potrei corrergli dietro, oppure tornare su in casa e chiamare la polizia. Ma se mi sbaglio?

No, stavolta non mi sbaglio. Ho una vita di merda, sono un fallito totale, ma su quel tizio non mi sbaglio: scommetto che è stato lui a far gridare quella donna.

Già, quella donna. La ragione per la quale sono venuto qui.

Do un'occhiata in strada: il bar è ancora affollato, dentro e fuori. Per il resto della via, tutto chiuso e tutto silente.

È ora di farsi coraggio e salire. Premo il pulsante e l'ascensore si apre subito: l'ha usato quel tipo... Entro in cabina e il tasto n.4 quasi si incrina sotto la pressione ansiosa del mio dito indice.

Sbuco sul pianerottolo. Quattro appartamenti. Per Dio, la porta di quello qui a destra è socchiusa! Il cuore prende a battermi un po' troppo velocemente per i miei gusti.

Busso. Due volte. E poi altre due volte.

Nessuna risposta.

Entro.

Che cazzo sto facendo?

«È permesso? C'è qualcuno?»

Ho il cuore in gola e mi sto dicendo che devo essere completante impazzito per aver preso la folle decisione di venire fin qui. Mi trovo nell'ingresso. A destra c'è la cucina e a sinistra il soggiorno. La finestra è socchiusa: ecco perché ho potuto sentire quel grido!

Mi pare di sentire un mugugno.

Un gemito. Un pianto sommesso.

Non sto sognando: il lamento proviene dalla stanza in fondo sulla destra, quella dopo la cucina. Prima di avviarmi noto che la finestra del soggiorno è aperta. Sto quasi per andare a chiuderla quando mi do del deficiente: c'è altro da fare, non ti pare?

Mi avvicino alla camera in fondo a destra. Anche questa porta è socchiusa. Ho il batticuore, ma procedo con la forza del soccorritore. Lo spettacolo che mi si mostra non è molto diverso da quello che mi aspetto. Ma è orribile ugualmente. Spaventoso.

Aiuto!

Una donna, seminuda, è riversa sul letto a faccia in giù. La testa trova protezione all'interno dell'angolo formato dal gomito del braccio destro. Piange sommessamente, come una bambina a cui è stata rubata la bambola preferita. Ora sta tirando su il viso: ha avvertito la mia presenza.

Per prima cosa vede i miei piedi. Da dietro la selva di capelli lunghi e scuri lascia andare un grido. Breve. Acuto. Agghiacciante.

Come quello che ho sentito prima. Identico.

Finalmente il suo viso si fa largo fra i capelli e incrocio il suo sguardo.

«Jessica!»

Non credo ai miei occhi. È proprio lei, Jessica Johnson, un'amica della mia ex moglie. Ora si è seduta sul letto. Le gambe sono nude. I piedi, non proprio sottili ma pur sempre graziosi, toccano terra. Smalto rosso scuro. Dalla camicetta stracciata fuoriescono i suoi seni importanti. Lei capisce cosa sto guardando e fa per coprirsi come può. Ci vuol poco a comprendere cosa le è successo. Si è fatta silente, mi osserva come se fossi uno zombie. Non riesco a capire cosa stia pensando.

Quel grido…

I capelli, lunghi e neri, sono scarmigliati. Sudati. Noto un graffio sulla coscia destra e una tumefazione ai polsi. Anche le caviglie, a ben guardare, presentano dei brutti segni violacei.

«Jessica, sono io, Roy, mi riconosci?»

Il piccolo Thomas dormiva un sonno agitato. Si era tutto scoperto e si muoveva continuamente nel letto. La sua bocca rumoreggiava un respiro che passava a fatica attraverso le narici. Fabio, che si era alzato per urinare, se ne accorse. Rimase in piedi, sulla soglia della sua camera, e lo osservò a lungo. Chissà se riuscirò a fargli da padre, si domandava. Chissà se riuscirò a farlo crescere con sani valori, con la voglia di lavorare che ho io. Chissà se riuscirò a scrollargli di dosso la mappa genetica dello sfigato che di certo ha in parte ereditato da sua padre?

Con queste domande che gli frullavano in testa, tornò a letto. Julia dormiva come un angelo. Era carina, certo che lo era. Soprattutto i suoi capelli biondi e le sue caviglie sottili… Ma per tutti gli angeli del cielo, Laura era un'altra cosa…

Si girò dall'altro lato e pensò ai giorni più belli passati con la sua ex. Alle passeggiate sotto i portici, le serate in birreria, le messe nella cattedrale di San Petronio o nel suo paese di campagna, in quelle domeniche estive in cui la invitava a pranzo dai suoi genitori.

Agitato, avvertì una vampata di calore alle gambe e se le scoprì. Tornò a girarsi verso Julia. Cercò di convincersi che nella vita non si poteva sempre avere tutto e che quando si trova qualcuno con cui condividere i propri valori ci si può accontentare…

Già, accontentarsi… facile a dirlo, ma dopo averla rivista, quel pomeriggio sotto casa sua e poi da Ferrara… Dio, quanto era diventata bella: a quarant'anni era ancora più attraente che a diciassette, quando era la sua ragazza

Perché diavolo ha sposato quello schifoso biondo del cazzo...?

Fabio trovò impossibile riaddormentarsi. Il passato e il presente si aggrovigliavano nel suo animo confuso e tormentato. L'immagine della *sua* Laura, quella di oltre vent'anni addietro, si sovrapponeva ai dorati capelli di Julia che ora si stagliavano sul cuscino come un dipinto che raffigura il grano ondeggiato dal vento.

Accontentarsi o puntare al massimo possibile?

Da giorni e giorni Fabio si arrovellava in questo modo.

Essere o non essere, tentare o rinunciare?

Cosa poteva offrirle per convincerla? Cosa desiderava di più quando era una ragazza? Quali erano i suoi sogni?

Un'immagine tornò all'improvviso a fare capolino nello specchio della sua mente: Laura era seduta su una panchina del Parco della Montagnola e leggeva il libro più importante della sua vita. In quel libro era nascosta la ragione della sua scelta. Erano passati più di vent'anni, ma ora i ricordi tornavano e si arricchivano ogni giorno di qualche tassello in più.

Di che libro si trattava? Era *L'amante di Lady Chatterley*? No, no, era francese... Ma certo! *Madame Bovary*!

Deciso a recuperarne una copia per rileggerselo, si riaddormentò.

«Roy! Oh, Roy...» gli occhi di Jessica sono rossi di pianto.

La prima domanda che mi sgorga spontanea – Che cosa ti è successo? – è di una banalità tale che mi morderei la lingua. Cerco di riparare, prima che risponda, con un'altra domanda. Una domanda un pochino più intelligente.

«Che cosa ci fai in questo appartamento?»

Fino a poco tempo fa abitava all'incrocio con Grand Street, sopra al Tony's Little Gift Shop e al negozio italiano di pasta fresca.

«Oh, Roy, Roy...» poveretta, ha le mani sul viso. Ma almeno mi ha riconosciuto. Che brutti quei segni sui polsi.

Le chiedo se è ferita. Non mi risponde. Tiene le mani sulla faccia, come se si vergognasse.

Mi siedo anch'io sul letto e la prendo fra le mie braccia. Ora si mette a singhiozzare come una disperata.

Uno scintillio metallico attira la mia attenzione. Cazzo, ma quelle sono manette! Ora capisco le lesioni ai polsi e alle caviglie... Che pezzo di merda... È stato quel mostro che ho incontrato dabbasso. È stato lui per forza!

«Cristo santo, Jessica,...Com'è possibile...?»

Ciò che non mi è chiaro è *perché proprio lei* e *perché proprio qui*... Vorrei sapere, ma non intendo tormentarla con tante domande. Per il momento preferisco tacere e darle conforto. Mi limito a tenerla tra le braccia, in modo innocente, come farei con Thomas.

Il mio Thomas... Che stia dormendo, povero angelo?

Dopo essersi calmata un attimo, riprende a singhiozzare. La stringo più forte a me e la immagino ammanettata al letto e violentata da quel gigante. Cristo santo, dev'essere stato orribile! La pena di morte ci vuole per quei bastardi, la pena di morte!

Mi guardo intorno: la luce soffusa di una delle due abat-jour mi permette di notare l'eleganza del mobilio. Chiunque abiti qui ha gusto. Un gusto moderno ed elegante al contempo. Armadio, comò e comodini, in legno laccato bianco, si abbinano perfettamente al letto in ferro battuto con motivi floreali. Questa, per Dio, è una camera per starsene tranquilli, magari per scambiarsi gesti affettuosi, non certo per stuprare donne indifese.

Sento montare la rabbia.

«Vuoi che chiami la Polizia? C'è un telefono in questa casa?»

Questa mia proposta la fa smettere di piangere. All'istante. Si asciuga le lacrime e mi guarda. Mi prende persino per un polso.

«No, Roy, per carità, no...»

Lo ha detto in modo inaspettatamente risoluto. Sembra quasi che abbia qualcosa da nascondere. Ma mi sbaglio: povera creatura, sta provando vergogna. Quella vergogna che si impossessa della mente di molte donne violentate, impedendo loro, troppo spesso, di sporgere denuncia.

Fa per alzarsi in piedi. Prima di alzarmi a mia volta, aspetto un attimo. La guardo da seduto e non posso fare a meno di provare una indomabile tenerezza per lei.

«Ora faccio una doccia e scendiamo... Devo ridare le chiavi a Laura...»

«Laura? Chi è Laura?»

Non mi risponde. Recupera mutandine, reggiseno e jeans ai piedi del comodino e si dirige verso il bagno. Non posso fare a meno di domandarmi come mai la biancheria intima sia perfettamente integra, mentre la camicetta è strappata. Davvero strano.

Guardo le manette, ma non oso toccarle: ce ne sono quattro.

Una per arto.

Nel momento in cui parte lo scroscio dell'acqua, sento sbattere la porta di casa. Nello stato emotivo in cui mi trovavo entrando, devo averla lasciata aperta.

«Jessica? Sono Laura. Dove sei?»

Undici

Lunedì

Dopo aver recuperato l'auto dal garage di Kenmare Street, Joe se ne stava tornando a casa, in quella Arthur Avenue che molti residenti considerano la vera Little Italy newyorkese del XXI secolo. Accese la radio, cercando di distrarsi con un po' di musica.

Fece un ripasso mentale dei suoi movimenti per assicurarsi di non aver commesso errori.

Aveva eseguito tutti gli ordini di Frank senza tralasciare nulla. Si era mascherato per bene, aveva preso un'auto a noleggio rilasciando un documento falso che nessuno avrebbe mai controllato. Aveva portato a termine la sua missione nei modi e nei tempi stabiliti da Frank. Grazie al cielo non aveva dovuto sparare neanche un colpo. Ora poteva avere la vita che aveva sognato da quando aveva rivoluzionato se stesso. E cioè da quando Michelle era venuta al mondo.

Per prima cosa, avrebbe sondato l'eventuale disponibilità di Nicole a trasferirsi all'estero. La villetta nel Vermont con la prospettiva di avere un piccolo bosco di proprietà aveva allettato la sua fantasia e l'aveva resa felice alla prospettiva. Ma come avrebbe reagito alla nuova e imprevista necessità di andare a vivere in un altro Paese? Bisognava proporle varie alternative, fra le quali l'Italia, il Giappone, il Sud Africa, e spingere soprattutto per l'Australia o la Nuova Zelanda. Cambiare aria era divenuto indispensabile per evitare che qualche altro *capodecina* aspirante boss saltasse fuori negli anni a venire con altri vili ricatti. Sì, assolutamente sì, doveva far perdere completamente le proprie tracce a ciò che restava, e qualcosa purtroppo ancora restava, delle cinque grandi famiglie: Gambino, Bonanno, Colombo, Genovese e Lucchese.

L'Italia sarebbe stata l'ideale. Ma non sarebbe stata la destinazione più saggia: Cosa Nostra Americana e Cosa Nostra Siciliana non erano affatto morte e anzi erano ancora in rapporti troppo stretti per trovare nel Belpaese il luogo ideale ove vivere in tranquillità. No, no, niente Italia. Troppo pericoloso. Era necessario un cambio radicale: l'Australia sarebbe andata benissimo. Non ci sarebbero stati problemi di lingua. E i canguri sarebbero piaciuti tantissimo a Michelle.

Oh, Michelle, Michelle! Che cosa ho dovuto fare per evitare che ti facessero del male!

Improvvisamente, l'espressione terrorizzata della donna che aveva dovuto stuprare riapparve alla sua mente, rovesciandogli l'umore, aggravando il suo stato emotivo e sconvolgendogli l'anima. In preda a palpitazioni incontrollabili, dovette accostare e fermarsi. Fuori la notte superava il punto massimo della sua oscurità e una leggera foschia rendeva ancora più malinconico il suo rientro a casa. La rivide, quella poveretta, mentre si dimenava come un'ossessa. Ma era stato il ricordo del suo cedimento totale, della sua resa finale, che lo fece star male: a un certo punto la donna aveva smesso di lottare e aveva accettato passivamente lo stupro. E si era messa a piangere come un agnellino ferito. Sarebbe mai riuscito a dimenticare quell'orrore?

Il film di quella ignobile azione, vividamente presente in lui, ebbe l'effetto devastante di una pugnalata al cuore. Ne risultò più scosso ora che nei minuti in cui aveva commesso il crimine indicibile. Una lacrima sgorgò dalle palpebre e gli inumidì il viso. Un'altra lo seguì sull'altro lato. Sì, Joe *Beast* Garofalo stava piangendo.

Si portò le mani al volto e si sfogò per qualche minuto. Poi, in qualche modo, trovò la forza di riaccendere il motore e ripartire. Di tanto in tanto, mentre guidava per le vie di Manhattan, l'immagine della donna che si arrendeva definitivamente gli riempiva l'anima di un abisso senza fine. E lui non faceva nulla per scacciarla, come se volesse infliggersi la punizione del senso di colpa. Un senso di colpa che lo avrebbe tormentato per tutta la vita che gli restava da vivere, non importa quanto lontano riuscisse a fuggire.

In quella notte insonne per molti, neppure Marco riusciva a cadere fra le braccia di Morfeo. Era già quasi una settimana che non vedeva Laura e quel pomeriggio, finalmente, l'avrebbe rivista. Avrebbero passato una mezzoretta insieme in sala pesi e poi lui l'avrebbe invitata a prendere un aperitivo. Almeno questi erano i suoi piani. Già, perché stava ultimando una nuova poesia a lei dedicata, e poiché gli sembrava di non aver mai scritto nulla di meglio, non vedeva l'ora di leggergliela e fargliene dono. Il finale lo convinceva del tutto. E recitandoglielo col sentimento di cui era capace, stavolta, forse, l'avrebbe fatta capitolare.

...Se solo potessi udirne il frusciare dei petali al vento
Se solo potessi odorarne l'aroma
Se solo potessi gustarne il bacio di corolla
Di certo coglierei di tutti il più bel fiore
E tu godresti del più sincero amore

La rilesse, a voce alta, un'altra decina di volte. Cambiò ancora qualche parola, qua e là, ma lasciò il finale inalterato. Impossibile fare di meglio, pensò. E cominciò a immaginare il dilatarsi del loro tempo speso insieme davanti a due bicchieri lunghi e sottili, riempiti di Martini. Sarebbe riuscito a baciarla dopo la lettura della poesia? Sì, sì, stavolta ce l'avrebbe fatta. Sì, perché ora non era più il timido Marco di vent'anni prima. Adesso era un adulto reso più estroverso e smaliziato dalla lunga serie di esperienze vissute in terra straniera.

Un bacio, solo un bacio, romantico, sentito, intenso. Doveva solo riuscire a baciarla. E allora tutto sarebbe cambiato, perché le storie d'amore cominciano sempre da un bacio appassionato...

Arrivato all'Enterprise, cercò di assumere un atteggiamento che non desse troppo nell'occhio e restituì la Yaris noleggiata. Recuperò lo zainetto e si avviò verso casa. Svoltato un angolo buio, si tolse parrucchino e barba posticci e li infilò nello zaino.

Entrò in casa sua facendo attenzione a non fare troppo rumore. Di lì a poco, qualcuno sarebbe passato per portare la valigetta con la seconda parte del malloppo. Poiché si trattava di denaro sporco guadagnato nel modo più squallido e riprovevole, lo avrebbe preso solo per toglierlo alla mafia e devolverlo in beneficienza: questo pensiero gli permise di sentirsi vagamente più sollevato.

Aprì il frigo e si scolò una birra.

Si assicurò che le sue donne stessero dormendo sonni tranquilli e tornò in soggiorno.

Attese l'arrivo del *soldato* di Frank.

Guardò fuori dalla finestra. La luce del lampione più vicino, col suo alone brumoso, apriva una crepa nel buio pesto della notte. Lungo Arthur Avenue stavano passando, l'uno dietro l'altro, il camion dei netturbini, un pick-up ammaccato e un furgone per le consegne alimentari. I festoni bianco-rosso-verdi appesi sulla strada scintillavano di umidità. La cappa invisibile della malinconia lo avvolse: troppi rimpianti per una vita gettata nella spazzatura del crimine organizzato. Ma il futuro sarebbe davvero stato migliore?

Fra un rimpianto e uno sguardo al futuro colmo d'incertezza, promise a se stesso che avrebbe fatto di tutto per assicurare la felicità a Michelle e Nicole.

Accese il televisore e, accomodatosi sul divano, guardò le news di NY1. Grazie al cielo non era stato segnalato alcun crimine commesso in Mulberry Street. Ma forse era presto per dirlo.

Quella disgraziata non denuncerà il fatto. Troppo remissiva.

A un tratto si assopì. Iniziò anche a sognare. I soliti incubi. Pistole. Spari. Sangue. E sua figlia, la sua dolcissima Michelle, che veniva rapita da due sicari senza scrupoli.

La sigla delle previsioni atmosferiche lo ridestò.

Dodici

Lunedì

Venti minuti prima delle tre, John era rientrato al Mulberry Street Bar. Vedendo che Laura e Giuseppe stavano parlando, era tornato al bancone per ordinare un Jack Daniel's. Col bicchiere in mano, si era avvicinato a una donna bionda che aveva appena finito di cantare *Imagine* al karaoke e si era complimentato con lei. Notando che il suo approccio era stato apprezzato, la invitò a bere. Lei disse che era in compagnia di un'amica e che avrebbe accettato solo se John avesse offerto da bere a entrambe. John ne fu ben contento e ordinò altri due whisky. Con ghiaccio, aggiunse una delle due donne.

Verso le tre meno un niente, Vivian Catenaccio, la titolare del locale, disse al microfono del karaoke che entro pochi minuti avrebbe chiuso il locale. La maggior parte dei clienti recuperò le proprie spettanze senza fare storie e se ne andò soddisfatta. Altri si lamentarono: sarebbero stati lì a bere anche fino all'alba. Un principio di rissa fra due ubriachi sulla soglia fu sedato da John. Un altro dal pizzaiolo che stava uscendo per andarsi a guadagnare un meritato riposo. Ma prima di svuotare il locale ci volle del tempo.

Laura aveva usato mille riguardi per cercare di dire a Basile che mal sopportava il suo assillante modo di starle addosso. Era partita da molto lontano, per non ferirlo. Gli aveva raccontato di quando, ancora all'università di Bologna, un casanova di nome Matteo l'aveva corteggiata per un intero anno accademico, frequentando le stesse lezioni, trovando sempre il modo di sederle accanto, chiedendole di confrontare gli appunti e di scambiare libri. I suoi modi erano blandi, mai offensivi o violenti, ma quel ragazzo era come un martello pneumatico e, anche se non dava mai in escandescenze, non mollava mai l'osso. A un certo punto, quando se lo era ritrovato in casa senza averlo invitato, Laura era montata su tutte le furie e lo aveva cacciato in malo modo, minacciandolo di chiamare i Carabinieri se non l'avesse lasciata in pace. Laura aveva inventato il racconto: non era mai esistito un tale Matteo nella sua vita, ma Peppino se l'era bevuta.

In effetti, Basile l'aveva ascoltata con interesse, praticamente senza dire una parola. Nei suoi occhi continuava a scintillare una luce triste e preoccupata, come se avesse chissà quale segreto da rivelarle ma non riuscisse a trovare le parole giuste o fosse vittima del timore di non essere creduto. In un paio di occasioni la interruppe con esclamazioni di stupore, il che ebbe però l'effetto di incoraggiarla ad andare avanti. Di fatto, nel cuore del magnate della pizza, regnava un conflitto: dirle ciò che sapeva avrebbe messo lui in pericolo, ma non dirle niente sarebbe stato molto peggio, visto che si stava perdutamente innamorando di lei.

Di fatto, quando scoccarono le tre e il titolare invitò gli ultimi clienti a lasciare il locale, Laura non era ancora riuscita ad arrivare al nocciolo della questione. E non si era neanche resa ben conto del tempo che passava. Tanto è vero che, quando si accorse che tutti stavano uscendo, vide John flirtare con quelle due tipe alla cassa e corse da lui per dirgliene quattro.

«Ehi, John, si può sapere che cosa stai facendo? Dov'è Jessica?»

«Ah, ehm… coooosa? Vuoi un whiiiisky anche tuuu?»

Era ubriaco fradicio.

«Santo cielo, John, quanto hai bevuto? Ti chiamo un taxi?»

«Sì… sei un angeeelooo» rispose facendo no con la testa.

Laura colse la palla al balzo e si voltò verso Basile che nel frattempo si era avvicinato.

«Senti Giuseppe, io devo andare su di corsa a vedere se Jessica è ancora in casa mia. Dev'essere successo qualcosa. Non capisco come mai John sia tornato qui da solo e abbia avuto il tempo di fare amicizia con quelle donne e di ridursi in quello stato. Fammi un favore: chiama tu un taxi e fornisci l'indirizzo di casa sua. Anzi, sali anche tu così rientrate entrambi con un viaggio solo».

Basile si risolse.

«Ma io… ho qualcosa da dirti. Qualcosa di molto importante».

Che cosa aveva svegliato Fabio, quella notte? Un ricordo, un sogno, anzi, un ricordo sognato.

Erano loro due, lui e Laura, sotto i portici di Bologna, lungo Strada Maggiore, una trentina di metri dalle due torri. Che dolce ragazza era allora... Perché, in definitiva, lo aveva lasciato? Perché gli aveva preferito quel brutto sgorbio di Alex? La scelta di Laura fu davvero strana, perché lui, Fabio, le garantiva già allora una casa di campagna, ristrutturata e spaziosa, con diversi ettari di terra intorno. E lui avrebbe guadagnato uno stipendio fisso da ufficiale sanitario, perché il padre gli aveva già preparato la strada presso la AUSL bolognese. Di tanto in tanto sarebbero tornati a Bologna, per un film al cinema o una pizza da Altero. Ma per lo più si sarebbero gustati la tranquilla vita di campagna che tutti i cittadini, costretti come sono a convivere con smog e traffico, invidiano. Perché la loro storia era finita così miseramente?

A quel tempo aveva superato il trauma perché impegnato a sostenere gli ultimi esami, la cosa più importante per lui... Già, la cosa più importante... Aveva trascurato Laura, l'aveva messa molto dopo le sue pur umili ambizioni, e lei lo aveva lasciato.

Questa era una delle ragioni, ma ce n'era un'altra da ricercare in quel maledetto libro.

Andò alla libreria, aprì tutti gli sportelli e finalmente lo trovò.

Provò a scorrerne rapidamente tutte le pagine. Poi tornò alla parte prima, quella in cui Flaubert racconta della noiosa vita di Charles Bovary, ufficiale sanitario di un paesino di provincia. Charles aveva sposato Emma e lei, che desiderava Parigi, le grandi feste, i bei vestiti, un posto di rilievo in società, era rimasta molto delusa dalla grama vita che era costretta a condurre a Yonville.

Ora capisco: Laura mi lasciò perché le avevo detto che volevo fare l'ufficiale sanitario. Mi paragonò a Charles Bovary e immaginò una vita di second'ordine che l'avrebbe portata prima al tradimento e poi al suicidio. Ora è tutto chiaro...

Chiuse il libro e lo ripose nello scaffale.

Fortunatamente, si disse, ora era tutto diverso. La sua vita era cambiata, radicalmente cambiata: egli non era più lo squallido ufficiale sanitario di provincia, ma un noto ricercatore della Columbia University che spesso partecipava a convegni internazionali come relatore.

Doveva dunque convincere Laura che l'equazione Fabio = Charles non aveva più alcuna ragion d'essere. Doveva incontrarla di nuovo e mostrarle ciò che era diventato, farglielo toccare con mano. E, soprattutto, garantirle che se ora avesse lasciato Alex e sposato lui, lei avrebbe potuto finalmente realizzare tutti i suoi sogni.

Ma Julia? In fondo la amava e il fatto di aver salvato lei e il suo piccolo dalla miseria in cui il padre di Thomas li stava portando, lo riempiva di orgoglio: aveva fatto qualcosa di buono per il mondo e questo gesto lo faceva sentire in pace con la sua coscienza...

Però Laura è un'altra cosa... per Dio, tutta un'altra cosa.

«Me lo dirai un'altra volta. Fai come ti ho detto, per favore».

Uscita in strada, si era messa a correre. Prima di infilare la chiave nella serratura del portone, si voltò per dare un'occhiata: una mezza dozzina di taxi si trovavano già nei pressi del Mulberry Street Bar e stavano per portare via gli ubriaconi rimasti.

Oh, no, eccolo che arriva. Che palle!

Mise la chiave nella toppa.

«Laura! Solo un attimo, per carità!»

Ancora lui. Giuseppe Basile.

«Che c'è ancora? Hai sistemato John su un taxi?»

Basile non si curò minimamente di ciò che lei andava dicendo. Aveva gli occhi spaventati.

«Fai molta attenzione, qualcuno vuol farti del male. Sarebbe meglio che salissi con te!»

Ci mancherebbe altro...

«'Fanculo, Giuseppe, vuoi lasciarmi in pace una buona volta?»

Quando ci vuole ci vuole...

Mentre avvertiva il dispiacere per aver trattato male il cliente e la soddisfazione per aver offeso il rompicoglioni, Laura entrò e gli chiuse la porta in faccia. Peppino restò qualche istante immobile e attonito. Preoccupato. Poi se ne fece una ragione. Girò i tacchi e se ne andò.

Laura chiamò l'ascensore. Mentre aspettava, ebbe la netta sensazione che non l'avrebbe più visto. L'aveva trattato talmente male che stavolta se lo era tolto di torno per davvero. Probabilmente anche come cliente, ma Alex avrebbe capito.

Entrò nell'ascensore e salì.

Giunse al pianerottolo, le chiavi in mano.

Trovando la porta del suo appartamento semiaperta le si chiuse lo stomaco.

Oddio…

Entrò, ma le tremavano le gambe. Si tirò dietro la porta, chiudendola con un *clack* che la spaventò. Si fece coraggio e chiamò a gran voce, forse per stemperare la tensione.

«Jessica? Sono Laura. Dove sei?»

Lo scroscio della doccia le fece capire dove si trovava l'amica.

Percorse l'ingresso e arrivò al disimpegno fra le stanze del reparto notte.

Mentre si dirigeva verso il bagno, avvertì una presenza dietro di sé.

Si girò e, trovandosi innanzi uno sconosciuto con due occhi sbarrati, svenne.

Tredici

Lunedì

Uscì alla chetichella e si portò alla siepe: niente di niente. Tornò in casa notando che un vago chiarore stava prendendo possesso del cielo tornato plumbeo.

In quel preciso istante, il suo cellulare squillò.

«Pronto?»

«Si può sapere che cosa cazzo hai combinato?»

Era Frank Bruno.

«Ho fatto tutto quello che mi hai detto, Frank. Perché sei incazzato?»

«Hai stuprato la donna sbagliata, che ti pigliasse un colpo! Non ti è bastata la fotografia, l'indirizzo del luogo di lavoro e quello di casa? Si può sapere cosa cazzo c'hai in quella testa da coglione? Vaffanculo, Joe, sei uno stronzo rammollito e adesso mi hai messo nei guai. Puoi dire addio alla tua villetta in Vermont e ai tuoi sogni da fiaba...»

«Frank, Frank...»

Il futuro padrino aveva riattaccato.

E no, per Dio, stavolta non mi freghi.

Joe salì le scale di corsa. Doveva portare Nicole e Michelle al sicuro. E non c'era un solo minuto da perdere.

«Presto Nicole, svegliati. Dobbiamo partire immediatamente!»

La moglie di Joe aprì gli occhi e scosse il capo come per togliersi di dosso gli aloni di sonno che le segnavano il volto e l'animo.

«Joe, che c... si può sapere...?»

«Ti spiegherò tutto in viaggio».

«Dove andiamo?»

«Prima a Chicago, poi a San Francisco. Quindi in Australia».

Nicole si tirò su. Aveva uno sguardo stralunato.

«In Australia? Ma sei impazzito? Io non mi muovo di qua se non mi dici che cosa diavolo sta succedendo!»

Joe le si avvicinò. L'espressione, grave, sul suo viso era coerente con quanto stava per dire.

«Senti, Nicole, ho fatto una cazzata e adesso siamo in pericolo. Tutti e tre. Sì, anche Michelle. Quindi, per favore, lascia da parte le domande e mettiamoci a riempire quante più valigie possiamo. Dobbiamo lasciare questa casa nel più breve tempo possibile. Anzi, no, non c'è tempo. Fai solo una valigia: prendi tutti i soldi, i gioielli, tutto ciò che ha un valore affettivo o che ritieni indispensabile: il guardaroba ce lo rifaremo all'estero. Potremmo non essere mai più in grado di tornare qui».

Nicole restò ammutolita, ma, da donna intelligente qual era, capì al volo e non fece altre domande. Chinò la testa, indossò la vestaglia e in un batter d'occhio riempì la valigia più grande che avevano. Quindi si vestirono e andarono a svegliare Michelle.

Gli ci vollero altre due ore, ma quando la notte cominciava a cedere il passo, pervenne alla versione definitiva della sua poesia. Aveva apportato alcune correzioni e gli ultimi cinque versi, ora, avevano assunto questa forma più lieve:

...Potessi udire dei petali il frusciare al vento
odorare del pistillo l'inebriante effluvio
sfiorare degli stami i segreti filamenti
Coglierei di tutti il più bel fiore
E tu godresti del più sincero amore

Dopo averla riletta altre decine e decine di volte, si sentì soddisfatto. Era riuscito a esprimere compiutamente i propri sentimenti e le proprie ambizioni. Aveva dichiarato una volta di più il proprio amore ma aveva anche sottolineato, nel modo più delicato e lirico possibile, quale fosse l'oggetto del suo desiderio, il bersaglio sensibile a cui mirava. Soprattutto, aveva efficacemente inserito fra le righe il legame causale che univa l'amore di lui (causa) e la gioia di lei (effetto). Bastava solo che le labbra di Laura si schiudessero una e una sola volta al contatto con le sue, e tutta la magia dell'eros si sarebbe riversata copiosamente su di lei.

Marco non stava più nella pelle. Non vedeva l'ora di leggerle, e donarle, quella sua nuova creazione. Problema: come faceva ad attendere fino alla sera?

Idea: avrebbe copiato il file su una chiavetta e l'avrebbe fatta stampare su una carta speciale. Quindi l'avrebbe fatta incorniciare e gliel'avrebbe consegnata impacchettata e infiocchettata come il più desiderabile dei doni.

«Cara, svegliati, mamma e papà ti hanno fatto una sorpresa: partiamo per un viaggio».

La bambina strabuzzò gli occhi in modo così innocente che Joe fu sul punto di commuoversi. Nicole l'aiutò a vestirsi e la invitò a scegliere le bambole e i giocattoli che preferiva: il viaggio sarebbe stato lungo e avrebbe fatto bene a prendere tutto ciò a cui teneva di più.

Joe scese in garage e sistemò la valigia nella sua Chrisler 300 Touring Plus blu metallizzato. Poi tirò fuori l'auto e tornò in casa per aiutare Nicole a portare giù altre due borse preparate in fretta e furia. Michelle fu sistemata nel suo seggiolino posteriore a cui fu legata con la cintura di sicurezza.

Probabilmente dovremo correre un po'.

Col terrore di vedersi arrivare un sicario prima di poter imboccare la strada, Joe si avvicinò cautamente al cancello e lo aprì col telecomando. Alcune goccioline apparvero sul suo volto e Nicole le notò. Ma non disse niente. Nell'abitacolo dell'auto c'era una tensione che si tagliava con un coltello. Ora, le tempie e la fronte di Joe sudavano copiosamente.

Il cancello si aprì. Il cielo era più vicino al nero che al grigio. Era ancora buio e da una decina di minuti aveva anche cominciato a piovere. La giornata si preannunciava tetra e non solo per le condizioni meteorologiche. La famiglia in fuga andava incontro alla preoccupazione, alla frustrazione, all'insicurezza. Alla paura. Forse anche al terrore e alla tragedia.

Joe sporse il muso dell'auto in strada. Timidamente. Diede la precedenza a un paio di pick-up e a una BMW che marciava con gli abbaglianti accesi, poi schiacciò l'acceleratore, sgommò e lasciò casa sua.

Per sempre.

Nessun sicario, nessun colpo di pistola. I vetri erano intatti e, nonostante la paura, tutto sembrava procedere senza intoppi.

Se arriviamo interi alla NJ-495 W è fatta.

QUATTORDICI

Lunedì

Jessica esce finalmente dalla doccia e mi ritrova nel disimpegno mentre sto cercando di rianimare quella che dovrebbe essere la padrona di casa. Una gran bella donna, sui quarant'anni, con capelli lunghi e neri, molto simili a quelli di Jessica. Ha uno splendido neo sul lato destro della bocca, poco più in alto dell'incrocio fra le labbra. Non so da quanto abiti di fronte a casa mia, ma non mi sembra di averla mai notata prima. Cieco e stolto che sono!

Jessica ha un accappatoio azzurro indosso e uno sguardo ancora terrorizzato. Dovendo però concentrarsi sulla sua amica, per un attimo riesce a mettere da parte che cosa è accaduto a se stessa. Eccola che cerca di scuoterle le spalle e di rianimarla.

«Laura, Laura! Che cosa…?»

Mi guarda con aria interrogativa e io le spiego l'accaduto.

Ho ancora impressi nella mente i suoi occhi nel momento in cui hanno incrociato i miei. Erano rimasti sbarrati per un secondo, poi si erano spenti: la sorpresa e la paura le avevano fatto perdere i sensi. Evidentemente, era già in uno stato di agitazione prima di entrare in casa e non si aspettava di trovarvi un estraneo. Forse aveva addirittura presagito che qualcosa di tremendo fosse accaduto qui. E magari è una donna soggetta a sintomi del genere. Probabilmente, anche la mia espressione colpevole, di certo non rassicurante, ha giocato il suo ruolo. Per non parlare del mio maglione bucato e del mio aspetto generale, più dimesso che mai… Comunque, è andata bene: fortunatamente l'ho presa al volo, mentre cadeva come una pera matura. Avrebbe potuto farsi male.

Chiedo a Jessica di aiutarmi a sdraiarla sul letto ancora sfatto.

«Mi raccomando. Non dirle nulla di quanto mi è accaduto. Non voglio spaventarla inutilmente: è così sensibile...»

Sto per rispondere che l'avevo notato, ma evito. Rilevo invece che Jessica si è ripresa con una rapidità straordinaria, o almeno così sembra. La doccia l'ha ritemprata. No, è il fatto di doversi occupare dell'amica che le impedisce di pensare a se stessa. D'altra parte, era stato con la stessa rapidità che, non appena avevo parlato di Polizia, da dolente e disperata qual'era si era rizzata in piedi come una molla e si era precipitata sotto la doccia. Jessica sembra molto portata per i cambiamenti repentini d'umore.

La donna che risponde al nome di Laura comincia a dare qualche segno di vita.

«Non una parola, né a lei, né a nessun altro...» mi sussurra Jessica passandomi accanto per poi nascondere le manette sotto il letto. So che la maggior parte delle donne violentate prova vergogna, anziché rabbia, e preferisce gestire il dolore autonomamente piuttosto che cercare giustizia. Le faccio cenno che rispetterò la sua volontà.

Per evitare a Laura l'orrore di vedere al suo risveglio la stessa faccia che l'ha spaventata a morte pochi minuti fa, mi porto fuori dalla sua vista e mi faccio sostituire da Jessica.

Mentre mi appoggio all'armadio sull'altro lato del letto, mi rendo conto che mi trovo in una casa in cui non sono mai stato prima, in compagnia di una donna che è stata appena violentata e di un'altra che è svenuta alla mia vista.

Forse era meglio gettarsi...

Per distrarmi da certi pensieri, do un'occhiata alla carta da parati, di un verde elegante. Alla parete di fronte è affissa un'immagine suggestiva: si tratta del centro di Bologna, riconoscibile per via delle due Torri e della cattedrale di San Petronio. Sul comò c'è un impianto stereo della Sony.

Se Laura avesse accettato il suo corteggiamento – si stava chiedendo Fabio di nuovo supino nel suo letto – avrebbe lasciato Julia e Thomas? Prima di porsi questa domanda, bisognava verificare se lui aveva davvero una possibilità concreta. Provò a soppesare i pro e i contro, cercando di essere obiettivo. Sì, vero, ora lui era cambiato e svolgeva una professione molto ambita per una istituzione molto prestigiosa. Faceva parte di raffinati circoli culturali e poteva offrirle di entrare nell'alta società. Ma era anche invecchiato e ingrassato, portava gli occhiali bifocali, aveva un ginocchio malandato, prendeva la pillola per tenere la pressione sanguigna sotto i livelli di guardia, e quando rientrava a casa la sera cominciava anche a sentirsi piuttosto stanco. Laura era invece ancora più bella e affascinante di vent'anni prima. Di certo praticava qualche sport con regolarità. Il fatto che fosse sposata non lo preoccupava più di tanto: Alex era uno zotico in rapporto a lui e dopo tanti anni di matrimonio era altamente probabile che lei ne avesse fin sopra i capelli.

Ad essere onesti, concluse, se aveva una possibilità di successo, questa era molto remota.

Valeva la pena tentare? Se le avesse promesso amore eterno e una villa con giardino a sua scelta in qualunque parte del mondo? Se le avesse portato una dozzina di rose e l'avesse invitata a cena a Le Bernardin e subito dopo a vedere la *Carmen* al Lincoln Center?

Wow, che belle idee... Così eccitanti che lo aiutarono a risolversi.

Avrebbe tentato, sì, perché Laura valeva tutto questo e anche molto di più. Si trattava solo di organizzare una serata indimenticabile, di invitarla e di azzardare la sua proposta subito dopo l'uscita da teatro. Il gioco valeva la candela ed era assolutamente giusto rischiare tutto per ottenere il massimo... Rischiare? Ma quale rischiare? In fin dei conti che cosa rischiava? Un no, un rifiuto. E allora? E allora si sarebbe tenuto Julia e Thomas e sarebbe andato avanti con la sua vita.

Ma se avesse accettato?

Che invidia avrebbe suscitato nei suoi colleghi ricercatori della Columbia nel momento in cui lo avessero visto arrivare ai convegni con quella donna incantevole al fianco...

Laura ci mette un po' a riprendersi perfettamente e a riaprire completamente gli occhi. Occhi di un blu intenso. Occhi spenti. Occhi indecisi.

È ancora distesa sul letto ma sembra volersi tirare su. Jessica le tiene la mano e la osserva con tenerezza. Di tanto in tanto le accarezza i capelli.

Da vittima a consolatrice.

«Ehi, Laura, ci sei?»

«Oh, Jessica. Ma che c...»

«Prima che ti spaventi di nuovo, ti presento Roy, è l'ex marito di Julia. Abita qui di fronte ed è l'uomo più innocuo del mondo. Quindi stai tranquilla, ok?»

Laura si gira verso di me. Mi guarda come si osserva un rinoceronte la prima volta che si entra in uno zoo. Una mosca atterra sul mio naso e la scaccio. Dopo avermi guardato con sospetto, Laura si alza e si siede sul letto, dal lato di Jessica. Ora mi dà le spalle.

Mentre giro di nuovo intorno al letto per evitare di essere completamente escluso dalla situazione, Laura fa delle circonduzioni col capo. Cerca di trarre ampi respiri.

Mi avvicino e le allungo la mano destra.

«Piacere, Roy».

Tira indietro il capo, inarca le sopracciglia. Sta pensando che non mi ha mai visto prima e che non ha nessuna voglia di fare la mia conoscenza. Ma devo concederle qualche attenuante. Questa è casa sua e io sono un estraneo, con indosso un maglione bucato e infeltrito. Ai piedi ho due mocassini macchiati e fuori moda. Lei è però in uno stato semi-confusionale e non credo che il mio abbigliamento la interessi più di tanto.

Mi allunga la sua mano, mollemente. È uno sforzo, per lei.

«Piacere mio, Laura».

Poi si volta verso la sua amica e mi indica piegando il capo di lato.

«Che ci fa qui?»

«Ti spiegherò tutto domani. Ora devo scappare e tu devi riposare. Com'è andata con Giuseppe?»

«Non molto bene. Mi ha detto cose strane, senza senso. Io avevo fretta di salire a vedere come mai eri ancora qui e così l'ho cacciato in malo modo. E il tuo John? Perché era giù che beveva con due stronze, mentre tu eri ancora qui?»

«L'ho mandato giù io perché volevo rimettere un po' a posto. E comunque non mi frega molto di lui, lo sai. È stato solo per un momento in cui mi sentivo un po'...»

Laura annuisce, poi si guarda intorno. Il letto è sfatto, ma il resto è in perfetto ordine. L'abat-jour che avevo visto in terra l'ho rimessa a posto io e le manette sono state collocate sotto il letto da Jessica. *Se andiamo via adesso, le troverà lei...*

«Abbiamo fatto un bel casino…» le dice Jessica per giustificare le condizioni della stanza.

«Lascialo perdere, dà retta a me. Quel John non vale più di una scopata».

«Hai perfettamente ragione. Ti garantisco che non lo frequenterò più. Ora però devo andare. Roy, avanti, togliamo il disturbo. Laura deve dormire. È tardissimo e domattina deve aprire la sua agenzia. Anch'io dovrò andare al lavoro».

Come faccia ad essere così razionale, non ne ho idea… Però nel tono e nel linguaggio del corpo si vede che non sta bene. Crollerà fra poco e io dovrò aiutarla.

Ci avviamo verso l'ingresso. Laura ci segue. La testa le gira ancora un po'. Un calo di pressione? Credo voglia accompagnarci alla porta e chiudere bene a chiave.

«Perché ho la strana sensazione che qui sia successo qualcosa di…? Non è che John ti ha fatto del male, eh?»

Accidenti! Intuitiva questa donna.

«No, no, abbiamo solo... lo puoi immaginare… Tranquilla, dai, vai a dormire…»

Uhm, poco convincente.

«Ora vai dalla tua collega di Brooklyn? Ti aprirà a quest'ora?»

«Sì, lei è sempre sveglia di notte».

Arriviamo alla soglia e viene per me il momento più imbarazzante. Dovrei chiederle scusa per l'irruzione? Confermarle che Jessica le spiegherà tutto circa la mia presenza in casa sua? O dirle che sono a sua disposizione per eventuali chiarimenti?

Ma Laura sta ancora seguendo il corso dei suoi pensieri. È turbata.

«Ehi, Jessica, guarda che non me la bevo. Domani vieni a trovarmi nella pausa pranzo. Voglio che mi racconti tutto. Per filo e per segno. E venga anche lei, signor Roy. Roy…?»

«Tarantino…Roy Tarantino… sì, abito qui di fronte, al numero 165. Se avesse bisogno di qualcosa, non esiti a suonare il mio campanello».

Non so perché mi è uscita quell'offerta di disponibilità, ma era del tutto sincera.

Laura mi guarda seria. Ha un'aria risoluta. Perplessa. Sospettosa.

«Signor Tarantino, si faccia dire da Jessica dove si trova la mia agenzia e venga là per l'una. Dovrà pure spiegarmi come diavolo è entrato in casa mia e perché, le pare? Ora andate pure che sono stanca morta e mi attende un lunedì nero».

Jessica le conferma che domani le daremo tutte le spiegazioni del caso. E anch'io faccio il mio cenno d'assenso. Non sarà facile, ma è necessario.

Scendiamo in ascensore.

Quando stiamo per uscire, ho l'impressione che Jessica sia sul punto di piangere. Ma si trattiene, almeno finché non siamo in strada.

E infatti… eccoci qua. Ora che il bar ha chiuso, questo scorcio di Mulberry Street è completamente vuoto e silente. Non c'è un'anima viva.

Jessica sta per lasciarsi andare. Lo sento. Comincia con un piagnucolio sommesso che poi si trasforma in una serie di singhiozzi. Mi fermo. L'abbraccio. Siamo in mezzo alla strada. Lei geme per qualche minuto contro il mio petto. Ha tutto il diritto di sfogarsi, povera creatura.

Intenerito, le chiedo se le va di salire un attimo in casa mia. E lei accetta.

Quindici

Lunedì

Joe aveva conosciuto Nicole quattro anni prima a una partita di football. Si erano seduti, per puro caso, l'uno accanto all'altra e si erano ritrovati abbracciati dopo una meta segnata dai New York Giants. Alla fine della partita c'era stata una grande festa all'interno di una megastruttura creata nell'area innanzi al Giants Stadium. A questa festa Joe e Nicole avevano mangiato e bevuto e si erano innamorati. Un vero e proprio colpo di fulmine.

All'epoca, Joe era alle prese con le bische clandestine elettroniche gestite dal clan Gambino soprattutto nel distretto Queens, ma anche su Internet e in Costarica. Al vertice della famiglia c'era allora Nicholas Corozzo, detto "Little Nick" o anche "La primula rossa di Cosa Nostra". Corozzo era stato ricercato per oltre quattro mesi nell'ambito dell'operazione "Old Bridge" scattata a febbraio 2008 e si era volatilizzato dalla sua casa di Long Island nel bel mezzo di una retata organizzata dalle autorità statunitensi in collaborazione con l'Italia, retata che aveva portato in carcere una sessantina di presunti mafiosi legati al clan Gambino e altre decine a Palermo. Il 29 maggio dello stesso anno, Little Nick, non riuscendo a reggere la pressione dell'F.B.I. e la sua presenza nella lista dei 10 criminali più ricercati d'America dal Bureau, si era consegnato presso la sede di New York accompagnato dal suo avvocato. Arrestato e detenuto senza possibilità di cauzione, Corozzo si era dichiarato non colpevole di associazione a delinquere, estorsione e omicidio; il suo avvocato aveva affermato di non sapere dove il boss avesse passato il periodo di latitanza. Little Nick fu incarcerato nel Metropolitan Correctional Center di Manhattan. All'F.B.I. sapevano benissimo che egli era stato sin dal 1992 uno dei *captain* del clan Gambino e aveva gestito le bische clandestine elettroniche, con scommesse sul football e il baseball, per un giro d'affari di almeno 10 milioni di dollari. Il sistema di bische elettroniche diretto nel Queens da Corozzo era ingegnoso e ruotava intorno ad almeno 4 siti web, uno dei quali era aggiornato in Costarica. Si trattava di un sistema molto redditizio, che permetteva di finanziare molteplici attività malavitose da un lato, e di investire in aziende pulite tanti bei quattrini da riciclare dall'altro.

Joe *Beast* Garofalo era stato uno dei più importanti collaboratori di Corozzo: gli aveva fatto da guardia del corpo, da emissario per certi ricatti e anche da sicario. Nel periodo in cui i Bonanno avevano cercato di prendere il sopravvento sui Gambino nell'ambito delle bische clandestine e dello spaccio di eroina nel Queens, Joe aveva dovuto uccidere tre *soldati* del clan rivale.

Ma poche settimane prima di conoscere Nicole, Corozzo in persona gli aveva ordinato di assassinare un agente dell'FBI che, dopo anni di indagini, era ormai sulle sue tracce e stava per organizzare la retata decisiva. Quella fu la prima e unica volta in cui Joe uccise un poliziotto. Anzi, fu la prima e unica volta in cui uccise un individuo non appartenente a qualche clan mafioso. L'esperienza lo aveva traumatizzato, al punto che aveva cominciato a prendere delle pillole per dormire e anche di giorno gli capitava assai spesso di rivivere la scena dell'omicidio, con quel povero poliziotto steso a terra, e tutto quel sangue che gli sgorgava dalla testa, dalla bocca e dal petto. Per non parlare del rimorso che cominciò a provare quando vide in televisione la moglie e i tre figli dell'agente piangere come disperati al suo funerale.

Ecco perché, il giorno stesso del colpo di fulmine con Nicole, aveva cominciato a pensare di allontanarsi progressivamente dal mondo del crimine. Doveva farlo con circospezione, calcolando ogni singolo passo e senza commettere il minimo errore. Per prima cosa acquistò una quota azionaria in un'azienda meccanica e un'altra in una società d'investimento immobiliare. I mafiosi non sospettarono nulla per moltissimo tempo, certi che Joe stesse riciclando del denaro sporco. E lui era ben contento di lasciarglielo credere, anzi faceva di tutto per rafforzare in loro questa idea, mentre dentro di sé meditava il ritorno, anzi, l'ingresso, in una vita normale.

Tre mesi dopo il fidanzamento, Joe e Nicole si erano sposati ed erano andati a stare nella graziosa casetta nel Bronx dove avevano abitato fino al momento dello stupro ordinatogli da Frank. E Michelle era venuta alla luce già nel primo anno di matrimonio, portando ulteriore felicità fra loro e inducendo Joe a prendere la decisione definitiva di dare l'addio al mondo del crimine organizzato.

Quando Michelle compì il suo secondo anno di vita, la coppia iniziò a cercare casa nel Vermont. A quel punto Frank Bruno – il *captain* in procinto di sostituire Corozzo alla guida del clan Gambino – si rese conto delle manovre di Garofalo e mangiò la foglia. Joe reagì nel modo più intelligente: ammise il suo desiderio di cambiare vita. Andò persino a trovare Corozzo in carcere per avere la sua benedizione. Naturalmente giurò a ripetizione che non avrebbe mai fatto rivelazioni all'FBI e convalidò le sue promesse sostenendo che il silenzio assoluto era nel suo stesso interesse, dato che voleva vivere una vita normale, con una famiglia normale, fuori da ogni circolo malavitoso. Little Nick gli disse che per lui poteva andare tranquillo, ma che ormai doveva fare riferimento a Frank Bruno e cercare quindi di ottenere la sua approvazione, se aveva davvero a cuore la sorte di Nicole e Michelle. Peccato che Frank avesse colto la palla al balzo di questa sua delicata situazione per ricattarlo biecamente con la storia dello stupro.

Passò un'intera ora a vagare col pensiero fra un mare di ricordi. Aveva un rimpianto: se non fosse stato così timido quando era uno studente… Ora magari sarebbe lui il marito di Laura e vivrebbero felici e forti di un amore colmo di passione romantica.

Quanto aveva oscillato fra il timore di essere invadente, indiscreto o troppo ardito e il desiderio di conquistare una dolce intimità con la ragazza di cui era innamorato. In mille occasioni le aveva scritto lettere d'amore in cui si dichiarava – molto più apertamente di quanto non fosse riuscito a fare dal vivo – ma le aveva poi stracciate per il timore di apparire ridicolo e di essere quindi rifiutato. E quante volte aveva fissato una data – in cui le avrebbe detto quanto l'amava e la desiderava –, ma l'aveva poi procrastinata sotto l'impeto incontrollabile della sua pusillanimità.

Di ricordi positivi di se stesso ce ne era uno solo: era un pomeriggio di maggio e si trovava con lei ai Giardini Margherita. Per la prima volta riuscì a superare la vergogna e a leggerle *A Silvia*, peraltro con la stessa enfasi con cui Leopardi stesso l'avrebbe letta alla sua Teresa. Considerando come si erano evoluti i fatti nei mesi successivi, con Laura che aveva scelto Alex come sposo per la vita, non poteva esserci poesia più adatta per descrivere la crudeltà di un destino – *Natura* per il poeta di Recanati – che illude creando in tutti noi grandiose speranze, ma che poi delude, annientandole tutte, l'una dopo l'altra.

O natura, o natura,
perché non rendi poi
quel che prometti allor? Perché di tanto
inganni i figli tuoi?

Parlarono a lungo di quei tragici versi. In particolare dell'ultima stanza, quella che attraverso la morte dell'amata mette in rilievo la fine delle illusioni del poeta, lo spegnersi di ogni speranza. Lui le aveva detto che dell'esistenza individuale non rimaneva altro che una tomba nuda e lei aveva replicato che no, la vita non poteva essere così tragica.

Questo è il mondo? questi
i diletti, l'amor, l'opre, gli eventi,
onde cotanto ragionammo insieme?
questa la sorte delle umane genti?
All'apparir del vero
tu, misera, cadesti: e con la mano
la fredda morte ed una tomba ignuda
mostravi di lontano

La sua timidezza e il fatto che Laura avesse ormai scelto Alex, lo avevano reso un pavido pessimista. Per il Marco di quei tempi, Leopardi descriveva alla perfezione la sorte delle umane genti ed era per lui in qualche modo consolatorio rifugiarsi in una visione della vita così cinica, malinconica, spietata.

Ma ora le cose stavano diversamente: lui era cambiato e molto, grazie al lungo soggiorno in Australia, alla rigorosa disciplina appresa dalle arti marziali e alla fortificante esperienza di cambiare città, nazione, continente, lavoro, riducendo al minimo le speranze e le illusioni di felicità.

Pur avendo mantenuto intatta la propria sensibilità poetica, Marco si sentiva ora più forte, coraggioso, equilibrato. E il fatto che Laura si fosse rimessa in piena forma dal giorno in cui si erano rincontrati a New York, la diceva lunga sull'attrazione che lei provava per lui.

Era giunto il momento di conquistarla definitivamente. Si trattava di darle il meglio di sé: il romanticismo innato di allora e la temerarietà di oggi. Il lirismo passato e la concreta determinazione odierna. Ora che aveva superato le timidezze giovanili, si sentiva un uomo completo.

L'uomo dei sogni di Laura.

Mezzora dopo i tre in fuga erano già al primo casello a pagamento. Joe prese la I-95 S, poi si infilò nell'uscita 15W direzione New Jersey Turnpike e puntò deciso verso Newark-Kearny. Quindi si immise nella I-280 W, uscì sulla I-80 W, passò un tratto degli stati di Pennsylvania, Ohio e Indiana ed entrò nell'Illinois. Grazie all'EZ-Pass che aveva installato da poco al vetro anteriore dell'auto, Joe superò tutti e sette i pedaggi senza fare fila ai caselli. Tenendosi sempre ben oltre i limiti di velocità consentiti, e quindi rischiando anche l'arresto, Joe riuscì ad arrivare a Chicago senza che nessun sicario, almeno così sembrava, li braccasse. I tre fuggitivi presero alloggio al Congress Plaza Hotel, sulla South Michigan Avenue.

Il cielo era plumbeo anche nella metropoli dell'Illinois e faceva il paio con l'animo teso e angosciato di Joe. Le pozzanghere parlavano chiaro degli eventi meteo delle ultime ore, ma a Chicago le nubi non piangevano più.

Nel momento stesso in cui si sistemarono in camera, una spaziosa suite fronte lago, Joe guardò giù in strada e vide un individuo sospetto, accanto a una Toyota Land Cruiser nera, che sostava proprio innanzi all'entrata dell'hotel. Indossava camicia bianca, cravatta grigia e giacca nera. E aveva una faccia nota.

'Fanculo, ci hanno beccati!

Sedici

Lunedì

Mentre entriamo ringrazio il cielo per non aver scelto l'impiccagione come mezzo di suicidio: sarebbe stato assai imbarazzante aprire la porta di casa mia e dover giustificare la presenza di un cappio appeso al soffitto proprio sopra una seggiola sola e vuota.

Jessica ha smesso di piangere. In ascensore mi ha tenuto per il braccio ed entrando mi ha preso la mano. A ben vedere, il suo atteggiamento sembra un po' strano perché le donne che hanno subito violenza, per quanto ne so, possono impiegare mesi o anche anni prima di stabilire un contatto fisico con un uomo. Ma lei ha accettato i miei abbracci di conforto sin dal primo momento. Evidentemente, ogni donna reagisce a suo modo. O forse Jessica si fida di me e crede davvero che, come ha detto poco fa a Laura, io sia *l'uomo più innocuo del mondo*. Di certo Julia le ha detto che sono un perdente del tutto inoffensivo. E poi me lo si legge in faccia: piuttosto che fare del male agli altri, solitamente preferisco autoinfliggermelo.

La faccio accomodare su una sedia e le offro una birra, ma lei preferisce un bicchier d'acqua. Anzi, due. Io invece mi scolo una lattina di Bud. Le racconto velocemente di aver sentito il suo grido perché non riuscivo a prendere sonno ed ero andato alla finestra a prendere una boccata d'aria. Per scrupolo e con molto tatto, le chiedo se vuole che chiami qualcuno o che l'accompagni a sporgere denuncia. Ma, su questo punto, proprio non ci sente.

«Ti spiace se rimango per la notte?» mi chiede all'improvviso con occhi imploranti. Come faccio a dirle di no? Mi racconta della coppia in transito a casa sua e della collega di Brooklyn dove sarebbe andata a dormire stanotte se non fosse successo… Avendole accordato di rimanere, invia un messaggio alla sua collega e poi mi dice una cosa strana.

«Dobbiamo stabilire che cosa dire a Laura domani… sì, perché, insomma, Laura è una tipa tutta per bene, ma tenace come pochi. Continuerà a chiederci che cosa ci facevi in casa sua e a pretendere un resoconto convincente dei fatti. Non sarà facile mentirle».

«Perché dobbiamo mentirle?»

Domanda ingenua.

«Perché non le dirò certo la verità! Se dovesse sapere cosa mi è successo in casa sua, non ho idea di come potrebbe reagire. Comunque qualcosa inventeremo».

Rimango in silenzio, perplesso. Come si può mentire a Laura? Forse lo shock è ancora troppo fresco. Ma certo: nei giorni a venire, sarà Jessica stessa a sentire il bisogno di aprirsi nei confronti della sua amica.

La osservo. Indossa dei jeans Levi's e un cardigan rosso che prima portava sulla camicetta e ora sulla pelle nuda. Ha un logo già visto ma che non so associare a un marchio ben preciso. Beve un altro sorso d'acqua. Ne approfitto per andare in camera mia e indossare un maglione pulito e senza buchi. Incredibilmente, ne trovo uno decente. Già che ci sono, mi tolgo anche gli orrendi mocassini e metto le ciabatte.

In questo momento di silenzio, non posso che andare a ripescare fra i ricordi il giorno in cui, la scorsa estate, mia moglie ci aveva presentati. Io e Julia ci eravamo appena separati e stavamo per assumere i nostri rispettivi avvocati. Ci eravamo dati appuntamento per parlare del destino di Thomas al bar del multisala Angelika Film Center, sulla West Houston Street, quasi all'incrocio con la Broadway. Lei doveva andare a vedere un film con Fabio, il ricercatore della Columbia University per il quale mi ha lasciato. Ricordo che dovevamo sbrigarci perché presto il suo nuovo e illustre amichetto sarebbe arrivato e non avevo nessuna voglia di incontrarlo. Né Julia desiderava che io e *lui* ci conoscessimo.

Mentre parlavamo, uscirono gli spettatori della programmazione precedente. Fra questi c'era Jessica. Era con un brasiliano, grande e grosso e con un naso da pugile. Vennero a sedersi al tavolino accanto al nostro. Julia si accorse di loro e, dopo aver salutato calorosamente la sua amica, fece le presentazioni. Conosceva anche il peso massimo. Mi pare si chiamasse Thiago. Jessica mi fece l'impressione della donna assatanata: indossava una minigonna a dir poco vertiginosa, tacchi a spillo e una canottiera aderente e scollata. Ricordo che immaginai il suo omaccione nell'atto di...

Dopo quel primo incontro, ci rivedemmo al Mulberry Street Bar una sera in cui lei si era esibita al karaoke. In quell'occasione parlammo un po' di più. Jessica mi raccontò della sua attività da grafica pubblicitaria e io della mia agenzia matrimoniale, senza specificare che stavo per chiuderla. La terza volta è stata meno di un mese fa, da Ferrara, proprio di fronte a casa sua, sul lato di Grand Street. Quel giorno ero in condizioni pietose perché il mio avvocato mi aveva annunciato che ben difficilmente avrei potuto ottenere l'affido parziale di Thomas. Jessica aveva visto che qualcosa non andava e aveva cercato con tutti i mezzi di tirarmi su il morale. Era stata molto carina e affettuosa, ma ormai io ero entrato in quella fase depressiva che mi ha portato a un millimetro dal suicidio.

«Le diremo che mi hai mandato un *sms* per dirmi che avevi bisogno urgente di parlarmi. Venuto a sapere che mi trovavo di fronte a casa tua, e dato che non riuscivi a prendere sonno, hai deciso di fare subito un salto».

«Io che nel cuore della notte ti mando un messaggio? Uhm, non è molto credibile...»

«Ma lei mica ti conosce. Che ne sa di come sei fatto e di che cosa sei capace?»

«Però Julia le avrà detto qualcosa di me...Uhm, no. No. Io in generale preferisco dire sempre la verità. Non perché sia un santo, ma perché mi viene più naturale. Insomma, fingere non mi riesce granché».

Vedendo la sua faccia delusa, cerco di correggere il tiro.

«Ma questo è un caso molto particolare, me ne rendo conto, e se tu non te la senti di dire nulla a Laura, insomma, io... io sono disposto a sostenere la tua versione».

Jessica cambia espressione e si lascia andare a un sorriso dolcissimo.

«Roy, sei un caro ragazzo. Sei davvero molto gentile e disponibile. Non so capacitarmi della decisione di Julia. Sembri così... generoso di gesti d'affetto... Non capisco. E se ho un po' di fiuto in queste cose, ecco, credo che se ne pentirà molto presto e tornerà da te».

«Ti ringrazio, Jessica, ma non credo che...» un groppo mi si stringe in gola impedendomi di dire altro.

Jessica se ne accorge e, per non farmi deprimere oltre, torna al punto.

«No, Roy, meglio non dire niente a Laura. Credimi: ci starebbe troppo male. È molto legata a me e, se la conosco bene, comincerebbe a cercare quel delinquente e finirebbe col fare una qualche sciocchezza...»

Il primo bacio che le aveva dato lo aveva proiettato in un luogo che non poteva essere molto diverso dal Paradiso. Erano stati a una festa da amici e lui la stava accompagnando verso casa. Erano soli. A un tratto, come in preda a un raptus incontrollabile, lui l'aveva spinta contro un muro, sotto i portici di Palazzo Grassi, in via Marsala. Le si era avvicinato, le punte dei due nasi quasi si toccavano e, nell'istante in cui il gradevole alito di lei era penetrato nelle sue narici, non aveva potuto resistere all'impulso decisivo. Le labbra di entrambi si schiusero all'istante, come per magia. E fu l'apoteosi.

Subito dopo si portarono in piazza Maggiore. Si sedettero su una panchina e lui si sdraiò sul grembo di lei. Parlarono del loro nascente amore e dei problemi che poteva incontrare. Erano molto giovani e i genitori di lei non l'avrebbero presa bene. Di certo si sarebbero messi a controllarla e a limitarne le uscite.

Pur essendo stati insieme per diversi anni, Fabio e Laura non fecero mai l'amore. Le famiglie, soprattutto quella di Fabio, erano molto conservatrici, democristiane e frequentatrici assidue delle messe domenicali. Un bagaglio culturale del genere non poteva non pesare in modo rilevante sul loro comportamento. Non si sarebbero mai spogliati completamente, di certo non avrebbero mai fatto sesso prima del matrimonio.

Nella sua lunga elucubrazione, in cui ricordi e progetti si intrecciavano in modo casuale, Fabio si domandò quale diverso destino avrebbe avuto se fosse stato più ardito e avesse fatto l'amore con lei. Magari l'avrebbe messa incinta e allora ci sarebbe stato il matrimonio riparatore.

Maledetta cultura cattolica!

La forza del rimpianto traboccò nel suo animo e salì al cuore e agli occhi. Per sfogare il suo pianto dovette rifugiarsi in bagno per diversi minuti.

«A proposito di quel delinquente» *Carpe diem*... «Hai idea di chi diavolo fosse e come mai ce l'avesse con te?»

«No, Roy, indossava una calza sulla faccia. So solo che era enorme».

«Già, almeno due metri» replicai sicuro.

La vedo sgranare gli occhi. Con terrore.

«Tu... Tu l'hai... visto?»

«Quando ho sentito il tuo grido, ci ho messo un sacco di tempo a decidere il da farsi, lo ammetto, e te ne chiedo ancora scusa. Se mi fossi deciso prima forse avrei evitato...»

«Lascia perdere... Le cose vanno come devono andare».

«Beh, insomma, quando finalmente ho preso la decisione di venire a dare un'occhiata, sono sceso giù in strada, ho attraversato e, proprio nell'attimo in cui sono giunto davanti alla porta d'ingresso, ecco che questa viene aperta dall'interno. Era lui. Biondo. Con una barba forse finta... Di certo rada. Grande e grosso come una montagna. Aveva scarpe da runner Nike. Ma è scappato via subito. Credo abbia svoltato per Kenamre Street, ma col buio che c'era, non posso esserne sicurissimo. Non ho visto altro... Aspetta! Aveva uno zainetto scuro sulle spalle».

Un altro bicchiere d'acqua. Poveretta, l'esperienza le ha lasciato una certa sete. Le racconto nuovamente del momento in cui ho sentito il suo grido e poi della finestra aperta in casa di Laura. Sì, lei stessa l'aveva notata e stava proprio andando a chiuderla quando il bruto l'ha presa alle spalle. Mi scuso nuovamente per essere arrivato tardi. Lei mi interrompe sostenendo che chiunque altro se ne sarebbe altamente fregato.

Jessica si è già ripresa. A tratti la vedo rabbuiarsi, ma è abile nello spostare il focus dai pensieri negativi ad altri più attraenti.

«Senti un po', Roy, ma tu sei sempre stato così... come dire, insicuro, remissivo?»

«Direi di sì. Più o meno».

«Ho capito. Comunque, affinché tu ti tolga tutti questi scrupoli, sappi che io ti devo molto. Non importa in che momento sei arrivato. L'importante è che tu sia arrivato e mi abbia dato immediato conforto. Nessun altro lo avrebbe fatto. Non lo dimenticherò mai».

È il volto della gratitudine quello che ho davanti a me. Mi abbraccia. Ricambio di cuore. È bello sentire i suoi seni fare da cuscinetto contro il mio petto. Wow!

«Grazie, Jessica. Sei molto cara. Ma torniamo un secondo a quel delinquente. Posso chiederti come mai tu eri in casa di Laura? E perché lei ha parlato di un certo John e ti ha chiesto se ti aveva fatto del male? Se non vuoi rispondere, non fa nulla. Non sono fatti miei. Ma ormai che siamo qui…»

La prospettiva di stabilire un rapporto confidenziale alletta entrambi. Lo si intuisce dall'atmosfera di intimità che si è creata fra noi. Lei ha appena vissuto un'esperienza traumatizzante ed io mi trovavo ad un passo dal farla finita. Abbiamo entrambi bisogno di scaricarci dei pesi che gravano sulle nostre vite non proprio fortunate.

Mi racconta tutto quanto nei minimi dettagli: la sua storia con John, la serata con Basile e Laura e la ragione per la quale era salita nel suo appartamento e aveva poi mandato giù il suo amante.

«Sei perfettamente sicura che John sia sceso e non sia stato lui a…»

«Sì, John è alto, ma è molto più snello di quell'assassino. E poi era esausto e ha un odore tutto diverso. Inoltre non è affatto biondo».

«E allora come ha fatto, dico il delinquente, a entrare là dentro? E lo ha fatto prima o dopo che John se ne andasse?»

«Fammi pensare...»

«È presto detto: se avete chiuso la porta quando siete entrati, il tizio era già in casa. Per forza! Non vedo altre possibilità».

«Santo Dio, Roy, ma hai ragione… Quel criminale era senza dubbio già in casa, magari nascosto in cucina. Noi siamo andati diretti in camera e quando John se ne è andato, lui mi ha aggredita da dietro. Quindi, sì, era certamente nascosto in cucina…»

Un lampo accende qualcuno dei miei neuroni.

«Scusami tanto, Jessica, ma se era già in casa, delle due l'una: o sapeva che tu saresti salita, oppure non lo sapeva. Nel primo caso voleva violentare proprio te. Ma nel secondo caso… Dimmi una cosa: la decisione di salire in casa di Laura, chi l'ha presa e quando?»

Una ulteriore narrazione mi chiarisce come sono andate le cose.

Jessica si assume la totale responsabilità di quella folle decisione. John era già brillo e neanche si immaginava che a lei sarebbe venuta quell'idea. Quindi John non è sospettabile. Tra l'altro, Laura lo ha visto giù al bar parlare con altre due donne.

«E allora mi dispiace tanto per la tua amica Laura, ma credo si trovi in grave pericolo! Sarà bene che le diciamo tutto e, se davvero non vuoi coinvolgere la Polizia, dovremo anche trovare un modo per proteggerla».

Jessica rimane senza parole. Si alza in piedi e va a sciacquare il bicchiere nel lavello. Nel farlo, urta una tazza che fa *clack!* Ora va verso la finestra. Sta osservando la casa di Laura. Di scatto si gira verso di me. Io mi sto mangiando le unghie, ma quando incrocio il sguardo ammirato, la smetto subito.

«E tu come diavolo fai a...? Sei un genio, per Dio!»

«Ma quale genio, per carità! Ci sono arrivato solo perché sono esterno alla faccenda e posso guardarla con maggior lucidità. Tu sei troppo coinvolta. Emotivamente e non solo».

La mia spiegazione sembra convincerla. Decido di tornare all'attacco. Mi alzo e le vado vicino. Prendo le sue mani fra le mie e la guardo dritta negli occhi.

«Jessica, ora ti rendi conto del pericolo in cui si trova Laura? Dobbiamo andare alla Polizia».

Lei si irrigidisce. Mi lascia andare le mani e si volta dall'altra parte.

«No, niente Polizia, almeno per il momento. Ma dirò a Laura tutta la verità e dovrò aiutarla per salvaguardare la sua incolumità. Su questo hai perfettamente ragione».

Diciassette

Lunedì

Nicole era figlia di un impiegato di banca e di una professoressa di letteratura inglese, entrambi newyorkesi. Era cresciuta a East Harlem, lungo la Park Avenue. Aveva studiato Economia ed era entrata anche lei nella stessa banca del padre.

Quando conobbe Joe, lo aveva reputato immediatamente il più buono e onesto degli uomini. Nonostante la mole, con lei era sempre gentile e premuroso e aveva dei modi che la facevano sentire importante. Aveva un animo generoso e la rispettava fino in fondo, facendola sentire amata per ciò che era.

Nicole non era propriamente una bella donna. Aveva dei lineamenti asimmetrici, due occhiali da miope, labbra particolarmente sottili e portava i capelli castani a caschetto. Era alta più di un metro e settanta e vestiva sempre in modo piuttosto eccentrico. La sua figura non era molto armoniosa, in quanto le gambe erano troppo grosse rispetto alla magrezza del busto. Tuttavia era dotata di una notevole energia e anche di un certo talento artistico. Non solo sapeva suonare il piano, ma di tanto in tanto si dilettava a dipingere.

Dopo qualche mese di matrimonio, le capitò di rivedere i tre film della serie "Il padrino" e, sapendo che il marito era di origine siciliana, le venne lo strano pensiero che sarebbe stato davvero paradossale se un galantuomo come Joe Garofalo fosse appartenuto a qualche clan mafioso. Tuttavia un giorno cominciò a nutrire il desiderio di andare a curiosare nello studio di Joe e vi trovò una pistola con un silenziatore. La scoperta l'aveva a dir poco sconvolta e così aveva cominciato a fare le sue ricerche. Quando Joe era fuori casa, andava a leggersi le lettere che conservava nei cassetti della scrivania, controllava le e-mail e scavava nei raccoglitori conservati in soffitta. Un giorno le capitò di ascoltare una telefonata molto sospetta e allora decise di farlo seguire da un'amica in una normale settimana di lavoro. Beh, nonostante l'apparenza, Joe, non svolgeva affatto la professione di agente immobiliare. Quella era solo una copertura. In realtà, nelle giornate "di lavoro", andava spesso a Queens, alle volte nel New Jersey, e quasi sempre per incontrare persone invischiate nel mondo delle bische clandestine. E quando aveva detto a sua moglie che sarebbe andato a Miami per un affare immobiliare, in realtà era volato a Las Vegas.

Ma Nicole aveva capito molto di più. Da una serie di e-mail gettate nella cartella della posta eliminata ma poi non cancellate definitivamente, nonché da un altro paio di telefonate, oltre che dal suo comportamento di marito e padre assolutamente perfetto, aveva anche compreso che Joe aveva preso la decisione irrevocabile di cambiare vita. La conferma definitiva di queste sue scoperte la ebbe più o meno nel periodo in cui Joe le fece la sorpresa di mostrarle la villetta in costruzione nel Vermont dove, se a lei fosse piaciuto, avrebbero potuto andare ad abitare da lì a diciotto mesi.

Con la sua chiavetta in mano, entrò al Soho Reprographics, il grande centro servizi che si trova al n. 381 di Broome Street. Gli vennero proposte diverse soluzioni per garantire un gradevole layout e alla fine fece la sua scelta. La sua poesia venne stampata su una carta piuttosto spessa – una sorta di pergamena – agli angoli della quale erano tratteggiati dei motivi lineari di colore marrone e di indubbia eleganza.

Pagato il servizio, fece inserire la poesia in una grande busta di protezione e si diresse al Chinatown Frame & Art Inc., situato al n. 7 di Pell Street. L'inserviente gli mostrò varie cornici fra le quali scelse la più costosa. Per avere la sua poesia incorniciata entro sera, gli fu detto con quell'accento orientale che lo aveva sempre fatto divertire, avrebbe dovuto pagare un supplemento. Ma quando si trattava di Laura, Marco non badava certo a spese e anzi, pagò tutto in anticipo per essere maggiormente sicuro di poter ritirare la sua opera incorniciata e impacchettata a dovere entro le cinque pomeridiane.

Uscì dal corniciaio cinese camminando a mezzo metro da terra, pregustando il momento in cui Laura avrebbe sfiocchettato il pacco regalo e sgranato gli occhi. Si guardò intorno: tutte le persone che incontrava gli sembravano sorridere e respirava a pieni polmoni come se si trovasse sulla spiaggia giamaicana di Portantonio. Visualizzando il momento in cui le avrebbe consegnato il regalo, decise che non le avrebbe permesso di ringraziarlo: le avrebbe tappato la bocca con un bacio. Anzi, con il bacio che avrebbe suggellato per sempre il loro amore eterno.

Stanca per il lungo viaggio, Michelle cadeva dal sonno. Nicole l'accompagnò a letto e le raccontò una fiaba che non riuscì a terminare. Michelle era talmente adorabile: non si era ancora lamentata una volta, né aveva fatto domande imbarazzanti o avanzato richieste puerili. Come faceva ad essere così matura?

Nicole si avvicinò a Joe che stava guardando la TV. Prese il telecomando e gliela spense brutalmente in faccia.

«Credo tu mi debba delle spiegazioni, non ti pare?» esordì Nicole con tono fermo.

Joe si alzò per andare a prendere qualcosa dal frigobar.

Passando innanzi alla finestra diede un'occhiata in strada.

Quella maledetta Toyota era ancora parcheggiata lì sotto. L'uomo, invece, era scomparso dalla vista. Ma era ovvio che non poteva essere andato tanto lontano.

«Che c'è?» gli chiese Nicole.

«Niente, guardavo in strada».

«Ehi, Joe, è ora di finirla con le bugie. Dimmi la verità: ci hanno già beccati?»

Joe si voltò verso sua moglie. Lo sguardo attonito.

«Chi?»

«Gli amici di Corozzo».

La scossa che avvertì in tutto il corpo gli sarebbe rimasta impressa per sempre. La bocca gli si aprì di colpo, mentre le palpebre cominciarono a sbattere nervosamente. All'inizio fu solo sorpresa, stupore. Poi, un velo di tristezza coprì le sue iridi.

«Come diavolo fai a...?»

«Ehi, Joe, cosa credevi, che prima di sposarti non avessi fatto le mie ricerche?»

Joe *Beast* Garofalo, colui che fino a poco tempo prima era stato uno dei più crudeli killer di Cosa Nostra Americana, si sentì venire meno: non aveva la minima idea che sua moglie sapesse tutto di lui e del suo inglorioso passato.

Alle prime luci dell'alba i miei occhi si riaprono. Il divano-letto che tengo in soggiorno è tutt'altro che comodo: il materasso è troppo sottile e la mia schiena mi sta gridando che tutti gli ospiti che ho fatto dormire qui sono stati trattati proprio male. Per fortuna non sono stati tanti.

Jessica è ancora in camera mia e penso stia dormendo. Do una sbirciatina e la vedo con la testa nascosta fra i cuscini. Sembra che non voglia udire i rumori della città che si risveglia. Ci siamo sdraiati solo un paio d'ore fa, forse meno. Provo a sgranchirmi facendo un po' di stretching su una sedia della cucina. Un indeciso chiarore viene dall'esterno. Mi avvicino alla finestra e guardo in su: il cielo è ancora nuvoloso e pioviggina blandamente.

Dopo una pisciata e un bicchier d'acqua, mi stiro, lasciando andare un verso non troppo dissimile da un barrito. Ripeto lo stretching per la mia schiena dolente e finalmente mi sembra di recuperare un po' di elasticità. Prima di pensare alla colazione, mi abbandono per qualche istante, sprofondando nello schienale della poltrona fronte tv.

Comincio a riflettere su quanto accaduto ieri sera, ma il ronzio crescente e monotono del downtown di Manhattan mi concilia il sonno.

E infatti mi sveglio intorno alle dieci e mezza al suono ripetuto di un clacson assordante. Mi pare anche di sentire le grida di qualche automobilista eccessivamente stressato dal traffico: con ogni probabilità, i furgoncini degli alimentari stanno effettuando le consegne alle decine di ristoranti che pullulano in Mulberry Street. La loro presenza restringe la carreggiata e quindi provoca degli ingorghi. Dev'essere proprio un *blue Monday*, o lunedì nero, come direbbero in Italia. La confusione è giunta anche alle orecchie di Jessica: eccola infatti apparire dalla camera tutta scarmigliata e con la maglia del mio pigiama indosso. Le gambe sono nude e ben tornite. Anche un po' abbronzate. Forse fa qualche lettino. Ma forse no: la sua carnagione non è proprio mulatta, ma non se ne discosta tanto.

«Buongiorno!» le dico con tono quasi gioviale.

«Uhm, buon… giorno…»

Si stira e sbadiglia. Mi chiede con estrema educazione il permesso di andare a farsi una doccia. Il suo volto è segnato dal dramma di stanotte e dalla lunga chiacchierata con chi l'ha soccorsa in colpevole ritardo.

Mentre Jessica si lava via dalla pelle ciò che rimane di quello schifoso vigliacco che l'ha stuprata per sbaglio, io me ne torno per qualche attimo sul punto della scala antincendio dal quale non più di otto ore fa stavo gettarmi se il grido di Jessica non mi avesse fermato.

Giù in strada c'è bagnato. Guardo su. Qualche timida spennellata d'azzurro comincia a intravedersi verso l'oceano fra i grigi cirri che ancora dominano la porzione di cielo che riesco a vedere. Un furgone di medie dimensioni è posteggiato proprio qui sotto e sta consegnando derrate al ristorante La Mela. Un altro sta facendo lo stesso innanzi al ristorante Grotta Azzurra, all'incrocio con Broome Street. Ma in questa apparente monotonia si è insinuato un elemento sinistramente nuovo. Tutto il mondo sembra diverso, oggi. Non so come dire: mi sembra quasi di essere entrato in un film e di interpretarvi un ruolo del tutto casuale, attribuitomi da altri. È l'atmosfera complessiva della nostra *very Little Italy* che sembra come sospesa nel vuoto, come in attesa di una deflagrazione cosmica, di un terremoto di proporzioni spaventose. Sono io che sto impazzendo del tutto o sta per succedere qualcosa di tremendo?

Diciotto

Lunedì

Dalla finestra, lancio un'occhiata all'appartamento di Laura. Sarà già al lavoro? Beh, senz'altro, visto l'orario che si è fatto.

Una riflessione sbuca come un fungo nel sottobosco intricato della mia coscienza: se un destino esiste, beh, dev'essere ben più che assurdo dato che la mia vita da fallito è stata salvata, se così si può dire, dalla disgrazia di una delle migliori amiche di Julia. Una disgrazia in cui l'elemento fatalità ha giocato un ruolo decisivo, visto che Jessica non solo è stata stuprata, ma anche al posto della vittima designata.

Congiunzione astrale negativa? Mah, e chi lo può sapere... L'uomo ha fatto tanti progressi in campo scientifico e tecnologico, ma alle grandi domande della vita non sa ancora dare una risposta.

Rientro e trovo Jessica con il mio accappatoio indosso. Le sue caviglie, ancora vagamente segnate, sono sottili. Graziose le vene che solcano i suoi malleoli. I polpacci sono definiti come quelli di una ballerina. Ha i capelli bagnati e arrotolati a boccoli. È sempre stata una donna attraente e sensuale, ma dopo quanto le è accaduto non riesco che a provare tenerezza e compassione per lei.

O quasi.

Quando incrocia il mio sguardo, lo vedo chiaramente, le viene da piangere. Mi affretto verso di lei e l'abbraccio. Quanto tempo impiegherà, 'sta povera disgraziata, per venirne a capo?

«Okay, okay, adesso mi passa».

Orgogliosa, si ritrae e va a vestirsi. La sento parlare al telefono: sta dicendo che oggi si è svegliata con la febbre e quindi non andrà al lavoro. Ringrazia per la comprensione e promette di tornare domani.

Verso le undici e un quarto scendiamo in strada. Che bellezza: il cielo si è schiarito, il sole lo domina e la temperatura è coerente con il periodo dell'anno in cui ci troviamo. Tra breve esploderà l'estate. Ci incamminiamo e facciamo sosta da Ferrara, proprio di fronte a casa sua. L'idea è stata mia: i dolci hanno quasi sempre un effetto consolatorio. E poi, non era stato proprio qui che qualche tempo fa era toccato a lei confortarmi? Ci sediamo a un tavolino e ordiniamo un cappuccino e un vassoio misto di delizie – cookies, pastries, cannoli siciliani – che divoriamo in pochi minuti. Sul marciapiede, molti turisti assiepano la vetrina dei gelati.

«Allora... le diciamo tutto?» mi chiede con espressione ambigua.

È la prima volta, da quando ci siamo svegliati, che torniamo sull'argomento.

«Ti vedo ancora perplessa...»

«Mi rendo conto che dobbiamo avvisarla del pericolo che sta correndo, ma, insomma, cercavo di inventarmi un modo per raggiungere questo obiettivo senza bisogno di dirle proprio tutto. Sto vaneggiando, scusa...»

Le prendo una mano sopra il tavolino. Le si inumidiscono gli occhi. Di nuovo.

«Jessica, ti capisco. Quello che ti ha fatto quell'assassino è... bisognerebbe trovarlo e spararigli dove dico io. Ma bisogna evitare a qualunque costo che la stessa cosa capiti a Laura. E per evitarlo dobbiamo anzitutto avvisarla, così deciderà quali precauzioni adottare».

Annuisce con la testa e si porta le mani al volto. Dio che pena mi fa... Ordino una cioccolata calda. Lei tira su col naso. Poi se lo soffia e riempie il kleenex.

«Bevi questa. Ti farà sentire meglio».

Grazie al cielo la beve e vi intinge anche un paio di pasticcini. L'effetto è quello sperato: dopo pochi istanti appare sollevata. Mi sorride.

Prima di andarcene, passo a salutare Peter ed Ernest Lepore, ovvero i titolari di quinta generazione di questo locale che da molti è considerata la più deliziosa *bakery* di Manhattan e forse di tutta l'America. Il lunedì sono in sede per ricevere i fornitori ed è quindi possibile trovarli e scambiare due parole con loro. Il resto del tempo non so dove lo passino, forse in cucina, forse a portare in giro le loro delizie, ma più probabilmente a fare ricerche culinarie per migliorare continuamente i prodotti offerti alla clientela.

«Bingo!»

Venerdì sera sarebbe stata la sua serata. La loro serata. Dopo un excursus su Internet era stato in grado di effettuare le sue prenotazioni. Al Lincoln Center era in programma la Carmen di Bizet, il cui finale avrebbe ben rappresentato i veri sentimenti di Fabio per Laura, e a Le Bernardin li attendeva un tavolo con candela accesa e fiori freschi.

Stampò le due prenotazioni e le mise in una busta sulla quale scrisse queste parole:

A Laura, sogno della mia vita.

Ora non gli restava che consegnargliela personalmente.

Promise a se stesso che, se Laura non avesse accettato l'invito, avrebbe abbandonato per sempre l'idea. Ma se invece avesse accettato, beh, quel venerdì sera le avrebbe detto della sua intenzione di lasciare immediatamente Julia e di portare lei, Laura, a vivere in qualunque parte del mondo avesse gradito, perché lui aveva fatto di recente una tale scoperta nel campo delle sue ricerche che gli avrebbe fruttato una fortuna e avrebbe potuto svolgere il suo lavoro ovunque.

Prese la busta fra le mani e la soppesò come se contenesse il più grande tesoro della vita. Sorrise. Sorrise a lungo, estasiato all'idea di dare la svolta decisiva alla sua vita, di ottenere la più grande gratificazione possibile.

Arrivata mattina e fatta colazione, si vestì, salutò Julia e Thomas e si avviò alla metropolitana per recarsi al suo laboratorio, presso la Columbia University. Nella sua borsa c'era la busta della speranza. Prima di tornare a casa, sarebbe passato da Laura e avrebbe constatato di persona se il suo destino, oltre a contenere il successo professionale, includeva anche quello sentimentale.

Passeggiamo lentamente per le strade di Little Italy fino all'una. I ristoranti sono ormai tutti aperti. Profumi di intingoli vari si fanno strada verso le mie narici, ma quello di ragù alla bolognese mi sembra che oggi abbia la meglio. Anche l'aroma di una gustosa *arrabbiata* è ora distinguibile: eccellente quella che prepara il cuoco di Da Gennaro, locale sempre pieno di gente. Di tanto in tanto Jessica mi prende il braccio e mi sorride. Il mutamento climatico ha indotto i mille ristoratori della nostra bella Little Italy a portar fuori i tavolini. Camerieri, maitre e padroni dei locali invitano i numerosi turisti a leggere il menù odierno scritto sulle lavagnette esterne e a prendere posto all'interno. Sono molto insistenti, ma lo fanno in modo educato e anche un po' pittoresco. Intanto noto che l'acqua, presente sull'asfalto fino a poche ore fa, è ormai del tutto evaporata, facendo così aumentare il tasso di umidità e la temperatura percepita.

Jessica mi domanda di Julia e di Thomas, ma capisce al volo che non ho voglia di parlarne e la pianta lì. Un pakistano ci ferma e mi chiede di comprare una rosa per la *mia* donna. Sto per dirgli che non è la mia donna, ma a lui, poi, cosa gliene può fregare? Quando Jessica vede che sto per cedere, mi blocca e mi dice di non comprarla, che tanto non le piacciono i fiori recisi e comunque non saprebbe dove metterla. Capisco che lo fa solo per non mettermi in imbarazzo, ma faccio finta di crederle. Ripongo il portafoglio nella tasca interna del soprabito e saluto il pakistano. Questi, illuso dal mio gesto, invia a Jessica uno sguardo di disprezzo. Mi verrebbe voglia di dargli un ceffone, ma poiché ci lascia andare senza insistere oltre, scrollo le spalle e volgo lo sguardo altrove.

All'una in punto arriviamo all'agenzia di Laura. Si trova al n. 255 di Centre Street, all'incrocio con Broome Street, e si chiama semplicemente *Italian Travels*. Ora che me la trovo innanzi mi rendo conto che l'ho adocchiata varie volte, negli ultimi tempi, perché prima c'era quel magnifico negozio di libri e foto artistiche, in cui mi era capitato di comprare una gigantografia di Mulberry Street vista dall'alto durante la festa settembrina di San Gennaro. Ad ogni modo non sono mai entrato in quest'agenzia, anche perché sono secoli che non faccio un viaggio degno di questo nome.

L'arredo è moderno e accogliente. A giudicare dal numero di postazioni computerizzate, vi lavorano almeno cinque o sei persone.

Chiediamo di Laura e dopo un istante lei fa la sua apparizione sbucando da un ufficio posto alle spalle degli operatori front-line. Ha già il soprabito indosso.

«Ciao Jessica, ciao Roy. Andiamo a pranzo insieme, ok?»

«Veramente ci siamo imbottiti di pasticcini da Ferrara un'ora e mezza fa e siamo pieni come due uova» le risponde Jessica. «Comunque ti faremo compagnia. Dove avevi intenzione di andare?»

«Volevo andare al Mambo Italiano a farmi un'*amatriciana* come si deve. Ma se voi non mangiate nulla, ripiego su una pizza da Sal's».

«Ma no, scusa, che ti cambia?»

«Parli bene tu... che faccio, mangio un'*amatriciana* da sola mentre voi due mi guardate?»

«Vada per Sal's. Noi prenderemo un dessert e un caffè, tanto per rimanere leggeri...» intervengo io, per sdrammatizzare.

«Va bene. Andiamo».

Dapprima fu Nicole a raccontargli come e quando aveva fatto le sue scoperte. Joe si mostrò inizialmente sconcertato, ma rapidamente mutò il suo sbigottimento in ammirazione: sua moglie non era certo Miss America, ma era senza dubbio una donna di un'intelligenza unica.

Spinto dall'insistenza e dalla rinnovata ammirazione per la moglie, Joe vuotò completamente il sacco e le raccontò la propria vita. Dalla brevissima infanzia a Corleone, dove fu battezzato col nome di Giovanni, fino all'emigrazione negli States, all'ingresso in Cosa Nostra Americana e in particolare nel clan della famiglia Gambino. Del periodo a Chicago e di quello a New York. Più volte si lasciò andare a un pianto disperato: di fronte alla purezza della moglie si sentiva indegno. Non sopportava il rimorso di aver ucciso tanti esseri umani, di essersi arricchito con soldi sporchi, di aver fatto una vita di merda.

Nicole prese il suo testone pelato fra le braccia e cercò di consolarlo. Era perfettamente certa che quell'uomo era finito in quel mondo non per scelta, ma per nascita e perché indotto dal solo ambiente che aveva potuto frequentare. Nel suo petto batteva un cuore intrinsecamente buono che nulla aveva a che spartire con le brutalità che era stato costretto a compiere. Per queste ragioni, Nicole lo giustificava completamente e avrebbe continuato ad amarlo fino all'ultimo dei suoi giorni.

Sal's è un ristorante pizzeria all'incrocio fra Broome Street e Mott Street. Il locale, gestito da una famiglia napoletana, è molto grazioso, con quei muri faccia a vista sui quali sono affisse le fotografie di molti divi del cinema che sono stati qui a mangiare: si riconoscono i volti sorridenti di Al Pacino, Robert De Niro, Sarah Jessica Parker, Paul McCartney, Joe Pesci e tanti altri. Tutti ritratti accanto ai titolari.

Mentre Laura divora la pizza con grande appetito, noi optiamo per un antipasto di mare. Chiedo a Laura dell'agenzia turistica e lei mi racconta tutta la storia dall'inizio e cioè dal giorno in cui aveva conosciuto Alex, in Italia, lo aveva sposato ed era entrata a lavorare con lui per realizzare i suoi grandi progetti di espansione. Mi sembra orgogliosa della loro impresa. Ma quando parla del marito, non so, sembra quasi che, difficile da dire, sembra che ci sia un conflitto nel suo animo... Ma di certo mi sbaglio.

Davanti alla tazzina di caffè espresso, Laura muta improvvisamente atteggiamento. Da conciliante e loquace, si fa seria e taciturna. So benissimo che sta per scoccare l'ora X.

Eccola infatti spostare lo sguardo dagli occhi di Jessica ai miei e sbottare.

«Allora, siete pronti a dirmi tutto quanto?»

Io e Jessica ci guardiamo. Fortunatamente è lei a prendere la parola. Accigliata, inizia guardando la sua amica negli occhi, ma dopo le prime parole noto che abbassa lo sguardo. Ci risiamo.

«Laura, non so come dirtelo, ma ieri sera è successa una cosa tremenda...»

Non ce la fa. Un singhiozzo, un gemito. Ora si prende il volto fra le mani e riversa lì le sue lacrime.

Laura mi guarda mentre cingo Jessica con un braccio e cerco di consolarla. Lei stessa le mette una mano sul polso, tracciando sul viso le linee spigolose della preoccupazione.

«Cristo Santo, lo sapevo io che...»

Si gira verso di me. I suoi occhi blu sono tormentati.

«Roy, per favore, raccontami tutto».

Diciannove

Lunedì

Confrontandosi con Nicole, Joe decise di anticipare la partenza per San Francisco: poiché i sicari di Frank sapevano che avevano preso una camera in quell'hotel, di certo si aspettavano che vi avrebbero passato almeno una notte. Se quindi fossero fuggiti subito, forse sarebbero riusciti a seminarli.

Michelle si svegliò dal breve sonno pomeridiano. Vide i bagagli già pronti. E i suoi genitori vestiti. Pensò che fosse mattina.

«Torniamo a casa?»

Joe la guardò dall'alto dei suoi due metri. Le lacrime gli velarono gli occhi e furono sul punto di sgorgare, come quando la rugiada mattutina ricolma la corolla di una primula e se ne resta lì, traballante, a lungo indecisa se fuoriuscirne o meno.

Cercando di recuperare il controllo emotivo, si asciugò il vertice esterno degli occhi e si chinò su di lei

«No, Michelle, andiamo a vedere una città piena di salite e discese mozzafiato. Si chiama San Francisco. Vedrai, ti piacerà moltissimo».

«Evviva! La vacanza non è finita!»

Anziché riprendere la loro auto, chiamarono un taxi e lo fecero venire all'uscita sul retro dell'hotel. Salirono in fretta e furia chiedendo di essere portati all'aeroporto. Lo stratagemma non servì a nulla: dopo poche centinaia di metri, Joe si accorse che la maledetta auto nera li stava seguendo.

«La vede quella Toyota Land Cruiser che ci sta seguendo?» chiese Joe al taxista. Questi, un uomo di colore che non aveva ancora aperto bocca, abbassò il volume del radiotaxi e proiettò lo sguardo nel retrovisore. Quindi prestò maggiore attenzione alla famigliola che aveva appena caricato e si rivolse a Joe.

«È sicuro che stia seguendo proprio noi?»

«Sì, per quanto strano possa sembrare... Lei dovrebbe conoscere le strade di Chicago molto meglio del tale che ci sta seguendo: pensa di riuscire a seminarlo?»

«Quanto è disposto a pagare?»

«Cento dollari potrebbero essere sufficienti?» domandò Joe tirando fuori un *Franklin* dal portafogli e allungandoglielo.

«Cento adesso e altri cento se riesco a seminarli. Ok?» propose il taxista.

«Affare fatto» rispose Joe, considerandosi fortunato per aver beccato uno scaltro.

Sistemato con cura il centone nel portafogli, il taxista spense del tutto il radiotaxi e si fermò a un semaforo rosso. Quindi svoltò a destra con tutta calma, poi infilò una strada a senso unico sulla sinistra. Di nuovo, sempre a velocità normale, svoltò prima a destra e poi a sinistra..

Joe cominciò a domandarsi perché aspettasse tanto a schiacciare quel dannato piede sull'acceleratore, anche perché la Toyota continuava a pedinarli da vicino.

Tutto accadde nell'istante successivo. Il taxista mise la freccia e superò un camion con una manovra molto azzardata e rischiando un frontale con una moto. Ma riuscì a mettere il camion fra sé e la Toyota. Poi accelerò e svoltò tre volte a destra, fino a formare una sorta di quadrato e ritornando su una strada già percorsa. Alberi, negozi, edifici, ristoranti, pali della luce, auto parcheggiate, ambulanti di vario genere, e molti altri oggetti non registrabili dalla coscienza dei fuggitivi cominciarono a susseguirsi rapidissimamente sui due lati della strada, come nelle efficaci scene di inseguimento dei film di Hollywood.

Nicole si voltò prima di Joe e sorrise. La Toyota era scomparsa.

«Gran bella manovra. Ora dritti all'aeroporto alla velocità della luce».

Il taxista rimase in silenzio. Compiendo altre manovre mirate a far perdere le proprie tracce, imboccò la Kennedy Expy e in meno di mezzora raggiunse il Chicago O'Hare International Airport. Joe gli allungò l'altro *Franklin*. Mandò dentro Nicole e Michelle ed estrasse tre valigie dal baule. Le altre tre erano state consegnate alla receptionist dell'albergo con l'incarico di spedirle via corriere a un hotel di San Francisco.

Joe raggiunse moglie e figlia che lo attendevano con il carrello portabagagli.

Voltandosi di tanto in tanto, il capofamiglia si portò allo slot dell'American Airlines, acquistò tre biglietti per il volo n.451 in partenza alle 17 e caricò le valigie. Quindi tornò da Nicole, le mostrò con soddisfazione i biglietti e condusse lei e Michelle al gate K10.

Passando sotto il metal detector pensò che quella barriera cadeva a fagiolo: con i controlli spietati che erano stati introdotti dopo l'11 settembre, non avrebbero certo permesso a gente armata di salire su quell'aeroplano. Recuperati i propri averi, Joe prese in braccio la sua piccola e si voltò: Nicole stava passando in quel momento il controllo elettronico e dietro di lei non gli parve di vedere nessun sospetto.

Poiché era la prima volta che volava, Michelle si divertì come e forse più di quel pomeriggio allo zoo. Le era capitato il posto vicino al finestrino e non faceva altro che indicare ai suoi genitori tutto ciò che vedeva: le nuvole là sotto, quelle che il loro aereo aveva perforato dopo il decollo, e poi gli squarci che di tanto in tanto lasciavano apparire campi coltivati, strade, fiumi, colline e città.

«Che bella vacanza!» gridò più volte provocando in Joe sentimenti di tenerezza smisurata.

Atterrarono all'aeroporto internazionale di San Francisco in perfetto orario. Recuperarono i bagagli, mangiarono un panino e presero un taxi.

L'abitudine li faceva voltare per guardare dal lunotto se qualcuno li seguisse, ma moglie e marito ebbero l'impressione di essere finalmente riusciti a far perdere le proprie tracce. Di fatto, non dovettero mai chiedere al taxista di seminare nessuno.

Sentendosi euforica per il successo della fuga, Nicole chiese a Joe di portarla al Golden Gate, giusto una visitina veloce, prima di andare all'Hotel Intercontinental dove avrebbero alloggiato un paio di giorni in attesa di ripartire alla volta dell'Australia. Joe si disse entusiasta dell'idea, anche perché era già buio anche in California e quindi avrebbero goduto della splendida vista della baia illuminata.

«Non ci sei mai stata, eh?»

«No, anzi, per dire la verità, non sono mai stata a San Francisco. In California sono venuta tanto tempo fa per una vacanza al Lake Tahoe. In un'altra occasione sono stata allo Yosemite Park a vedere quelle sequoie gigantesche... Ma non ho visto altro in questo grande e importante stato».

Detto, fatto. Poiché Michelle aveva dormito molto in aereo, anche a causa della differenza di fuso orario, si trovava ora in uno stato di grande eccitazione. La piccola sentiva che i suoi genitori l'amavano più di ogni altra cosa al mondo e quindi nutriva una fiducia spontanea nei loro confronti.

«Se ben ricordo» – disse Joe a Nicole indicando la figlia con un movimento del capo – «vicino al Golden Gate dovrebbe esserci una enorme area ricreativa. Se dovesse essere ancora aperta, e nei mesi estivi dovrebbe esserlo senz'altro, potremmo vedere tanti animali e divertirci un mondo».

Arrivati in vista del Golden Gate, Nicole trattenne il respiro.

«Che meraviglia... È di gran lunga più bello che in televisione».

Si fecero portare dall'altra parte del ponte per fare una sosta in corrispondenza del *Vista Point*. Mentre il taxista se ne andava – per recarsi in hotel ne avrebbero preso un altro più tardi – i due coniugi si appoggiarono al parapetto e ammirarono la baia di San Francisco illuminata. Joe mise una mano sulla spalla di Nicole e con l'altra avvicinò Michelle a sé. Un fortissimo sentimento di amore e condivisione li legava per la vita: la loro era davvero una famiglia perfetta.

Ma proprio in quell'istante...

«Ehi, Garofalo!»

Un uomo con una voce da baritono lo aveva chiamato da tergo squarciando lo stato di serenità in cui la famiglia si trovava e generando al contempo un'atmosfera di terrore.

Non è possibile.

Joe e Nicole rabbrividirono.

Si voltarono.

Il tale indossava un passamontagna e un giubbotto neri come la morte. Era appoggiato a una Volkswagen Golf e aveva una pistola puntata verso Joe. Nicole fece appena in tempo a gridare:

«Nooooooo!» I suoi occhi erano sbarrati per lo spavento e vagavano qua e là in cerca di aiuto.

Il suo grido destò i pochi turisti presenti che si dileguarono all'istante, come se quell'arma fosse stata puntata contro di loro.

Il sicario, ora solo innanzi alle sue vittime, si avvicinò di un passo.

Il gelido «Non osare o ti manderò all'inferno» di Joe venne coperto da un altro interminabile grido di Nicole. L'umidità dell'aria fu percorsa da una scarica elettrica da un milione di volt.

L'uomo nero fece un altro passo e si fermò. Unì entrambe le mani sulla rivoltella. Contrasse i muscoli. Prese la mira e cominciò a sparare. Un colpo. Un altro. Un altro e un altro ancora.

Joe cadde a terra con uno sguardo incredulo. Forse aveva pensato che la sua minaccia avrebbe fermato il killer. Mentre il collo cedette e la testa gli si reclinò sulla spalla, cercò di guardare moglie e figlia. La sua espressione era terrorizzata, quasi che solo ora si rendesse conto di quanto atroce potesse essere il destino suo e delle persone che amava. Molteplici rivoli di sangue sgorgarono dal busto e dalla testa. Le sue palpebre si chiusero.

Nicole ebbe il tempo di portarsi davanti a Michelle per farle scudo col proprio corpo.

Il sicario puntò l'arma verso la moglie di Garofalo e sparò ancora, ancora e ancora. La donna venne colpita più volte al torace e all'addome. Nel rovinare sul selciato riuscì a tirarsi dietro Michelle, schiacciandola sotto il proprio corpo martoriato dai proiettili d'acciaio.

Il killer fece per avvicinarsi. Era intenzionato a verificare di persona l'avvenuto decesso delle sue vittime. Forse voleva sparare anche a Michelle, che si trovava ancora sotto il corpo esanime e sanguinante di sua madre e gemeva disperata.

Il suono di una sirena della Polizia fece però cambiare idea al sicario.

Risalì sulla sua Golf e fuggì via sgommando.

Parte Terza

Venti

Lunedì

«Cominciamo dall'inizio» esordisco guardando Laura negli occhi e sbirciandole quel neo che dona un tocco di perfezione alla sua bocca già di per sé attraente.

«Mi trovavo alla finestra – non riuscivo a prendere sonno ed erano circa le due e mezza della notte – quando ho sentito un grido provenire dalla casa di fronte».

Il cameriere viene al nostro tavolo per sparecchiare. Ha un ciuffo di capelli neri schiacciati sulla fronte come esige la moda del momento. Gli domando il conto e pago chiedendogli se possiamo rimanere ancora un po'. Mi risponde con un forte accento italiano, chiaramente del Sud, che non ci sono problemi.

Praticamente tutto d'un fiato, racconto della mia troppo lunga indecisione, dell'incontro con l'energumeno pelato e di come e in quali condizioni ho trovato Jessica. Laura è una donna intelligente: capisce tutto al volo, spesso anticipando gli sviluppi del mio racconto. La vedo assumere una serie di espressioni che mi sarà difficile dimenticare: nei tratti del suo viso posso distinguere in rapida successione il disgusto, l'orrore, la rabbia, l'odio, la disperazione. Nel momento in cui ha il coraggio di incrociare gli occhi di Jessica, le lacrime dell'una si duplicano in quelle dell'altra, quasi in risposta al principio dei vasi comunicanti.

Ora Laura prende le mani di Jessica e la guarda con infinita tenerezza. Poi si alza dal suo posto e va a sederle accanto per poterla abbracciare. Le bisbiglia qualcosa nell'orecchio, cerca di incoraggiarla, ma non le riesce affatto semplice.

Lo strazio mi coinvolge emotivamente: capisco il forte legame di amicizia che lega queste due donne e mi viene un nodo alla gola non solo per la disgrazia capitata a Jessica, ma anche per la compassione, il dolore e il senso di colpa che sta provando Laura.

In realtà, quest'ultima non ha capito proprio tutto e, per essere precisi, non ha ancora capito la cosa più importante, quella che riguarda lei. Lo intuisco dalle emozioni che prova e ne ho conferma dalla frase che non riesce a trattenere. Recuperato un po' di equilibrio, se così si può chiamare ciò che le consente di far prevalere la rabbia sulla pietà, Laura infatti sbotta con queste parole: «Quel bastardo di John, te l'avevo detto che...»

Ora viene la parte più difficile.

«No, no, Laura, non è andata così...» si affretta a ribattere Jessica asciugandosi gli occhi.

«In che senso...?»

Jessica prende l'ultimo kleenex dalla borsa e si soffia rumorosamente il naso.

«Non è stato John...» ed è sul punto di riprendere a piangere.

«Come non è stato John? Chi altri...?» salta su Laura sforzandosi di non guardare verso di me e facendo oscillare il capo a destra e a manca come quando si ritiene che la propria domanda possa avere una e una sola risposta. Proprio per togliere Jessica e me stesso dall'imbarazzo, sento il dovere di intervenire.

«È stato quello sconosciuto alto più di due metri che ho incontrato giù al portone di ingresso».

Laura corruga la pelle fra le sopracciglia e stringe le labbra come se stesse per dare un bacio. La sua testa torna ad oscillare in segno di diniego. Diverse volte.

«Ma è impossibile: come avrebbe fatto a entrare in casa mia?» E puntando il suo sguardo su Jessica, prosegue. «Non penso che tu abbia aperto a uno sconosciuto a quell'ora di notte ...»

Di nuovo mi interpongo.

«No, Jessica non ha aperto a nessuno: quell'uomo era già in casa tua, prima che lei salisse». Caspita, come ho fatto ad essere così glaciale? Per un attimo mi sento una specie di detective. È vero che amo i film gialli e sono un discreto lettore dei libri di James Patterson, di Patricia Cornwell e di Janet Evanovich. Ed è vero che in gioventù ho adorato Sherlock Holmes ed Hercule Poirot, ma il mio genere preferito resta la narrativa classica, possibilmente infarcita, non me ne vergogno, di storie d'amore. Non a caso avevo avviato un'agenzia matrimoniale e, anche se ultimamente è andata a rotoli, nei primi anni avevo registrato un certo successo. Poi, i problemi sorti con Julia hanno cominciato a sottrarmi molte energie e, cominciando a trascurare il lavoro, ho perso in poco tempo la metà del volume d'affari.

«Ehi, ehi, ehi, ferma un attimo...» Laura sembra riflettere ad alta voce con atteggiamento calmo e risoluto: ora è lei che conduce le indagini. «È assolutamente impossibile che uno sconosciuto si trovasse in casa mia a quell'ora di notte. Come avrebbe fatto ad entrare? Io non ho visto segni di scasso».

«Evidentemente è entrato usando una chiave» ribatto cercando di non urtare la sua sensibilità. È vero che non ha ancora afferrato la dinamica della tragedia, ma Laura è una donna sveglia, molto acuta ed è solo questione di secondi. Se non comprende qualcosa è solo perché il suo inconscio la sta proteggendo, cercando di ritardare il più possibile la rivelazione dell'aspetto più spaventoso di questa vicenda.

«Aspettate un istante. Se quello è entrato usando una chiave ed era già dentro casa prima che tu e John... Santo Dio, come faceva a sapere quel tale che tu saresti...? Ehi, ehi, ehi, ferma un attimo, qualcosa non mi torna...» Ora si rivolge a Jessica come farebbe un pubblico ministero a un testimone in tribunale: «L'idea di andare su da me con John... era venuta a te quando eravamo al bar, giusto?»

«Sì, ti giuro che non l'avevo premeditato. Ed è stata mia, non di John».

«Questo non possiamo dirlo con certezza» replica Laura.

«Sì, invece. Ti garantisco che John non mi ha chiesto di fare sesso. Tanto meno in casa tua!»

«Però ti ci ha indotta. Sa come sei fatta...»

Caspita, a questo io non avevo pensato. Davvero sagace la bolognese. Spero solo che Jessica non si offenda per l'etichetta che le è stata addossata fra le righe.

Ma ecco che Laura riprende subito la parola, forse per tentare di cancellare quel sottinteso. «Dopo averlo visto con quelle due puttane, io non mi fido affatto di lui. Supponi che si sia messo d'accordo con quel criminale. Prima ti ha scopata a dovere, poi ha fatto finire l'opera al suo amico...»

«No, Laura, sei fuori strada» Jessica ora sembra molto sicura. Un po' *troppo* sicura. Oddio, eccola che sta per esplicitare il tutto. «Quell'uomo era in casa tua per stuprare te, non me. Mi spiace...» Mazzata micidiale. Ci siamo arrivati. Tra l'altro, detta in questo momento, subito dopo quel bieco sottinteso circa le abitudini sessuali di Jessica, ha anche un vago sapore di rivalsa. Ecco come un'amicizia apparentemente solida può frantumarsi in pochissimi istanti.

«Ma non dire fesserie...» Laura respinge con forza questa tremenda ipotesi. Non sembra aver accusato il colpo, almeno per il momento. Sta riflettendo ancora sul caso, come se non riguardasse lei. Ma Jessica è un fiume in piena.

«Ti ripeto che era lì per te. Non è vero, Roy?»

Il suo improvviso coinvolgimento del sottoscritto mi imbarazza e mi fa arrossire. Indietreggio il capo, come se avessi visto un leopardo in Mulberry Street, poi eseguo un impercettibile cenno di assenso. Sono molto serio e titubante mentre, a fatica, cerco di reggere lo sguardo di Laura. Non so perché, ma è come se mi sentissi in colpa.

Per mia fortuna, Jessica è un uragano. Le parole le escono a raffica.

«Era un bastardo professionista. Non gliene fregava un cazzo di stuprarmi. Quando ci ho ripensato, ho capito che l'aveva fatto solo per soldi. Sì, su commissione. E lo ripeto: non doveva stuprare me, ma te! Mi dispiace, perché è orribile da dire, ma è così che stanno le cose. Ed è inutile fare tanti giri di parole. Piuttosto, devi cominciare a pensare alla tua incolumità».

L'ultima frase non l'ha pronunciata con compassione, ma con la stessa rabbia con cui ha vestito l'esplosione precedente.

«Ma non ha senso! Chi può volermi tanto male?»

«Non ne ho idea, ma non ci sono dubbi che il suo obiettivo eri tu. Io e te siamo abbastanza simili fisicamente, almeno viste da dietro. E uno come lui, aspettandosi, come ovvio, che fossi tu a entrare in casa tua, non si è messo a controllare con chi avesse a che fare. Certo, se fosse entrata una donna coi capelli biondi e corti, non le avrebbe fatto nulla. Ma io ti somiglio troppo. E ti ricordo che lui mi ha presa da dietro col cloroformio. Quel bastardo non si aspettava altri che te. Tra l'altro, c'era solo la luce dell'abat-jour, in camera, e poi non so quanto riuscisse a vedere chiaramente con quella calza sul volto... Magari è un tipo che normalmente porta gli occhiali e ieri sera ha dovuto farne a meno. Quindi...»

Le certezze di Laura cominciano a vacillare. Ora è ammutolita, seria e accigliata. La preoccupazione ha preso possesso di lei. Eccola ruotare i suoi stupendi occhi blu da una parte all'altra della cornea.

Sta evidentemente cercando di ricollegare i fili.

Tra un istante sarà convinta delle nostre conclusioni e capirà di essere in pericolo.

Non vorrei trovarmi nei suoi panni. Ecco perché mi sto divorando le pellicine intorno alle mie povere unghie.

Ventuno

Lunedì

Nell'espressione di Laura tramonta ogni traccia di resistenza mentre l'ombra dello sconcerto comincia a prendere il sopravvento.

«Chi può odiarmi a tal punto?»

Schiavo di un inaspettato e incontrollabile impulso, prorompo in modo sincero, ma anche abbastanza ingenuo.

«Ti giuro che lo scopriremo. Io, per quel che posso, mi metto a vostra totale disposizione. Ma ciò che più conta» le dico guardandola dritta negli occhi e sentendo nel cuore una reale preoccupazione per lei «è che tu ora cambi immediatamente la serratura della porta e magari la cambi ancora la prossima settimana. Altra cosa fondamentale: stai sempre in mezzo alla gente. Se quel tale ha mancato il bersaglio e lavorava su commissione, presumo che il mandante non si sentirà affatto soddisfatto e quindi dobbiamo presumere che ci riproverà…»

Come diavolo abbia fatto a trasformarmi in una sorta di Nero Wolf non ne ho idea, ma mi sento come se fossi arrivato a scoprire una parte di me che non conoscevo. E questa è una situazione che – non mi accadeva da secoli – in qualche modo lucida il mio ego.

Laura si sforza di recuperare calma e saggezza. Non intende cedere al panico, almeno per il momento. È una donna che sa essere molto razionale. Ora si rivolge a Jessica come una madre si rivolge al figlio che si è appena sbucciato un ginocchio.

«Immagino che la ragione per la quale non avete chiamato la Polizia sia…»

«Hai capito perfettamente» replica Jessica con fermezza. Non ha nessuna intenzione di far sapere ad altri quanto le è accaduto e Laura sembra comprendere. Fra donne, ci si intende.

Ma tutto può cambiare in un istante. Un moscerino le volteggia davanti agli occhi e lei lo scaccia con un gesto stizzito. E infatti…

«Capisco. Ma se io sono in pericolo, come faccio a difendermi dato che mio marito è in Italia e non tornerà prima di sabato?»

Io e Jessica ci guardiamo. Il ragionamento di Laura non fa una piega e io sarei propenso a darle ragione, ma so che Jessica, al momento, da quell'orecchio non ci sente e quindi taccio.

Gli occhi di Laura si spostano da me a Jessica e recano l'orgoglio di chi vuole tutelare i propri interessi. Ad ogni costo. Si rivolge a Jessica con una serietà e una determinazione ammirevoli.

«Con tutto il rispetto che ho per te, e rimarcando l'amicizia che ci lega, non credi che dovrei avvisare il NYPD? Io ho assoluta necessità di assicurare alla giustizia, e nel più breve tempo possibile, chi mi vuole così male da mandare qualcuno a casa mia per… Insomma, mi capisci o no?»

Jessica si alza. È stizzita. Ha proprio il broncio. Sembra una bambina a cui è stata portata via la parte di Cenerentola nella recita di Natale. Prende la borsetta e fa per andarsene ma poi si ferma. Si gira e fulmina la sua amica con lo sguardo.

«E a me non pensi?» Sbaglio o sono lacrime di rabbia quelle che le inumidiscono gli occhi? Occhi vitrei, arrossati, infiammati. Occhi che ora si riempiono di un dolore lontano, inenarrabile.

Guardo Laura: è inorridita. Ahia, qui sta per scoppiare la terza guerra mondiale.

«Santo Dio, Jessica. Non vorrai che facciano anche a me quanto hanno fatto a te?!»

Questa domanda ha tutti i crismi della logica più stringente. Ma, chissà perché, nell'aria oleosa del ristorante ormai svuotato, suona tremendamente egoistica. Jessica inarca in basso le labbra, in segno di disprezzo. E ora che fa? Si infila la tracolla della borsetta sulla spalla e se ne va!

«Jessica! Aspetta!» Faccio per correrle dietro. Ma Laura mi prende per un braccio e mi ferma.

«Le passerà, non preoccuparti, la conosco. Reagisce sempre in modo impulsivo. Ora è scioccata e la capisco, ci mancherebbe. Ma non posso credere che preferisca il silenzio al rischio che violentino anche me. Mi vuole troppo bene. Se puoi restare qui ancora qualche minuto, Roy, ci sarebbe una cosa che vorrei chiederti».

Accetto di rimanere perché sento il desiderio, anzi, l'esigenza di conoscerla meglio. Se voglio capirci qualcosa in questa assurda vicenda, devo sapere il più possibile della vittima designata. Inoltre, voglio anche convincerla ad evitare di rivolgersi alla Polizia. Almeno per qualche giorno. Lo devo a Jessica. Per questo raggiungo quest'ultima all'uscita e la rassicuro.

«Stai tranquilla. La convincerò io. Ci sentiamo dopo, va bene?»

«Resti qui… con lei?»

Sbaglio, o leggo nei suoi occhi una vaga traccia di…?

«Sì, se non ti dispiace. Vorrei indagare un attimo sul suo passato. Devo capire chi può odiarla a tal punto da… Ti spiace se resto?

Mi regala un vago sorriso, che contiene uno scampolo di imbarazzo e una manciata di gratitudine. Possibile che abbia percepito anche una ventata di gelosia? La lascio andare, ma già mi manca. Uno filo invisibile ci tiene uniti. Lei si gira e mi saluta alzando il braccio. È bellissima.

Torno da Laura. Ho un atteggiamento professionale.

«Dimmi tutto».

«C'è un tale, si chiama Giuseppe Basile, detto Peppino, ha una pizzeria a Brooklyn e non so quante altre in giro per l'America. Vorrei sapere qualcosa di più su di lui. Sei disposto ad aiutarmi?»

«Sì, ma prima devi dirmi chi è e perché mi chiedi questo».

Laura mi racconta del suo recente incontro in agenzia con questo cliente, un italo-americano di seconda generazione, e poi delle sue successive e inaspettate apparizioni al Mulberry Street Bar e da Umberto's. Quindi della frase detta sotto casa sua un attimo prima di salire: *«Sei in pericolo. Qualcuno vuol farti del male…»*

Prendo nota mentalmente di questo aspetto molto importante. Poi inizia a raccontarmi anche dell'episodio al bowling. Una strana sensazione mi pervade: persino Julia è in qualche modo intrecciata nella trama di questo mistero! La cosa mi infastidisce molto, come se fossi geloso della storia in cui sono finito e non volessi intromissioni, tanto meno da colei che mi ha portato via il mio Thomas… Oh, caro piccolo Thomas, come farò a stare senza vederti e abbracciarti?

Laura deve aver visto qualche segnale di mestizia sul mio volto.

Fa per allungare una mano verso di me, ma si trattiene. Il discorso scivola sulla mia sventura.

«Anche se fino a ieri non ti conoscevo, sappi che mi dispiace. Vedo che sei una brava persona e che devi ancora superare la cosa. Ma Julia è una carissima amica e anche lei mi sembra una persona onesta. Non capisco come abbiate potuto separarvi, ma non sono affari miei…»

Chissà cosa le ha detto Julia? Di certo le ha dato la sua versione dei fatti per giustificare il suo tradimento. Provo un fortissimo impulso ad aprirmi con lei per scaricarle addosso il peso del mio sfigato punto di vista, ma una sorta di censura interiore ha la meglio e lascio perdere.

«Mi dicevi di questo Basile…»

«Sì, mentre aspettiamo che Jessica si convinca della necessità di rivolgerci alla Polizia, saresti così carino da cercare di scoprire come diavolo facesse a sapere che c'è qualcuno che vuole farmi del male?»

«Va bene. Andrò stasera stessa a mangiare nella sua pizzeria. Cercherò di scoprire il più possibile sul suo conto e magari di arrivare alla verità. Tu, intanto, mi raccomando, cambia la serratura alla porta di casa. Fallo adesso, prima di tornare in agenzia. E non stare mai sola».

Ci alziamo. Ci diamo appuntamento per la tarda serata al Mulberry Street Bar, se per quell'ora sarò in grado di dirle qualcosa su quell'imprenditore della pizza. Le prometto nuovamente che farò di tutto per soddisfare la sua richiesta. E magari per spingere Jessica ad essere meno intransigente. Uhm, che brutta sensazione: ho promesso a Jessica che cercherò di convincere Laura a lasciar perdere la Polizia e ora prometto a Laura che farò pressioni su Jessica affinché sporga denuncia. Doppio gioco? No, la mia innata debolezza di carattere che mi fa sempre dire di sì a tutti. Che schifo di uomo! Quando cazzo mi deciderò a diventare grande?

Speriamo che questa sia la volta buona. Ho l'opportunità di dare una mano a queste due donne, di proteggerle, di riavvicinarle. Magari riuscirò a scoprire chi sta dietro questo orrendo delitto e ad evitare che ne venga compiuto un secondo.

A questo fine, devo indagare sul passato di Laura, perché solo entrando in quel buco nero potrò scoprire chi e perché c'è l'ha tanto con lei.

Ventidue

Lunedì

Torno a casa e digito su Google "Pizzeria Ignazio's NYC". C'è di che rimanere a bocca aperta: ma sì, ci sono già stato in quel locale, anche se diversi anni fa. Tra l'altro, si trova a due passi dal River Café, il magnifico ristorante annidato sotto il ponte di Brooklyn, dove tanti anni fa avevo conosciuto Julia. Non c'è neanche bisogno di segnare l'indirizzo.

Chiamo Jessica: voglio che venga con me. Da un lato ne sono attratto per quell'ultimo sguardo, lievemente corroso da un pizzico di gelosia, che mi ha lanciato da Sal's quando le ho detto che restavo a parlare un po' con Laura. Uno sguardo che mi ha fatto sentire qualcosa di... Mah, chissà? Dall'altro però temo che lei non voglia rispondere al telefono o non accetti il mio invito. Magari ha pensato che Laura sia riuscita a trascinarmi dalla sua parte o addirittura che insieme abbiamo già chiamato la Polizia. Per fortuna la mia audacia è premiata e i miei timori si rivelano inconsistenti.

«Ciao Roy, come va?»

Sembra addirittura di buon umore.

«Tutto bene. Senti un po', ti andrebbe di venire a mangiarti una pizza a Brooklyn, stasera?»

«Magari! Andiamo da Basile?»

«Esatto».

«Te lo ha chiesto Laura?»

«Di andare da Basile, sì. Ma di invitare te è un'idea mia».

«A me va bene, ma a una condizione».

«Quale?»

«Che non mi chiedi di sporgere denuncia».

«Non è affatto nelle mie intenzioni. Intendo rispettare il tuo volere».

«Molto carino da parte tua. Sei riuscito a convincere anche Laura?»

«Ci sto lavorando. Per quanto non sia affatto facile, e la puoi capire, per ora non dirà nulla».

«Grazie. A che ora passi?»

«Va bene alle sei e mezza?»

«Perfetto».

«Com'è iniziata la settimana?» la voce di Alex le sembrò provenire da un altro pianeta, ad anni luce di distanza. Quante cose erano successe da quando suo marito era partito! Eppure erano passati solo due giorni o poco più.

Laura non aveva nessuna voglia di dirgli che durante la sua assenza la sua amica Jessica era stata stuprata in casa loro e che avrebbe dovuto essere lei la vittima designata. Come si fa a dire una cosa del genere al proprio marito mentre questi è all'estero per lavoro? Così restò sul vago, come si è soliti fare in questi casi, quando lo scopo principale è non far preoccupare i propri cari.

«È un po' dura in ufficio senza di te, ma ce la farò. Mi confermi che sarai di ritorno sabato pomeriggio?»

«Sì, sempre se non ci saranno ritardi. I napoletani li hai trovati?»

«Verranno a firmare in settimana. Hanno detto mercoledì o giovedì, massimo venerdì. Lo sai come sono...»

«Proprio per questo bisogna stargli addosso. Ti consiglio di richiamarli al più presto e di fissare un giorno e un orario preciso. Guai a te se te li fai sfuggire!»

Laura rimase un istante interdetta. Santo Cielo che modi! Non che suo marito abbia mai guidato l'azienda – e lei come dipendente – con la massima cortesia possibile, ma non ricordava di essere mai stata trattata con quel tono così perentorio e quelle parole così implacabili. Incassò il colpo e cercò di spostare il discorso verso plaghe meno accidentate.

«Ok, capo. Tutto bene lì?»

«Sì, tutto bene, io so come si fa a raggiungere i propri obiettivi. Alle volte devo faticare molto, perché la vita è dura per tutti, soprattutto in periodi di crisi internazionali come questi, ma non è un segreto che io abbia una marcia in più. Mi raccomando con quei napoletani, eh...?»

«Sì, Alex, stai tranquillo».

«È inutile che assumi quel tono scocciato. Lo sai che i grandi risultati si ottengono solo in conseguenza di grandi sforzi. Mi sembra di averti insegnato con l'esempio, più che con le chiacchiere. Se non fosse stato per il sudore della mia fronte, come faremmo ad avere l'agenzia di New York? Quindi, se insisto, non è per sgridarti, ma per trasmetterti il metodo del successo».

Laura pensò che suo marito stesse esagerando. Il discorso era il solito, ma il modo in cui stavolta lo articolava suonava emotivamente molto più carico. Alex era infastidito da qualcosa. E la tensione che saliva la portò a polemizzare.

«Non mi sembra di non aver assorbito il tuo metodo per il successo... E credo che anche il mio lavoro abbia contribuito a...»

«Vero, verissimo. Ma io mi sento responsabile fino in fondo al midollo della nostra azienda, lo sai, e sono portato a ripetermi... Lo so che alle volte ti posso dare sui nervi... Cambiamo discorso, successo niente di eclatante a Mulberry Street?»

Silenzio.

«Pronto? Laura? Ci sei ancora?»

«Sì, sì. No, no, ehm, scusa... no, niente di eclatante. Che cosa sarebbe dovuto succedere?»

«Mi riferivo a quella puntata di *"Law & Order"* che dovevano girare al Mulberry Street Bar. Non hai visto niente?»

«No, lo sai che questi eventi non mi entusiasmano. So solo che Vivian ha tenuto aperto un'ora o due in più, domenica sera, e ha offerto una bevuta a tutti».

Laura si aspettava che Alex le chiedesse se aveva approfittato anche lei dell'opportunità, ma le fece un'altra domanda.

«È dura in casa da sola?»

Ma che cazzo di domande mi fa?

«Beh, sì, ma non è la prima volta, dunque...»

«Già, ci sei abituata, è vero. Va bene. Ci sentiamo mercoledì o giovedì. Mi raccomando il gruppo di napoletani».

Che palle!

Il passaggio dal fastidio del momento specifico a considerazioni più generali le fu immediato.

Laura si domandò infatti che senso avesse il suo matrimonio se, anche in una situazione di grave pericolo come quella in cui si trovava, non osava dire nulla a colui che più di ogni altro avrebbe dovuto correre in suo aiuto e proteggerla.

Forse era giunto il momento di prendere strade diverse?

Tra l'altro, nella sua vita era di recente riapparso Marco, più bello e muscoloso di vent'anni prima, ma soprattutto col suo innato romanticismo ancora intatto. Quel romanticismo passionale a cui lei si era sforzata di rinunciare in nome della sicurezza e della stabilità. In nome della costruzione pianificata di un destino opposto a quello di Emma Bovary. Ma aveva poi fatto bene?

Tutte le volte che ripensava alla scelta che aveva fatto, anche dietro la forte insistenza di sua madre, Laura ritornava a quel modello da evitare a tutti i costi e che le era stato mostrato dal libro di Flaubert e dalla lettura che ne aveva fatta sua madre. Un testo che aveva determinato la scelta più importante della sua vita e plasmato conseguentemente la sua intera esistenza. Per molto, moltissimo tempo, Laura aveva pensato che *Madame Bovary* l'avesse salvata, che quella scelta l'avesse premiata e che il destino che si era costruita di conseguenza l'avesse protetta dai terribili guai derivanti dall'abbandono ai capricci delle passioni.

Ma di recente il tarlo del dubbio si era insinuato pericolosamente dentro di lei. Da qualche tempo aveva cominciato a domandarsi se sia davvero così saggio applicare alla propria vita i suggerimenti di un libro, qualunque sia il suo valore letterario. Aveva anche iniziato a riflettere sulla relazione causale fra scelte razionali e felicità: era davvero così stretta? Aveva preso a vagheggiare che la sua scelta non era stata, in fondo, del tutto "sua". E a chiedersi se il cammino percorso sinora non l'avesse schiavizzata, anziché liberata.

Erano pensieri, questi, che negli ultimi tempi avevano cominciato a erodere le sue rocciose certezze. E, dopo quest'ultima telefonata con Alex, vennero ulteriormente rinforzati. Anzi, cominciarono a scavare un solco sempre più profondo nell'animo, nel cuore, nelle viscere, in tutti i circuiti vitali del suo essere.

Ventitre

Lunedì

Preparata la borsa per la palestra e indossata la tuta, si avviò con la voglia di vedere Marco e di parlare con lui. Non che questo desiderio non facesse a pugni con il suo rigore morale e l'abitudine a tener duro rispetto alle scelte fatte, ma stavolta c'era nel cuore di Laura un aspetto nuovo e stimolante: possibile che stesse per abbandonarsi fra le sue braccia e tradire e marito e insegnamenti di Flaubert?

L'ascensore scese sino al pian terreno e si aprì.

Si chinò per sollevare la borsa e, alzando lo sguardo per uscire, si trovò innanzi, a pochi centimetri dal suo naso, la faccia tonda di Fabio Roversi, con il bianco dei suoi radi capelli e della sua folta barba a far da giusto contraltare a quegli occhiali professorali con montatura dorata.

Laura indietreggiò di colpo, gli occhi sbarrati e il respiro trattenuto.

«Santo Dio, Fabio, mi hai spaventata!»

«Chi? Io? Ma se non sono neppure in grado di spaventare un piccione!»

La battuta e l'esplosione di ilarità conseguente non mutarono però di una virgola l'espressione accigliata di Laura.

«Che ci fai qui?»

«Ti ho portato un piccolo dono» Fabio le consegnò la busta poi proseguì: «Possiamo sederci un attimino al bar qui a fianco che così lo apri?»

«Dovrei scappare in palestra... Possiamo fare un'altra volta?»

«No, ti prego, Laura. Sarà una questione di cinque minuti, dieci al massimo. Te lo prometto».

Come poteva dirgli di no?

«Va bene, Fabio, però fra dieci minuti esatti dovrò andare. Ho una lezione, già pagata, che non posso perdere».

Con la busta in mano e una profonda scocciatura che intaccava il suo sistema nervoso, seguì il suo ex fidanzato fino all'interno del Mulberry Street Bar.

Brooklyn. Parcheggio la mia Subaru Legacy del '93, vecchia e malandata finché si vuole, ma ancora funzionante. Ho provato un po' di vergogna nei confronti di Jessica quando è salita in auto ma, grazie al suo atteggiamento tutt'altro che snob, una volta in movimento ci abbiamo riso sopra insieme ed è passato tutto.

Entriamo nella rinomata pizzeria della famiglia Basile, Ignazio's, intorno alle sette e un quarto. Essendo i primi clienti della serata, possiamo scegliere il tavolo preferito. Ci sediamo vicino alle ampie vetrate, l'uno a fianco dell'altra per goderci la vista dell'East River e dei grattacieli illuminati del downtown di Manhattan. La temperatura è gradevolissima e il cielo è dominato dai colori tenui del crepuscolo.

Jessica si rivolge alla cicciona che siede davanti al registratore di cassa. Le dice di essere un'amica di Giuseppe Basile e le chiede di farlo chiamare che vorrebbe presentarmelo. La donna, con fare pigro e svogliato, prima ci squadra da capo a piedi come se potessimo avere la lebbra, poi ci risponde che suo fratello è fuori città e non tornerà fino a giovedì.

Pazienza. A questo punto, tanto vale concentrarsi su Jessica: da quando sono passato a prenderla, non ha ancora ceduto alle lacrime.

Anzi, come mi era sembrato già durante la telefonata, tutto sommato la vedo di buon umore. Ovviamente non può aver superato il trauma così rapidamente: il suo stato vitale oscillerà certamente fra la disperazione, la rabbia, il rimorso e la vergogna per diverse settimane a venire e comunque tutta la sua esistenza futura sarà segnata dalla disgrazia che le è capitata ieri notte. Probabilmente, conoscerà periodi di depressione a cui si alterneranno momenti di rinnovata speranza. Chi lo sa?

Le chiedo come ha trascorso il pomeriggio.

«Ho pianto e mi sono lagnata fino alle quattro. Per tutto quel tempo, non ho fatto altro che ripetermi che non esisteva sulla Terra una persona più sfigata di me. A un certo punto, però, la voce della coscienza mi ha detto che stavo esagerando, che c'era ben di peggio, nel mondo intero, della mia tragedia personale. Ho pensato ai terremotati e agli alluvionati, a chi vive in Paesi costantemente in guerra, a chi ha perso un genitore nell'attacco dell'11 settembre, a chi nasce storpio e a chi si ammala e muore giovane, a chi perde un figlio in un incidente stradale. Così mi è tornato in mente il caso di Ed Roberts, che avevo letto in un libro di Anthony Robbins. Ho recuperato il libro e ho riletto le pagine dedicate alla sua storia. E mi sono rimessa a piangere, non più perché mi sentivo sfortunata, ma perché ho capito che quella storia ha ancora oggi tanto da insegnarmi.

«Chi è questo Ed Roberts?»

«Un americano che contrasse la polio all'età di quattordici anni. Invece di passare il resto della vita a lagnarsene, si chiese che cosa potesse fare della sua vita da paraplegico per renderla significativa, o quanto meno degna di essere vissuta. Invece di pensare a se stesso come a un disabile senza speranza, peraltro condannato a passare molte ore di ogni giorno dentro un polmone d'acciaio, decise di pensare a se stesso come a una stella di prima grandezza, la cui vita era preziosa per il mondo intero. Ebbene, in pochi anni divenne il fondatore nonché leader del movimento per i diritti dei disabili. Dovette superare ostacoli pazzeschi per essere ammesso all'Università di Berkeley e laurearsi. Ma riuscì a sentirsi di nuovo utile e visse felicemente fino al 1995, ottenendo grandissimi risultati a beneficio di tutti i portatori di handicap del mondo».

«Che bella storia. Non la conoscevo».

Jessica aggiunge che affronterà il suo dolore nei mesi a venire tenendo focalizzata la sua mente su questo esempio straordinario.

«Dopo averla riletta, ho cercato di pensare come Roberts e mi sono detta: "Ok, mi è capitata una sfiga pazzesca, ma forse posso anch'io evitare di lamentarmi tutto il santo giorno e magari sfruttare a mio vantaggio ciò che mi è accaduto. Forse anch'io posso pensarmi come una stella di prima grandezza." E così mi sono ricordata del fumetto che avevo iniziato a scrivere dieci o dodici anni fa, ma che avevo poi abbandonato per pigrizia e altre mille stupide ragioni. Mi dicevo quelle cose che tutti i perdenti si dicono in questi casi: "Tanto non funzionerà mai, non interesserà a nessuno, nessun editore lo vorrà mai pubblicare..." e bla, bla, bla, tutta quella merda che ci rovesciamo addosso ogni giorno per sabotare i nostri sogni».

«Credo di conoscere abbastanza bene l'argomento».

«Ma stavolta è diverso, Roy: niente chiacchiere. Sarà l'orrore che ho provato la notte scorsa, ma ti giuro che stavolta qualcosa è scattato nell'anima della vecchia Jessica. Sono andata all'Apple Store di SoHo, in Prince Street, e ho acquistato un iMac ultima generazione, ultra potente e con un programma ideale per i miei scopi. Sono tornata a casa e, prima che passassi tu, mi sono messa a progettare il fumetto. Testi e disegni. Non hai un'idea di quanto questo progetto mi faccia sentire viva».

«Ciò che mi dici è meraviglioso. Sono senza parole».

Sono davvero impressionato. Guardo l'orologio: non sono passate neanche ventiquattrore da quell'orrore e Jessica ha già saputo orientare i suoi pensieri in modo così stupefacente… Sento uno strano impulso all'emulazione. Anch'io ho avuto esperienze negative – una moglie che ti lascia per un altro e riesce a portarti via tuo figlio mentre il tuo lavoro va a rotoli, è oggettivamente un trauma – ma non sono affatto obbligato a suicidarmi, né a stabilire in modo assoluto che dalla mia situazione non potrò mai venirne fuori. Forse anch'io posso pensarmi come una stella di prima grandezza… Ma quest'idea confligge dentro di me con l'etichetta opposta, quella del perdente e dello sfigato, che mi si è ormai radicata troppo profondamente nel cervello e nell'anima.

Inspiro profondamente e mi appoggio un attimo allo schienale. Un'occhiata in giro: il locale è affollato, i camerieri indaffarati, il profumo di pizza intenso. Un bambino picchietta il coltello sul bicchiere e la mamma gli dice di piantarla. Nell'angolo più lontano rispetto al nostro tavolo, due uomini incravattati confabulano in un modo che definirei sospetto. Sbaglio, o guardano spesso verso di noi? No, dev'essere lo stato emotivo in cui mi trovo in questi giorni… Perché mai dovrebbero…? No, no, mi sbaglio… Ora uno dei due prende in mano il telefono e fa una chiamata.

«Roy? Che cosa stai guardando?»

«Oh, scusa, niente. Stavo pensando a quanto sei in gamba e quanto desidererei avere la tua capacità di reazione. Magari potrebbe essermi utile conoscere più a fondo la tua storia personale. Che ne diresti di raccontarmela? In fin dei conti ti conosco poco».

«Hai tre ore di tempo?»

«Sono tutt'orecchi».

Ventiquattro

Lunedì

«L'abbiamo trovata».
«Nessun dubbio?»
«Nessuno».
«Dove abita adesso?»
«New York. Little Italy. Per i dettagli ci sentiamo fra un'ora, ok?»
«Ok. Fatemi una videochiamata Skype. Ottimo lavoro! A dopo».

Un cameriere molto giovane ci porta due pizze fumanti e ci augura "Buon appetito" in italiano. Prima di prendere in mano coltello e forchetta, facciamo tintinnare i nostri bicchieri di birra e accenniamo timidamente a un brindisi.

Jessica di cognome fa Johnson. È nata a Cleveland, in Ohio e lì è cresciuta fino all'età di vent'anni. Figlia unica di una coppia che gestiva una piccola attività di import-export, ha avuto un'infanzia deliziosa e frequentato il Cleveland Institute of Art. Poi la famiglia si trasferì a Los Angeles nel tentativo di ampliare il giro d'affari e Jessica si iscrisse al corso di laurea in Graphic Design presso l'Art Institute of California di Los Angeles. Fino a quel momento, la sua vita è stata a dir poco invidiabile.

I problemi per lei cominciarono pochi mesi dopo il trasferimento a Los Angeles, quando entrambi i suoi genitori morirono in un tragico incidente mentre erano in vacanza in Messico: un camionista ubriaco era passato col rosso a tutta velocità e li aveva investiti sulle strisce pedonali. Il dramma fu accentuato dal fatto che in quel momento i genitori erano momentaneamente privi di un'assicurazione sulla vita: l'avrebbero stipulata di lì a pochi giorni!

In conseguenza, Jessica passò un lungo periodo di depressione che non solo le impedì di entrare subito nel mondo del lavoro ma la trascinò anche verso l'abuso di alcolici e marijuana. Poiché nel suo cuore nutriva il desiderio di completare gli studi, cercò di recuperare un po' di equilibrio e di trovare un lavoro.

Proprio in quel periodo, un impresario che gestiva una catena di night club la adocchiò e le propose lauti guadagni per fare delle serate di *lap dance*. Jessica, che a quel tempo era una ragazza ingenua e aveva molto bisogno di denaro, accettò. Ovviamente lei cercò, e ripetutamente, di fuggire da quel mondo e trovarsi un lavoro normale che le consentisse di terminare gli studi, ma l'impresario le aumentava la paga e così riusciva sempre a trattenerla.

Su questa fase della sua esistenza però preferisce non scendere tanto nei dettagli. Si vede benissimo che non ne va affatto orgogliosa. Si lancia invece con grande entusiasmo verso il racconto della successiva fase della sua vita, quella che lei definisce della "svolta decisiva". Mentre si trovava in uno dei periodi più neri della sua esistenza, ebbe una storia con un certo Mike, uno che, prima ancora di compiere trent'anni, era già qualcuno nella city finanziaria di Wall Street. L'aspetto più interessante fu che questo Mike la portò a un corso di Anthony Robbins. E fu proprio qui che la sua vita cambiò per sempre. Jessica scoprì quali sono i bisogni fondamentali dell'uomo, quali i valori e le regole che guidano il nostro comportamento. Ma soprattutto capì l'importanza del linguaggio che ogni essere umano adotta quando parla con se stesso, dell'atteggiamento posturale con cui affronta le sfide della vita, dell'importanza del focus verso cui ognuno di noi tende a orientare la propria mente con maggior frequenza e delle convinzioni attraverso le quali, come con un paio d'occhiali, leggiamo la realtà. Lavorando a fondo per migliorare questi quattro aspetti fondamentali, Jessica sostiene di essere riuscita a rivoluzionare la sua esistenza. A quel tempo aveva quasi ventisei anni, aveva sostenuto solo un paio di esami universitari, e, dentro di lei, il desiderio di portare a termine gli studi era ancora vivo. Ma fu solo al seminario di Robbins che riuscì a prendere la sua vita in mano.

«Alla fine del corso capii che dovevo tenere distinti l'evento che mi aveva portato via i miei genitori e l'etichetta semantica che io gli avevo attribuito. L'evento, preso di per sé, fu e resterà tragico per sempre. Questo è innegabile. Ma il significato che io, liberamente, gli avevo attribuito – che cioè da quel momento in poi la vita era solo uno schifo e non valeva più la pena di essere vissuta – era totalmente arbitrario».

Gli occhi di Jessica luccicano come le stelle che stanno punteggiando il cielo. Al ricordo di quella grande vittoria, si commuove. Dio santo, quanto è bella! Le sopracciglia ben disegnate ricordano quelle di Eva Kant e, tutto sommato, anche la forma allungata del suo cranio rimanda alla compagna di Diabolik in versione mora.

I due tipi strangolati da cravatte se ne stanno andando. Perché continuo ad avere la sensazione che siano venuti qui per noi? Spero solo di non ritrovarmeli qui fuori o, al peggio, che si mettano a pedinarci. Escono in questo momento. Girano intorno al locale. Fanno finta di niente, ma ci scommetto che... Ecco, ecco, infatti! Uno dei due, quello che aveva fatto la telefonata, ha dato una sbirciata verso di noi! Ma che cavolo vogliono, quelli? Calma, Roy, calmati. Stai avendo delle allucinazioni! Sei ancora scosso e devi ritrovare il tuo equilibrio prima di giudicare gli sguardi delle persone: di certo quelli si sono accorti della bellezza di Jessica e hanno passato la serata a fare commenti sul suo fisico e sullo sfigato che frequenta. Ma sì, ma sì, dev'essere per forza così...

Si accomodarono al tavolino all'angolo vicino alla vetrata, proprio sotto la foto di Frank Sinatra e Mario Cuomo che ritrae il momento del loro incontro, avvenuto decenni prima, lì al Mulberry Street Bar. Di fronte a loro, le gigantografie del primo e del secondo proprietario dello storico Bar. C'era anche Vivian Catenaccio, l'attuale proprietaria del locale, ed era tutta affaccendata a saltellare dalla sala del bar a quella del forno ove veniva cotta una delle migliori pizze del mondo intero. Di tanto in tanto, Vivian usciva dal bar per recarsi all'interno del ristorante di fronte, La Mela, di cui deteneva una quota importante.

Dopo aver ordinato una birra e un tè, la prima per se stesso, il secondo per lei, Fabio porse la busta a Laura. Questa l'aprì con una tale fretta che la strappò. Fabio considerò il gesto davvero poco rispettoso nei suoi confronti, ma cercò di passarci sopra.

«Ma... Fabio... ma no... non dovevi... che ti è saltato in testa?»

Nella busta c'era una lettera e a questa erano spillati due biglietti per la Carmen di Bizet, in programma quel venerdì al Metropolitan Opera House del Lincoln Centre, oltre alla prenotazione di un tavolo per due persone al famoso ristorante francese Le Bernardin. Nella lettera, di poche righe, c'era scritto che lui l'amava e che era disposto a tutto, ma proprio a tutto, pur di stare con lei.

«Se accetti questo invito, Laura, ti giuro che non te ne pentirai. All'uscita da teatro ti farò la sorpresa più grande. Non vedo l'ora di...»

«Niente da fare, Fabio. Mi dispiace, ma non posso accettare. Io sono sposata e anche tu sei impegnato, per di più con la mia amica Julia. Siamo stati insieme da ragazzini, ma poi è tutto finito e, come sai, le minestre riscaldate non.... Mi dispiace, ma lo devi accettare».

Laura fece per alzarsi. Lui la trattenne per un polso.

«Dammi una possibilità. Una sola. Venerdì sera. Non ti chiedo altro».

«Mi spiace, tu non hai alcuna possibilità con me. Perdonami se sono cruda, ma questa è la realtà. Rispetta Julia, piuttosto, altrimenti lasciala tornare con suo marito Roy».

«Quello sfigato?»

«Non è affatto uno sfigato, è una persona sensibile e molto educata. E se non la pianti di girarmi intorno lo dirò a Julia. Sono stata chiara?»

«Perché mi tratti così male? Cosa ti ho fatto?»

Lo sguardo corrucciato del ricercatore ebbe l'effetto di far alzare Laura.

«Ora devo andare. Per favore, lasciami stare e non farti più vedere da queste parti».

Laura se ne andò e lasciò lì Fabio con un pugno di mosche in mano a cercare di gestire la sua cocente delusione. La busta, la lettera, i due biglietti e la prenotazione per il ristorante erano sparsi disordinatamente sul tavolino.

Pietrificato, la guardò uscire. Che smacco! Che umiliazione!

Certo che ci voleva un bel caratterino per rifiutare un uomo come lui con una tale risolutezza. La sua ex non era solo uno schianto, aveva anche una personalità ammirevole. Fu forse per questa considerazione, colma di quel timor reverenziale che rende attraenti anche le sfide più ardue, se il medico cambiò rapidamente umore e finì per andare contro se stesso.

Contrariamente a quanto si era ripromesso di fare, infatti, Fabio uscì da lì per nulla convinto di mettere da parte quel sogno chiamato Laura. Fece appello alla sua tenacia caratteriale e cercò di ideare nuove soluzioni. Doveva pur esserci un modo per farla cedere alle sue avances… In fondo, come poteva accontentarsi di quell'arrivista senza scrupoli di Alex? Lei meritava ben di più, e uno scienziato di fama mondiale come lui doveva per forza costituire la meta più ambita per una splendida donna come lei. Quanto meno, lui non l'avrebbe fatta lavorare, ma l'avrebbe trasformata nella regina di una grande villa in uno dei più bei posti del mondo. Sì, Laura meritava molto di più e, se doveva sprecare la sua vita lavorando in un'agenzia di viaggi, allora, tanto valeva… tanto valeva cosa? Qual era la posta in gioco? Che cosa si poteva rischiare?

Gli venne un'idea. Forse balzana, ma forse neanche tanto.

Possibile che Laura fosse tanto arrabbiata con lui perché aveva cominciato a nutrire il rimpianto di aver sposato l'uomo sbagliato? Possibilissimo! Doveva cercare di capirla, non di condannarla: povera creatura, rivedere il suo ex, più di vent'anni dopo averlo lasciato, e vederlo ora in quella posizione di così alto prestigio,... doveva essere stato uno shock per lei.

Ecco perché era così arrabbiata con lui! Laura era ormai ben consapevole della sventura a cui era andata incontro sposando quell'insignificante biondastro e l'aver rinunciato a una vita molto più eccitante le aveva fatto sentire il vuoto e la miseria della sua condizione attuale.

Proprio quando sembrava convincersi della sagacia di questa intuizione, un improvviso dilemma spuntò come un fungo velenoso dal suo stesso sottobosco cerebrale: il suo ragionamento stava in piedi o si stava semplicemente illudendo? Non si era forse spinto un po' oltre la realtà, attribuendo a Laura pensieri che non le appartenevano affatto? Non aveva attribuito a se stesso vantaggi e glorie di cui a lei non fregava un fico secco? Difficile rispondere obiettivamente a queste domande.

Recuperò le sue spettanze e pagò il conto. Le sue emozioni subirono un altro mutamento.

Di fatto, se ne tornò a casa con la coda fra le gambe e con l'animo in subbuglio: nutriva più di un dubbio in merito alle proprie effettive possibilità di riconquistarla. Era duro da ammettere, ma Laura lo aveva rifiutato in un modo che più categorico non poteva essere. Bisognava dunque essere pragmatici e non cadere nei sogni tipici delle crisi di mezza età.

Ma se da un sottobosco di buone intuizioni può spuntare un'*amanita phalloides*, da un groviglio spinoso di dilemmi e incertezze può germogliare una nuova idea.

Arrivò alla casa sulla settantesima. Salì i gradini esterni e aprì la porta di casa. Con fatica, raggiunse la stanza al secondo piano. Indossò un paio di pantaloncini e una maglietta dei Giants e saltò in sella alla cyclette.

Pedalando a lungo, ebbe tempo e modo di elaborare il nuovo piano. Non che ne fosse propriamente entusiasta, ma, al momento, sembrava essere la sola via d'uscita dal labirinto di sentimenti contrastanti in cui si era cacciato.

Dopo il corso tenuto da Robbins, Jessica prese alcune decisioni estremamente coraggiose. La prima fu quella di trasferirsi a New York. La seconda di iscriversi all'Art Institute of New York City per terminare gli studi. E la terza quella di uscire dal mondo dei night club (e quindi dell'alcol e del fumo) per iniziare a condurre una vita sana, equilibrata e soprattutto degna di rispetto.

Prese casa nel Queens e si iscrisse in palestra. Nel giro di tre anni e mezzo riuscì a laurearsi, per di più a pieni voti. Quindi cominciò a fare colloqui di lavoro e fu assunta come graphic designer alla Genius Design in Broome Street. Negli anni successivi, divenne la responsabile del servizio packaging design dell'azienda. E segretamente iniziò a coltivare il suo sogno più grande: quello di scrivere e disegnare un fumetto tutto suo.

Ora capisco perché si è ripresa così velocemente. Sono ugualmente impressionato, ma il fatto che abbia partecipato a un corso del genere, spiega molte cose. Avevo già sentito parlare di Anthony Robbins da una mia cliente e anche lei me lo aveva descritto in toni entusiastici. Incuriosito, avevo letto anche uno dei suoi best-sellers, *Awaken the giant within*. Ma non ero andato oltre, forse perché allora l'agenzia e il matrimonio andavano bene.

«Non credo esista una sola persona che abbia frequentato uno di quei seminari e, pur potendo grazie alla clausola soddisfatti o rimborsati, abbia chiesto i soldi indietro. E sto parlando di milioni di persone in tutto il mondo».

Le rispondo che darò volentieri un'occhiata su Internet e tornerò ad interessarmi alla questione. Al punto in cui sono, se non voglio ritrovarmi nuovamente su una scala antincendio alle due e mezza di notte col proposito di lanciarmi nel vuoto e schiantarmi sull'asfalto, forse ho bisogno anch'io di partecipare ad uno di quei corsi. D'altra parte, i miei lontani studi di psicologia non mi hanno mai aiutato granché se sono finito al punto in cui mi trovo ora. E inoltre mi capita persino di vedere cose che non esistono, come poco fa con quei due tipi... Meglio tornare a noi: c'è infatti un aspetto di tutta questa faccenda di cui vorrei sapere qualcosa di più.

«E di Laura, che cosa mi dici? Come vi siete conosciute?»

«È stato nella primavera dell'anno scorso. In palestra. Durante una lezione di aerobica. Ricordo che nel bel mezzo dell'esercizio finimmo l'una addosso all'altra. Lei si scusò e poiché sono sempre stata attratta dall'accento italiano, abbiamo fatto amicizia immediatamente. La sera stessa andammo a mangiarci un piatto di spaghetti allo scoglio da Giovanna's».

«Mi ha molto sorpreso venire a sapere che è amica di Julia. Che tipo è?»

Jessica richiama l'attenzione del cameriere. Gli chiede la lista dei dessert.

Nel ristorante siamo rimasti solo noi due e un'altra coppia di fidanzatini. Guardo fuori dalle vetrate: le luminarie di Manhattan si riflettono nell'acqua dell'East River. Chissà come renderebbe questo scenario unico Renoir?

«Laura ha un grosso problema: è completamente frigida».

Venticinque

Lunedì

«Ottimo lavoro: è proprio lei, non ci sono dubbi. Ha cambiato pettinatura, appare più abbronzata, ma i lineamenti del viso sono quelli. C'è voluto un bel po' di tempo, ma alla fine ce l'abbiamo fatta. Il nostro cliente sarà soddisfatto».

«Per il pagamento?»

«Riceverò il nostro cliente domani, quindi entro sera vi farò un bonifico tramite home banking, come d'accordo. Bravi ragazzi, avete svolto un lavoro eccellente e non mancherò di ricompensarvi!»

Chiuse Skype e il MacBook Air. Andò in cucina, aprì il frigo e prelevò una bottiglia di champagne: l'indomani avrebbe intascato una gran bella somma ed era quindi il caso di festeggiare.

Faccio per prendere il bicchiere, ma urto l'oliera e rovescio un po' di birra sulla tovaglia.

«Che cosa?» le domando mentre cerco di rimediare al pasticcio che ho combinato.

«Hai capito bene. Là sotto proprio non ci sente...»

Non condivido il velo di ironia con cui Jessica si è espressa. Il mio pensiero è infatti subito schizzato a quanto è accaduto la notte precedente: che cosa sarebbe successo se quell'energumeno avesse violentato una donna frigida? Come avrebbe reagito Laura?

Sto asciugando alla bell'e meglio col tovagliolo. La domanda mi sorge decisamente spontanea.

«Ma è sempre stata così, oppure lo è diventata?»

«Temo lo sia diventata negli ultimi anni. Il matrimonio fa questo effetto a molte donne».

Già, Laura è sposata al titolare dell'agenzia. Jessica me ne ha accennato stanotte o stamani, non ricordo. Forse quando facevamo colazione da Ferrara. Poi non se ne è più parlato – salvo il breve cenno che ne ha fatto Laura da Sal's – ed è solo ora che trovo il tempo di riflettere un attimo sul marito di Laura. Un uomo molto ambizioso e determinato, da quel che ne so, e che in questo preciso momento si trova in Italia per lavoro.

«Comunque io ho cercato di aiutarla, prima parlandole, poi prestandole un libro sulla sessualità femminile. Ma come puoi immaginare non è che questi problemi si possono risolvere dall'oggi al domani con due chiacchiere o leggendo un libro».

Il suo ragionamento non fa una grinza. Provo a cambiare discorso chiedendole se, a suo parere, Laura possa aver chiamato il marito e avergli raccontato tutto».

«Mi auguro proprio di no. Sennò va a finire che lui la convince a chiamare la Polizia. E ogni parola di Alex, per Laura, è un ordine». Si porta la mano alla fronte per mimare il saluto del militare come a dire che il marito di Laura non è altro che un generale.

«È così sottomessa?»

«Altro che. Ma da quando mi ha conosciuta ha cominciato a diventare più indipendente. Sia io che Marco, uno dei maestri di karate nonché istruttore di body building della nostra palestra, le abbiamo fatto capire che lei deve aver cura di se stessa non perché qualcun altro glielo impone, ma perché è ciò di cui lei ha bisogno in prima persona».

«Adesso non allarghiamoci troppo. Dimmi di più di questo Alex».

«Biondo come uno svedese. Caratterialmente sembra un incrocio fra un sergente di ferro nazista e un imprenditore americano. Lavoratore instancabile, vestiti firmati, marito modello. Niente droghe, niente sigarette, niente donnette, né altri vizi. Un solo pensiero in mente: ingrandire la sua azienda e fare tanti soldi».

«Geloso di Laura?»

«Non credo proprio. Se fosse geloso sarebbe un bel segnale, perché vorrebbe dire che in qualche modo tiene a lei. Geloso no, ma possessivo sì, eccome: credo di non essere molto lontana dal vero se dico che lui la considera un oggetto di sua proprietà».

«Addirittura!»

«Insomma, devo essere sincera fino in fondo? Io con uno come lui non mi ci metterei neanche se fosse l'unico uomo sulla faccia della terra. Un vero stronzo!»

«Sbaglio o avete avuto qualche problema, intendo tu e lui?»

«Sbagli perché dal primo giorno in cui ci siamo visti abbiamo capito entrambi che sarebbe stato meglio evitarsi. E così abbiamo fatto».

«Non è che lui ce l'ha con te e con questo Marco per aver incoraggiato Laura a diventare più indipendente?»

«Io non gli sto certo simpatica. Quanto a Marco, Alex sa tutto di lui».

«E cioè?»

«È innamorato pazzo di Laura e lo è da vent'anni, da quando frequentavano l'università».

Interessante: qui la storia si fa sempre più complessa. Ma devo studiare un tassello per volta.

«Rimaniamo un attimo sul marito. Da quel che mi racconti, sembra quasi che a lui non importi molto di sua moglie. O che comunque lei venga dopo l'azienda».

«Ne puoi star certo! Se vuoi la mia opinione, e se vuoi che la esprima schiettamente, ad Alex non gliene frega un cazzo di Laura. A lui interessa solo una cosa: che sua moglie porti a termine i compiti che le assegna. Tutto, compresa Laura, deve essere in funzione delle mete commerciali che vuole raggiungere».

Non sono convinto del tutto. Possibile che questo Alex sia così spietato? Se sì, per quale ragione Laura non lo ha ancora lasciato? Forse perché le donne lasciano solo gli spiantati come me?

Anche se abbiamo già davanti due tiramisù, ordino un'altra birra. E Jessica si associa. Un barcone turistico della NY Waterway, intanto, sfreccia sull'East River in direzione Statua della Libertà.

«Altra domanda: secondo te, ad Alex non pesa la frigidità della moglie?»

«Altra domanda, ma la risposta è la stessa: ficcati in zucca che quello stronzo pensa solo al lavoro. Nel pochissimo tempo libero che gli rimane, va con amici, che poi sono clienti, a vedere i Knicks».

«I Knicks? Anch'io li adoro… Chissà, magari l'ho incrociato al Madison Square Garden…»

«Sì, è possibile, ma non correre. Alex non si è realmente appassionato al basket e alla squadra. Ogni sua azione è calcolata. Scommetto dieci dollari contro uno che ogni suo ingresso al palasport gli rende qualche migliaio di dollari...»

«Santo Dio, Jessica! Pensi che questo Alex abbia anche qualche pregio?»

«Nel suo lavoro è imbattibile».

«Tutto qua?»

«Tutto qua».

Beh, non c'è che dire, sembra che quella poveretta non potesse fare una scelta peggiore... Sfigata come me? Eppure mi è sembrata una persona intelligente, equilibrata, razionale... Mah!

Dopo quaranta minuti di aerobica, passò in sala pesi. Ed eccolo là, il solo uomo che quel giorno aveva voglia di vedere. Mentre le si faceva incontro, un'onda emotiva la travolse.

«Ciao, Laura. Posso offrirti un aperitivo all'uscita?»

«Perché no? Dove?»

Marco rimase per un attimo interdetto. Non l'aveva mai vista così disponibile.

«Aehm... direi allo Starbucks qui fuori. Può andare?»

Laura sorrise. Per la prima volta da anni nutriva il desiderio di passare del tempo a tu per tu con un uomo. E Marco era davvero il solo dal quale si sentiva attratta in tal senso. Che qualcosa stesse cambiando a livello ormonale? Era per questo che si sentiva così scombussolata per non dire eccitata? Negli ultimi quindici anni non era mai successo che andasse così palesemente contro i suoi schemi e le sue scelte di sempre. Che la voce dell'istinto diventasse in lei più forte di quella della ragione. Che le viscere prendessero il sopravvento sul cervello.

Rientrata negli spogliatoi, si fece la doccia e si diede il deodorante sotto le ascelle depilate. Si asciugò i capelli con cura e si truccò gli occhi con eye-liner e ombretto azzurro. Indossò una minigonna e un bel paio di sandali col tacco. Uscì che era uno schianto: non solo gli uomini, ma persino le donne si voltarono ad ammirarla.

Lo Starbucks al n. 72 di Spring Street fu quello che ospitò l'emozionante incontro fra Marco e Laura. Lui aveva una borsa più grande del solito e lei lo notò subito, mentre lo guardava attraversare la strada col suo fisico possente e il suo ciuffo di capelli ramati al vento. Sulla nuca e sui lati era rasato in modo deciso, ma quel ciuffo tenuto lungo e che gli ciondolava di qua e di là, gli donava un'aria, pensava Laura, da artista. E in effetti, nell'animo di Marco, c'era ben più di una traccia di istinto creativo.

Un doppio bacio sulle guance, all'italiana. Una scarica elettrica, in lui, e un brivido caldo, in lei. Un impulso viscerale, in entrambi.

Lievemente imbarazzato, Marco cominciò la conversazione.

«Come stai? Un po' che non ci si vede…»

Si erano visti la settimana precedente, naturalmente in palestra. Ma per lui, da quando si erano rincontrati negli States, sette giorni senza vederla equivalevano a un'eternità di solitudine.

Ripensando a quanto accaduto la notte precedente in casa sua, Laura non riuscì a rispondere con grande entusiasmo. Per cui preferì rigirare la frittata del discorso spostando il focus su di lui.

«Abbastanza bene. E tu? Che mi racconti?»

Wow, pensò Marco, che bel sorriso… Come mai oggi la vedo così… diversa? Non vorrei illudermi, ma mi sembra quasi che…

Jessica mi racconta altri particolari del rapporto fra Alex e Laura. Di come si erano conosciuti da studenti e di come poi si erano sviluppate le loro vite. Apprendo che sono negli USA da diversi anni, ma abitano in Mulberry Street solo da un anno o poco più. Ecco perché non mi sembra di averli mai incrociati, 'sti due stakanovisti del turismo.

Ciò che più mi interessa è questa storia della frigidità.

«Mi dicevi che prima del matrimonio Laura non aveva il problema che ha oggi…»

«Non ne ho le prove, ma direi di no. Non che mi abbia parlato di precedenti fidanzati (credo ne abbia avuto uno solo e non ci sia mai andata a letto) ma la mia impressione è che abbia vissuto momenti migliori, se mi capisci…»

Nel prosieguo del racconto, vengo a conoscenza di un altro particolare del rapporto fra Alex e Laura. Pare che lei abbia avuto problemi di sovrappeso per diverse volte. Nei tre mesi che precedettero il matrimonio, Alex aveva cominciato a dirle che doveva assolutamente dimagrire perché le foto e il video della cerimonia avrebbero tenuto una traccia impietosa della sua sagoma per tutti gli anni a venire. Laura non aveva molto gradito questa richiesta da parte di Alex, ma gli aveva obbedito e si era messa a correre tutti i giorni, peraltro indossando quelle tute di nylon snellenti che la facevano sembrare un'astronauta o un palombaro. Abbinando la corsa a una dieta ferrea, Laura riuscì a perdere sei o sette chili e a presentarsi quasi in perfetta forma il giorno delle nozze. Jessica pensa che in quel periodo di rapido e forzato dimagrimento cominciarono i problemi sessuali di Laura.

«Ora che ci penso potremmo dirla così: la sua carica sessuale era forse situata in quei chili di troppo: persi questi, persa quella».

«Immagino che, chiusa la storia delle foto, quindi dopo il fatidico sì, Alex abbia poi abbandonato queste crudeli richieste nei confronti di Laura».

«Nient'affatto. Dopo il matrimonio le scuse erano diventate altre, ma le richieste erano le stesse: Laura doveva essere in forma perché bisognava attrarre clienti e fidelizzarli. Inoltre, per sviluppare il suo business, Alex si era iscritto a un club Rotary e le aveva detto che non poteva presentarsi alle cene degli associati con una moglie in sovrappeso».

«Quindi Laura dovette continuare a mangiare insalate e macinare chilometri chiusa dentro quelle squallide tute?»

«Continuò a farlo per un paio d'anni. Finché un giorno andò in crisi e passò un lungo periodo in cui si trovò a combattere ora con la bulimia, ora con l'anoressia».

«Tornò anche grassa?»

«Credo che a un certo punto prese a mangiare cioccolato di notte e prese più di quindici chili in pochissimo tempo».

Nei mesi a venire, Laura era stata così male da dover essere ricoverata in ospedale. A quel punto, suo marito si spaventò e la lasciò stare. Le chiese anche scusa, più volte. Si prostrò ai suoi piedi, le comprò rose rosse e orchidee per diverse settimane. Ma ormai l'anima di Laura era segnata per sempre. E il primo effetto, forse neppure il peggiore, fu la frigidità. Pare che nei quindici anni di matrimonio, a conti fatti, i due non abbiano fatto l'amore che in rarissime occasioni.

Quando si trasferirono in America la situazione era già compromessa da un pezzo. Il loro era diventato un matrimonio d'affari e nulla più. Alex si era come sdoppiato: a casa cominciò a rispettarla e a trattarla con estrema gentilezza. Sul lavoro si caricò l'agenzia sulle spalle e cominciò a distribuire mansioni e dare ordini a tutti. Jessica precisò che questo aspetto non aveva mai turbato Laura: in fin dei conti, il fatto che Alex si fosse assunto l'intera responsabilità dell'andamento dell'agenzia, le faceva comodo. Laura amava il suo lavoro per il contatto col pubblico che comportava, ma non aveva mai avuto le ambizioni sfrenate di suo marito.

«Quindi a casa tornò il sereno?»

«Non esageriamo. Visto il suo mutamento di atteggiamento, Laura accettò le scuse di Alex e cominciò a volergli bene come se ne vuole a un fratello. Ma di sesso e coccole neanche a parlarne».

«E se adesso è così in forma, il merito è tuo e di questo Marco...»

«Sì. Quando la conobbi non era proprio nelle condizioni in cui tu la vedi ora. Le feci capire che doveva curare il proprio aspetto esteriore per stare bene con se stessa. Poi è riapparso Marco, il suo vecchio spasimante, e insieme l'abbiamo convinta».

«Marco sarebbe l'insegnante di karate?»

Eccoci tornati a Marco. Jessica mi informa del loro amoreggiare ai tempi dell'università, tempi in cui poi lei decise di mettersi con Alex e di sposarlo. Pare che questo Marco la prese molto male e si riprese solo dopo aver fatto il giro del mondo o qualcosa del genere. Sembra pure che lui la ami ancora e che Laura nutra un debole per lui.

«Li hai mai visti in situazioni... compromettenti?»

«Ma no, te l'ho detto che lei è una donna che non sgarra... Comunque, ogni tanto si fermano a parlare all'uscita della palestra e più volte ho notato che fra loro c'è una buona intesa. Sarebbero una bella coppia...»

Questo particolare è da registrare. Ma ci ritornerò sopra più tardi.

«Di fatto» conclude Jessica «a un certo punto è scattato qualcosa nell'animo di Laura: saranno state le nostre insistenze, sarà stata la riapparizione di questo gran bell'uomo, ma a un certo punto Laura ha preso la decisione di rimettersi in forma. E fra piscina, corsa e palestra è riuscita nel suo intento, tra l'altro senza bisogno di ricorrere a diete avvilenti».

Rimaniamo un minuto in silenzio. Del tiramisù non è rimasta traccia nei nostri piattini. Ora ordiniamo un sorbetto al limone. Ripensando a tutta la storia, faccio notare a Jessica che questa è però soltanto la versione di Laura.

«Bisognerebbe sentire anche l'altra campana, giusto per farsi un'idea più chiara ed equilibrata dell'intera faccenda».

«Ma quale idea più chiara? Dà retta a me: Alex è uno stronzo e Laura ha sbagliato tutto quando ha deciso di sposarlo».

«La pensi così anche se poi si è scusato?»

«Sai che cosa se ne fa un animo distrutto di tutte quelle scuse e di tutte quelle rose? Un cazzo! Quello l'ha massacrata dentro, credimi. E non so se Laura riuscirà mai a superare veramente ciò che ha passato. Certe ferite non sono facili da guarire».

Devo cercare di non farmi irretire troppo lungo la strada tracciata dall'opinione di Jessica. Magari, fra loro due, fra Alex e Jessica, è successo qualcosa, c'è stato uno scontro verbale di cui lei non mi vuole parlare. Ed è forse per questa ragione, o per un'altra simile, se Jessica lo disprezza tanto. Per avere un'idea equilibrata di tutta la faccenda, continuo a pensare che sia necessario approfondire la conoscenza di Laura e magari cercare di conoscere il parere di Alex. Jessica è troppo condizionata negativamente nei suoi confronti. Mi sembra persino ingiusta.

Un flash. Un'idea ovvia e balzana al contempo.

Se Jessica lo considera così stronzo e usa queste parole e questi toni così velenosi, forse pensa anche che… Beh, la domanda successiva è tanto banale quanto prevedibile.

«Quindi ritieni assolutamente possibile che sia stato lui a mandare quel criminale a casa sua…?»

Ventisei

Lunedì

«Credi che non l'abbia pensato anch'io? Quando abbiamo capito che quell'assassino era là per Laura, la prima cosa che ho pensato è che avesse agito autonomamente, per via della malattia mentale che hanno tutti gli stupratori. Ma quando ci ho ripensato, come ti ho già detto, ho capito che quello era stato mandato là da qualcun altro».

«Come hai fatto a capirlo?»

«Mi sono ricordata di una sensazione che avevo avuto mentre lui...»

«Quale sensazione? Potresti descrivermela un'altra volta?»

«È difficile da spiegare, ma c'era qualcosa in lui e nel suo comportamento che stonava di brutto con l'atto criminale che stava compiendo. Insomma, non era tutt'uno con ciò che stava facendo, era come se fosse combattuto, se ci fosse qualcosa in lui che lo frenava o addirittura lo faceva inorridire. Ah, ecco, credo usasse la metà della forza che aveva, forse anche solo un quarto. Ecco perché ho pensato che agisse su commissione. E allora chi, se non Alex, poteva essere quel mandante?»

«Ma poi hai cambiato idea?»

«Sì e no. Sì perché Alex, per quanto stronzo e figlio di puttana, tutto sommato non mi sembra un uomo così crudele da ordire un piano del genere. E sì perché è troppo attaccato al lavoro per rischiare di comprometterlo finendo in galera. Inoltre non vedo proprio il vantaggio che gliene deriverebbe».

«E no perché?»

«Perché forse hai ragione tu: magari Laura non è la povera vittima che ho sempre creduto essere. Magari ci sono particolari della vita di Laura che non conosco e che potrebbero aver indotto Alex a provare tanto rancore da indurlo a meditare vendetta. Anche se a questa possibilità credo davvero poco».

«C'è però un altro particolare che fa sospettare fortemente di lui. Un particolare non certo irrilevante.»

«E quale?»

Provo un certo non so che a tenerla sulle spine. Mi scolo lentamente le ultime gocce del sorbetto come se fossero le ultime della mia vita, poi rivelo la mia idea.

«La porta non è stata forzata. Quindi il tipo è entrato con una chiave. Come può essersela procurata? O, per essere più precisi, chi gliela può aver data?»

Jessica fa tanto d'occhi.

«Cacchio, Roy, a questo non avevo pensato. Ed è già la seconda volta che mi sorprendi. Sicuro che mettere insieme cuori solitari sia il mestiere giusto per te?»

«Cosa vorresti... insinuare?»

Dai, Jessica, dillo.

«Ti vedrei meglio come investigatore. Mai pensato di prendere la licenza?»

«Ti ringrazio, ma sono troppo vecchio per cambiare radicalmente professione».

E poi sono troppo emotivo: poco fa credevo che quei due fossero venuti in pizzeria per noi...

«E chi l'ha detto? Non è mai troppo tardi per scoprire i nostri talenti e vivere la vita che più ci si addice. Non è importante ottenere un successo planetario, ma avere il coraggio di tirare fuori dal cassetto i nostri sogni».

Altra lezione da parte di una donna stuprata la notte prima. Se sapesse che mi volevo suicidare solo perché mi sentivo un fallito...

«Te le ha insegnate Anthony Robbins queste cose?»

«Sì. Ma riconosco che metterle in pratica nella vita quotidiana non è affatto semplice. Io stessa ci sono riuscita solo in parte. Però oggi sono contenta».

Le brillano gli occhi. E anche il viso, benché provato, appare sempre più disteso.

«Per via del fumetto che intendi scrivere?»

«Esatto: il mio sogno nel cassetto».

«Su una cosa hai perfettamente ragione».

«Quale?»

«Bisogna ricordarsi che non è indispensabile diventare i numeri uno e che, proprio per questo, la sola cosa importante è andare incontro a se stessi. Per lo meno provarci».

Eravamo stati i primi clienti ad entrare e siamo gli ultimi ad uscire. La sorella grassa di Giuseppe Basile ticchetta abulicamente sul registratore di cassa computerizzato e fa uscire uno scontrino che ci consegna senza neanche guardarci in faccia. Per fortuna l'hanno messa alla cassa questa qua: se servisse ai tavoli il locale sarebbe sempre vuoto. Pago in contanti e usciamo.

L'aria è piacevole e una leggera brezza ci accoglie all'esterno. La luna troneggia nel cielo ed è quasi piena. È tanto luminosa che, grazie ad essa, gli alberi qui attorno disegnano la loro ombra sul selciato. Facciamo due passi lungo il molo di attracco delle imbarcazioni turistiche e ci appoggiamo alla ringhiera. Il lato est di Manhattan è tranquillo e sembra sorriderci.

Riprendo l'auto dal parcheggio e accompagno Jessica a casa sua. Un viaggetto di venti minuti o poco più durante il quale ascoltiamo un CD di Bruce Springsteen.

Born in the U.S.A.
I was born in the U.S.A.
I was born in the U.S.A.
Born in the U.S.A.

Già, essere nati qui, in questo grande Paese. Io e Jessica siamo nati qui, negli Stati Uniti. Laura e Alex no. E neppure Marco, che devo ancora conoscere. E poi c'è quel Basile che è fuori città. Lui è come me: americano, ma di origine italiana. Fra tutti noi, solo Jessica è americana da diverse generazioni. Almeno credo.

Eccoci arrivati. Fra casa mia e casa sua è davvero un tiro di schioppo. Quando spengo il motore e faccio per salutarla, quasi del tutto inaspettatamente, mi fa *la* domanda.

«Vuoi salire?»

Penso a ciò che le è capitato e a quante ore abbiamo passato insieme da quel momento. Devo apparirle indeciso, o forse timoroso. Insiste.

«Non preoccuparti. Non mi fai nessuna paura, sennò mica ti inviterei. So riconoscere gli uomini innocui come te. Se ti va di salire, ti offro un drink e ti mostro una cosa. Poi ti mando a nanna».

Accetto l'invito. Voglio vedere com'è la casa di questa mia amica, dal passato un po' tormentato e dal carattere risoluto e la cui vita si sta intrecciando inaspettatamente alla mia. Ad essere sinceri fino in fondo, Jessica comincia a piacermi molto. Non la toccherei mai, questo è ovvio, per via di quanto le è accaduto. Ma la sua compagnia e il suo incitamento a osare di più hanno restituito alla mia esistenza un sapore che non gustavo da tempo.

Dall'ambulanza scesero correndo due infermieri e un giovane medico. Due barelle furono approntate all'istante e i due feriti gravi furono caricati sul mezzo, l'uno al fianco dell'altra, entrambi con la maschera dell'ossigeno piazzata sul volto. Un agente completamente calvo e con una stella a sette punte cucita sul petto, si avvicinò alla bambina, si chinò e le prese una mano. Michelle era letteralmente scioccata: aveva bocca e occhi sbarrati e non diceva una parola. Bianca come un cadavere, aveva l'aspetto di un piccolo zombie. Il suo sguardo la faceva sembrare totalmente inconsapevole di esistere, totalmente incapace di percepire alcunché. Una bimba morta, ma con gli occhi aperti e il cuore che batteva. L'agente la prese in braccio e la portò all'auto della Polizia. Se la caricò sulle ginocchia, nei posti dietro e disse al collega al volante di andare.

Nel frattempo, l'ambulanza correva a sirena spiegata verso il San Francisco General Hospital. Il giovane medico, dai tratti somatici chiaramente asiatici, era in uno stato d'ansia senza pari: il battito cardiaco della donna ferita si stava fermando, mentre l'uomo gigantesco caricato a fatica sul mezzo aveva perso una marea di sangue e non sembrava in grado di farcela.

Marco fece un sorriso laconico.

«A me le cose vanno come al solito. Anche se, a dire il vero, una novità c'è...»

«Che novità, avanti, dimmi...»

«Ho deciso di mettermi a scrivere. Un romanzo».

«Un romanzo? Ma è fantastico! Su che cosa?»

«Beh, questo è un segreto... Per il momento, ti devi accontentare di questa».

Marco tirò fuori dal borsone la sua poesia incorniciata e impacchettata.

«È per te. Avanti, aprilo».

Il gesto cambiò l'atmosfera della serata e rovesciò il loro destino. Agì come un temporale improvviso e inaspettato che costringe gli alpinisti a mutare sentiero o come una lettera ricevuta nel momento sbagliato che induce il destinatario a rinunciare ai voli pindarici precedentemente sognati.

Il fatto di ricevere un dono, di vedere il medesimo gesto di generosità nei suoi confronti da parte di uno spasimante, forse addirittura il fatto di sentirsi importante per qualcuno, la rimandò immediatamente a quanto accaduto poco prima con Fabio e guastò il suo umore, facendolo rotolare giù, dalla montagna dell'entusiasmo alla valle del sospetto e del disincanto.

Vedendola paralizzata, Marco insistette.

«Che c'è? Guarda che è una cosa da nulla!»

Laura era scura in volto. Si stava domandando se il dono di Fabio le aveva rovinato la gioia di ricevere un regalo da Marco. Sì, era tutta colpa di Fabio! Il gesto romantico di Marco, solo perché assimilabile allo spiacevole evento di due ore prima, l'aveva fatta ripiombare nei suoi schemi di sempre. Nelle sue paure, nelle sue angosce, nei suoi auto-sabotaggi.

Titubante, si dovette far forza per snodare il fiocco e aprire la carta. Quindi prese la cornice fra le mani e cominciò a leggere. Gli ultimi cinque versi ebbero l'effetto di commuoverla.

Potessi udire dei petali il frusciare al vento
Odorare del pistillo l'effluvio aromatico
Sfiorare degli stami i filamenti segreti
Coglierei di tutti il più bel fiore
E tu godresti del più sincero amore

Fece per ringraziarlo, ma crollò in un pianto inconsolabile.

Marco la cinse con le sue possenti braccia. Le disse, ripetutamente: «Amore mio, io ti amo!» e poi: «Non temere. D'ora in poi staremo sempre insieme» e ancora: «Risolveremo tutti i problemi e nessuno soffrirà, te lo giuro» Laura pianse a lungo. Poi si fece coraggio e lo guardò negli occhi.

«Ti amo anch'io Marco. Ma...» tirò su col naso e proseguì. «Ma non abbiamo futuro. Per favore, rinuncia a me. Rinunciamo a noi.

E stavolta rinunciamoci per sempre! Ormai le cose sono andate così e non c'è possibilità di rimediare...»

«Ma perché, se davvero anche tu mi ami... Oddio, oggi è il giorno più bello della mia vita, non guastarlo con queste sciocchezze cerebrali... Perché non possiamo amarci liberamente?»

Le lacrime si asciugarono in un batter d'occhi. Il volto di Laura tornò lo stesso di sempre: serio e malinconico. Determinato e grigio. Simmetrico, armonioso, ma di una bellezza priva di luce.

«Te l'ho già detto mille volte: la situazione tra noi non potrà mai cambiare. Purtroppo le cose dovevano andare così: il destino ha vinto il nostro amore... Non sai quanto mi disp...»

Marco la prese per un braccio e la guardò intensamente. Gli si velarono gli occhi, gli si impastò la bocca, ma non poté trattenersi.

«Non è vero niente: nulla può vincere la forza del nostro amore. Nulla! E poi lo sai, qui nel tuo cuore – le toccò il centro del petto con l'indice – che siamo fatti l'uno per l'altra...»

Gli occhi di Laura si colmarono di tenerezza.

«Marco, caro, ascolta: è vero che saremmo fatti l'uno per l'altra, è verissimo! Negli ultimi tempi ho capito che anch'io ti amo e che ho sbagliato a sposare Alex, ma ormai l'ho fatto e devo rispettare la mia promessa di fedeltà. Inoltre, se lo lasciassi per mettermi con te, finirei per commettere un errore ancora peggiore...»

«Ancora quella maledetta storia di Madame Bovary? Ma è un'ossessione!»

«Lo sai che la penso così. Da sempre. E non cambierò idea. Quindi te lo chiedo per favore, Marco, rassegnati e cercati una donna che possa ricambiare i tuoi buoni sentimenti. Una donna che meriti il tuo amore. Io resterò con Alex. Per sempre».

Marco ammutolì. Poi ebbe un rantolo rabbioso. Per un attimo la guardò torvo. Non poteva credere che proprio il giorno in cui, dopo vent'anni di attesa, la sua amata aveva riconosciuto di amarlo, l'avrebbe persa per sempre.

Si alzò di scatto e schiacciò violentemente una banconota da dieci dollari su un lato della cassa. Quindi se ne andò, senza neanche salutarla.

Tornato alla sua misera solitudine, gli venne da piangere. Ripensò a quei tremendi minuti passati da Starbucks. Laura non era mai stata così sincera e spietata al contempo. Per Dio, stavolta aveva ammesso il suo amore per lui e persino di avere sbagliato a sposare Alex! Aveva confessato che si ostinava a rimanere con lui solo per squallidi calcoli cerebrali! No, non poteva aver detto tutta la verità. Doveva esserci sotto qualcosa. Ma cosa, per tutti i demoni dell'Inferno?

Negli ultimi mesi, da quando si erano ritrovati e lui le aveva dato prova del suo smisurato ed eterno amore, in effetti gli era sembrata più volte sul punto di cedere. D'altra parte, lui aveva sempre creduto che nel petto di Laura battesse un cuore romantico e sensibile come il suo, ritenendo che il suo atteggiamento algido fosse solo un'armatura indossata per la paura di soffrire. Si trattava solo di trovare il bandolo della intricata matassa di cui era fatta quell'armatura e di tirarlo con ferma dolcezza affinché tutta l'impalcatura crollasse. Benché si fosse sempre più avvicinato a quel bandolo negli ultimi tempi e lo avesse sfiorato pochi minuti prima, beh, non era ancora riuscito a farlo proprio. Ce l'avrebbe mai fatta? Valeva la pena insistere ancora?

Per una volta, Marco cercò di essere freddo e razionale. Bisognava riconoscere che qualcosa era cambiato. Al bar, pochi minuti prima, erano accaduti due fatti nuovi: da un lato, lei si era dichiarata e, dall'altro, lo aveva rifiutato in modo ancora più deciso del solito.

C'era qualcosa di positivo in tutto ciò? Sì: ora Laura aveva capito la differenza fra ciò che sentiva nel cuore e ciò che un rigido schema mentale gli ordinava di fare.

Ma era davvero, questa, una buona notizia per Marco? Nient'affatto! Poteva essere buona in generale, per il livello di autoconsapevolezza di Laura, ma se poi lei, anche di fronte a questa palese rivelazione-ammissione dei propri sentimenti, ne traeva conclusioni diametralmente opposte, che cosa gliene sarebbe venuto a lui? Un bel niente!

Ancora una volta, Marco si trovò a scontrarsi con la cruda realtà di quello stramaledetto libro di Flaubert. Andò a prenderlo dallo scaffale dell'ingresso e lo sfogliò per qualche istante. Chissà, forse proprio in quel libro, in cui si radicava la vera ragione che aveva impedito a Laura di obbedire al suo cuore, avrebbe potuto trovare la soluzione al suo annoso problema.

Andò sul letto e lo rilesse. Per tutta la notte e tutto d'un fiato.

Ventisette

Lunedì/Martedì

L'appartamento di Jessica è piccolo, ma elegante e confortevole. Sala e cucina si fronteggiano in una sorta di *open space* separate solo da un arco in mattoni faccia a vista. L'arredo è decisamente trendy in tutti gli ambienti: il mobilio della cucina è di color indaco, mentre quello del soggiorno verde chiaro. Maniglie d'acciaio ovunque. Il bagno è piccolo, ma pulitissimo e rivestito di piastrelle con figure geometriche stilizzate. L'unica camera è in rosso e nero. Forse sono un po' in astinenza, ma questa camera trasuda sesso in ogni suo angolo. D'altra parte, non è un mistero che a Jessica il sesso piaccia, eccome.

Almeno prima dello stupro.

Un pannello nero ricopre la parete su cui poggia la testiera del letto e questo, a due piazze e mezzo, ben fatto con lenzuola, federe e copriletto rosso fuoco. Armadio, comò e comodini sono in legno nero laccato con un sottile rigo rosso tracciato a qualche centimetro dal perimetro esterno.

Dopo avermi mostrato tutto l'appartamento, Jessica mi fa accomodare in soggiorno. Oltre al tavolo centrale, che ha il ripiano in vetro e le gambe in acciaio, c'è un tavolino appoggiato a una parete sul quale staziona un iMac ultima generazione e un raccoglitore di documenti di colore azzurro e bianco.

«Sai cosa contiene questo?»

Faccio cenno di no. Ma credo di intuire dove voglia andare a parare.

«Fino a oggi pomeriggio, questo raccoglitore si trovava qui».

Jessica mi sta indicando il vano più in basso della cassettiera dietro di lei.

«Credo di aver capito: hai tirato fuori il tuo sogno dal cassetto. Non solo idealmente, ma realmente. In quel raccoglitore c'è l'idea del tuo fumetto».

«C'è l'intero progetto. I disegni, il soggetto della storia, le caratteristiche di alcuni personaggi».

«Vuoi mostrarmeli o temi che io possa...?»

«Plagiarmi l'idea? Non farmi ridere. Il plagio è un gesto che si addice a un criminale, non a un galantuomo come te».

Magari mi illudo, ma mi sembra che abbia detto "galantuomo" con un pizzico di civetteria. Quello sguardo languido lanciato nell'aria che collega i nostri occhi e quel movimento a spirale verso l'alto della testa, uhm...

Tira fuori il raccoglitore e mi mostra una miriade di schizzi. Ce ne sono a dozzine, forse un centinaio. Non c'è bisogno di intendersi di fumetti per capire che questi disegni sono a dir poco magnifici.

Sfoglio tutte le buste di plastica in cui sono conservati i bozzetti realizzati su fogli da disegno formato A4. Jessica rimane in silenzio. Notando il mio interesse, si alza e se ne va in cucina. Torna con un paio di birre.

Mi complimento sinceramente con lei per la bellezza e la precisione delle immagini che ha saputo creare. È incredibile il rapporto semplicità-efficacia che le caratterizza. Se non ricordo male, la bravura di un artista sta proprio nella capacità di restituire l'esperienza estetica con la maggior semplicità possibile.

Jessica mi spiega di aver ideato un personaggio femminile alquanto originale. Si tratta di una prostituta-detective, Pow, capace di risolvere casi sui quali la Polizia non riesce a far luce. I disegni la presentano come una donna mulatta, alta e slanciata, che indossa shorts di jeans e camicetta scollata, seno abbondante e chioma di capelli lunghi e biondi. Ma si tratta di una parrucca: in altri disegni è ritratta mentre se la toglie e fa apparire un caschetto di capelli neri.

Trovo l'idea della storia molto interessante e glielo dico.

«Avrai di certo successo. Sia i testi che i disegni promettono molto bene. E poi il personaggio che hai creato, wow, è davvero unico nel suo genere».

«Non mi importa nulla del successo».

«Lo so, lo so: ciò che conta è aver tirato fuori il sogno dal cassetto».

«Non solo: dietro il mio fumetto c'è anche una rivendicazione femminista. Un fine più grande, insomma, del mero intrattenimento».

«Con una prostituta come protagonista?»

«Certo: anzitutto è una prostituta che ha scelto di esserlo per il suo godimento personale. Si autogestisce. Sono molti di più gli uomini che rifiuta di quelli che accetta. Se accetta di stare con un uomo lo fa per regalare momenti indimenticabili. Se sceglie uno ricco si fa pagare profumatamente. Ma alle volte dona il suo amore a dei giovanotti senza il becco di un quattrino per suo piacere personale. Inoltre, riesce dove gli uomini della Polizia non riescono. E non subisce mai violenze di nessun genere: è lei a comandare sul suo corpo e sulla sua vita».

«Capisco. Quindi una donna che non finirà a pezzettini in un frigorifero».

«Esatto: non viene rapita, non si ammala, non impazzisce, non viene uccisa, non viene mai stuprata, né messa incinta da uno stronzo che scappa, non diventa uomo, né animale, né strega, a meno che ciò non serva a farle raggiungere i suoi fini. In ogni caso, Pow fa sempre ciò che sente nelle profondità del suo essere».

«Istintiva?»

«Caratterialmente sì. E le sue azioni, lungi dal danneggiare le persone, producono solo piacere o conoscenza».

«Perdona la domanda: sbaglio o c'è qualcosa di autobiografico in Pow?»

«Diciamo che lei rappresenta un modello di donna cui ispirarsi».

«Spero non nel senso…»

«Ma no, che hai capito? Pow è la proiezione della mia femminilità. Meglio, del mio ideale di femminilità. Una donna che guida il gioco, anziché essere guidata da altri. Devi capire il rapporto fra dentro e fuori, fra apparenza e realtà. Pow appartiene al livello più basso della scala sociale: donna, mulatta e prostituta. Eppure è libera e non si fa mettere i piedi in testa da nessuno».

Ci beviamo le nostre birre. Senza bicchieri, al collo della bottiglia. Una sirena di una gazzella del NYPD lancia un breve sibilo nelle vicinanze. Mi alzo per dare una sbirciata dalla finestra e mi tornano in mente quei due uomini in pizzeria: possibile che la mia sensazione sia giusta? Se fossero venuti là per noi, forse sarebbero sotto casa di Jessica ora, ma non mi sembra di vedere nulla di sospetto… Mah, povero me, come mi sono ridotto! Basta, adesso basta! Decido di farla finita con questa stupidaggine: è ora di concentrarsi totalmente su questa splendida donna e sulle questioni davvero importanti che ormai intrecciano le nostre vite.

Jessica rimette il raccoglitore al suo posto. Poi si volta verso di me, con un'espressione che non credo dimenticherò mai.

«Roy, posso chiederti un favore?»

«Certo» rispondo spontaneamente pensando a quanti favori mi ha già fatto lei.

«Potresti rimanere a dormire qui?»

Michelle fu portata dall'agente calvo alla Southern Station, in Bryant Street. Qui fu affidata ad altre due agenti che la portarono in una stanza piccola, ma piena di giochi. L'agente di nome Donna le mostrò un trenino e le consegnò un telecomando per farlo funzionare. Michelle lo prese in mano e lo guardò come se non lo vedesse, come se non fosse consapevole di che cosa fosse. Donna allora le mostrò come, schiacciando il pulsante rosso, il trenino si mettesse a correre lungo le rotaie e le sorrise. Michelle ricambiò il sorriso, ma il suo era un sorriso spento, smorto. Quando Donna le restituì il telecomando, la bambina lo lasciò cadere. Il telecomando si ruppe sul pavimento, o, meglio, si aprì il vano batterie e ne uscì una pila. Michelle scoppiò all'improvviso in un pianto irrefrenabile e cominciò a gridare «Mamma!» e poi «Papà!» Donna la prese tra le braccia e la tenne avvolta a sé. Ma la bambina continuò a ripetere: «No, no, io voglio il mio papà!»

Al pronto soccorso del San Francisco General Hospital solo uno dei due feriti arrivò ancora in vita: Joe. Il cuore di Nicole aveva cessato di battere durante il tragitto, addolorando il giovane medico che aveva più volte gridato al conducente di spingere al massimo sull'acceleratore, consapevole del fatto che la stava perdendo.

Joe fu subito portato in sala operatoria. C'erano tre proiettili da estrarre dal suo corpo enorme e bisognava far presto con l'emotrasfusione, sennò anche lui non sarebbe arrivato a rivedere sua figlia. Per sua fortuna, il primario di chirurgia era appena entrato in servizio all'ospedale e si incaricò immediatamente di tentare tutto il possibile per salvargli la vita. La sua bravura e il fatto che rientrava dalle ferie e dunque era ben riposato, diedero al chirurgo la lucidità sufficiente e necessaria per eseguire al meglio l'intervento.

Subito dopo l'operazione, Joe fu portato in rianimazione e terapia intensiva. Non era di certo fuori pericolo: la prognosi rimase riservata perché i proiettili avevano colpito delicati centri vitali. Ma il primario comunicò al SFPD che il fisico possente di quell'omaccione, insieme alla velocità con cui gli erano stati prestati i necessari soccorsi, mantenevano accesa una, seppur flebile, fiammella di speranza.

Un'altra notte insonne. E stavolta non per l'ansia di offrire qualcosa di irrifiutabile a Laura, ma per l'ingarbugliarsi di pensieri razionali e irrazionali, di idee brillanti e soluzioni drastiche. Aveva elaborato un nuovo piano per uscire dall'impasse, ma non ne era del tutto convinto.

Per cercare di recuperare un minimo di lucidità, si alzò e andò in cucina. Fece attenzione a non svegliare Julia, né, tanto meno, Thomas.

Aprì il frigo e prese una birra. Una bottiglia di Corona. In un bicchiere largo e verde, la mescolò a qualche goccia di succo di limone, come adorava fare da tantissimi anni. Già, dagli anni in cui Laura era la sua ragazza e passava intere serate nelle birrerie di Bologna, spesso dove suonavano musica dal vivo. Anche musica jazz, alle volte.

Quanti rimpianti! Non aver fatto l'amore con lei e non averla messa incinta allora era il più penoso di tutti. Ma anche l'errore che aveva fatto poche ore prima, quando nella lettera inserita nella busta le aveva scritto che era disposto a un generico "tutto" per lei, anziché precisare che, con lui e grazie a lui, lei avrebbe potuto realizzare il grande sogno che gli aveva confidato quando amoreggiavano fra un compito di matematica e un tema di italiano: vivere in una grande villa al mare.

Come avrebbe reagito se le avesse proposto di andare a vivere con lui in Florida o addirittura alla Bahamas? Se le avesse mostrato la foto di una villa con piscina a ridosso di una spiaggia lussureggiante? Avrebbe finito per cedere?

La birra Corona aveva un pregio: anziché annebbiargli il cervello, lo rendeva lucido e saggio. Obiettivo. Era sempre stato così. E lui era solito pensare che fossero quelle gocce di limone.

No, ammise a se stesso dopo aver oscillato ancora per qualche minuto fra la speranza e la disillusione. Niente da fare. Laura l'avrebbe rifiutato sempre e comunque perché lui, anche se aveva cambiato enormemente il suo cammino in questa vita, nella mente di Laura rappresentava Charles Bovary e non c'era Premio Nobel in Medicina che tenesse! Lei sarebbe rimasta fedele a quel cretino abruzzese e quindi...

E quindi... Non restava che... il piano a cui aveva pensato mentre pedalava sulla cyclette.

Un piano che comportava una soluzione drastica. Un macabro finale.

Ma in fondo, perché no? Se non poteva averla lui che era il solo a meritarla, perché doveva averla quell'arrivista da strapazzo?

Ormai lo sapeva: Laura era diventata un'ossessione per lui. Non lo faceva dormire di notte e anche al lavoro era sempre distratto, di recente. Tra l'altro, Julia si stava accorgendo che in lui qualcosa non andava. Se avesse continuato a farsi dominare da quella ossessione, avrebbe potuto perdere tutto, ma non se lo poteva permettere!

C'era un solo modo per distruggere quella ossessione e recuperare la serenità perduta.

Era un modo cruento e rischioso ma, se lo avesse pianificato con la scrupolosa attenzione di cui era capace, gli avrebbe restituito la vita di successo che aveva prima di rincontrare Laura e di cadere in quella stupida illusione, ovvero Julia, il piccolo Thomas, la sua casa da sette milioni di dollari nell'Upper West di Manhattan, il suo prezioso lavoro in laboratorio, i convegni internazionali e tutta la gloria che gliene derivava.

D'istinto guardo l'orologio. Le due e mezza. Esattamente ventiquattrore prima io stavo per suicidarmi e lei stava per essere stuprata. La osservo: ha paura. Ma mi guardo bene dal dirle che l'ho intuito. Faccio per assentire, ma lei ha capito tutto in anticipo.

«Quello è un divano-letto. Vado a prenderti lenzuola e coperte. Faccio in un attimo».

Sto di nuovo pensando a quanto strana è la vita se in un istante può cambiare tutto così radicalmente, quando Jessica è già di ritorno. La osservo levare i cuscini dal divano ed estrarne un letto a due piazze. Anche troppo. Prende le lenzuola e comincia a farmi il letto. Mi offro di aiutarla, ma lei rifiuta categoricamente, dandomi un buffetto sulle mani. Il contatto mi è piaciuto. Una vera e propria scarica elettrica. Mentre si china per piegare il lenzuolo inferiore, lo sguardo mi cade sul suo bel sedere. Quando si porta dall'altra parte del letto e torna a piegarsi verso le lenzuola, intravedo parte del suo seno dalla scollatura della camicetta. Poi eccola di nuovo dalla mia parte del letto.

Mi ha sfiorato di nuovo.

«Che ci fai lì impalato? Siediti. Ci metto un attimo».

Obbedisco e continuo a guardarla. Ciò che vedono i miei occhi smuove qualcosa nel mio animo. Un'altra scarica elettrica, o biochimica, oppure ormonale. Forse una serie. Chi lo sa? Non ricordo molto dei miei studi di neuro-fisiologia. Fatto sta che il mio istinto prevale sulla ragione. La carne sulla mente. La pulsione erotica sulle censure del Super-Io.

Quando me ne accorgo è troppo tardi: l'ho già presa per i fianchi, me la sono tirata sulle gambe e sto per baciarla. Una minuscola parte di me vorrebbe fermarsi, ma non può nulla con la maiuscola parte di me che è invece in ebollizione.

Eppure la parte minuscola finisce per crescere così tanto da farmi scivolare nell'imbarazzo e nella sbadataggine.

L'imbarazzo è quel rompicoglioni generato dalla corteccia che alle volte vince le pulsioni ataviche del paleo-encefalo, si insinua nel tuo comportamento e riesce ad impedirti di vivere i momenti più spontanei della tua vita. E la sbadataggine è quella strega che sorge da questi conflitti e ti trasforma in un perfetto idiota quando la tua natura animale ti basterebbe per far sfoggio di qualche qualità innata. Al diavolo l'evoluzione!

«Scusami, Jessica, sono un disgraz...» le dico fissando strabico le sue labbra. Labbra che mi impediscono di finire la frase.

Ventotto

Martedì

Ci baciamo per alcuni minuti senza staccarci l'uno dall'altra, ma a un certo punto le mie cosce si intorpidiscono e, pur con rammarico, devo farle capire che me le devo sgranchire.

«Uh, povero Roy, mi spiace…» dice alzandosi in piedi.

L'incantesimo si rompe e ho così tempo e modo di recuperare la ragione. E con questa una bizzarra mescolanza di senso di colpa, altro imbarazzo e… sì, anche un salutare pieno di orgoglio.

«Tranquilla…»

Mi alzo in piedi e lei mi osserva. Capisce al volo cosa mi sta succedendo. Una parte di me, quella più viscerale, le grida: "Ti prego, saltami addosso tu", mentre l'altra, la coscienza morale, mi impedisce qualsiasi movimento con la sentenza: "Non puoi approfittare di lei. Se lo fai, sei un verme!"

Si siede su una sedia a mi invita a fare altrettanto. È a suo agio, mentre io non lo sono affatto. La differenza fra me e lei sta tutta nel fatto che Jessica ha frequentato i seminari di Robbins. O più ragionevolmente nel fatto che lei è una donna e io sono ancora un bamboccio…

«Voglio essere chiara con te, Roy. Anzitutto mi piaci. Hai questa faccia da bravo ragazzo e sono certa che nella tua vita non hai mai fatto del male a nessuno. Non penso che tu abbia mai tirato di coca e se ti sei fatto uno spinello o hai preso una sbornia lo hai fatto perché costretto dai tuoi amici del college».

Sorrido e faccio un gesto oscillatorio con la mano per significare "più o meno". È una donna di mondo e certe cose le capisce a sensazione.

«Sei uno dei pochi uomini di cui una donna possa fidarsi ciecamente. Insomma, per dirla chiara, penso che Julia abbia fatto un errore madornale a mollarti».

Era da un sacco di tempo che desideravo sentirmi dire una cosa del genere. Tra l'altro, ora che ci penso, Laura mi ha detto la stessa cosa non molte ore fa. Quanto è dolce il sapore del riscatto!

«Lo pensi davvero?»

«Assolutamente sì. E comunque mi piaci e di te mi fido. Se non fosse così, non ti avrei fatto salire: ti pare? Inoltre, c'è un'altra cosa che devo dirti per tranquillizzarti del tutto».

Le faccio cenno di proseguire. È determinata, chiara e sintetica. Mi piace sempre di più.

«Vedo dai riguardi che hai nei miei confronti che cosa pensi. Non ti sembra ancora possibile che una donna possa superare in così poco tempo il trauma dello stupro e ti senti in colpa perché provi attrazione nei miei confronti. Vorresti, ma l'idea di ciò che mi è successo ti frena».

«Vero».

«Beh, c'è una cosa che ancora non sai di me e che forse ti aiuterà per a chiarire ulteriormente il quadro».

«E cioè?»

«Non posso negare che il sesso mi piaccia. Non credo di essere una ninfomane, ma solo di non avere inibizioni e di apprezzare fino in fondo i momenti di intimità. Senza sesso non so stare. Per me non esiste nulla di più divertente, potenziante, rilassante. Mi mette di buon umore. È diventato una sorta di droga per me? Forse sì, visto che non posso farne a meno. E non vorrei esprimermi in modo troppo semplicistico, ma se tutti coloro che cadono nell'abisso della droga scopassero un po' di più, non avrebbero bisogno di quella merda. Inoltre, cosa ancora più importante, sono già stata stuprata. Due volte».

«Cristo santo, Jessica, ma...?»

«Quando facevo la *lap dancer*, un mondo tremendo per le donne, credimi. Non voglio stare a raccontarti com'è andata perché inorridiresti. Ti dico solo che la prima volta ci ho messo tre mesi a superare il trauma. La seconda un paio di settimane. Se allora stavolta ci ho messo meno di ventiquattrore prima di permettere a un altro uomo di toccarmi, il tutto risulta più comprensibile, giusto?»

«Allora non è merito degli insegnamenti di Anthony Robbins, ma dell'esperienza».

«Diciamo di entrambe le cose. Robbins mi ha aiutato a venire fuori da quel mondo disgustoso una volta per tutte e in questa occasione mi è stato utilissimo per focalizzarmi subito su quanto sono fortunata e sui miei sogni. Ma è chiaro che le due esperienze precedenti mi hanno reso quest'ultima infinitamente meno dolorosa di quanto sarebbe stata se fosse capitata a Laura. E poi ricordati che il tipo della scorsa notte agiva su commissione e si vedeva che gli dispiaceva farmi ciò che ha fatto».

Già, il tizio dell'altra notte. Grande, grosso e titubante. Ripenso al momento in cui mi teneva la porta aperta per permettermi di entrare.

«Infine, ed è l'aspetto più importante, sono assolutamente certa che con un uomo educato e gentile come te non corro nessun rischio».

Che sguardo intenso... Le luccicano gli occhi. Le sue sopracciglia arcuate… Possibile che io e Jessica… In fin dei conti, perché no?

Con i suoi discorsi, Jessica mi ha aperto un'autostrada. Ma ormai l'incantesimo ormonale si è rotto: non siamo più schiavi dell'impulso della carne ma delle elucubrazioni della ragione. Ragione e passione non vanno quasi mai d'accordo. Di solito, sono in lotta costante e talvolta l'una prevale sull'altra, talaltra succede il contrario. Ed è indubbiamente la ragione, ora, a prevalere. Jessica lo capisce e ne approfitta per farmi alcune domande.

«Posso chiederti com'è stato il matrimonio con Julia?»

«Lei cosa ti ha detto?»

«Non mi ha detto molto, a dir la verità. Fammi pensare. Ricordo che mi parlò di questo Fabio, che aveva conosciuto in una chiesa qui vicino, non ricordo se la Most Precious Blood in Mulberry Street o l'altra laggiù in Stanton Street…»

«Vuoi dire l'Our Lady of Sorrows?»

«Sì, beh, una delle due. Comunque, fra i due sembra che ci sia stato una specie di colpo di fulmine. Ma non è stato molto tempo fa. La scorsa estate?»

Annuisco e lei nota il ghigno di disprezzo che mi si stampa sul viso.

«Da allora ha sempre evitato di ritornare sua sponte sull'argomento. Mi ricordo che una volta le chiesi che cosa ne sarebbe stato del vostro bambino. Lei mi disse che ci avrebbe pensato molto seriamente prima di prendere decisioni avventate. Ma qualche tempo dopo la rividi e mi informò della sua decisione: tu eri una bravissima persona, ma quando aveva constatato che Fabio era disponibile a sposarla e a crescere Thomas insieme a lei, insomma, sai meglio di me com'è andata a finire...»

Rabbia e dolore si mescolano nel mio fegato. Alcune cellule impazziscono. Poco fa mi deliziavo nell'estasi dei baci di Jessica e ora è come se fossi entrato nell'inferno e vi fossi stato chiuso dentro per l'eternità.

Odio, odio, nient'altro che odio. Ecco il solo sentimento che provo per quella stronza di Julia e per il suo fidanzato schifoso. E il mio Thomas? Come potevo anche solo pensare di accettare che un altro uomo gli facesse da padre?

«Quella maledetta troia! È solo una troia, una figlia di troia, una stramaledetta arrampicatrice sociale che appena incontra un uomo di successo si concede... E lui può essere il fenomeno che vuoi nel suo campo di ricerca, ma come uomo è un pezzo di merda, cinico e spietato. Mi hanno fatto questo ben sapendo che l'idea di una vita senza Thomas mi avrebbe ucciso. Pensa che stavo per...»

«Lo so, lo so, Roy. È una cosa durissima da sopportare. Ma tu devi farcela, per il bene di Thomas. Anche se puoi vederlo solo per poche ore alla settimana, lui deve sapere che ha un padre forte su cui potrà sempre contare. Perché ricordatelo, Roy: presto diventerà un ragazzo e avrà bisogno di un padre che sia di buon esempio».

Non posso non sorriderle, seppur a denti stretti e labbra serrate. Questa donna ha la capacità di farmi del bene. La mia tensione si è già stemperata. Sento i miei occhi che si velano.

«Scusami. È che quando penso a Tommy, io perdo il controllo e...» il resto della frase mi si strozza in gola.

Mi sono infatti rivisto sulla scala antincendio in procinto di suicidarmi e sono ripiombato in tutti quei pensieri depressivi che ieri notte mi avevano portato fino a quel punto di non ritorno. La parola "fallito" risuona dentro di me. E che dire di "perdente", il mio epiteto migliore. Suoni distruttivi che rimbombano da tempo nella mia mente, contro la mia volontà. Lettere combinate in modo tale da articolare significati insopportabili. Il fatto grave, è che non riesco a impedirmelo.

Cedo ai sentimenti di sconforto e mi porto le mani al volto. Mentre piango sommessamente come un bambino che si vergogna di piangere, Jessica si avvicina, ma senza abbracciarmi. Anzi, sta bene attenta a non sfiorarmi nemmeno. Però sibila parole dolci nelle mie orecchie.

«Va bene, Roy, va tutto bene, sfogati pure. Lascia andare il tuo dolore, non c'è nulla di male. Adoro gli uomini che hanno il coraggio di piangere. Sei davvero un gioiello di uomo».

Mentre le lacrime continuano a scorrermi inarrestabili, e anzi riesco ad emettere persino qualche singhiozzo, il cuore prende a battermi velocemente. Santo Dio, nessuno mi ha mai detto parole simili. Mi asciugo il viso e l'abbraccio. Il momento magico ritorna, più forte di prima.

Non so come sia successo, ma mi ritrovo sdraiato sul letto che lei mi ha preparato e la mia lingua è avvolta alla sua in un vortice di voluttà e passione.

Per un attimo mi sento come a "casa mia", come se fossi fra le braccia di mia madre. È questo il Paradiso? Un luogo e un tempo di pura consolazione? Ora mi abbraccia più forte. E riprende a baciarmi. Mentre mi bacia, mi stringe il viso fra le sue mani lisce e profumate.

Le strappo la camicetta e lei ride.

Tutto il resto viene di conseguenza.

VENTINOVE

Martedì

Non so se è stato un sogno o l'ho vissuto davvero, ma – Cristo santo perdona la mia blasfemia – credo di essermi avvicinato per davvero al Paradiso.

Ci ritroviamo abbracciati come due cuccioli. Per certi versi mi sento consolato come un bambino dalla sua cara mamma, ma in questo abbraccio mi accorgo che anche Jessica ha bisogno di un po' di coccole. E così ci crogioliamo in una lunga e forse stucchevole serie di carezze reciproche, che danno una severa batosta alle nostre rispettive disgrazie.

A un tratto guardo l'orologio.

«Per Dio, sono le cinque!»

«Nelle ultime due notti non abbiamo dormito granché, eh?»

Ciononostante, le dico, non sento affatto la stanchezza. E lo stesso vale per lei.

Mi alzo per andare in bagno. Faccio una pisciata chilometrica e noto che lo sciacquone ci mette un sacco di tempo per scaricarsi. Proprio come un sacco di tempo mi è stato necessario prima di riuscire a gettare via la mia depressione. Ma l'ho davvero cancellata dalla mia esistenza?

Quando torno, Jessica ha portato sul tavolo un vassoio con un succo di frutta formato gigante e due bicchieri. Ne beviamo entrambi a profusione, come se il rapporto d'amore appena avuto avesse disidratato il nostro organismo.

«Mi è piaciuto. Moltissimo» le dico finalmente libero di esprimere a fondo le mie emozioni e indicando col mento il letto disfatto. Sorrido e non me ne vergogno affatto. È stata lei a liberarmi.

«Anche a me. Da impazzire».

E viene a schioccarmi un bacio umido sulle labbra.

Inevitabile pensare a quanti uomini possa aver avuto. Sono già geloso di lei, persino del suo passato!

Sto per chiederle se si è mai innamorata, quando Jessica mi precede con una domanda delle sue. Penetranti.

«Com'è andata, veramente, tra te e Julia?»

Trovo l'uso dell'avverbio "veramente" molto significativo.

Le racconto la nostra storia nel modo più sincero possibile.

Ci eravamo conosciuti in Italia, nella Galleria degli Uffizi di Firenze. Io mi trovavo là in visita ad alcuni parenti e amici. Anche se sono nato negli States, i miei erano italiani e quindi conservo ancora oggi, nella penisola della cultura, una certa quantità di zii, nipoti e compagnia cantante. Julia era invece in vacanza con una sua amica. Ci trovavamo innanzi alla Venere del Botticelli ed eravamo entrambi estasiati. Lei fece un commento in inglese, mantenendo lo sguardo sul quadro e forse parlando fra sé e sé. Anche se non intervistato direttamente, volli comunicarle che condividevo appieno il suo punto di vista. Allora Julia si voltò, chiedendomi se ero americano e così ci scoprimmo entrambi di New York. Andammo a pranzo insieme al Bargello, un ristorante in Piazza della Signoria: io, Julia e la sua amica. Ci scambiammo gli indirizzi di Manhattan e le promisi che l'avrei chiamata. Così feci e cominciammo a frequentarci. Nel giro di un mese ci mettemmo insieme.

All'inizio la nostra storia fu davvero molto passionale. Ci amavamo con forti sentimenti e ci attaccammo l'uno all'altra in modo sempre più stretto. Dopo qualche mese, però, lei cominciò a manifestare i segni di una gelosia estremamente possessiva. Non appena mi voltavo a guardare una donna, Julia si incazzava come una bestia. Arrivò a rimproverarmi anche perché salutavo questa o quella amica. Poi la sua gelosia si allargò a macchia d'olio nel suo animo sempre più contaminato da quella che divenne ben presto una vera e propria malattia. Poiché sapeva che gestivo un'agenzia matrimoniale volle venire a lavorare con me in modo da occuparsi lei delle donne e lasciare a me solo i clienti maschi. In quel periodo restò inaspettatamente incinta.

«Inaspettatamente?» mi domanda Jessica incredula.

Le spiego che Julia prendeva la pillola e quindi per me fu una sorpresa. Jessica sta per dire la sua, ma la stoppo.

«Ci misi un po', ma poi capii che lo aveva fatto apposta per tenermi ancora più legato a sé. Quando glielo dissi, non ebbe alcuna difficoltà ad ammetterlo».

«Meno male: almeno la decenza di essere sinceri».

Sulla sincerità non potevo rimproverare nulla a Julia. Anzi, a parte questo suo tranello della gravidanza, era sempre stata fin troppo sincera, visto che non riusciva a controllare la sua esagerata gelosia. Che arrivò al punto da riguardare anche i miei amici maschi e le mie passioni. Per quanto possa sembrare incredibile a raccontarlo, Julia cominciò a dirmi che le dava molto fastidio che io passassi del tempo con amici, giocando a calcio, prendendo lezioni di chitarra o di karate. La sua frase ricorrente era questa: "Se in un certo momento non stai con me, ma con i tuoi amici o con la tua chitarra o dai calci a un pallone, allora vuol dire che preferisci tutte quelle cose a me". Logica stringente. Ma anche diabolica. Per me era molto difficile ribattere. Mi difendevo, le dicevo che non aveva nulla da temere da uno come me, che l'amavo e volevo stare con lei tutta la vita, ma non le bastava mai. Voleva sempre di più. Sempre più prove della mia fedeltà e devozione assoluta.

«Pensando a com'è andata a finire, tutta questa sua gelosia è davvero la cosa più ridicola e paradossale che abbia mai sentito. Si dovrebbe vergognare. Ma dimmi una cosa: quando hai scoperto che lei ti aveva incastrato, non ti sei incazzato?»

«No, Jessica, perché l'amavo. Nonostante tutte le sue gelosie, io amavo Julia per davvero e profondamente. Quindi ci misi un attimo a sentirmi felice per la notizia della gravidanza e quando poi Thomas è venuto alla luce...»

Mi sento un po' femminuccia, ma non mi riesce quasi mai di completare questa frase.

Jessica china la testa da un lato e fa gli occhi dolci, come a dire: "Che carino, si commuove ancora oggi a ripensarci!"

Mi riprendo e proseguo «...beh, ho capito veramente cosa vuol dire l'amore per i propri figli, l'amore più elevato che possa esistere».

Quando finisco il mio racconto, scoccano le sei del mattino. Sull'ultimo periodo, quello più doloroso, spendo poche parole, anche perché, di questo, Jessica sa già anche troppo.

Fuori comincia ad albeggiare e, se la vista non mi inganna, la mattinata si prospetta deliziosa. Il cielo è sereno e il mio animo è ora liberato. Le mille traversie che di recente lo avevano tenuto imprigionato sotto la spessa coltre della più tetra depressione sono scomparse, proprio come le nuvole che fino a ieri hanno coperto il cielo di Manhattan – a parte quell'oretta di rasserenamento di cui avevamo goduto in mattinata.

L'azzurrità del cielo di oggi è tutt'altra cosa: sembra stabile, duratura e travalica i confini di spazio della mia pelle per penetrare in tutto me stesso con la forza di una benedizione divina.

La rilettura del libro di Flaubert gli permise di comprendere.

Laura lo aveva associato, anzi, assimilato a Léon, il giovane biondo di cui Emma Bovary si invaghisce non appena si scopre annoiata dalla vita di provincia vissuta a Yonville al fianco di quel marito insignificante e inetto. In effetti, pensò Marco, c'erano delle similitudini: Léon ha studiato giurisprudenza, ed è intenzionato a terminare gli studi a Parigi. È romantico, passionale e legge poesie a Emma. Ama viaggiare e adora il mare, proprio come la sua amata. Nel primo incontro è molto timido e non osa dichiararsi apertamente o trarla a sé in modo ardito. Mentre quando si rivedono anni dopo è molto più smaliziato ed estroverso.

Un fiume di ricordi fluì nel letto della sua mente. Erano passati tanti anni e lui aveva fatto molte esperienze all'estero. In tutto quel tempo, non aveva mai dimenticato che il suo insuccesso sentimentale di vent'anni prima era stato dovuto a quel dannato libro. Forse allora non aveva realizzato di essere stato assimilato a Léon. Ma ora era tutto chiaro. E in effetti il caso aveva voluto che tante analogie fra lui e Léon fossero addirittura sorprendenti.

Tra l'altro c'era quel Fabio, il primo ragazzo di Laura, che lei aveva lasciato per mettersi con Alex. Fabio era iscritto a medicina, per Dio, quindi sarebbe diventato un medico, proprio come Charles Bovary! Incredibile: lei lo aveva abbandonato per non fare la fine di Emma!

Tutto tornava, ora: Laura aveva sposato Alex perché Alex non assomigliava a nessuno dei personaggi di quel dannato libro!

Laura aveva dunque fatto le sue scelte in funzione di *Madame Bovary*. Aveva creduto che la vita reale e la vita di quel romanzo potessero coincidere completamente! Che sciocca! Ma chi poteva averle messo in testa quella strana idea?

Beh, ora che sapeva, poteva intervenire: sarebbe tornato alla carica e le avrebbe spiegato che lui non era Léon, che non gli assomigliava per niente, e che i romanzi non possono diventare un valido modello per condurre la propria esistenza. Andavano letti e apprezzati, questo sì, ma poi bisognava riporli sullo scaffale di quel mondo a sé che è la Letteratura. A proposito... Ecco una enorme differenza fra lui e Léon! Questi sosteneva che i personaggi dei romanzi erano preferibili a quelli reali perché meno noiosi, meno banali. Ma lui, Marco, non era affatto di questo avviso: per esempio, lui non si sarebbe mai innamorato di una protagonista di un libro, mentre di Laura, persona reale, era innamorato pazzo e lo sarebbe stato fino alla fine dei suoi giorni.

Doveva fare quest'ultimo tentativo.

Se non avesse funzionato, ne avrebbe tratto le dovute conseguenze: non poteva di certo accettare di aver imprigionato il suo cuore e la sua intera esistenza dentro la gabbia di un libro scritto nell'Ottocento e letto a fine Novecento e a inizio XXI secolo come se avesse una qualche forma di attinenza con la realtà dei secoli successivi!

Improvvisamente, il peso di quei vent'anni gettati al vento della rinuncia, divenne in lui insopportabile. Doveva fare l'ultimo tentativo.

Ma se fosse andato a vuoto? Se non fosse servito a nulla?

La sua vita, ormai definitivamente priva della sua Laura, sarebbe stata priva di senso. E così quella di lei, senza l'uomo che amava e costretta a rispettarne un altro che disprezzava.

A quel punto si apriva la possibilità di un finale doppiamente tragico.

Ucciderla e poi suicidarsi.

Ma ne sarebbe stato capace?

Parte Quarta

Trenta

Martedì

«I miei colleghi e competitor non riuscivano a trovarla perché, grazie all'aiuto di un agente di Wall Street, è completamente uscita dal giro. Ora si chiama Jessica, ha i capelli lunghi e neri, va in palestra quattro volte la settimana e vive a New York e precisamente al n.188 di Grand Street, Little Italy. Lavora alla Genius Design al quarto piano di un palazzo di cui le posso fornire l'indirizzo esatto solo se lo ritiene necessario. Guida una Smart rossa targata NY 321 JK».

Il chiarore dell'alba attraversò le vetrate, illuminando il volto del cliente di un rosa tenue. San Diego si stava svegliando e l'odore del pane si diffondeva nell'aria.

Il professore prese nota del nuovo nome e degli indirizzi di casa e lavoro. Nel farlo, sentì salire l'eccitazione qualche centimetro sotto la cintura. Erano anni che dava la caccia alla escort che l'aveva accompagnato a quel convegno alle Hawaii e finalmente, dopo aver speso una fortuna, l'aveva ritrovata. L'investigatore privato a cui si era rivolto stavolta, il quinto della serie, era riuscito dove i suoi predecessori avevano fallito perché non si era limitato a cercare la donna nell'ambito del mondo in cui il professore l'aveva conosciuta, ma aveva allargato i suoi orizzonti di indagine fino ai seminari condotti da Anthony Robbins.

«Se vuole anche una fotografia scattata di recente da un mio collaboratore, oltre all'indirizzo del lavoro, dovrà pagare doppia parcella» disse l'investigatore allungando una mano verso la cassettiera sotto la scrivania.

«Mi mostri quella foto».

L'investigatore tirò fuori una busta bianca dal primo cassetto in alto. Ma vi tenne una mano sopra. «Compili pure l'assegno. Per aver rintracciato la donna e averle fornito le informazioni da lei richieste, come da nostri accordi, fanno 100.000 dollari. Esattamente il doppio se vuole anche questa fotografia e l'altra informazione».

Il professore estrasse dal portafogli il libretto e, pur pensando che la cifra fosse un po' eccessiva, la scrisse ugualmente sull'assegno che consegnò al professionista. Questi vi diede una rapida occhiata, lo richiuse nel primo cassetto e tirò fuori la foto dalla busta allungandola al suo cliente.

«È proprio lei. Nessun dubbio. Ha cambiato colore e lunghezza ai capelli, ma i lineamenti del viso sono i suoi. Il naso lungo e sottile, le sopracciglia arcuate. Non mi sembra che allora avesse delle spalle così larghe, ma se mi dice che va in palestra così spesso, non mi devo meravigliare più di tanto». Alzando uno sguardo soddisfatto, ammise: «Devo riconoscere che lei ha fatto un ottimo lavoro. Grazie. Se mi dovesse capitare, parlerò bene di lei».

Detto questo, il professore si alzò, strinse la mano all'investigatore e prese commiato.

Una volta in auto, riaprì la busta e osservò la donna ritratta.

«Cara *Susie*, finalmente ti ho ritrovata. Mi sei costata un occhio della testa, ma ne valeva la pena».

Quindi tornò a casa per preparare i bagagli e prenotare i biglietti aerei. Non stava più nella pelle: si sarebbe imbarcato sul primo volo per New York e là avrebbe portato a termine la sua vendetta.

Ogni promessa è debito.

Che fatica eseguire tre serie da dieci con quindici chilogrammi alla macchina del *leg curl*. Senza la sua amica Jessica, si sentiva un po' annoiata, ma si sforzava ugualmente di completare la scheda del giorno. Ora si spostò alla *running machine*: una corsetta di una dozzina di minuti e avrebbe finito. Per quale ragione si sentiva così demotivata? La domanda aveva una sola risposta: gli incontri del giorno precedente, quello inatteso con Fabio e quello desiderato con Marco, ove il primo aveva rovinato il secondo, distruggendo ogni possibilità di cambiamento della sua attuale condizione. Per fortuna era martedì, il giorno libero di Marco, e quindi lei non avrebbe patito l'imbarazzo di rivedere il suo poetico spasimante dopo il crudele rifiuto a cui lo aveva condannato. Chissà se gli era passata l'arrabbiatura? Chissà se ci avrebbe riprovato o se il trattamento che gli aveva riservato l'avrebbe allontanato da lei per sempre?

Quanto si sentiva combattuta! Da un lato desiderava che lui riapparisse e insistesse una volta di più, che le dimostrasse ancora lo stesso amore di sempre. Ma dall'altro lato si autocondannava per il suo vile egoismo, sapendo benissimo che non ce l'avrebbe mai fatta a scollinare oltre il crinale dei propri schemi per gustare il panorama dell'amore passionale.

Stava già correndo da qualche minuto, quando nello specchio innanzi a sé, del tutto inaspettatamente, apparve la figura tornita dell'unico uomo al mondo che era stato capace di farle battere davvero forte il cuore. Indossava una maglietta attillata che metteva in risalto la sua muscolatura definita.

Venne subito a salutarla. Con la dolcezza di sempre. Le sorrise: caspita, pensò con un sospiro di sollievo, Marco non molla mai!

Con il cuore che fibrillava più per l'arrivo del suo bello che per la fatica sportiva, si sforzò di mantenere le distanze e di mostrarsi algida. Gli chiese subito cosa ci facesse lì dato che il martedì era sempre stato il suo giorno libero.

Lui le si avvicinò e le parlò sottovoce.

«Sono venuto per stare un po' con te, amore mio».

«Non ricominciare, Marco, ti prego: le cose che ti ho detto ieri al bar, valgono anche oggi e varranno sempre».

«Ma a me era parso che fosse cambiato qualcosa di recente… e non puoi negare che la mia impressione fosse giusta».

Laura andò a sedersi sulla panca dei pettorali. Marco la seguì. Due uomini finirono l'allenamento in quel momento e una donna li rincorse per riportargli un asciugamano che avevano dimenticato. Un ragazzo che si stava asciugando il collo dopo aver esercitato le spalle fu l'unico a notare lo spostamento dei due innamorati, uno spostamento intriso di sentimenti frastagliati. Laura se ne accorse e si sentì in imbarazzo. Marco no, perché era tutt'uno con le proprie emozioni e gli sguardi pettegoli o anche solo incuriositi degli altri non rientravano nel novero dei suoi pensieri neppure di striscio. In filodiffusione, intanto, il disc jockey dialogava con una ragazza a proposito della festa di compleanno a cui sarebbe andata quella sera.

Laura prese il coraggio a due mani e, dopo uno sfogo di verità, ripiegò verso una bugia di comodo.

«La tua impressione non era del tutto sbagliata, lo ammetto. Ma non c'è niente da fare: per quanto ti sia molto affezionata, ho capito di amarti solo come un fratello, niente più di questo».

«Non è assolutamente vero. Stai mentendo sapendo di mentire! Ci sono stati diversi momenti, soprattutto negli ultimi tre o quattro mesi, in cui mi hai dato ben più di un motivo per farmi credere che tu mi amassi come io amo te».

Laura sapeva benissimo che Marco non si sbagliava. Ma sapeva anche che con la ragione sarebbe sempre andata contro i suoi stessi sentimenti. Era stato così da ragazza e sarebbe stato così anche ora, da donna matura. La chiave di lettura del mondo dei sentimenti che gli aveva offerto *Madame Bovary* le aveva permesso di compiere le scelte più sobrie e quindi meno dolorose. Se avesse ceduto a Marco, sarebbe rimasta senza lavoro e avrebbe finito per indebitarsi. Inoltre, una volta che lui l'avesse posseduta, avrebbe perso interesse per lei, soprattutto se avesse dovuto aiutarla economicamente. Sì, perché Marco le ricordava Léon, il giovanotto inizialmente timido che, dopo il soggiorno di studi a Parigi, divenne ardito e iniziò con Emma quella relazione clandestina fatta di incontri sempre più insoddisfacenti all'hotel Boulogne di Rouen. Quante volte si era immaginata nei panni di quella povera donna, costretta più volte ad aspettare inutilmente per ore il suo amante nella camera dell'albergo o su quella dannata panchina, o ad implorarlo di aiutarla a trovare del denaro per pagare i debiti contratti per piacere proprio a lui. Fino al giorno della più indicibile vergogna, quello in cui gli aveva praticamente suggerito di rubarlo nello studio del notaio dove lui lavorava!

«Se l'ho fatto ti chiedo perdono. Però ti prego di accettare la mia ferma decisione di interrompere ogni nostro rapporto una volta per tutte e nel modo più chiaro e definitivo. Fallo per te stesso: non puoi perdere tutta la vita dietro a una donna che non potrai mai avere».

Marco colse la palla al balzo. La lettura notturna gli aveva fatto capire che doveva parlarle come se fosse del tutto logico supporre un legame di senso fra quei personaggi di finzione e la loro, cruda, realtà.

«Solo perché hai il terrore di fare la fine di Emma Bovary? Ma non capisci che io non sono Léon e tanto meno Rodolphe? E mi pare di avertelo già ampiamente dimostrato. Loro l'hanno soltanto sedotta, ma non l'hanno amata. E infatti, alle prime difficoltà, l'hanno abbandonata al suo destino. Io invece ti amo per davvero e per questo non mi comporterei mai e poi mai in un modo così vile. Io ti sposerei e ti renderei felice! Come fai a non vedere la differenza?»

Laura restò un attimo in silenzio, colpita dalla sensatezza di un ragionamento che faceva presa sulla sua sviluppata razionalità. In effetti, invece di ripeterle la solita sinfonia – che non si poteva progettare la vita sulla base di un romanzo – questa volta era entrato egli stesso nell'immaginario di Laura e le aveva parlato accettando il peso reale che quel libro aveva avuto nella sua esistenza. Inoltre, lei sapeva e sentiva, sentiva e sapeva, che Marco diceva il vero: l'amava da vent'anni e aveva continuato ad amarla per tutto quel tempo, nonostante lei si fosse sempre negata e mostrata fedele al marito. Per di più, era venuto a vivere a New York anche lui, pur di dimostrarle la genuinità dei suoi sentimenti e persino la debolezza del fluire del tempo rispetto alla forza del suo amore. Un amore che sembrava in grado di vincere ogni ostacolo. Un amore che ora trovava conferme anche sul piano del raziocinio: non c'era un solo motivo per dubitarne.

Eppure...

Eppure era impossibile travalicare il confine. Ormai una parte del cervello di Laura si era corrosa e non era più in grado di creare nuove sinapsi riguardanti la sfera affettiva: era come se fosse caduta in quel maledetto solco flaubertiano e, avendolo scavato sempre più a fondo negli ultimi vent'anni, si trovasse ora troppo in basso per poterlo risalire.

«Basta così, Marco, per favore. Se vuoi che rimaniamo amici, non diventare un'ossessione. Altrimenti sarò costretta a tagliarti completamente fuori dalla mia vita. Ti prego, non trasformarti in un persecutore. Ho già anche troppi guai per conto mio».

Il volto di Marco si tinse di preoccupazione.

«Quali guai?»

La prese per un braccio e la guardò in un modo insolito. Per un attimo le parve lo sguardo di un folle. O il pericolo che correva cominciava a farle degli strani scherzi e vedeva mostri dappertutto? Forse, più semplicemente, le faceva comodo vederlo così.

«Lasciami andare, così mi spaventi e basta».

Marco mollò la presa e si guardò intorno. A parte quel ragazzo che schiavizzava i propri deltoidi con manubri enormi, ormai non c'era più nessuno in sala pesi.

«Ti spavento? Io? Ma se sono il più pacifico degli uomini...»

«Lo eri!».

«Come lo ero? Non dirai sul serio!»

Laura tornò sui suoi passi. Si era resa conto di aver passato il segno: Marco si era sempre comportato come un galantuomo con lei.

«E va bene, ho esagerato. Scusami. È che sono un po' tesa...»

Il karateka sapeva essere insistente come pochi.

«Si vede, cazzo! Avanti, ti prego, apriti! Dimmi tutto. Confidati con me: sono qui per aiutarti. Potrai sempre contare su di me. Lo sai».

«E va bene. Vado a fare la doccia e a cambiarmi. Ci vediamo all'uscita fra venti minuti».

Trentuno

Martedì

Erano passati otto anni. L'aveva cercata in tutta l'America e aveva pagato cinque investigatori privati di Los Angeles, Chicago, Miami, Dallas e New York, prima di arrivare a Charlie Pyper, colui che era riuscito a rintracciargliela e persino a farla fotografare.

Otto anni di ricerche e alcune centinaia di migliaia di dollari usciti dal suo conto corrente. Tanti, anche per un uomo facoltoso come lui. Ma nulla per una mente malata come la sua. Ora, *Susie* doveva rimborsarlo per tutti quei sacrifici.

Tornato a casa, aveva preparato in gran fretta i bagagli e prenotato i biglietti per New York, quindi aveva chiamato un taxi. Una volta in auto, estrasse da una tasca un foglio a quadretti.

Scarabocchiò strane linee orizzontali e verticali.

Prima la stupro e poi la uccido.

Lo stupro era necessario per farle pagare la sua mancata promessa.

La morte, invece, perché voleva essere l'ultimo uomo della sua vita. *Doveva* essere l'ultimo uomo della sua vita. Solo in questo modo, infatti, *Susie* avrebbe mantenuto la sua promessa. Già, perché le promesse vanno sempre mantenute, così gli aveva insegnato suo padre a forza di colpi di cinghia, quando lui era piccolo e contravveniva alle promesse fatte.

Tirò fuori la fotografia e la osservò attentamente: la sua *Susie* era stata fotografata in palestra, durante una sessione di aerobica. Indossava una canottiera rossa e un paio di pantaloncini attillati. Diavolo, con quelle spalle così muscolose gli sembrava ancora più bella di otto anni prima. Le cosce erano toniche e ben definite.

Erezione improvvisa e incontrollabile. Dovette ricorrere a tutta la sua forza di volontà per non abbandonarsi alla masturbazione.

Una volta giunto all'aeroporto, chiamò il fornitore d'armi che gli aveva suggerito Pyper, un tale che viveva e trafficava proprio nella Grande Mela. Prese i necessari accordi e si diresse al check-in. L'aereo sarebbe decollato di lì a poco.

Quando terminò la doccia, Laura tornò al suo armadietto. Lo aprì e vi trovò una sorpresa: una piccola busta con dentro un biglietto. Oddio, pensò mentre lo dispiegava innanzi a sé. Il cuore cominciò a palpitarle in petto ben prima di averlo letto. Lo aprì. Lentamente. C'era scritta una sola parola seguita da tre puntini

STANOTTE...

O Dio!

Il cuore fece un tuffo nel vuoto e la bocca si inaridì.

Le gambe la trascinarono giù. Si sedette sulla panca a listelli di legno e cercò di recuperare la calma. Trasse alcuni respiri profondi. Ma il cuore non rallentava il suo battito.

Cercò di riflettere. Rilesse il biglietto: poteva significare solo una cosa. Due notti prima l'aveva scampata per un incredibile colpo di fort... Povera Jessica: la sua amica aveva subito quella tremenda aggressione al suo posto. E stanotte sarebbe toccata a lei.

Chi poteva averle scritto una minaccia del genere?

Chi le voleva tanto male?

Chi mi odia sino a questo punto?

Un concetto, appreso ai tempi casti del liceo, riapparve all'improvviso al suo presente: amore e odio sono due sentimenti molto vicini. Amore e odio, odio e amore. Un amore troppo passionale è sempre fonte di guai.

Marco.

Sì, perché fra tutti i frequentanti la palestra lui era l'unico che potesse infilarlo nel suo armadietto. Inoltre, lo stupratore era un omone grande e grosso, avevano detto Jessica e Roy... Due indizi fanno una prova?

Sì, certo, Marco. Se non lui, chi altri?

Di recente era diventato anche paranoico e pochi minuti prima, in sala pesi, quando l'aveva presa per il braccio, le aveva fatto paura. Lei lo aveva rifiutato il giorno prima in modo definitivo. E lo aveva fatto dopo aver ricevuto la sua poesia... Forse la delusione patita era stata troppo forte per lui e il suo cervello era andato in tilt... Era giunta l'ora di andare alla Polizia. Jessica avrebbe capito.

Si rivestì in fretta. Chiese a una delle ragazze se conosceva un'uscita diversa da quella centrale.

«Se ce la fai a passare per di là, ti ritrovi in Mott Street».

Laura osservò la piccola finestra ad abbaino. Andò nel ripostiglio e vi trovò una scaletta. La prese e se ne servì per arrivare sopra agli armadietti e, da lì, fino alla finestra. Grazie alla sua attuale magrezza, riuscì a passare per il pertugio e a fuggire.

Sbucò su un metro di marciapiede che divideva due venditori di pesce. Ovviamente cinesi. La strada era affollata e migliaia di uomini e donne dagli occhi a mandorla la percorrevano in tutta fretta per gli ultimi acquisti della giornata. Nessuno parve averla notata.

Si guardò intorno. Di Marco non c'era traccia. Per forza: doveva trovarsi all'uscita principale dove lei gli aveva dato appuntamento. Raggiunse la sua auto nel parcheggio. Dentro c'era un altro biglietto. Lo aprì. Era identico a quello trovato nell'armadietto.

STANOTTE...

Ripensò a Jessica e a quanto le era capitato. Poi immaginò se stessa, vittima di un'identica violenza. L'aveva scampata una volta, ma non poteva più succedere: il pericolo ora incombeva unicamente su di lei.

Le vennero le lacrime agli occhi. La bocca le si rinsecchì nuovamente per la tensione nervosa. Lo stomaco le si chiuse e il respiro le si bloccò più volte. Voleva piangere, ma non ci riuscì.

Quell'idea, quella dannata idea che aveva cominciato a frullargli in testa dopo il suo rifiuto, lo aveva torturato tutta la notte. Una notte tormentata da mille emozioni e mille pensieri fra loro contrastanti e persino opposti.

Sì, perché il suo umore e le sue riflessioni avevano oscillato come un pendolo impazzito. In alcuni momenti, era tornato a domandarsi come avesse potuto, Laura, rigettare schifata la sua proposta.

Il marito sarebbe rientrato solo sabato, dunque, per quale dannata ragione non aveva voluto andare al ristorante più chic di New York e poi all'Opera? Le aveva chiesto solo una serata, in fondo, e le aveva promesso che, avuta quella, non l'avrebbe più disturbata. Che cosa le sarebbe costato, diamine!? Come aveva potuto dire un no così secco e risoluto all'unica possibilità di vivere il suo sogno di ragazza?

In altri momenti, proprio quando arrivava a farsi quest'ultima domanda, tornava ad alimentare la speranza, perché sapeva che non le aveva ancora avanzato la proposta della villa ai Caraibi. Se ne avesse avuto la possibilità, come avrebbe reagito lei? Avrebbe lasciato Alex e la sua agenzia e Little Italy e Bologna, per andare a vivere con lui, felice e libera da ogni vincolo col passato?

Infine si faceva più realista, anche grazie all'effetto congiunto di birra e succo di limone. La sua capacità raziocinante riprendeva il sopravvento e, con lucida onestà intellettuale, ammetteva che per lui non c'era più nulla da fare. Laura lo avrebbe rifiutato sempre e comunque, bisognava mettersi il cuore in pace.

Ecco allora che l'idea di un finale macabro, l'unico in grado di disintegrare la sua ossessione e di restituirgli la serenità perduta, tornava alla ribalta nel campo di battaglia del suo animo in subbuglio, finendo per risultare vincente.

Sul far dell'alba, infatti, la sostanza di quell'idea prese la sua forma definitiva.

Si alzò un'ora prima del solito e uscì senza svegliare Julia e tanto meno Thomas. Fino al giorno prima non avrebbe mai immaginato che la sua professione avrebbe potuto essergli utile per lo scopo: se avesse usato le sue conoscenze, presto o tardi lo avrebbero scoperto. Ma se si fosse servito di un metodo diverso e lontano anni luce dal suo mondo?

La prospettiva lo preoccupava non poco: era la prima volta che prendeva una simile decisione. Lo consolava il fatto che, una volta concretizzato il suo piano, l'ossessione sarebbe scomparsa e tutte le cose sarebbero andate a posto. Cancellata la presenza di Laura dal globo terracqueo, lui avrebbe potuto riprendere la sua vita e le sue ricerche.

Facile a dirsi e pianificarsi, ma arduo da compiersi.

Per farsi coraggio, si sforzava di ricordare ciò che non poteva più accettare: che lei appartenesse ad un altro. Il solo pensiero che quell'arrogante la toccasse o anche solo le si sdraiasse accanto, era per lui insopportabile…

Entrò in auto e avviò il motore. Le venne in mente l'Italia e la sua Bologna. New York le era piaciuta da morire già la prima volta che l'aveva visitata ed era stato in questa città che era in qualche modo rinata. Ma Bologna non era così pericolosa. Il velo languido della nostalgia di casa l'avvolse come una mummia. A Bologna nessuno, neanche Marco, avrebbe mai pensato di farle del male. Era Manhattan, forse l'intera America, che cambiava le persone… O stava solo vaneggiando? Ma certo, che stupida, le violenze accadono ovunque e in tanti anni negli States non le era mai stato torto un capello da alcuno.

Pensò di chiamare Alex e di dirgli tutto. No, per prima cosa doveva andare alla Polizia. Ma le avrebbero creduto? E come l'avrebbero protetta? Quei due bigliettini, per di più con una sola parola che, presa di per se stessa non conteneva affatto alcuna minaccia, bastavano per convincere il NYPD ad assegnarle una guardia del corpo o qualcosa del genere? Impossibile. E allora, senza protezione, come avrebbe fatto a difendersi?

Ecco perché, fra nostalgia, paura e impossibilità di salvarsi, prese la decisione definitiva. La sola che le avrebbe garantito la propria incolumità: sarebbe andata direttamente all'aeroporto e avrebbe preso il primo volo per l'Italia.

Doveva solo passare un attimo da casa. Almeno una valigia avrebbe dovuto farla.

Arrivò al portone di casa. Infilò la chiave nella serratura.

«Ciao Laura!»

Per un attimo il sangue le si gelò nelle vene. Ma dentro di sé era risuonato un tono amico. Si girò e lasciò andare un tremolante sorriso.

«Roy! Grazie al cielo, come va?»

«Bene, direi. Ma tu piuttosto? Vedo che…»

«No, niente, tutto ok, almeno per ora. È che mi hai spaventata!»

«Mi spiace. Non intendevo… Comunque, volevo dirti che ieri sera sono stato in quella pizzeria e…»

«Senti un po': ti va di salire così mi racconti tutto mentre faccio le valigie?»

«Sei in partenza?»

In ascensore Laura guardò l'uomo che si era trovata in casa la notte fra sabato e domenica e la cui vista l'aveva fatta svenire dalla paura. Anche stavolta, accidenti, l'aveva spaventata. Eppure, come Jessica le aveva detto, era l'uomo più innocuo del mondo.

Arrivarono al piano. Laura aprì la porta e fece strada.

«Accomodati lì in soggiorno. Faccio un salto in bagno, mi metto qualcosa di più comodo, preparo i bagagli e sono da te».

Trentadue

Martedì

Dopo ventiquattrore al buio, una luce abbagliante venne accesa. Per Basile fu come prendere una scossa da un migliaio di volt.

Basta poco per trasformarti in una talpa.

Un ratto squittì in un angolo e fuggì trovando la via della tana. Da sopra o da fuori provenivano i bassi di una musica elettronica.

Mentre teneva gli occhi serrati, *Peppino* sentì avvicinarsi qualcuno. Probabilmente i due scagnozzi. Ma c'era anche qualcun altro: un uomo dal passo di cuoio e minaccioso.

Un'altra luce venne accesa e proiettata sulla faccia di Basile. Impossibile, per lui, aprire gli occhi e vedere cosa stesse accadendo e chi fosse entrato nello scantinato.

«E tu, proprio tu, pezzente traditore che non sei altro, vorresti diventare un *captain* della Famiglia?» gridò il boss *in pectore* come se il sequestrato non si trovasse a pochi centimetri da lui, ma a cento metri di distanza.

Non era affatto vero che Giuseppe Basile fosse andato fuori città. In realtà era stato rapito da due scagnozzi armati e nascosto in un buio scantinato, interrato da qualche parte non lontano da Central Park. Qui, era stato legato e imbavagliato e lasciato completamente solo per ventiquattrore. Soltanto in un paio di occasioni uno dei due sequestratori gli aveva portato un bicchier d'acqua e gli aveva dato da bere.

Rivolgendosi ai due gorilla, Frank fece cenno di togliere il bavaglio.

Basile, gli occhi ancora semichiusi, percepì che il boss si era messo a girargli intorno, come una iena fa con la preda che ha già colpito e tramortito e si appresta all'assalto finale per gustarsi il suo pasto luculliano.

Dopo un paio di rotazioni, Bruno si fermò nuovamente davanti alla sua faccia accecata e spaventata.

«Dimmi una cosa, pezzo di merda che non sei altro: credevi di farmi fesso?»

«Che ho fatto?» domandò Giuseppe che ancora stentava ad aprire gli occhi.

Frank gli diede un ceffone a mano aperta che gli girò la faccia di lato. Un graffio violaceo prese vita sulla sua guancia.

«Datemi un accendino!» gridò Bruno ai due scagnozzi.

Basile capì che si metteva male.

«No, per carità. Vi chiedo scusa. Rimedierò. Rimedierò io stesso».

«E in che modo?» gli domandò Frank Bruno prendendo comunque l'accendino che gli veniva porto.

«La stuprerò io. Stasera stessa. Lo giuro sul mio onore!»

Frank rimase in silenzio a lungo. Poi andò verso l'uscita. Spense la luce e si fece raggiungere dai due guardaspalle. A questi disse che avrebbe concesso un'ultima possibilità a Basile: non per lui, che non valeva niente, ma per il suo giro d'affari che poteva far comodo al clan.

E infatti si assentò per una mezzora. Ma tornò con un documento da far firmare a Giuseppe nel quale il titolare della catena di pizzerie Basile cedeva a Frank Bruno tutte le sue aziende a saldo di debiti pregressi non ulteriormente specificati. Bruno disse che avrebbe stracciato il documento se Basile avesse davvero mantenuto la parola.

Giuseppe firmò e fu liberato. Gli furono date le chiavi dell'appartamento di Laura. Quando fu in grado di uscire, venne seguito a breve distanza dai due bestioni.

Il professore atterrò all'aeroporto JFK nel tardo pomeriggio. Recuperò i bagagli e si bevve un caffè. All'edicola acquistò il *New York Times* e una rivista pornografica. Poi noleggiò una Ford Focus e guidò fino all'hotel Best Western Bowery, situato al 231 di Grand Street.

Si sistemò in camera, strappò una pagina dalla rivista porno e si masturbò sotto la doccia. Poi scese in strada per dare un'occhiata a Little Italy. Respirò gli aromi provenienti dai mille ristoranti italiani e si fermò a guardare le magliette e i cappellini creati apposta per i turisti e venduti nei negozi di souvenir.

Verso le otto svoltò in Mulberry Street. La serata era calda e umida e lungo la via c'era un discreto viavai. Un vago ricordo di una città del Sud Italia visitata decenni prima si mescolò al gradevole profumo di pomodoro che stimolò il suo appetito. Fra i tanti, scelse il ristorante La Mela, a pochi metri dalla casa della sua vittima designata.

Ordinò degli spiedini alla romana per antipasto e un piatto di rigatoni alla bolognese per primo. Quindi divorò una scaloppina di vitello alla sorrentina e concluse con un tiramisù. Della bottiglia di Lambrusco marcata Giacobazzi non restò neanche una goccia. Durante il lauto pranzo si perse a guardare le mille fotografie di attori e personaggi famosi passati di lì e incorniciati a dovere. Uscì dal ristorante e si incamminò verso l'incrocio fra Mulberry Street e Kenmare Street. Puntuale come la morte, il fornitore d'armi lo stava aspettando. Una parola d'ordine e in un solo istante una pistola finì nella tasca della sua giacca. Anche il passaggio dei contanti avvenne senza che nessuno dei passanti potesse rendersene conto.

Prima di tornare in albergo decise di fare una passeggiata mirata al suo scopo segreto. In pochi secondi, giunse innanzi al 190 di Grand Street. Il negozio di pasta fresca fatta in casa "Piemonte Ravioli & Co." era chiuso, ma dalla vetrina si potevano vedere diverse targhe ottenute in concorsi gastronomici. Sulla scaffalatura in basso, ecco spaghetti alla chitarra, tagliatelle, maccheroni, fusilli sparsi qua e là in modo da attirare l'attenzione. Tutte queste espressioni di pasta fresca erano incredibilmente colorate: talune erano chiare, altre verdi e altre rosse, a seconda che gli spinaci o le rape fossero state mescolate alla farina nella preparazione.

La sua vittima abitava proprio di fianco, al n. 188. La palazzina, di tre piani, presentava una facciata abbastanza curata e verniciata di rosso scuro. Nove finestre, tre per piano. Al secondo e ultimo piano, le due finestre laterali erano abbrutite dal motore del condizionatore. Il sottotetto era invece abbellito da una dignitosa cornice in stile aulico. Al piano terra si trovava il negozio di formaggi italiani "Alleva" con le scritte "Ricotta" e "Mozzarella" in evidenza e "over 100 years" più in piccolo.

Si avvicinò alla porta marrone e diede una sbirciata ai campanelli: Grasso, Rodriguez, JJ.

«La mia *Susie* sta lassù...»

Uno sbadiglio. Un paio di rutti. E tanta voglia di coricarsi presto.

La visita alla palestra e al luogo di lavoro della sua vittima venne rinviata all'indomani.

Tanto ormai ti ho ritrovata.

Mi guardo intorno e penso che mi ritrovo nell'appartamento di Laura meno di quarantotto ore dopo quella pazza prima volta.

Che strana la vita: pur abitando da mesi di fronte a me, non mi è mai capitato di conoscere, né, tanto meno, di incontrare questa donna. Evidentemente, abbiamo sempre fatto orari molto diversi. L'ho conosciuta in circostanze tragiche e sono entrato in casa sua un paio di volte nel giro di due giorni. Senza contare il fatto che Laura è amica sia di Julia che di Jessica, quindi, in un modo o nell'altro, i nostri destini dovevano incrociarsi per forza, prima o poi.

Alle pareti sono affisse delle stampe di pittori impressionisti come il *Bordighera* di Monet e *Le Moulin de la Galette* di Renoir. Un televisore al plasma di almeno 40 pollici è sistemato nel mobile laccato a parete. Ecco la voce di Laura: proviene dalla camera dove è successo il fattaccio.

«Dammi ancora dieci minuti, poi sono da te. Accendi la tv se ti va».

Per ammazzare il tempo decido di darle retta. Un po' di zapping qua e là, poi mi fermo sulla CNN. Stanno facendo vedere le immagini di un attentato avvenuto a Bagdad dove sono morte cento persone. Dio mio, in quei paesi la vita non vale nulla... Poi ecco altre immagini terribili di un'alluvione in Bangladesh che ha determinato decine di migliaia di senzatetto. Mentre divoro l'unghia del medio destro, arriva il momento delle notizie sportive – pare che Ibrahimovic passi dal Milan al Paris Saint-Germain.

Ma ecco che riappare Laura. Sta trascinando un trolley piuttosto capiente vicino alla porta. Ora va in cucina e prende dal frigo una bottiglia d'acqua che appoggia su un vassoio di plastica con due bicchieri giallo-ocra.

«Ecco qua» mi dice mentre mi versa da bere. «Abbiamo pochissimo tempo, quindi, sbrighiamoci».

È agitata. E molto.

Beve d'un fiato il suo bicchiere d'acqua.

«Ti vedo un po' nervosa. È successo qualcosa?»

«Sì, purtroppo, ma prima dimmi tu».

Prendo la parola e le comunico che ieri sera non ho trovato Basile in pizzeria, ma che ci tornerò sicuramente giovedì sera, quando sarà di ritorno dal suo viaggio. Noto subito che la notizia non le interessa granché. Ha una gran voglia, o forse dovrei dire necessità, di raccontarmi qualcosa. Mi sa che sta per esplodere.

«Roy, mi devi aiutare!»

«Se posso… volentieri».

«Ora sono assolutamente certa di essere in grave pericolo e credo anche di sapere chi è stato a stuprare Jessica».

«Dici davvero?»

«C'è un tale, si chiama Marco, è cintura nera di karate e fa anche l'istruttore in sala pesi nella palestra che frequentiamo io e Jessica. Mi fa la corte... praticamente da vent'anni. L'ho conosciuto a Bologna, ai tempi dell'università, più o meno nel periodo in cui decisi di impegnarmi con Alex. Ha insistito tutta la vita perché io lo lasciassi e mi mettessi con lui. È venuto ad abitare qui, sarà un anno ormai, solo per potermi stare accanto. Fino a poco tempo fa era un romantico vecchio stampo, sai quei galantuomini tutti rose, poesie e gesti educati…?»

«Sì… e allora?»

«Di recente è cambiato. Ha come un'ossessione per me, capisci? Temo sia diventato completamente pazzo!»

«Scusami tanto, Laura, ma non ha molto senso ciò che dici…»

Mi guarda come se avesse visto un marziano.

«Perché dici questo? Neanche lo conosci! Lo sai cosa mi ha fatto oggi?»

«No. Dimmi».

«Mi ha preso per un braccio e me lo ha stretto forte. Non accetta più il mio rifiuto. Mi ha fatto due occhi da maniaco… e poi ha messo questi due biglietti nell'armadietto e nella mia auto».

Laura mi mostra due sottili strisce di carta. Su entrambi è stata stampata una sola parola:

STANOTTE...

Mentre mi metto i due biglietti in tasca, noto che Laura è davvero confusa, costernata e agitata. Sta farneticando.

«Ti sembra ancora che ciò che dico sia privo di senso?»

«Calma, calma, Laura. Stai facendo un gran casino. Prima di tutto è impossibile che questo Marco sia lo stupratore di Jessica».

«E tu come lo sai?»

«Ma è ovvio, Cristo Santo! Ti conosce da vent'anni, sa alla perfezione come sei fatta. E poi conosce anche Jessica. Non può avervi confuse!»

«Non dico che ci ha confuse: vuoi sapere come sono andate davvero le cose?»

Faccio cenno di sì, ma dentro di me penso che lo stress le abbia annebbiato il cervello.

«Era in casa mia per stuprare me, è ovvio. Ma quando ha visto entrare Jessica, mentre lei si faceva sbattere da John, poteva fuggire, giusto? Invece non se ne è andato perché ha pensato bene di darmi un ultimo avvertimento, per mostrarmi di cosa è diventato capace. Insomma, ha stuprato lei per minacciare me della stessa sorte. Praticamente mi ha voluto dire: "O lasci tuo marito e ti metti con me o ti faccio fare la stessa fine di Jessica." Capisci?»

L'aveva aspettata all'uscita della palestra per più di trenta minuti, quando capì che non sarebbe venuta. Era tutto inutile: Laura era stupenda ed era il meglio che un uomo potesse desiderare. Nelle profondità del suo essere era molto simile a lui e insieme sarebbero stati felici. Questo lo sapeva anche lei, ma era una conoscenza del tutto inutile: avrebbero dovuto mettersi insieme allora, vent'anni prima. Adesso no: ormai, era troppo tardi. Da quando la sua amata aveva fatto di quel libro la sua Bibbia, era passato tanto di quel tempo che le convinzioni tratte dalla sua lettura si erano radicate in lei con la forza di una verità assoluta. Conseguentemente, la sua mente si era come paralizzata, disattivata, spenta, incapace com'era diventata di uscire da quel rigido schema comportamentale. E questa atrofia cerebrale aveva ucciso ogni speranza, per entrambi, di sperimentare l'amore vero, così come ogni senso possibile da dare alla vita.

A nulla sarebbe servito cercare di convincerla che lui non era Lèon. Non gli avrebbe dato ascolto. E allora non restava che farsi coraggio e agire.

Doveva andare a casa, recuperare la pistola dal cassetto del comodino e farla finita.

Subito.

Rimango in silenzio. Per Dio, a questo modo di vedere lo stupro di Jessica non avevo ancora pensato. In fin dei conti, come posso essere assolutamente certo che lo stupratore si sia sbagliato? Ma pensandoci bene… No, no, c'è un altro particolare che Laura ha dimenticato.

«Possibile che un inguaribile romantico diventi uno spietato stupratore nel giro di…?»

«E chi lo vieta? Come ti dicevo, di recente è impazzito».

«Perdonami, ma non sono molto convinto di questa tua teoria… Per esempio, non credi che Jessica si sarebbe accorta di chi aveva davanti, dato che conosce benissimo questo Marco?»

«Chiedile se potrebbe essere stato Marco e vedrai che non potrà escluderlo nel modo più assoluto. È andata così, ne sono certa. Ed è per questa ragione che ho deciso di partire. Mi accompagni all'aeroporto, per favore?»

«Aspetta un attimo. Io ho visto lo stupratore. È alto due metri, massiccio, biondo e ha una barbetta rada. Corrisponde a questo Marco?»

«Non so se sia due metri, ma almeno un metro e novanta lo è di certo. Per il resto è evidente che aveva indosso capelli e barba finti».

Poteva anche essere. In effetti, quella barbetta non è che mi avesse convinto granché. Però qualcosa mi dice che Laura si sta sbagliando: è troppo affrettata nel trarre le sue conclusioni. È in preda alle emozioni più forti, alla paura e al terrore. In questo momento non è in grado di usare la ragione. E se non usi la ragione, in questi casi fai solo un gran casino.

La capisco: anch'io andrei in confusione in una situazione del genere. Ma proprio per questo ha perso la sua lucidità ed è assai probabile che stia prendendo un granchio.

Trentatre

Martedì

Salito in camera, prese il telecomando e guardò un episodio di CSI New York. Poi spense la TV e schiacciò la testa sul cuscino. Non riuscendo a prendere sonno, il professore si alzò e lanciò lo sguardo al di là della finestra. Il luccichio dei negozi cinesi di fronte stonava con i due palazzi di fine ottocento in stile neoclassico accanto ai quali erano situati.

Pensò alla sua preda. Guardò la fotografia e sfiorò la sagoma di Susie coi polpastrelli di indice e medio. Wow!

Presto sarai mia.

Osservò la pelle tonica e ambrata della sua *Susie.* La donna più bella che avesse mai visto. Tornò a sdraiarsi sul letto e ricordò l'ultima volta in cui l'aveva posseduta. Era stato in quella camera d'albergo alle Hawaii, otto anni prima. Allora era in corso un periodo di estrema siccità e, neanche a farlo apposta, mentre lui la penetrava, la televisione era accesa su MTV e il canale mandava in onda il video musicale di *I wish it would rain down* cantato dalla voce sottile e suadente di Phil Collins. Ricordava quel momento come se lo stesse vivendo per la seconda volta: non solo rivedeva la scena nella sua mente, ma riusciva persino a udire il sensuale ansimare di Susie, ad odorare i suoi umori vaginali, a gustare il salato sudore della sua pelle, a palpare i suoi seni turgidi. Nel momento in cui, ormai preda di una trance auto-ipnotica, rivisse le fasi della penetrazione violenta che lo aveva condotto al più appagante orgasmo della sua vita venne di nuovo, lì, nella sua camera d'albergo, a New York.

La trance non si interruppe affatto. La rivide nel momento in cui aveva accettato la sua proposta di matrimonio: lui l'avrebbe tirata fuori da quel mondo di merda, l'avrebbe ricoperta di attenzioni, le avrebbe garantito un benessere duraturo. E lei l'avrebbe ricambiato con una fedeltà e una devozione assolute. Questi erano i patti e per lui, uomo coerente e affidabile da sempre, erano patti da rispettare. A qualunque costo.

Ogni promessa è debito.

Dopo la nostalgica eccitazione e il ricordo delle reciproche promesse, il suo animo tornò tuttavia a ribollire di rabbia.

Come osasti ingannarmi in quel modo? Lurida puttana che non sei altro, come osasti…?

La collera che ora provava ripensando a tutta la vicenda era esattamente uguale a quella provata otto anni prima, quando, dopo il coito animale e i propositi morali, dopo gli sguardi ammiccanti durante il volo di ritorno, dopo il recupero delle valigie all'aeroporto di Los Angeles, lei era andata in bagno ed era sparita per sempre.

Come osasti, lurida puttana…?

Da allora non l'aveva mai più rivista. Ma quanto l'aveva cercata e fatta cercare! Otto anni di ricerche e un sacco di soldi investiti in un'impresa che gli avrebbe fatto perdere molto, forse tutto e probabilmente per avere in cambio solo un ultimo rapporto sessuale ottenuto con la forza. Sì, perché il professore sapeva benissimo che quell'uscita di scena di Susie significava solo una cosa: le sue promesse erano state menzognere. Premeditatamente menzognere.

Come osasti, troia maledetta…?

Si rialzò. Andò in bagno a ripulirsi poi tornò alla finestra: una lunga fila di auto procedeva a passo d'uomo. Tirò dentro l'aria e poi l'espulse con un sospiro: finalmente, le sue ricerche avevano avuto successo ed egli aveva ora la possibilità di fargliela pagare. Se da un lato allora coltivava il livore più atroce, dall'altro avvertiva il sollievo e anzi l'eccitazione per l'avvicinarsi del tragico finale: il suo intendimento era quello di annientarla nel modo più crudele e doloroso.

Che cosa le avrebbe detto al primo impatto? Forse avrebbe esordito così: «Ehi, troia di una vacca, ti ricordi di me?» Lei si sarebbe girata ma lui le avrebbe puntato la sua pistola alla schiena. Poi le avrebbe detto di aprire la porta e salire su in casa. Qui le avrebbe premuto con forza la pistola alla tempia, l'avrebbe fatta spogliare, le avrebbe ordinato di aprire le gambe e di mantenere la sua vecchia promessa: lui doveva essere l'ultimo uomo sulla faccia della Terra a godere di lei. Per questo, subito dopo l'orgasmo, l'avrebbe uccisa senza pietà.

L'adrenalina salì e così il suo pene iperattivo.

Preso da un impulso incontrollabile, si vestì e scese in strada.

Devo farlo adesso.

Ci aveva impiegato tutto il giorno, ma alla fine era riuscito ad entrare in possesso di un'arma. Prese la bicicletta, pedalò per tre quarti d'ora e arrivò a Mulberry Street. Prima di portarsi sotto casa di Laura, fece una sosta di qualche minuto alla Most Precious Blood Church, al n.109. Recitò un Padre Nostro e un'Ave Maria. Quindi comunicò a Dio le ragioni della sua decisione. Per un attimo gli sembrò di udire il Signore dirgli di stare molto attento, che se ne sarebbe pentito amaramente. Ma poi si convinse che gli era solo sembrato, che l'agitazione lo aveva portato a sentire voci del tutto illusorie. Reale o presunto che fosse, Fabio contravvenne all'ammonimento divino: si fece il segno della croce genuflettendosi verso l'altare e uscì deciso a portare a termine la sua missione.

Quando arrivò al 168, la vide entrare nell'edificio con quello sfigato che era stato il marito di Julia e il padre del piccolo Thomas. Che cosa c'entrava quel mentecatto disoccupato con Laura? Se già gli era insopportabile l'idea che Laura stesse ancora con Alex, la possibilità che se la facesse col più sfigato dei perdenti d'America lo fece inorridire.

Indossava un casco e una tenuta da ciclista, nonché le lenti a contatto e un paio di occhiali trasparenti anti-insetti. Nella custodia per la gomma di scorta, aveva nascosto la sua pistola. Se anche aveva avuto qualche titubanza, la vista del padre di Thomas che saliva in casa di Laura gli diede il coraggio necessario per superare ogni remora morale o religiosa e agire quella sera stessa.

«Va bene, ti accompagno».

Ci ho pensato un po' e resto del mio avviso: non può essere stato Marco, anche se non lo conosco, a stuprare Jessica: non si violenta una persona a scopo dimostrativo. Inoltre, quel gigante agiva su commissione, aveva detto Jessica, e del suo acutissimo giudizio mi fido ciecamente.

È però vero che Laura sia oggettivamente in pericolo e quindi credo che la sua decisione di fuggire in Italia, data la indubbia inutilità di rivolgersi alla Polizia, non sia affatto sbagliata.

Mentre mi alzo per prendere la valigia, Laura mi chiede di aspettare un attimo. Stacca il cordless dalla base e compone un numero. Riesco a sentire la voce dell'interlocutore, cioè di suo marito.

«Pronto?»

«Ciao Alex, sono io. Sei ancora a Roma?»

Penso che abbia detto di sì.

«Quand'è che ti sposti a Firenze?»

Non ho capito la risposta.

«In che albergo di Firenze hai prenotato?»

Le ha chiesto il motivo di tutte quelle domande.

«Bene ci vediamo lì, all'Hermitage. Ti aggiornerò sull'orario del mio arrivo».

Mi sembra che il marito non se l'aspettasse. Non so però se le ha espresso stupore, felicità o preoccupazione. Credo le abbia chiesto qualcosa riguardante certi clienti.

«Ho scritto una mail a Sandra: se ne occuperà lei, stai tranquillo».

Soltanto ora le chiede perché ha preso la decisione di partire. E quando.

«Prendo il primo volo per l'Italia. Ti spiegherò tutto di persona».

Ora le ha chiesto maggiori ragguagli.

«È troppo lungo da spiegare. Devo correre al JFK».

Dopo aver riattaccato, si rivolge a me. Mi chiede di portare pazienza ancora un attimo. Prima di andare in aeroporto vuole provare a prenotare il volo su Internet servendosi dei suoi canali riservati. In questo modo è convinta di guadagnare tempo.

La pistola era lì al suo posto. Mai usata, ma carica. La prese in mano, la soppesò e la guardò a lungo. Quindi la appoggiò sul letto.

Non c'è altro da fare.

Aprì l'armadio e scelse una camicia. Bianca. Indossò un completo grigio che aveva acquistato in Australia un paio d'anni prima. Niente cravatta.

Prese la pistola e se la infilò nella tasca interna della giacca.

Quindi fece per uscire. Un appartamento al quarto piano del n.

168 di Mulberry Street lo aspettava: doveva porre fine a tutto quello strazio di sentimenti violati, di passioni vivide e reali ma che non riuscivano ad esprimersi compiutamente, non potevano sbocciare, né trovare il loro naturale approdo.

Tuttavia, proprio quando aprì la porta, soppesando l'arma all'interno della giacca, Marco ebbe un lungo minuto di ripensamento. Rimase sulla soglia, vestito elegantemente e armato, con la porta aperta e le due forze eguali e contrarie che lo bloccavano sul posto. L'amore per Laura gli impediva di uscire. L'odio per il destino crudele lo induceva ad andare.

All'improvviso, un ragazzo butterato di acne arrivò al pianerottolo per consegnare quattro pizze alla famiglia a fianco. Questo mutamento situazionale lo indusse ad uscire, ma non si sentiva per niente convinto.

Trentaquattro

Martedì

Non appena in strada, il professore ebbe un momento di indecisione.

Per un attimo pensò che era stato troppo impulsivo a rivestirsi e scendere giù, che quelle cose andavano progettate a tavolino con la massima precisione e mica si potevano improvvisare. E soprattutto il gesto che stava per compiere andava pianificato nei dettagli.

Ma poi si scosse: in fin dei conti era l'ultimo gesto del suo passaggio in questo mondo. Dopo, la sua vita non avrebbe più avuto alcuna ragion d'essere e allora *chissenefrega* se gli si sarebbero spalancate in faccia le porte dell'inferno.

Non ho più nulla da perdere.

Se anche la Polizia lo avesse beccato, pensava, non gliene fregava un cazzo delle possibili conseguenze. Di certo, non sarebbe andato in prigione a marcire. Avrebbe posto fine lui stesso alla sua insignificante esistenza. Sì, perché dal giorno in cui lei, la sua Susie, lo aveva ingannato, lui non aveva più nutrito alcun interesse per alcunché.

Non ho nulla da perdere.

Tornò al suo obiettivo: portare a termine la vendetta.

Già, perché…

Le promesse vanno mantenute.

Si incamminò. Coi polpastrelli della mano sinistra sfiorò la pistola nella tasca interna del cappotto. Era gelida, ma gli dava sicurezza.

Guardò l'orologio. Erano le 21:30 e poiché al martedì sera il detective privato gli aveva detto che la sua Susie seguiva una sessione di ginnastica a corpo libero, non sarebbe rientrata che un'ora più tardi. Allora l'avrebbe attesa giù in strada, le avrebbe puntato la pistola alla schiena e l'avrebbe costretta a farlo entrare in casa sua. Dove avrebbe finalmente riscosso il credito vantato nei confronti della Giustizia.

Ogni promessa è debito.

Le ultimissime luci del crepuscolo tinteggiavano il cielo ormai scuro di un viola plumbeo.

Serata perfetta.

Continuò a camminare e raggiunse l'incrocio fra Mulberry Street e Grand Street.

Non ho nulla da perdere.

Diede un'occhiata all'edificio dove abitava la sua vittima. Aveva finestre su entrambe le strade. Si portò al semaforo e attese che apparisse il segnale del passaggio pedoni. Un aroma di fritto lo raggiunse.

Proprio in quel momento, una donna scese da un'auto e attraversò la strada dirigendosi verso il numero 188 di Grand Street.

Laura ha appena trovato e prenotato un volo Alitalia diretto New York-Milano che partirà fra tre ore. Mi dice di scendere con la sua valigia e di caricarla in auto, mentre lei si sistemerà il trucco e prenderà altre due cose.

Per me è questione di due minuti: la mia Subaru è parcheggiata qui vicino. Scendo, raggiungo l'auto, metto la valigia nel baule e salgo, accendendo la radio per ingannare il tempo. Trovo una stazione dove scorrono le note di *You'll be in my heart*, la bellissima canzone di Phil Collins che ho sempre associato al mio sconfinato amore per mio figlio, Thomas. Oggi pomeriggio ho provato a chiamarlo alla nuova casa di Julia, ma non ho trovato nessuno. Forse erano fuori. O forse sapevano che ero io e non hanno voluto rispondere. Quei maledetti… Riproverò domani. Sono tre giorni che non sento mio figlio e ogni minuto che passa mi manca sempre di più. Appena sarà finita questa storia, sarà bene che mi accordi con Julia per poterlo vedere più spesso di quanto concordato in tribunale.

Con l'auto vengo sotto casa proprio nel momento in cui Laura fa la sua apparizione sul marciapiede. Le faccio cenno e la osservo camminare verso di me. Si è cambiata d'abito un'altra volta. Indossa una maglietta a maniche corte rosa, un paio di jeans e scarpe da running Asics blu con lacci di un giallo quasi fosforescente. Carichiamo il suo bagaglio.

«Prima di andare all'aeroporto, devo passare un istante da Jessica. Devo restituirle un libro. Vado a piedi. Tu fai il giro dell'isolato e passami a prendere sotto casa sua».

«Ma no, dai, sali. Facciamo il giro dell'isolato insieme, tanto è questione di un minuto».

Laura rimane titubante un istante, poi si decide a salire.

«Sei sicura che Jessica sia in casa?»

«No, è in palestra, ma tempo fa mi aveva dato una copia delle sue chiavi nel caso si fosse ritrovata chiusa fuori di casa. Anzi, ora che mi ci fai pensare, dopo aver rimesso il libro al suo posto, se non ti dispiace le darò a te così gliele restituirai, va bene? Sarebbe assurdo che me le portassi dietro in viaggio».

«Se vuoi le restituisco sia le chiavi che il libro. Non vedo per quale ragione tu debba...»

«Una ragione c'è, stai tranquillo. Ora vai, per favore,...»

So benissimo di che libro si tratta, me ne ha parlato Jessica proprio ieri. Noto che lo ha chiuso in una busta bianca. Poiché capisco il suo imbarazzo, non insisto oltre e obbedisco.

Ingrano la marcia e parto. Nello specchietto retrovisore, noto una Chevrolet scura che esce dal parcheggio e mi si mette dietro. In senso inverso, un ciclista improvvisato ci viene incontro. La sua bicicletta è dotata di un fanale molto luminoso. Perché guarda così insistentemente verso di noi? Laura è voltata verso destra, assorta nei suoi pensieri

Arriviamo di fronte a casa di Jessica. Mi fermo un istante in doppia fila con le quattro frecce accese per permettere a Laura di scendere al volo. Tutti i parcheggi della zona sono occupati: non potendo rimanere qui in mezzo alla strada, dovrò andare a cercare un parcheggio più avanti o rifare il giro dell'isolato. Nelle vicinanze non ce n'è uno libero neanche a cercarlo con la lanterna di Diogene! Il Ferrara Café è stranamente chiuso: non dovrebbe restare aperto fino a mezzanotte? L'incrocio è buio da un po' di tempo: quando si decidono a sistemare quei lampioni?

Sono già in movimento lungo Grand Street. Dietro di me, Laura sta lasciando passare un'auto poi attraverserà la strada. Mi grida qualcosa del tipo: «Faccio in un attimo!»

Temo che per trovare un buco ove parcheggiare io debba fare il giro dell'isolato. È così. E, per di più, stavolta ci metto del tempo. Ritorno in Mulberry Street e finalmente riesco a parcheggiare davanti al Caffè Napoli, a pochi passi dall'incrocio con Hester Street.

Jessica non sa niente della partenza improvvisa di Laura: spero le lasci un biglietto in casa insieme a quel libro che le vuole restituire. Altrimenti glielo dirò io quando le restituirò le chiavi.

Scendo dall'auto per verificare se, dal marciapiede, riesco a vedere fino a casa di Jessica. Uhm, se ci fossero i lampioni accesi forse ce la farei, ma con quel buio non penso proprio che, da qui, riuscirei a vedere se Laura è scesa in strada o meno. Mentre soppeso la mia indecisione, noto che il ristorante "Da Gennaro" è come al solito bello pieno di gente. "Casa Bella's" mi sembra invece poco frequentata stasera.

Mi volto indietro: due ragazzi coi jeans strappati e il ciuffo schiacciato sulla fronte stanno attraversando l'incrocio e vengono verso di me.

Mi rigiro. Il fatto di non riuscire a vedere fin laggiù da questa posizione mi infastidisce, mi mette un po' d'ansia. Ma poi la ragione mi ricorda che sarà questione di un attimo. Sì, va bene, ma intanto, che faccio? Riparto con l'auto o le vado incontro a piedi? Muovo qualche passo. Poi mi fermo e guardo la mia auto parcheggiata. Faccio per tornare indietro, ma mi blocco.

Sono nervoso. Agitato. Inquieto. Maledico questa mia eterna indecisione.

All'incrocio con Grand Street c'è un buio illuminato solo dai fari delle poche auto che passano. Guardo l'orologio: sono già le dieci e mezza. Il cuore comincia a battermi forte in petto.

Calma, mi dico e mi ripeto, sono passati solo due minuti e sta per scendere.

No, no, ne sono passati decisamente troppi: meglio che le vada incontro.

Finalmente mi decido: vado a piedi.

L'assassino aveva fatto calcoli molto precisi e sapeva quando e come agire. Con un fortunato mix di premeditazione, improvvisazione e casualità, riuscì a realizzare il suo piano malefico.

Si era portato nei pressi del n. 168 di Mulberry Street e aveva subito notato che la Dea Bendata lo stava assistendo: la quasi totale assenza di gente in giro, l'insolita chiusura del Ferrara Cafè e di un paio di ristoranti, il perdurante malfunzionamento di diversi lampioni nella zona, lo aiutarono non poco. Senza essere notato, ebbe modo di studiare i movimenti della sua vittima, molti dei quali li aveva saputi provocare e quindi prevedere: la vide scendere in strada, incontrarsi con un uomo che l'aiutò a sistemare una valigia nel baule di una Subaru e salire sulla stessa. Dopo che l'auto ebbe completato il giro dell'isolato, li vide superare l'incrocio fra Mulberry Street e Grand Street e rallentare subito dopo fino a fermarsi. La donna scese dall'auto e fece per attraversare la strada.

La guardò da dietro e sentì salire l'adrenalina. Capelli lunghi e neri, con boccoli all'altezza delle scapole. Vestita in modo semplice e sportivo. Aveva le chiavi in una mano e una busta bianca nell'altra. Quando giunse alla porta del civico 188, l'uomo al volante della Subaru si era allontanato lungo Grand Street e aveva già svoltato in Mott Street.

Proprio in quell'istante, l'assassino le piombò addosso. Silente come un gatto che balza su un topo. Come un leopardo che bracca una gazzella coi suoi lunghi artigli.

Le piantò la pistola nelle costole, da dietro. Le parlò sottovoce, nell'orecchio destro.

«Apri la porta in silenzio. Al primo grido, sparo».

Laura si sentì raggelare il sangue nelle vene.

Tremando come una foglia, infilò la chiave e aprì la porta, ma non entrò subito.

«Avanti, che aspetti? Entra e saliamo per le scale. Ti seguo».

Laura rimase titubante ancora per qualche secondo. Sapeva che la sua unica possibilità di salvezza era rimanere in strada, visibile ai passanti. Ma in quel momento non c'era nessuno nei paraggi. E Roy? Quanto ci avrebbe impiegato a fare il giro dell'isolato?

«Non farmi del male, ti prego…»

«Avanti, sbrigati! Entra! Vuoi che ti spari qui?»

A quelle parole, il cuore le sobbalzò in gola ed entrò.

«Stai girata in avanti e taci se non vuoi che ti faccia un buco in testa».

Fu l'assassino a chiudere la porta. Nessuno aveva notato nulla.

Una volta dentro, Laura si bloccò di nuovo. Stavolta per il terrore: il suo destino era ormai segnato e lei ne ebbe chiara percezione. L'assassino le piantò di nuovo la pistola sotto le costole posteriori e le parlò all'orecchio.

«Avanti, sali!»

Con la lentezza di un pachiderma, Laura affrontò i primi gradini. La sua unica speranza era Roy, quindi doveva fare in modo di guadagnare quanto più tempo possibile. Ma il criminale faceva sul serio e non poteva stare ferma. Quindi si decise a salire, ma il più lentamente possibile. Man mano che salivano, Laura cercò di recuperare il proprio equilibrio. Improvvisamente, le tornò in mente quanto appreso da John alle poche lezioni di difesa personale a cui aveva partecipato.

Arrivarono alla fine della prima rampa di scale. Messo il piede destro sull'ultimo gradino e spostato su quello tutto il peso del corpo, prese la spinta e scalciò all'indietro con la gamba sinistra, come un puledro che non vuole essere domato, colpendo così il suo aggressore che rotolò indietro, in fondo alla rampa, con un frastuono sordo e agghiacciante. Laura gettò la busta col libro a terra, tenne invece le chiavi e iniziò a correre sulle rampe successive. Ma il terrore le giocò un brutto scherzo: le gambe le tremarono e finì per inciampare in un gradino. Cadde con la faccia in giù. Proprio di fronte all'ingresso dell'appartamento di Jessica.

L'assassino le piombò addosso e le puntò la pistola alla nuca.

«Mi fai ridere. Dove credevi di scappare? Comincia a pregare, troia maledetta!»

Sentendo che di sotto qualcuno batteva con forza i pugni sulla porta e gridava ebbe un attimo di esitazione.

«Roy! Aiuto, aiuto!» gridò Laura in preda al panico.

Ma le sue urla ebbero l'effetto peggiore. L'assassino premette con più decisione la canna della pistola contro la nuca di Laura. Sembrava volerle bucare il cranio per arrivare al cervello con la forza fisica e solo allora sparare il colpo mortale.

Lei sentì che la sua ora stava per scoccare e lanciò un ultimo grido.

«Nooooo!»

L'assassino premette il grilletto una prima volta stringendo i denti e facendo un ghigno atroce. Poi sparò di nuovo, stavolta contraendo con rabbia i muscoli dell'avambraccio.

«Muori, cagna! Muori!»
Avvertendo una voce dabbasso, si volse verso la porta dell'appartamento di Jessica e sparò all'altezza della serratura facendola saltare con un colpo solo. Una volta entrato, diede un'occhiata alle varie finestre per trovare la più rapida via di fuga.

Sto camminando lungo Mulberry Street. Quando sono davanti a "Pellegrino" sento chiarissimamente le note di *Murder* di David Gilmour, una canzone che ha il difetto di mettermi in agitazione: quella strana sensazione che mi ha preso al petto, mi ha trascinato fuori dall'auto e mi ha indotto ad andare incontro a Laura, ora mi prende alla gola.

Oddio...

Mi metto a correre.

Raggiungo, ormai ansimante, la porta d'ingresso dell'edificio numerato 188. Il vetro sopra la porta è rotto e mi consente di sentire i rumori di una lotta. Provengono dal vano scale. Mi metto a battere i pugni con tutta la forza che ho in corpo.

Comincio anche a gridare.

«Laura! Sei lì dentro?»

Oddio...

Un grido. Disperato. È di Laura.

«Roy! Aiuto, aiuto!»

Comincio a gridare aiuto anch'io. Mi volto verso la strada e urlo con quanta voce ho in gola. Ma non mi sembra di vedere nessuno, se non laggiù in lontananza. Forse mi hanno visto, laggiù in fondo a Grand Street. Eccoli che vengono. Ma sono troppo lontani: qui non c'è un istante da perdere. Provo a sfondare la porta.

Prendo la rincorsa e sbatto due volte con la spalla. Niente.

Provo ad ascoltare cosa succede all'interno.

«Nooooo!» è ancora la voce di Laura. Trema dal terrore. Ha un tono rassegnato.

Tendo l'orecchio.

Un sibilo.

Sordo. Secco. Micidiale.

Oddio...

Quello era uno... sparo!

Pistola con silenziatore...

Non può essere, non può essere che arrivo ancora una volta troppo tardi!

Un altro sibilo.

Altrettanto sordo, secco, micidiale. Agghiacciante.

No, per Dio, no! Non lo posso accettare.

Tremo come una foglia, ma riesco a recuperare il cellulare dalla tasca dei pantaloni e chiamo senza esitazione il 911. Ho il cuore in gola, ma in qualche modo me la cavo. Intanto, i tizi di cui avevo richiamato l'attenzione, si sono dissolti nel nulla: perché cazzo non sono venuti?

«Pronto, c'è un'emergenza?»

Non faccio in tempo a dire una sola parola che mi pare di sentire un altro sibilo.

«Dove?»

Non so come, ma riesco a dare l'indirizzo esatto e a gridare di sbrigarsi.

Torno a tendere l'orecchio: un altro rumore, come di qualcosa che va in frantumi.

Oddio…

Trentacinque

Martedì

Giuseppe Basile arrivò al n. 168 di Mulberry Street, proveniente da Broome Street, con gli scagnozzi al seguito. E vi arrivò nello stesso minuto in cui Laura veniva uccisa sul pianerottolo antistante l'appartamento di Jessica. Si voltò e li vide all'altezza del Caffè Roma, a una trentina di metri di distanza. Erano armati e lui doveva stare bene attento se voleva avere salva la pelle. Aveva con sé la chiave, ma pensò di suonare per farsi aprire da Laura. Sperava di essere ormai entrato in confidenza con lei e, avendola avvisata del pericolo, che gli avrebbe aperto anche per avere ulteriori ragguagli. Suonò un paio di volte, ma nessuno rispose.

Allora salì e aprì la porta dell'appartamento. Entrò e si sedette in soggiorno. Col gesto che stava per compiere non rischiava solo di perdere il suo impero di pizzerie, ma anche la sua stessa vita. Alla parete vide l'immagine del matrimonio di Laura: rispetto ad allora, era addirittura più bella. Di certo più attraente. Sarà stato il fatto che lei non gli si era mai concessa, ma Peppino non si era mai sentito tanto innamorato di una donna in vita sua. E sì che di donne ne aveva avute tante…

Rischiare tutto per una femmina che non ne vuole sapere di te?

Forse quel gesto di eroismo avrebbe fatto mutare i sentimenti di Laura nei suoi confronti. Già, forse… D'altra parte, se avesse obbedito a Frank Bruno, l'avrebbe persa per sempre. Lui stuprare la donna dei suoi sogni? Giammai! Però, caspita, una via d'uscita c'era eccome! L'idea che aveva avuto nello scantinato di Frank Bruno, di offrirsi quale stupratore, era stata geniale e se ne accorgeva solo ora.

Prese carta e penna e scrisse: *Cara Laura, ti confermo che sei in grave pericolo. Al posto di Jessica dovevi esserci tu: vogliono farti del male e non si fermeranno finché non ci saranno riusciti. C'è un solo modo per uscirne: fingere che tu abbia subito violenza da me. In questo modo, a te non succederà più nulla e io stesso avrò salva la pelle. Tornerò dunque verso mezzanotte. Aprirò con le chiavi che mi hanno dato e fingerò di aggredirti. Tu devi solo urlare e, subito dopo, sporgere denuncia contro ignoti al NYPD. Poiché ti amo, non hai nulla da temere da me. Il tuo Peppino.*

Rileggendolo, non si sentì affatto convinto di quanto scritto. Immaginò Laura mentre leggeva il messaggio: si sarebbe fidata? Ben conoscendo la poca stima che lei gli aveva manifestato di recente, c'era di che dubitarne.

Fu lì lì per strappare il biglietto quando, improvvisamente, diverse sirene d'emergenza accavallarono i loro ululati. Erano vicine, vicinissime, ed erano più d'una. Di certo era successo qualcosa nell'isolato. Basile si affacciò alla finestra e lanciò il suo sguardo a destra e a manca. Poi ecco, a sinistra, diverse luci lampeggianti: un'ambulanza e un'auto del NYPD erano appena arrivate nei pressi dell'incrocio fra Mulberry Street e Grand Street.

Prese il biglietto, ancora indeciso circa la sua utilità, e pensò di lasciarglielo lì sul tavolo. Poi andò in camera e glielo mise sotto il cuscino. Fece per andarsene, ma non si sentiva convinto.

No, no, deve vederlo subito, appena entra in casa.

Tornò indietro. Lo recuperò e lo appoggiò per terra, davanti alla porta di ingresso. Poi si fermò: col casino che era successo, i due uomini di Bruno si erano di certo dileguati. Quindi aveva il tempo per aggiungere una postilla: *P.S.: Ti devi fidare perché anch'io sto rischiando la vita, ora. Se si accorgono che ti sto aiutando, mi fanno fuori senza pietà e mi prendono tutte le pizzerie.*

Quando scese in strada si sentì un po' più sicuro circa le scelte che aveva fatto e le modalità che aveva studiato e approntato per salvare Laura e se stesso. A sinistra era tutto un lampeggio di luci rosse e blu e un sacco di gente si era assiepata all'incrocio. Ripensò che tutta quella Polizia avesse certamente messo in fuga i due scagnozzi e quindi l'accaduto, per quanto certamente drammatico per qualcuno, era stato salvifico per lui.

Ma si sbagliava su tutta la linea.

La prima auto della Polizia arriva dopo un'eternità. Forse le lancette dei secondi non hanno fatto molti giri, ma nella condizione emotiva in cui mi trovo anche un solo istante è davvero troppo. Quando le emozioni sono così forti, il tempo smette di passare e viviamo un eterno presente.

Tre agenti del NYPD scendono con le pistole in mano e si precipitano verso di me, qui, sotto casa di Jessica, dove temo sia successo l'irreparabile... Una certa folla ha cominciato a radunarsi qui intorno: solo io sono rimasto accanto al portone d'ingresso. Non so se sentirmi impaurito, in colpa, sospettabile, importante, utile, o il solito sfigato che arriva sempre tardi.

Uno dei tre agenti, il primo che è sceso dalla volante, mi domanda se sono stato io a chiamare i soccorsi, le mie generalità e cosa ci faccio qui. Gli altri due, intanto, sfondano la porta e li vedo salire le scale con le pistole in pugno, le braccia tese e i movimenti a scatti che ho visto recitare molte volte nei film. Molti dei curiosi arrivati in questi minuti staranno pensando che si tratti di una puntata di *Law and Order* o di *CSI-NY*...

Mentre balbettando imbastisco il mio racconto, uno dei due agenti che sono entrati nell'edificio scende per dirmi di salire. Il cuore mi si scuote in gola. Sono letteralmente terrorizzato. Presagisco il peggio del peggio.

All'inizio della seconda rampa di scale, sul secondo gradino, vedo la busta bianca che contiene il libro. Racchiusa da un cerchio tracciato con un pennarello rosso, mi testimonia che sto per assistere alla scena più terrificante della mia vita. Fatte tre rampe di scale, mi sento quasi venire meno. Mi gira la testa. Sto davvero per svenire?

Mi faccio coraggio, incitato dal poliziotto che mi è venuto a prelevare. Provo a trarre un respiro profondo. Mi si deve essere abbassata la pressione. Non ho ancora visto nulla, ma so già cosa mi attende.

Mi si secca completamente la gola.

Ruoto su me stesso e lassù, alla fine della quarta rampa, li vedo.

I piedi di Laura.

Riconosco le scarpe Asics blu coi lacci gialli.

Poi le gambe immobili nei jeans aderenti.

È riversa a terra. Faccia in giù.

No, Cristo santo, no!

Salgo ancora i gradini, ma vorrei tanto tornare giù.

Nooo!

Il corpo di Laura è disteso senza vita all'inizio del pianerottolo del secondo piano. La sua nuca è coperta di sangue. Sangue che ha formato una chiazza sul pavimento in simil marmo. Quando osservo i suoi capelli, i suo stupendi capelli lunghi, sparpagliati fra schiena, spalle e pavimento, entro in uno stato in cui ciò che sto vivendo mi sembra irreale: è un film, un sogno o che altro?

No, niente di tutto questo. Quella è Laura ed è stata uccisa!

A una spanna dalla sua mano destra, evidenziate anche queste da un cerchio tracciato con un pennarello rosso, ecco le chiavi dell'appartamento di Jessica: se fosse riuscita ad entrare, forse a quest'ora sarebbe ancora viva…

Per un attimo mi pare di risentire quei dannati colpi. Erano stati come dei sibili. Implacabili.

L'agente che era venuto giù a prendermi, nota l'orrore nei miei occhi. Dietro di me arriva quello che mi ha interrogato in strada. Lo sento chiamare la scientifica.

Terminata la chiamata, rimane con me, mentre quello che era venuto a prelevarmi mi sopravanza ed entra in casa di Jessica, dove lo sento parlare con quello che è salito per primo.

Barry, così dice di chiamarsi l'agente che mi è stato affidato, mi chiede se conosco la vittima. Gli rispondo tremando con un solo cenno del capo. L'orrore che provo è così forte che non riesco neanche a piangere. L'agente mi conforta. Mi dice che posso parlare quando me la sento. È molto paziente. Deve averne viste parecchie di scene di questo tipo.

Mi faccio coraggio e provo a raccontargli la mia versione dei fatti. Parto dalla richiesta di Laura di portarla all'aeroporto. Poi mi scappa un occhio al cadavere e... Oddio, un capogiro. Uno svuotamento cerebrale. Una sensazione simile a quella che si prova quando si verifica un terremoto… Mi sento svenire. Un'altra volta.

Non è possibile che mi sia successo tutto questo in così poco tempo. Sembra un incubo, anzi, non può essere altro che un incubo. Mi scorre davanti qualcosa che somiglia al film della mia vita. Come l'altra notte, quando ero sul balcone della scala antincendio ed ero sul punto di lanciarmi nel vuoto. Tutto sommato, ho avuto un'esistenza piuttosto normale e forse persino monotona, di certo priva di orrori come questo. E infatti non mi sento per niente in grado di affrontare una situazione del genere. Che sia stato per questa mia "normalità", o forse dovrei dire "infantilismo", vista l'incapacità di affrontare le difficoltà della vita, se alla fine Julia si è stufata di me e ha preferito mettersi con quel Fabio?

Ma dove mi è scivolato il pensiero? Sto forse impazzendo del tutto? Cretino che non sono altro!

Non resisto e torno a guardare il corpo di Laura, esanime. Uccisa con due o tre colpi di pistola alla nuca: sembra un'esecuzione. Tutto quel sangue scuro… Santo Dio, ma chi poteva odiarla a tal punto?

Ripenso ai pochi minuti passati insieme a lei. Alla notte – Dio mio neanche quarantotto ore fa – in cui mi è svenuta in braccio. A quel pranzo con Jessica in cui loro due avevano bisticciato. Alla sua richiesta di fare delle ricerche su Basile e all'ultima, quella di portarla all'aeroporto. Diamine, quando sarà stato? Due o tre ore fa? Non so, non ho più la cognizione del tempo…

La osservo di nuovo. Per l'orrore mi tengo le mani sulla bocca a mo' di preghiera.

Proprio mentre l'agente mi indirizza un'espressione di sollecito, come dire: "Allora? Andiamo avanti?", arrivano quelli della scientifica che ci fanno smammare senza mezzi termini.

Io e l'agente Barry torniamo giù in strada. L'area è già stata recintata col nastro giallo, anche per tenere lontani i curiosi che vanno via via aumentando. Al frastuono assordante delle sirene, arriva un'altra volante e ne fuoriescono un agente e un tipo alto e magro in borghese che saluta Barry. Questi gli dice chi sono e lui gli ordina di trattenermi. Dev'essere un investigatore capo o qualcosa del genere.

Il lungagnone entra nell'edificio. Ma non ci mette molto a ridiscendere.

Mentre Barry passa le consegne, ecco arrivare Jessica. Porta la borsa della palestra con la tracolla. Eccola che comincia a sgranare gli occhi. Il suo volto, reso vitreo dalle luci blu delle sirene, è come trasfigurato in quello di un'attrice di thriller. Spavento e orrore si mescolano nel suo volto, ritratteggiandole tutti i lineamenti in una combinazione sinistra. Sembra invecchiare di secondo in secondo…

In questo momento incrocia il mio sguardo smorto. Dove sono finiti i nostri momenti romantici? Un poliziotto la ferma, ma lei dice di abitare proprio qui, al 188.

Mi avvicino a lei.

«Roy, si può sapere che cosa è successo?»

Lei nota lo stato di prostrazione in cui mi trovo. Sento i miei occhi velarsi e lei lascia andare a terra la borsa in modo da potermi abbracciare. Restiamo così per un po', non ho nessuna voglia di dirle che Laura ha perso la vita proprio in casa sua. Ma poi lei si svincola d'un tratto dall'abbraccio e, anche se si vede che teme il peggio, torna a chiedermi: «Roy, che cosa è successo?»

Scuoto il capo a destra e a manca. Tengo gli occhi bassi. Riesco solo a dire una parola: «Laura...» il resto mi si strozza in gola.

Jessica mi guarda negli occhi. Il nome della sua amica le ha fatto scattare qualcosa. Sta per esplodere. Il tono che sta per assumere è disperato. Le si velano gli occhi.

«Laura? Laura cosa? No, eh, Roy, no, eh, non Laura, non lei, ti prego, non lei... noooo!»

Ora ha capito. Si è messa a piangere, le mani giunte sulla faccia. Torno ad abbracciarla.

Ne avrei bisogno anch'io, ma lei tiene le mani sul viso.

Mi rendo conto che lo spilungone ha atteso qualche minuto per rispettare il nostro momento di commozione. Ora infatti lo sento dare un colpo di tosse. Mi sa che sta per presentarsi.

«Sono l'ispettore Robert Collins del distretto Cinque».

Lascio andare l'abbraccio di Jessica e mi volto verso di lui.

Ha un taccuino in mano e comincia a scriverci sopra i nostri nomi, cognomi, indirizzi e via dicendo. Sa già il nome della vittima quindi ci chiede in che relazione siamo con lei.

Mentre cerchiamo di rispondere, scendono i due agenti che sono andati a ispezionare i piani superiori. Dicono a Collins che l'assassino ha fatto saltare la porta dell'appartamento di Jessica, è entrato ed è poi fuggito saltando dalla finestra sul lato di Mulberry Street. Dal racconto degli agenti emerge anche un particolare curioso: l'assassino è riuscito ad attutire la caduta grazie alla tenda del "Tony's little gift shop" che infatti, dicono, risulta stracciata.

Il caso ha voluto che la pizzeria di fronte, "Frankie Cee's" – che era poi il fratello di Vivian Catenaccio – sia chiusa da più di un anno e nessun locale sia mai stato aperto da allora in sua vece: questo fatto, penso tra me e me in un momento di lucidità, ha inciso enormemente sulle sorti dell'assassino. Se infatti quella pizzeria fosse stata ancora aperta – dato che era il locale della zona, insieme al Mulberry Street Bar, che teneva aperto più a lungo nelle ore serali – qualcuno avrebbe visto il fuggitivo e ora potrebbe darne una descrizione agli agenti.

Invece, da quel poco che riesco a carpire, non sono ancora stati individuati dei testimoni che abbiano visto quel maledetto gettarsi in strada dall'edificio.

Trentasei

Martedì

Dopo aver benedetto quelle auto della Polizia, Basile si era incamminato in direzione opposta, verso Nord. Superò l'incrocio con Broome Street e proseguì. Di tanto in tanto si voltava a vedere il luccicare rossoblu che rendeva sinistro l'incrocio fra Mulberry Street e Grand Street. Per un attimo gli sovvenne che in quell'incrocio doveva abitare Jessica, ma non ne era sicuro.

Mentre camminava, si sentiva sollevato: nessuno lo seguiva e presto Laura avrebbe trovato il biglietto e capito. Si sarebbe fidata di lui? Non poteva esserne certo, ma se gli avesse permesso di parlarle anche solo un minuto, lei avrebbe capito che le sue intenzioni erano davvero buone, anzi, eroiche… Nel giro di un'ora sarebbe tornato e avrebbe risolto tutti i problemi.

Certo, se avesse saputo che i due *soldati* di Bruno si erano nascosti in un'automobile e lo avevano visto andarsene, sarebbe stato meno tranquillo e più avveduto. Se infatti si fosse accorto che uno dei due era subito salito nell'appartamento di Laura e l'altro lo aveva cominciato a seguire…

Il primo dei due scagnozzi entrò nell'appartamento di Laura. Trovò subito il biglietto e telefonò a Frank Bruno.

«In questi casi non dovete perdere tempo a chiamarmi. Sapete già cosa dovete fare. Avanti, sbrigatevi».

Il gorilla che seguiva Basile fu raggiunto da un sms e cominciò a correre. Quando arrivò a venti metri da lui si guardò intorno: il casino successo dall'altra parte di Mulberry Street aveva reso desertica la zona di Mulberry Street fra l'incrocio con Broome Street e quello con Kenmare Street.

Sentendo i passi dell'inseguitore, finalmente Peppino si accorse che le cose si mettevano male per lui. Molto male. Si mise a correre all'impazzata, ma l'altro, dotato di un'arma di precisione e capace di correre veloce, si portò a una decina di metri dalla sua preda. Si fermò, prese la mira e lo colpì alla schiena con due colpi, facendogli arrestare il cuore ed evaporare l'anima.

Il sicario giunse sul corpo già senza vita di Basile e pensò bene di scaricargli addosso altri due proiettili, giusto per stare sul sicuro: con Frank Bruno, non ci si poteva permettere di sbagliare.

Quindi fece rotolare la vittima sotto un camion parcheggiato proprio lì a fianco. Poi svoltò per Kenmare Street e scomparve nel nulla.

Io e Jessica siamo su una volante della Polizia. Ci stanno portando alla stazione del Distretto Cinque, al n.19 di Elisabeth Street. L'auto è guidata dall'agente Barry e al suo fianco siede l'ispettore Collins.

Non appena avuti i dettagli dell'accaduto, Jessica ha chiesto e ottenuto il permesso di non dover procedere al riconoscimento della vittima. Non ne ha voluto sapere di vedere il corpo esanime e insanguinato di Laura sul pianerottolo davanti alla porta di casa sua.

L'ispettore Collins ci fa accomodare nel suo ufficio al piano terra usando modi molto gentili. La sua sagoma e anche i suoi lineamenti mi ricordano un po' quelli dell'attore Anthony Perkins, quello di *Psycho* e della *Metamorfosi*, per intenderci. D'altra parte, c'è in effetti qualcosa di kafkiano, nel suo sguardo assente e nella sua magrezza esagerata.

L'unica finestra dell'ufficio, molto ampia, dà proprio su Elisabeth Street.

Collins ordina a una donna in divisa di portarci del caffè e una bottiglia d'acqua con due bicchieri di plastica. Il suo modo di fare è gentile, ma risoluto. Un poliziotto in borghese piuttosto panciuto e dall'aria stanca entra subito dopo l'uscita della donna e consegna all'ispettore dei documenti da firmare, poi se ne torna da dove è venuto.

Ecco riapparire l'agente col caffè e l'acqua. La ringraziamo e la osserviamo piegare la testa di lato come a dire che non è certo un disturbo. Ora si siede al suo posto e si mette a scrivere sulla tastiera di un computer facendo correre tutte le dieci dita. Stiamo per iniziare l'interrogatorio.

Collins ci domanda come e quando abbiamo conosciuto la vittima e cosa sappiamo di lei. Jessica parla per prima. A stento riesce a dominare la forte emozione. Il suo racconto è decisamente succinto, quasi telegrafico, al limite dell'evasivo. Ha una notevole capacità di sintesi. Non ha parlato tanto della loro amicizia, quanto del lavoro di Laura e del suo matrimonio non proprio felice. Sarà anche tesa e disperata, ma ha saputo evitare certi argomenti con una certa bravura. Nessun cenno al suo stupro in casa di Laura e agli avvertimenti di Basile.

Collins si alza per dire qualcosa all'agente incaricata della trascrizione. Jessica ne approfitta per schiacciarmi la parte esterna del mio piede destro. Capisco al volo cosa vuole comunicarmi: *acqua in bocca!*

Viene il mio turno e mi rendo conto che devo inventarmi qualcosa. Dico che ho conosciuto Laura a casa di Jessica pochi giorni fa e che lì ho appreso della sua amicizia con la mia ex moglie. Il che non c'entra nulla, ma me ne rendo conto quando è troppo tardi.

«Se lei ha conosciuto la vittima così di recente, com'è possibile che abbia chiesto proprio a lei di accompagnarla all'aeroporto?»

«È stato il caso. Stavo rientrando a casa, quando Laura mi ha visto – come le ho detto abitiamo di fronte – e mi ha chiesto di salire: doveva preparare le valigie». Quindi gli racconto il resto cercando di essere il più dettagliato possibile. Quando gli consegno i biglietti con la scritta "Stanotte..." li osserva con attenzione, poi li consegna all'agente scribacchina dicendole di imbustarli e archiviarli secondo le procedure. Quando invece gli dico del libro, fa subito una telefonata agli agenti che si trovano ancora sul posto per i rilievi e chiede di aprire la busta. Quindi prende nota su un foglietto e si rivolge a Jessica.

«Mi conferma di aver prestato alla vittima il libro di Carol Rinkleib Ellison intitolato *Women's sexualities*?»

Jessica conferma, specificando che non le aveva chiesto di restituirglielo. Nel suo tono avverto del rammarico, anzi un velato rimprovero. Alla povera Laura. Come se le volesse dire che, se non fosse stata tanto zelante riguardo alla restituzione del libro, forse ora...

L'ispettore fa un cenno al suo collega e torna a noi con una domanda che ci scuote l'anima.

«Avete un'idea di chi possa essere stato? Aveva dei nemici?»

Rispondiamo entrambi di no. Jessica precisa che Laura era la più educata e gentile delle sue amiche per cui, a suo giudizio, non possono esistere persone che la odino a tal punto.

In questo preciso momento mi torna alla mente Marco. E poi i biglietti con quell'unica parola. Beh, chiunque li abbia messi nell'armadietto e nell'auto di Laura, intendeva ucciderla e l'ha fatto. Laura lo aveva capito ed era assolutamente certa che fossero stati scritti da Marco.

Sono sul punto di chiedere all'ispettore la sua opinione su questi elementi di prova, quando lui viene chiamato al telefono. Per rispondere si alza e cammina fino alla finestra che dà su Elisabeth Street. Si fa improvvisamente molto serio e risponde solo a monosillabi. Non riesco a capire se quella telefonata abbia a che fare col caso di Laura o con chissà quale altro omicidio. Fatto sta che, non appena riaggancia, cambia completamente atteggiamento. Diventa molto sbrigativo e nel giro di un minuto ci lascia andare entrambi dicendo che, per il momento, può bastare.

Siamo già in strada quando Collins ci raggiunge per darci il biglietto da visita e le ultime raccomandazioni.

«Vi chiedo di non lasciare la città e di rimanere a disposizione: chiunque seguirà questo caso – e non è detto che sia io – potrebbe avere ancora bisogno di voi. Se vi venisse in mente un particolare, per esempio una minaccia fatta alla vittima anche diverso tempo addietro, chiamatemi».

Rispondiamo di no alla proposta di Collins di farci accompagnare da un agente. Preferiamo tornare a piedi. Per un po' stiamo in silenzio. Jessica mi prende il braccio e tiene lo sguardo a terra. Penso di aver superato il trauma e di aver ripreso il controllo dei miei nervi. Anche Jessica, per quanto abbattuta e sconvolta, mi sembra in grado di affrontare le prossime ore con sufficiente equilibrio. Se penso a quante ne ha passate negli ultimi due giorni... È proprio una donna forte. Fortificata dall'esperienza. Sarà per questo se ora mi sento in grado di farle la domanda.

«Posso sapere perché non hai detto nulla di quanto ti è accaduto a casa di Laura? Dico, a questo punto, mi sembrerebbe logico collaborare al massimo con la Polizia».

«Non sono pronta a rendere queste cose di dominio pubblico. Senti un po', Roy, posso venire da te stanotte? Io mica me la sento di andare a casa mia… Tra l'altro credo sia sotto sequestro».

«Non solo: c'è anche il problema della serratura. Quel criminale l'ha fatta saltare con un colpo di pistola! Domattina dobbiamo chiamare un fabbro per farla riparare».

Accolgo Jessica da me ben volentieri. Dove potrebbe andare, altrimenti? Tra l'altro vorrei cercare di scoprire per quale ragione è così ostinata a tenere nascosto il fattaccio di domenica notte. La sua testardaggine, a questo punto, non stride solo con la sua notevole capacità di superare il trauma dello stupro, ma ora anche con l'omicidio di Laura. A pensarci bene, infatti, i due drammatici eventi devono essere legati per forza e allora la rivelazione di quanto accaduto la notte fra domenica e lunedì potrebbe aiutare il NYPD a scoprire l'assassino.

E poi Laura è stata la sua migliore amica. Perché diavolo continua a comportarsi così?

Trentasette

Martedì/Mercoledì

L'assassino tornò sul luogo del delitto.

Arrivò al 188 di Grand Street e vide il nastro giallo. L'ambulanza se n'era già andata e anche i testimoni per l'interrogatorio al distretto n.5. Era rimasta solo una volante per impedire a chiunque di accedere all'edificio posto sotto sequestro.

Si rivolse a uno dei curiosi che stazionavano lì davanti e chiese cosa era successo. Gli dissero che avevano ucciso una donna proprio in quella casa. Da un altro seppe che quando l'avevano portata via da sotto il lenzuolo bianco si erano visti dei capelli: lunghi e neri. Qualcuno aveva aggiunto che si trattava di una donna particolarmente bella. Strinse i denti e il pugno in tasca per la soddisfazione, come se avesse vinto una scommessa, e riuscì a non darlo a vedere.

Saliamo in casa mia e gettiamo i vestiti sul divano. Apro il frigo e offro una birra a Jessica, senza neanche chiederle se ne ha voglia. Siamo entrambi distrutti, anche se ci troviamo in quella strana fase di inconsapevolezza in cui non si è ben sicuri di vivere o di sognare, di essere protagonisti della propria vita o semplici marionette nelle mani di altri. Per queste bizzarre ragioni che governano il nostro sistema nervoso, ci troviamo in uno stato confusionale che ci impedisce di sentire il dolore che in una situazione del genere dovremmo per forza provare.

Beviamo in silenzio. Depressi e apatici, come se fossimo già ubriachi da ore.

E restiamo in silenzio. A lungo.

Poi decido di accendere la TV. Voglio rendermi conto se è successo davvero.

Attendiamo le news di NY1 in onda all'una di notte.

È tutto vero.

Un cronista molto giovane e coi capelli scarruffati indica alle sue spalle il n. 188 di Grand Street. Si vede il nastro giallo tirato dalla Polizia intorno alla casa di Jessica. Dice che Laura Morandi, una donna di quarantuno anni, di nazionalità italiana e titolare col marito di un'agenzia turistica, è stata assassinata sulle scale della casa alle sue spalle. Aggiunge che quella indicata dal suo dito non è casa sua, ma di un'amica e che l'assassino si è dileguato gettandosi dal secondo piano sul tendone di un negozio sul lato di Mulberry Street. Si incammina col cameraman e mostra lo strappo su una delle tende verde-scuro del Tony's Little Gift Shop. Dice e fa tutto questo in meno di un minuto e ripassa la linea allo studio.

È tutto vero.

Jessica si nasconde la faccia fra le mani e ricomincia a singhiozzare. La presa di consapevolezza fa male dentro.

Mi avvicino e faccio del mio meglio per consolarla. Ma nel cercare le parole giuste mi viene in mente di dirle la sola frase che lei non vuole sentire.

«Credo che dovremmo aiutare la Polizia a catturare quell'assassino. È molto probabile che sia stato il tipo che ti ha violentata. Anzi, direi che è quasi ovvio».

«Ma no, non può essere» dice lei asciugandosi le lacrime. «Come faceva a sapere che Laura stava venendo da me?»

«Quando l'ho caricata per accompagnarla prima da te e poi all'aeroporto, mi è parso di vedere una Chevrolet scura che ci seguiva. In quel momento è stata solo un'impressione. Ma adesso credo che a guidare quella macchina ci fosse...»

Jessica mi guarda. Perplessa.

Torno al punto. Con maggior determinazione.

«Forse sto solo farneticando. Anzi, è molto probabile, data la confusione che ho in testa. Ma di una cosa sono certo: dobbiamo assolutamente dire alla Polizia tutto ciò che sappiamo. Non esistono alternative».

«No, Roy. Assolutamente no».

«Ma perché? Non vuoi anche tu che lo prendano quel maledetto?»

«Certo che lo voglio».

«Ma...?»

«Ma non voglio che la Polizia indaghi sul mio passato».

«E perché, Cristo Santo?»

Per un momento la vedo rabbuiarsi. Stavolta l'ho fatta incazzare. Non vorrà mica lasciarmi per questo? No, non vuole. Sarà il mio volto a forma di punto interrogativo, ma vedo che assume un atteggiamento conciliante.

«E va bene, Roy, giunti a questo punto è giusto che tu sappia tutto. La ragione per cui sono così ostinata è che non voglio che riemerga la vita che facevo».

«Parli della *lap dance*?»

«Non solo: in quel periodo, mi è toccato anche di fare la... insomma, la puttana!»

Per Dio, questa non me l'aspettavo. Sono un po' imbarazzato, ma in fondo... beh, che c'è di strano? Se fai tanto di entrare nel mondo dei night club, è del tutto normale... Cerco di non mostrarmi inorridito, né sconvolto da quella rivelazione.

«Capisco, Jessica. Capisco. Immagino ti abbiano costretta. Il dramma dei tuoi genitori e le persone sbagliate che hai incontrato... Mi dispiace, mi dispiace da impazzire... Se c'è qualcosa che posso fare per...»

«Non puoi farci nulla, il passato non si può cambiare. Vedi, Roy, non solo mi vergogno profondamente del mio passato, ma se si venisse a sapere, in certi ambienti, che facevo il *mestiere*, perderei il posto di lavoro e non potrei più averne uno anche solo paragonabile. Né, tanto meno, avere un colloquio presso qualche editore per tentare di lanciare il mio fumetto».

Ora tutto torna. O quasi.

«Capisco, Jessica, capisco. Però, vedi, cavolo, hanno ucciso Laura, la tua migliore amica. Potremmo chiedere alla Polizia la massima riservatezza sul tuo conto».

Jessica si gonfia le guance d'aria e soffia. Alza anche le spalle, come a dire chissenefrega. Per certi versi trovo il suo comportamento sconcertante. Non posso evitare di sentirmi persino irritato.

«Credi che non li conosca i poliziotti? Non parlo di quelli che si fanno il culo in strada, di cui ho il massimo rispetto, ma di quei viscidi impiegati che stanno negli uffici a farsi gli affari degli altri tutto il santo giorno. Sai quante mazzette prendono dai giornali per spifferare pettegolezzi sul passato di questo e quello?»

Il discorso di Jessica è comprensibile, anche se certamente esagerato e soprattutto egoistico. Per non offenderla, mi tengo questa considerazione per me. Tra l'altro abbiamo fatto l'amore la notte prima e ho cominciato a nutrire sentimenti importanti per lei.

Mi rendo conto della trappola in cui mi sono cacciato. Il mio carattere mi porterebbe a dire la verità, sempre e comunque e, soprattutto in un caso del genere, nessuno al mondo mi avrebbe impedito di dire tutto ciò che sapevo alla Polizia. Ma non posso essere me stesso fino in fondo in questa situazione: non voglio rompere con Jessica solo per rispondere alla mia spontaneità. Devo fare molta attenzione a come mi muovo: è una situazione delicata.

Però, accidenti, quella poveretta di Laura… Non merita giustizia?

La testa mi scoppia e mi appoggio allo schienale del divano. Mentre mi assopisco, mi tornano alla mente quei due sibili, seguiti a breve distanza dal terzo. E allora capisco che anche stanotte non si dorme.

Trentotto

Mercoledì

Erano quasi le sei e mezza del mattino a New York e quasi mezzogiorno e mezzo in Italia quando l'ispettore Collins riuscì a parlare con Alessandro Gentile. Il suo cellulare era sempre stato irraggiungibile e la receptionist dell'hotel aveva detto che il gruppo di turisti della Italian Travel sarebbe rientrato per pranzo. Quella mattina, infatti, c'era in programma la visita in Vaticano.

Finalmente, dopo tanti tentativi, il cellulare suonò libero.

«Pronto!»

«Sono l'ispettore Collins del NYPD, Distretto Cinque. Il signor Gentile?»

«Sì...?»

«Sono estremamente addolorato, ma devo darle una brutta notizia».

Alex guardò il cellulare come se fosse un oggetto estraneo. La prima reazione fu quella di rifiutare un discorso del genere. Doveva esserci per forza un errore: la sua vita funzionava in modo troppo perfetto perché una brutta notizia potesse riguardare proprio lui.

«Signor Gentile? È ancora lì? Pronto!»

La voce smorzata e lontana dell'ispettore gli diede la bizzarra sensazione di trovarsi in un film. Possibile che fosse accaduto qualcosa di spiacevole proprio a lui? Proprio adesso che era così impegnato nel lavoro?

Riportò il cellulare all'orecchio. Ma era infastidito, per non dire scocciato. E non fece nulla per nasconderlo.

«Sì, sì, sono qui, mi dica... qual è il problema?»

«Signor Gentile, si sente bene?»

Quella domanda, proprio, non la doveva fare. Si incazzò e non poco.

«Prima che mi chiamasse lei mi sentivo benissimo. Ora mi lasci in pace, per favore».

E riattaccò!

L'ispettore guardò la cornetta incredulo. «Ma chi è questo, uno stronzo patentato?»

Ricompose il numero del cellulare ma lo trovò irraggiungibile. Provò con il numero dell'hotel romano, ma la receptionist disse che dalla camera del signor Gentile non rispondeva nessuno.

Collins lasciò andare una bestemmia. Poi recuperò la calma e riprovò al cellulare altre quattro volte, finché, improvvisamente, lo ritrovò libero.

«Ancora lei? Ma si può sapere...?»

«Si fermi signor Gentile, stia zitto un secondo: è successa una disgrazia terribile. Sua moglie è morta ieri sera».

Dopo qualche secondo di silenzio, Alex parlò, ma con un tono molto diverso, più basso, grave, sepolcrale.

«Mia... moglie...?» Collins avvertì stupore e angoscia nella sua voce.

«Sì, sua moglie, Laura Morandi, è stata uccisa al n.188 di Grand Street».

Dopo un attimo di silenzio, Alex recuperò tutta la sua aggressività.

«Che cosa? Guardi che se questo è lo scherzo di una radio o una televisione...»

L'ispettore Collins sobbalzò credendo di avere a che fare con uno svitato. Ma poiché, dalle informazioni che aveva raccolto, il signor Gentile doveva essere un imprenditore piuttosto capace, proruppe, spazientito, alzando la voce: «Non è uno scherzo, signor Gentile, ma le pare che si possano fare scherzi del genere? Le ripeto che sua moglie, Laura Morandi, è stata uccisa al n.188 di Grand Street. Stava andando da una sua amica, Jessica Johnson. La conosce, vero?»

Silenzio assoluto.

«Signor Gentile? È ancora in linea?»

«Sì, sono qui». La voce di Alex suonò incazzata, stavolta. Per un attimo Collins pensò che il vedovo della vittima fosse sul punto di mandarlo a quel paese. Per evitarlo, abbassò il tono e cercò di vestire di maggior cordialità il seguito della conversazione.

«Senta, signor Gentile, non avrei mai e poi mai voluto darle questa notizia. Ma credo che, a questo punto, debba tornare qui a New York il più presto possibile».

«Certo che torno a New York il più presto possibile. Ora mi informo sul primo volo e le faccio sapere. Mi lasci il suo numero diretto».

Mi alzo dal divano completamente imbambolato. Vado in bagno a sciacquarmi la faccia. Lo specchio mi rimanda un viso segnato e due occhiaie da pugile suonato. Mi affaccio in camera mia per verificare se Jessica ha dormito bene. La trovo addormentata e la lascio riposare.

Mi vesto e scendo in strada per comprare il *New York Times*. Forse a causa del fatto che l'omicidio è avvenuto in tarda serata, c'è solo un trafiletto. Sostanzialmente riporta la notizia con le stesse parole usate dal cronista del NY1, specificando il nome dell'ispettore Collins e il fatto che l'assassino sembra essersi dileguato gettandosi in strada dal lato di Mulberry Street.

Torno in casa con un paio di croissant. Jessica sta ancora dormendo e così accendo il televisore. Giusto in tempo per le news delle otto.

Mi piglia un colpo: non solo l'assassinio di Laura è la prima notizia, ma apprendo che, nella tarda serata di ieri, più o meno alla stessa ora, è stato ucciso anche Giuseppe Basile! E per di più qui in fondo a Mulberry Street, vicino all'incrocio con Kenmare Street. O almeno è lì che ne hanno trovato il cadavere.

Dio mio che cosa sta succedendo a Little Italy? Che stiano tornando i tempi di John Gotti, dei Gambino e compagnia bella?

Incredibile ma vero: colui che aveva avvisato Laura di un pericolo imminente è stato trovato morto sotto un camion parcheggiato vicino a quell'incrocio. Il camionista si era alzato stanotte per iniziare il suo viaggio di lavoro e poiché, prima di partire, è sua abitudine controllare che non ci siano gatti a dormire sotto il suo veicolo, ha fatto subito la drammatica scoperta. Basile viene presentato come il titolare di una importante catena di pizzerie. Un paio di anni fa era stato interrogato al Cinque, perché sospettato di essere in qualche modo legato a Cosa Nostra Americana. Ma non era mai stato incriminato e la sua fedina penale era rimasta linda come un lenzuolo, anche se i sospetti su di lui non erano stati affatto lasciati cadere nel dimenticatoio. Il servizio si chiude con la notizia che il coroner avrebbe stabilito l'ora del decesso di Basile fra le 23 e le 24 di martedì.

Pazzesco: Laura e Basile sono stati uccisi l'uno dopo l'altro nel giro di mezzora o giù di lì. E a poche centinaia di metri di distanza. Ecco perché l'ispettore Collins aveva fatto quella faccia e ci aveva sbolognato a casa subito dopo aver ricevuto quella telefonata: evidentemente gli avevano comunicato la scoperta dell'altro cadavere.

Basile mafioso? Ecco forse la ragione per la quale egli sapeva che Laura era in pericolo. Ed ecco spiegato perché Jessica ha avuto l'impressione che lo stupratore agisse su commissione… Ma che c'entra la mafia con quella poveretta di Laura? Tra l'altro, dopo la grande retata di qualche anno fa, non si era detto che la mafia italo-americana era ormai ridotta a un clan che aveva le mani in pasta soltanto nei ristretti ambiti delle bische clandestine, delle scommesse sportive e del riciclaggio oltre che del traffico di droga e armi?

Dell'omicidio della nostra amica, comunque, non viene detto niente di nuovo. Il giornalista in studio legge un breve comunicato del NYPD secondo il quale, pur essendo entrambe le vittime di chiara origine italiana, non sembrano esserci connessioni evidenti fra i due omicidi, in quanto la signora Laura Morandi è incensurata e da considerarsi del tutto svincolata da qualsiasi rapporto con la criminalità organizzata. La pista mafiosa, conclude il comunicato, viene dunque riservata alle indagini riguardanti il solo omicidio Basile. Per questa ragione, l'anchorman conclude che il NYPD ha già chiesto la collaborazione dell'FBI. Evidentemente, si teme che Cosa Nostra stia rialzando la testa e voglia impossessarsi anche di attività commerciali lecite, sempre a fini di riciclaggio di denaro sporco.

Eppure si sbagliano: i due omicidi sono legati eccome! E non ci vuole un genio per capire che Peppino è stato massacrato per aver osato avvisare Laura dell'imminente pericolo. Già, ma questa informazione la Polizia non l'ha ancora…

Trentanove

Mercoledì

«Ci sono novità?»

Il volto di Jessica è stropicciato. Indossa uno dei miei accappatoi. Le sue caviglie sottili, anche se poi si evolvono in polpacci tonici e muscolosi, mi fanno tenerezza. Ho voglia di abbracciarla. Ma non è il momento.

«Ieri sera hanno ucciso anche Basile».

«Che cosa? Stai scherz...?»

«Magari... L'hanno trovato morto sotto un camion qui in fondo alla via, praticamente all'incrocio con Kenmare Street».

«Santo Dio, qualcuno è in grado di dirmi che cosa cazzo sta accadendo in questo quartiere? Erano secoli che non succedeva niente...»

Ho un chiodo fisso in testa.

«Siediti un attimo, Jessica».

Intuitiva come sempre, ha già capito dove voglio andare a parare.

«Non tornarmi a chiedere quella cosa, eh, ti prego...»

Provo a prenderla da lontano. Non è la tipa che può essere presa di petto.

«Sono sceso a comprare un paio di croissant. Vuoi un caffè?»

«Sì, con un po' di latte, per favore».

Vado in cucina. Faccio il caffè e tiro fuori il latte dal frigo. Metto tutto su un vassoio e torno in soggiorno. Jessica sta guardando MTV: è in onda il video di Jennifer Lopez *If you had my love*. Mi domando se davvero ho il suo amore. E soprattutto se durerà.

La servo a dovere, poi torno all'attacco.

«Jessica, ascoltami bene: la tua migliore amica è stata assassinata. E così l'uomo che l'aveva avvisata di un pericolo imminente. È palese che i due delitti siano strettamente collegati. Ma la Polizia, considerando Basile un uomo legato alla mafia e Laura una incensurata che nulla aveva a che vedere con quei clan, pensa di seguire due piste diverse».

«E allora?»

«E allora quello che sappiamo va detto alla Polizia perché la cosa più importante è assicurare quei criminali alla giustizia».

Uhm, che faccia. Si sta incazzando. Di nuovo.

«Scusa un attimo, Sherlock Holmes dei miei stivali: se i due delitti fossero collegati e Basile fosse un vero mafioso, allora Laura sarebbe stata uccisa dalla mafia! Ma dico, ti pare che abbia senso? Che cosa cazzo vuoi che gliene importi alla mafia di una donna immacolata come Laura?»

«Questo non lo posso sapere. Ma so fare due più due. Dio santo, Jessica, non capisci? Se Basile aveva avvisato Laura del pericolo e questo pericolo si è rivelato ben più che reale, vuol dire che era bene informato. Ma se poi è stato assassinato anche lui, vuol dire che i mafiosi hanno saputo del suo tradimento e gliel'hanno fatta pagare! Mi sembra logico, per Dio...»

L'ultima frase l'ho detta con un tono un po', come dire?, da maestrina. Spero non mi accusi di volerle impartirle lezioni di criminologia.

Jessica ammutolisce. Cammina fino alla finestra. Osserva l'edificio di fronte, dove abitava Laura. Si gira per guardarmi. Una parte di lei si è arresa alla logica della mia semplice deduzione. Ma prevale l'altra parte, quella della sua indecifrabile ostinazione.

Torno all'attacco.

«Ascoltami, Jessica: ci ho pensato tutta la notte. Se andiamo a raccontare la verità all'ispettore Collins, per quale cavolo di ragione dovrebbe mettersi a rivangare il tuo passato? L'indagine riguarda Laura e Basile, mica Jessica Johnson...»

Sbuffa. La sua espressione è quella di chi è stanca di ripetere sempre le stesse cose. Poi sbatte gli occhi. Le sue ciglia sono incredibilmente lunghe e non hanno bisogno di mascara. Sembra voler fare uno sforzo per rispiegarmi il tutto con calma.

«Ti ho già detto come funzionano gli uffici del NYPD. Non sarebbe Collins a tirare fuori cose di cui non vado orgogliosa, ma certi passacarte che lavorano là dentro e aggiornano continuamente le nostre schede. Quegli impiegati grigi e pettegoli non fanno altro che scrivere sulle nostre schede che cosa cazzo facciamo e quante cazzo di volte andiamo al cesso ogni giorno. E se qualcuno di noi, improvvisamente, viene coinvolto anche solo come testimone in un omicidio, ecco che la scheda viene riaperta, aggiornata e segnalata. Loro hanno tutte le informazioni che mi riguardano su quei dannati computer. Gli basta un click per leggere tutto di me, del mio nome di prima e di quello che ho adesso. Del lavoro precedente e di quello attuale».

«Ma ti hanno già interrogata, per Dio! A questo punto la tua scheda sarà già stata riaperta».

«Riaperta e aggiornata sì, ma forse non segnalata come "hot". Dico "forse" perché già ora temo il peggio. Ma se ho ancora una possibilità che non venga fatta una segnalazione a quegli avvoltoi dei giornalisti, beh, devo stare il più lontano possibile dal Cinque, ti pare?»

E no, stavolta non passa.

«E tu, in nome di qualche possibilità che tu stessa reputi ormai remota, non intendi dare il tuo contributo affinché l'assassino di Laura sia assicurato alla giustizia?»

Potevo aggiungere "e anche quello che ti ha stuprata", ma è troppo tardi. E poi non mi è piaciuto il tono da moralista che ho usato. Temo che stiamo per litigare.

Jessica, infatti, ha cambiato espressione. Vedo della rabbia, nei suoi occhi.

«È più complicato di quel che pensi… E piantala di mangiarti le unghie… Tu non puoi neanche immaginare…»

L'ho vista passare dall'angoscia, alla rabbia, alla disperazione in pochi istanti. Dio, basta una frazione di secondo per cambiare stato emotivo.

«…È molto più complicato di quanto possa sembrare, accidenti a te!»

C'è della tristezza in quell'incazzatura. Difatti, eccola che si gira verso la finestra e si mette a piangere.

Ho capito che ha paura del rapporto fra passacarte in seno alla Polizia e giornalisti assetati di storie bollenti, ma qui è in gioco qualcosa di troppo importante per insistere sino a questo punto. È palese che non mi ha detto tutto: mi nasconde qualcosa e farò molta fatica per venirne a capo.

Mi avvicino a lei. Ho voglia di abbracciarla. E di baciarla. Mi trattengo ancora. Sono a mezzo metro di distanza da lei. Avverto una vibrazione diversa. Qualcosa, nell'atmosfera che si è creata, mi dice che ora potrei sfondare il muro che ci divide.

«Fai una cosa, Jessica. Pensaci ancora un'oretta o due, ok? Pensa a cosa potresti dire all'ispettore affinché la tua identità sia salvaguardata. Deve esserci un modo, accidenti, per far sì che noi si possa dare il nostro doveroso contributo alla Polizia e loro rispettare la tua privacy. Ora vado a farmi un giro. Quando torno, mi dici cosa hai deciso. Va bene?»

Si volta verso di me. Risoluta e determinata.

«No, esco anch'io. Devo scappare al lavoro».

«Mi sembri irremovibile».

«*Sono* irremovibile. Mi spiace».

Eppure, avevo avuto una sensazione diversa.

Il professore si svegliò e si fece portare la colazione in camera. Accese la TV e ascoltò con grande attenzione la cronaca del delitto compiuto la sera precedente. Quando furono mostrate alcune fotografie della vittima, sbottò per lo sbigottimento. Com'era possibile che assomigliasse così tanto a…? Valutò le ipotesi formulate dal giornalista e dall'agente intervistato. Diverse emozioni attraversarono il suo animo sconvolto, ma seppe mantenere la calma.

Spense il televisore. Riflettendo a fondo sui fatti avvenuti e sul suo obiettivo, seppe superare il momento di sconcerto e vedere il tutto da una nuova prospettiva. Tutto sommato era meglio così.

Un lieve sorriso increspò la sua bocca. Si alzò da letto. Andò sotto la doccia e si masturbò.

Indossò l'accappatoio e tornò in camera. Dal portafogli estrasse gli indirizzi del luogo di lavoro e della palestra frequentata dalla *sua Susie* e andò a ricercarli sulla mappa di Manhattan, segnandoli entrambi con una crocetta rossa.

Quindi si preparò ad uscire.

Alessandro Gentile apparve nella hall degli arrivi del JFK a metà pomeriggio. Indossava una maglietta con l'immagine del Duomo di Santa Maria del Fiore e trascinava un trolley nero. Sulle spalle aveva uno zainetto rosso scuro.

Ad attenderlo, un paio di agenti con un cartello molto vistoso su cui era indicato il suo nome. Impossibile non vederlo.

Alex si avvicinò a quello che teneva il cartello e si presentò. Questi gli disse che erano del NYPD e che lo avrebbero condotto immediatamente al Distretto Cinque e all'obitorio per il riconoscimento.

In verità, non appena saliti sulla volante, l'agente che guidava ricevette una telefonata: il marito della vittima andava portato prima all'obitorio e solo dopo nell'ufficio di Collins perché questi era impegnato in città.

Giunti all'obitorio, un inserviente li condusse in una sala in cui si trovavano almeno una dozzina di corpi coperti da teli d'incerata grigio-argento. Quando l'inserviente scoprì il telo di Laura, Alex restò ammutolito per un paio di minuti. Sembrava depresso, abbattuto, divenuto improvvisamente abulico. Guardava Laura senza toccarla, zitto come un pesce e con la bocca socchiusa. Era in apnea. Ed era tornato a sospettare di vivere in un sogno, anzi, in un incubo.

Ma non versò una lacrima.

Terminate le pratiche del riconoscimento, salì di nuovo sulla volante. Entrambi gli agenti rimasero sorpresi per il fatto che il neo vedovo non fece alcuna domanda. Di solito, in quei casi, i parenti delle vittime cominciano a tempestare di domande, lamentele e proteste chi li guida fra le scartoffie della gestione dei crimini. "Sapete già chi è stato? Seguite delle piste o non ve ne frega un accidente? Se non vi sbrigate, l'assassino prenderà la via del Messico o del Sud America..."

Alex non fece domande neppure a Collins. Questi gli chiese vita morte e miracoli del suo matrimonio e lui rispose con tono freddo, distante. Disse che la loro unione era stata benedetta da tutti e quattro i genitori, che loro due avevano pensato solo a lavorare e a costruire un'azienda fiorente e in continua crescita, che non c'erano mai stati adulteri né da parte sua, né da parte di Laura. Verso la fine dell'interrogatorio, Collins fece una domanda che sbalordì Alex. Per la prima volta, il suo volto mostrò qualche segno di emozione.

«Siete mai entrati in contatto diretto o indiretto con la mafia, italiana o americana che sia?»

«Con la mafia? Ma che idea… assurda… Io e mia moglie abbiamo lavorato duro tutta la vita. Siamo gente onesta e rispettabile. Lo siamo stati in Italia e lo siamo stati anche qui. Abbiamo sempre pagato le tasse fino all'ultimo dollaro. Come le ho già detto, abbiamo ereditato il business dai miei genitori e l'abbiamo sviluppato qui a New York rispettando sempre le leggi. Indaghi pure sul nostro conto e le nostre agenzie. Lo faccia perché è suo dovere, ma sappia sin d'ora che sarà tutto tempo perso».

«Forse non ha capito la domanda. Provo a riformularla in un modo più diretto e preciso: ha mai sentito parlare di un certo Giuseppe Basile?»

«Certo. È un cliente della nostra agenzia. Un ottimo cliente».

«Beh, è stato ucciso la sera stessa in cui sua moglie è stata assassinata. Non solo: i due omicidi sono avvenuti a due o trecento metri di distanza e quasi alla stessa ora. Infine: siamo abbastanza certi, pur non avendone le prove, che Basile avesse delle collusioni con la mafia».

«La cosa mi sorprende molto. Io posso parlarle di lui solo come cliente dell'agenzia e devo dire che si è sempre comportato bene. Mai una lamentela, mai un problema coi pagamenti. Della mafia so solo ciò che ci dicono la tv e i giornali: che governa i traffici di droga e di armi, le bische clandestine, la prostituzione e tutte quelle attività illecite che vanno bene per chi non ha voglia di lavorare e di affermarsi grazie al sudore della fronte. Mi spiace, ma se lei mi parla di mafia, io proprio non so come posso aiutarla».

Collins notò un lampo d'orgoglio negli occhi di Alex. Quanto era fiero della sua impresa e dei suoi successi quell'italiano dai connotati scandinavi e dallo sguardo truce!

Parlarono ancora di Laura. Alex gli disse della sua estrema correttezza e la definì una moglie-modello. Per un attimo parve sul punto di commuoversi, ma si fece forza e riprese facilmente il proprio equilibrio emotivo. Sembrava più interessato a mostrarsi tutto d'un pezzo che addolorato per la perdita della moglie. Ma non era difficile vedere in lui una sorta di conflitto: un conto era il Gentile imprenditore, uomo di successo, determinato come pochi, forte e distaccato. Un altro era il suo animo più vero, quello in cui si dibattevano tutte le emozioni che la sua corazza gli impediva di manifestare. E qualcosa di diverso dall'immagine che offriva ribolliva laggiù, nei rivoli più oscuri del suo essere.

Nel momento dei saluti, Collins gli strinse la mano e intuì che, nella solitudine di casa sua, quell'uomo orgoglioso, tenace e risoluto come pochi, sarebbe poi crollato.

Jessica uscì dall'ufficio verso le cinque pomeridiane. L'intenzione era quella di tornare a casa, prepararsi la borsa e andare in palestra. Di fare attività fisica, quel giorno, non ne aveva nessuna voglia. Ma una bella sudata in sauna, pensò, era quello che ci voleva per farla sentire meglio.

Il cielo era sereno e il sole stava tramontando. Si prospettava una bella serata. Si avvicinò alla sua auto e schiacciò il telecomando dell'apertura centralizzata. In quel preciso istante, una voce in qualche modo familiare la chiamò da dietro.

«Ciao Susie!»

Era il nome che aveva usato quando aveva fatto l'escort di lusso.

La chimica del suo corpo scosse tutto il suo essere raggiungendo l'anima. Non solo scarica di adrenalina, tuffo al cuore e salivazione azzerata. Ma anche nausea, dolore, ira e terrore. Odore di morte.

Quel tono di voce... stridulo e malvagio come non ne esistevano nel mondo reale.

Si girò e trasalì: il solo essere umano che non avrebbe mai voluto rivedere. Colui dal quale era fuggita otto anni prima. L'uomo più spaventoso e crudele che lei avesse mai conosciuto. Il solo e unico mostro della sua esistenza. Il bruto che, con la sua ombra minacciosa sempre presente nei recessi del suo spirito, le aveva persino impedito di aiutare la Polizia nelle indagini sull'omicidio di Laura. Era stato solo per lui e per la paura che la ritrovasse, se Jessica si era sempre rifiutata di sporgere denuncia. Il terrore di ritrovarselo un giorno dinanzi aveva condizionato tutte le scelte che aveva compiuto negli ultimi otto anni. Aveva fatto di tutto per nascondersi da lui e, di recente, aveva cominciato a sperare di avercela fatta. Per sempre.

Ma si era illusa: ora era lì, a pochi metri da lei. Riapparso come uno zombie da un passato odioso e terrificante. Piuttosto di rivedere quel viso malvagio, Jessica avrebbe preferito morire anzitempo.

Perché non era morta lei al posto di Laura, così come lei aveva subito quella violenza al posto dell'amica?

Tutti questi pensieri affollarono la sua mente in quei pochi secondi di sfida a colpi di sguardi.

Lui era là, immobile, dentro uno spolverino beige, e la guardava con un sorriso mefistofelico. Lei era qua, altrettanto immobile, paralizzata dalla stessa paura di otto anni prima.

Se di recente lei era riuscita quasi a dimenticarlo, lui non si era affatto dimenticato di lei.

Anzi, ora l'aveva persino ritrovata!

Parte Quinta

Quaranta

Mercoledì

Alex entrò in casa e gettò la valigia a terra con un gesto rabbioso.

Andò verso la sala e si fermò davanti al pianoforte. Erano anni che non suonava, ma qualcosa lo spinse a sollevare il copri-tastiera. Un accordo di do con la mano destra e un do grave con il mignolo della mano sinistra. Si domandò che cosa potesse suonare. Gli vennero in mente, ma non accennò neppure, alcuni spartiti di Chopin, Mozart, Beethoven, Bach, suonati in gioventù.

Tirò un sospiro col naso e nel farlo sollevò la testa.

Lo sguardo gli cadde sulle fotografie incorniciate del suo matrimonio. Richiuse la tastiera, si alzò dallo sgabello del piano e si avvicinò a quelle immagini un po' sbiadite. Ne prese una fra le mani. Prima osservò se stesso: in quel tait nero tagliato su misura da un sarto bolognese stava proprio bene. Era leggermente più snello, la pelle del viso appariva più liscia e compatta, l'espressione seria e determinata. I suoi capelli erano di un biondo più vivo.

Cercò di ricordare le sensazioni che aveva provato quel giorno. Guardò per aria e tentò di ripescarle nel proprio animo. La sensazione prevalente era stata la soddisfazione: sposava una ragazza di buona famiglia, con un bel paio di occhi blu, che condivideva con entusiasmo i suoi medesimi obiettivi. Insieme avrebbero ampliato il giro d'affari dell'agenzia e fatto fortuna. Lui aveva già allora molte idee per farla progredire e Laura lo avrebbe aiutato a concretizzarle. Entrambi erano concentrati su quell'unico scopo comune: non avevano grilli per la testa, non erano interessati al divertimento fine a se stesso, né a perdere tempo in vacanze, cinema, teatro, shopping. La socializzazione andava benissimo, ma solo se finalizzata all'incremento del giro d'affari. Per tutte queste ragioni avevano avuto successo. Di solito, pensava in quel preciso momento di revisione generale del proprio percorso, la gente si perde nei mille rivoli dell'esistenza e, disperdendo così gran parte delle proprie energie, giunge al termine della vita senza aver realizzato nulla di significativo. Ma loro no, loro non avevano fatto questo errore molto comune: si erano concentrati anima e corpo sulla loro missione e l'avevano portata a termine.

Eppure, qualcosa non andava. Sì, aveva impostato la sua vita a tavolino con un freddo ed efficace senso pragmatico. In lui non esistevano sogni non realizzati: era una macchina che trasformava sistematicamente ogni progetto in realtà.

E allora? Da dove veniva questo senso di vuoto? Come mai la spirale atroce della malinconia prendeva possesso del suo animo? Possibile che il successo non fosse tutto? E, in fin dei conti, neppure così gratificante come lo aveva immaginato? Che cosa se ne faceva, ora, della conquista dei suoi traguardi commerciali?

L'abisso di una voragine esistenziale senza fine sembrava aprirsi dentro di lui. Si stava forse inaridendo all'improvviso? Si trovava forse sul punto di perdere, in un sol colpo, tutta la motivazione che lo aveva animato negli ultimi vent'anni? Stava forse smarrendo il senso che era riuscito a dare alla vita? Forse… Forse.

Beate certezze della giovinezza, dove siete sparite?

Tornò alla foto. Guardò Laura e ne accarezzò la figura col dito indice. Il giorno del matrimonio era davvero splendida. Ma quanti sacrifici le aveva chiesto! Un vago senso di colpa, dapprima assai tenue, poi più intenso, lo pervase: aveva davvero esagerato con tutte quelle storie sull'aspetto esteriore da curare per l'immagine dell'agenzia e con le pressioni esercitate su di lei negli orari di lavoro. In un certo senso l'aveva *violentata.* Magari non fisicamente, ma psicologicamente sì, eccome se lo aveva fatto. Si portò l'immagine sul cuore. Sentì un nodo alla gola. Il gusto amaro del pentimento lo pervase. Ora che lei non c'era più, come avrebbe potuto chiederle perdono per tutte le angherie e le torture a cui l'aveva sottoposta?

Staccò la cornice da sé e puntò l'attenzione sull'espressione di Laura: le tracce desolanti della sua connaturata mestizia la rendevano oggettivamente attraente, sì, ma a ben vedere la sua era una bellezza quasi irraggiungibile. Un miraggio. Un'utopia. Impossibile arrivare fino in fondo alla sua anima e fino in fondo al suo cuore.

Con la cornice ancora in mano, andò alla finestra. In strada i ristoratori invitavano i turisti a leggere il menù del giorno e a sedersi all'interno dei rispettivi locali. Viste dall'alto, tutte quelle persone sembravano formiche indaffarate a raggiungere le mete del giorno, ma del tutto inconsapevoli del proprio destino complessivo e del senso generale della vita.

Altri flash lampeggiarono nella sua mente: come aveva potuto dimenticare che lui e Laura avevano passato insieme anche momenti allegri e spensierati ai tempi dell'università? La festa delle matricole, le serate nelle birrerie sotto i portici, le fughe in motorino alla basilica di San Luca, quella domenica allo stadio Dall'Ara, in curva Andrea Costa a tifare Bologna. E poi la prima volta che l'avevano fatto.

Già, quella prima volta.

Avevano marinato le lezioni, lui di Economia Politica e lei di Matematica, ed erano scappati con quel senso di euforia e di trasgressione che si prova al liceo la prima volta che si fa *cabò*. Erano fuggiti sul motorino di lei, ma guidato da lui. Arrivati all'argine del Reno, avevano lasciato il motorino sotto il ponte della Via Emilia e si erano incamminati fra i salici, i pioppi e le robinie fiorite e profumate. Era una splendida giornata di inizio Maggio. A un certo punto, avevano trovato una boscaglia più fitta e vi si erano infilati dentro. Avevano steso il plaid, vi si erano seduti sopra e avevano cominciato a baciarsi. Poi a toccarsi. Poi a togliersi le magliette. Fra le risa e le ansie, fra i sospiri e i timori, fra i battiti e i baci, si era rubati i jeans a vicenda. Presi dalla smania di possedersi, avevano lanciato tutti gli indumenti lontano. Lui aveva cercato di non farle alcun male. E ci era riuscito. Lei lo aveva baciato su tutto il petto, privilegiando il collo, e gli aveva giurato che desiderava passare tutta la vita con lui. Lui aveva avuto un orgasmo cosmico: nel penetrarla aveva percepito una gioia assoluta e, raggiunto il climax, l'eternità della vita. La fusione del suo corpo con quello di Laura gli aveva regalato il momento più magico della sua intera esistenza.

Come si può dimenticare il ricordo più felice della vita? Il solo momento di vera e profonda gioia… L'unico che possa aprire la possibilità di dare un senso all'esistenza.

Il fatto è che, da quel momento in poi, tutto era cambiato. Quando esattamente? E per quale motivo? Impossibile trovare una risposta.

C'era come un vuoto nella sua memoria, una sorta di zona morta. Un abisso buio e sconfinato che faceva da cesura fra due periodi ben distinti della sua vita.

Se era stato capace di vivere anche momenti così intensi, se era stato anche lui un ragazzo sensibile, come aveva fatto a diventare cinico, egoista, arrivista, individualista e quasi spietato? Cosa lo aveva così profondamente cambiato da indurlo a votarsi unicamente al successo negli affari? Perché era diventato un uomo quasi senza scrupoli, se anche nella sua vita c'era stata una fase caratterizzata dall'ingenuità e dalla spontaneità?

La sua mente era confusa, offuscata. Da un lato vedeva per la prima volta con chiarezza che c'era stato un Alex migliore, più umano. Dall'altro, però, non capiva come avesse potuto perdersi… e cambiare così tanto. Dove si situava il punto di rottura?

Cercò di calmarsi: stava elaborando un lutto tremendo, il più grave e inaspettato della sua vita, ed era naturale entrare in crisi. Forse, pensò, la presa di coscienza della perdita di Laura gli stava aprendo un pertugio su una parte di sé che nel corso del tempo aveva completamente rimosso. Forse, nell'inverno del dolore più vasto, avrebbe potuto ritrovare il germoglio primaverile della rinascita.

Ma sarebbe stato capace di illuminare quell'abisso misterioso in cui si celava la ragione della sua trasformazione? Cosa si nascondeva in fondo a quel crepaccio oscuro?

Guardò ancora la foto: quanti errori aveva commesso con Laura. Quante assurde pressioni aveva esercitato su di lei. Quanta ingiusta e stupida violenza le aveva fatto.

Ora provava rancore verso se stesso. E un forte senso di aridità e di nullità esistenziale: persino l'agenzia poteva andare al diavolo, ora!

Ripose la foto. Riguardandola da distanza, il suo animo fu inondato dal rimorso. Si portò le mani al volto e pianse amaramente.

Jessica fece appena in tempo a salire sulla sua auto, mettere in moto, sgommare e schizzare via. Percorse però solo una cinquantina di metri, poi rallentò per dare una sbirciata nello specchietto retrovisore: quel bastardo se ne stava là, ritto come un sicario, irreale come uno spettro.

Ma le altre persone lo vedono?

Lei di certo lo vedeva, eccome se lo vedeva: si trovava ancora nello stesso punto, immobile, come un avvoltoio che attende, gelido, il momento dell'attacco decisivo.

Per Dio, ora quel maniaco si mise ad agitare una mano in alto, come per salutarla!

Un saluto minaccioso. Crudele. Sinistro. Letale.

Pensando per un attimo di averlo soltanto sognato, Jessica decise di accostare per guardare meglio. Azionò l'alzacristalli e, per farsi coraggio o per scacciare l'incubo, tirò un lungo sospiro.

Non è possibile che sia lui! No, non è possibile…

Con la speranza nel cuore di essere stata vittima di una mera allucinazione, si sporse dal finestrino e guardò indietro: niente da fare, lo spettro era ancora là e ora sembrava sorriderle.

Un sorriso sarcastico. Malvagio. Spietato. Fatale.

Rimase a guardarlo ancora un po': il maledetto sembrava identico a otto anni prima. A quel punto, non c'erano più dubbi: era proprio lui!

Fu lì che il terrore prese possesso della sua anima.

Col cuore che cominciò a batterle furiosamente in gola, la salivazione azzerata e le mani che sudavano, Jessica premette sull'acceleratore e si diresse verso casa, allungando intenzionalmente il percorso per far perdere le proprie tracce.

Non è possibile che sia lui! No, non è possibile…

Il semaforo sotto casa sua era rosso. Jessica ne approfittò per sbirciare nel retrovisore: poiché ora non lo vedeva, sperò per un attimo di averlo seminato.

Il tempo passava. Ma il semaforo era ancora rosso.

Un'altra sbirciata nello specchietto: nessuna traccia di quel pazzo criminale.

Oddio, le chiavi!

In quel momento le tornò in mente che due ore prima il fabbro era passato in ufficio e le aveva consegnato la nuova chiave della porta di casa. Si girò verso la borsetta e l'aprì: con l'ansia che le saliva dalle mani alle tempie e da queste le scendeva nuovamente alle dita, rovistò nervosamente all'interno senza riuscire a trovarla.

Non è possibile che sia lui! No, non è possibile…

In preda al panico, ribaltò l'intero contenuto della borsetta sul sedile accanto. Non appena la vide scintillare e fece per prenderla, il suono assordante del clacson dell'auto dietro la sua la fece sobbalzare: il semaforo era diventato verde.

Svoltò per Grand Street e trovò da parcheggiare a una cinquantina di metri da casa. Nonostante l'intera zona fosse abbastanza affollata, percorse quel breve tratto di strada in apnea e facendosi piccola e gobba. Stavolta non si girò.

Non è possibile che sia lui! No, non è possibile…

Dopo un'eternità in preda al terrore, arrivò finalmente al portone di casa. Salì le scale di corsa, ansimando dalla prima rampa come se si fosse fatta a piedi l'intero Empire State Building. Arrivò al pianerottolo. Per un attimo temette che la nuova chiave non funzionasse. La infilò tutta tremante nella serratura. Si voltò più volte verso la tromba delle scale, ma per fortuna non c'era nessuno dietro di lei. Nonostante la forte emozione, riuscì ad aprire.

Entrò in casa: tutto sembrava in perfetto ordine.

Richiudendo la porta dietro di sé, vi appoggiò la schiena, chiuse gli occhi e tirò dentro l'aria. Quando ebbe la forza di staccarsene, la controllò e notò che era stata ben sistemata: il fabbro aveva fatto un ottimo lavoro ed era stato così carino da portargli la nuova chiave in ufficio! Magari lui lo aveva fatto solo per farsi pagare subito il lavoro, ma il suo zelo aveva certamente semplificato i movimenti di Jessica in quest'ultima mezzora di angoscia paralizzante.

Proprio mentre cercava di recuperare un minimo di calma ed era quasi sul punto di farcela, uno squillo grave e gracchiante lacerò l'aria facendola sobbalzare: il citofono.

Oddio.

Si chiuse a chiave dall'interno e guardò il ricevitore.

Non è possibile che sia lui! No, non è possibile…

Dopo il pianto amaro, un pianto auto-colpevolizzante e autocommiserevole al contempo, Alex capì.

Quel fiume di lacrime dense di rimorso aveva rotto gli argini e aperto uno squarcio nella cortina che separava la capacità di presa della sua memoria sulle circostanze che aveva rimosso. Nel pozzo nero che faceva da cesura fra i due Alex, c'era l'evento scatenante, anzi la serie di eventi scatenanti che lo avevano portato a diventare lo spietato uomo d'affari degli ultimi tre o quattro lustri. C'era Emma Bovary, c'erano le pressioni della madre di Laura, c'era la malattia in cui si era rifugiata sua madre, ma soprattutto c'era lui, quel romantico dell'Ottocento che si chiamava Marco: non poteva essere stato altri che lui a ucciderla. Sì, perché lui era riapparso nella vita di Laura. Era venuto fino a New York per corteggiarla e tormentarla con tutte le sue smancerie sdolcinate. Lei era quasi caduta nel suo tranello e si era messa a praticare vari sport come mai aveva fatto in precedenza. Si era rimessa in forma, certamente per piacere a lui. Ma poi doveva essere successo qualcosa e Laura lo aveva rifiutato, per l'ennesima volta e quindi per sempre. Di conseguenza, Marco non ci aveva più visto, perché quando si provano forti passioni si diventa capaci di tutto, anche di uccidere per amore. E così, da patetico idealista, da languido corteggiatore, era diventato il suo assassino.

È ora di farla finita con quel bastardo.

Quarantuno

Mercoledì

Mi sto bevendo un tè e smangiucchiando dei pasticcini. Una giusta pausa dopo una giornata in cui non ho fatto altro che lambiccarmi il cervello.

Non appena Jessica è uscita da casa mia per andare al lavoro, ho deciso che non mi metterò a progettare la riapertura della mia agenzia matrimoniale finché l'intera situazione in cui sono stato inaspettatamente coinvolto non sarà chiarita.

Forse non saprò mai dire cosa mi ha preso esattamente, ma credo che stamattina si sia determinata una svolta nella mia vita. Sono "vittima", si fa per dire, di un impulso interiore a cui non posso opporre la minima resistenza e che mi ordina di andare fino in fondo a questo intricatissimo caso: mi sento come colui che percepisce una "chiamata" e decide di fare il sacerdote. Infatti, non è che io stia progettando il mio futuro a tavolino, vagliando molte possibili alternative e soppesando i pro e i contro di ognuna di esse. Quando qualcosa ci "chiama" a svolgere un certo compito, obbediamo e basta. Si chiama destino? Missione? Karma?

La sola cosa certa è che voglio fare chiarezza. E ora mi rendo conto che lo voglio assolutamente. Risolutamente. Come forse non ho mai voluto niente in tutta la mia vita. Che sia perché Jessica mi ha chiamato Sherlock Holmes (una volta anche per deridermi)? Da adolescente mi ero talmente affezionato ai libri di Sir Arthur Conan Doyle che li avevo collezionati tutti e letti più volte dal primo all'ultimo. Quanto mi ero immedesimato nel capostipite degli investigatori privati! Ma non mi era mai capitato di pensare che avrei potuto diventarne un emulo.

Mi domando come sarebbe stata la mia vita se invece di aprire un'agenzia matrimoniale avessi preso la licenza di investigatore privato. Forse non mi sarei mai trovato sul punto di suicidarmi. Forse non avrei mai avuto Julia per moglie. E quindi non avrei avuto Thomas. Oh no! Questo no! Thomas è tutta la mia vita. Cristo santo, è da sabato che non lo sento! E comunque ho potuto parlargli solo per due minuti... Chissà come se la passa sulla settantesima? Gli mancherò? Impossibile che io gli manchi tanto quanto lui manca a me.

Corro al telefono. Compongo il numero. Perché mai ho il cuore in gola? Provo a respirare più profondamente. Suona libero.

«Pronto?»

Cristo santo, è proprio lui, la sua vocina...

«Thomas, tesoro mio, sono papà, come stai?»

«Bene...»

«Lo sai che fra dieci giorni, no, fra nove giorni, ti vengo a prendere e passeremo tutto il weekend insieme? Venerdì, sabato e domenica... Ti porterò allo zoo, e poi faremo tanti giochi insieme... Io non vedo l'ora... Lo sai, eh, che il tuo papà ti vuole tanto bene... Lo sai, eh?»

«Sì...»

«Allora... allora... tesoro mio, ci sentiamo presto. Ciao Tommy, ciao caro...»

«Ciao... papà...»

Ripongo il telefono: Dio quanto lo amo! Ma si può sentire nel cuore qualcosa di più forte, di più grande, di più invincibile dell'amore per i propri figli?

Con grande fatica, provo a riprendere il corso dei miei pensieri intorno al caso che mi è esploso fra le mani. È inevitabile che di tanto in tanto la mente mi ritorni a Tommy e alla sua vocina così tenera, ma anche il dovere mi chiama ed è una sensazione positiva, che mi fa assaporare un nuovo senso da dare alla vita... Un senso che forse mi aiuterà a riprendermi Tommy, per Dio!

Proviamo a ripartire da Laura. L'avevo conosciuta in circostanze assurde e nelle successive quarantottore avevo avuto due volte a che fare con lei. Ero stato io ad accompagnarla a casa di Jessica, cioè nel luogo dove aveva incontrato la morte. Ma perché diavolo le era venuto in mente di portarle quegli stupidi oggetti? Se fossimo arrivati direttamente all'aeroporto, probabilmente non le sarebbe successo nulla.

Probabilmente.

Quante cose pazzesche sono successe! Lo stupro di Jessica, l'avvertimento e il successivo assassinio di Laura e di Basile, quei bigliettini con una sola parola, l'improvvisa decisione di Laura di fuggire in Italia, il suo confidarsi con me e il chiedere, proprio a me, di aiutarla.

A Laura si lega Jessica: il suo testardo comportamento circa la denuncia dei fatti di nostra conoscenza è un altro mistero nel mistero. Jessica… Jessica. Siamo anche stati a letto insieme… Ci stiamo innamorando? Se non fosse accaduto nulla a Laura, forse ora la situazione fra noi due si sarebbe evoluta ancor più rapidamente e sarebbe più chiara. Ma forse è meglio così: che fretta c'è?

Il dottor Fabio Roversi aveva stappato una bottiglia di spumante italiano e stava festeggiando in perfetta solitudine nel suo laboratorio presso la Columbia University. I colleghi erano tutti usciti e si sentiva solo il rumore del carrello della donna delle pulizie che avanzava in corridoio.

Nel vassoio con tre o quattro paste siglate "Ferrara" restavano solo poche briciole. Della bottiglia di *Asti spumante* solo due dita.

Non ricordava un giorno più felice: neppure il momento in cui gli avevano comunicato che il posto da ricercatore nel prestigioso istituto americano era stato assegnato a lui per i suoi riconosciuti meriti internazionali, si era sentito più soddisfatto.

Vuotò la bottiglia in un altro bicchiere di plastica e lo porse alla donna delle pulizie che era entrata in quel momento. Lei, con un sorriso reso smagliante dalla pelle scura, ringraziò senza chiedere nulla ma allungando il bicchiere verso di lui come ad accennare a un brindisi.

Si tolse il camice, spense il computer, scese dabbasso, riprese la bicicletta e tornò a casa. Prima di rientrare, però, fece un giro più lungo: andò giù al molo, sull'Hudson River, deciso a dedicare qualche minuto alla riflessione. Appoggiò la bicicletta, passeggiò fino in fondo al molo e si mise ad osservare i gabbiani e le imbarcazioni che navigavano intorno a Manhattan. Dall'altra parte del fiume, la costa alberata del New Jersey. Il vento veniva dal mare, dalla Statua della Libertà, e quel vento significava davvero tanto per lui... Sì, significava proprio libertà, libertà da una specie di ossessione che ora non aveva più ragione di esistere e, quindi, di tenere imprigionato il suo animo. Nel tragitto verso casa si fermò in chiesa. Entrò, intinse le dita della mano destra nell'acquasantiera e si fece il segno della Croce. Percorse la navata centrale, fece la genuflessione come quando era un chierichetto e si sedette in uno dei banchi di prima fila. Recitò qualche preghiera. Poi si inginocchiò. Chinò il capo e ringraziò il Signore per averlo protetto. Forse, pensò, il fatto di aver sempre santificato le feste e onorato i genitori, di non aver mai rubato, mentito, idolatrato o commesso atti di cui vergognarsi, gli aveva procurato il favore di Dio. Ringraziandolo ancora una volta, promise che d'ora innanzi si sarebbe comportato come un cristiano modello.

Si alzò, rifece la sua genuflessione e si avviò all'uscita con la consapevolezza che Dio era sempre con lui e poteva gioirne fino in fondo al cuore.

Inforcò di nuovo la bicicletta e tornò a casa con un bel sorriso stampato in faccia: quella sera avrebbe portato Julia e il bambino fuori a cena.

A ben vedere, c'è qualcosa di più profondo che motiva il mio interesse viscerale per il caso in cui mi trovo coinvolto. Non si tratta di compassione per una donna italiana che avevo conosciuto solo domenica notte e che poi è stata brutalmente assassinata. Non è nemmeno senso di colpa, perché il suo assassino la stava braccando comunque e prima o poi sarebbe riuscito nel suo intento. No, niente di tutto questo.

La verità è che si tratta di una sorta di sfida personale.

Anzitutto c'è troppo caos, troppo disordine in tutti i fatti delittuosi e non che si sono accavallati in questi ultimi giorni qui a Little Italy. Ho nella mia mente tutte le tessere, almeno credo, ma non so come combinarle per ricomporre il mosaico. Dietro tutti questi eventi sconcertanti, deve esserci per forza un filo rosso che li lega tutti insieme e che, se ne trovassi il bandolo, darebbe un senso compiuto all'intero quadro. Insomma, nutro un incontenibile desiderio di fare chiarezza, forse perché, se riesco a risolvere questo dannato mistero, qualcosa mi dice che riuscirò anche a dare un nuovo senso alla mia esistenza e di conseguenza a compiere le scelte decisive che mi attendono. Per il bene di Thomas. E per la necessità che ho di stare con lui.

Medito da ore su questi pensieri e provo le più varie sensazioni. Sul fondo della tazza di porcellana c'è rimasta qualche goccia di tè, un paio di semi di limone e tanti pezzettini di biscotto inumiditi che somigliano al pane gettato alle anatre nei laghetti dei parchi pubblici.

Va bene. Va bene così. Accetto la sfida: proverò a ricomporre il mosaico.

Per prima cosa devo scavare nel passato di Laura: immagino che il marito sia ormai di ritorno e dunque, almeno ai funerali, mi farò avanti per conoscerlo. E se sarà lui a venirmi a cercare? Assai probabile, dato che Collins gli dirà che colui che ha portato sua moglie da Jessica si chiama Roy Tarantino e abita proprio di fronte a casa sua.

Beh, che venga... non ho mica nulla da nascondere, io. Gli dimostrerò che mi sono trovato in questa situazione mio malgrado. A proposito, gli avrei detto dello stupro di Jessica in casa loro? Di certo lei non ne vorrà sapere... Beh, insomma, vedremo. Non ci saranno problemi a fargli capire che io non c'entro nulla. E poi, come sempre, basta guardarmi in faccia per capire che non sono proprio il tipo da commettere simili delitti. Anzi, offrirò anche a lui la mia disponibilità per aiutare a individuare il colpevole. Soprattutto se Alex mi darà una mano raccontandomi del loro passato e delle loro conoscenze.

Altre fonti a cui posso attingere per avere informazioni su Laura sono ovviamente Julia e Jessica. Julia non la vedo da sabato pomeriggio, da quando mi ha fatto salutare Thomas e lo ha poi portato via dandomi appuntamento al secondo weekend successivo. Essendo stata amica di Laura, immagino che la incontrerò al funerale. Jessica mi ha già detto molto sul conto di Laura, ma forse non proprio tutto.

Pensando a Jessica non posso non tornare alla sua esagerata ostinazione.

Questo è un punto nodale dell'intera questione e va risolto.

Getto i rimasugli nel pattume, lavo la tazza nel lavandino e indosso qualcosa di decente. Lo stereo dell'appartamento sotto il mio fa vibrare le pareti di suoni metallici: bassi, chitarre e tastiere elettroniche. Sarà anche musica, ma il rumore complessivo sfonda abbondantemente il muro dei decibel consentiti. Farò finta di niente solo perché sto uscendo. Però io non ho mai osato fare un casino del genere.

Piombo in strada e mi avvio a piedi verso casa di Jessica. Due piccioni volteggiano sul tetto della casa di Laura. Il marciapiede è molto animato e i tendoni dei ristoranti italiani sono abbassati. È stata una bella giornata, leggermente ventilata, ma ormai il sole sta sparendo dietro gli edifici di Mulberry Street e sta rinfrescando.

Raggiungo il 188 di Grand Street e ovviamente non posso che pensare a cosa è successo ieri sera. Osservando il pulsante del citofono avverto un fremito di paura. Il cuore mi batte forte in petto. Potrò mai dimenticare quanto successo?

Quei piedi inermi sul pianerottolo.

Per un lungo attimo sento una parte di me che mi chiama e mi dice che sarebbe meglio tornare indietro. Ma devo questa visita a Jessica, se non altro per sentire come sta.

Non c'è traccia di Polizia. Ah, no, ecco laggiù un'auto del NYPD: controllano l'area da una trentina di metri. Mi decido: sollevo il braccio e suono il campanello. Dentro di me avverto un sinistro silenzio. Ti prego, Jessica, rispondi al più presto!

Quarantadue

Mercoledì

No. Nessuna risposta. Provo a suonare ancora: a quest'ora dovrebbe essere tornata dal lavoro. A un tratto sento la sua voce, che si mescola stranamente con i rumori del traffico, ma viene dalla finestra.

«Oh, Roy, meno male sei tu… Stavo giusto per chiamarti. Non hai idea di cosa sia successo. Sali subito, ti prego».

Cristo santo che faccia! Che cosa diavolo può esserle successo?

Non posso negare di sentirmi profondamente a disagio. Solo ieri sera… Faccio i gradini uno ad uno con una certa cautela. Arrivo al pianerottolo dove era steso il corpo di Laura… Il pavimento è stato ripulito alla perfezione. Chi venisse qui adesso per la prima volta non direbbe mai che…

Jessica è sulla porta e mi salta letteralmente al collo. Piange sulla mia spalla. Ansima. Com'è possibile che sia accaduto ancora qualcosa di spaventoso? Non ne abbiamo già viste abbastanza?

«Jessica, che cosa è succ…?»

Cerco di scostarla per farla parlare, ma resta avvinghiata al mio corpo come una bambina in preda alla paura. Improvvisamente, non è più la donna coraggiosa dei giorni scorsi. Trema. Dire che è terrorizzata è dire poco.

La tengo ancora un po' abbracciata a me. Anzi, la stringo più forte per farle sentire calore umano, ciò di cui mi sembra abbia più bisogno in questo momento. Attendo con calma. Quando sento che il suo respiro si fa più regolare, la stacco da me con la massima delicatezza e la guardo negli occhi.

«Ora puoi dirmi che cosa è successo?»

Espira. Inspira. Ed espira ancora. Prova a farsi coraggio.

«È una storia molto lunga. Siediti».

Si è ripresa. È ancora pallida e provata da qualcosa di spaventoso, ma credo che ora possa parlare. Mi indica il divano. Lei rimane seduta su una sedia. Sul mobile alla mia destra noto il raccoglitore che contiene il progetto del suo fumetto. Si soffia il naso ripetutamente, poi si fa coraggio e inizia il suo racconto.

Mentre sviliva la sua esistenza e il suo onore praticando il mestiere più antico del mondo, Jessica si era imbattuta in una gran brutta avventura. Al tempo era già salita di livello e diventata una escort di lusso. Un giorno, il suo protettore – che era poi il titolare del night club dove aveva iniziato la sua *carriera* facendo la *lap dancer* – la chiamò e le annunciò che aveva vinto una settimana alla Hawaii. Naturalmente si trattava di lavoro e non di una vacanza vera e propria. Ma da come le fu presentata, sembrava davvero il massimo che una prostituta potesse desiderare. Si trattava di accompagnare uno psichiatra a un convegno internazionale e fingere di esserne la partner. Una sorta di *Pretty Woman*, insomma, ma in un ambiente culturalmente più elevato, in uno dei più bei paradisi del pianeta e con un uomo che, essendo un illustre medico psichiatra nonché professore universitario, e dunque molto impegnato, sarebbe stato facile da gestire.

Jessica aveva dato la propria disponibilità anche in virtù dell'attrazione che le bellezze di Honolulu e dintorni esercitavano su di lei.

Si trovò col suo uomo all'aeroporto di Los Angeles. Si trattava di un bel signore di mezza età, leggermente brizzolato, tutto sommato anche di gradevole aspetto. Era un po' sovrappeso, ma ricordando gli sgorbi che le avevano messo denaro nelle mutandine e soprattutto quelli che aveva dovuto soddisfare, pensò che c'era di che baciarsi i gomiti se le toccava di passare una settimana intera alle Hawaii con quel tipo.

Fecero conoscenza e si imbarcarono l'uno accanto all'altra. Lui si presentò in modo molto formale come dottor Paul Hastings. E lei semplicemente come Susie. Lo psichiatra aveva modi molto cortesi e sembrava più propenso ad ascoltare lei che ad annoiarla con i racconti sulla sua illustre professione. Durante il lungo volo, Jessica fece l'errore di parlargli troppo di sé: delle sue origini, delle scuole che aveva frequentato, della disgrazia che le era capitata. Hastings la ascoltava con interesse e di tanto in tanto interveniva con i suoi ripetuti "Capisco."

Una volta atterrati a Honolulu e alloggiati in un enorme hotel a cinque stelle che ospitava un centro congressi, cenarono con alcuni colleghi. La prima notte non accadde nulla. Evidentemente, aveva pensato Jessica-Susie, il dottore era stanco per il viaggio.

Anche nei giorni e nelle sere a seguire non successe granché. Il cliente era spesso impegnato al centro congressi o per incontri più riservati con piccoli gruppi di colleghi e Jessica, che doveva apparire al suo fianco solo ai pasti o ai momenti aperitivo, godeva di molte ore di libertà che dedicava all'esplorazione della città e a qualche bagno di sole e di mare nella spiaggia Waikiki.

Tutto procedeva per il meglio quando proprio l'ultima sera del loro soggiorno accadde qualcosa di inaspettato.

Il dottor Hastings le aveva mandato un sms dicendole che voleva vederla subito in camera. Lei, che si trovava nella hall dell'albergo, salì immediatamente e lo trovò nudo sul letto. Le disse, anzi, le ordinò, di fargli immediatamente uno spogliarello. Che qualcosa non quadrasse, era del tutto evidente. Non solo nella stranezza di quell'improvvisa richiesta, ma, soprattutto, nello sguardo e nel tono che il cliente aveva assunto: era sempre stato educato e gentile, ma in quel momento la sua espressione era particolarmente accigliata, quasi incazzata e il suo atteggiamento complessivo aveva del viscido e del brutale.

Terminato lo spogliarello, le disse senza tanti giri di parole di succhiargli l'uccello.

Quindi la legò e imbavagliò al letto e cominciò a torturarla. Invece di accarezzarla, le dava dei pizzicotti e dei morsi esageratamente violenti. A un tratto, prese persino a schiaffeggiarla, prima piano, poi sempre più forte.

Ci volle poco a capire che per lei si metteva male: trattandosi dell'ultima sera, non doveva più mostrare a nessuno la sua bella compagna e quindi aveva forse preso la folle decisione di rovinarle i connotati. Questa era stata la deduzione di Jessica quando vide che il professore aveva preso un bicchiere di cristallo e lo aveva rotto sul bordo del lavandino, mostrandoglielo con una faccia da pazzo. E infatti le si era avvicinato e aveva cominciato a farle dei piccoli graffi sul seno, sull'addome, sul costato, sulle cosce.

Ecco cosa sono quelle piccole cicatrici sul suo corpo...

A un tratto, le aveva avvicinato il vetro spezzato alla gola e le aveva detto che l'avrebbe lasciata in vita solo e soltanto a una condizione: che il suo cazzo fosse l'ultimo della sua vita. Era stato il suo modo per chiederle la mano.

Lei, terrorizzata, gli aveva fatto cenno di sì con la testa. E una volta senza bavaglio gli firmò un documento in cui rinunciava al suo lavoro per sempre e accettava di sposarlo.

Ottenuta la promessa per iscritto, la penetrò a lungo.

Alla fine, spossato, tornò ad assumere il suo tono cortese, ma le ribadì che considerava quel documento come se fosse stato siglato col sangue.

«Ogni promessa è debito» le aveva detto e ripetuto varie volte, mostrandole il foglio di carta come se fosse un trofeo, una laurea, un diploma di merito.

Il professore si era innamorato di lei, a suo modo, e la voleva tutta per sé. Il matrimonio si sarebbe celebrato già l'indomani del rientro dalle Hawai, a Las Vegas. Le promise che non solo l'avrebbe fatta vivere nel lusso e nell'abbondanza, ma l'avrebbe anche resa felice!

Ma una volta messo piede all'aeroporto di Los Angeles, mentre recuperavano le valigie, Jessica-Susie riuscì a fuggire nel modo più intelligente: finse di andare verso l'uscita, ma prese la via dei gate dei voli in partenza e si nascose in una toilette dove rimase per diverse ore. Quindi, scambiati gli abiti con un'altra donna che fu così gentile da assecondarla, uscì dal bagno e andò allo slot della American Airlines per acquistare un biglietto. Salì sul primo volo disponibile per Chicago facendo perdere le proprie tracce. Da qui, convinta che lo strizzacervelli potesse rintracciarla attraverso una ricerca a pagamento, prese un treno diretto a New York.

Arrivata nella Grande Mela, si sentì al sicuro. Riprese contatto con un suo vecchio cliente, un agente di borsa che le fece conoscere i seminari di Anthony Robbins e l'aiutò a cambiare identità. Dopo il corso con Robbins, Jessica si iscrisse all'Art Institute di New York e conseguì finalmente la sua tanto agognata laurea in Graphic Design. Ben presto, fu in grado di cominciare la sua carriera di grafica pubblicitaria. Ma dentro di sé sapeva che quel pazzo l'avrebbe cercata e non si sarebbe dato per vinto fino alla fine dei suoi giorni.

Prende fiato. Ma un brivido la percorre da capo a piedi.

Ha paura. Una paura folle.

«Non sai cosa è successo oggi pomeriggio...»

«Non dirmi che...»

«Mentre stavo per salire in macchina...»

Jessica vive un momento di angoscia. Non ci vuol molto a capire che quel criminale è riapparso... Mi sembra quasi di vederlo nell'ombra di terrore che taglia in due l'energia del suo sguardo.

Mi avvicino e la riprendo fra le mie braccia. Nel momento del contatto una sensazione di déjà-vu mi scompiglia l'animo.

«Coraggio, coraggio, ti prometto che non ti torcerà un capello...»

Jessica si riprende e mi racconta di quanto le è accaduto mezzora fa, appena uscita dall'ufficio. Ora comincio a intuire il perché di quella inspiegabile ostinazione... Ma ecco che la sensazione di déjà-vu fa breccia dentro di me e si eleva dalla pancia al cuore al cervello. Un'immagine si sta delineando... Calma, calma, devo procedere con ordine.

«Era per questo che non volevi andare alla Polizia? Perché temevi che, se avessero parlato di te sui giornali, 'sto schizzato avrebbe potuto ritrovarti?»

«Esatto. Ma non posso andarci neanche ora: non mi crederebbero».

«Non ci andremo, Jessica».

Sono il primo ad essere sorpreso dalla mia risolutezza.

«Che cosa?»

«Ho detto che non ci andremo. Non ce n'è più bisogno».

«Hanno già trovato l'assassino di Laura?»

«No, quello lo troverò io. Ma intanto dobbiamo ideare un modo per far perdere le tue tracce e nasconderti in un luogo sicuro».

Mentre mi metto a camminare, ecco che l'immagine di poco fa si va delineando nel cinema della mia mente confusa: quei due tipi da Ignazio's, Cristo santo, vuoi vedere che...?

Quarantatre

Mercoledì

Inutile dire a Jessica di quella impressione che ebbi in pizzeria due sere fa. Servirebbe solo a spaventarla. Qui si tratta di essere pratici e di procedere con ordine. Per prima cosa decidiamo di trasferirci da me. Jessica comincia a fare i bagagli e io mi apposto dietro le tende per osservare che sotto casa non ci siano tipi sospetti. Per una buona mezzora non noto nulla di strano qui sotto, né in tutta l'area dell'incrocio con Mulberry Street.

Ma proprio quando Jessica sta chiudendo le valigie ed entra in bagno per sistemarsi il trucco, vedo una Ford Focus blu parcheggiare qui di fronte, poco più avanti di "Ferrara". Ne discende un uomo che indossa uno spolverino aperto, una giacca grigia e, sotto, si intravede una maglietta bianca: deve patire un caldo… Eccolo attraversare la strada ed entrare nel negozio qui sotto, quello dei formaggi Alleva. Dopo un minuto ne esce con un sacchetto bianco e rientra nella sua auto. La cosa che mi colpisce è che il tale non sembra decidersi a partire.

Chiamo Jessica.

«La vedi quell'auto? È lui?»

«Il riflesso del vetro mi impedisce di vederlo bene».

«Io l'ho visto scendere. È venuto a comprare qualcosa qui sotto. Spolverino beige, giacca grigia su maglietta bianca. Capelli grigi, sui cinquantacinque».

«Altezza media?»

«Sì».

«Corporatura robusta, ma non troppo?»

«Sì».

«Pelle olivastra e occhi chiari?»

«Per la pelle direi di sì. Gli occhi, francamente, non sono riuscito a vederli».

«È lui, Gesù... Ci vorrebbe una pistola, che il diavolo se lo porti...»

«Immagino non ci sia una seconda uscita da questo edificio...»

«Purtroppo no».

«Allora aspettiamo».

Rimaniamo ad osservare il sospetto per una decina di minuti. Resta sempre seduto nella sua auto. Anche se mantiene sempre lo sguardo avanti e non si gira una sola volta verso di noi, abbiamo entrambi la sensazione che lui ci abbia notati. Di certo sa dove abita Jessica e questa non è affatto una buona cosa.

«Idea! Scendo a prendere il numero di targa. Da qui non mi riesce di vederlo».

«Ottimo. Io ti aspetto qui. Ma sbrigati!»

Quando sbuco in strada, con mia grande sorpresa, la Ford Focus non c'è più. Lancio lo sguardo lungo Grand Street e la vedo a un centinaio di metri di distanza che procede in direzione East River. Ora è troppo lontano per vedere la targa. Tra l'altro ecco che un furgoncino bianco gli si piazza dietro e non riesco più neanche a vedere l'auto del pazzoide.

Torno su. Anche Jessica, dalla finestra, non è riuscita a decifrare tutta la targa. Le sembra di aver visto una S, ne è quasi sicura, e forse un 3 o un 8. Troppo poco.

Segno su un foglietto: Ford Focus blu, targa S + 3 oppure 8. Brizzolato, pelle abbronzata, giacca e pantaloni grigi su maglietta bianca, spolverino beige, corporatura robusta e altezza media.

Riguardiamo in strada e, non notando niente di strano, decidiamo di scendere. Prendiamo le due valigie, una per ciascuno e ci avviamo a piedi. Se quel maniaco avesse parcheggiato vicino a casa mia ce ne accorgeremmo. Comunque ci conviene sbrigarci, sperando che non sia nei paraggi e non se ne accorga.

Aveva preso la linea 5 della metropolitana ed era sceso a Bowling Green. Pochi passi, lenti e misurati, con la testa china, l'animo devastato, lo sguardo catatonico, ed eccolo a Battery Park. Si guardò intorno e palpò la pistola dall'esterno della giacca, come per verificare, incredulo, se fosse ancora lì, nella tasca interna. L'avrebbe usata contro se stesso o l'avrebbe gettata nel fiume?

Si sedette su una panchina. Lanciando lo sguardo in lontananza, verso sinistra, riusciva a vedere la Statua della Libertà. Già, la Libertà... Era fuggito da Bologna e si era rifatto una vita in Australia, tanti anni prima. Lo aveva fatto per superare il suo dolore e tornare ad essere libero. Ma dopo molti anni, quando gli era ormai sembrato di avercela fatta, era stato risucchiato dal suo passato, da quella storia d'amore incompiuta, da quell'assurdo destino a cui sembrava legato a filo doppio.

Aveva ceduto al rinnovarsi dell'antico impulso e si era trasferito in America convinto di poter finalmente assaporare il senso di libertà che solo l'amore ricambiato può dare. E c'era arrivato vicinissimo. Ma all'ultimo momento, quando le aveva fatto il suo dono, lei lo aveva respinto definitivamente.

Una vita intera gettata al vento della sua eterna e insanabile follia d'amore.

L'ultimo rifiuto lo aveva cambiato. Non ci aveva più visto e aveva perso il suo equilibrio psichico. Si era messo in testa l'idea più estrema: aveva preso la decisione di ucciderla per poi suicidarsi. D'altra parte, come poteva accettare un simile epilogo dopo tutte le speranze che Laura gli aveva dato di recente?

Si domandò se la sua impulsiva decisione di uccidere i corpi che non potevano unirsi fosse più da capire che non da condannare. Se lo domandò a lungo, mentre al tramonto osservava l'Hudson River gettarsi nell'Oceano. Ma non trovò una risposta.

Fra un istante di lucidità e molti altri in farneticante squilibrio, perse più volte la capacità di distinguere fra sogno e realtà, fra intenzioni e atti realmente compiuti: aveva solo progettato di ucciderla o l'aveva fatto per davvero? Provò ad annusare la canna della pistola e gli parve di sentirla calda. Al che, inorridì: come aveva potuto...?!

Ma no, ma no, ora sì che stava delirando! Che cosa mai gli era saltato in mente? Lui non l'avrebbe mai assassinata, neppure nelle condizioni disperate in cui si trovava quella sera. No, che idea stupida! Lentamente, il sereno tornò ad azzurrare la sua mente rendendola perspicua.

Quando seppe di essere tornato in pieno possesso delle sue facoltà mentali, cominciò a pensare che solo una persona in tutto il mondo avrebbe potuto ordire un simile delitto: Alex!

Ma sì, certo, non poteva che essere stato lui. Perché solo lui aveva il movente e la cattiveria per farlo. Evidentemente, aveva temuto che Laura fosse arrivata a un passo dal lasciarlo e allora aveva assoldato un killer e l'aveva fatta uccidere. Non poteva essere stato altri che lui, Alex, quel pezzo di merda, l'unico uomo che l'aveva avuta, senza meritarla affatto... Quel pezzente assassino figlio di puttana gliel'aveva rubata soltanto per via di quel libro maledetto. L'aveva sposata. L'aveva maltrattata per tanti anni. E poi, non contento di tutto questo, l'aveva anche uccisa.

L'apatia si trasformò in rabbia. L'indecisione in risolutezza. La depressione in ferocia. La follia in lucida premeditazione.

Ora basta: la devi pagare per tutto il male che le hai fatto!

Per fortuna le valigie di Jessica hanno le ruote e facciamo prestissimo. Restiamo un po' chinati così le auto parcheggiate lungo la via ci proteggono. Prima di aprire il portone dabbasso, mi guardo intorno: niente di sospetto. Prima di infilare la chiave, noto che stanno riparando il tendone del Tony's Little Gift Shop. Nel ristorante Da Nico c'è un bel po' di gente e fanno anche del chiasso: dev'esserci una partita di calcio o qualcosa del genere. Portiamo le valigie in ascensore e sono io a premere il tasto giusto. Perché oggi è così lento? Non vorrà mica bloccarsi? No, ci mettiamo una vita, ma poi arriviamo.

Mentre Jessica recupera l'ultima valigia dall'ascensore, io apro la porta del mio appartamento ed entro per primo. Sul pavimento, a un metro dalla soglia d'ingresso, c'è un biglietto da visita.

Lo raccolgo. C'è scritta solo una frase.

Ogni promessa è debito.

La cosa strana è che è stampata, non scritta a mano. Pazzesco: quell'assassino è andato da un tipografo e gli ha fatto realizzare dei biglietti da visita non con il suo nome, cognome, professione, numero telefonico e indirizzo e-mail, ma con quell'unica e banale sentenza! Il font utilizzato, lo conosco, è il Broadway. Per il momento non ne capisco il senso, ma quando si ha a che fare con questi schizzati non bisogna meravigliarsi di nulla. Inutile mostrarlo a Jessica: si spaventerebbe a morte e non ci guadagneremmo niente.

Un flash: prima biglietti minacciosi per Laura e ora questo biglietto di minacce per Jessica! Vuoi vedere che 'sto maniaco ha scambiato Laura per Jessica e l'ha...? Possibilissimo, per Dio: infatti l'ha uccisa in casa di Jessica! L'ha vista arrivare, magari l'aspettava sotto casa. L'ha vista solo da dietro, l'ha scambiata per Jessica e l'ha fatta fuori! Proprio come quell'altro stupratore aveva scambiato Jessica per Laura... Volevano stuprare Laura e hanno stuprato Jessica (in casa di Laura). Volevano uccidere Jessica e hanno ucciso Laura (in casa di Jessica)!

Mentre la testa mi fuma e i miei denti azzannano l'unghia dell'anulare destro divorandola in un istante, mi viene anche da domandarmi come diavolo ha fatto 'sto schizzato a sapere di me e del mio indirizzo.

In perfetto silenzio, portiamo le valigie in camera. Torniamo in soggiorno e tiro fuori dal frigo una bottiglia di acqua frizzante. La porto in tavola con due bicchieri. Faccio accomodare Jessica che sembra tirare un sospiro di sollievo. Qui in casa mia si sente al sicuro.

Ma io no.

Laura era stata minacciata. Anche avvisata. Ed è morta.

Ora è Jessica ad essere sotto minaccia e in grave pericolo.

Ma stavolta dovrò fare tutto il possibile per evitare altre tragedie. Stavolta devo riuscirci, altrimenti sarò un fallito totale e allora sì che la farò finita, una volta per tutte!

Quarantaquattro

Mercoledì

Mentre lei va in bagno a farsi una doccia, riguardo il biglietto da visita: Cristo santo, questo qua è proprio andato via di cervello! Vuole ricordare a Jessica che lei è in debito con lui. La promessa di matrimonio strappatale con la forza. Si tratta certamente di quella.

Cerco di immedesimarmi nel maniaco: cazzo, l'ha cercata per otto anni e proprio ora, come se non avessimo altri problemi da affrontare, l'ha trovata! Che tempismo! Non solo: sa anche della sua relazione con me e del luogo dove Jessica lavora. Evidentemente, aveva dato un incarico specifico a un investigatore molto capace.

Cosa posso fare per difenderla?

Mi servirebbe un'arma, ma non ne ho mai posseduta una. Anzi, a dire il vero sono sempre stato contrario alla detenzione di armi, al secondo emendamento e anche alla sentenza della Corte Suprema del luglio 2008 che ha sancito una volta per tutte il diritto di tutti i cittadini a possedere armi nelle proprie case. A mio giudizio, le armi le devono detenere solo le forze dell'ordine. Ci sarebbero molti meno crimini. La gente vivrebbe più serena. Non esisterebbero sparatorie nelle scuole o nei centri commerciali per opera di individui usciti di senno. È soprattutto il presupposto che sta *oggi* dietro a questo emendamento che io disapprovo con tutte le mie forze: l'idea arrendevole secondo cui lo Stato non può garantire la sicurezza dei cittadini e quindi si concede a ciascuno la possibilità di difendersi e magari farsi giustizia da sé. Lungi da me l'idea di dare colpe ai nostri padri costituenti che vivevano in tempi molto diversi e dovevano garantire più che altro la sicurezza dei cittadini rispetto ad attacchi esterni, non alla criminalità interna. Ma oggi viviamo in un'epoca molto differente e credo sia giunta l'ora di regolamentare in modo molto più rigido questa spinosa materia.

Mi torna in mente l'idea di prendere la licenza di investigatore privato: ammesso che sia possibile e che ci riesca, potrei presentare richiesta di porto d'armi. Ma, così facendo, andrei contro i miei principi? Tutto sommato no: gli investigatori si armano perché corrono dei rischi e svolgono un ruolo simile a quello dei poliziotti. Ma non usano mai le pistole. O quasi.

Un'occhiata dalla finestra. È ormai buio. In strada c'è il solito viavai, ma nessuna Ford Focus blu parcheggiata nelle vicinanze.

Jessica si sta asciugando i capelli. Accendo il computer, vado su Google e digito "Paul Hastings psichiatra". Trovo diversi Paul Hastings che fanno i mestieri più disparati e trovo degli psichiatri con cognome Hastings che però hanno altri nomi. Facendo una più precisa ricerca fra i docenti delle università californiane, mi imbatto in una pagina web dove finalmente trovo una traccia: qui si dice che il professor Paul Hastings ha insegnato alla UCLA ed è andato in pensione quattro anni fa.

Cerco fra le immagini. Vorrei vederlo in faccia. Mi si presentano diversi volti.

Proprio ora Jessica mi raggiunge. Le chiedo se le riesce di riconoscerlo fra quelli mostrati.

«No, no, nessuno di questi è lui».

«La sola notizia che ho trovato sul pazzoide si limita a dire che è andato in pensione. Manca persino il suo curriculum. Sembra quasi che abbia voluto cancellare dal web ogni riferimento a sé. E sembra esserci riuscito. Ora non resta che guardare fra le tematiche, le tesi e le ricerche che lui potrebbe aver svolto. Ti ricordi gli argomenti che lui trattava a quel convegno?»

«Oddio, mi fai una domanda... Io non ho mai assistito alle sue lezioni. Però, aspetta, adesso che mi ci fai pensare... Ci fu una sera. Eravamo a cena coi suoi colleghi. Qualcuno di loro gli fece delle domande sulla gelosia. Sì, sì, ne sono certa. Hastings aveva scritto qualcosa sulla gelosia».

«Immagino che abbia fatto una ricerca in merito alla gelosia paranoide. Quindi, uhm, dovrei spulciare in questo ambito».

Ci provo e ci riprovo, ma non mi salta mai fuori il nome di Paul Hastings associato a qualche libro o a qualche ricerca universitaria sulla gelosia. Sto per abbandonare tutto, quando una nuova sinapsi si forma nel mio cervello. Un flash.

«Aspetta, mi è venuta un'idea!»

«E cioè?»

«Il *Los Angeles Times*: ogni giornale ha un suo archivio on-line in cui sono catalogati tutti gli articoli pubblicati. So che ci vuole una password per accedere e non la danno mica a tutti, ma ho un amico che lavora al *New York Times* e forse lui può aiutarmi».

Prendo il telefono e digito il numero del mio amico Peter Dawson. Mi risponde una donna con una voce molto sottile e delicata. Dice che Peter è partito per una vacanza e non tornerà prima di lunedì prossimo.

Mi abbandono sulla sedia, sconfitto. Quando finirà la mia sfortuna?

Forse potrei cercare di rintracciare Peter nel luogo dove è andato in vacanza.

Ma a che pro? Se anche trovassi articoli che parlano di Hastings e delle sue ricerche, mica mi servirebbero per proteggere Jessica. Inoltre c'era una cosa che non mi torna.

«Sei sicura che Paul Hastings sia il vero nome del maniaco che hai incontrato?»

«I suoi colleghi lo chiamavano così. In albergo lo chiamavano con quel nome. Magari era il suo vero nome, ma poi, quando è andato in pensione, l'ha cambiato per far perdere ulteriormente le proprie tracce».

«Possibile. Anzi, mi sembra altamente probabile. Ma questo significa che aveva in mente propositi criminali. Lo confermerebbe il fatto che è riuscito a cancellare ogni riferimento a se stesso come professore e ricercatore. Dato che deve aver scritto e pubblicato, il tutto mi sembra quanto meno molto strano».

«Va bene, Roy, lasciamo perdere. Non crucciamoci più di tanto sul suo passato. Preoccupiamoci piuttosto del presente. Lui è qui, sa tutto di me, conosce il mio indirizzo e, probabilmente, anche il tuo. L'idea di andare alla polizia per far riaprire i dossier sul mio passato, come sai, non mi entusiasma affatto. Inoltre, con tutto quello che hanno da fare, potrebbero pensare che sono una mitomane affetta da mania di persecuzione, dato che non ho prove da fornire. Inutile: dobbiamo riuscire a difenderci da soli, almeno finché non si azzarda a minacciarmi seriamente e di fronte a testimoni. A quel punto, ti giuro che sarò la prima a chiamare il NYPD».

Mi trovo d'accordo. Bisognerebbe tendergli un tranello, farlo venire allo scoperto ma trovandosi in condizioni sicurezza. E, conseguentemente, fare in modo che venga rinchiuso in una cella di isolamento.

È ora di cena e ordiniamo un paio di pizze.

Nel frattempo, ecco le news: neanche un cenno ai due omicidi dell'altra sera. Com'è possibile?

Prima di far entrare il ragazzo della pizzeria, Jessica guarda attraverso lo spioncino: non si sa mai…

Io riesco a mangiarla tutta, ma vedo che Jessica ne fa suo solo uno spicchio. Mi sa che la tensione le ha chiuso lo stomaco. Cerco di tranquillizzarla dicendole che non la lascerò sola un istante. L'accompagnerò al lavoro e andrò a prenderla. Lei mi sorride e mi allunga una carezza sul viso. Chissà a che punto ci troveremmo ora se, dopo aver fatto l'amore l'altra sera a casa sua, Laura non fosse morta e quel pazzo non fosse riapparso come uno zombie. Forse saremmo in giro a spassarcela. O distesi sul letto a…

Mi fa gli occhi dolci e ricambio. Le prendo la mano e gliela accarezzo.

Proprio mentre le nostre labbra si toccano, suonano il campanello. Facciamo entrambi un salto sulla sedia.

«Julia? Thomas? Siete in casa?»

Fabio era entrato in soggiorno e aveva rivolto voce e sguardo verso i piani superiori.

«Sì, siamo qui. Ora scendiamo».

In realtà scese soltanto Julia. Il piccolo Tommy era rimasto nella sua stanza a giocare.

«Fatti bella che stasera andiamo a cena fuori».

Julia aveva un'espressione mesta. Quando lo raggiunse, non lo baciò: si limitò ad abbracciarlo. Ma qualcosa la distrasse dai suoi pensieri lugubri.

«Fabio, ma… che puzza di vino… Hai bevuto?»

Le spiegò che al laboratorio c'era stato un compleanno e si era fatto due bicchieri di spumante italiano. Una vera delizia, aveva aggiunto, sennò mica avrebbe bevuto così tanto. E comunque non era affatto ubriaco: inutile che lei lo guardasse così.

Julia scrollò le spalle: aveva ben altro per la testa. Difatti, tirò un sospiro addolorato, quindi parlò.

«Per quanto riguarda la cena, caro, mi dispiace ma non me la sento. Ieri sera hanno assassinato quella mia amica italiana che abita a Little Italy. Ricordi? Te ne avevo parlato un po' di tempo fa. Pensare che solo sabato sera siamo state al bowling insieme...»

«Ho sentito... Mi dispiace. Ma non la conoscevi da molto, giusto?»

«No, dall'anno scorso. Però eravamo abbastanza in confidenza... Ora che ci penso, quando eravamo al bowling, verso la fine della serata, all'improvviso aveva voluto scappare via perché aveva visto qualcuno che non voleva incontrare... Forse dovrei dirlo alla Polizia».

Fabio andò in cucina. Stappò una birra e si avvicinò a Pumpkin, il suo labrador di 12 anni, a cui diede una carezza. Difficile trovare un cane più mansueto: e infatti Pumpkin era la sola ragione per la quale Thomas si era affezionato velocemente a quella nuova casa.

Julia osservò Fabio e notò che l'euforia con cui era rientrato non l'aveva abbandonato.

«Perché volevi portarci fuori a cena? Raggiunto qualche risultato significativo in laboratorio?»

«Sì, ma te ne parlerò un'altra volta... Possiamo almeno ordinare una pizza?»

Mentre Fabio accendeva la tv e stendeva i piedi sul divanetto davanti alla poltrona, Julia gli rispose che in realtà aveva preparato una cena a base di pesce. Nonostante le varie delusioni, se così si potevano chiamare, che lei gli aveva dato dacché era tornato a casa, Julia constatò che fu capace di mantenere inalterato il suo buon umore fino all'ora di andare a letto. Era proprio un brav'uomo, pensò lei, e si sentiva fortunata ad averlo accalappiato. Tra l'altro, vivevano in una casa da sette milioni di dollari e, guardando pragmaticamente al futuro, il suo Thomas avrebbe avuto la strada spianata per studiare e fare una brillante carriera a sua volta. Ben altro destino gli avrebbe riservato il padre biologico...

Eppure, quando lo sentì fischiare e cantare sotto la doccia, si ritrovò a pensare che tutto quel buon umore fosse un tantino eccessivo.

L'orologio dice che sono le nove e un quarto.
«Chi diavolo sarà mai a quest'ora?»
Gli occhi di Jessica sono piuttosto eloquenti. Il terrore glieli ha oscurati.
Vado al citofono.
«Chi è?»
Nessuna risposta. Corro alla finestra. L'apro e guardo in strada. Un uomo che conosco di vista e che abita due civici più in là sta portando a spasso il suo brutto bulldog. Due donne camminano fianco a fianco. Una delle due ha un ombrello che usa come bastone. Un gruppo di turisti spagnoli o italiani fa un po' di chiasso sghignazzando in modo esagerato.
I lampioni illuminano la via e proiettano coni di luce sull'asfalto nero. Cerco un uomo in completo grigio con uno spolverino beige, ma non riesco a scorgere nessuno che corrisponda all'individuo che ho visto nel pomeriggio dalla finestra della casa di Jessica.
Il campanello del citofono suona nuovamente.
Sollevo la cornetta, ma stavolta resto in silenzio.
Sento i rumori di strada, un vociare confuso mescolato a un rullar di pneumatici e a un clangore di posate, piatte e bicchieri. Nient'altro.
Per vedere chi sta suonando, la finestra non basta: i campanelli sono troppo sotto. L'unica possibilità è quella di uscire sulla scala antincendio e sporgermi. Ma, col buio che c'è, non so se riuscirei a vedere chi cazzo sta suonando il mio campanello neanche da là fuori.
Sono indeciso sul da farsi. E l'agitazione sale.
Adesso ho paura anch'io.

Quarantacinque

Mercoledì

Sto tremando. Cristo santo… in che fottuto casino mi sono cacciato!

Il cuore batte all'impazzata. E adesso, che faccio?

Salivazione azzerata. Il vuoto dentro.

Per un attimo temo di non essere in grado di reggere. Sto per svenire?

La vista di Jessica mi distrae. Devo proteggerla, cazzo!

Controllo di avere ben chiuso la porta e vado a cercare il coltello più pericoloso che possiedo. Sarei in grado di piantarlo nel cuore dell'assalitore, se fosse necessario?

Jessica nota il mio nervosismo e il suo stato di tensione peggiora. Se la paura ha un'espressione, eccola lì sul suo volto.

«Stai calma, Jessica. Magari è stata solo una ragazzata di qualche adolescente. Ogni tanto succede». Non è vero. Non ricordo di aver mai risposto al citofono senza che qualcuno si presentasse. Quelle erano le marachelle che facevo io. I giovani d'oggi le considererebbero scemenze infantili. Loro preferiscono dedicarsi ai videogames.

Mi avvicino alla porta e sento l'ascensore in movimento. Chi cazzo gli ha aperto?

Pochi secondi e raggiunge il mio pianerottolo.

Ho recuperato il coltellaccio in cucina e ora lo stringo forte in pugno. Jessica mi osserva e fa due occhi terribili. Agghiacciati.

L'individuo uscito dall'ascensore si sta avvicinando alla porta del mio appartamento. Ora la sta sfiorando! Sento un fruscio… cosa sta facendo? Provo a guardare nello spioncino ma non vedo nulla. Sembra quasi che ci abbia messo sopra qualcosa. Adesso, anche i rumori sono cessati.

Silenzio assoluto. Eterno.

Improvvisamente, sento il cigolio della scaletta a scomparsa che viene fatta scendere. È la scaletta che permette di accedere al tetto.

Noooooo!

«Presto, Jessica, chiama la Polizia!»

Mentre la vedo tremante cercare di comporre il 911, il pazzo salta giù dal tetto sulla piattaforma della scala antincendio e, con il calcio di una pistola, manda in frantumi il vetro di una delle mie finestre.

Cristo santo, aiutaci tu!

Jessica lancia un grido acutissimo, lasciando cadere il telefono. Io impazzisco e mi metto a correre col cuore in gola e il coltello in mano verso il nemico. Ma non faccio in tempo a raggiungerlo: con un sorriso sardonico mi punta la pistola contro e arresta la mia rincorsa.

Quindi, con tutta calma, viola il mio domicilio. Si porta al centro della sala, raccoglie il telefono da terra e se lo mette in tasca. È indubbiamente il tipo della Ford Focus che avevo visto sotto casa di Jessica qualche ora fa. Non ha più lo spolverino, ma ha il completo grigio, la maglietta bianca, il busto tarchiato e i capelli che avevo notato dalla finestra di Jessica. Continua a sorridere, come se... Ha dei bei denti, il pazzo, bianchi come quelli che si vedono nelle pubblicità. Il naso è adunco. Gli occhi, chiari, luccicano. Le pupille sono strettissime, ridotte a due minuscoli e spaventosi forellini.

«Zitti tutti e due e mani in alto. Tu getta quel coltello a terra e tornatene laggiù, contro la porta».

Eseguo. Lui si china per scalciare il coltello contro la parete delle finestre. In quel momento, le emozioni di Jessica subiscono una trasformazione: da vittima di una paura paralizzante, diventa in un attimo protagonista di una rabbia furiosa. Prende la bottiglietta di Bud dal tavolo e gliela lancia con quanta forza ha in corpo. Cristo santo: lo ha colpito al petto!

«Brutto figlio di puttana. Giuro che se mi sfiori anche solo con un dito ti ucciderò!»

Sto pensando che non era proprio il caso di correre un simile rischio. È invece il caso di mettergli paura. Mentre il suo viso di gomma cessa di sorridere e mostra anch'esso alcuni segni inequivocabili di collera, vado a cercare dentro il mio animo una scheggia di coraggio.

«Senta, signor Hastings, lo vede quel computer acceso? Ho appena scritto all'ispettore Collins del Distretto Cinque che lei ci sta minacciando. Ho fornito una sua descrizione. Se anche riuscisse a compiere un crimine in tempo, la prenderebbero subito e per lei sarebbe l'ergastolo. Se invece se ne va immediatamente e ci lascia stare, le giuro che non sporgeremo denuncia a suo carico per la violazione armata di domicilio e conseguenti minacce».

«Ehi, pezzente pappamolle, mi credi un imbecille?»

Si siede al computer ed entra nel programma di posta elettronica che ho lasciato inavvertitamente aperto. Entra nella cartella della posta inviata. Mi ha fottuto.

«Non hai spedito un bel niente a nessuno. Sei un idiota cacasotto».

«Ho cancellato la mail inviata» ribatto rapido. Ma non è il tipo da credere a questa balla detta in modo frettoloso.

Si gira, si avvicina a me con aria malvagia e mi punta la pistola sul lato sinistro del collo. È gelida e mi toglie il respiro. Deglutisco, giusto per capire se sono ancora in grado di comandare il mio corpo.

Il pazzo mi è ancora addosso e sta ansimando. Ha i capelli brizzolati, una cicatrice lungo il lato destro della mandibola, due basette lunghe e bianche. È robusto, e dà l'idea di essere piuttosto forte.

Qualche minuscola goccia di sudore gli imperla la fronte. Dal girocollo della maglietta bianca fuoriesce un ricciolo di peli lunghi e bianchi.

I suoi occhi sono decisi, cattivi. Di un azzurro vitreo. Il naso è sottile e adunco, ma ha un piccolo neo proprio sulla punta. Le rughe fra e sopra gli occhi fanno pensare a un uomo che ha pensato e sofferto molto. È ben rasato. Labbra carnose. Non sarebbe affatto un brutto uomo, se i tratti della follia non gli stravolgessero i lineamenti.

Tornò a casa accigliato, ma risoluto.

Ripose la pistola nel cassetto del comodino, ma non certo l'idea di cancellare Alex dalla faccia della terra. Aveva infatti deciso di picchiarlo fino a che non avesse esalato l'ultimo respiro. Era più alto e più forte di lui, inoltre conosceva le arti marziali: che bisogno aveva di un'arma? Lo avrebbe steso per terra e finito a forza di cazzotti sul muso.

Bisognava soltanto trovare un garage, prenderlo in affitto e ideare un modo per trascinarvelo. Una volta chiusi all'interno, lo avrebbe subito aggredito e per Alex sarebbe stata la fine. Gli avrebbe detto qualcosa prima di massacrarlo a colpi di karate? No, non c'era nulla da dire. Bisognava solo farla finita con quello schifoso criminale che aveva prima rovinato e poi posto fine alla vita della più pura delle donne.

Aprì il suo computer portatile e digitò su Google la frase: "Garage in affitto Manhattan". Gli apparvero subito diverse offerte. Non cercò la più economica, ma la più vicina a Mulberry Street. Gli ci vollero solo dieci minuti. Ne trovò infatti uno in Spring Street, non lontano dall'incrocio con Mulberry Street, proposto direttamente dal proprietario. Telefonò immediatamente. Il garage era libero e la richiesta abbastanza economica.

Marco chiese se poteva prenderlo in affitto per sei mesi. Gli fu risposto che normalmente si stipulavano contratti per periodi molto più lunghi ma, per l'occasione, si poteva fare un'eccezione. Per essere sicuro di non farsi sfuggire l'opportunità, Marco fissò un appuntamento per l'indomani, ore nove del mattino.

Jessica cerca di recuperare il coltello da terra, ma lui se ne accorge.

«Fai una mossa e sparo al tuo eunuco del cazzo».

Lei si blocca e lui mi affonda la canna della sua arma nel collo.

Cristo santo, spinge come un ossesso e ha gli occhi iniettati di sangue. Mi sta togliendo il respiro, cazzo!

Mentre inizio a tossire, ecco che la pressione si allenta.

«Ehi, no, non farlo!»

Mi ha puntato la pistola sull'avambraccio destro e...

...che ti pigliasse... 'fanculo, figlio di puttana, non osare, eh?

Questione di un secondo, un dannato, eterno, secondo.

Prima la paura. Poi il boato. Quindi il terrore. E infine il dolore.

Cristo santo... 'sto schizzato mi ha sparato nel braccio!

Non faccio in tempo a pensare come cazzo gli è venuta in mente un'idea simile: il sangue esce a fiotti. Da sopra, dove il proiettile è entrato, e da sotto, dove è uscito.

Il dolore è lancinante, ma va a tratti, a ondate, a pulsazioni. Sono terrorizzato, ma non posso permettermelo: che ne sarà di Jessica?

Per un momento non sento nulla, come se il braccio fosse stato amputato.

Deve avermi fracassato entrambe le ossa, radio e ulna.

L'emorragia si accentua. Sto per svenire. In effetti, all'improvviso le ginocchia cedono e, senza neanche accorgermene, finisco per terra.

A fatica mi volto. Lo guardo negli occhi: che figlio di una troia!

Adesso mi incazzo.

«Pezzo di merda, figlio di un cane, sei pazzo da legare!»

Jessica lo osserva come se volesse incenerirlo. Lo sparo e la vista del sangue, anziché intimorirla, hanno fatto incazzare anche lei. Lo odia con tutte le sue forze. Lo disprezza. Vorrebbe saltargli al collo, ma non osa: teme per la mia incolumità, più che per la sua.

«Sei un lurido maniaco. Un fottuto schizzato da rinchiudere. La pagherai, giuro che la pagherai, figlio di puttana che non sei altro!»

Lo psichiatra se la ride. Fronteggia l'ira di Jessica con una risata folle e sepolcrale.

Adesso la guarda serio e determinato. Stringe le mascelle. Inarca le sopracciglia. Allarga le narici. Ruggisce.

«E ora tocca a te!»

Mi trascino fino alla sedia vicina, dalla quale recupero una canottiera per avvolgermi il braccio ferito e fermare in qualche modo l'emorragia. Dopo avermi lanciato un altro sguardo carico di disprezzo, lui si avvicina un altro passo a Jessica. La fissa negli occhi. Poi torna verso di me e mi punta la pistola alla tempia. Rivolgendosi a lei, la minaccia con tutta la crudeltà di cui è capace.

«Caccia un altro urlo o commetti altre stupidaggini e faccio saltare il cervello del tuo frocio del cazzo. Sono stato chiaro?».

Jessica lascia andare la collera per un istante e mi guarda con tenerezza. Sta cedendo.

«No, per carità, basta. Farò quello che vuoi».

Il cane rognoso si allontana da me e torna a sorriderle.

«Così va meglio».

Avanza verso di lei. Lentamente.

«Stammi lontano, hai capito? Non osare!»

«Tranquilla, tranquilla, vedrai che ti piacerà. Proprio come l'ultima volta... a Honolulu... Otto anni, due mesi e un giorno fa».

Quando è ad un passo da lei le punta la pistola alla tempia e le ordina di spogliarsi. Lei obbedisce. Il terrore, mescolato a una rabbia che non vorrei mai provocare in nessuna persona al mondo, dipinge i suoi occhi di maledizioni oscure. Le sue gambe tremano visibilmente.

Ho avvolto la canottiera attorno al braccio e fermato provvisoriamente l'emorragia. Il dolore è sempre a corrente alternata, ma devo far funzionare il cervello. Cosa posso fare per salvarla? Sono ancora qui a terra, praticamente inerme, con una mano a tenere stretta la canottiera ormai intrisa di sangue. Cosa posso fare?

Jessica è già seminuda. Ingobbita. Sottomessa.

Hastings la guarda per bene, davanti e dietro. Ansima.

È eccitato, il porco.

«Sei più bella di otto anni fa, che ti pigliasse un colpo!» Il suo è un tono da maniaco, non ci sono dubbi. Eccolo che si slaccia il bottone dei pantaloni. Jessica mugugna qualcosa. Il dolore al braccio aumenta. Quel pezzo d'un cane mi ha sfracellato entrambe le ossa.

Hastings la spinge sul divano. Le salta sopra. Tiene sempre quella dannata pistola in pugno.

Ora comincia a sfilarsi le braghe.

Faccio per alzarmi in piedi e tentare il tutto per tutto, ma lui mi punta di nuovo la pistola.

«Torna a sederti per terra o ti faccio un buco in testa!»

Obbedisco. Lui riprende posizione, concentrandosi su Jessica.

Un attimo prima di mettere le mani sulla mia compagna, si gira ancora una volta verso di me. Ha un ghigno di sfida sul volto. Un ghigno fiero, vendicativo, folle e, soprattutto, crudele.

«Tu guarda come si fa e impara».

Quarantasei

Mercoledì

Non posso permettere che quello squilibrato stupri Jessica. Non posso permettere che lo faccia in generale, figuriamoci proprio a lei, davanti ai miei occhi e per di più in casa mia.

Mi trovo a tre metri di distanza dal divano sul quale ora Hastings si sta sfilando i pantaloni: ci mette un po' di tempo perché non molla quella dannata pistola. Sono ancora qui per terra, come un cretino inoffensivo e non posso far altro che continuare a stringere la canottiera sull'avambraccio ferito. Ma qualcosa devo fare, per Dio: se voglio cambiare il corso degli eventi, devo trovare il modo di liberare almeno il braccio buono.

«Ehi, Hastings, o mi allunghi qualcosa, o muoio dissanguato».

Si gira sprezzante.

«Sai che perdita per l'umanità…»

Col pene eretto si china sul corpo di Jessica. Che schifo!

Il coltello è laggiù per terra, contro il muro, ad almeno quattro metri da me. E fra me e il coltello c'è lui. Se mi metto a strisciare mi vede e va a finire che mi spara nell'altro braccio, o in una gamba o, come ha minacciato, nel cervello.

Cristo santo, mi serve un'idea!

Che cosa cazzo posso fare nei pochi secondi che mi rimangono?

Dai, Roy, tira fuori un'idea!

In questo preciso momento parte la musica amica di *Simply the best*: è il mio cellulare. Allora dev'esserci un Dio da qualche parte!

Hastings si gira verso di me: mi sbriciolerebbe!

Si alza dal divano e si dirige verso il tavolo.

Il suo culo piatto e peloso fa ribrezzo. La carnagione è bianchissima, slavata.

Prende il mio cellulare e lo scaglia a terra con tutta la forza che ha.

Mai visto un pazzo del genere in tutta la mia vita. E questo qua curava la mente degli altri?

Jessica intanto si è alzata dal divano e si è diretta alla finestra. Che azzardo!

Hastings non punta la pistola verso di lei, ma verso di me.

«Provaci e lo faccio secco».

La grinta del folle la blocca. I nostri sguardi si incrociano: una gara dura fra il suo senso di colpa e il mio senso di impotenza. Fra la sua paura e la mia disperazione. Fra la sua angoscia e la mia debolezza cronica.

«Torna qua, puttana. Sdraiati e apri quelle cazzo di gambe».

Jessica torna indietro e, con estremo disgusto, esegue l'ordine. Chiude gli occhi: non vuole vedere la faccia di quello schifoso mentre le sta sopra e le entra dentro.

«Non farlo!» grido io in preda al panico.

«Fottiti! E impara!»

Sempre con la pistola in mano, si posa su di lei. Ma non fa in tempo a infilarglielo dentro perché stavolta squilla il telefono fisso. Di certo si tratta della stessa persona che mi ha cercato un attimo fa al cellulare.

Ho un colpo di genio. Era ora!

«Devo rispondere, o penseranno che mi sia successo qualcosa».

«E faranno bene a pensarlo!» torna a rialzarsi e va strappare il filo del telefono dal muro.

'Sto stronzo non ha nulla da perdere e non gliene frega un cazzo di niente...

Mentre torna verso il divano chiede a Jessica se ha un cellulare nella sua borsetta.

Lei fa cenno di sì col capo. Lui prende la borsetta e la rovescia per terra.

Non ha nulla da perdere: dopo averla fottuta, ci ammazzerà come due maiali al macello...

Pensieri terribili affollano la mia mente: ormai lo possiamo riconoscere fra migliaia di persone, quindi non abbiamo speranza. Ci ucciderà per forza!

Distrutto anche il cellulare di Jessica, torna al suo obiettivo. La pistola nella mano destra, con la sinistra comincia a palparle il seno: ha perso l'erezione e vuole ripristinarla. Quando fa per infilarle un dito nella vagina, Jessica cerca di proteggersi, ma lui le sposta le mani con la pistola.

Un altro squillo! Un'altra possibilità!

Forse l'ultima.

Il suono basso e gracchiante del citofono salva Jessica per la terza volta. Chi mi sta cercando non è dunque lontano da casa mia e vuole parlare con me a tutti i costi. Chiunque sia, prego Dio che gli riservi la più felice delle esistenze se solo riuscirà a liberarci da questo mostro.

Hastings si alza nuovamente dal corpo nudo di Jessica e inveisce prima contro Dio, poi contro di me.

«Chi cazzo è adesso?»

«Devo rispondere?»

«Nient'affatto. Tu non sei in casa, quindi non rispondi al telefono e hai il cellulare rotto. Semplice, no? Vedrai che il rompicoglioni se ne va».

Il campanello del citofono squilla di nuovo. Una volta. Due volte. La terza volta in modo prolungato. Chiunque sia, dev'essere un tipo tosto, che non si arrende alle prime difficoltà. Darei un milione di dollari per sapere chi è e cosa vuole.

Hastings si tira su i pantaloni e scende dal divano. Il viso di Jessica riprende un po' di colore.

Il tipo giù in strada suona ancora. Caspita quanto è insistente: ora si è letteralmente attaccato al pulsante del campanello. Sembra quasi che sappia che sono in casa. Che mi abbia visto salire? Che sia l'ispettore Collins? Se è lui, tra poco sfonderà la porta.

Idea!

«È di certo l'ispettore Collins del Cinque. Ti conviene scappare».

«Un poliziotto? E perché mai dovrebbe venire a cercare uno come te?»

«Sia io che Jessica siamo stati interrogati ieri da Collins perché hanno ucciso una nostra amica. Ci ha detto di rimanere a disposizione visti i nostri rapporti con la vittima. Evidentemente ha delle altre domande da farci».

«Parli della donna uccisa dove abita *Susie*?»

Che strano sentirlo usare quel nome… Ma la cosa più strana è… come fa a sapere di Laura? *Vuoi vedere che è stato davvero 'sto pazzo criminale?*

Mi tolgo dalla faccia lo sconcerto e rispondo alla sua domanda.

«Esatto. Ti conviene dartela a gambe levate e lasciare il Paese il più presto possibile».

Hastings comincia a riflettere. Forse, stavolta ho colto nel segno. Il suo atteggiamento è mutato. Ora si è portato sulla scala antincendio e guarda giù in strada. Fa oscillare la testa di qua e di là. Perché il coltello è così lontano, cazzo? Se avessi il braccio funzionante…

L'ascensore arriva al piano. Alcuni passi pesanti.

«Roy Tarantino? Avanti, apra, lo so che è lì in casa!»

Non è assolutamente l'ispettore Collins. Ha un timbro di voce baritonale e un fortissimo accento italiano. Sembra incazzato con me, ma io non ho mai sentito questa voce in vita mia. Che sia un agente del Cinque mandato dal capo?

QUARANTASETTE

Mercoledì

«Guardi che ci metto un attimo a sfondarle la porta!»

Non ho la più pallida idea di chi sia. Ma quell'accento italiano…

Il maniaco fa uno scatto improvviso e si avvicina a me. Mi ripianta la pistola nel collo.

«Ehi, pezzente: chi cazzo è?»

Ora molla la presa. Si dirige allo spioncino.

«Fanculo!» e sbatte la pistola contro la porta.

Devo provarci…

«Non è l'ispettore Collins, ma il poliziotto italiano che ci ha portati al distretto. Sergente Sbarro, direi…».

Alle spalle dello schizzato intravedo Jessica che annuisce. Approva la mia idea. Ora spalanca gli occhi e socchiude la bocca, indicando se stessa e aumentando la velocità del capo che fa ancora su e giù. Ci sono: mi vuol far intendere che sa di chi si tratta.

Prego che il tipo fuori dalla porta non si qualifichi diversamente. Sennò va a finire che il maniaco lo fa entrare e uccide anche lui.

Hastings rimane qualche istante indeciso. Poi torna alla finestra che lui stesso ha rotto poco fa per fare la sua dannata irruzione in casa mia.

«Tarantino, lo so che è lì dentro. Le do l'ultimo avvertimento: apra o sfondo la porta!»

Al botto della prima spallata, Hastings si risolve e scavalca la finestra.

«Ogni promessa è debito…tornerò!» conclude rivolto a Jessica. E riprendendo la via della scala antincendio sparisce nella notte. Stavolta l'ha bevuta: ha creduto che si trattasse di un poliziotto e quando ha guardato attraverso lo spioncino non ha visto nulla… perché l'aveva sbarrato egli stesso prima di andare sul tetto! Wow, che colpo di fortuna!

«Non sfondi la porta. Sto per aprirle!»

Jessica si sta rimettendo il reggiseno. Io sono ancora a terra, come il più sfigato dei codardi.

«Un attimo che mi vesto, Roy, e vado io».

«Grazie». Il braccio mi batte come se il cuore si fosse trasferito qui. La canottiera però sembra avermi aiutato a fermare l'emorragia.

Jessica finisce lo spogliarello al contrario e mi aiuta ad alzarmi e a sedermi su una poltrona. Quindi apre la porta. Appare un tipo seminascosto dalla figura di Jessica e di cui vedo solo la capigliatura: bionda e ben pettinata.

«Jessica, per Dio, che ci fai qui?»

Jessica salta al collo del convenuto e lascia andare qualche singhiozzo. Se ne stanno lì, sulla soglia, per un eterno minuto. Abbracciati. A dire il vero lei lo abbraccia forte, mentre lui la cinge molto debolmente, come se fosse imbarazzato. Sento che lei lo ringrazia. E io, che ci faccio qui sanguinante e abbandonato?

«Vieni dentro. Dobbiamo chiamare il 911. Il mio amico Roy è ferito».

Finalmente vedo in faccia il nostro salvatore. Sarà alto un metro e ottanta. Biondo e occhi azzurri. È meno imponente, ma somiglia vagamente a Dolph Lundgren, l'attore svedese che ha interpretato Ivan Drago in Rocky IV. In effetti, dà anche l'idea di essere fisicamente forte.

«Roy, ti presento Alex, il marito di Laura. Alex, Roy Tarantino. Ma non c'è tempo per dire altro: chiamiamo il 911 o ti portiamo noi all'ospedale?»

«Meglio chiamare. Devo avere entrambe le ossa dell'avambraccio rotte. Inoltre è bene che anche la Polizia sappia subito cosa è successo…»

Osservo Alex. Dev'essere un tipo tenace, si vede dalla mandibola volitiva. Anche lui mi guarda e fa una faccia strana. Sembra, boh? Lontano, assente, distaccato. Ecco, privo di emozioni. Eppure, un attimo fa, quando voleva sfondare la porta, sembrava avercela con me. Forse la vista delle mie condizioni gli ha impedito di scaricarmi addosso la sua rabbia e ne è profondamente dispiaciuto. Indossa vestiti firmati. Trussardi, se non ricordo male.

Jessica gli chiede il cellulare per chiamare il 911. Lui le allunga un iPhone e lei si allontana per effettuare la chiamata. Alex mi si avvicina. Gli indico il divano e lui si siede.

«Si può sapere cosa le è successo, signor Tarantino?»

«Mi hanno sparato».

«Sparato? Sta scherzando…» replica senza però alterare di molto il suo comportamento assente, distante. Non gliene frega un cazzo di quel che mi è successo.

«Nient'affatto. E le dirò che se lei fosse arrivato un attimo dopo ci avrebbe trovati entrambi morti». Indico la finestra rotta, poi le chiazze di sangue per terra. Ahia, adesso avverto una fitta di dolore più forte di tutte le precedenti. Trovo comunque la forza per ringraziarlo.

«Ci ha salvato la vita. Grazie.»

Attendiamo l'arrivo dell'ambulanza e della Polizia e raccontiamo ad Alex l'accaduto. Ora sembra più interessato, quanto meno a Jessica. Io, infatti… mi sa che non gli piaccio tanto. Forse non gli piace l'idea che Jessica ed io ce la intendiamo. Lo so come sono fatti gli uomini. Ma no, ma no, che cazzo mi metto a pensare? Ce l'ha con me per tutt'altra ragione: perché stavo portando Laura all'aeroporto quando…

Già, Laura. Mi rendo conto che stiamo parlando solo della nostra disavventura. Pur provando un dolore intermittente che mi dà solo pochi istanti di respiro, sento il dovere di essere civile.

«Le faccio le mie condoglianze, signor Gentile».

L'argomento determina una sorta di scossa in Alex.

«Grazie. Ero venuto qui proprio per questo. Volevo sapere come vi siete conosciuti e per quale ragione lei, signor Tarantino, era alla guida dell'auto che ha portato Laura a casa di Jessica dove quell'assassino l'ha braccata e uccisa. Ma posso attendere che le sistemino il braccio».

Lo ringrazio per questa sua gentilezza quando la sirena dell'ambulanza raggiunge Mulberry Street e cessa di suonare. Jessica apre la porta in fondo prima ancora di sentire suonare il campanello. Con una certa apprensione, dice che siamo al quinto piano.

Ora apre anche la porta di ingresso. Dall'ascensore escono due infermieri, un uomo e una ragazza molto giovane. Portano dentro una barella. Mi tolgono la canottiera insanguinata che ho arrotolato al braccio. Danno un'occhiata alla ferita. Comunico che penso di avere entrambe le ossa rotte. Loro fanno un minimo cenno d'assenso. Molto seri in viso, li osservo mentre disinfettano e applicano la provvisoria fasciatura con la quale arriverò in ospedale. Ora mi adagiano sulla barella e mi portano fino all'ascensore. Qui mi aiutano ad alzarmi per consentirmi di entrare. L'infermiere porta giù la barella, mentre la sua collega entra con me.

Proprio mentre l'ascensore si apre, un agente del NYPD giunge qui al pianerottolo salendo dalle scale. Jessica spiega rapidamente l'accaduto e il poliziotto mi lascia andare. Lei e Alex, invece, tornano in casa mia per raccontare più in dettaglio la disgrazia appena sfiorata e, immagino, per sporgere denuncia contro quel pazzo di Hastings.

Quarantotto

Mercoledì

Eccomi al Pronto Soccorso del New York Downtown Hospital, al n. 150 di Essex Street.

Mi medicano nuovamente la ferita e mi applicano qualche punto. Ora mi stanno portando su una lettiga a fare delle radiografie. Un corridoio, un ascensore, un altro corridoio. Gente che va e infermieri e medici che vengono. Qui accade tutto in presa diretta.

Il radiologo, un tipo coi capelli bianchi ma con sopracciglia e basette nere, sembra in attesa da qualche minuto. Esegue il suo compito in un silenzio di tomba. Ora prende le radiografie e le guarda in controluce.

«Che cosa vede?»

«Le è andata bene: c'è solo una frattura composta dell'ulna. Il radio è appena scheggiato».

«Significa che sarò operato?»

«Certo. Sempre se vuole guarire…»

Prima taciturno, poi sarcastico. Il mondo è proprio pieno di matti.

Mi trasportano seduta stante nella sala operatoria di ortopedia: ho l'impressione che non aspettassero altro che qualche maniaco sparasse nel braccio di uno sfigato come me.

L'ortopedico ha già la mascherina sul viso e i guanti di lattice alle mani. È assistito da un'infermiera con due scintillanti occhi azzurri che mi inietta una dose di anestesia locale poco sotto il gomito. Eseguono l'intera operazione, che dura quasi un'ora, senza degnarmi di uno sguardo. Alla fine, l'ortopedico mi ritiene sufficientemente degno di meritarmi una spiegazione.

«Le abbiamo applicato una placca a compressione dinamica che minimizza il contatto tra la placca stessa e l'osso. In questo modo, avremo una maggiore vascolarizzazione del segmento osseo interessato che farà diminuire sensibilmente le probabilità di un'osteoporosi temporanea sotto la placca. Inoltre, risulterà facilitata la formazione del callo periostale nel focolaio di frattura».

Non ho capito nulla, ma va bene così.

Dopo un'altra verifica e cura della ferita, mi viene applicato il gesso. Un gesso che arriva oltre il gomito, a pochi centimetri dalla spalla. Affinché mi si possa disinfettare la ferita nei giorni a venire, mi viene creata un'apertura parziale nel gesso.

L'infermiera mi comunica che mi tengono ricoverato per una notte. Mi aiuta a sedermi su una sedia a rotelle e mi porta alla mia stanza dove trovo Jessica e Alex che pare abbiano interrotto la loro deposizione per venire a sincerarsi delle mie condizioni. A loro viene detto che non possono fermarsi più di un minuto, ma tanto hanno appuntamento al Cinque, da Collins, per la stesura dettagliata del verbale e l'elaborazione degli identikit.

Pare che Jessica abbia intenzione di raccontare tutto, sì, proprio tutto, a partire dallo stupro subito al posto (e in casa) di Laura. Evidentemente, lo spavento provato stasera in casa mia, l'ha indotta a vuotare il sacco con la Polizia: bene, non tutti i mali vengono per nuocere. Poiché Hastings è riemerso dal passato e costituisce tuttora una indubbia minaccia, Jessica non ha più alcun motivo per non denunciarlo e farlo ricercare. Anzi, è felice di potersi togliere dalla coscienza il peso di una verità tenuta nascosta troppo a lungo.

«E chissenefrega se il mio passato dovesse tornare a galla ed essere oggetto di qualche gossip locale». Che meraviglia sentirla parlare così! È proprio una gran donna…

Lo sblocco veritativo di Jessica, insieme alla tremenda avventura che abbiamo condiviso, la fa tornare vicina, affettuosa, premurosa. Mi bacia più volte sulla fronte, sulle guance e sulle labbra.

«Hai preso la decisione giusta, sono fiero di te!»

Noto che Alex vorrebbe scaraventarmi addosso le sue domande, ma la situazione glielo impedisce e intravedo sul suo viso i solchi profondi della frustrazione.

L'infermiera dagli occhi azzurri ritorna e fa sloggiare la mia amichetta e colui che ci ha salvati dalla furia di quel pazzo criminale.

Poi mi infila un ago sul dorso della mano e alla sua estremità esterna attacca una flebo. Dice che la dovrò tenere per tutta la notte e la mattina successiva.

Non ho la forza di fare domande. Le sorrido e mi addormento prima ancora che esca dalla stanza.

Era stato talmente affettuoso col piccolo Thomas durante la cena e con lei subito dopo, sia in cucina che in camera da letto, che Julia aveva cominciato a farsi ben più di qualche semplice domanda. Non lo conosceva da molto e non stava con lui che da pochi mesi, ma di certo non pensava che nel suo carattere ci fossero anche momenti di così profonda tenerezza. Si era innamorata del suo "cervello", della sua sapienza, del prestigio internazionale che aveva raggiunto. Non certo dell'aspetto esteriore: anche lei lo riteneva brutto, con quei capelli radi e quella barba incanutiti anzitempo che lo facevano dieci anni più vecchio di quanto non fosse. Del suo carattere aveva apprezzato la gentilezza e l'educazione, nonché la fondamentale bonarietà che lo rendeva gradevole a tutti coloro che avevano la fortuna di conversare con lui.

Per la prima volta le aveva detto "Ti amo" mentre facevano l'amore. Sul momento si era sentita particolarmente gratificata e si era riempita della felicità più grande. Ma una volta archiviata la passione, era tornata a riflettere sul cambiamento improvviso di Fabio, e aveva concluso che doveva per forza essere successo qualcosa, in quanto l'affettuosità durante la cena e la passione che ci aveva messo a letto erano del tutto nuove e, per certi versi, un tantino esagerate.

Partita tutta quella riflessione dalla semplice constatazione del mutamento d'umore del compagno, ecco germogliare nella mente di Julia l'ombra vaga di un sospetto da cui si sviluppò – proprio come l'avena fatua va ad infestare il frumento e a minacciarne il raccolto – una catena di congetture che andò a guastare la considerazione che si poteva nutrire di quello stesso mutamento.

Le ci vollero diverse ore prima di prendere sonno: ci riuscì soltanto quando prese la decisione di andare a rovistare nello studio e nel computer di Fabio. Lo avrebbe fatto l'indomani mattina, non appena lui se ne fosse andato al lavoro.

In nottata Alex accompagnò Jessica da Robert Collins. L'ispettore del Cinque, saputo dall'agente l'esito del primo interrogatorio a casa mia, aveva molte domande da farle e, in particolare, aveva bisogno della sua collaborazione per elaborare due identikit; quello del primo stupratore e quello del dottor Hastings.

La cosa stupefacente era che di quest'ultimo la Polizia non deteneva alcun record: incensurato al tempo in cui insegnava alla UCLA, il suo viso non risultava coincidere con nessuno dei criminali in circolazione. Incrociando vari database, Collins arrivò a reperire alcune notizie apparse sul *Los Angeles Times* una dozzina di anni addietro, quando il professore aveva pubblicato un libro che riassumeva le sue ricerche nel campo della paranoia, fra i quali i deliri di gelosia e la mania di persecuzione. Il libro era stato pubblicato da una casa editrice che negli anni successivi era fallita e non era mai stato ristampato.

Sulla base di queste scarse notizie, Collins chiamò i colleghi del LAPD. A un sergente, con cui aveva già collaborato, chiese di trovargli una copia del libro e di controllare sui database l'indirizzo della casa di San Diego dove lo psichiatra si era presumibilmente ritirato dopo il pensionamento. Il sergente lo mise poi in contatto con un detective del San Diego Police Department, il quale fece una rapida verifica dei passeggeri e gli comunicò che un certo Seb Paulings – i cui connotati coincidevano con quelli dell'ex-psichiatra – aveva preso un volo San Diego-New York tre giorni prima. Tutte queste informazioni sembravano collimare perfettamente con la deposizione di Jessica.

Collins chiese poi ai colleghi di San Diego di coordinare una richiesta congiunta di arresto e, immaginando che lo psichiatra non avrebbe fatto ritorno immediato nella città in cui viveva, consigliò di presentare ai giudici competenti di Palm Springs una ulteriore richiesta per un mandato di perquisizione della casa di residenza di questo Paulings. Il Cinque di New York si sarebbe invece fatto carico di diffondere l'identikit a tutti i distretti di Polizia degli Stati Uniti. Per parte sua, Collins fece anche una telefonata all'F.B.I. per sapere se nei loro archivi fossero reperibili informazioni utili per rintracciare e quindi arrestare lo psichiatra più pericoloso d'America. La telefonata, tuttavia, non produsse granché, se non una vaga promessa di interessamento e di segnalazione informatica a tutti gli uffici del Bureau.

Per quanto riguardava lo stupratore di lunedì notte, che Jessica non aveva visto chiaramente in volto per via della calza che portava sulla faccia, ma le cui dimensioni erano abbastanza uniche, l'esperto informatico di Collins trovò una terna di sospetti che soddisfacevano la descrizione offerta e vantavano una discreta carriera in tal senso. Jessica, in entrambe le deposizioni, aveva specificato che quel gigante le era sembrato a disagio nel compiere l'atto criminale, per cui, probabilmente, si trattava di una prima volta per lui o addirittura di un poveraccio adescato dalla criminalità organizzata per lavori sporchi di questo genere. Se Jessica avesse avuto ragione, nessuno dei tre sospetti individuati avrebbe potuto essere il ricercato. E infatti, dopo aver a lungo guardato le fotografie degli indiziati, pur non potendo esserne certa, la testimone disse che non le sembrava di ravvisare il colpevole in nessuna delle tre facce mostrate.

Jessica raccontò allora dell'avvertimento dato da Basile a Laura e precisò che secondo lei e Roy le due morti dovevano per forza essere strettamente collegate. Collins si disse d'accordo: la comunicazione data ai giornali era stata una sua idea per depistare gli assassini. Quindi, poiché al Cinque erano certi della collusione del re della pizza con Cosa Nostra, avrebbero cercato gli assassini di Laura e di Basile, nonché lo stupratore di Jessica, nell'ambito della stessa indagine.

Capitolo a parte, invece, per la minaccia chiamata Hastings. Collins offrì a Jessica la possibilità di avere un poliziotto sotto casa. Lei fece una controproposta: una *policewoman* doveva dormire in casa sua e un *policeman* piantonare la casa da sotto. La prima sarebbe stata impegnata solo finché Roy non fosse tornato a casa dall'ospedale, cioè soltanto quella stessa notte.

Ma Collins rispose che non poteva assegnarle due agenti. O la poliziotta in casa, o l'agente sotto casa: Jessica doveva scegliere. A questo punto, dopo un lungo silenzio in cui era parso più assente che addolorato, Alex disse la sua.

«Se te la senti, ti prendo a dormire da me».

Jessica ci pensò su un attimo. Ricordando cosa le era capitato l'ultima volta al 168 di Mulberry Street, preferì suggerire un'altra idea.

«Ti ringrazio, Alex, ma preferisco restare a casa mia. Mi farò bastare l'agente sotto casa».

Collins diede subito istruzioni al telefono e le confermò che uno dei suoi uomini si sarebbe piazzato in un'auto del NYPD davanti al portone di casa sua e avrebbe ricevuto il cambio intorno alle cinque del mattino.

Mentre guardava quei due andarsene, il detective del Cinque non poté non pensare che l'italiano neo-vedovo era alquanto strano: non solo non sembrava poi così tanto affranto per la morte violenta, atroce e improvvisa della moglie, ma, dopo aver salvato, per pura fortuna, la vita di Tarantino e dell'amica, ora aveva proposto a quest'ultima di andare a dormire da lui... Lo squillo del cellulare lo destò dai suoi pensieri. Ma nelle ore seguenti sarebbe tornato più volte a riflettere sul bizzarro atteggiamento del signor Gentile.

QUARANTANOVE

Giovedì

Mi sveglio intorno alle sette del mattino. Il braccio ferito e operato, dentro il gesso, mi fa male: evidentemente è cessato l'effetto dell'antidolorifico. Suono il campanello e, alla donna in divisa che arriva dopo un minuto, dico la verità senza vergognarmi.

L'infermiera di stamattina non è più nel fiore dei suoi anni, ma è molto gentile. A dire il vero, d'acchito, fa una faccia come dire: "Caspita che eroe abbiamo qui al Downtown Hospital!", ma poi va a prendere una siringa, preleva del liquido da una fiala e me lo inietta nel deltoide. Nel giro di pochi istanti il dolore sparisce. Subito dopo, mi portano la colazione: mangio di gusto, anche se goffamente perché devo usare la mano sinistra, un paio di fette biscottate con marmellata e mi bevo un tè caldo al limone. Molto allungato.

Intorno alle otto viene un medico a visitarmi. Dà un'occhiata alle radiografie e alla cartella clinica senza proferire parola. Controlla le scritte minuscole sulla flebo poi avviene un miracolo: Dio gli restituisce la favella e mi chiede come mi sento.

«Bene, dottore. Quando pensa che potrò essere dimesso?»

«Vista la fortuna sfacciata che ha avuto, penso che la sbatteremo fuori di qui nel pomeriggio. Dobbiamo liberare il letto per pazienti con problemi seri».

Spiritoso.

Prima di sparire dalla mia stanza si volta e mi lancia un vago sorrisetto. Forse voleva dire che aveva scherzato. Facile scherzare sulle disgrazie altrui...

Andato il medico buffone, ecco apparire sulla soglia una faccia conosciuta.

«Ispettore Collins! Entri, entri pure! Venga a farmi un po' di compagnia...»

«Signor Tarantino, vedo che è di buon umore».

Gli racconto di quanta fortuna ho avuto ieri sera e di quanto il personale medico e paramedico non perda occasione per farmelo pesare. Collins si dice d'accordo. Basta solo convincere me stesso e poi siamo tutti a posto.

Vengo a sapere che Jessica ha vuotato il sacco e mi dichiaro ben contento. Collins mi chiede la mia versione. Gli racconto tutto, ma proprio tutto e sottolineo quanto avessi insistito con Jessica affinché fosse di aiuto alle ricerche ma, per le ragioni che aveva spiegato anche a lui, non ero riuscito a convincerla.

«Beh, poco male» conclude l'ispettore. «In fondo, la riapparizione di Hastings ha comunque prodotto l'effetto desiderato». Prego che non mi rubi la banalità che ho elaborato ieri sera. Ma non ce la fa, troppo ovvio: «Come si dice in questi casi, non tutti i mali vengono per nuocere».

La scocciatura di sentire quella dannata frase fatta, mi fa pensare a qualcosa di più profondo: vorrei vedere come reagirebbe lui a un proiettile che gli spezzasse l'ulna in due ossicini da uccellino. Ma decido di stare al gioco. In fondo, cosa c'è di più consolatorio che conversare facendo incetta di luoghi comuni?

«Già, l'importante è sempre il risultato», replico per dargli ragione, ma poi mi scappa una bella frecciatina: «Non importa il prezzo che si deve pagare...»

Siamo proprio tutti in vena di battute, stamattina. Fino ad ora, abbiamo fatto più scherzi di cattivo gusto che cercato di capire cosa diavolo stia succedendo a Little Italy. Collins mi è sembrato abbastanza superficiale, quasi divertito. A pensarci, il solo momento in cui mi è sembrato di suscitare il suo interesse professionale è stato quando gli ho parlato dei sospetti di Laura sul culturista di nome Marco.

Prima di andarsene, Collins mi informa che domani mattina ci saranno i funerali di Laura.

«Dove?»

«All'Our Lady of Sorrows Roman Catholic Church».

«E dove sarà sepolta?»

«Credo in Italia, a Bologna, nella sua città natale».

«Sono stati informati i genitori?»

«Ci ha pensato il signor Gentile. Comunque le era rimasta solo la madre».

Non oso immaginare che cosa proverà quella povera donna quando si vedrà arrivare la bara all'aeroporto con dentro il corpo della figlia.

«Era venuta qui solo per lavorare...»

«Forse sarebbe meglio dire: per seguire il marito e supportarlo nel conseguimento delle sue ambizioni imprenditoriali».

Collins ha colto nel segno. L'arrivismo innato di Alex era, secondo Jessica, la prima caratteristica che si percepiva in lui. Anzi, l'unica. Un *achiever* nato.

Intorno alle nove ricevo la visita di Jessica. È in compagnia dell'agente addetto alla sua protezione. Lei è molto carina e affettuosa con me, mentre il poliziotto rimane sulla soglia. Mi bacia sulle labbra e poi fa scivolare la lingua dentro la mia bocca. Uhm, che buono!

Ma è una visita lampo perché non vuole perdere neppure questa giornata di lavoro. Deve finire un logo per un'azienda di abbigliamento e vuole farlo al più presto. Anche perché, soddisfatta quella richiesta, vuole prendersi alcuni giorni di vacanza.

Tutto sommato sembra su di morale. Per come si erano messe le cose ieri sera, in effetti le è andata bene davvero. E, ad essere sinceri, ora che il dolore al braccio mi ha dato tregua, riconosco che è davvero andata alla grande anche a me. In fondo, avrebbe potuto spararmi in una gamba, e sarebbe stato molto peggio. Oppure in testa. Ma no, in testa no: quello voleva che io lo guardassi mentre la stuprava... E questa sua psicosi schizoide, insieme all'intervento decisivo del vedovo di Laura, mi ha salvato la vita.

«Mi perdoni, avrei cambiato idea: invece del garage, mi serve un ufficio-negozio al piano terra. Ne avrebbe uno libero in questa zona?»

«Sicuro! Ne ho uno in Kenmare Street che mi si è liberato proprio ieri. Vuole venire a vederlo?»

Si incamminarono. Questione di pochi minuti ed eccoli arrivati.

«C'era un negozio di occhiali, Allstate Glass, non so se lo ricorda. Ora tiro su la saracinesca e glielo mostro».

Marco rimase favorevolmente impressionato: il locale faceva proprio al caso suo. Contrattarono il prezzo per un paio di minuti, quindi si recarono in agenzia per firmare il contratto d'affitto e versare la caparra.

Nella notte aveva cambiato idea perché aveva trovato un modo geniale per convincere Alex ad entrare in un luogo chiuso. Aveva vagliato varie ipotesi, ma era stato solo quando aveva pensato alle caratteristiche più spiccate di Alex – l'imprenditorialità, l'ambizione, il desiderio di ampliare il proprio giro d'affari – che aveva capito come intrappolarlo.

«Ci sono!» aveva gridato esultante.

In un garage non avrebbe mai potuto convincerlo ad entrare, ma in un'agenzia d'affari che aveva una proposta irrinunciabile per lui sul piano economico, sarebbe stato facilissimo.

Lo avrebbe chiamato esagerando l'accento australiano che sapeva imitare piuttosto bene per averlo appreso negli anni vissuti a Sidney. Si sarebbe presentato come titolare di un'agenzia d'affari e gli avrebbe detto che aveva ricevuto mandato da un'agenzia di viaggi con tre sedi – Staten Island, Philadelphia e Seattle – di vendere tutto al miglior offerente. Gli avrebbe fissato un appuntamento. Lui ci sarebbe cascato e sarebbe venuto.

Per trovarci la morte.

Scoccano le dieci quando Alex mi fa visita. Mi comunica che ha chiuso l'agenzia per lutto e mi chiede come ho passato la notte. È molto cortese e premuroso. Ma quando capisce che mi sento bene e sarò dimesso oggi stesso, inizia a interrogarmi.

Vuole sapere come ho conosciuto Laura. Glielo spiego, anche se penso che la domanda sia stupida perché Jessica gli ha già raccontato tutto nei dettagli. Sono totalmente sincero e non gli nascondo nulla, così come ho fatto con l'ispettore Collins. Grazie a questa disponibilità da parte mia, Alex abbassa le barriere e si mostra più amichevole. Cominciamo a darci del tu e a dialogare anche in italiano. Dal suo accento mi pare di capire che venga dall'Italia centrale.

Col passar del tempo arriviamo a raccontarci molte cose della nostra vita e delle nostre origini. In fondo, non è poi così male. Anzi, più volte nutro la sensazione che potremmo diventare amici.

Ma ecco che, d'un tratto, quando meno me lo aspetto, ricomincia daccapo con le sue domande su me e Laura. Come se non mi avesse ascoltato o non avesse capito nulla di ciò che gli ho detto. Santo cielo, ma è stupido o fa il furbo? Forse vuole solo essere rassicurato. Forse vuole vedere se raccontando due volte le stesse cose cado in contraddizione. Dev'essere così, perché non è certo un idiota. Gli narro nuovamente tutto quanto e mi assicuro che stavolta abbia capito. Pare di sì.

Prima di salutarmi, però, mi fa una domanda che reputo bizzarra.

«Laura ti ha mai detto qualcosa di me o del nostro matrimonio?»

È geloso. Adesso lo vedo chiaramente. Teme che io e Laura… Ma è assurdo! Non ha visto che me la intendo con Jessica?

Gli rispondo che Laura non mi aveva mai parlato di lui. Non ce n'era stato il tempo. Affinché non si offenda, e anche per onor del vero, aggiungo che, con tutto quello che era successo dal momento in cui ci eravamo conosciuti in poi, non avrebbe potuto essere altrimenti. Infine, a conti fatti, ci eravamo visti solo tre volte.

Mi guarda con un ghigno poco convinto. Eccolo di nuovo glaciale, distante. Non capisco se non gliene frega un cazzo della vita in generale o se la sua è solo una posa da duro. Chissà cosa sta pensando veramente? Eppure poco fa si era mostrato così cordiale…

Quando sto per chiedergli se si sente soddisfatto delle mie risposte, Alex gira i tacchi e se ne va. No, non credo di essere riuscito a convincerlo.

Bah, un vero enigma questo Ivan Drago dell'Abruzzo.

Parte Sesta

Cinquanta

Giovedì

Sono le quattro del pomeriggio quando vengo finalmente dimesso dall'ospedale.

Alex è passato a prendere Jessica al lavoro e insieme sono venuti a prelevarmi per accompagnarmi a casa. Il poliziotto addetto alla protezione di Jessica ci segue a ruota senza dire una parola e guardandosi continuamente intorno.

Alex ha impegni con l'agenzia delle onoranze funebri e quindi ci lascia sotto casa mia. Jessica sale con me ed è così carina da rimettere un po' d'ordine nell'appartamento. Guardandomi intorno mi sembra impossibile che solo ieri sera abbiamo rischiato entrambi di morire per mano di un pazzo. Mi guardo il braccio ingessato e automaticamente rivedo tutte le scene fino all'epilogo finale. Se penso a quante ne sono successe da domenica notte a mercoledì sera, mi vengono i brividi: in tutta la mia vita non mi è mai capitato di vivere un periodo così denso di tensioni e di pericoli. Anche il mio quartiere ha subito in questi ultimi giorni uno sgradevole quanto inaspettato ritorno al passato: l'atmosfera festosa e tranquilla, che era stata creata negli anni a seguire la grande retata di mafiosi avvenuta ai tempi di Rudolph Giuliani, sembra in questo momento solo un vago e lontano ricordo, offuscata com'è dai terribili crimini commessi da lunedì notte a mercoledì sera in un raggio di duetrecento metri.

E chi si trova al centro di tutto questo vortice di crimini e misfatti? Io! Ovvero, uno dei più insignificanti degli umani, forse l'unico italo-americano che non è riuscito a combinare niente di buono qui negli States. Eppure, se mi trovo in questa situazione, vorrà pur dire qualcosa... Per quanto paradossale possa sembrare visto quello che mi è successo ieri sera, quel senso di svolta che ho percepito di recente è ancora presente dentro di me e, per la prima volta da tempo immemore, mi sento come se mi trovassi di fronte all'ultimo significativo bivio della mia esistenza, all'ultimo treno da prendere al volo, pena il fallimento totale e definitivo.

E allora avanti: diamoci dentro, Roy! È giunta l'ora di tirare fuori le palle!

Qui si tratta di tentare di decifrare una vicenda complessa e fatta di molteplici relazioni interpersonali e di eventi che hanno tutti quanti una ragion d'essere, un filo che li lega insieme come le perle di una collana. Per procedere sulla via della soluzione del mistero, sento il bisogno di ripassare l'incredibile catena di fatti che si è andata dipanando da domenica sera in poi. Ordine, ci vuole ordine...

Ero stato sul punto di suicidarmi quando il grido lanciato da Jessica mi aveva salvato la vita. Ero piombato in un appartamento in cui non ero mai stato e dove era appena avvenuto lo stupro di Jessica, molto probabilmente su commissione, ad opera di uno sconosciuto alto un paio di metri. Avevo scoperto che il criminale, in realtà, voleva violentare la padrona di casa, Laura, la quale era stata avvisata di un imminente pericolo da Basile, l'imprenditore collegato alla mafia che era stato ucciso martedì sera più o meno alla stessa ora in cui lei stessa aveva trovato la morte. Nel tardo pomeriggio di martedì, Laura si era ulteriormente spaventata per via dello strano atteggiamento di Marco e dei due biglietti che aveva trovato e di conseguenza aveva deciso di fuggire in Italia.

A proposito: dove diavolo si troverà questo Marco? Spero sia stato rintracciato e interrogato da Collins. Magari avrà un alibi di ferro e l'avranno rilasciato chiedendogli di rimanere a disposizione. Mi rendo conto solo ora che, a parte quei pochi cenni che mi hanno fatto Laura e Jessica, non so praticamente nulla di lui. Né, l'ho mai incontrato. E non è una mancanza da poco, visto che per Laura era stato lui a stuprare Jessica ed era da lui che voleva fuggire.

Continuo a riordinare le idee. O almeno ci provo. Come se questo puzzle non fosse già abbastanza arduo da ricomporre, ecco che ieri pomeriggio Jessica viene ritrovata e pedinata da uno psichiatra pazzo che è riemerso dal suo passato e che in serata ha pensato bene di fare irruzione in casa mia, spararmi in un braccio e tentare di violentarla davanti ai miei occhi. Per pura fortuna, Alex, il vedovo di Laura, è piombato da me proprio in quel momento e ha impedito l'orrendo crimine ed il duplice assassinio, salvando infatti le vite di entrambi. E così il primo puzzle, quello che ruota attorno a Laura, va a intersecarsi col secondo, quello che riguarda Jessica, rendendo il tutto un doppio enigma degno del miglior Poirot!

Ci vorrebbe un flash, uno di quei momenti in cui l'investigatore vede una minuscola luce in fondo al tunnel e quindi trova la strada per l'uscita. Mi occorrerebbe pensare all'intera questione da una prospettiva diversa, magari guardarla dall'alto, senza pregiudizi.

Se la guardassi dall'alto, forse, potrei intravedere il perché, il come e il chi di quel cosa di cui già conosco il quando e il dove... Era Laura che volevano stuprare. Jessica era stata violentata in casa di Laura, ma era Laura l'obiettivo. E infatti Laura è poi stata uccisa. Un bizzarro legame fra le vicende delle due donne sta nel fatto che è stato Alex, mosso dalla necessità di chiarirsi le idee circa i rapporti fra me e Laura, a salvarci la vita. Ma c'è un altro aspetto che lega insieme il delitto eseguito e quello evitato: il professor Hastings si trovava qui in città e forse nel quartiere la sera dell'omicidio di Laura. E se fosse stato davvero lui, come ho già avuto modo di pensare? In effetti, se avesse visto Laura soltanto di spalle nell'atto in cui entrava in casa di Jessica usando le chiavi e l'avesse inseguita su per le scale in preda alla foga assassina e all'errato presupposto che si trattasse di Jessica... In fondo anche lo stupratore le aveva scambiate...

E che dire di Giuseppe Basile? Assassinato perché aveva cercato di salvare Laura! La mafia è dunque in qualche modo coinvolta in questo inestricabile groviglio, ma comincio a pensare che lo sia soltanto di striscio, in parte, insomma come braccio, non come mente...

Un momento... Ma se i mafiosi sono solo i sicari di questi crimini...

Ecco il flash, Cristo santo...!

Deve esserci un ponte, un link, fra il mandante e gli esecutori, fra ciò che sta fuori del mondo della mafia e ciò che ne fa parte integrante. La mente criminale della persona che voleva tanto male a Laura deve allora trovarsi, come dire? *al confine* fra i due mondi, perché se c'è una cosa di cui sono certo è che Laura non aveva proprio nulla a che vedere con boss e picciotti...

«Lascia stare quelle unghie, Roy! A che cosa stai pensando in modo così assorto?» mi domanda Jessica appena terminato di riordinare.

«A tutto quello che è successo in quest'ultima settimana. Un bel rebus per l'ispettore Collins...»

«Perché non gli dai una mano? Te l'ho già detto, sei forte in questo genere di cose. Pensaci un po' su, mentre chiamo un amico per sistemare questa finestra».

Piego la testa da un lato e accenno un vago sorriso di labbra, come a dire: "capirai...", frase che però mi guardo bene dal pronunciare. In effetti, dentro di me sento salire questa incontrollabile voglia di andare fino in fondo. E mi ritrovo sempre più spesso a pensare che prendere la licenza di investigatore privato non è poi un'idea così peregrina: in una città come New York c'è abbondantemente posto anche per un neofita come me. Quanto meno, al punto in cui sono oggi, potrei provarci. Sperando che non sia troppo complicato per un uomo della mia età.

Era infastidita. Per questo gli aveva risposto male quando le aveva chiesto cosa ci sarebbe stato da mangiare per pranzo. Al che lui si era affacciato dalla cima delle scale e le aveva domandato se c'era qualcosa che non andava. Julia si era scusata e gli aveva risposto che era tutto ok, si sentiva solo un po' stanca per via delle pulizie domestiche e delle diverse lavatrici fatte in un giorno in cui era a casa dal lavoro e avrebbe dunque potuto riposarsi.

Ma in realtà era infastidita perché anche lui, Fabio, non era andato al lavoro quel giovedì. Era stato tutto il giorno al secondo piano passando il tempo nella stanza degli attrezzi ginnici, poi aveva fatto la doccia e infine si era chiuso nel suo studio. Per cui lei non aveva potuto curiosare fra le sue carte, né aprire la sua posta elettronica.

Inoltre, lo aveva sentito più volte fischiettare giulivo come la sera prima e questo suo umore esageratamente allegro le aveva dato sui nervi. Cosa c'era dietro tutta quella ostentata contentezza? Possibile che un'altra donna fosse entrata nella sua vita? Se fosse dipeso da un successo nell'ambito delle sue ricerche glielo avrebbe certamente comunicato, ma non succedeva da tempo che le parlasse del lavoro. Doveva quindi esserci di mezzo qualcos'altro e se lei conosceva bene gli uomini, beh, quando esprimevano una gaiezza inusitata si poteva sospettare una tresca adulterina.

Dovette comunque rimandare la sua indagine all'indomani e il fastidio era acuito dal fatto che avrebbe potuto perquisirgli cassetti e computer soltanto nel tardo pomeriggio, perché in mattinata si sarebbero tenuti i funerali della sua amica tragicamente scomparsa e lei non poteva certo mancare.

Verso sera, come da accordi, Alex torna a trovarci. È passato da una rosticceria cinese e ha portato da mangiare per tutti. Buona idea, dico, così non dobbiamo metterci ai fornelli e poi lavare i piatti. Lui mi guarda il braccio ingessato e mi chiede se sarò presente ai funerali di domani.

«Se Jessica sarà così gentile da accompagnarmi con la sua auto…»

La mia amica del cuore fa un ampio cenno di sì col capo e mi accarezza la nuca.

«Ma certo, caro!»

Guardo Alex. Che strano tipo! Mi riesce davvero difficile inquadrarlo. È così glaciale che non ho memoria di aver mai incontrato un uomo del genere. Che ci sia un robot dentro il suo corpo? Possibile che non soffra minimamente la perdita di Laura? Eppure erano sposati e amministravano un importante business insieme. Lei era una gran bella donna: difficile trovare di meglio. E per di più fedele: pur avendone l'occasione, da quel che ho capito, non ha mai ceduto alle avances di Marco e, tanto meno, di Basile. Ah, già, la questione della frigidità e delle pressioni che lui esercitava su di lei. Uhm, un dettaglio non da poco. Ma forse anche Alex aveva raggiunto anzitempo la pace dei sensi. Forse aveva trasferito la sua libido sul lavoro. Molto probabile.

Prima di andarsene, ci fa alcune domande. A guardarci adesso, l'investigatore sembra più lui che non io. In particolare, vuole sapere se Laura avesse mostrato di essere preoccupata nei due giorni che hanno preceduto la sua morte.

A questo punto gli raccontiamo anche gli ultimi dettagli. Degli avvertimenti di Basile e della preoccupazione di Laura in conseguenza dello strano comportamento di Marco e delle minacce ricevute attraverso quegli strani bigliettini. Particolari che non gli avevo rivelato durante la nostra chiacchierata all'ospedale.

«E perché non me lo avete detto prima? Ne avete parlato con l'ispettore Collins?».

«Certo che lo abbiamo fatto. Glieli abbiamo anche consegnati».

«E...?»

«Probabilmente lo hanno interrogato o stanno per farlo».

A un tratto il suo sguardo si riempie di odio. I suoi occhi sono iniettati di sangue. Finalmente lo vedo capace di provare emozioni. Ma per Dio, così fa paura!

«È stato lui a ucciderla, ne sono certo» ribatte come se fosse entrato in uno stato di trance ipnotica.

«È una tua supposizione o hai delle prove?» gli chiedo, incuriosito più dal suo modo di fare che dalla sua accusa.

Alex si alza dalla sedia e cammina verso la finestra. Dà un'occhiata verso casa sua poi si gira. La sua faccia è quella di Ivan Drago quando batte sui pugni di Rocky prima dell'inizio del match e gli dice: «Ti spiezzo in due».

«Quel bamboccio sdolcinato aveva una cotta, anzi un'ossessione per Laura. Parlo di ossessione perché nessun uomo sano di mente continua a inseguire la stessa donna per oltre vent'anni in tutti gli angoli del pianeta anche dopo che quella stessa donna lo ha ripetutamente rifiutato e ha sposato un altro. Questa sua fissazione è già un motivo più che sufficiente per essere ragionevolmente certi che sia stato lui. Le prove? Beh, non vi sembrano prove questa storia dei bigliettini e la conseguente decisione di Laura di fuggire perché impaurita dal suo atteggiamento minaccioso?»

«Io li chiamerei indizi. Non possiamo essere certi che quei bigliettini li abbia scritti lui».

«Li ha scritti lui, è ovvio, chi altri poteva sapere e avere accesso al suo armadietto in palestra? Chi altri conosce la sua auto?»

Riconosco che quanto Alex dice sta in piedi. Ho una voglia irresistibile di fargli una domanda. Ci provo.

«Secondo te, di recente, potrebbe esserci stato del tenero fra loro? Intendo prima di quei bigliettini...»

Per fortuna reagisce bene e mi risponde.

«Penso che lui l'abbia corteggiata a lungo, che abbia cercato mille volte di farla cadere nella trappola delle sue romanticherie ottocentesche da strapazzo... Ma sono ancor più certo che la mia Laura non gli abbia mai ceduto. E questa sua tenacia l'ha fatto incazzare al punto che... ».

Sul finire della frase mi è sembrato quasi umano. Triste. Rammaricato. Forse sta per crollare.

No, mi sbaglio. Eccolo che si ricompone. Espressione di nuovo abulica: ora sembra proprio che non gliene importi un fico secco di niente e di nessuno.

Fa per andarsene poi si ferma. Si gira e mi guarda. Penso stia soppesando quanto gli ho detto. Non capisco se ha fatto tutte quelle domande e affermazioni perché vuole inchiodare il vile assassino di sua moglie o perché vuole dimostrarsi in gamba. Spero solo non voglia farsi giustizia da sé. Ricordo quell'attimo in cui mi ha fatto davvero paura...

Ora ci saluta con un vago cenno della mano, senza sprecare troppe energie.

E se lui e Laura avessero ragione?

Bisognerebbe che io vedessi questo Marco.

Cinquantuno

Venerdì

Jessica ha dormito al mio fianco. Ieri sera ci siamo dati solo un paio di baci e fatto qualche coccola, abbastanza per farmi eccitare, ma niente più. La moralità innata di cui parlava Kant ha trionfato sui sensi: stamane si svolgeranno i funerali di Laura e quella appena passata non era certo la nottata giusta per fare sesso. Inoltre, il mio braccio ingessato fin quasi alla spalla mi avrebbe reso la ginnastica un po' ardua. Però ci siamo detti parole dolci e questo vale molto di più di una scopata.

Ci siamo svegliati abbastanza presto. Jessica ha preparato del caffè, ha apparecchiato e portato sul tavolo anche del latte, delle fette biscottate e quel che resta dell'ultimo vasetto di marmellata rimasto in frigo. Mi chiede se voglio delle uova strapazzate. Benché non abbia una gran fame, dico di sì: un po' perché mi piace vedere che si occupa di me, un po' perché con quanto mi è accaduto forse un po' di proteine saranno gradite al mio povero organismo ferito.

Jessica si comporta da gran donna: ci sa fare anche come moglie e credo sarebbe anche un'ottima madre... Se non fosse passata attraverso certe esperienze, oggi potrebbe avere un paio di ragazzi in età scolare.

Verso le dieci e mezza scendiamo in strada. Seguita dal poliziotto, Jessica va a recuperare l'auto e torna a prendermi. Salgo in un modo un po' goffo, ma me la cavo. Dovrò portare il braccio al collo per almeno un mese: forza e coraggio!

Venti minuti e raggiungiamo l'Our Lady of Sorrows Roman Catholic Church che si trova all'angolo fra Stanton Street e Pitt Street, a due passi dall'Hamilton Fish Park e non lontano dall'East

River Park. Non so perché non è stata scelta la Most Precious Blood Church di Mulberry Street, che è la chiesa di riferimento degli italo-americani di Litlle Italy – dove ho fatto il chierichetto da piccolo e dove è conservata una reliquia di San Gennaro – ma è anche vero che quest'altro santuario cattolico veniva utilizzato decenni fa dagli italiani venuti qui a cercare fortuna.

Jessica riesce a parcheggiare nel piazzale su Pitt Street, a una ventina di metri dal minuscolo sagrato della chiesa che sta sopra una scala a doppia rampa, non dissimile da quello di Mulberry Street. Ora si tratta di scendere dall'auto. Lo faccio con molta fatica perché non posso fare forza sul braccio destro, ma alla fine riesco a saltar fuori dall'abitacolo. Jessica mi guarda con tenerezza. O compatimento?

Faccio le scale ed entro. All'interno della chiesa c'è un forte odore di incenso. Sono secoli che non entro in una chiesa. Mi guardo intorno: navata unica, altare unico, due decine di banchi allineati. Una ventina di persone in tutto.

Arriva la bara, portata in spalla da Alex, dall'impresario delle pompe funebri, da un suo sottoposto e da un altro uomo calvo che credo sia un dipendente dell'agenzia di viaggi.

Il prete, alto e slanciato come l'ispettore Collins, ma più vecchio e vagamente ingobbito, celebra la liturgia funebre un po' in inglese, un po' in italiano. Oggi non sono certo un credente e tanto meno un frequentatore di chiese, ma non ci vuol molto a capire che in questo luogo sacro passano ancora oggi diverse decine di italo-americani.

Il prete parla a vanvera del buon carattere della defunta – ma la conosceva? – e della fiducia che tutti i suoi cari devono avere in Gesù Cristo circa la sua futura risurrezione. Dice una parola anche sull'assassino: sarà stato certamente condannato al fuoco eterno della Geenna. Per questo non si può far altro che avere pietà per la sua anima.

Quando faccio per uscire mi accorgo di una presenza che avrei dovuto aspettarmi: Julia!

È lei a venirmi incontro. Ha un'espressione interrogativa.

«Che ci fai qui? Conoscevi Laura?» le sue domande hanno un tono quasi aggressivo. Che cosa cazzo gliene frega? Sembra la ragazza gelosa che avevo sposato.

«L'ho conosciuta la notte fra domenica e lunedì».

«Di notte?»

«Sì, è una lunga storia. E non è il caso di raccontarla adesso».

«Come mai quel gesso?»

Da notare che mi fa questa domanda *dopo* avermi chiesto la ragione della mia presenza a questo funerale. Sempre molto premurosa nei miei riguardi…

«Non te lo posso dire perché non mi crederesti…»

«Va beh, magari ti telefono stasera».

«Buona idea…»

Sto per chiederle di Thomas quando, dietro di me, arriva Jessica. Julia fa un passo per scartarmi e andare verso di lei. Le due amiche si salutano con espressione seria e si scambiano un lungo abbraccio. Ora Julia si avvicina ad Alex, gli stringe la mano e abbraccia anche lui. Lei sembra sul punto di versare una lacrima, ma la glacialità del vedovo le facilita il compito. Qualche altra persona che non conosco viene a portare le proprie condoglianze ad Alex che ringrazia tutti come fa l'uomo d'affari navigato dopo aver presentato agli azionisti un bilancio in perdita.

Esco e scendo le scale che portano sul piazzale. La giornata è soleggiata e leggermente ventilata. La temperatura è gradevole. Un vago profumo di pesce fritto arriva alle mie narici. Julia torna da me.

«Come sta Thomas?» le chiedo in stato di apprensione.

«Bene. È in salute e non ha perso un giorno di scuola».

«Chiede mai di…»

«Se chiede di te? Sì, è capitato».

«Ah» è l'unica cosa che riesco a dire mentre una fitta all'altezza del fegato quasi mi fa piegare in due. Dunque il mio Tommy, il mio piccolo Tommy, che ora vive sotto lo stesso tetto di quello stronzo, sente un pochino la mia mancanza…. O almeno non mi ha dimenticato. L'idea che quel tale arrivi a fargli da padre e a sostituirmi mi terrorizza. Devo assolutamente trovarmi un lavoro che mi nobiliti agli occhi di mio figlio, altrimenti lo perderò…

Mi viene l'impeto del vomito. Qualcuno dentro di me grida un no disperato: non posso accettare una simile prospettiva. Devo agire subito. Ma cosa posso fare per raddrizzare il mio destino sin d'ora?

È ancora lei a parlare.

«Ora devo scappare. Ti chiamo stasera per sapere cosa ti è successo» e mi dà la mano tenendosi a una certa distanza, come se mi avesse conosciuto un'ora fa. Nel momento in cui fa per salire sulla macchina, nota che Jessica mi si è avvicinata e mi ha preso la mano con fare molto premuroso. Ci ha visti. Ha incassato il colpo. Ha un'espressione stralunata. Oscilla il capo a destra e a manca come se non capisse, anzi, come se non accettasse, ciò che sta succedendo.

Ora anche lei, Julia, sa. E non le piace affatto. Ma questa è forse solo una mera illusione dettata dalla mia ridicola sete di vendetta. Coltivo nell'anima il pensiero più ovvio: devo assolutamente rifarmi una vita. Devo trovare un lavoro serio e rispettabile e sposarmi di nuovo. Sì, con Jessica. Solo così potrò riavere Thomas.

Seguendo con lo sguardo le attenzioni e le premure con cui Jessica si prendeva cura di Roy, a Julia capitò di vedere oltre le loro figure un'automobile che aveva qualcosa di familiare. D'acchito non realizzò. Ma quando fu risalita sulla sua Chrisler, un lampo improvviso illuminò la sua memoria. Uscì nuovamente dall'auto e si alzò sulle punte dei piedi. Oltre il semaforo, eccola là... *per tutti i demoni, quella è proprio la BMW di Fabio.*

Che cosa è venuto a fare qui?

In effetti, Fabio non aveva resistito alla tentazione di dare un'occhiata al funerale di Laura. Lo aveva fatto dall'esterno. Non era entrato in chiesa perché non voleva farsi vedere da Julia. Aveva parcheggiato all'angolo estremo del piazzale di Pitt Street, sicuro che nessuno lo avrebbe notato.

Una curiosità quasi morbosa la sua, dato che voleva vedere la faccia di quell'arrogante di Alex. Armato di binocolo, aveva scrutato tutti gli sguardi e non era riuscito a vederne uno solo davvero contrito. A parte quello di Julia.

Notò la presenza di un uomo alto che gli ricordava qualcuno. Poi vide quello sfigato del padre di Thomas nonché ex marito di Julia! Ora aveva anche un braccio ingessato: quanto era ridicolo ai suoi occhi!

Le lenti del binocolo gli avvicinarono l'immagine di Julia che parlava con lui.

Che cosa si staranno dicendo?

E come lo guarda...

Ebbe un gesto di stizza. Lasciò andare il binocolo e osservò la scena a occhi nudi.

Poi riportò il binocolo agli occhi e osservò le mosse successive.

Strinse i denti e diede un colpo di tosse.

Poi, rivolto alla chiesa, si fece il segno della Croce. Aprì la portiera dell'auto, gettò il binocolo sul posto passeggero e si sedette al volante. Accese il motore e se ne andò.

Aveva deciso che cosa fare.

«Perché non me lo hai detto prima?»

«Mi sono distratta. Scusami».

«Descrivimi lui e dove si trovava».

«Era nell'ultimo banco in fondo. Alto, gran bel fisico, capelli castani con riflessi rossi. Giacca scura. È scappato via prima che la cerimonia finisse»

Marco era venuto al funerale, Jessica lo aveva notato e non mi aveva detto nulla! E adesso? Quando mai avrei avuto un'altra occasione per incontrarlo?

Cerco di soprassedere, ma la cosa mi infastidisce. Jessica lo nota e cerca di farmela passare cambiando argomento: mi comunica che la bara viene portata in un deposito all'aeroporto.

Domani partiremo tutti quanti per l'Italia.

Già, non solo Alex e la bara, ma anche Jessica ed io stesso!

CINQUANTADUE

Venerdì

È stata Jessica ad avere la brillante idea. Me ne aveva parlato ieri sera, dopo che Alex se ne era andato e prima di sdraiarci sul letto. Due le ragioni da lei addotte: fuggire per qualche giorno in Italia le avrebbe permesso di stare un po' tranquilla, dando magari il tempo al NYPD di catturare Hastings. Inoltre, accompagnare Alex sarebbe stato un modo per testimoniargli la nostra gratitudine: se siamo ancora vivi, lo dobbiamo a lui.

Io avevo replicato che sarei andato in capo al mondo con lei, anche con un braccio ingessato, ma che bisognava verificare se Alex sarebbe stato d'accordo, cosa di cui ieri sera dubitavo. Invece, quando stamani – poco prima di recarci al funerale – Jessica ha telefonato ad Alex, con mia grande sorpresa il vedovo di Laura ha dato il suo benestare, definendo l'idea di Jessica un bel gesto di vicinanza e amicizia.

Può darsi che Alex abbia accettato la proposta perché vuole interrogarci ulteriormente. Magari pensa che io e Jessica siamo a conoscenza di chissà quale segreto che potrebbe servire a dimostrare che lui ha ragione sul conto di Marco. Ma è difficile dire cosa passi per la testa di quest'uomo.

Per quanto mi concerne, mi sento a dir poco eccitato all'idea del viaggio. Il braccio in gesso sarà certamente un problema, ma tornare in Italia dopo tanti anni è qualcosa che mi riporta alle mie origini e quindi mi trascina con una forza ben superiore alle difficoltà del momento.

Pur essendo nato nella Grande Mela, il mio sangue non mente: entrambi i miei genitori erano italiani. Mio padre era pugliese, non di Taranto come il mio cognome potrebbe suggerire, ma di Bari. Mia madre era invece fiorentina DOC e guai a darle della "toscana". Erano emigrati a New York, ognuno per conto proprio, nei primi anni '50. Mio padre era partito ventenne con il suo amico del cuore, Gianni, e insieme a lui aveva aperto un ristorante in Hester Street. Mia madre era poco più di una bambina quando arrivò in America coi suoi genitori e col loro grande sogno di aprire una sartoria. I miei nonni materni si erano messi in testa che gli americani avrebbero comprato a peso d'oro i loro modelli e per un certo periodo ebbero anche un certo successo. Un giorno andarono a mangiare nel ristorante di mio padre e fu lì che lui conobbe la ragazza che sarebbe poi diventata sua moglie e mia madre. Dopo il matrimonio, lei lasciò la sartoria dei suoi e andò a lavorare nel ristorante che continuarono a gestire fino a metà degli anni '90. Anch'io ci ho servito un migliaio fra pranzi e cene finché i miei genitori, ormai vecchi, non decisero di chiudere. Sono morti entrambi nel 2004. Lui per un infarto e lei dopo qualche mese, perché senza mio padre non è riuscita a concepire un'altra possibilità di vita. Si amavano fino a questo punto, i miei.

Tornò a casa con le idee chiarissime. Il fatto di averlo visto parlare con Julia gli aveva dato molto fastidio. Assai probabilmente, con quel braccio in gesso, aveva cercato di intenerirla. Si domandò se provasse gelosia. Forse sì, ma in ogni caso quello sfigato meritava una lezione. Che non credesse di poterla riavere indietro! D'altra parte, non lo aveva forse visto, proprio la sera del delitto, caricare Laura sulla sua auto e accompagnarla all'incrocio del Ferrara Café?

Arrivato a casa, si portò innanzi al computer. Aprì il programma Word e scrisse una lettera costituita da una sola frase.

L'assassino di Laura Morandi è Roy Tarantino.

Stampò il foglio. Lo piegò in tre parti. Lo inserì in una busta sulla quale scrisse l'indirizzo del Distretto Cinque del NYPD. Applicò un francobollo e ripose la busta nel cassetto: ormai era tardi per spedirla. L'avrebbe fatto l'indomani.

Se nei giorni seguenti Tarantino non fosse stato arrestato, avrebbe inviato una nuova lettera con l'indicazione di talune prove che potessero inchiodarlo. In fondo, non doveva essere troppo difficile trovarle.

Nacqui al Bellevue Hospital Center nell'era Kennedy. Dopo il college mi sono iscritto alla facoltà di Lettere alla New York University dove, anni dopo, sono poi passato a Psicologia. Non mi sono laureato in nessuna delle due discipline, ma ci sono andato vicino perché ho sostenuto quasi tutti gli esami. Mi sono bloccato, in entrambi i casi, proprio a un passo dalla fine, quando era ormai tutta discesa. La laurea in Lettere mi è sfuggita perché, a due o tre corsi dalla fine, ricevetti un'offerta da un amico di mio padre che aveva un'agenzia matrimoniale e aveva bisogno di aiuto. Accettai con la certezza che sarei riuscito a laurearmi, ma non ce l'ho fatta. Il lavoro è sempre stato molto intenso e impegnativo e, dopo un solo anno di attività insieme, il mio amico ha pensato bene di fuggire in Brasile con una delle nostre iscritte. A quel punto ho rilevato l'agenzia e, riscoprendo la vecchia passione per la Psicologia, mi sono iscritto come studente-lavoratore. Con grande fatica sono riuscito a sostenere tutti gli esami eccetto uno, uno solo! E infatti, quando mi sono fermato, stavo già scrivendo la tesi perché volevo laurearmi con lode. Ancora oggi non mi so spiegare per quale ragione non sono arrivato fino in fondo. E francamente non posso dare la colpa a nessuno. Il lavoro andava bene, gli esami li superavo e, al tempo, non avevo ancora i problemi famigliari che ho dovuto affrontare di recente. Deve essere stato per quella mia assurda incapacità viscerale, genetica e cronica – forse dovrei dire karmica? – di conseguire il successo...

Eppure, se ritorno ai primi anni della mia gestione, almeno l'agenzia matrimoniale andava a gonfie vele. E riuscivo a dirigerla con buoni risultati anche nel periodo in cui studiavo Psicologia. Poi, le crescenti difficoltà nei miei rapporti con Julia, mi hanno costretto a trascurare sempre più il lavoro e il numero di clienti ha cominciato a calare vertiginosamente finché non ho dovuto chiudere bottega. Il rapporto con Julia si è andato deteriorando per due ragioni: la sua gelosia e la mia incapacità di realizzarmi definitivamente. Eppure eravamo innamorati e non avevamo bisogno di fare sesso per dimostrarcelo a vicenda. Per lungo tempo siamo stati entrambi molto affettuosi l'uno con l'altra.

Ma pochi anni dopo il matrimonio, la musica cambiò. Julia cominciò a diventare talmente gelosa di tutto – persino dei miei hobby! – che quasi non la riconoscevo più. All'inizio portai molta pazienza – ero talmente innamorato che non mi pesava neppure – e cercai di spiegarle che la sua gelosia rischiava di portarla verso la paranoia. Quando però la situazione degenerò del tutto fino a coinvolgere i miei amici tifosi dei Knicks, persi le staffe e le dissi di lasciarmi (io non ero capace di farlo). Quel giorno, e lei era incinta di Tommy, cambiò tutto. I litigi divennero una vera e propria routine.

Quando poi quel certo Fabio cominciò a ronzarle intorno… ma soprattutto quando il tribunale, pochi giorni fa, le ha assegnato l'affido totale di Thomas… beh, sono arrivato alla deprimente situazione che mi ha portato a un millimetro dal gesto più vile…

Grazie, Jessica!

Cinquantatre

Sabato

Atterriamo all'aeroporto Guglielmo Marconi di Bologna alle sei del mattino locali, il che vuole dire che a New York è ancora mezzanotte di venerdì.

Ritiriamo i bagagli e raggiungiamo la hall dove incontriamo la madre di Laura. Si tratta di una elegante signora con capelli neri striati di grigio molto curati e tenuti in un cerchietto d'avorio. Indossa un tailleur nero e scarpe di vernice con laccetto alla caviglia. Niente calze, anche qui è scoppiata l'estate e fa piuttosto caldo. Sulle labbra ben disegnate, un rossetto vermiglio ben coordinato con lo smalto delle unghie. Due graziosi orecchini di corallo, abbinati a un'identica collana, completano il quadro.

Alex va incontro alla suocera e la tiene abbracciata a lungo. Lei versa qualche lacrima sulla spalla del genero, ma niente di esagerato. Questa signora ha classe anche quando piange. Giunge il momento opportuno e Alex fa le presentazioni. Noto l'estremo rispetto con cui tratta la suocera. Sembra quasi che fra i due ci sia un'intesa che va ben oltre il grado di parentela acquisito in conseguenza del matrimonio con la figlia.

La bara è stata caricata sul nostro stesso aereo e gli inservienti delle onoranze funebri bolognesi si stanno preoccupando del suo ritiro e posizionamento all'interno di una Mercedes nera.

La mamma di Laura è estremamente cortese con me e Jessica. Mi chiede subito cosa mi sono fatto al braccio e le rispondo che me lo sono rotto in casa, senza specificare come. Stringe a entrambi la mano con gesti educati e rispettosi. Si preoccupa persino di chiederci com'è andato il viaggio e se abbiamo bisogno di qualcosa. I suoi occhi arrossati sono la dimostrazione di quanto abbia sofferto negli ultimi giorni, ma è ancora più evidente il fatto che si tratta di una donna capace di mantenere un buon equilibrio emotivo anche nelle circostanze più avverse.

Luisa è in indubbiamente una donna raffinata. Deve avere un'età compresa fra i sessanta e i sessantacinque anni. In tutto l'ovale del viso mi ricorda Laura. Il naso sottile e vagamente all'insù, gli occhi blu e leggermente a mandorla, il mento vagamente appuntito. E poi quel tocco di signorilità che caratterizza le donne più eleganti del Nord Italia.

La bara passa accanto a noi e lo scenario muta: Luisa non resiste alla tentazione di andarle incontro. Ma anziché abbarbicarvisi ululante, come farebbe una madre del Sud, si limita ad appoggiare al feretro prima una mano, poi l'altra, tenendo gli occhi chiusi, quasi fosse una pranoterapeuta nell'atto di restituire energia positiva al paziente. Alex è lesto a cingerla per le spalle. Mi pare le abbia detto qualcosa del tipo: «Coraggio, lasci che la carichino sull'auto. Avrà tempo più tardi per stare un po' con lei».

Il corteo funebre si mette in moto ed entra nel centro storico di Bologna passando da Porta San Felice. Nel giro di venti minuti raggiungiamo casa di Luisa dove è stata organizzata una breve versione del rosario. Un frate dal tono lontano e assente, inizia a salmodiare *L'eterno riposo* che segue la nota sequenza di *Ave Maria*, coi relativi *Padre Nostro* e *Gloria.* Faccio una fatica assassina a tenere gli occhi aperti, ma ci riesco. Anche per Jessica non è affatto semplice, ma l'idea del viaggio è venuta a lei e questo è parte del prezzo da pagare.

La bara viene poi portata alla Certosa di Bologna, il cimitero comunale dove è visitabile un sepolcreto etrusco ricco di centinaia di reperti di quell'antica civiltà. Laura viene sepolta in un loculo dei tanti fra le preghiere del frate e le risposte melense dei pochissimi parenti e amici di famiglia presenti. In virtù delle mie radici italiane, capisco perfettamente cosa sta accadendo. Lo stesso non vale ovviamente per Jessica, ma la mia partner è molto sensibile e, anche se non comprende la lingua, la tristezza generale della situazione la induce a rispettare con la massima discrezione le procedure religiose del Cattolicesimo di Santa Romana Chiesa.

Su consiglio di Alex, prendiamo alloggio all'Art Hotel Commercianti, a due passi da Piazza Maggiore e quindi nel pieno centro di Bologna. Alex accompagna la suocera a casa, immagino, per cercare di farle sentire il proprio conforto e soprattutto condividere il dolore con lei. A dire il vero non so se sia capace di tutto questo, ma visto il rapporto estremamente confidenziale fra i due, credo che almeno la migliore delle intenzioni sia presente nel suo animo.

Subito dopo il breve riposino che riusciamo a fare in camera e il pranzo che consumiamo in hotel, Alex viene a trovarci. Anche se non ne ha nessuna voglia, deve sbrigare alcune faccende presso l'agenzia di Bologna per cui, se fossimo così cortesi da passare il pomeriggio con Luisa, ce ne sarebbe grato per sempre. Non avendo certo dimenticato che ci ha salvato la vita, accettiamo di buon grado ed è lui stesso che ci riaccompagna a casa di sua suocera, la quale abita in Via D'Azeglio e cioè proprio dietro l'hotel.

Quando Alex ci lascia, dico a Jessica che forse farebbe meglio a passeggiare un po' per le vie del centro, oppure a tornare a riposare, tanto lei l'italiano non lo parla e dunque si annoierebbe tantissimo ad ascoltare me e Luisa.

Jessica non si sente affatto stanca e quindi preferisce la prima alternativa. Nell'edicola più vicina le compro una mappa del centro di Bologna, le mostro Piazza Maggiore e le Due Torri, il Palazzo del Podestà e il Palazzo di Re Enzo, e poi Piazza Santo Stefano, la famosa piazza delle sette chiese, tutte tappe imperdibili di un tour pomeridiano inframmezzato da un po' di shopping.

«Quando senti arrivare la stanchezza, torna in albergo. Ci vediamo lì prima di cena».

La osservo incamminarsi con la cartina fra le vie di Bologna. Indossa uno stupendo vestito attillato a losanghe colorate che mette in bella evidenza le sue curve da capogiro. Con gli occhiali da sole, la borsetta tracolla e la piantina in mano, ha l'aria della turista straniera che vede per la prima volta le meraviglie dei centri storici italiani. I suoi polpacci, ridisegnati dalle scarpe con tacco alto, si avviano un po' goffamente sul selciato fatto di cubetti di granito. La vita stretta ben si abbina alla larghezza atletica delle spalle, oggi più in vista del solito in quanto ha annodato i capelli in una coda.

Cominciò di buon mattino a lavorare al negozio in Kenmare

Street. La sua intenzione era di fare il più presto possibile, quindi si sarebbe limitato ad arredarlo in modo semplicissimo e a mettere un'insegna, giusto per non destare sospetti.

Fece portare via ciò che restava dell'attività precedente e tinteggiò rapidamente i muri. Andò ad acquistare delle veneziane e fece venire un elettricista per installare un motorino con telecomando alla saracinesca. Avendone richiesto uno che la facesse scendere in pochi secondi, spese una fortuna. Almeno in rapporto a ciò che doveva fare con quel locale.

Quindi visitò un centro di mobili da ufficio al 146 di Bowery Street e prenotò due scrivanie e due sedie usate che gli avrebbero consegnato lunedì mattina. Poiché venne sera rapidamente, decise di rinviare scelta e installazione dell'insegna alla settimana successiva.

Tornò a casa soddisfatto: nel giro di pochi giorni, il mondo si sarebbe liberato di quel crudele assassino di Alex.

Entro in casa di Luisa chiedendo "permesso" come si fa qui e la seguo farmi strada verso il soggiorno. Diversi quadri alle pareti, la ricca biblioteca in noce, il lampadario di cristallo e il carrellino di vetro per servire i liquori, con tanto di centrino ricamato all'uncinetto, mi danno l'impressione di trovarmi in una casa dove il denaro è per tradizione investito anche in arte, cultura e bellezza. Vicino al carrellino, c'è persino una statua di marmo che raffigura una Venere.

Luisa mi fa accomodare al tavolo di noce ben lucidato e mi chiede se mi va un caffè. Accetto. La osservo spostarsi in cucina. Chissà perché, ma ho la sensazione che sia ben contenta di ricevermi senza Jessica.

La mamma di Laura torna con un vassoio d'argento abbellito da motivi floreali.

Aristocratica, mi chiede quanti cucchiaini di zucchero desidero nel caffè. Le dico due e noto che non mi passa la tazzina finché non li ha versati lei stessa.

Mescoliamo lo zucchero e ci guardiamo negli occhi. È proprio la mamma di Laura, non c'è alcun dubbio. Appare decisamente più serena di stamani. Forse, una volta vista arrivare la bara e sepolta nel cimitero, è scattato qualcosa in lei che le ha permesso di accettare la perdita della propria figlia. Certo, ha il viso ancora un po' sbattuto, ma sta molto meglio e mentre sorseggio il suo caffè la vedo persino sorridere lievemente e riprendere colore.

Chiacchieriamo un po' del più e del meno. L'impressione è che entrambi desideriamo passare del tempo insieme e confrontarci. Mi chiede del mio lavoro e della mia famiglia e io, senza alcun timore, le narro di tutti i problemi che sto affrontando. Luisa fa sfoggio di una certa saggezza: mi consiglia di usare la ragione, più del cuore e quindi di scegliere il prossimo lavoro basandomi sulle possibilità di guadagno e di carriera. E aggiunge che anche quando si tratta di scegliersi il proprio partner di vita bisogna dare la massima importanza alla convergenza di progetti, di interessi e di gusti. Ogni sentimentalismo va tenuto in disparte, a suo giudizio, quando si tratta di compiere scelte così importanti. Questi discorsi mi suonano familiari: ecco da dove traeva ispirazione per la propria vita la povera Laura. È vero che dentro di me non sono affatto d'accordo con questa impostazione eccessivamente razionale, ma è così piacevole conversare con lei che non oso contraddirla.

A un certo punto se ne va in un'altra stanza a cambiarsi.

Torna infatti con un vestito al ginocchio di colore verde smeraldo che le deve essere costato un occhio. Ha una spilla d'oro all'occhiello del risvolto. Le gambe hanno un paio di ematomi e anche un capillare rotto, ma sono dritte e ancora piuttosto snelle. Le scarpe marroni con tacchi abbastanza alti sono coordinate alla grossa cintura in pelle.

Siamo già entrati in confidenza, quindi non è difficile proseguire e approfondire certi discorsi. Mi chiede ancora di me, in particolare dei miei genitori, di come mi trovo a New York e se mi è mai balenata l'idea di venire ad abitare il Italia.

Io le rispondo che sento pulsare nelle vene il mio sangue italiano ma preciso che non lascerei Manhattan per tutto l'oro del mondo.

«Le sembrerà strano» mi dice guardandomi negli occhi «ma ancora oggi ritengo che Laura abbia fatto bene a sposare Alessandro e a lasciare Bologna».

Beh, un'altra madre avrebbe maledetto quelle scelte, visto com'è andata a finire. Luisa deve essersi accorta che sto pensando così, perché infatti aggiunge: «Magari scegliendo un altro uomo e un'altra strada avrebbe vissuto più a lungo, chi può dirlo?, ma, prima di tutto non è affatto detto, e, in secondo luogo, non sarebbe stata altrettanto felice. Meglio dunque una vita breve ma realizzata, piuttosto che una vita lunga ma piena di contraddizioni e dispiaceri. Non trova?»

No, non trovo, visto che Laura non era poi così felice. Ma riesco a non rispondere perché lei si è girata verso la finestra trascinata da un momento di commozione.

Una sottilissima velatura ha infatti appannato il suo sguardo e la luce che entra dall'esterno me la disvela impietosamente. Ora sbatte entrambi gli occhi, si passa il dito indice sull'occhio destro ed è tutto passato. È una donna forte e determinata. Tutta ragione e poco sentimento. E con quale orgoglio ama farne sfoggio. Capisco perché Alex le andava tanto a genio e perché sua figlia lo ha sposato.

Beh, ora la pentola è scoperchiata. Tuffiamoci all'interno e vediamo di far venire a galla il passato di Laura.

Cinquantaquattro

Sabato

«Credo di poter dire che Laura passò una piacevolissima infanzia. Era una bambina allegra, che amava giocare con le sue amichette, ma era perfettamente a suo agio anche quando era sola: per farle un esempio, era in grado di passare interi pomeriggi con le sue bambole, inventandosi le storie più stravaganti e interpretando le varie parti con voci diverse».

Mentre Luisa mi racconta, di tanto in tanto le si velano gli occhi e allora guarda da un'altra parte, proprio come aveva fatto prima. Imperterrita, se li asciuga, trae un respiro più profondo, scuote il capo, insomma, fa sempre qualcosa di fisico per recuperare il suo *aplomb*. E ci riesce sempre. Non le piace mostrarsi debole o affranta.

A scuola Laura aveva ottenuto risultati sempre brillanti, a parte la breve crisi che ebbe durante il secondo anno di liceo quando si era invaghita di un ragazzo di un anno più grande, un certo Fabio. Sentire questo nome mi fa venire un brivido di ribrezzo, ma la frase che lei mi dice subito dopo me lo fa passare.

«Non si azzardi, *mai*, a tirare fuori questa storia con Alex. Mi raccomando!»

«Non lo farò, ma potrebbe dirmene la ragione?»

Luisa mi racconta che Laura si era presa una cotta pazzesca per questo Fabio e che era da questi ricambiata. Il ragazzo era un tipo con la testa a posto, uno dei migliori del Liceo Minghetti di Via Nazario Sauro. Riservato, educato, modesto, veniva dalle campagne della provincia di Bologna.

«Per farla breve, nel periodo del loro innamoramento sia Laura che Fabio corsero dietro agli ormoni e persero interesse per gli studi. Cominciarono a inanellare una serie di insufficienze che allarmarono le nostre famiglie».

«Come reagiste?»

«Anzitutto cominciammo a limitare le possibilità di incontro. Laura aveva solo quindici anni, lei mi capisce… Mica potevamo correre il rischio di diventare nonni anzitempo! Mio marito si rimise ad accompagnare Laura a scuola, mentre io passavo a prenderla all'uscita. Il pomeriggio doveva starsene chiusa nella sua camera a studiare e stabilimmo che non l'avremmo più fatta uscire finché non avesse rimediato in tutte le materie in cui era rimasta indietro. Lo stesso fecero i genitori di Fabio e devo dire che i risultati ci diedero ragione: le loro pagelle, a fine anno, furono ben più che discrete. Nulla di trascendentale: entrambi rimasero ben al di sotto delle loro capacità, ma comunque il recupero c'era stato e accordammo loro la possibilità di vedersi un paio di sere la settimana durante l'estate, purché rientrassero entro mezzanotte».

«Quindi questo Fabio è stato il primo ragazzo di Laura?»

«Sì, ma tenga presente che non andarono mai oltre il bacio. Se invece parliamo di… beh, ci siamo capiti… Laura ha avuto solo Alex».

«Come fa ad esserne così sicura? Glielo ha detto Laura?»

«Una madre, certe cose, le capisce senza bisogno che le vengano dette… Soprattutto se si tratta di una madre come me che si è sempre interessata di tutti gli aspetti della vita della propria figlia. Non come certe madri di oggi che pensano solo ad andare a ballare e a divertirsi».

Uhm…

«Capisco… E quanto durò la loro storia?»

«Tre o quattro anni».

«Tre o quattro anni? E lei è convinta che…?»

«Lo so che può sembrare strano, soprattutto a un newyorkese come lei, ma è stato Alex a far perdere la verginità a mia figlia. Non Fabio».

«Ne è proprio certa?»

«Come sono certa di chiamarmi Luisa e di essere bolognese».

«Vado a fare una passeggiata a Central Park e a imbucare una lettera. Sarò di ritorno per pranzo».

Julia lo salutò, sollevata. Finalmente aveva un paio d'ore di libertà per fare irruzione nel suo studio. Anche la sera precedente il suo compagno era stato particolarmente affettuoso, soprattutto con Thomas e il ripetersi di tutte quelle smancerie le aveva fatto una impressione sinistra, forse perché andava a sommarsi al suo inaspettato mutamento d'umore e soprattutto alla sua strana presenza al funerale di Laura.

Uscì un istante per controllare che Fabio fosse già abbastanza lontano. Scese le scale esterne e lo vide: in effetti, stava camminando spedito in direzione Est. Tornò in casa. Salì al secondo piano ed entrò nello studio di Fabio. Diede un'occhiata generale: benché la casa fosse enorme, quella stanza era piccola, decisamente la più piccola in assoluto. Era stata ricavata fra la stanza degli attrezzi ginnici e il bagno grande arredato con mattonelle nere. Il computer, la stampante, lo scaffale di libri erano tutti quanti al loro posto. Nella serratura della cassettiera sotto il tavolo del computer era rimasta la chiave. La girò e aprì il primo cassetto: conteneva un gran casino di penne, matite, temperini, gomme, squadre, compassi, calcolatrici, punti metallici, e molti altri oggetti di cancelleria. Il secondo cassetto conteneva delle buste e della carta da lettere. Nel terzo cassetto c'erano invece delle cartelline portadocumenti. Saranno state tre o quattro, ma la cosa strana era che apparivano sollevate. Cosa c'era sotto?

Una pistola!

«E questa, cosa ci fa qui?»

Evitò di toccarla. Ripose le cartelline sopra e richiuse il cassetto.

Non aveva idea che il suo compagno avesse un porto d'armi e si fosse pure comprato una rivoltella. Non gliene aveva mai parlato. E poi, a pensarci bene, lei aveva già rovistato in quella cassettiera qualche settimana prima e quella pistola non c'era!

Arrivò Pumpkin e involontariamente mosse il mouse del computer. Il monitor passò dalla modalità stand-by a quella on e allora apparve la schermata luminescente del desktop. Le venne un'idea: aprì il programma Word e cliccò sulla voce "File" del menù in alto. Scelse l'ultimo documento, chiamato semplicemente R, e lo aprì.

L'assassino di Laura Morandi è Roy Tarantino.

Si dovette sedere per non cadere a terra svenuta. Rimase a guardare quella frase per almeno dieci minuti. Quando si riprese, non le fu difficile fare 2+2=4:

Possibile che abbia stampato questo file e sia andato ad imbucare...?

Si domandò quale potesse essere il destinatario. La Polizia? In caso affermativo, perché aveva scelto l'anonimato? Non voleva essere coinvolto per via del suo lavoro prestigioso?

Scese le scale e tornò in cucina. Cominciò a preparare il pranzo. Thomas era fuori nel giardinetto sul retro a giocare.

Viveva con un bugiardo: non le aveva detto che conosceva Laura, né che sarebbe andato al suo funerale, né che aveva un porto d'armi e una pistola, né che avrebbe inviato una lettera anonima, probabilmente alla Polizia, per accusare il suo ex marito di essere l'assassino della sua amica!

Un sospetto: che lo avesse fatto perché l'aveva vista parlare col suo ex marito al funerale? Possibile che Fabio potesse essere geloso di Roy? No, lo aveva sempre definito uno sfigato... E poi, tutto si poteva dire di Roy, ma certamente non che fosse capace di uccidere!

E quella pistola? Come mai era là?

E perché tutte quelle verità nascoste e quel mutamento d'umore?

Penso che se la donna che ho davanti ha ragione, Laura lo fece per la prima volta che era già maggiorenne. Magari aveva già vent'anni.

«Per quale motivo, secondo lei, non successe nulla con Fabio?»

«Perché lui era molto religioso e i suoi, tradizionalisti come pochi, gli avevano inculcato che certe cose non si fanno prima del matrimonio. Se le dico democristiani DOC e assidui frequentatori della parrocchia, lei mi capisce, giusto?»

«Sì, so cosa intende...»

Immagino che si trattasse di una relazione sicura, stabile, ma decisamente noiosa.

«E com'è che finì con Fabio?»

«Beh, Laura si era iscritta all'Università e aveva conosciuto Alex, che già allora era un ragazzo forte e sicuro di sé. Sapeva ciò che voleva e sapeva come ottenerlo. E poi aveva già la strada spianata dai genitori. Conobbe Laura, se la portò lungo il fiume e, senza pensarci due volte... Per lei fu uno shock!»

«In che senso? Ormai era adulta...»

«Proprio per questo! Mia figlia, stando con Fabio, era stata abituata a un comportamento da suora. Improvvisamente conosce 'sto tipo di origini abruzzesi, biondo, forte, ambizioso e determinato. Per Alex fu un gioco da ragazzi irretirla con la sua notevole personalità. Certo, gli ormoni hanno giocato il loro ruolo, ma credo che il carisma di Alex costituì l'elemento decisivo. Non ebbe neanche bisogno di farla bere. Prese un motorino scassato e la portò a fare un giro lungo il Reno. Era molto caldo, quel giorno. Probabilmente decisero di giocare al dottore...» la mano sinistra di Luisa si aprì verso l'alto e si mosse dal centro verso sinistra. Le sue labbra si pressarono l'una sull'altra, mentre le sopracciglia si alzarono. Segni eloquenti per significare: il resto è talmente ovvio che te lo immagini.

«Vuol forse dire che Laura era ancora innamorata di Fabio, quando Alex...?»

«Innamorata è una parola grossa. Diciamo che erano ancora insieme ma che fra loro stava sorgendo qualche problema».

«Sbaglio o adesso sta scaricando su Laura una bella fetta di responsabilità?»

«In che senso, scusi?»

«Forse l'attesa del matrimonio per conoscere il sesso cominciò a diventare insopportabile per Laura...»

«No, ha capito male: Laura non aveva tutta la fretta che hanno le ragazze di oggi. Non aveva l'impellente e improrogabile urgenza di perdere la verginità. Non gliene importava poi così tanto del sesso».

Frigidità.

«E allora? Quale problema stava sorgendo con Fabio?»

«A un certo punto io e mio marito abbiamo iniziato a pensare che Fabio, sotto sotto, fosse... omosessuale!»

«Ah! Questo spiegherebbe molte cose».

«Non tragga conclusioni avventate. Anche noi eravamo convinti di aver centrato il problema, ma poi successe qualcosa che ci fece cambiare idea».

«E precisamente?»

Cinquantacinque

Sabato

Luisa mi chiede se mi va il tè delle cinque e io acconsento. Un ginocchio le scrocca mentre si alza per tornare in cucina. Io mi guardo intorno: un quadro di Morandi, uno di un certo Vaccari, diversi paesaggi, una stampa de "La persistenza della memoria" di Salvador Dalì. Un dipinto surrealista è firmato MacMazzieri. La libreria in noce è alta fino al soffitto e larga almeno quattro metri.

Luisa ritorna col tè. Sul vassoio d'argento ci sono ora dei pasticcini molto delicati, il miele, il limone spremuto e una graziosa caraffina di porcellana bianca con del latte.

Stavolta mi servo da solo. Tè col limone e un paio di pasticcini alle mandorle. Una delizia.

«Dov'eravamo rimasti?» mi chiede come se provasse un notevole piacere a farmi partecipe di tutti quei passaggi: comincio a credere che Laura abbia preso ben poche decisioni nella sua vita: sua madre le prendeva per lei.

«Ai problemi fra Fabio e Laura».

«Ah, sì. Dunque, quando Laura comunicò a Fabio che lo lasciava, lui andò su tutte le furie. O meglio, all'inizio sembrò soltanto triste, come chiunque altro al suo posto. Ma quando venne a sapere che lei era andata a letto, o forse dovrei dire sull'argine del fiume, con un ragazzo appena conosciuto, beh, non ci vide più. Cominciò a picchiarla e fu soltanto grazie al rapido intervento di Alex se non me la mandò all'ospedale».

«E non cercò di menare anche Alex?»

«Certo che ci provò, ma ebbe la peggio e se ne andò con tutti e due gli occhi neri, il naso rotto e la coda tra le gambe».

Ivan Drago.

C'era una evidente soddisfazione nel viso di Luisa.

«Per quale ragione questo episodio vi fece dubitare dell'omosessualità di Fabio?»

«Perché pensammo che un omosessuale non avrebbe reagito con una tale veemenza. Se fosse stato gay, l'avrebbe lasciata andare senza fare troppe storie, al massimo togliendole il saluto. Ma riconosco che anche questa non è altro che un'ipotesi. Comunque, a mio parere, Fabio non era affatto un omosessuale. Era solo un debole, un ragazzo senza ambizioni forti: pensi che si iscrisse a medicina con l'obiettivo dichiarato di fare l'ufficiale sanitario... A Laura disse che, dopo il matrimonio, l'avrebbe portata a vivere nella sua amata campagna, dove lui, seguendo le orme del padre, avrebbe svolto la sua stessa, noiosa ma sicura, professione e lei si sarebbe occupata della casa e dell'ampio giardino. Proprio in quel periodo, per fortuna, apparve Alex. E Laura, soppesate con lucidità le diverse prospettive che i due ragazzi le offrivano, fece la sua scelta. Una scelta che noi, ormai lo avrà capito, sostenemmo fortemente».

«Altra domanda, prima che mi dimentichi: perché ha detto che il primo rapporto sessuale completo fu per Laura uno shock?»

«Perché si sentiva in colpa per aver tradito Fabio nel modo più... insomma, ci siamo capiti...»

«Non è che, per caso, Laura si sentì in dovere di sposare Alex per via di questo rapporto sessuale improvviso?

«Senza dubbio questo rapporto ebbe la sua importanza. Ma se vuole insinuare che la scelta di Laura sia stata dettata dalla necessità e non dalla pianificazione, si sbaglia di grosso».

Le rispondo che non mi permetterei mai di insinuare alcunché. Ma dentro di me nutro qualche dubbio sulle certezze cristalline di questa donna risoluta. Anzi, più lei si mostra sicura di essere la sola artefice del proprio e (nel caso di Laura) addirittura dell'altrui destino, più avverto che c'è qualcosa che le sfugge e di cui non è mai diventata consapevole. Un po' come le sopracciglia: un saggio orientale aveva detto che, pur essendo così vicine ai nostri occhi, non riusciamo a vederle...

«Voi cosa le diceste?»

«La incoraggiammo. La sostenemmo emotivamente. Cercammo di darle conforto. Io le diedi un libro che credo tutte le ragazze dovrebbero leggere prima di prendere qualsiasi decisione di ordine sentimentale: *Madame Bovary*, il capolavoro di Gustave Flaubert. Le dissi di leggerlo e di prendere la sua decisione definitiva solo dopo averlo letto. Ormai aveva venti o ventuno anni. Poteva e doveva decidere lei quale strada seguire. Io ero certa che, dopo aver letto il libro, avrebbe preso la decisione migliore e sarebbe stata felice. Nonostante la tragedia che l'ha colpita, credo di avere avuto ragione».

Già, la tragedia che l'ha colpita. Non vorrei che fosse stata proprio la scelta che ha fatto a portarla anzitempo nella tomba.

«Le vengono mai dei dubbi in proposito?»

«Prima le ho detto che è meglio vivere una vita breve ma felice perché basata sull'uso della ragione, che una vita lunga ma infelice perché fondata sulle passioni più smodate. L'ho sempre pensata così ed è l'insegnamento che ho tratto dalla lettura di *Madame Bovary*. Insegnamento che Laura ha fatto suo…».

Come diavolo faccia ad essere così sicura di sé e delle proprie convinzioni anche in un momento come questo, temo resterà un mistero. Sarà che io sono fatto all'opposto, ma davvero non capisco questo modo di affrontare la vita…

«Quindi Laura lesse il libro e decise consapevolmente di lasciare Fabio e di sposare Alex. Anche i vostri consuoceri furono felici di questa decisione?»

«Molto felici. I Gentile avevano avviato l'agenzia turistica qui a Bologna partendo dal nulla e il loro ragazzo era uno studente modello. Aveva un carisma da uomo navigato e dava l'impressione di avere un futuro radioso innanzi a sé. I suoi gli dissero che Laura era la donna giusta per lui, perché disponibile a seguirlo in tutto e per tutto. E capace, molto capace».

Ironia della sorte, anche sposando un uomo del genere si può morire a quarant'anni. Con due proiettili sparati a bruciapelo sulla nuca. Mi perdonerà la signora Luisa, ma comincio a dubitare che la nostra ragione sia in grado di portarci alla felicità.

«Cosa accadde a Fabio?»

«Se ne andò all'estero. La sua famiglia abita ancora nella casa di campagna, a una trentina di chilometri da qui. Un paio di anni fa li ho incontrati sotto i portici di Via Indipendenza: mi hanno detto che è diventato un ricercatore di una certa importanza, tanto che oggi lavora proprio negli Stati Uniti, se la memoria non mi inganna».

Faccio tanto d'occhi.

«Ma non voleva fare l'ufficiale sanitario o il medico di campagna?»

«Sì, ma poi cambiò idea».

Alla faccia del cambiamento. Impossibile resistere al desiderio di sfidarla.

«Questa notizia la sorprese?»

«Sì, certo, ma credo che dietro un mutamento del genere debba esserci una donna. Solo per amore o per denaro gli uomini sono capaci di sorprendere. E il denaro era l'ultimo dei problemi di Fabio...»

Questo è possibile. Luisa è davvero arguta. Si vede che ha letto tanto e vissuto intensamente. Ma temo che le sue convinzioni siano un po' troppo rigide.

«Non è che la donna dietro il cambiamento di Fabio possa essere proprio Laura?»

«Lei è un uomo molto intelligente, Roy. Le dirò che, a mio parere, ha centrato il punto. Credo proprio che Fabio sia cambiato per dimostrare a Laura di cosa lui fosse capace... Ma naturalmente agì con troppo ritardo...»

E così Laura e Alex si sposarono e si misero subito al lavoro.

«Ci sono mai stati problemi, che lei sappia, fra sua figlia e suo genero?»

«Problemi seri, se è questo che intende, zero assoluto! Non appena si misero insieme, costruirono un rapporto basato sulla stima reciproca. Misero da parte il sesso, il trasporto emotivo, la passionalità e si concentrarono sulle cose da fare. Erano ancora studenti universitari e già progettavano il futuro come due navigati imprenditori. Soprattutto Alex, un arrivista nato. Razionalità pura. Un uomo con le palle. E Laura lo seguì alla grande, convinta di aver fatto bingo».

«E voi, se ho ben capito, ancora più convinti di lei...»

Luisa non sembra cogliere la mia sottile ironia. Prosegue infatti imperterrita la sua arringa.

«Come le ho detto, a noi Alex andava benissimo. Era l'ideale per la felicità di Laura. Perché, mio caro Roy, chi vive di passioni smodate, di voluttà, di idealità romantiche, di desideri ardenti, finisce come la povera Emma Bovary. Non se lo scordi mai!».

Il tono della voce è diventato vagamente rauco sul finire della sua raccomandazione. Se non fosse una donna in lutto, le chiederei se si stia in qualche modo pentendo. Ma quell'improvvisa raucedine mi ha già risposto. Anche se si ostina a sostenere il suo modo di pensare di allora, sono certo che la morte di Laura finirà per creare una crepa. Prima nel suo cuore. Poi nelle sue radicate convinzioni. A quel punto, temo piangerà lacrime amare.

«Quindi, un bel giorno, Laura arrivò a casa e vi disse che avrebbe sposato Alex».

«Ce lo dissero insieme. Dopo essersi laureati, lui passò un periodo in Inghilterra per migliorare il suo inglese, mentre Laura studiò qui alla scuola per interpreti. Avevano pianificato tutto: sarebbero entrati nell'agenzia dei genitori di Alessandro e l'avrebbero sviluppata all'estero. Alex tornò, ci fu il matrimonio e ci presentarono il piano di sviluppo. Sia noi che i nostri consuoceri lo accettammo ben contenti, sia per far contenti gli sposi, sia perché l'agenzia aveva bisogno del loro ingresso fresco e motivato. Al passo coi tempi. Dopo qualche anno, la madre di Alex si ammalò e il padre lasciò ai due sposini l'azienda per starle vicino. Tornarono a vivere in Abruzzo. Il padre è morto mentre la madre, seppur gravemente malata, è ancora viva».

Mi rendo conto che è anche peggio di come me l'aveva descritta Jessica: non solo due giovani come Laura e Alex avevano deciso di sposarsi "a tavolino", ma il loro matrimonio, fondato com'era su basi iper-razionali, aveva avuto il pieno supporto e incoraggiamento dei rispettivi genitori. Alla faccia del romanticismo mediterraneo… E sì che la Recanati di Leopardi non è poi tanto lontano di qui. Già che ci penso, è ancora più vicina all'Abruzzo di Alex e famiglia.

Squilla il telefono in un'altra stanza e Luisa si alza per andare a rispondere.

Mi alzo anch'io, per sgranchirmi le gambe, e mi avvicino alla libreria.

Apro uno sportello e piego la testa per leggere dei titoli. Sul bordo di alcuni c'è una L a matita. Un segno che Luisa li aveva letti? O forse Laura…

Su *Madame Bovary* la L è più marcata, come se la matita ci fosse passata sopra più volte.

Estraggo il libro. È una edizione della Garzanti di almeno venticinque anni fa.

Apro distrattamente le pagine e qualcosa cade a terra. Una cartolina per Laura.

Dal timbro postale deduco che è stata spedita da Manhattan. Non riesco però a leggere la data.

Cara Laura. Ora sono all'altezza delle tue aspirazioni. Che ne dici di incontrarci?Fabio.

E seguiva il suo indirizzo e-mail.

Cinquantasei

Sabato

Sfogliando il libro di Flaubert, trovo diverse note a margine, scritte a matita.

Ma ecco i tacchi di Luisa: sta tornando. Richiudo le ante centrali della libreria. Non senza aver sottratto il volume e averlo nascosto nel mio borsello.

Come oso rubare un testo dalla libreria di una donna che ha appena perso sua figlia?

«Mi perdoni, Roy, era un cugino di Modena che voleva farmi le condoglianze. Ha saputo solo ora…»

Gli occhi di Luisa si inumidiscono vagamente. Ancora una volta, si volta di lato, poi si porta l'indice della mano destra all'occhio destro come per asciugarsi. E ancora una volta impiega un istante per tornare a proprio agio.

«Posso farle un'ultima domanda prima di lasciarla?»

«Può farmene quante ne vuole. In fondo, mi fa piacere parlare di Laura. È un po' come averla ancora qui con me. Dica pure…»

«Laura non ebbe mai altri uomini, anche solo come corteggiatori?»

«Ci fu un altro studente, di Economia se non ricordo male. Mi pare si chiamasse… ah, sì, Marco. Era del Sud, ma non ricordo assolutamente di quale regione o città. Era molto alto e magro come un chiodo. Lo vidi un paio di volte perché venne qui a scambiare appunti con Laura. Si vedeva lontano un miglio che lui aveva una cotta spaventosa per mia figlia, ma lei non ne voleva sapere. Tra l'altro, era appena passata da Fabio ad Alex e la situazione era già abbastanza ingarbugliata di per sé, ci mancava solo un altro pretendente. Ma direi che fu una cosa da niente, senza nessuna importanza, né alcun seguito».

Su questo punto la signora non è molto informata. O sta mentendo sapendo di mentire?

«Mai più visto o sentito parlare di questo Marco?»

«Adesso che mi ci fa pensare ricordo che il giorno in cui mia figlia si laureò le arrivarono a casa delle rose. Quando Laura aprì il biglietto notai una strana espressione sul suo volto».

«Le aveva mandate questo Marco?»

«Sì. Ma da allora in poi direi che non si è più fatto vivo».

«Cosa c'era scritto nel biglietto?»

«Non l'ho mai letto. Ma credo ci fossero scritte le solite frasi degli innamorati».

«E perché la sua espressione le sembrò strana?»

«Da un lato mi sembrò felice, dall'altra preoccupata. C'era come un conflitto in lei».

Luisa è una donna colta, di classe e con le idee molto chiare. Probabilmente da bambina ha sofferto la fame ed è cresciuta con un unico valore in testa: trovare un modo, onesto, per sbarcare il lunario. Penso sia stato più o meno lo stesso per il marito, il padre di Laura. Ad ogni modo, una suocera del genere è l'ideale per uno come Alex: gliele deve aver date vinte tutte quante. Ma in fondo in fondo, non credo siano poi del tutto simili, intendo Luisa e Alex. Quest'ultimo è algido, razionale e determinato di natura. Luisa è *diventata* cinica a causa di una serie di circostanze. Sono certo che la sicurezza economica ad ogni costo è il valore principe e irrinunciabile nella sua coscienza, un valore che ha finito per condizionare tutta la sua esistenza. Ma nel recesso più angusto del suo animo scommetto che c'è ben più di qualche traccia rimossa di passionalità. Lo stesso dicasi per Laura: il suo carattere fu plasmato, forzato, pesantemente indirizzato verso lidi non propriamente afferenti la sua vera natura.

La domanda che sorge spontanea è sempre la stessa: se Laura avesse seguito il suo cuore e non si fosse fatta influenzare da sua madre e dal suo rigido modo di pensare, sarebbe ancora viva, ora? Chi può dirlo? Per quel che mi riguarda, la data della nostra morte è fissata indelebilmente nel nostro DNA che per me è l'acronimo di Destino Naturale Antropico.

Diverso è chiedersi se avrebbe potuto vivere una vita più intensa e meno piatta. In una parola, più felice. Temo di sì: per quel che ne so dagli incontri che ho fatto con lei e dalle informazioni che mi ha dato Jessica, la poveretta non ha affatto vissuto una vita gioiosa e gratificante. Ha avuto mille problemi con il marito e col sesso, altro che storie! La ricerca della sicurezza ad ogni costo non è affatto garanzia di felicità, cara Luisa. E un'intera esistenza progettata a tavolino per esaltare la ragione a detrimento dei sentimenti, non è affatto causa certa di serenità.

Ovviamente tengo questi pensieri per me. Però voglio andare fino in fondo. Mi viene un'idea.

«Quali sono state le amiche del cuore di Laura, diciamo nel periodo universitario?»

«Laura aveva solo un'amica del cuore, come dice lei. Elena. Una ragazza molto ricca, ma anche umile. Bruttina, ma molto brava a scuola. Lei e Laura erano diventate amiche alle medie, poi si erano perse perché Elena si era iscritta in un altro liceo, ma si erano ritrovate all'Università. Suo padre lavorava alla Ducati ed è riuscito a farla assumere non appena si è laureata in Economia. Credo che oggi Elena sia una sorta di dirigente amministrativo o qualcosa del genere».

«Era presente al rosario o al cimitero?»

«Sì. Non l'ha notata?»

«Avrei dovuto?»

«Beh, era l'unica persona vestita di bianco da capo a piedi».

Un'immagine candida appare qui nella mia testa.

«Ma certo. Certo che la ricordo. Aveva anche un cappello bianco a tesa larga».

«Sì. Elena è stata in India un sacco di tempo e ha sposato alcune idee dell'induismo».

Prendo nota mentalmente dell'azienda dove lavora Elena. Un'azienda talmente famosa che non c'è bisogno di scrivere nulla. L'azienda per la quale corre oggi quel grande campione che è Valentino Rossi. Forse, questa donna è a conoscenza di qualcuno dei fatti che per forza di cose sono sfuggiti a Luisa. Poiché è sabato e l'azienda sarà chiusa, le chiedo come posso avere il numero di casa.

Luisa va a prendere l'elenco del telefono. Dice che Elena non si è mai sposata e vive sola da sempre. Trova rapidamente il numero e lo scrive su un foglietto che mi consegna.

«Posso farle un paio di domande io, ora?» Di certo non sta per chiedermi notizie in merito alle previsioni del tempo.

«Certamente».

«Per quale ragione lei sta indagando sulla morte di mia figlia?»

Infatti. Perché non mi ha ancora chiesto cosa mi ha detto Laura nei suoi ultimi istanti di vita?

«Francamente non le so rispondere. Ho conosciuto Laura meno di una settimana fa. Mi è sembrata una persona in gamba, con la testa sulle spalle, molto seria, onesta e responsabile. Parlando con Jessica, mi è venuto naturale occuparmi di questa assurda faccenda. Qualcosa mi dice che non sia morta al posto di Jessica, come qualcuno alla Polizia sospetta vista la somiglianza e il fatto che Laura sia stata uccisa in casa di Jessica. Credo piuttosto che l'assassino volesse uccidere proprio lei. Lo so che è assurdo, perché non sembra possibile che esista qualcuno sulla faccia della Terra con un simile proposito in testa e che poi lo realizzi, ma io ho visto un'auto che ci ha seguiti non appena siamo usciti dal parcheggio e temo che a guidarla ci fosse l'assassino. Qualcuno che sapeva perfettamente chi stava per colpire».

«Ha detto tutto questo alla Polizia?»

«Certamente, ma non mi sembra di averli convinti del tutto. Sono piuttosto pessimista al riguardo: se indagheranno soltanto sul passato di Jessica, pensando che fosse lei la vittima designata, perderanno tutto il loro tempo e finiranno per insabbiare l'inchiesta».

Luisa rimane in silenzio, scuotendo il capo a più riprese. Poi, col capo chino e l'espressione mesta, dice qualcosa che mi sorprende.

«Temo che lei abbia ragione: era proprio Laura che volevano uccidere. Non so chi possa averla odiata a tal punto, ma io non credo affatto che Laura somigli poi così tanto alla sua fidanzata da indurre in errore uno spietato assassino. Se questi, come credo, è qualcuno che Laura ha conosciuto in America, è del tutto impossibile, per me, capirci qualcosa ed essere d'aiuto a lei o alla Polizia. A proposito: ieri sera mi hanno telefonato i Carabinieri. Pare che vengano a trovarmi stasera o domattina per raccogliere una mia deposizione. Francamente non so per quale ragione...»

«Forse la tradurranno e la invieranno al Distretto Cinque del

NYPD. È probabile che sia stata richiesta dall'ispettore Collins: Lei ripeta quanto mi ha detto e vedrà che non ci saranno altre seccature».

L'orologio a muro scocca le sette. È giunto il momento dei saluti. Luisa mi chiede se io e Jessica vogliamo rimanere per cena, ma declino con educazione.

«La ringrazio moltissimo sia per l'invito, sia per il tempo che mi ha dedicato. Si è fatto tardi e devo tornare in albergo. È stata molto gentile. Grazie di cuore, Luisa, e ancora le più sentite condoglianze».

«Sono io che devo ringraziare lei. E prosegua pure nelle sue indagini: ha tutta la mia fiducia e il mio sostegno. Come lei può facilmente immaginare, anche se non l'ho ancora specificato, il mio solo desiderio è che quel criminale venga assicurato alla giustizia. E sono ben contenta che la tragedia, se in questo modo doveva finire la vita della mia ragazza, sia avvenuta in America: lì mica scherzano con gli assassini! Quando lo troveranno, lo faranno pentire di ciò che ha fatto».

Tornando verso l'hotel, noto un papà che ha in braccio un bambino. Gli sta indicando le due torri di Bologna, la Torre degli Asinelli e la Garisenda. Mi si stringe il cuore: quando potrò riprendere in braccio mio figlio e indicargli qualcosa di interessante anch'io? Riuscirò a fargli da padre, Cristo santo? Potrò passare abbastanza tempo con lui? O finirà per passarlo tutto con… Fabio. *Fabio?* Oddio, no, non mi dire che… aveva detto che faceva il ricercatore e lavorava… negli Stati Uniti! *Non sarà mica…?* No, eh, no! Per via del gesso, fatico un po' ad aprire il borsello. Tiro fuori il libro rubato a Luisa. Ritrovo la cartolina. Reca l'immagine di Mulberry Street in festa, penso durante la festa di San Gennaro.

Cara Laura. Ora sono all'altezza delle tue aspirazioni. Che ne dici di incontrarci? Fabio

Vuoi vedere che… ? No, non può essere. No! No, impossibile, sto vaneggiando. È solo un caso di omonimia. Una mera coincidenza….

Cinquantasette

Sabato/Domenica/Lunedì

Sto finendo di cenare con Jessica al ristorante Teresina, in Via Oberdan. Erano secoli che non mangiavo i tortellini in brodo fatti in casa mentre Jessica non li ha mai assaggiati in tutta la sua vita e, anche se mi ha detto che ne ha sentito parlare, non sono sicuro che si riferisca proprio a questo prodotto gastronomico assolutamente unico. Per secondo abbiamo ordinato un ottimo filetto di maiale: spesso due centimetri, rosato al centro e bramato fuori. Morbidissimo senza essere stopposo. Contorno di melanzane e zucchine alla griglia. Il tutto annaffiato da un favoloso Sangiovese. Il filetto me lo sono fatto tagliare a pezzettini da Jessica: è magnifico avere una compagna premurosa come lei.

Le ho già raccontato del mio proficuo incontro con la madre di Laura e Jessica non ha mancato di incoraggiarmi ripetendomi che crede nelle mie capacità investigative.

Il dovere mi imporrebbe di chiamare Elena a casa, ma mi rendo conto che, non essendo io un poliziotto e neppure un detective privato ed essendo sabato sera, la mia telefonata risulterebbe quanto meno inopportuna. Quindi, decido di passare tutta la serata cercando di rilassarmi con Jessica. Ci riuscirò? Impossibile, visto che c'è un dubbio che mi tormenta l'anima. Per ora provo a resistere, non voglio trasferirle le mie paturnie l'unica sera che possiamo stare un po' tranquilli insieme. Dopo il sorbetto al limone mi faccio portare il conto. Pago con la mia carta di credito, facendo gli scongiuri che ci sia rimasto qualche spicciolo, poi propongo di fare una passeggiata in centro. Devo trovare il modo e il timing giusti per farle la domanda che ho sul gozzo. A un tratto, è lei che mi toglie le castagne dal fuoco.

«Avanti, Roy, si può sapere che cosa ti tormenta? Devi chiedermi qualcosa?»

«Cristo santo, Jessica, non ti si può nascondere nulla...»

È così intelligente che non si mette a ripetere la solita e banale litania dell'intuito femminile. Mi faccio coraggio.

«È che non volevo romperti l'anima anche stasera... Comunque, visto che mi hai beccato... insomma, volevo chiederti una cosa che può essere molto importante...»

«Avanti, che aspetti?»

«Il Fabio che si è messo con Julia, tu lo conosci, giusto?»

«Sì, ma l'ho visto solo una volta. Perché?»

«Che tu sappia, potrebbe essere l'ex fidanzato di Laura?»

Da come indietreggia il capo, inarca in basso le labbra e sbatte le palpebre, deduco la risposta che mi sta per dare.

«Ex fidanzato di Laura? Ma che dici?»

«Quindi a te non risulta?»

«No, assolutamente no. Da dove salta fuori questa assurdità?»

«Che tu sappia, il Fabio di Julia ha studiato medicina qui a Bologna?»

«Oddio, questo non lo so. Ma di certo è italianissimo. Credo faccia il ricercatore alla NYU».

«No, alla Columbia. Dobbiamo risolvere questo enigma immediatamente... Potresti per cortesia telefonare a Julia e chiederle se...»

«Se il suo uomo è l'ex di Laura? Mi risponderebbe che...»

«No, no, chiedile solo se ha studiato a Bologna e se è nato nelle campagne qui intorno....»

Scuote il capo e mi guarda come se fossi impazzito. Però prende il mio cellulare e prova. Per fortuna a New York è pomeriggio e Julia potrà rispondere...

Si stava proprio domandando se spiattellare le sue scoperte in faccia a Fabio, quando le squillò il cellulare.

«Ciao Julia sono Jessica. Tutto ok?»

«Jessica? Ma non dovevi andare a Bologna?»

«E infatti sono qui... senti un po', dovrei chiederti una cosa...»

«Va bene, ma fai presto perché chiamandomi da lì chissà quanto spendi...»

«Volevo chiederti se Fabio, il tuo Fabio, è bolognese, insomma, se è nato nelle campagne intorno a Bologna ed è qui che si è laureato in medicina?»

«Sì, perché? Che cosa ha fatto?»

Cristo santo…

Jessica vede la mia faccia sconvolta e resta in silenzio per un po'.

«Pronto, Jessica, sei ancora lì?»

«Niente, niente, non preoccuparti, era solo una curiosità… Ci vediamo fra qualche giorno. Grazie, grazie mille…»

«Certo che sei ben strana, eh? Mi chiami da Bologna solo per sapere questo? Quand'è che tornate? E come va col mio ex marito? Non mi avevi mica detto nulla, eh…»

«È successo tutto all'improvviso. È una roba nata all'inizio di questa settimana. Te lo avrei detto molto presto, mi conosci. Ma purtroppo questa settimana è stata tremenda… Al momento non so dirti quando torniamo, penso fra due o tre giorni».

Ho sentito tutto e sono agghiacciato. Pietrificato. Sconvolto.

La mia ex, con tutti gli uomini che ci sono nel mondo, si è messa con l'ex fidanzato di una donna che è stata appena uccisa. Scuoto il capo e resto senza parole per un tempo interminabile.

Bologna *by night* all'inizio dell'estate è davvero graziosa. Forse non c'è più l'atmosfera di venti o trent'anni fa, ma la presenza in città di quasi centomila studenti continua a renderla estremamente affascinante. Percorriamo Via Altabella, sbuchiamo in Via Indipendenza, la risaliamo fino all'incrocio con Via Ugo Bassi e Via Rizzoli. Di fronte a noi la splendida fontana del Nettuno.

Fra me e Jessica, non so davvero dire chi sia il più sbalordito dalla scoperta che abbiamo appena fatto. Forse in lei prevale di più la sorpresa, mentre in me lo sconcerto. È ovvio: sono più coinvolto sul piano personale. Fatto sta che restiamo silenti a lungo, ognuno a pensare quanto sia piccolo il mondo e quanto sia pazzesco l'incrocio di destini.

Procediamo per Via Rizzoli fino alle Due Torri ed entriamo nella libreria Feltrinelli che è aperta fino a mezzanotte. Compro un paio di gialli scritti da Camilleri e Lucarelli e un thriller storico dal titolo "Il caso Cartesio" di un certo Daniele Bondi, mentre Jessica acquista un libro-guida di Bologna in lingua inglese. Alla cassiera chiedo quale sia la miglior gelateria della città. Mi viene indicata la Sorbetteria Castiglione ed è lì che porto Jessica prima di tornare in hotel.

Quando arriviamo in camera ne riparliamo un istante. Jessica ritiene che la scoperta sia sensazionale e inaspettata, ma che, in fin dei conti, non faccia cambiare alcunché. Io non sono di questo avviso. Le mostro la cartolina e le faccio capire che Fabio potrebbe aver ucciso Laura. Magari si sono rivisti nella Grande Mela di recente, magari lui – quel porco maledetto che mi ha sottratto moglie e, soprattutto, figlio – l'ha corteggiata e lei l'ha rifiutato... E così il grande ricercatore che si vanta d'essere un candidato al Premio Nobel, colui che si permette di distruggere le famiglie e di far da padre a bambini non suoi, potrebbe essere un lurido donnaiolo, un traditore e persino un vile assassino...

Ci svegliamo nella tarda mattinata di domenica dopo una notte in cui, nonostante il mio gesso mi renda sempre arduo qualsiasi movimento, siamo finalmente tornati a fare l'amore, per di più con Jessica in posizione di amazzone. La passeggiata di ieri sera ci ha in parte giovato e in parte complicato la vita: poiché non me la sentivo di disturbare Elena durante il weekend, le mie indagini sono state temporaneamente accantonate. Ma il fatto di avere un indiziato in più su cui puntare i riflettori non è che mi renda poi molto contento... Anzi, più volte mi viene la tentazione di chiamare Julia e dirle che si è messa con un lurido maiale e che lo deve lasciare subito perché Thomas deve essere salvaguardato... Sentendomi troppo agitato provo a calmarmi. Jessica mi aiuta a soprassedere un attimo per vedere di passare qualche ora in tranquillità.

Saltiamo a piè pari la colazione e pranziamo con una pizza al taglio al "Pizzafuerte" di Via Riva Reno, un locale frequentato dai giovani studenti in mezzo ai quali ci mescoliamo volentieri. Nel pomeriggio facciamo una gita guidata al Santuario della Madonna di San Luca che si trova sulla cima di una collina che domina la città di cui è uno dei simboli più celebri. La salita per arrivare in vetta inizia dietro lo stadio ed è talmente impervia che, in corrispondenza di un certo tornante, temiamo che l'autobus non ce la possa fare.

Arrivati sulla cima, la guida ci illustra brevemente la leggenda che risale a quasi mille anni addietro e narra del viaggio dell'immagine della Madonna di San Luca da Costantinopoli al Colle della

Guardia che domina Bologna. Ai lati del portale di ingresso ci accolgono le statue di San Luca e San Marco, opere settecentesche di Bernardino Cametti. All'interno sono miriadi le cose da ammirare. La Cupola a forma di croce latina, l'imponente cappella maggiore con i suoi marmi e bronzi dorati, l'abside splendidamente affrescata con la glorificazione della Vergine fra i santi patroni di Bologna, e poi, soprattutto, la Sacra Immagine della Madonna di San Luca che la tradizione vorrebbe dipinta proprio dal Santo. L'icona risale al periodo a cavallo fra i secoli XII e XIII, ma nasconde sotto un'altra effigie del secolo X. Jessica mi fa notare l'espressione severa e vagamente triste della Madonna, mentre io sottolineo quella solenne e adulta del Bambino benedicente. La visita prosegue per un'altra ora abbondante perché ci fermiamo ad ogni dipinto di cui viene offerta una dettagliata descrizione.

Quando torniamo in hotel è quasi ora di cena. Usciamo per un aperitivo e rientriamo per cambiarci. Stasera siamo un po' stanchi e quindi decidiamo di cenare in hotel.

Prima di andare a dormire, riceviamo una chiamata da Alex. Mi ringrazia per aver fatto compagnia alla suocera e mi comunica che domani sera ci farà sapere i dettagli per il volo di ritorno a New York. Lo ringrazio e lo saluto, senza dirgli che domani mattina ho intenzione di far visita a Elena. Stranamente, torna a ripetermi i medesimi ringraziamenti e a ridarmi la stessa comunicazione. Sbaglio o sta perdendo la memoria a breve termine? Sarà lo shock del lutto che non è ancora riuscito ad elaborare.

Lunedì mattina mi sveglio alle sei e mezza e non riesco più a chiudere occhio. Jessica dorme al mio fianco e io accendo la tv. Vedo un servizio sugli andamenti di borsa e sulle previsioni di crescita dell'economia mondiale, poi trovo la CNN e cerco di aggiornarmi sulle notizie americane. Obama è preoccupato perché teme che la crisi economica e finanziaria in Europa contagi il nostro Paese, ma si dimentica che alcuni anni fa la crisi dei mutui *subprime* e quella della Lehmann Brothers era partita da noi e si è poi diffusa a livello mondiale. Nient'altro di speciale e allora un passaggio su MTV dove Shakira sta cantando e ballando l'hit che fece da colonna sonora ai mondiali di calcio sudafricani del 2010, *This time for Africa.* Vado a vedere se riesco a farmi una doccia – difficilissimo con questo cavolo di braccio ingessato. Quando torno, Jessica sta sbadigliando. La sua bocca si apre come quella di una leonessa e mostra una chiostra di denti davvero rimarchevole.

Scendiamo per colazione e torniamo in camera. Sono un po' agitato per la telefonata che devo fare e francamente non so perché. Mi sento come se dovessi fare un esame universitario.

Per annullare i novanta minuti che mi separano dalle nove, prendo "Il caso Cartesio" e inizio a leggerlo. Il romanzo è articolato in tre storie ambientate in tre epoche diverse, ma tutte intrecciate perché incentrate sull'ipotesi di omicidio, non ancora avvalorata scientificamente e storicamente, del grande filosofo del '600. L'autore ha creato per l'occasione un nuovo detective, un filosofo di Oxford che porta la coda e si chiama Thomas Doyle. Curioso il fatto che costui sia descritto come l'opposto di me: sicuro, sapiente, plurilaureato, ottimista, stravagante, carismatico.

Finalmente arrivano le nove e chiamo il centralino della Ducati Motor di Borgo Panigale. Mi faccio passare la dottoressa Elena Carboni. La sua voce è gentile, il suo accento emiliano molto forte. La cosa importante è che appena faccio il nome di Laura, Elena sembra essere motivatissima ad incontrarmi. Riesco infatti a strapparle l'appuntamento per le 16,30.

L'interesse mostrato da Elena mi fa tornare a bomba sulla mia indagine. Metto da parte Cartesio e riprendo in mano la copia di *Madame Bovary* che ho sottratto a Luisa. Jessica capisce che ci passerò sopra tutto il tempo fino all'ora dell'appuntamento e quindi decide di andare a farsi una passeggiata al Parco della Montagnola.

Dapprima do una rapida sfogliata al libro, avanti e indietro. Ci sono diverse note a margine, scritte a matita.

A un tratto vedo qualcosa che attira la mia attenzione.

Torno indietro quel tanto che basta per ritrovare la pagina giusta.

Una intera frase è sottolineata con forza ed è affiancata dalla scritta "VERISSIMO!" riportata in verticale dall'alto al basso. Si tratta di una frase pronunciata proprio da Emma Bovary: *"Ma una donna ha continui impedimenti. A un tempo inerte e cedevole, ha contro di sé le debolezze della carne e la sottomissione alle leggi. La sua volontà, come il velo del suo cappello tenuto da un cordoncino, palpita a tutti i venti, c'è sempre un desiderio che trascina, e una convenienza che trattiene".*

Sul margine di diverse pagine trovo più volte la parola "NO!", quasi sempre seguita da uno o più punti esclamativi.

Ho letto il romanzo in gioventù e ho anche visto il film diretto da Vincent Minnelli con Jennifer Jones, James Mason e Van Heflin. Vado su Google per cercarne la trama e ripassarla rapidamente: Emma è una donna sposata a uno scadente medico di campagna che desidera fuggire dalla monotonia della vita di provincia e dalla mediocrità della classe borghese. Vive di ideali romantici e tradisce il marito puntando a salire nella scala sociale per vivere nell'agio, nella passione e nell'eleganza. Il suo obiettivo è andare a vivere a Parigi, circondarsi di aristocratici, vestire alla moda, nutrire le più smodate passioni. Alla fine non raggiunge nessuno di questi obiettivi e i due uomini con cui cornifica Charles Bovary se la svignano non appena si rendono ben conto del suo esasperante comportamento. Nel corso della storia, Emma si indebita fino al collo, mette nei guai il marito e si trova costretta a suicidarsi.

Gran parte dei "NO!" sono riportati nelle pagine in cui la protagonista si lascia andare ai suoi sogni, alle sue passioni, ai suoi desideri. In cui, cioè, si mostra debole, romantica, idealista, in preda a una voluttà che cresce al procedere della sua drammatica vicenda.

La cosa più sorprendente sono i cerchi tracciati intorno alle parole che costituiscono il nome di uno dei personaggi più importanti della vicenda: Léon Dupuis. Già, Léon. Léon viene inizialmente mostrato dall'autore come un incontro perfetto per lei in quanto ne condivide gli ideali romantici e il disprezzo per la noia della ipocrita vita borghese. Prima che succeda qualcosa di importante, Léon se ne va a Parigi per completare gli studi di legge, ma, qualche anno dopo, un incontro fortuito all'opera ricongiunge i due ed è lì che ne scaturisce una straripante relazione amorosa. Nonostante la felicità iniziale, a cui Emma si abbandona con tutta se stessa, successivamente i due amanti non riescono a soddisfare le reciproche esigenze. Il rapporto fra Emma e Léon è un'ulteriore, implicita stroncatura dell'idealismo romantico: i sentimenti sono forti da ambo le parti, ma quando Emma ha bisogno di soldi per pagare i suoi debiti e osa chiedere aiuto a Léon, questi si ritrae e non vuole più saperne.

Cerco di ritrovare quei capitoli decisivi. Sono i primi sette della terza parte del romanzo. Li rileggo tutti d'un fiato. Noto un'altra sottolineatura, molto meno evidente della precedente, ma pur sempre effettuata da una mano ferma. Si tratta di un pezzo di dialogo fra Emma e Léon: *"«Ah, tu mi lascerai!... Ti sposerai!... Farai come gli altri.» Egli chiedeva: «Quali altri?» ed ella rispondeva: «Sì, insomma, gli uomini», poi respingendolo con gesto languido, soggiungeva: «Siete tutti infami!»"*. Dopo il periodo di felicità trascorso a Rouen, il loro rapporto ha infatti iniziato ad incrinarsi. La passione amorosa di Emma si è trasformata ben presto in gelosia e in un vortice di richieste sempre più difficili da soddisfare per Léon.

Da quel punto in poi Emma diventa sempre più vittima di se stessa, delle proprie passioni e dei propri debiti e finisce per distruggere, con le sue stesse mani, quel poco che resta della loro relazione. Drammatico è il brano in cui lei pretende che il suo amante le trovi ottomila franchi per saldare i suo debiti, arrivando fino al punto da suggerirgli di rubarli nello studio del notaio dove Léon lavora.

Sul margine di questa pagina, c'era scritta una sola parola: *mai!*

Chiudo il libro e mi sdraio puntando lo sguardo sul soffitto.

Grazie a questa lettura, il quadro complessivo dell'intera vicenda si va delineando più nitidamente. Una luce appare in fondo alla galleria… Che mi stia avvicinando alla soluzione?

Cinquantotto

Lunedì

Alle 16,30 faccio il mio ingresso alla Ducati Motor Holding Spa, una delle più grandi e affermate aziende motoristiche del pianeta. Alla reception sul piazzale esterno mi presento adducendo il mio appuntamento con la dottoressa Carboni. Uno degli addetti di turno fa una telefonata, ottiene il consenso a farmi entrare, mi consegna un badge da attaccare alla giacca e manda a chiamare un collega che arriva con una piccola auto elettrica con la quale vengo portato all'ingresso centrale. La porta a vetri si apre al mio passaggio e raggiungo il bancone della reception dove lavorano tre donne. Mi annuncio per la seconda volta e dopo qualche minuto una signora di mezza età in tailleur scuro viene a prelevarmi. Si tratta certamente della stessa donna che ho visto in abito e cappello bianco al funerale di Laura. È bionda, piuttosto grassa e quando mi stringe la mano il sorriso le increspa il viso ai lati degli occhi e della bocca. Dimostra almeno dieci anni di più della Laura che se ne è andata nemmeno una settimana fa.

«Il signor Tarantino?»

«Sì, tanto piacere».

«Piacere mio, Elena. Prego, faccio strada».

La seguo fino all'ascensore. Ha un profumo dolciastro che ho già odorato in passato, ma non ricordo dove, né quando, né sulla pelle di chi. Saliamo al secondo piano e ci incamminiamo lungo un interminabile corridoio. Quindi arriviamo a una porta di vetro. Elena la apre e mi fa accomodare in una sorta di sala riunioni dominata da un tavolo ovale attorno al quale si contano una decina di sedie.

Poiché ho deciso di dire la verità, mi presento come un italoamericano che ha conosciuto Laura e che sta seguendo una pista per cercare di capire chi l'abbia uccisa. Aggiungo che presto prenderò la licenza da investigatore, per dare credibilità e serietà alla mia visita.

«Cosa vuole sapere da me?»

«Anzitutto cosa ricorda della vostra amicizia?»

Elena mi racconta che la loro era stata un'amicizia straordinaria, la più importante della sua vita e, pensa, anche di quella di Laura. Mi narra alcuni episodi vissuti quando frequentavano le scuole medie, le prime uscite con i ragazzi per una pizzata in compagnia, le prime gite scolastiche, i primi amori. Mi racconta infatti di Fabio, definendolo senza mezzi termini un "bigotto ipocrita", responsabile unico della fine della loro amicizia (non dunque la scelta di una scuola diversa) durante il quinquennio delle superiori. Nutre ancora oggi un certo astio nei suoi confronti.

Le chiedo del periodo universitario, quando Elena e Laura si erano ritrovate e avevano rinsaldato la loro amicizia. La donna che ho davanti è di una schiettezza fuori dal comune e sembra possedere una memoria d'acciaio. Con mia grande sorpresa, pur confermando quasi integralmente l'idea che mi sono fatto di Alex e di Marco, il giudizio di valore che ne dà è l'opposto di quello che mi sarei aspettato.

«Molti pensano che Alex sia uno squallido arrivista senza scrupoli e senza sentimenti. Io invece l'ho sempre ammirato e devo confessarle che ho cercato per tutta la vita un uomo del genere. Senza trovarlo, purtroppo».

Quando le chiedo per quale ragione lo stimi così tanto, Elena mi risponde che di un uomo ambizioso e determinato, votato anima e corpo al lavoro, ci si può sempre fidare.

«Con un uomo del genere si può costruire una famiglia e sentirsi al sicuro. Di certo non si corre il rischio di finire a dormire sotto un ponte. Inoltre, è il solo tipo di maschio che non tradirà mai la sua donna e questo non è un particolare trascurabile per chi voglia sposarsi, non crede?»

Mi limito a un vago cenno di assenso. In effetti, messa giù così, le si potrebbe anche dare ragione: si può accusare Alex di tutto, ma non certo di essere un Casanova o uno scansafatiche.

«E di Marco, cosa mi dice?»

La testa di Elena fa un leggero scatto di lato mentre il suo sguardo inorridisce. Bocca arcuata all'ingiù e sopracciglia increspate come le onde dell'Atlantico.

«No, per carità: troppo passionale, troppo sdolcinato, troppe rose rosse, lettere d'amore e poesie. Naturalmente parlo di una vita fa, magari è cambiato. Ma in generale su quel tipo d'uomo non si può fare alcun affidamento, sono delle banderuole al vento, si fanno travolgere dalle passioni e non sanno controllarsi. Se una donna affida il proprio destino a un uomo del genere deve prepararsi a soffrire dei suoi continui sbalzi d'umore, di carriera e anche di sentimenti»

«Quindi fece bene, Laura, a scegliere Alex?»

«Non poteva sposare un uomo migliore di lui. Ma buona parte del merito va alla madre di Laura, signora di gran classe che sa il fatto suo...»

Sì, anche Elena è al corrente dell'influenza esercitata da Luisa sulla figlia e del ruolo giocato in tutta la faccenda dalla lettura del libro di Flaubert. Lettura che Elena stessa aveva condiviso fino al punto da confermarle che, in effetti, Fabio somigliava troppo a Charles Bovary e Marco a Léon, per essere presi seriamente in considerazione.

«Se poi nella sua vita fosse apparso anche un Rodolphe, un uomo ricco, potente e astuto, stia pur certo che Laura non sarebbe mai caduta nella sua trappola di seduzione»

Insomma, si conferma ancora una volta che Laura assunse quello schema letterario come la verità ultima della vita e sarebbe sempre stata alla larga da tutti gli uomini capaci, per un verso o per l'altro, di farle fare la fine di Emma Bovary.

Ripensandoci, mentre nominava Rodolphe e lo dipingeva in quel modo mi ha ricordato Basile il quale, secondo quanto mi ha detto Jessica, aveva provato a corteggiare Laura prima di avvisarla del pericolo. Davvero bizzarro: forse non ha senso prendere un romanzo come se fosse un disegno e ricalcarci sopra i tratti della propria vita, ma bisogna ammettere che, pur non conoscendoli, di similitudini fra i personaggi di Madame Bovary e quelli che hanno punteggiato l'esistenza di Laura sembrano essercene diverse: Basile ricorda vagamente Rodolphe, Marco ha certi tratti di Léon, Fabio somiglia a Charles. Mentre Alex, in effetti, non sembra avere nulla a che vedere con alcuno dei personaggi del libro.

Colgo la palla al balzo per chiedere a Elena se, a suo parere, l'animo di Laura non fosse, almeno allora, molto più simile a quello di Marco che non a quello di Alex.

La vedo ruotare gli occhi, sollevare le sopracciglia e sospirare. Penso di aver centrato il punto.

«Ma sì, cosa vuole che le dica? Lo sa anche lei: quando si è ragazzi, la sfera sentimentale è molto più incisiva di quella razionale. Il vento delle passioni del cuore spazza via ogni capacità di ragionamento…»

«Quindi anche Laura provava qualcosa di forte per Marco?»

«Ci fu un periodo in cui prese una mezza sbandata per lui, questo è vero. Ma Luisa e Alex intervennero e la salvarono dalla catastrofe»

«Col suo consenso, se mi permette...»

«Sì, ma non creda che non mi sia costata qualche sofferenza. Se non si fosse trattato della mia migliore amica, col cavolo che lo avrei fatto! Come le ho detto, pur cercandolo ovunque, non sono mai riuscita a trovare un uomo come Alex e così, ancora oggi, non ho potuto formare una mia famiglia».

C'è un'altra questione che non sono riuscito a chiarire con Luisa e forse Elena può aiutarmi.

«Secondo lei, per quale ragione Marco si diede per vinto e sparì dalla circolazione?»

«Perché Alex lo minacciò…»

«Davvero?»

«Sì, il giorno della laurea, Marco le mandò un enorme mazzo di rose e questo gesto fece infuriare Alex, il quale arrivò addirittura a minacciarlo con un coltello: gli disse che se avesse osato avvicinarsi un'altra volta a Laura lo avrebbe ucciso senza pensarci due volte».

«E Marco sparì nel nulla? Sicura che non fece un altro tentativo e che non si rividero più?»

«Che Marco sparì da Bologna è certo come sono certa che questa è la Ducati. Ma riguardo al fatto se si rividero o meno, uhm, non ci giurerei affatto…»

«Che cosa glielo fa pensare?»

Faccio finta di non sapere per farla parlare. È così che si fa per coltivare dei punti di vista più oggettivi. Sostanzialmente mi dice che, a suo giudizio, la passione di Marco era troppo sfrenata per non riemergere, soprattutto in conseguenza del fatto che non era stata consumata sessualmente.

Resto un attimo attonito: per Dio, questa donna ha una straordinaria capacità di gettare nuova luce su fatti, persone, situazioni. Poteva essere questa la ragione per la quale Marco l'aveva inseguita per così tanti anni? Forse, come dice Elena, se il suo amore folle avesse trovato il suo sfogo naturale, il suo carattere passionale e instabile lo avrebbe portato verso altri lidi…

«E che dire di Fabio? Pensa che Laura abbia rivisto anche lui?»

«Penso proprio di sì visto che è diventato un ricercatore della Columbia University ed è venuto a vivere a New York…»

Già, lo so anch'io… da ieri.

«Ha ragione: lo sa che Fabio ha spedito una cartolina a Laura in cui le ha scritto che voleva incontrarla?»

«No, ma non mi sorprende. Come le ho detto, ho perso ogni contatto diretto con Fabio anche se ho letto di lui sui giornali locali. Ovviamente ci rimase molto male quando Laura lo lasciò per Alex, ma anche questa, come le ho detto, non è stata una gran perdita per Laura: forse anche lui è cambiato, ma allora Fabio era troppo bigotto, troppo viscido, troppo ipocrita».

«Falso e bugiardo?»

«Decisamente».

Se penso che mio figlio è nelle mani di uno schifoso del genere… Purtroppo devo procedere, fingendo di non essere personalmente coinvolto in questa storia. Ma giuro che, per Dio, riavrò il mio piccolo Thomas.

Già che ci sono le faccio sapere che anche Marco è riapparso a New York e fa l'insegnante di karate e di body building. E non taccio degli incontri con Laura, nella palestra dove lui lavora e lei si allenava.

La faccia di Elena esprime la soddisfazione di chi sta per dire qualcosa del tipo "ci avrei scommesso". Ribadisce infatti che, prima o poi, quella passione mai consumata sarebbe riemersa dalle sue stesse ceneri alla ricerca del proprio sfogo. Elena si dichiara però sorpresa del fatto che Marco faccia il karateka e il body builder.

«Non mi dirà che oggi ha davvero un fisico da culturista?»

«Io ancora non l'ho incontrato, ma la mia compagna mi dice di sì».

«Pazzesco. Al tempo in cui lo conoscevo io era magro come un chiodo. Una sottiletta! Cosa non si fa per amore... Sono certa che si è messo a fare body building per far colpo su di lei. Magari pensava che il suo corpo ossuto fosse stata una delle cause del rifiuto da parte di Laura. Oppure si è irrobustito per poter meglio affrontare Alex. Forse entrambe le cose».

Restiamo in silenzio per qualche istante. Elena ne approfitta per telefonare e farci portare due caffè. La guardo. Fisicamente è piuttosto brutta. Ma è in gamba. Caspita quanto lo è! Ha una perspicacia da detective. Forse dovrei chiedergliene in prestito un pochino. Mi viene un'idea.

«Secondo lei chi potrebbe aver tanto odiato Laura da ucciderla?»

«Io purtroppo l'ho persa di vista dal giorno in cui è andata a stare negli States. Nei suoi primi anni di matrimonio abbiamo continuato a vederci, anche se abbastanza di rado, ma almeno riuscivamo a mantenerci in contatto. Da quando però prese quel dannato volo per New York, l'ho proprio persa. Ci siamo scritte delle mail, quasi sempre incentrate sul lavoro. La posta elettronica è un mezzo molto utile, ma non per scambiarsi confidenze. Quindi non so quasi nulla dei suoi incontri americani, neppure delle sue amicizie femminili».

«Nessuna idea, quindi?»

«Come faccio ad avere un'opinione su un caso del genere?»

Insisto. Mi piace confrontarmi con persone intuitive come Elena. Lascio da parte Hastings in quanto di lui non le ho raccontato nulla, ma le faccio la domanda più esplicita possibile.

«Se le facessi i nomi di Alex, Marco e Fabio, per come li ha conosciuti lei, quale di questi tre potrebbe essere capace di uccidere?»

Allarga le braccia e sospira di nuovo. Scuote il capo. Ma poi si sbilancia.

«Difficile dirlo. Ma se proprio vuole la mia personalissima opinione, temo che solo Marco potesse essere capace di un gesto del genere. Soprattutto se fosse stato rifiutato anche a New York».

«Marco? Assassino?»

«È un'opinione e vale come tale. E per di più basata sulle caratteristiche che avevano più di vent'anni fa. Dunque mi sbaglierò senz'altro».

Non è affatto detto: il suo ragionamento su una passione fortissima che non ha mai trovato il suo sfogo naturale, ha senso e sta in piedi.

Elena guarda l'orologio e ha come una scossa.

«Oddio, sono già le cinque e mezza. Signor Tarantino, mi spiace essere così brusca, ma è giunta l'ora di salutarci. Ho una riunione alla quale non posso mancare. Se però vuole ricontattarmi, eccole il mio biglietto. C'è anche il numero di cellulare. Se posso esserle d'aiuto in qualche modo, lo farò volentieri».

«Mi è già stata molto utile e la ringrazio di cuore. Ma è possibile che la richiami».

Elena mi accompagna all'uscita e mi saluta con grande cordialità. È brutta, non c'è dubbio, ma c'è modo e modo di esserlo.

Si mise al computer e iniziò a progettare l'insegna da applicare all'esterno del locale. Ne avrebbe creata una luminosa? No, meglio non dare troppo nell'occhio. Una semplice scritta sulle vetrine sarebbe andata benissimo. Tanto, una volta che l'avesse convinto a venirlo a trovare, mica si sarebbe ritirato valutando la qualità delle insegne pubblicitarie.

La chiamò *LaMa agency* – ove *La* stava per Laura e *Ma* per Marco. Tra l'altro, con un bel gioco di lettere, quel nome gli ricordava anche quanto lui l'avesse amata. Lavorò tutta la mattina per creare un logo che lo soddisfacesse, quindi salvò il file e si recò presso una lito-tipografia ove fece stampare degli adesivi di colore rosso.

Quando tornò per applicarli alle vetrine, trovò il mobiliere da cui aveva acquistato le scrivanie e le sedie già innanzi al negozio e pronto per la consegna.

Nel tardo pomeriggio era praticamente tutto pronto.

Ora non restava che attendere il ritorno di Alex dall'Italia per invitarlo all'appuntamento con la sua ultima ora.

Mentre me ne torno in taxi non posso non ripensare all'intera vicenda di Laura dalla prospettiva di Marco come possibile assassino. Ripenso ai caratteri di tutti gli indiziati in gioco, limitandomi temporaneamente ai tre italiani, e quindi ai conflitti interiori che quella poveretta ha dovuto probabilmente affrontare per due decenni come conseguenza dello scarto fra il suo animo passionale e l'elemento razionale con cui prendeva le decisioni-chiave della sua vita. Quelle che poi hanno forgiato, e oggi devo dire tragicamente, il suo destino.

Laura era una sorta di iceberg: se in superficie sembrava una copia del marito, sotto il pelo dell'acqua c'era dell'altro. Plagiata, comandata, snaturata, non solo da Luisa e Alex, ma anche da Elena stessa, era del tutto prevedibile che si sentisse insoddisfatta e manifestasse i sintomi di disturbi psicosomatici. Laura aveva seguito Alex con la mente, con la ragione, e se anche tutti coloro che la "amavano" le dicevano che la sua scelta era stata la migliore possibile, per come io stesso l'ho conosciuta e considerando anche l'opinione di Jessica, beh, sono certo che invece quella scelta le aveva pesato non poco. Forse non solo Marco, ma anche lei, Laura, si era ritrovata quarantenne con tutte le passioni del cuore soffocate e gli impulsi delle viscere insoddisfatti. Due stimoli, due forze, due energie che Laura aveva costantemente rimosso nell'inconscio, con tutti i conflitti e i problemi che ne derivarono. Fra questi l'anoressia, la bulimia e la frigidità.

Ma di recente è successo qualcosa di importante: dopo tanti anni, Laura ha rincontrato non solo Marco, ma anche Fabio! Marco si è fatto avanti in modo esplicito ma, probabilmente, è stato rifiutato per l'ennesima volta. Mi domando se la sua condizione di perenne frustrazione possa averlo reso capace di uccidere. Possibile.

Sull'altro versante abbiamo Alex. Dei tre, è l'unico che conosco personalmente, anche se mi riesce veramente difficile inquadrarlo in modo chiaro e univoco. Il grave lutto subito deve avergli provocato un dolore sconfinato, in quanto il suo comportamento è davvero strano. Ma questa constatazione fa di lui un assassino? La domanda da porsi è un'altra: se avesse "beccato" Laura in atteggiamento compromettente con Marco (o Fabio), come avrebbe reagito? Se la sarebbe presa con questi indomiti pretendenti o con sua moglie?

Di quello stronzo di Fabio non posso sapere nulla, ma se per caso si è visto con Laura e magari l'ha anche corteggiata mentre aveva Julia e Thomas già saldamente in casa sua, io giuro che lo ammazzo! In fin dei conti, neppure costui può essere escluso dalla lista dei possibili assassini.

Oltre a questi tre pazzoidi, come se non bastasse, nel novero dei sospetti va incluso anche quello psicopatico di Hastings. Il quale è l'unico che, se fosse stato lui, avrebbe ucciso Laura solo per errore. Per gli altri tre si tratterebbe di omicidio premeditato. Passionale quanto si vuole, ma premeditato.

Cinquantanove

Lunedì

Tornato in hotel, provo a ridare ordine ai pensieri e prendo la decisione che devo cercare di sapere qualcosa di più su Marco. Sugli altri tre tornerò ad indagare più avanti.

Interpello la receptionist e ottengo il permesso di accedere a Internet.

Cerco notizie su questo Marco Lombardo, ma non trovo granché. Il solo che si sia laureato presso la Facoltà di Giurisprudenza dell'Università di Bologna è nato a Catania un anno dopo Laura. Finalmente lo rintraccio nel catalogo online degli avvocati della città.

Cercando negli elenchi telefonici delle pagine bianche, trovo i numeri di telefono di diverse famiglie Lombardo catanesi. Stampo la pagina e salgo in camera. Compongo il primo numero, ma nessuno risponde. Al secondo tentativo becco una vecchietta sorda che non capisce la mia domanda. Al terzo di nuovo nessuna risposta, mentre al quarto trovo un signore molto scortese che mi sbatte il telefono in faccia. Al quinto mi rispondono che non sono interessati ad alcun acquisto e al sesto di andare a quel paese. Improvvisamente, forse perché sto cedendo alla frustrazione, sento una fitta al braccio. Era da un pezzo che non provavo dolore per cui pensavo di essere ormai avviato verso la guarigione. Ma per Dio, quanto cacchio di male fa e quanto dura!

Mi stringo l'avambraccio come se la mia mano possedesse un'energia taumaturgica capace di penetrare il gesso e raggiungere la parte lesionata. Dopo qualche minuto il dolore cessa e riprovo. Finalmente, siamo al settimo tentativo, trovo qualcuno disposto a dialogare. Si tratta di una signora di mezza età, probabilmente molto sola perché sembra proprio che fosse in attesa della mia chiamata per avere un po' di compagnia.

«Marco Lombardo... mi faccia pensare... quanti anni dovrebbe avere?»

«Oggi dovrebbe averne una quarantina. Non dovrebbe essere difficilissimo individuarlo perché sono quasi certo che fosse di buona famiglia. Una famiglia benestante, probabilmente amante dell'arte, della poesia e della cultura in genere».

«In tal caso ci sono solo due possibilità. Se mi dà il tempo di fare una chiamata credo di poterle dare una risposta. Mi richiami fra dieci minuti».

Metto giù il telefono e vado in bagno a pisciare e a sciacquarmi il viso. Accendo la tv e faccio un po' di zapping qua e là senza rendermi conto di ciò che guardo. L'unica cosa che registro è che il nuovo premier italiano, Mario Monti, e il nuovo presidente della BCE, Mario Draghi, si stanno dando da fare per salvare l'euro e l'Europa, mentre la cancelliera tedesca, Angela Merkel, sembra suscitare parecchio odio nei suoi confronti da parte dei Paesi limitrofi per via del suo esagerato rigorismo. Va beh, speriamo che ce la facciano. Ma intanto io devo rimanere concentrato sulla mia indagine.

Quando richiamo, la signora mi risponde al primo squillo.

«Ha trovato la risposta?»

«Sì. È il figlio di Antonio Lombardo e di Concetta Cammarata. Marco oggi vive all'estero. Il padre Antonio è morto ma Concetta, la mamma, è viva e abita in una villa a Taormina con la figlia Maria, che non si è mai sposata. Vuole il numero di telefono?»

Non credo alle mie orecchie.

«Sì, per favore».

Prendo nota e ringrazio col massimo calore possibile.

Compongo il numero di Taormina.

Non risponde nessuno. Concetta e Maria devono essere uscite.

Vado sotto la doccia e mi lavo alla bell'e meglio con la mano sinistra e facendo attenzione a non bagnare il gesso. Nel momento esatto in cui esco dal bagno, ecco entrare Jessica.

La accolgo con un abbraccio e un bacio sulle labbra. Sono su di giri e non ci vuole un genio per accorgersene. Non ci penso neppure ad asciugarmi: mentre ci baciamo, provo a trafficare con la mano sinistra dietro la sua schiena per tirarle giù la zip del vestito. Siccome ci metto troppo tempo, finisce che si scoccia e fa da sola. Denudata, mi sospinge sul letto. Ah, che bello essere innamorati e ricambiati in questo modo! Ancora non posso credere che solo otto giorni fa stavo per… ma lasciamo perdere e concentriamoci su questo bel momento.

Facciamo l'amore baciandoci in continuazione. Per un attimo mi tornano in mente Emma Bovary e i momenti migliori vissuti con Léon e con Rodolphe. Poi scaccio il pensiero, perché non voglio che finisca così con Jessica, ma che continui in eterno. Noi abbiamo anche la testa sulle spalle: esattamente come dice Elena, arricchiamo la passione con la ragione e riscaldiamo questa con i buoni sentimenti. Sono perfettamente conscio del fatto che anche con Jessica sto correndo un rischio, ma che senso avrebbe una vita senza rischi? E poi, ciò che questa donna riesce a darmi va aldilà di ogni immaginazione, quindi, perché fasciarsi la testa prima di essersela rotta? Se anche un domani me la romperò, almeno ne sarà valsa la pena. Che momenti sto vivendo…!

«Perché ti allontani? Che c'è?»

«C'è che devo farti delle domande. Siediti».

Non l'aveva mai vista così seria, accigliata.

«Tu conoscevi la mia amica Laura Morandi, non è così?»

Fabio rimase di sasso. Per qualche istante tenne gli occhi sbarrati, poi, comprendendo che non poteva mentire, li chiuse con fare rassegnato. Prima di rispondere cominciò a sbatterli nervosamente.

«Sì».

«Per caso avete avuto una relazione?»

Fabio ci impiegò un po' a rispondere. Tirò un sospiro di quelli che gonfiano le guance, come se dovesse evacuare chissà quale pressione.

«Sì. Ma è stato tanto tempo fa».

La tensione sul volto di Julia aumentò, arrossandogli le gote. La rabbia le fece stringere le labbra e i denti.

«Quanto tempo fa?»

Fabio si alzò e cominciò a camminare. A testa bassa e misurando il soggiorno con passi lunghi e lenti, le raccontò tutto della loro storia risalente ai bei tempi dell'adolescenza e di come finì a causa dell'intromissione della madre, rea di averla spinta fra le braccia di Alex.

Di fronte alle insistenze di Julia, ma con maggior fatica, le raccontò poi di averla rivista a New York molto di recente.

«Perché non mi hai detto nulla? Volevi corteggiarla? Tenere i piedi in due staffe? Eh?»

C'era una grande dignità nel volto di Julia segnato dalla delusione, dalla frustrazione e ora persino dal disprezzo.

Le rispose a strappi. Era in chiara difficoltà. Si accarezzò più volte la barba e si grattò la testa. Il fatto di essere stato scoperto insinuava un senso di colpa che gli rodeva il fegato e un cuneo di vergogna che dilaniava il suo amor proprio. Anche la sua elevata autostima ne risultò intaccata.

«Avanti, ammettilo: se lei ti avesse ceduto, tu mi avresti gettata in strada, vero?»

La mancanza di una risposta immediata lo tradì.

«No, Julia, questo mai...» replicò guardando in basso e con un filo di voce.

Lei si levò di scatto, la mandibola serrata e le linee del disprezzo sul volto. Corse su per le scale come una pazza indemoniata. Entrò in camera e tirò fuori due valigie che cominciò a riempire mentre piangeva e inveiva contro di lui.

Fabio cercò di fermarla. Mentre lei si dirigeva verso la camera di Thomas per prendere anche gli indumenti del bambino, le corse dietro ansimando. Le chiese ripetutamente scusa e le disse che l'amava e che in futuro non avrebbe mai più guardato nessun'altra donna. Ma non fu sufficiente; quando lui la prese per un braccio, lei provò un tale ribrezzo che si girò di scatto e gli diede uno schiaffo in faccia con la mano libera.

«Non osare toccarmi, pezzo di merda che non sei altro!»

Fabio si portò una mano sulla guancia, quasi a conservare il dolore il più a lungo possibile per addizionare una sorta di autopunizione alla sberla fisica e morale ricevuta.

Julia riempì in un batter d'occhio le valigie senza stare a piegare gli indumenti. Le sollevò con la forza dell'ira e le portò giù, appoggiandole davanti alla porta. Per pura fortuna, Thomas era a casa di Johnny, il compagno della scuola materna che viveva sulla Broadway. Sarebbe passata a prenderlo e si sarebbe immediatamente trasferita in hotel. Ma prima di uscire aveva un'ultima domanda da fargli. Anzi, due.

Fabio era ancora sulla cima dell'ultima rampa di scale e stava scendendo lentissimo come se la vergogna e la colpa lo avessero reso un pachiderma mesto e indegno. Vide che Julia aveva appoggiato le valigie per terra e si era girata verso di lui. Sembrava sul punto di scaricargli addosso tutte le bestemmie del mondo.

«Si può sapere perché hai incolpato Roy e perché hai una pistola nella cassettiera della scrivania?»

Stavolta la reazione di Fabio fu più immediata.

«Perché è stato il tuo ex a ucciderla. L'ho visto in auto con lei poco prima che...»

«Ma che c'entra, stupido! Roy non farebbe del male a una mosca, e tu lo sai benissimo!»

«Ma li ho visti coi miei occhi! È stato lui!»

«Piantala, cretino. E la pistola?»

«È sempre stata lì. Forse non l'avevi mai vista, ma è sempre stata in quella cassettiera».

Julia fece un ghigno di disprezzo ma nulla più di questo: non ebbe la forza di dargli del bugiardo, pur sapendo che, qualche settimana addietro, in quei cassetti non c'era nessun'arma. E non ebbe neppure quel moto d'orgoglio materno che avrebbe dovuto farla indignare e terrorizzare al contempo: che razza di cervello aveva quel celebre ricercatore se, con un bambino di tre anni in casa, teneva una pistola in una cassettiera praticamente aperta? Disgustata nei suoi confronti e inviperita contro se stessa per la leggerezza e la superficialità di cui era stata capace di recente, aprì la porta, prese le valigie e corse fuori.

Mentre camminava in quel tratto di salita della settantesima ovest che dal Riverside Boulevard conduce alla West End Avenue, versò le lacrime più amare della sua vita. La vergogna si era insinuata anche nel suo animo e si sommava a un dilaniante senso di sconfitta. Aveva lasciato il padre di suo figlio per un uomo molto ambito. Era stata egoista, arrivista, una sorta di scalatrice sociale. Il proiettile del ribrezzo, sparato dal fucile della sua legge morale interiore, dopo aver colpito Fabio, perforò anche la sua stessa anima. Lo schifo, l'odio e il disprezzo provati nei confronti di Fabio si andavano attenuando per scaraventarsi con ancora maggior forza su se stessa, diventata ora il bersaglio di tutte le emozioni più negative e devastanti che si possano provare.

Attraversò la West End Avenue, salì ancora e poi scese verso l'incrocio con la Broadway. La figura aggraziata di Roy riapparve a intermittenza nella sua mente: per la prima volta da molti anni, cominciò a rivalutarlo. Non era affatto un fallito. Era stato solo sfortunato e lei, in quanto moglie, aveva commesso l'errore di trascurarlo anziché sostenerlo come meritava. Perché in fondo, dietro la sua apparente inconcludenza e dietro tutte le sconfitte della sua vita, c'era comunque un uomo buono che aveva sempre lavorato sodo. Era un incapace? Nient'affatto. E poi che cosa voleva dire incapace? Perché forse sì, Roy era davvero un incapace: era incapace di nuocere agli altri. Incapace di tradire. Incapace di mentire. Non le aveva mai fatto del male. Non l'aveva mai tradita. Non le aveva mai mentito. E lei era stata così stupida da dare per scontate tutte queste qualità, fino a sottovalutarle e dimenticarle. Di certo Roy non avrebbe mai accusato di omicidio un innocente. Mentre Fabio, con tutta la sua notorietà e i suoi quattrini, era stato capace anche di questo. Per non parlare di quella dannata pistola: possibile che l'avesse sempre tenuta nella cassettiera col pericolo che Thomas…?! Smise di camminare e si sforzò di ricordare: le ci volle qualche minuto, ma alla fine si rammentò di aver aperto quei cassetti trenta o quaranta giorni prima, mentre spolverava lo studio, e di avervi trovato soltanto documenti o articoli di cancelleria.

Intorno alle ventitre riceviamo una telefonata. È Alex.

«Scusate l'orario, ma ho lavorato fino a pochi minuti fa. Vi chiamavo per dirvi che sarei pronto per tornare a New York».

«Quando partiresti?»

«Domani pomeriggio alle 16,00. Volo Alitalia. Vi fidate?»

«Non è questione di fiducia. È che forse io e Jessica vogliamo restare ancora qualche giorno in Italia. Magari la porto a vedere Roma».

Ho mentito spudoratamente. In realtà sono pronto a prendere un volo per la Sicilia.

«Mi sembra un'ottima idea. Allora, quand'è così, ci rivediamo a New York quando tornate».

«D'accordo, Alex. A presto e buon viaggio».

«Ci rivediamo a New York quando tornate».

Registro l'ennesima ripetizione, con le medesime parole, ma anche il fatto che, da un po' di tempo, non fa più alcun cenno all'assassinio di Laura. O è stato davvero lui, ovviamente come mandante, visto che era in Italia, o non gliene importa niente. Chissà se Luisa gli ha detto che sto indagando sul caso come se fossi un investigatore vero. Visti i loro rapporti, direi proprio di sì. Prima di chiudere la comunicazione gli passo Jessica. La quale è così carina da confermare quanto ho detto io, anche se lei non sa ancora nulla delle mie intenzioni.

«È per le tue indagini che vuoi rimanere ancora qui?» mi chiede non appena ha riattaccato.

«Sì, cara. Non ti dispiace, vero?»

«Nient'affatto. L'Italia è meravigliosa e mi piacerebbe moltissimo vedere Roma».

«Ti andrebbe bene anche la Sicilia? Taormina è incantevole».

«Per me va bene comunque. Mi piace l'Italia e adoro la tua compagnia. E poi…»

Capisco benissimo a cosa vuole alludere: qui, di certo, Hastings ci lascerà stare. Come potrebbe sapere che siamo a Bologna e stiamo per andare a Taormina?

La situazione di tranquillità di cui godiamo ci aiuta a rilassarci. E il rilassamento è la prima condizione dell'amore.

Ci baciamo e ci addormentiamo abbracciati.

Parte Settima

Sessanta

Martedì/Mercoledì

Sono le 16:30 quando atterriamo all'aeroporto Fontana Rossa di Catania.

Recuperiamo i bagagli e in un baleno sbuchiamo fuori. La giornata è torrida, non c'è una nuvola in cielo e il termometro esterno segna 38 gradi centigradi, cioè oltre 100 gradi Fahrenheit. Siamo investiti da una folata di vento caldo africano.

Sul piazzale antistante l'aeroporto troviamo la fermata degli autobus. Saliamo su un mezzo azzurro e bianco con la scritta Interbus. Dentro, è più moderno di quel che mi aspettassi. Acquistiamo il biglietto – 5 € a testa – direttamente sul bus che parte alle 16,45 e arriva a Taormina alle 18,15 rispettando perfettamente la tabella di marcia, a dispetto della cattiva nomea dei servizi pubblici dell'Italia meridionale.

Poiché ho intenzione di fermarmi una-due notti al massimo, decido di non stare a lesinare. Scelgo il Mazzarò Sea Palace, un hotel cinque stelle di gran lusso che manda in visibilio Jessica per la bellezza del panorama e la raffinatezza dei servizi. Ieri sera, quando ho cercato Lombardo su Internet, sono entrato nel mio conto corrente e ho visto che la soglia massima del mio fido è ancora abbastanza lontana dall'essere superata, quindi posso permettermi questa pazzia.

Ceniamo in hotel a base di pesce e con una bottiglia di Colomba Platino Duca di Salaparuta che ci dà alla testa, sì, ma solo all'ultimo bicchiere.

Quindi facciamo una passeggiata al chiaro di luna lungo la spiaggia privata sottostante, al centro della splendida Baia di Mazzarò.

La temperatura è qui più gradevole, grazie alla brezza marina che sembra ridurre l'umidità complessiva. Quanto vorrei non avere questo gesso! Mi dà un fastidio ormai insopportabile e non mi consente di essere a mio agio neppure nella più semplice delle azioni quotidiane. E quanto si apprezza, in questi frangenti, la condizione normale di salute che diamo sempre per scontata! Mi consolo tenendo Jessica per mano e scambiando con lei qualche bacio a labbra salate e qualche gesto affettuoso che rinsalda chimicamente il nostro amore.

Torniamo in albergo, ma c'è una sorpresa che ci rovina un po' i piani: le sono venute le mestruazioni…

Dopo colazione ricevo una telefona da New York.

«Ispettore Collins! Come diavolo ha fatto a rintracciarmi?»

«Ho delle aderenze al Bureau».

«Che cosa è successo di tanto grave da chiamarmi qui? Tra l'altro, lì è notte fonda».

«Marco Lombardo, il karateka che lei ci aveva consigliato di interrogare, non ha rispettato il mio ordine di rimanere a disposizione. Si è dileguato. E siccome lei è lì nella sua città natale, le volevamo chiedere se per caso…»

«Sto andando proprio ora a casa di sua madre e sua sorella».

«Bene. Se lo trova lì, o ha sue notizie, mi chiami al mio numero diretto. Ho già avvisato la Polizia locale, ma non sono riuscito a trovare nessuno che parlasse un inglese sufficiente per comprendere le mie istruzioni. Per cui, per quanto strano possa sembrare, il NYPD ha bisogno del suo aiuto…»

Ho sentito bene? Non faccio in tempo a gloriarmi che l'atmosfera muta all'improvviso.

Prima di interrompere la comunicazione, infatti, il suo tono si fa più, come dire?, baritonale.

«Ah, a proposito, signor Tarantino, dimenticavo… quando pensa di rientrare a New York?»

«Ancora non lo so di preciso… Oggi stesso, direi… Ma perché mi fa questa domanda?»

«Ho una cosa da mostrarle… Ma stia tranquillo, intervisti quelle persone e poi ci vediamo qui al Cinque non appena sarà di ritorno. Ok?»

Prendiamo un taxi e ci facciamo accompagnare alla villa dei Lombardo. Anche oggi splende un sole magnifico che invia un riverbero spettacolare sul mare. È ancora presto, ma è facile prevedere che anche oggi la temperatura raggiungerà i 100 gradi Fahrenheit. Con questo gesso al collo non è che l'idea mi rallegri molto, ma tant'è, che ci posso fare? Ricordo mio padre che era solito dire: «Se piove, io lascio piovere». Quale capacità di adattamento aveva lui! Perché non ne ho ereditata un pochino anch'io?

Quando arriviamo all'indirizzo ecco la prima sorpresa: sul campanello è scritto soltanto "Famiglia Vajolo". Il cancello della villa è soverchiato da uno stemma gentilizio che raffigura un leone coronato d'oro su sfondo azzurro. L'animale tiene una V fra le zampe anteriori.

Controllo più volte l'indirizzo, ma mi devo arrendere.

Suono il campanello.

Un uomo vestito da giardiniere che sta lavorando all'interno ci vede e viene al cancello. Non faccio in tempo ad aprir bocca che lui mi precede.

«Il barone non è in casa, mi spiace. È all'estero e non tornerà prima di sabato».

«Mi perdoni, abitano qui Concetta e Maria Lombardo?»

Il giardiniere assume un'espressione stralunata, come se gli avessi chiesto di vedere il Papa.

«Voi cercate Concetta e Maria?»

«Sì, perché? Non abitano più qui?»

«Sì, sì, abitano qui, ma non è mai successo che... Un attimo che vi chiamo Concetta. Ehm, il vostro nome?»

«Roy. Roy Tarantino. E questa è Jessica. Siamo amici di Marco».

Il giardiniere se ne va scuotendo il capo e arcuando la bocca all'ingiù. Percorre il sentiero interno che conduce alla villa, ma invece di entrare dall'ingresso principale, noto che gira intorno all'edificio prima di sparire dalla nostra vista. Dopo cinque minuti torna con a fianco una signora vestita più o meno come le cameriere delle famiglie nobili del XIX secolo. Ha un grembiule bianco con pizzo e una veletta in testa. Man mano che la donna si avvicina, mi accorgo che ha un'espressione ancora più stupefatta di quella del giardiniere. Appena giunta al cancello, si guarda bene dall'aprirci e mi parla anche lei aldilà delle sbarre.

«La signora Concetta Lombardo?»

«Sì» mi fa sollevando il mento e mostrandosi sospettosa. «Con chi ho il piacere di...?»

Il suo accento siciliano è inconfondibile. Si tratta di una donna umile e sembra proprio essere la governante, altro che nobili origini...

«Mi chiamo Roy, Roy Tarantino, sono un... ehm...detective americano. Italo-americano, per essere precisi. E questa è la mia fidanzata, Jessica».

«Un detective italo-americano? Non capisco...»

«Volevo scambiare due chiacchiere con lei a proposito di suo figlio, Marco».

«Mio figlio? Marco? Non gli sarà mica successo qualcosa?»

«No, non credo, ma vede... insomma, se ci fa entrare forse riusciamo a spiegarci meglio».

Concetta appare sorpresa e sconvolta. Ha uno sguardo scontroso. Irritato. Si avvicina ad una delle colonne del cancello e preme un pulsante. Il cancello si apre elettronicamente. Entriamo.

La madre di Marco ci conduce attraverso l'immenso giardino in cui spiccano cedri del Libano e querce secolari. Diverse aiuole sono fiorite e tutta la proprietà è circondata da un'alta siepe di tuia. Oh, che profumo di... questo dev'essere... Ma perché sono così ignorante da non saper dare un nome a... *Jasmin*, mi dice Jessica indicando i cespugli fioriti. Com'è che si dice in italiano? Ha un nome molto più lungo, ma in questo momento non ricordo...

Giriamo intorno all'edificio che sembra essere settecentesco e Concetta ci fa entrare in una grande cucina. Prendiamo posto a sedere attorno a un tavolo di notevoli dimensioni su cui sono alloggiati un set di coltelli, un tagliere, vari tipi di verdure.

Concetta mi guarda sospettosa. Ha i capelli bianchi, raccolti in un fermaglio. Il grembiule è macchiato, le sue mani hanno lavorato duro, stamani e, temo, tutta la vita. Lo sguardo diffidente sembra ora vagamente addolcirsi.

«*Pussu sapiri picchì vui signuri vinistuvu finu ccà d'Aamerica?*»

Il dialetto siculo, col suo accento apparentemente disinteressato, mi ha sempre suscitato sentimenti contrastanti. Ma ora non è il momento di pensare a queste sciocchezze.

«Siamo venuti per un funerale che si è tenuto a Bologna. La città dove Marco ha studiato Giurisprudenza, tanti anni fa».

«Sì, Bologna, e allora?»

«Quando suo figlio era studente, si era innamorato di una certa Laura. Ne era al corrente?»

Un rumore. Si apre una porta e appare una giovane donna che somiglia moltissimo a Concetta. È Maria, la sorella di Marco. Se non fosse per lo stesso atteggiamento esageratamente guardingo, avrebbe dei bei lineamenti. Bellezza mediterranea.

Concetta fa le presentazioni e Maria si siede di fronte a me. Quando ripeto ed estendo a lei la medesima domanda vedo che assume un'espressione più disponibile. È lei che mi risponde.

«No. Marco non ci ha mai detto nulla dei suoi amori. Lui ha sempre vissuto lontano da casa e la lontananza non giova ai rapporti confidenziali».

Uhm, la mamma è una cameriera, ma è riuscita a far studiare entrambi i figli. Maria si esprime bene e il suo accento siciliano è molto meno marcato di quello della madre e del giardiniere.

«E dopo l'Università, è andato in Australia, giusto?»

«Ha fatto un po' l'avvocato a Bologna, poi sì, è andato laggiù. Ora abita a New York».

«Esatto»

«Bene. Potrebbe dirci per quale ragione siete venuti...?»

«Solo se mi dice la verità circa la storia d'amore fra suo fratello e Laura» azzardo.

«Ma quale Laura? Noi non ne sappiamo nulla di questa Laura» ribatte quasi offesa e girandosi verso la madre la quale conferma con un cenno del capo.

Quelle due stanno mentendo. Omertà? O semplice protezione?

«Bene, allora grazie di tutto. Proseguiremo le altre ricerche seguendo l'altra pista» replico io alzandomi e guardando Jessica, la quale capisce al volo o finge di capire, ma comunque fa su e giù con la testa.

«Un attimo» mi implora la madre fermandomi per il braccio buono.

Concetta porta la figlia in una stanza attigua. Con noi resta il giardiniere. Che ci osserva come se fossimo due animali esotici e pericolosi. In particolare, mi sembra attratto dal mio gesso: non ne ha mai visto uno in vita sua?

Eccole tornare. È Maria a prendere la parola.

«E va bene, signor Tarantino. Dato che mia madre vuol sapere che cosa è successo a Marco, le diremo quel poco che sappiamo. Sì, in effetti c'era stata una storia d'amore fra Marco e una certa Laura. Ma finì il giorno in cui salimmo a Bologna per fare una sorpresa a mio fratello. Quella ragazza era una stronza, una calcolatrice. Puntava in alto e Marco aveva fatto l'errore di farle credere che fosse di nobili origini. Per cui, quando entrammo nel suo appartamento, lui era lì con lei e fu costretto a fare le presentazioni. Laura capì al volo, penso dai nostri vestiti, che Marco era figlio di gente umile e quindi accusò mio fratello di averle mentito. Lo fece lì, davanti ai nostri occhi. Fu una cosa pietosa: Laura usò spudoratamente la scusa della bugia di Marco per liberarsi di un ragazzo che, pur piacendole molto, non corrispondeva al livello sociale a cui lei ambiva. Quel giorno disgraziato la nostra famiglia si è frantumata. Laura disse a Marco di dimenticarla e lui non ha più voluto saperne di noi. Sappiamo dei suoi spostamenti da un Paese all'altro soltanto grazie a un lontano parente di mia madre, Franco, uno che, quando Marco era piccolo, gli portava dei giocattoli elettronici dall'America e si fermava per ore a giocare con lui».

Concetta annuì e volle aggiungere qualcosa.

«Sì, Franco lo aveva preso in simpatia: gli parlava dei grattacieli di New York e gli diceva sempre che da grande lo avrebbe fatto venire a lavorare in America con lui».

Sto per chiedere se poi le cose sono andate così, o almeno se i due sono ancora in contatto nella Grande Mela, ma vengo interrotto dalla domanda fulminea di Maria: «Ora tocca a lei. Che cosa è successo a mio fratello?»

«Anzitutto Laura è morta. È stata assassinata. A New York».

Il silenzio non dura che il battito d'ali d'una farfalla.

«Se fosse stato Marco, avrebbe fatto solo bene!» dichiara Maria impulsivamente e con piglio autoritario. «Ma sono certissima che non può essere stato lui, per la semplice ragione che non ne è capace. Marco la amava alla follia e secondo me l'ha amata per tutti questi anni. Lui è un tipo molto fedele e quando si mette in testa una cosa... Inoltre non è un assassino, ma un bravo ragazzo, fin troppo bravo... Dov'è successo? »

«A Little Italy, dove Laura viveva e lavorava da qualche anno.

Marco è riapparso nella sua vita diversi mesi fa. Lei frequentava la palestra dove lui lavora».

«Sì, sapevamo che si era dato allo sport. Non mi dirà che la Polizia lo sospetta…»

«La Polizia lo ha interrogato e gli ha imposto di rimanere in città. Ma lui è scomparso».

«Se è scomparso, come dice lei, lo ha fatto perché non può sopportare la perdita di Laura. Sarà andato in un altro Paese perché New York gli ricorda lei. Proprio come aveva fatto tanti anni fa quando era fuggito da Bologna».

«Dice? Però la Polizia gli aveva intimato di rimanere a disposizione».

«Marco è una persona onesta. Fin troppo. Ora avrà bisogno di un po' di tempo e di solitudine per assorbire il colpo. Dica alla Polizia di non preoccuparsi a cercarlo: scommetto un milione dei vostri dollari che presto si farà vivo lui...»

A meno che non sia colpevole, mi verrebbe da dire, ma tengo questo pensiero per me, sennò va a finire che mi cacciano.

Devo tornare su Laura. Mi manca ancora qualche informazione e ora che si sono aperte nei miei confronti devo approfittarne.

«Noi conoscevamo Laura. Non ci era sembrata una persona così malvagia come voi l'avete descritta… Come mai Marco se ne era tanto innamorato, secondo voi?»

Maria è un fiume in piena. Paonazza, esplode.

«Perché l'amore è cieco, lo sapete questo in America, o no? Quando lei se ne andò da casa sua, quel maledetto giorno di tanti anni fa, io dissi a mio fratello ciò che pensavo. E cioè che non perdeva nulla perché quella era una stronza, un'arrivista, un'arrampicatrice sociale, se così si può dire, che non si può amare un uomo credendo che sia figlio di chicchessia e non amarlo più quando si scopre che invece le cose stanno diversamente».

«Quindi c'è stato un periodo in cui Laura gli aveva fatto credere di amarlo?»

«Di certo lo aveva illuso».

«E Marco reagì molto male…»

«Sì, reagì malissimo: quell'amore a senso unico lo aveva cambiato, era diventato molto più sensibile. Ci disse che lui avrebbe amato Laura per tutta la vita e che noi non eravamo che degli stupidi terroni che non avevamo il diritto di giudicarla. Poi ci gridò di andarcene e quando eravamo già lungo le scale specificò che non voleva più avere niente a che fare con noi… Invece che prendersela con quella puttana, se la prese con noi…»

Maria è orgogliosa fino al midollo. I suoi occhi si sono velati, ma non cederà alle lacrime finché non ce ne saremo andati. Sta rivivendo la vecchia esperienza e la rabbia, in lei, ha quasi la meglio sul dolore del distacco dal fratello. Il contrario di ciò che accade nell'animo della madre.

Specifico che mi dispiace molto per come sono andate le cose e cerco di mostrarmi comprensivo. In effetti, la storia è credibile e provo un po' di compassione per questa povera, ma fiera famiglia.

Prima di andarmene lascio i miei recapiti, promettendo che darò notizie di Marco non appena il NYPD mi comunicherà di averlo rintracciato. Tengo invece per me l'intenzione di agire per riconciliare Marco con sua sorella e sua madre.

Sono già sul sentiero che porta al cancello quando mi torna in mente un elemento importante. Mi rivolgo a Maria: «Come ha detto che si chiama il parente con cui Marco è in contatto?»

«Franco. Franco Bruno. È una brava persona. Vive in America sin da quando era bambino, e lì, come molti altri siciliani, ha fatto fortuna. Ci ha sempre detto di aver provato ad aiutare Marco in mille modi, ma mio fratello ha sempre rifiutato tutte le sue offerte di lavoro. Quel ragazzo ha in testa solo… Lasciamo perdere».

Maria voleva dire Laura. Poi deve essersi ricordata che è morta e sepolta.

Ce ne andiamo. Un nugolo di api volteggia da un fiore all'altro. Stringiamo le mani e salutiamo ringraziando per la disponibilità mostrata. Ribadisco che, se avrò notizie di Marco, mi farò vivo e farò loro sapere dove si trova.

Ci incamminiamo. Traduco a Jessica il succo dell'incontro e lei si mostra abbastanza sconcertata. Mi dice di aver notato, proprio come me, la differenza di stati d'animo della madre e della sorella. Le domando per quale ragione, secondo lei, Marco abbia contravvenuto all'ordine di Collins. Mi risponde che non ne ha idea, ma a suo parere Marco non può essere l'assassino di Laura, né di nessun altro: certe cose bisogna avere il fegato di farle e l'omicidio, per la mia Jessica, non sta nelle corde di Marco, a meno che non abbia in sé una seconda personalità che lei, però, non ha mai avuto occasione di notare.

Seconda personalità. Uhm…

Di una cosa sono certo: Marco non può essere fuggito perché non sopportava il dolore per la morte di Laura, come Maria ha voluto farci credere: in qualunque parte del mondo se ne sia andato, non lo sopporterebbe ugualmente.

Dio, a pensarci bene, è vero che i luoghi ci richiamano spesso le persone e gli amori e le tragedie della nostra vita. Per un uomo sensibile come Marco, a questo punto, la palestra, Little Italy e forse tutta New York potrebbero in effetti apparirgli insopportabili. Può essere. Sì, ma è davvero questa la ragione della sua scomparsa? E se fosse lui, come pensa Alex, l'assassino di Laura?

Franco Bruno.

Questo nome mi suona in qualche modo familiare.

Dove l'ho sentito?

Sessantuno

Mercoledì

Grazie alle sei ore riguadagnate a causa del fuso orario, quando sbarchiamo all'aeroporto JFK c'è ancora luce.

Prendiamo un taxi e ci facciamo portare a casa mia.

Appena entrati, per associazione di idee, ci tornano subito alla mente quegli orribili momenti di panico provocati dall'irruzione di Paul Hastings. Jessica si sente un po' a disagio e io stesso non riesco a non pensarci. L'adrenalina, scaricata nel nostro sangue quella sera maledetta, si è come cristallizzata nell'aria che si respira in casa mia rendendola più densa e più difficile da respirare. Ne inghiottiamo solo minuscole molecole per volta.

Chiamo Collins e gli dico che siamo tornati e abbiamo bisogno del supporto di un agente. L'ispettore dice di essere al momento a corto di personale e che forse riuscirà a mandarci qualcuno sotto casa solo nelle ore notturne. Ovviamente mi chiede cosa ho scoperto a Taormina e così gli riassumo l'incontro con Concetta e Maria.

Discutiamo un po' sulla sparizione di Marco. Inutile dire che questo fatto lo renda alquanto sospettabile. Vengo a sapere che di recente aveva preso un locale in Kenmare Street, lo aveva arredato con un computer, due scrivanie e due sedie da ufficio e aveva applicato alle vetrine una scritta: *Agenzia d'affari La.Ma.*

«Uhm, Laura e Marco… interessante!»

«Già, ci abbiamo pensato anche noi».

Pongo una domanda come se l'ispettore fossi io.

«Cosa hanno detto i negozianti vicini?»

«Che non hanno neanche fatto in tempo a conoscerlo. Si è fatto portare gli arredi lunedì mattina e lunedì pomeriggio ha applicato l'insegna. Martedì, ieri, si è visto solo un attimo, intorno alle nove del mattino, poi ha chiuso e se ne è andato. Noi lo abbiamo cercato proprio ieri, a partire dalle dieci antimeridiane e per tutto il santo giorno. Abbiamo anche mandato un agente di notte e di nuovo tutt'oggi. Alla palestra ci hanno detto che si era preso quindici giorni di ferie, ma non sapevano nulla dell'agenzia d'affari».

Che incredibile serie di stranezze… sono senza parole.

«Signor Tarantino, è ancora lì?»

«Sì, sì, mi scusi, è che davvero non capisco… Uno che fino a ieri faceva l'insegnante di arti marziali e body building, improvvisamente, senza dire nulla a nessuno, apre un'agenzia d'affari e poi sparisce nel nulla… Avete idea di dove possa essere… o come mai… Immagino di no, eh?»

«No, purtroppo no. Come hanno reagito madre e sorella?»

Si apprestavano a passare la terza notte consecutiva in albergo. Per fortuna, il piccolo Thomas era un angelo e si faceva sonni molto lunghi e profondi. La mamma gli aveva detto che si erano trasferiti lì per un breve periodo di vacanza e lui, naturalmente, le aveva creduto sulla parola. Ma nel cuore di Julia era in atto un tornado emotivo che aggrovigliava ricordi, speranze, sogni, desideri, fatti, illusioni, eventi e chimere di tutta un'esistenza, alimentando un tormentoso pessimismo circa il loro destino.

Tutta colpa del rimorso: perché si era lasciata abbindolare così stupidamente da quel bugiardo di Fabio? Perché non aveva usato l'intuito, invece del calcolo? Perché aveva lasciato un uomo onesto, leale, fedele e sincero? Vero, gli andavano tutte male, povero Cristo, ma lei lo aveva sostenuto come una moglie è tenuta a fare anche nella cattiva sorte? O non gli aveva piuttosto gettato la croce addosso, non appena conosciuto Fabio, per disporre di una bieca giustificazione che sorreggesse la sua decisione di lasciarlo?

Guardò Thomas che dormiva col respiro grosso: Dio, quanto somigliava a suo padre in quel momento! Dio, quanto aveva bisogno di suo padre! Ma era troppo tardi: da un lato, Roy si era messo con Jessica; dall'altro, anche in mancanza di questa novità, egli non avrebbe mai più rivoluto una moglie fedifraga come lei. E non poteva mica usare Thomas per riavvicinarsi a lui…

Provò a stendersi sul letto. Guardò il soffitto.

E ricominciò a piangere.

Metto sul piatto la versione di Maria per verificare se anche Collins di prim'acchito la ritiene deboluccia e così è infatti. Gli faccio notare che però potrebbe anche reggere, soprattutto se Marco possiede l'animo sensibile di chi non può fare a meno di stabilire forti associazioni emotive fra eventi, persone amate e luoghi in cui quegli eventi e quelle persone sono state amate. C'è da aggiungere il fatto che, morta Laura, per Marco non ci sono più ragioni per abitare a New York. E forse neppure per vivere...

Collins trova queste osservazioni acute, ma non del tutto convincenti: perché allora aprire un'agenzia d'affari? Inoltre, il NYPD gli aveva intimato di rimanere in città e non è che si può contravvenire a questi ordini solo perché si è sconvolti.

«Comunque sia, mi fa molto piacere, signor Tarantino, che si sia preso tanto a cuore la faccenda. Credo che il suo lavoro e la sua perspicacia risulteranno molto utili, se non addirittura fondamentali per venirne a capo...»

Addirittura... Al punto in cui siamo, francamente, non credo proprio.

«...Tuttavia, mi raccomando di essere molto prudente quando le salta in mente di agire in un modo o nell'altro. Continui pure a riflettere su questo caso, ma si confronti sempre con me: le ricordo che lei non è un poliziotto, né un investigatore privato, quindi non può condurre indagini come se lo fosse. Voglio essere chiaro: lo dico per lei, perché non si trovi poi nei guai con la legge. Ma vedrà che, se mi tiene sempre accuratamente aggiornato, non ci saranno problemi e il suo contributo sarà molto apprezzato qui al Cinque».

Insomma: lavori pure per noi gratis e faccia assumere a noi i meriti di eventuali successi. Il succo è questo, ma lo ringrazio comunque. Anzi, per mostrargli che non intendo sgarrare, gli comunico che la mia prossima mossa sarà proprio tentare di capire dove diavolo potrebbe essersi nascosto Marco.

«E da dove partirà?»

«Dalla ricerca del lontano parente».

«Ah, già. Non me ne ha detto il nome».

«Franco Bruno».

Una frazione di secondo di silenzio assoluto, ma pregna di tensione.

«Che cosa?»

«Franco Bruno. È imparentato con Concetta, la madre di Marco. Perché tanta meraviglia?»

«Se mi dice Franco Bruno non posso non pensare a *Frank* Bruno»

«E cioè...?»

«Fra New York e Chicago opera il finanziere Frank Bruno. Di recente l'F.B.I ha scoperto che dietro la sua immensa fortuna c'è l'adesione a Cosa Nostra. Un'adesione che era riuscito a tenere nascosta per almeno due decenni. Al Bureau credono addirittura che sia in procinto di salire in vetta al clan Gambino-Corozzo. Fino a poco tempo fa era un insospettabile. Le sue aziende sembravano tutte pulite, ma poi è cominciata a venire a galla la verità: riciclaggio di denaro proveniente dalle bische clandestine, dal traffico di armi e stupefacenti. Oggi è uno dei maggiori ricercati d'America».

Ecco dove avevo sentito quel nome: in tv, per Dio! Sono senza parole. Insomma, anche se marginalmente, la mafia torna sempre fuori in questa storia. Gran brutto affare. Cristo Santo, Marco è imparentato con un boss! Però, ora che ricordo, sì, i regalini da piccolo, ma poi lui aveva sempre rifiutato di... Ma ora che era venuto a stare qui? Oddio... non sarà mica lui il mandante dello stupro... ?

Trasmetto le mie conoscenze e le mie conseguenti domande a Collins. Il quale, ricordando l'unico interrogatorio a cui l'aveva sottoposto, fa una doppia riflessione: da un lato, non crede sia molto semplice rinunciare alle avances di un capo-mafia, specie se si tratta di un parente che ha cercato di condizionarti sin da piccino. Dall'altro lato, non crede neppure che il karateka si sia fatto irretire da Frank Bruno al punto da diventare uno del clan.

«Tutto sommato mi è sembrato una brava persona... Ma è chiaro che nel nostro lavoro non possiamo fermarci alle impressioni di pelle: spesso si prendono granchi mostruosi».

«Aveva un alibi per la sera del crimine, anzi, dei crimini?»

«No, niente alibi, era in casa da solo a guardare la tv».

Ahia!

«Ma c'è di peggio: il vicino di casa lo ha visto uscire la sera dell'omicidio di Laura. Indossava un vestito elegante, il che era piuttosto insolito per lui».

Doppio ahia!

«Per caso le è sembrato affranto o arrabbiato per la morte di Laura?»

«Beh, sembrava proprio a terra. Ma ne ho visti di attori nella mia carriera...»

«Ha accusato nessuno?»

«Sì, il marito di Laura! E con quale veemenza! Ne sembrava talmente certo che se lo avessi sottoposto alla macchina della verità avrei ottenuto solo conferme».

«E così, Alex e Marco si accusano a vicenda... E uno dei due mente alla Polizia e sparisce nel nulla dopo aver ricevuto l'intimazione di rimanere in città. Interessante, no?»

«Interessante, sì, ma questo non significa che il cerchio si stringa a quei due».

«Perché ho la sensazione che stia per dirmi qualcosa di inaspettato?»

«Lei, Tarantino, ha un notevole intuito. Se viene qui al Cinque un istante le mostro quella cosa di cui le avevo detto al telefono».

Sessantadue

Mercoledì

«Dovrei mettermi a ridere?»

Carina questa lettera anonima che è stata spedita al Cinque. Mi si accusa, in una sola riga, di essere l'assassino di Laura! Per fortuna l'ho conosciuta neanche quarantotto ore prima del suo omicidio e Jessica può testimoniarlo, sennò ci sarebbe di che sospettarmi per davvero: è possibile che qualcuno mi abbia visto entrare in casa della vittima la notte fra domenica e lunedì e poi di nuovo la sera di martedì. Magari mi hanno visto a pranzo con lei da Sal's martedì, oppure mentre la portavo in automobile a casa di Jessica, pochi minuti prima che le sparassero. E così hanno pensato bene di calunniarmi.

«Se vuole. Ovviamente, caro Tarantino, non diamo alcun peso a questa cretinata, e lei può stare tranquillo. Però potrebbe essere stata scritta dall'assassino per depistarci».

«Può essere, oppure…»

«Oppure? Ha dei nemici, Roy, o dei conoscenti che godrebbero sapendola nei guai?»

«Forse quel pazzo di Hastings… Oppure qualcuno a cui sta dando fastidio che io mi stia occupando in qualche modo del caso e possa essere di aiuto a voi… Comunque, ispettore, se non mi ha chiamato qui per arrestarmi, gradirei tornare a casa, cenare e farmi un bel sonno. Immagino che i prossimi giorni saranno un po' duri per via del jet lag…»

«Vada pure, Tarantino, ci mancherebbe altro. Ma resti a disposizione e non faccia come il signor Lombardo, mi raccomando!»

Che burlone!

Torniamo a casa con la stessa auto e lo stesso agente del NYPD che ci hanno portati qui. Veniamo a sapere che il turno di guardia sotto casa nostra inizierà alle due del mattino: non prima per mancanza di personale in servizio. Speriamo bene!

Tornato a New York martedì, Alex aveva subito riaperto l'agenzia e ripreso il lavoro anche se del tutto privo della sua consueta motivazione. C'era infatti un pensiero che lo tormentava. Una missione da portare a termine.

Al funerale di Laura, quello celebrato in America, lo aveva visto. Era venuto con la sua auto da pezzente, l'aveva parcheggiata in fondo al piazzale, a un centinaio di metri dalla chiesa. Per qualche minuto era anche entrato in chiesa! Quel fanatico era due volte colpevole: aveva cercato di portargli via Laura, sia vent'anni prima che di recente. E se sua moglie era stata certamente irremovibile allora, quando lo aveva rivisto a Manhattan trasformato nel fisico e inalterato nei sentimenti, lei aveva vacillato. Non che gli avesse ceduto – Laura aveva un'etica tale da renderle impossibile l'adulterio – ma il suo slancio civettuolo gli era rimasto sul gozzo.

Ora che Laura non c'era più, era giunto il momento di farla pagare a quell'esaltato.

Uscì di casa, prese la sua auto e si diresse da Ignazio's.

Fra una fitta e l'altra al braccio, che ora però sopporto molto meglio, mi faccio un lungo giro su Internet e scopro che Frank Bruno è in effetti uno dei più celebrati fra i mafiosi ricercati dall'F.B.I. degli stati di New York, Illinois, Nevada, California e Florida. Fino a cinque anni fa è stato un importante esponente dell'alta finanza di Wall Street, nonché un costruttore edile in diverse località degli States. Grazie a una soffiata di un semplice agente di borsa, l'F.B.I. riuscì a capire che l'impero finanziario e immobiliare di Frank Bruno era stato costruito con i soldi sporchi delle attività criminali della mafia. Di chiara origine siciliana, Bruno risiede negli States da oltre cinquant'anni. Nella fotografia pubblicata sul sito dell'F.B.I. appare un volto noto: sì, questo qua l'ho visto in tv diversi anni fa, probabilmente intervistato dall'emittente CNBC a proposito di qualche crollo di borsa o per dare utili suggerimenti ai piccoli investitori. Somiglia molto ad Al Pacino, ha i capelli grigi ingrassati col gel e due baffetti sottilissimi che ne sottolineano lo sguardo acuto e intenso.

Dunque, 'sto criminale faceva il "babbo" di Marco, gli portava i giocattoli, se lo ingraziava il più possibile. Probabilmente è stato lui a suggerirgli di studiare Giurisprudenza. Una volta laureato, Frank può davvero avergli avanzato diverse proposte di "lavoro" e Marco, forse perché consapevole dei pericoli derivanti da una sua adesione al clan, potrebbe averle sempre rifiutate. Però non posso essere così ingenuo da crederlo innocente di tutto solo perché "sento" che in qualche modo mi somiglia a livello caratteriale. Quando si svolge un'indagine bisogna rimanere obiettivi e distanti sennò, come dice Collins, si corre il rischio di prendere dei clamorosi abbagli.

Mi devo dunque domandare: possibile che Marco, visti i continui rifiuti da parte della sua amata, abbia deciso di chiedere aiuto al "babbo" per farla stuprare e magari anche uccidere? Ma è possibile che un sentimentale come lui sia capace di perpetrare simili crimini? Istintivamente, direi di no, forse perché sono un po' così anch'io. Ma se ripenso a quanto mi ha detto Elena, e al fatto che ha mentito alla Polizia circa i suoi movimenti la sera del delitto...

L'amore e l'odio sono sentimenti pericolosamente vicini.

Si fa sera e Jessica viene a chiedermi cosa desidero per cena.

Viste le riflessioni che sto facendo, le propongo di andare a mangiare da Ignazio's.

Un occhiolino e ci siamo già intesi: nelle nostre menti rivediamo entrambi il film di quella serata che è poi sfociata nel magnifico risvolto passionale che stiamo vivendo. Vorrei dire qualcosa di stucchevole, ma preferisco tacere: in questo momento di buone energie, sarebbe deleterio aggiungere banali sentenze alla languida occhiata che ci scambiamo e in cui si racchiude, come in un cerchio magico, tutto il senso del nostro attuale rapporto.

Non poteva esserci chiesa migliore dell'Our Lady of Sorrows di Stanton Street per riconciliarsi con Dio. Entrò che la messa serale era appena finita, sollevò coi polpastrelli qualche goccia dall'acquasantiera e si fece il segno della croce. Quindi, si portò nel primo banco di destra, a pochi passi dall'altare centrale e si inginocchiò.

Recitò un intero rosario e ad ogni Padre Nostro si interruppe per autoaccusarsi e chiedere perdono. Alla fine si sedette e mantenne lo sguardo al tabernacolo. Come aveva potuto, lui che non aveva mai fatto nulla di male in tutta la sua vita, lui che non aveva mai trasgredito la Legge di Dio, lui che si era sempre comportato rettamente secondo gli insegnamenti della Santa Romana Chiesa a lui impartiti da parroco e genitori sin dall'infanzia e poi su, attraverso l'adolescenza, fino all'età adulta? Per rispettare quei dettami religiosi non aveva mai ceduto all'impulso di fare l'amore con Laura quando erano stati fidanzati, preferendo aspettare la prima notte di nozze. Notte che però non era mai venuta, a causa dell'intromissione di Alex e della stessa madre di Laura, le due persone che avevano rovinato tutto.

Ma il suo sacrificio fisico aveva avuto un grande valore, gli aveva detto il parroco del suo paese, perché raro, anzi unico, nel panorama dell'Italia dei primi anni '90. Quel valore si era scolpito nella sua anima e anche se le cose erano andate a finire così male per lui – proprio con queste parole lo aveva consolato il prete – Dio lo avrebbe messo sul piatto dei meriti della bilancia con cui lo avrebbe giudicato.

Ma l'altro piatto della bilancia, quello dei demeriti, era ora gravato di un peso enorme. Provò a ripassare i dieci comandamenti e scoprì, con orrore di sé stesso, che di recente ne aveva violati diversi. Aveva desiderato non una, ma ben due donne d'altri. Aveva dichiarato il falso. Aveva anche disonorato la memoria dei suoi genitori andando contro i loro stessi insegnamenti. Aveva persino sostituito una donna a Dio, idolatrandola come se la felicità fosse un fatto meramente terreno e potesse consistere soltanto nell'avere lei.

Il peso delle colpe gli parve superiore a quello delle virtù. E constatando che la sua quarantennale rettitudine a nulla era valsa per proteggerlo dal peccato, pianse amaramente.

Come avrebbe potuto riscattarsi?

C'era un solo modo.

Sessantatre

Mercoledì

Quello stronzo assassino ci era cascato: si sarebbe presentato giovedì mattina al suo locale di Kenmare Street per contrattare l'affare che gli aveva proposto al telefono. Tutto era filato abbastanza liscio, ma un problema era sorto: poiché Alex era tornato dall'Italia con un giorno di ritardo, Marco aveva dovuto posporre di ventiquattrore tutti i suoi piani e di conseguenza correva il rischio di non riuscire a portarli a termine.

La Polizia lo aveva cercato e poiché lui aveva contravvenuto all'ordinanza dell'ispettore Collins nascondendosi in un hotel di Queens, poteva trovarsi degli agenti davanti all'agenzia proprio nel momento in cui Alex fosse arrivato. In quel caso, non solo avrebbe potuto essere arrestato ma, a quel punto, sarebbe diventato molto più difficile portare a termine la sua vendetta.

Meglio cambiare strategia? Spostare il luogo, ma non l'orario dell'appuntamento? Se sì, dove? Avrebbe dovuto prendere in affitto un altro locale, ma ormai era un ricercato e… No, troppo rischioso, non tanto per sé e il suo destino, ma per l'effettiva realizzazione del piano.

Si risolse: ormai era in ballo e doveva ballare fino alla fine. Il piano era quello e, in fin dei conti, perché modificarlo? Non era affatto detto che il NYPD mandasse agenti a qualunque ora del giorno e della notte e magari, con un po' di fortuna, l'indomani mattina non ci sarebbe stato nessuno. Se solo fosse riuscito a farlo entrare là dentro, beh, avrebbe chiuso la saracinesca dall'interno e lo avrebbe massacrato di botte. I negozianti vicini avrebbero potuto sentire e chiamare la Polizia, ma questa sarebbe arrivata troppo tardi comunque.

Sì, poche storie: ormai si trattava di rischiare il tutto per tutto. D'altra parte, che cosa aveva da perdere ormai? Persa Laura, la sua vita non aveva più alcun senso, se non quello di vendicarne la vile uccisione.

Uscì per prendere una boccata d'aria, ma fu proprio questa idea, ben più che tutti i suoi piani omicidi, a risultargli fatale.

Svoltato un angolo in una strada semideserta, due uomini gli si incollarono alle costole e gli puntarono una pistola alla schiena.

È già buio da un po' quando entriamo da Ignazio's e ci accomodiamo allo stesso tavolo dell'altra volta. Jessica dice di essere scaramantica e di augurarsi una serata altrettanto magica. Io stesso auspico un epilogo del genere, ma ormai sono abbastanza certo dei sentimenti che ci uniscono, anche se devo andarci cauto dato che ci conosciamo da poco.

Le luci della skyline newyorkese, vista da qui, hanno sempre un ché di suggestivo.

Ordino una pizza margherita, mentre Jessica sceglie una quattro stagioni. La cameriera porta prima le birre e così facciamo un bel cin-cin al nostro amore. Due coppie camminano sul selciato di fronte, diretti al River Café. Un gruppo di ragazzi si rincorre lungo l'area di attracco dei battelli fluviali. Sopra di noi, le luci del ponte di Brooklyn sono già accese. Nella sua maestosità, la immensa struttura ci offre la sua protezione. Almeno spero.

Il discorso cade su Hastings. Jessica mi domanda, ed è la prima volta, come diavolo avrà fatto a rintracciarla dopo tutto quel tempo. Le rispondo che aveva senz'altro assoldato un detective, anzi un'intera agenzia investigativa privata.

«Come fai ad esserne così sicuro?»

Le racconto di quel lunedì sera in cui venimmo qui a mangiare e notai quei due tizi che sembravano essere venuti apposta per spiarci.

«E perché non me lo hai detto subito?»

«Perché in quel momento pensavo di essermi sbagliato, sai, avevo i nervi tesi… insomma, non potevo esserne certo al cento per cento».

La paura torna ad aleggiare. Ci guardiamo intorno ed è abbastanza naturale sospettare di tutti i clienti. Ma stavolta possiamo stare tranquilli: la vista del poliziotto di piantone, prima del nostro viaggio in Italia, ha certamente indotto il maniaco ad essere prudente. Tra l'altro, ora non può sapere, questa almeno è la mia opinione, se siamo tornati o meno. Ma Jessica pensa che non demorderà e che bisognerà trovare il modo di farlo arrestare altrimenti, pazzo com'è, finirà per fare del male a entrambi. Lo dice come se non ne avesse già fatto, a lei otto anni fa e a me la scorsa settimana. Ahia, ecco una fitta al mio avambraccio martoriato.

Le pizze tardano ad arrivare. Ho voglia di chiamare Thomas. Mi frugo le tasche ma non trovo il cellulare. Mi sa che l'ho lasciato in auto.

«Mi dai le chiavi che vado a recuperarlo?»

«Vuoi che ci vada io?» si offre la mia compagna.

«No, grazie, ci penso io. Faccio in un attimo».

Mi alzo e raggiungo il parcheggio. In effetti ritrovo il cellulare sul sedile del posto passeggero. Mi deve essere uscito di tasca quando sono sceso dall'auto. Richiudo e faccio per tornare in pizzeria quando, levando lo sguardo oltre i tetti delle automobili parcheggiate, scorgo una capigliatura e un taglio d'occhi familiari. Sul momento provo una strana sensazione, un misto di vertigine, sogno e déjà-vu, che sembra durare un'eternità. Poi il clacson di un traghetto mi risveglia e i miei neuroni si riconnettono rompendo il muro dell'illusione e riconoscendo la realtà.

Cristo santo… ma quello laggiù è…

…*Alex!*

Che ci fa qui? Sta parlando con un tipetto basso e magrolino che ha una coda di cavallo sino a metà schiena. Hanno un atteggiamento strano, sembra quasi che bisbiglino…

Incuriosito, mi rannicchio e, facendo uno slalom fra le auto, cerco di avvicinarmi. Riesco a nascondermi dietro un cespuglio, a pochi passi da loro. Vediamo cosa riesco a carpire.

«…E quel cretino che ha stuprato la donna sbagliata?»

«Ti confermo che è stato ammazzato con una gragnola di colpi, nella baia di San Francisco».

«Bene. Ora non vi resta che saldare il vostro debito».

«Già saldato: l'abbiamo beccato poco fa. Si era rifugiato nel Queens».

«È stato portato al *ripostiglio*?»

«Lo stanno portando adesso».
«Quando avrete fatto, mandatemi un sms».
«Gli farai molto male?»
«Gli farò ciò che merita!»
Cristo santo!
Ho sentito abbastanza. Usando il cespuglio a protezione, cammino all'indietro finché non sono scomparso dalla loro vista. Ahia, una fitta al braccio proprio adesso! Devo resistere senza lamentarmi. Trattenendo quasi il respiro, rientro rapidamente nel ristorante. Le pizze sono già servite e Jessica non ha neanche iniziato. Vorrebbe dirmi che si stava preoccupando e che l'ho fatta stare in pensiero, ma incrociando il mio sguardo capisce al volo che qualcosa non va. Di certo la serata è rovinata. La magia che volevamo ricreare è rinviata a data da destinarsi.
«Ehi, Roy, si può sapere che cosa diavolo…? Roy, ti senti bene?»
«Non hai idea di cosa sia successo là fuori… Devo telefonare a Collins immediatamente».
«Ma, Roy…»
Mi alzo per andare in bagno quando mi squilla il telefono. Sperando che sia l'ispettore, continuo a camminare e rispondo subito, senza guardare chi sia il chiamante.
«Ciao Roy, sono Julia. Ti disturbo?»
Proprio adesso?!
«Veramente stavo per… potremmo sentirci domani?»
«Va bene, scusa, a che ora ti posso chiamare?»
«Domattina alle otto dovrebbe andare bene. Come sta Tommy?»
«Dorme come un angelo. Abbiamo voglia di vederti. Ciao. A domani».
Stacco il telefono dall'orecchio e lo osservo da distanza. Ho sentito bene?
Abbiamo voglia di vederti.
Costernato più per questa frase che per quanto accaduto all'esterno poco fa, raggiungo il bagno ed entro. Chiudo il copri tazza, mi siedo e compongo il numero di Collins.

La canna della pistola fra il fegato e le costole era il chiaro sintomo del fallimento di tutti i suoi piani. Erano in due: quello che teneva l'arma in pugno e un altro che telefonava.

«L'abbiamo beccato. Ora lo portiamo là. Ok?»

Quello con la pistola aprì la bocca. Il suo accento era australiano.

«Cammina ancora per venti metri. Quando arriviamo a quella Mercedes nera, fermati».

Quello disarmato, un tizio elegante coi capelli rossi, fece scattare l'apertura centralizzata e aprì la porta posteriore sul lato del marciapiede. Mise una mano sulla testa di Marco e lo forzò ad entrare nell'abitacolo, seguito dall'altro scagnozzo che continuava a puntargli addosso quella maledetta pistola.

Il rosso si mise al volante senza dire una parola. Di tanto in tanto guardava Marco nello specchietto retrovisore. L'australiano aveva la faccia butterata e il naso schiacciato. Ora gli teneva la pistola puntata sotto il mento.

«È stato Alex Gentile a mandarvi, vero?»

«Sta' zitto!» gli rispose secco il rosso.

«Ditegli solo di avere il fegato di affrontarmi da pari a pari, a mani nude. E sarò felice di dargli la lezione che merita. Io non desidero altro».

«Ti ho detto di tacere!»

La pistola dell'australiano gli penetrò nella gola al punto da spostargli esofago e laringe.

Marco tossì. In cuor suo, sperava di poter avere l'opportunità di affrontare il suo nemico in condizioni di parità. Ma era ormai chiaro che si metteva male per lui.

Molto male.

«Che cosa?»

Collins non crede alle sue orecchie.

«Le ripeto che Alex è il mandante dello stupro. È in qualche modo collegato alla mafia e ora credo voglia uccidere Marco Lombardo perché lo ritiene davvero colpevole della morte di Laura. Bisogna arrestarlo subito e farsi dire dove si trova Marco, sennò ci sarà un altro omicidio».

Dopo aver offerto altri dettagli dell'evento fortunato che ha cambiato il corso delle mie indagini – per esempio che Marco era stato "beccato" nel Queens e sarebbe stato portato in un certo "ripostiglio" – sento che Collins chiama l'agente Barry e gli ordina di venire qui da Ignazio's per arrestare Alessandro Gentile. Ora mi sembra che chiami qualcun altro: sta ordinando che le ricerche di Marco Lombardo siano intensificate e concentrate nel Queens. Poi, eccolo che ritorna a me.

«Pronto, signor Tarantino, è ancora lì?»

Lo rassicuro.

«L'agente Barry sarà lì fra qualche minuto. Faccia una cosa: torni fuori e cerchi di tenere d'occhio Gentile: non vorrei che sparisse prima dell'arrivo dei nostri».

«Ok».

«Grazie mille, signor Tarantino, quante volte dovrò ringraziarla ancora per il suo aiuto?»

Torno da Jessica: poveretta, è ancora lì con la pizza intatta che mi aspetta.

«Vieni fuori con me un attimo».

«Fuori? Ma...»

Usciamo. Mi dirigo verso il cespuglio, ma di Alex e del suo amico non c'è più nessuna traccia. Mentre mi sposto qua e là per lanciare lo sguardo ovunque, racconto a Jessica l'accaduto.

«Stai scherzando...?»

«Nient'affatto: aiutami piuttosto a guardare in giro se ti riesce di vederlo. Tu vai di là, io seguo la piattaforma lungofiume. Ci rivediamo qui fra cinque minuti».

Mentre mi incammino, una frase mi risuona dentro con insistenza, come quando una canzone riecheggia nella testa e sovrasta ogni pensiero, colora ogni sensazione, cancella ogni dialogo interiore.

Abbiamo voglia di vederti.

Sessantaquattro

Mercoledì

Nel momento in cui mi ritrovo davanti alla pizzeria con Jessica e constatiamo, delusi, che i due si sono dileguati, ecco arrivare gli agenti Barry e Donovan. Con Barry ci conosciamo già, quindi procediamo subito. Gli mostro il punto del parcheggio dal quale ho visto Alex e poi lo guido a zig-zag fra le auto fino al cespuglio dietro al quale ho potuto ascoltarne il dialogo col tappetto.

Barry mi dice che posso andare e che penseranno loro a perlustrare tutta la zona.

Torniamo dentro. Ci risediamo al tavolo e cerchiamo di mangiarci le due pizze ormai fredde che sono ancora lì ad aspettarci. In realtà ne mangiamo solo un boccone, poi decidiamo di andare. Paghiamo come se nulla fosse accaduto e riprendiamo l'auto per tornarcene a casa. Sento il dovere di essere chiaro e sincero.

«Prima, mentre stavo andando in bagno per chiamare Collins, mi ha chiamato Julia».

«E per dirti cosa?»

Cristo santo, che espressione! Gelosia?

«Che hanno voglia di vedermi».

«Stai scherzando…?»

«No».

«È forse impazzita? No, perché, sai, qui mi sembrano tutti impazziti. Trovami uno sano di mente, se ci riesci!»

In effetti…

Sembrano tutti impazziti. Trovami uno sano di mente, se ci riesci!

Senza replicare, mi limito a un ampio cenno del capo.

Jessica apprezza e mi guarda negli occhi. Intensamente. Sta per dirmi qualcosa di importante.

«Battute a parte, vorrei sperare di potermi fidare di te, Roy. Non è che se Julia ti fa gli occhi dolci e si presenta sotto casa con Thomas la riprendi e sbatti fuori me, eh?»

«Non sono così sciocco e superficiale. Lei mi ha lasciato e anche se cambiasse idea, cosa che non credo, non tornerei mai indietro: nella vita bisogna sempre andare avanti. Altro discorso è il mio piccolo Tommy. Con lui ho un legame tutto speciale. E infatti in questi giorni mi manca da morire…»

Le sue pupille si dilatano. I lineamenti si ammorbidiscono.

«Se mi terrai con te, ti aiuterò a riprendertelo. Vivremo tutti e tre sotto lo stesso tetto».

Wow!

«Magari!» replico convinto mentre la sentenza di poco fa torna a galla nell'oceano burrascoso della mia mente.

Sembrano tutti impazziti. Trovami uno sano di mente, se ci riesci!

Dopo un'attenta ispezione di tutta l'area del Brooklyn Bridge Park Dumbo, del Brooklyn Bridge Park Greenway e di Furman Street – ivi comprese le irruzioni da Ignazio's e al River Café – i due agenti Barry e Donovan tornarono alla volante e si diressero a casa di Gentile, al 168 di Mulberry Street. Suonarono il campanello dabbasso, ma non ottennero alcuna risposta. Allora si fecero aprire da un altro inquilino e, arrivati al quarto piano, sfondarono la porta. Ma fu del tutto inutile: Alex non era nel suo appartamento.

È mezzanotte e siamo di nuovo a casa. Mi sto svestendo, o almeno ci provo. Jessica, che sta guardando in strada dalla finestra, richiama la mia attenzione.

«Guarda un po' là».

L'agente Barry e un suo collega stanno uscendo dalla casa di fronte. Evidentemente, non l'hanno trovato a Brooklyn e sono venuti per arrestarlo a casa. Ma gli è andata buca anche qui: sono solo loro due e hanno entrambi una faccia delusa e accigliata. Guardano insistentemente a destra e a manca, come se il loro ricercato potesse apparire da un momento all'altro.

«Ehi, ma se ne vanno... Non resta nessuno qui?» mi chiede Jessica allarmata.

«Probabilmente manderanno un altro. Tranquilla. Siamo tornati solo oggi pomeriggio. Non credo che Hastings lo sappia».

«Tu non conosci quel maniaco. Se è riuscito a rintracciarmi dopo otto anni, vuol dire che ora dispone di un perfetto sistema informativo. Non ci metterà molto a capire che siamo tornati».

L'osservazione è giusta. Ma devo comunque rassicurarla.

«Può darsi, ma gli ci vorrà comunque del tempo. Ad ogni modo, per tagliare la testa al toro, ora chiamo il Cinque e chiedo un agente sotto casa. Aspetta: eccolo che arriva. Collins non si è dimenticato di noi».

È Donovan. Forse ha portato Barry al Distretto prima di tornare: Elisabeth Street è qui a due passi e ci vuole un attimo.

Andiamo in bagno e ci facciamo la doccia insieme. Meglio, mentre io tengo il braccio ingessato fuori dalla tenda, Jessica mi insapona la schiena e mi lava per bene, come farebbe una mamma col suo pargolo di sei mesi. Buono questo bagnoschiuma alla mela verde.

Ci sciacquiamo i denti davanti allo specchio. Sembriamo sposati. Per quanto la mia unica esperienza matrimoniale sia finita nel peggiore dei modi, confesso che sono attratto dall'idea di vivere con Jessica e Thomas sotto lo stesso tetto. Ma è poi giusto sottrarre un bambino alla propria madre? Non è che vado a commettere la stessa ingiustizia che io stesso ho dovuto subire?

Indosso un pigiama leggero mentre lei si toglie il reggiseno e si mette una maglietta bianca. Nel momento in cui spengo la luce mi viene in mente Alex.

«Ovviamente, mi è dispiaciuto denunciarlo, dato che ci ha salvato la vita, ma il crimine l'ha commesso, per Dio, e deve pagare».

«Certo che deve pagare, che diamine! Quello non è solo un cinico opportunista, come ho sempre pensato, ma ha passato il segno. E se ha ordito quello stupro ai danni di Laura, vuol dire che è malvagio dentro, più o meno come quello schizzato di Hastings...».

Flash!

Riaccendo la luce.

E salto sul letto come uno stambecco.

«Che ti prende?»

La guardo. Le prendo la testa col braccio buono e la bacio sulle labbra.

La guardo di nuovo, meravigliato, ammirato, estasiato.

«Jessica, tu sei la mia musa ispiratrice! Mi hai dato un'idea... Quando mai sarò in grado di ricambiare tutto quello che hai fatto per me?»

«Si può sapere che cosa stai dicendo?»

«Ma non capisci? Mi hai salvato la vita, mi hai ridato una speranza e un motivo per cui vivere, mi hai donato il tuo amore, mi hai permesso di esprimere un talento di cui neanche sapevo l'esistenza e ora...» faccio una pausa per creare un po' di suspense «...ora mi hai offerto la soluzione del caso su un piatto d'argento».

«Ma che stai dicendo, Roy, sei impazzito? Salvato la vita? Soluzione del caso?»

Anche lei si è tirata su. Appoggia le mani sulle cosce. Mi guarda di traverso, quasi in tralice, più o meno come penso facciano i medici quando si trovano davanti un paziente che presenta un sintomo del tutto inaspettato o reagiscono stranamente a un farmaco di uso comune.

Scendo dal letto e prendo il cellulare. Chiamo Collins, ma mi ritorna il messaggio di irraggiungibile. Non fa niente. Vado al computer e lo accendo.

In effetti, stavo girando attorno a quest'idea già da alcuni giorni. In più di un'occasione mi ero portato a un passo dall'accendere la sinapsi giusta. Ma ci è voluta lei, ancora lei...

«Ti amo, Jessica!»

«Tu sei pazzo, caro Roy, pazzo da legare!»

«Sì, pazzo di te! E davvero non potevi scegliere epiteto migliore!»

Arrivarono in un vicolo cieco e si fermarono. Lo fecero scendere e, con la pistola premuta forte sui reni, lo fecero camminare finché non raggiunsero un camion. Il rosso aprì il portellone posteriore e l'australiano gli ordinò di entrare.

Una volta chiusi dentro, presero una sedia e cominciarono a legarlo.

«Noooo, maledetti, vigliacchi, vi ho detto che lo voglio affrontare...»

L'australiano gli puntò la pistola alla tempia.

«Stai zitto, stronzo!»

Il rosso prese il nastro adesivo e gli tappò la bocca. Quindi finì di legarlo.

Lo lasciarono lì, legato e imbavagliato come un salame, e lo chiusero dentro.

Presto, Alex sarebbe arrivato e gliel'avrebbe fatta pagare. Ma questi non erano affari loro: ogni ordine era stato eseguito e l'indomani sarebbero andati ad incassare.

Il rosso chiamò il tappetto con la coda. E questi trasmise l'sms ad Alex. Conteneva una sola parola.

"Fatto".

SESSANTACINQUE

Giovedì

Dio quanto ci mette stanotte il computer ad accendersi! Ce la farà per domattina?

Jessica ha indossato una vestaglia rosa con motivi floreali di vari colori e, dopo aver verificato la presenza di un agente giù in strada, mi si è messa accanto. Ha capito che non sono uscito di senno, ma che potrei essere giunto a una conclusione importante.

Finalmente il sistema operativo completa le sue interminabili procedure e mi permette di accedere al file della mia incompleta tesi di laurea in psicologia. Jessica segue con lo sguardo, senza aprir bocca.

Sono come in stato di trance mentre mi rileggo alcuni capitoli.

Poi vado su Internet e, rosicchiando quel poco che resta delle mie unghie, studio per due ore abbondanti tutto il materiale che trovo sull'argomento in parte toccato con la mia tesi.

È notte fonda quando arrivo a trovare la conferma definitiva dei miei sospetti. Jessica è appisolata sulla poltrona accanto, ma il mio grido la sveglia.

«Bingo!»

Sento lo sguardo di Jessica su di me. Mi giro e l'abbraccio. Nel farlo, uso il braccio ingessato quasi come fosse già guarito. È la prima volta che accade. Il buon umore permette sempre di anticipare la guarigione del corpo.

Ora imposto un'ultima ricerca. Vediamo se la dea bendata mi aiuta ancora. Navigo nel sito dell'Università che ho frequentato, quello della NYU Psychology. Cerco il mio professore di Fondamenti di Psicopatologia, il docente che mi aveva seguito per la stesura della tesi, ovviamente senza sospettare che lo avrei poi deluso al punto da non laurearmi

Lo cerco e lo trovo.

«Insegna ancora lì, evviva!»

Guardo l'orario di ricevimento. Per Dio, il giovedì mattina alle 9,30! Questo significa che fra sei ore scarse potrò parlargli. Questa sì che si chiama fortuna!

La ruota ha proprio girato, finalmente!

Qualche ora prima, nell'ospedale di San Francisco, era avvenuto un mezzo miracolo. Joe *Beast* Garofalo, che si trovava in coma da una decina di giorni, si era inaspettatamente risvegliato. Era stato operato e gli erano stati estratti i proiettili, ma questi avevano colpito dei centri vitali e il suo stato comatoso non aveva lasciato speranze. Appena giunto in ospedale, infatti, i medici del pronto soccorso avevano pensato che, in capo a due settimane, quell'omone grande e grosso sarebbe passato a miglior vita, raggiungendo così la sua cara Nicole. Ma si erano sbagliati.

La prima cosa che fece Joe, non appena tornato nell'*aldiqua*, fu chiedere di sua moglie e di sua figlia. L'infermiera di turno gli aveva dovuto dare la tremenda notizia della morte di Nicole, ma anche la buona notizia che Michelle stava bene e si trovava al sicuro in un istituto per bambini orfani.

La rabbia che aveva provato alla prima notizia era stata solo in parte addolcita dalla seconda. Aveva ripensato a tutta la sua esistenza stupidamente regalata al crimine organizzato e aveva provato un rimorso senza limiti. Proprio quella esistenza balorda, nonostante il suo tentativo di abbandonarla per sempre, gli aveva portato via la sua amatissima moglie. Si era convertito, sì, ma troppo tardi.

Quando gli tornò in mente Frank Bruno e ciò che gli aveva chiesto di fare a quella povera donna, prese una decisione. La decisione più importante della sua vita. La più saggia e la più coraggiosa. La sola che poteva permettergli di tornare a guardarsi allo specchio senza sputare all'immagine riflessa. La sola che poteva permettergli di guardare negli occhi la sua Michelle negli anni a venire. Anche se attraverso le sbarre di un carcere.

Aveva preso il telefono e chiamato l'F.B.I. Aveva denunciato se stesso per lo stupro di Mulberry Street e indicato quale mandante niente meno che Frank Bruno, ovvero il pericoloso *captain* in procinto di diventare il boss del clan Gambino. Queste erano informazioni che il Bureau aveva già a disposizione grazie alle soffiate dell'agente di borsa di cui pure Collins era al corrente. Ma il vero colpo di scena conseguente al risveglio dal coma e al pentimento estremo di Joe Garofalo fu la rivelazione dell'indirizzo di New York, vista Dakota Building e Central Park, dove si poteva trovare e arrestare Frank Bruno.

Mentre l'F.B.I. di San Francisco passava la importante soffiata ai colleghi di New York, Alex aprì il portellone del camion e vi entrò facendosi luce con una torcia che puntò in faccia a Marco. Nello stesso momento, però, Frank Bruno ricevette una telefonata.

«Ah, sei tu, picciotto. Dev'essere una cosa seria, se mi scassi le palle a quest'ora di notte…»

«È una cosa serissima. Lo sai che dovevamo un favore a Gentile per via di quella cazzata che ha fatto Joe…»

«Sì, certo, vi ha chiesto qualcosa?»

«Sapevo che avevamo un debito con lui e che tu ci tenevi lo saldassimo, quindi abbiamo fatto ciò che ci ha chiesto senza stare a pensarci tanto. Ma quando lui si è raccomandato di non dirti nulla ho pensato bene che tu lo dovevi sapere».

«Di che si tratta?»

«Ci ha fatto sequestrare un certo Marco Lombardo».

«Marco Lombardo? Il *mio* Marco?»

«È un tipo che lavora nella palestra di Jimmy... Lo conosci?»

«Certo che lo conosco, è un mio parente, sangue del mio sangue!»

«Scusami, lavoro da poco per te, non sapevo… Comunque, ho fatto bene a chiamarti…»

«Hai fatto benissimo! Nessuno, dico nessuno, deve osare torcere un capello al mio figlioccio. Dove lo avete portato?»

«Lo abbiamo condotto al *Ripostiglio*. Ora è là, legato e imbavagliato. Temo che Gentile stia per fargli saltare le cervella».

Alla rabbia, si aggiunse la paura nel tono inviperito di Frank.

«No, merda, no!»

«Se posso fare qualcosa…»

«Torna subito là e impedisci a quel biondo del cazzo di fare del male a Marco».

«Ci provo, ma sono lontano. Non so se arriverò in tempo».
«Ti conviene farcela, sennò ti riterrò responsabile e ti spedirò diritto all'inferno! Sono stato chiaro?»

Sessantasei

Giovedì

«Maledetto figlio di puttana!» gridò Alex in faccia a Marco per la decima volta.

Il suo coltello gli aveva già aperto tagli profondi sulle guance, sulle braccia e sulle cosce.

«Assassino che non sei altro! Lurido assassino!»

Marco stava sanguinando copiosamente e si dibatteva mugugnando come un ossesso. Avrebbe voluto gridare ad Alex che era un vigliacco, che se avesse avuto il fegato di affrontarlo ad armi pari, lo avrebbe ucciso con le sue stesse mani.

Ma Alex aveva gli occhi spiritati dell'invasato. Continuava a dargli dell'assassino e ad aprire piccole ma profonde ferite in tutto il suo corpo. Voleva farlo morire dissanguato, lentamente. Doveva soffrire, patire, gemere e morire disperato.

Nello stesso momento, e cioè poco dopo la telefonata che il boss aveva ricevuto dal piccoletto con la coda, Collins e altri tre agenti dei suoi, insieme a due uomini dell'F.B.I., fecero irruzione nell'attico vista Central Park e trovarono Frank Bruno alzato, sveglio e vestito.

Il boss impietrì: sognava forse?

No, niente sogni. Quelle manette scintillanti che gli bloccavano i polsi dietro la schiena erano quanto di più reale potesse esistere.

Come era potuto succedere? Chi lo aveva tradito?

Ma c'era un pensiero che lo tormentava ancora di più del suo stesso arresto: quel suo parente siciliano che non aveva mai voluto aderire a Cosa Nostra ma che lui, Frank, aveva sempre amato come se fosse stato figlio suo.

Dopo aver ascoltato la cantilena dei suoi diritti, si rivolse ai poliziotti con tono implorante.

«Fate di me ciò che volete, ma vi prego, prima che sia troppo tardi, cercate di salvare un mio parente. Si chiama Marco Lombardo e un certo Alex Gentile sta cercando di ucciderlo».

I poliziotti si guardarono l'un l'altro, indecisi se credergli. Ma l'ispettore Collins, sentiti quei nomi, ritenne fondata la dichiarazione del boss e telefonò immediatamente al Cinque per mandare altri agenti nel vicolo cieco indicato dal boss.

Il nanerottolo con la coda, nel frattempo, aveva preso un taxi ed era corso all'aeroporto Kennedy intenzionato a lasciare gli USA per sempre. Sapeva infatti che non avrebbe mai potuto arrivare per tempo al TIR e quindi Frank Bruno non lo avrebbe perdonato.

La sua vita era in pericolo. Acquistò un biglietto per l'Italia dove avrebbe coltivato il suo vecchio sogno di fare il tenore: questo, almeno, era il suo proposito. Si sarebbe tagliato i capelli e magari avrebbe messo su qualche chilo. Ma si sarebbe "nascosto" nella musica lirica.

Donovan lasciò Mulberry Street e, con altri due agenti, giunse nel vicolo indicato da Collins. Qui, i tre poliziotti trovarono l'autocarro e, con qualche colpo di pistola, aprirono contemporaneamente un varco da dietro e un altro dalla cabina del guidatore. Una volta dentro al camion, si trovarono davanti a uno spettacolo orripilante.

L'uomo legato alla sedia sembrava morto da un pezzo, mentre quello che teneva un coltello in una mano e una torcia nell'altra, gli stava ridendo in faccia. La risata di un pazzo.

Alessandro Gentile venne arrestato mentre stava sghignazzando come un ossesso. Marco Lombardo fu portato all'ospedale con un'ambulanza. Era in fin di vita, ma respirava ancora.

Alle otto meno cinque ci sveglia il suono del citofono. Un colpo al cuore per entrambi!

Ci siamo addormentati solo quattro ore fa ed eravamo nel pieno del nostro sonno più profondo.

Il terrore nei nostri occhi ha un solo nome: Hastings!

Mi affaccio alla finestra e là sotto non c'è più neanche l'ombra di un poliziotto.

Oddio…

«Chi è?»

Jessica è andata a rispondere.

«Ah, sei tu. Va bene, salite pure».

«Chi diavolo è?»

«La tua ex moglie con tuo figlio. Devo sparire?»

«Macché sparire? Stai scherzando?»

Prendo il cellulare e chiamo il Cinque. Collins è a riposo, ma c'è quell'agente che aveva trascritto la nostra deposizione. Chiedo di mandare subito qualcuno qua sotto perché ho anche un bambino in casa e non vorrei mai che… Mi rispondono che un agente è già in arrivo.

Intanto ecco Julia e il mio piccolo Tommy.

Impossibile resistere: gli corro incontro e lo tengo abbracciato per un'eternità.

Quando riesco a staccarmi, gli dico ciò che sento e lo osservo attentamente: caspita, mi sembra già cresciuto! Cosa mi sono perso? No, non posso non essergli accanto mentre cresce.

Julia ha una faccia molto seria. Si rivolge a Jessica con tono grave.

«Potresti portare Tommy un po' di là? Devo dire una cosa urgente a Roy».

Faccio cenno a Jessica e do un cinque a Tommy. Solo ora si rende conto del gesso.

«Cos'è? Ti sei fatto male?»

«Sì, Tommy caro, ma mi passerà presto!»

Quando resto solo con la mia ex, non posso che esordire così: «Perché quella faccia? Tommy mi sembra in buona salute».

«No, Tommy non c'entra. Ma è successa una cosa terribile, Roy. Mi vergogno un po' a tornare qui, così, all'improvviso e disturbarti, ma devo dirtela assolutamente. Tu devi sapere».

Si commuove. Estrae un fazzoletto dalla borsa e si soffia il naso. Ha bisogno di incoraggiamento.

«Avanti, cos'è successo?»

«Fabio. Fabio è uno stronzo. Un bugiardo! Lo odio!»

E riprende a frignare. Oddio non avrà mica osato…?

«Dimmi solo che non ha alzato le mani su Tommy…»

«No, questo no. Ma ha fatto qualcosa di orribile».

«Avanti, dai. Sbrigati che alle 9,30 devo essere alla NYU».

«Ha scritto una lettera a qualcuno, forse alla Polizia, accusandoti di essere l'assassino di Laura».

«Ah, è stato lui?» domando con un bel sorriso di sollievo.

«Lo sapevi già?»

«Sì, l'ispettore Collins me l'ha mostrata…»

«L'ispettore Collins? Ti hanno… interrogato?»

Le racconto tutto. Anche se a grandi linee.

«Ecco perché Fabio dice di averti visto con Laura poco prima che… Comunque c'è un'altra cosa che devo dirti e forse questa è anche peggio dell'altra».

«Dimmi pure».

«Ho visto una pistola, in casa, in una cassettiera sotto il computer. Un mese fa non c'era, ne sono assolutamente certa. Inoltre lui non mi aveva mai detto di possederne una. Era lì, nel cassetto in basso e quando ho pensato che Tommy avrebbe potuto aprirlo e trovarla… sono fuggita. Ora stiamo in hotel. Lo abbiamo lasciato».

Provo una mescolanza di vari sentimenti: una gran rabbia verso Fabio per aver messo a repentaglio la vita di mio figlio; un gran sollievo per come sono andate le cose visto ciò che poteva capitargli; un senso di rivalsa nei confronti di Julia e della sua scelta superficiale, mitigato però da un vago sentimento di compassione per la evidente fallacia della sua capacità di giudizio; ma anche un pizzico di gratitudine, di rispetto, forse persino di ammirazione nei suoi confronti, perché ha avuto il coraggio di venire sin qui con questo atteggiamento umile che, tutto sommato, le fa onore. In fondo, resta una persona con una sua dignità.

Prima ancora che io apra bocca, preso come sono da queste molteplici emozioni che si aggrovigliano nel mio animo, mi pone una domanda giusta.

«Credi che dovrei dire alla Polizia di quella pistola?»

«Immagino tu ti sia solo spaventata e non abbia controllato se era carica o se mancavano dei proiettili…»

«Immagini bene. E poi non saprei neanche come fare… Mai presa in mano una pistola in vita mia».

«Dunque, vediamo un po'. Tu lo sai, vero, che il tuo Fabio conosceva Laura ed erano stati…»

«Fidanzati? Sì, ora lo so, ma l'ho saputo quando ho scoperto la lettera in cui ti accusava… Gli ho fatto il terzo grado e mi ha raccontato tutto. A proposito, come mai mi avete chiamato da Bologna per chiedermi se Fabio è di quelle parti?»

«Perché a casa di Laura ho trovato una cartolina – Dio solo sa perché si trovasse lì – scritta da Fabio, in cui… va beh, lasciamo perdere. Grazie a quel ritrovamento, ho capito che il tuo Fabio e il suo erano, anzi, sono la stessa persona».

«Certo, certo… che stronzo!»

Sta mettendo insieme i pezzi di un puzzle. Le chiedo se, secondo lei, si sono poi visti.

«Certo che si sono visti. E non solo: lui ci ha anche provato, ma lei lo ha mandato a quel paese…»

«Non meritava altro…» la mia sentenza ha un secondo fine: lanciare una stoccata a Julia, rea di essersi fatta abbindolare da uno stronzo del genere. Lei accusa il colpo, poi prova a vendicarsi con una frase che contiene un vago sospetto.

«Mi ha detto di averti visto la sera dell'omicidio nella stessa auto con Laura…»

Ma io non cado nella trappola. Anzi, per Dio, aspetta un secondo… che qui c'è qualcosa di…

«Mi ha visto con Laura? Quindi Fabio si trovava qui sotto quella sera e magari pure armato? Cristo santo, Julia, ma questo fatto potrebbe cambiare tutto…»

Non so se essere felice, perché forse abbiamo beccato l'assassino di Laura, o invece triste, perché la teoria che ho elaborato stanotte ora scricchiola…

«In che senso?» mi chiede stralunata.

«Nel senso che dobbiamo telefonare subito all'ispettore Collins e fargli sapere che c'è un altro indiziato. Insospettabile fino a pochi minuti fa, ma ora…».

«Sbrigati allora, e chiama questo ispettore».

Guardo l'orologio: si è fatto tardi. Devo sbrigarmi per davvero o non farò in tempo a parlare col professore. Prendo il cellulare e chiamo Collins. Gli faccio un brevissimo riassunto delle novità apprese dalla mia ex e gli chiedo se può venire qui a raccogliere la sua deposizione.

Pare che riesca a venire subito. Bene.
Abbraccio ancora Tommy e mi precipito alla NYU.

Sessantasette

Giovedì

Arrivo alle nove e quaranta, ma sono ancora doppiamente fortunato: il prof non si è ancora fatto vivo e sono l'unico ad aspettarlo. Chiamo casa e vengo a sapere che Collins è arrivato poco dopo che me ne ero andato. Meno male…

Passano rapidamente altri dieci minuti, quand'ecco che la sua sagoma, ancor più incanutita e dinoccolata rispetto ai tempi in cui lo frequentavo per scrivere la tesi, appare in fondo al corridoio. Proprio ora avverto un leggero fastidio all'avambraccio ferito che, fortunatamente, non si tramuta in una di quelle fitte micidiali che mi punzecchiano di tanto in tanto.

«Professor Moriarty, buongiorno, come va?»

Lui mi guarda stranito. Dietro i suoi occhiali spessi, non mi ha riconosciuto. Osserva il mio braccio in gesso, ma sembra troppo concentrato su se stesso per chiedermi cosa cavolo mi sia successo.

«Sono Tarantino, Roy Tarantino. Ricorda? Sono stato uno dei suoi tesisti…»

L'ho incuriosito. Mi studia il viso da pochi centimetri. Sta diventando cieco.

«Tarantino, Tarantino… francamente in questo momento non mi viene in mente nessuno con quel cognome. Ma prego, venga pure. Si accomodi».

Entro nel suo studio. È piccolo, ma ordinato. Una scrivania, un computer, un armadio pieno di libri. Una finestra coperta da una veneziana con due listelli piegati.

Passo i primi dieci minuti a cercare di fargli ricordare di me. Quando gli dico che alla fine non mi ero laureato, finalmente trova il record nel suo computer e tutto gli torna alla mente.

«Ah, sì, ora ricordo. Il titolo della tesi non mi diceva granché, ma ora che leggo le titolazioni dei vari capitoli diventa tutto chiaro... Sì, ora mi ricordo della sua tesi. Non di lei come figura umana, devo essere sincero, ma delle tematiche sviluppate sì. Certo che è stato un bel disgraziato a non andare fino in fondo. Ma non tutte le ciambelle riescono col buco, ih, ih, ih...»

È ancora più fuori di testa di allora...

Sono tutti pazzi. Trovami una persona sana di mente...

Collins raccolse la deposizione di Julia e lasciò un agente in Mulberry Street a sorvegliare l'ingresso del n.165. Al termine, scesero tutti insieme: l'ispettore per tornare al Cinque, Jessica per andare al lavoro e Julia per portare Thomas alla scuola materna e recarsi da Macy's per il suo turno.

Un quarto d'ora dopo, una pattuglia del NYPD arrivò alla casa sulla settantesima ovest e suonò il campanello. Poiché nessuno venne ad aprire, gli agenti furono costretti a forzare la serratura. Entrati, non trovarono nessuno al piano terra e nessuno al primo piano. Al secondo piano, nel piccolo studio prima del bagno, uno spettacolo lugubre apparve ai loro occhi: il famoso dottor Fabio Roversi, noto ricercatore in ambito cardiovascolare della Columbia University, era riverso, senza vita, sullo schienale di una poltrona.

Essendosi sparato in bocca, c'era sangue un po' dappertutto: sui vestiti, sul computer, per terra, alle pareti, fino al muro maestro delle scale. Una pistola giaceva sul pavimento, a venti centimetri dalla sua mano destra, mollemente abbandonata oltre il bracciolo della poltrona. Gli agenti perquisirono attentamente l'appartamento e si recarono anche al suo laboratorio presso la Columbia University. Non fu trovato alcun biglietto, ma il suo legale fece sapere alla Polizia che il dottor Roversi aveva cambiato il proprio testamento un'ora prima di compiere il suo gesto. Aveva lasciato la casa a Julia e Thomas e il denaro dei depositi bancari alla Columbia University.

«Bene, ora che abbiamo riagganciato i fili, vuole dirmi per quale ragione ho l'onore di riceverla oggi nel mio studio?»

Gli racconto tutta la storia, eccetto il mio quasi-suicidio. Gli chiedo se la teoria che ho sviluppato stanotte, basata sulle mie vecchie conoscenze di psicologia, può stare in piedi.

Dopo aver sottolineato più volte che senza esaminare di persona il "paziente" non è possibile nutrire certezze, il prof mi risponde che sì, in linea teorica, la mia teoria può avere senso. Ma si affretta a precisare, giustamente, che la Polizia vorrà una prova per incriminare l'assassino di Laura.

Ha ragione. E, d'altra parte, dopo aver ascoltato le novità di Julia, dovrò mettermi a lavorare sodo per trovare quella stramaledetta prova. Mentre dentro di me sbuffo all'idea – dove diavolo potrò mai trovare uno straccio di prova che incrimini quell'assassino? – lo ringrazio e lo saluto.

Mentre faccio per uscire, mi ferma con una domanda che mi sorprende, mi gratifica e mi spaventa al contempo.

«Perché non si riscrive? È vero che dovrà ripartire da zero, ma con le sue conoscenze non credo farebbe molta fatica a conseguire la laurea».

Mi volto, sospiro e lo guardo.

«Professor Moriarty, la ringrazio moltissimo per la stima. Ci penserò. In ogni caso, gli studi compiuti qui e anche il lavoro svolto per la tesi mi saranno sempre utili, in quanto ho intenzione di prendere la licenza di investigatore privato. Sempre che alla mia età me la concedano».

Dopo averlo ringraziato e salutato, me ne vado. Il professor Moriarty mi guarda e traccia in aria un cenno stanco, come a dire: *va beh, faccia quello che vuole, tanto a me non me ne viene in tasca nulla.*

Mentre torno verso casa, ricevo una telefonata da Collins: Fabio si è ucciso stamani senza lasciare nulla di scritto. La notizia mi sconvolge e mi solleva al contempo. Se non altro, non potrà più prendersi mio figlio!

Passo nell'ufficio di Jessica per farmi dare le chiavi del suo appartamento. Intorno a mezzogiorno arrivo al 188 di Grand Street.

Salendo le scale, provo ancora una parte dell'orrore vissuto quella maledetta sera, ma oggi sono determinato a trovare la prova che inchiodi l'assassino e quindi riesco abbastanza agevolmente a superare il momento critico.

Entro nell'appartamento e inizio il mio lavoro. La voce pessimista che conosco tanto bene mi dice che se non ha trovato indizi rilevanti la Polizia, peraltro col supporto della scientifica, come può trovarne uno sfigato come me? Ma c'è anche un'altra voce che insorge dalle viscere. Non so dire se sia più o meno forte dell'altra, probabilmente si equivalgono, ma c'è e mi sta incoraggiando sostenuta dall'idea che io, a differenza della Polizia, ora so chi è il colpevole e quindi in un certo senso so cosa cercare e cosa può essere rilevante come prova.

Inizio la mia perquisizione in uno stato di eccitazione. Comincio dall'ingresso. Perlustro attentamente il pavimento, l'armadio che sta dietro la porta, gli stipiti, i battiscopa. Poi passo al soggiorno: pavimento, divano letto – dove io e Jessica, la sera prima dell'omicidio… – mi fermo un attimo a ricordare quei magnifici momenti.

Che Dio la benedica!

Passo in rassegna tutto il mobilio. Lo stesso faccio in cucina, in bagno, in camera.

Quindi vado alla finestra dalla quale l'assassino si è buttato. Mulberry Street è animata, come sempre. Peccato che la pizzeria di fronte, Frankie Cee's, non ci sia più: quella provvisoria struttura in legno dà una grande tristezza all'intero palazzo. Ricordo con piacere quella pizzeria. Non più di due anni fa, c'era un cartellone bianco scritto a mano con inchiostro rosso sul quale era indicato che una fetta di pizza e una bottiglia di birra costavano solo 6 dollari. La birra era della casa. Altri cartelli affissi alle pareti del locale specificavano il menù. Tutti realizzati rigorosamente con inchiostro rosso e verde in modo da richiamare i colori del tendone soprastante, una perfetta riproduzione della bandiera italiana. Quante volte ero stato a mangiare da Frankie, che era poi il fratello di Vivian!

Anche oggi è una gran bella giornata con una temperatura molto alta. Lungo la via, a destra e a sinistra, sono apparsi diversi tavolini apparecchiati. È questo il bello di Little Italy. Per un attimo riavverto l'atmosfera pacifica e festosa di questo remoto angolo di italianità, in gran parte fasullo – devo ammetterlo – ma in parte anche no, soprattutto se si considera la sua storia, la qualità dei piatti che vengono serviti in molti dei nostri ristoranti e il piccolo museo dell'emigrazione italiana.

Torniamo a noi. Qui, sotto la finestra, c'è il tendone del Tony's Little Gift Shop. È stato riparato già da diversi giorni. Ripenso a quanto era stato fortunato l'assassino: se non ci fosse stato questo tendone, non so se si sarebbe buttato. Se lo avesse fatto, avrebbe potuto rompersi un piede e allora addio fuga. Ma se non lo avesse fatto, avrebbe dovuto scendere le scale e… incontrare me! No, no, il tendone ha aiutato me, più ancora dell'assassino! Senza quello, lui sarebbe sceso e mi avrebbe sparato per togliere di mezzo il solo testimone del suo delitto.

Bisogna che vada al negozio a chiedere se, nel sistemare il tendone, hanno trovato qualcosa.

Scendo dabbasso. Il negozio di Tony occupa quasi una ventina di metri di Mulberry Street. I tendoni sono due. Quello più lungo, verso casa mia, era rimasto intatto. Quello corto, qui a un passo dall'incrocio con Grand Street, è quello che ha fatto praticamente da materasso per la fuga dell'assassino.

L'ingresso del negozio si trova sotto il tendone lungo. Mi avvicino a un inserviente e chiedo del titolare. Un ragazzo dagli evidenti lineamenti orientali – non saprò mai riconoscere un cinese da un giapponese, un vietnamita da un tailandese o da un coreano – mi dice che il titolare del negozio arriverà nel pomeriggio. Guardo l'orologio: sono le tredici e trenta e allora decido di andare a prendere Jessica al lavoro. Tornerò dopo.

Faccio per andarmene, ma mi accorgo subito che sbaglio.

Torno dal ragazzo. Sta servendo un signore che ha acquistato uno zainetto, una maglietta bianca con scritto New York City a caratteri cubitali e delle cartoline. Eccolo che mi guarda. Glaciale, come se non mi avesse visto un minuto fa.

«Ho notato che avete aggiustato il tendone, quello corto, di là, ha presente?»

Andiamo fuori e gli mostro l'oggetto a cui mi riferisco. Mi fa cenno di aver capito.

«Le volevo chiedere se per caso avete trovato qualcosa quando l'avete sistemato».

Quello mi guarda come se la risposta fosse la più ovvia di questo mondo.

«Sì, lo ricordo bene perché ho provveduto io stesso a ricucire il tendone».

Mi sento venir meno. Forse ci siamo.

«Che cosa avete trovato?»

«Una spilla».

«Una spilla?» Quasi non credo alle mie orecchie. Possibile che io sia diventato così fortunato? Per un attimo mi guardo il braccio ingessato: da quando sono stato ferito, la ruota della fortuna ha girato in mio favore. Che strano!

«Posso vederla?»

«No, l'abbiamo venduta».

Ti pareva…

«E a chi? Se lo ricorda?»

«Questo non lo so. Deve chiedere al mio capo. Torna nel pomeriggio».

Sessantotto

Giovedì

Lo nota immediatamente.

«Roy, ti brillano gli occhi e hai un viso luminoso: che cosa ti è...?»

Non la lascio finire.

«Jessica, amore mio, non hai idea di cosa ho scoperto!»

«Dimmi, avanti, non tenermi sulle spine!»

Le racconto della visita al professor Moriarty e dell'ispezione che ho condotto in casa sua.

«Qualcosa mi dice che il bello debba ancora venire». Jessica mi sta guardando come se si aspettasse la notizia che farà cambiare la sua stessa vita.

«Vero».

Quando le narro del mio passaggio da Tony's, si entusiasma.

«Quante volte ti ho detto che hai un talento speciale per le indagini? Se non ti decidi a prendere la licenza da investigatore, ti giuro che ti disintegro con le mie stesse mani!»

Bello quel suo pugno a pochi centimetri dal mio naso e quello sguardo fra l'ammiccante e l'offeso.

«Sono stato soltanto fortunato».

«Guarda che i falsi modesti non mi sono mai piaciuti...»

Arriviamo da Tony's. Sbirciamo un po' in negozio, in attesa che arrivi il titolare. Jessica ne approfitta per acquistare una borsa a righe bianche e rosse e un foulard intonato. Li vuole regalare a due colleghe che stanno per compiere gli anni.

Io intanto mi avvicino al ragazzo dagli occhi a mandorla e gli chiedo notizie del suo capo. Quello, ancora una volta, ha sul volto l'espressione di chi non mi ha mai visto. Devono essere i tratti orientali ad impedirmi di leggere nel suo animo.

«Eccolo». Sta indicando col mento verso l'ingresso.

Un altro individuo della sua razza, ma con gli zigomi più sporgenti e i capelli grigi e lisci a cascata, si avvicina. Il ragazzo gli bisbiglia qualcosa nella loro lingua.

Il titolare mi osserva e viene verso di me. Sembra gentile. Ma quando parla avverto una nota di sospetto nello spartito della tipica frase da negoziante.

«Posso aiutarla?»

Gli faccio la stessa domanda che avevo fatto al ragazzo. Ma eccolo che cambia espressione. Ora riesco a leggere meglio le emozioni che prova. È accigliato, quasi imbronciato. Comincia a scuotere il capo.

«No, mi spiace, non abbiamo trovato nulla. È venuta anche la Polizia, ha fatto la sua stessa domanda e ho dato loro la stessa risposta. Può andare a controllare nei verbali. Agente Barry, se non ricordo male».

«Ma il suo dipendente mi ha detto che avete trovato una spilla e che l'avete venduta...»

Mi prende per un braccio e mi porta verso un lato del negozio.

«Deve sapere che il mio dipendente non è del tutto a posto con la testa. Alle volte si inventa delle storie e quando le racconta sembra a tutti che le abbia vissute veramente. Ma sono solo illusioni. È una malattia. Lo abbiamo fatto curare con l'agopuntura e la medicina cinese ed è migliorato molto, tanto è vero che può lavorare qui senza creare grossi problemi. Ma quando si mette a raccontare le cose che ha visto o sentito, non bisogna fare l'errore di credergli: sì, le ha viste o udite per davvero, ma esistono solo nella sua testa. Lo abbiamo verificato mille volte. Sono fantasie sue. E ora, se non le dispiace, dovrei mettermi a lavorare».

Si dirige alla cassa e si mette a stampare scontrini, ricevere banconote e consegnare resti. In effetti, l'afflusso al negozio è aumentato e c'è bisogno di lui. Lancio un'occhiata al giovane inserviente che si è portato sotto l'altro tendone, quello che più mi interessa, dove sono esposte delle stampe e delle litografie d'epoca del nostro quartiere. Che fosse un po' assente l'avevo notato, ma la tesi del titolare che sia vittima di deliri e allucinazioni, fino al punto da inventare la storia della spilla, non mi convince per niente. Anzi, è di certo una balla colossale. Il che mi fa sospettare che ormai ci siamo.

«E adesso?» mi fa Jessica.

«E adesso il piano B» rispondo più determinato che mai. «Vieni!»

La prendo per mano e mi incammino deciso verso l'incrocio con Broome Street. Quindi svolto a sinistra e in tre minuti siamo all'agenzia di Alex.

Entriamo e ci sediamo innanzi a un'operatrice. È una ragazza bionda che ricorda un po' Shakira. Se le sceglie bene, il capo, le dipendenti.

Chiediamo di farci un preventivo per un viaggio in Europa. Vogliamo andare a Parigi, Londra, Berlino e Roma. Il tutto in tre settimane. La ragazza comincia a digitare sul computer.

All'occhiello della giacca blu ha una spilla. C'è il simbolo dell'agenzia: la sagoma dell'Italia stilizzata coi suoi tre colori: il verde copre l'area del Nord, il bianco quella del Centro e il Rosso il Sud. Intorno, un cerchio con scritto *Italian Travel*.

Un'occhiata agli altri operatori. Tutti vestiti di blu, tutti con l'identica spilla all'occhiello.

Mi sono messo d'accordo con Jessica, poco fa, mentre eravamo in auto.

Al mio segnale, uno schiocco delle dita, Jessica strappa la spilla dalla giacca della ragazza la quale emette un urlo, breve e acuto, come se un piccione le fosse volato addosso. E vedendo che ce ne andiamo con la spilla come se fosse un trofeo, fa una faccia stralunata e ci osserva a bocca aperta. Nell'uscire in tutta fretta, mi giro verso di lei e mi scuso.

Torniamo di corsa da Tony.

Lungo Broome Street mi fermo. Entro in un negozio di elettronica e compro un registratore vocale. Mi potrebbe servire anche in futuro, soprattutto se dovessi davvero diventare un investigatore privato. Sono talmente eccitato che non sto nella pelle.

Eccoci di nuovo da Tony's. Io mi fermo un attimo da Benito II a guardare il menù e a parlare con uno dei camerieri che cerca di convincermi a entrare per assaggiare i suoi gustosi rigatoni all'amatriciana. Jessica entra col compito di irretire il titolare. È talmente sexy che non ci metterà molto. Eccoli infatti uscire. Lei gli sta indicando dei cappellini per cercare di farlo girare in modo da dare le spalle alla parte del negozio coperta dal tendone incriminato.

Ora! Accendo il registratore, abbandono il cameriere promettendogli che verrò a cena, passo oltre la parte sinistra del negozio e raggiungo il ragazzo nel momento in cui sta incassando un Jackson e consegnando scontrino e resto a una donna anziana. Mi avvicino a lui e gli mostro la spilla e un bel Franklin. Questa indagine mi sta costando un occhio della testa...

«Era uguale a questa,vero, la spilla che hai trovato?»

Il tipo mette le mani sul centone e mi fa sì con la testa.

Sì, va bene, Bruce Lee dei miei stivali, ma io ho bisogno di registrare la tua cazzo di voce.

Gli riprendo il centone. Sono un po' agitato. Devo fare presto, prima che il titolare rientri in negozio. Nella mano destra, alzata fino al livello dei suoi occhi, tengo la spilla. In quella sinistra, abbassata, ho il registratore acceso.

«Era come questa,vero, la spilla che hai trovato sul tendone?»

«Sì, era proprio come questa. Ne sono certo».

Gli consegno il centone e faccio per allontanarmi, ma mi imbatto nel titolare.

«Ancora lei? Non sarà tornato per quella storia...?»

«No, no. Arrivederci e grazie».

Il titolare va sotto il tendone che ha salvato il culo dell'assassino. Lo vedo che parla col ragazzo con fare concitato. Sembra piuttosto incazzato.

Io prendo Jessica sottobraccio e svoltiamo l'angolo formato proprio dall'edificio dove abita lei. Il semaforo per i pedoni è verde. Attraversiamo la strada e siamo innanzi al banco gelati di Ferrara. La temperatura è sempre elevatissima e i turisti in coda per un ice-cream italiano sono davvero tanti. Senza mai voltarci, ci incamminiamo rapidamente lungo Grand Street, direzione East River. Ma non facciamo in tempo a sparire completamente dalla vista che siamo raggiunti dalle grida del titolare.

«Ehi, ehi, aspetti un attimo».

Ci voltiamo. Ora non sembra incazzato. Solo preoccupato. *Impaurito.*

Attraversa la strada e ci raggiunge. Siamo proprio di fronte al Florio Risto & Cocktail Lounge. Prima di parlare guarda ripetutamente a destra e a sinistra, come se temesse di essere visto da un killer. Ci invita a fare due passi nella direzione in cui noi stavamo andando. Un camion sgasa inquinamento nero e fuligginoso: che schifo! Ma perché non li arrestano?!

«Vi prego, per favore» mi dice sottovoce. «Non metteteci nei guai con la Polizia. Vi prego. Se vengono a sapere che abbiamo mentito, va a finire che ci fanno chiudere il negozio. Vi prego!»

Ho capito benissimo: non è che gli chiudono il negozio per aver mentito circa il ritrovamento della spilla, ma perché i negozi dei bugiardi e degli omertosi vengono perquisiti attentamente e magari questi hanno qualcosa da nascondere...

Comunque, il mio registratore è ancora acceso e questo significa che ho fatto Bingo! Dopo averlo rassicurato, gli pongo la domanda che mi consentirà di convalidare la mia tesi.

«Quindi anche lei conferma che una spilla di questo genere è stata trovata impigliata nel tendone rotto...»

«No, non era *nel* tendone ma *sotto* il tendone, proprio per terra. Sono stato io a trovarla ed io a venderla. Il ragazzo ha solo provveduto a ricucire il tendone».

«Per caso si ricorda a chi l'ha venduta?»

«Impossibile: dal mio negozio passano centinaia di persone al giorno».

Lo riaccompagniamo fino all'incrocio poi proseguiamo. Siamo diretti al n.19 di Elisabeth Street. È giunta l'ora di spiegare all'ispettore Collins come sono riuscito a dipanare questa intricata matassa.

Sessantanove

Giovedì

«Caro ispettore, ecco qua le prove decisive che inchiodano Alessandro Gentile. È lui l'assassino di Laura!»

Collins sbatte gli occhi e arretra con sguardo stranito: ho forse usato un tono eccessivamente trionfalistico? Osserva il registratore Olympus e la spilla che ho appena deposto sul tavolo. Prende in mano quest'ultima, la gira e la rigira davanti agli occhi come se fosse un orafo esperto a cui è stato mostrato un gioiello, quindi la ripone con cura. Sta per chiedermi dove diavolo l'ho trovata, ma si trattiene. Ora ruota gli occhi in alto a destra e a sinistra con aria interrogativa e perplessa, poi mi scruta facendosi serio e forse lanciandomi un'espressione di sfida.

«Mi racconti, Tarantino. Se ciò che sta dicendo corrisponde a verità, beh, mi dovrò complimentare con lei e ringraziare la Dea bendata».

«Perché?»

«Perché stanotte lo abbiamo arrestato».

«Arrestato? Ma è fantastico! Se è già in galera non potrà fuggire, né fare del male ad altre persone...»

Collins mi racconta del blitz a casa di Frank Bruno, grazie alla segnalazione arrivata dall'F.B.I. di San Francisco. È stato un pentito della mafia, un certo Joe Garofalo, che ha reso possibile questo grande colpo alla criminalità organizzata. Pare lo abbia fatto perché un sicario del clan gli ha ucciso la moglie e spaventato a morte la figlia. Dopo essersi schiarito la voce, l'ispettore aggiunge che Garofalo si è autoaccusato dello stupro ai danni di Jessica avvenuto a casa di Laura, anche se ha agito sotto ricatto.

La mia compagna ha un brivido, quasi un moto epilettico. Si piega in avanti, stringe forte i denti e fa per alzarsi, ma Collins la invita, con un semplice gesto della mano, a rimanere seduta.

«Gli Stati Uniti d'America sono grati a Garofalo: questa sua segnalazione ci ha permesso di infliggere altri colpi pesantissimi alla mafia. Il pentito sarà trasferito domani a New York e sarà tenuto agli arresti, anche se dovrà rimanere in ospedale ancora per un po', probabilmente fino al processo. Il NYPD e l'F.B.I. hanno deciso di tutelare questo prezioso collaboratore di giustizia anche perché ha intenzione di fare altre rivelazioni importanti e assumersi parte della responsabilità di crimini passati che risultano, ad oggi, ancora impuniti. Se queste informazioni ci permetteranno di prendere altri esponenti di spicco della mafia, visto ciò che gli è successo, sarebbe nostra intenzione fargli scontare una pena ridotta e poi lasciarlo emigrare in Australia dove intende rifarsi una vita. Tutto questo sempre che lei, Jessica, accetti le scuse di Garofalo e la nostra proposta di ritirare la denuncia per stupro...»

Jessica lo guarda inizialmente in cagnesco, come se non avesse davanti l'ispettore, ma lo stupratore stesso. Molte emozioni contrastanti attraversano il suo animo. Prima di replicare, ci pensa e ripensa un sacco di volte. Alla fine, però, la sua risposta lascia aperta una porta.

«Voglio guardarlo negli occhi: se le sue scuse saranno sincere e profonde, potrei anche perdonarlo. In fondo, ricordo benissimo che si sentiva a disagio».

Che donna!

A questo punto, Collins ci narra nei dettagli l'irruzione notturna nel camion – questa effettuata grazie a Frank Bruno – dove Alex era stato trovato nell'atto di uccidere in modo brutale il povero Marco Lombardo. Il quale si trova ora in prognosi riservata presso il Bellevue Hospital Center. Appena ricoverato, gli è stata fatta una immediata trasfusione di sangue. Un paio d'ore fa era ancora privo di sensi nel reparto di rianimazione. Si spera che possa riprendere conoscenza e tornare a una vita normale. Ma non è detto che ce la faccia.

«E ora tocca a lei, caro Tarantino. Coraggio, mi racconti tutto».

Lo vedo stranamente rilassato. Il suo vago sorriso mi mette un po' a disagio. Mi sento sicuro delle conclusioni a cui sono pervenuto. Ma se mi fossi sbagliato?

Decido di procedere a ritroso. Per prima cosa gli dico che avevo capito chi fosse l'assassino, senza spiegargli come, e che di conseguenza ero andato a casa di Jessica per cercare le prove. Quindi gli racconto dei primi due passaggi da Tony's, dell'incursione un po' azzardata all'agenzia di Alex, del registratore e del colloquio avuto con il dipendente e il titolare del negozio. Ora schiaccio il *play* del registratore e gli faccio sentire le due chiacchierate.

Collins si mostra attento, interessato, ma non vedo segni di ammirazione nel suo volto. Piuttosto, mi sembra dispiaciuto, anzi, insoddisfatto. Come se, nell'atmosfera che aleggia in questo ufficio, ci fosse dell'imbarazzo. Non sarà mica… invidioso? Ma no, non può essere…

Mentre vivo questi momenti in stato un po' confusionale, fra il perplesso e il timoroso, eccolo che se ne esce con qualcosa di inaspettato.

«Signor Tarantino, gliene avevo già fatto cenno, ma in effetti qui al NYPD avremmo bisogno di consulenti esterni dotati e perspicaci come lei. Ci ha pensato in questi giorni?»

Sta davvero parlando a quel fallito che una decina di giorni fa stava per…? Eppure, qualcosa non torna… Mi guarda in un modo e mi parla in tutt'altro… Che strano!

Gli rispondo che la sua proposta mi lusinga, ma aggiungo che io e Jessica abbiamo altri piani al momento. Non gli dico nulla della nostra idea di prendere la licenza da investigatore.

Collins scuote il capo e inarca le labbra all'ingiù. È perplesso.

«Altri piani? Capisco… Se però vuole prendersi del tempo per pensarci su, sappia che la mia proposta resta valida. Ad ogni modo, lasciamo per il momento da parte questa pur importante questione e facciamo un passo indietro. Mi spieghi come è pervenuto alla sua conclusione».

«L'ho capito grazie a Jessica» mi giro verso di lei. Le luccicano gli occhi. E lo stesso vale per me. Devo tutto a questa donna meravigliosa.

La faccia esortante di Collins mi induce a proseguire.

«La prima lampadina mi si è accesa quando Jessica mi ha suggerito l'idea – stava parlando di Marco, ma non è importante – di una "doppia personalità". In un altro momento, ci siamo detti che eravamo attorniati da pazzi, che trovare uno sano di mente era praticamente impossibile. E infine, ieri sera, mentre stavamo discutendo, Jessica ha definito Hastings "schizzato". Vede, Collins, io ho studiato Letteratura, senza laurearmi, poi ho tentato di prendere una laurea in Psicologia alla NYU. Anche se per varie ragioni non mi sono laureato neppure in questa disciplina, avevo però scritto una tesi sulla paranoia. Ieri sera, non appena Jessica mi ha detto quella parola, mi si sono collegati un sacco di fili pendenti. Sono piombato sul computer, ho riletto alcune parti della tesi, poi ho fatto un po' di ricerche su Internet: sa com'è, non avendo esercitato la professione di psicologo, sono un po' arrugginito in materia. Ma ho avuto un flash: Alex poteva benissimo essere affetto da una forma di paranoia. Non me ne sono accorto prima perché – oltre al fatto che lo conosco da pochi giorni – il suo disturbo si manifesta solo nei momenti di maggior stress, in particolare quando accadono eventi che sfuggono al suo controllo. Ma se si guarda ad Alex da questa prospettiva, tutto improvvisamente torna: le sue idee fisse sul lavoro, la strana e ricorrente assenza di emozioni, qualche momento di "concretismo", cioè una sorta di incapacità a ragionare in astratto. Ma soprattutto la necessità di tenere tutto sotto controllo, frutto di un narcisismo tronfio che lo rendeva eccessivamente rigido, apparentemente sicuro di sé, dotato di un'autostima esagerata e votato ad agire con zelo e abnegazione per una necessità interiore di riuscire ad ogni costo. Nelle fasi "tranquille", si attuava un compenso di personalità e tutto sembrava tornare "normale": sia il suo comportamento, sia il mondo ai suoi occhi. Ma di recente, a causa della percezione del "pericolo" rappresentato da Marco, la sua paranoia si è andata accentuando e così Alex ha finito per costruirsi un mondo fantastico in cui Laura lo tradiva o lo stava per tradire; la persona sulla quale egli aveva esercitato le maggiori pressioni stava rompendo il guinzaglio, con il quale l'aveva tenuta legata per tanti anni, e stava sfuggendo al suo controllo».

Jessica si inserisce per dire che negli ultimi giorni si era messo a ripetere persino delle frasi che aveva detto un minuto prima. E allora colgo la palla al balzo per aggiungere un ulteriore elemento che reputo fondamentale.

«Ho poi saputo che la madre di Alex prendeva psicofarmaci

quando era ancora piuttosto giovane e da molti anni si trova in una clinica psichiatrica. Il padre era un altro fanatico del suo lavoro. Quindi è possibile che questa familiarità abbia conferito ad Alex una predisposizione naturale per sviluppare una qualche forma di disturbo nevrotico acuto, come appunto la paranoia di cui è certamente vittima».

«Qual è stato l'elemento che ha fatto peggiorare di recente le sue condizioni?»

«Penso l'improvvisa e autonoma decisione di Laura di dimagrire. Se era lui ad imporglielo andava tutto bene. Ma se era lei a decidere di intraprendere un tale percorso – fatto di diete e di sport – beh, c'era di che insospettirsi. Da qui la scoperta che Laura si era rivista con Marco dopo tanti anni e quindi la condizione di stress che l'ha portato al tracollo. Probabilmente, Alex ha passato le ultime settimane vittima di una specie di sdoppiamento di personalità».

Mi giro un istante verso la mia *femme fatale*.

«Proprio come aveva suggerito Jessica».

Io chino la testa verso di lei in segno di riconoscimento. Lei apprezza e sorride.

Collins riprende il filo del discorso.

«Uno sdoppiamento di personalità... Interessante».

«Esatto. Da un lato, si mostrava sempre uguale: stronzo e determinato ai limiti dell'ossessione per il lavoro, ma non certo un criminale. Dall'altro, quando il suo cervello era focalizzato soltanto sul sospetto di un prossimo o già avvenuto tradimento, viveva una incontenibile gelosia e sviluppava atroci idee di vendetta. La prima è stata quella dello stupro su commissione e la seconda, quando ha saputo del fallimento della prima, l'assassinio di Laura. La terza, quella di cui lei mi ha detto, il tentato omicidio di Marco Lombardo. Non credo che in quei frangenti, soprattutto dallo stupro in poi, Alex si sia reso ben conto di ciò che stava facendo o, meglio, ne era consapevole, sì, ma come maniaco, come personalità sdoppiata, non come l'imprenditore di successo Alessandro Gentile. Infatti, in questa veste "normale", accusava Lombardo di essere l'assassino di Laura e credeva veramente a questa idea. Quando ho capito come stavano le cose, sono passato, proprio stamane, in Università. Sono andato a trovare il mio vecchio professor Moriarty, colui che mi ha seguito ai tempi della tesi. Ed egli mi ha confermato la mia idea, aggiungendo che però, se volevo convincere la Polizia, dovevo anche trovare delle prove incontestabili. E quelle le ho trovate oggi pomeriggio e sono qui davanti a lei».

«Domanda: perché lo stupro?»

«Non credo di essere molto lontano dal vero se affermo che con lo stupro lui voleva shockare la moglie, colpirla nel profondo della psiche, segnarla emotivamente in modo irrimediabile, così da annullarle ogni desiderio carnale e impedirle di tradirlo con Marco Lombardo. Per capire come abbia preso contatti con la mafia, mi rimetto alle vostre capacità e conoscenze. Tra l'altro, avete arrestato sia lui che quel boss, Frank Bruno, e quindi vi basterà fargli il terzo grado...»

Entra un agente che non ho mai visto – ha i tratti somatici del giovane Leonardo Di Caprio, quello di *Titanic*, per intenderci – e gli consegna un documento da firmare. Lo lascio terminare di compiere il suo dovere burocratico, quindi lo incalzo.

«Non abbiamo ancora discusso del suicidio del dottor Roversi».

In effetti, non ne sapevo ancora nulla. Collins me ne aveva fatto solo un rapido cenno al telefono poco prima della mia perlustrazione a casa di Jessica. Mentre il detective mi offre qualche ragguaglio in più, mi domando come sia possibile che io mi trovi qui e sia la Polizia ad informare me di fatti e circostanze normalmente coperte dal segreto istruttorio.

Mi viene in mente un particolare. Senza neanche pensarci, glielo rivelo apertamente, forse per dimostrargli le difficoltà attraverso le quali sono dovuto passare prima di confermare la mia ipotesi.

«Lo sa che quando Julia mi ha raccontato di ciò che aveva scoperto, e cioè stamani, stavo per rimettere in discussione tutto il mio lavoro? Ero appena giunto alla certezza che l'assassino fosse Alex, quand'ecco che sorge questo nuovo elemento: Fabio aveva mentito a Julia e una pistola era apparsa in un cassetto in cui non era mai stata. Per di più, egli mi aveva visto mentre accompagnavo Laura in macchina la sera dell'omicidio, il che significava che lui era là! Ma per fortuna non mi sono fatto distrarre più di tanto. Ho detto a me stesso: "No, lascia perdere questa nuova pista. Porta a termine il tuo lavoro come se non fosse mai venuta a galla". Così ho fatto. Sono andato avanti per la mia strada, rimandando la "questione Fabio" all'eventuale sconfessione della mia idea originaria. L'avrei presa in considerazione solo se il professor Moriarty mi avesse detto che ero fuori strada. E, soprattutto, se non avessi trovato una prova inconfutabile a carico di Alex. Sono stato fortunato, in fondo. E molto del merito, come le ho detto, è di Jessica».

Quando le sorrido, avverto nuovamente che qualcosa non va. Alzando il mento, mi indica l'ispettore. In effetti, Collins si è fatto più serio. Accigliato. Mi guarda come un medico che deve dare una brutta notizia al suo paziente. Non capisco perché non l'ho convinto fino in fondo.

«Caro Tarantino, non so come dirglielo, perché lei ha fatto un lavoro davvero eccezionale... Lei è stato il primo a capire che il mandante dello stupro è Alex Gentile. E senza il suo aiuto non so neppure se saremmo arrivati a chiarire l'intera questione del delitto Morandi...»

La prossima parola che dirà sarà "ma", oppure "tuttavia". Sono pronto a scommetterci.

«Tuttavia, riguardo all'assassino, lei si è sbagliato...»

Mi si gela il sangue nelle vene. Mi tiro indietro, con aria attonita. Smetto di respirare. Mi sento come un pugile messo *knock out* con un solo pugno e alla prima ripresa.

«In che senso...?»

«Nel senso che l'assassino di Laura è Fabio Roversi!»

«Sta scherzando? Guardi che non è affatto divertente». Ho parlato con un tono perentorio, ma dentro mi sento annichilire progressivamente.

«Purtroppo non è uno scherzo, signor Tarantino. Lei non ha idea di quanto mi dispiaccia perché davvero mi sarebbe piaciuto darle tutti i meriti dell'indagine e non solo alcuni. Ma il fatto è che abbiamo accumulato diverse prove a carico di Roversi e altre che scagionano Gentile».

Mi sento quasi come il giorno in cui mi hanno portato via Tommy.

Jessica, anche lei sbigottita, prende la parola.

«E quali sarebbero queste prove?» Nella sua domanda ho avvertito un tono di sfida.

«È presto detto: anzitutto abbiamo controllato i movimenti aerei di Gentile e appurato che non avrebbe avuto il tempo materiale per uccidere sua moglie. È vero che avrebbe potuto agire solo come mandante anche in questo caso, ma le prove schiaccianti a carico del dottor Roversi ci hanno portato alla giusta conclusione».

La mia faccia interrogativa lo induce a proseguire.

«Grazie alla denuncia della sua ex moglie, Julia, ci siamo precipitati a casa di Fabio e abbiamo trovato la pistola con la quale si è ucciso. Bene, l'esame della scientifica ha dimostrato che quella è l'arma con la quale Laura Morandi è stata assassinata. Questa prova era già sufficiente, ma le dirò che nel suo laboratorio, presso la Columbia University, è stato trovato questo. Signor Tarantino, lo riconosce?»

L'ispettore mi mostra un bigliettino identico a quelli che avevano spaventato Laura:

STANOTTE...

Evidentemente, Fabio ne aveva stampati almeno tre. Poi, però, ne aveva usati solo due. Ora il cerchio si chiude e non c'è più nulla da dire.

Mentre avverto ancora nel mio animo quella vaga e fastidiosa nota di rammarico, mi torna in mente la spilla.

Prima di fare domande stupide, rifletto un istante. Ah, già!

Mesto e disilluso, provo a dire qualcosa. Qualcosa che mi riabiliti.

«Quindi la spilla trovata sotto il tendone... è stata messa lì apposta... da Fabio... per incolpare Alex?».

«È molto probabile».

«In questo caso, non capisco perché scrivere alla Polizia indicandomi come il colpevole».

«Forse voleva procurare un fastidio all'ex marito della sua nuova compagna? Forse non si sentiva così sicuro di lei e del suo amore? Forse temeva che vi riconciliaste?»

Probabile.

«Senta un po', Tarantino: quella storia del libro di Flaubert di cui mi ha fatto qualche cenno, come potrebbe legarsi al delitto? Mi interessa per identificare accuratamente il movente».

Ripenso al mio viaggio a Bologna e a quanto appreso da Luisa ed Elena.

«Vent'anni fa, o giù di lì, Fabio si era visto soffiare Laura da parte di Alex. Ben sapendone il motivo – la lettura di *Madame Bovary* e la sua identificazione con il personaggio di Charles Bovary – si è dato da fare una vita intera per diventare qualcuno e sovvertire, in Laura e in lui medesimo, l'etichetta dell'ufficiale sanitario senza alcuna ambizione. Quando è diventato un ricercatore della Columbia University si è sentito realizzato e mi ha portato via moglie e figlio con un semplice schiocco di dita. Venuto a sapere che anche Laura viveva a New York, ha cercato di portarla via ad Alex facendo leva sulla sua prestigiosa posizione. Ma Laura l'ha rifiutato anche stavolta e allora lui ha evidentemente deciso di ucciderla e di far ricadere la colpa su Alex, piazzando quella spilla nel punto che sappiamo, magari subito dopo il salto sul tendone, ma direi l'indomani, altrimenti la scientifica l'avrebbe trovata».

«Ottima ricostruzione, signor Tarantino. Ora è tutto chiaro. Lei ha fatto un lavoro straordinario, mi creda, e non c'è davvero alcuna ragione per sentirsi delusi. Se lei fosse andato a casa del dottor Roversi e poi nel suo laboratorio, sarebbe stato lei a trovare le prove decisive. In ogni caso, lei ha saputo studiare questo caso in modo accurato, minuzioso e ha mostrato la capacità, davvero rara oggigiorno, di saper analizzare psicologicamente i profili dei sospetti. Per questo le rinnovo la richiesta di una fattiva e continua collaborazione col nostro distretto».

Insiste, il ragazzo. Insomma, da quell'orecchio proprio non ci sente.

Epilogo

Giovedì/Venerdì

«Ecco qui il modulo da compilare e l'elenco dei documenti da presentare per chiedere di poter collaborare col NYPD come consulente esterno. Peccato che l'età non le consenta di entrare in Polizia, ma anche in questa veste lei potrà collaborare con noi, il che poi non cambia la sostanza delle cose. Peraltro, nella condizione di consulente esterno – e viste anche le sue indubbie capacità – non dovrà fare tutta la trafila di corsi, seminari, prove d'esame e così via. Soltanto le visite mediche e sarà subito ammesso nel mio staff. A sua discrezione, potrà partecipare a corsi di difesa personale e uso delle armi da fuoco. Avrei già un caso sul quale vorrei farla lavorare. Che ne dice?»

Guardo Jessica e lei rimane imperturbabile. Algida. So che cosa vuol significare con quello sguardo.

«Ispettore Collins, io la ringrazio infinitamente per questo incredibile attestato di stima. Ne sono davvero lusingato. Ma deve concedermi almeno tutto il weekend per decidere. Ho infatti intenzione di parlare a lungo con Jessica: non prenderò questa decisione da solo. Se per lei può andare bene, prenderò questo modulo a casa e, nel caso accettassi la sua proposta, glielo porterò compilato e firmato lunedì mattina».

Robert Collins mi guarda storcendo un po' il naso. Sbuffa un po', poi si arrende.

«Va bene, signor Tarantino, di certo non posso costringerla. Per me sarebbe un onore averla come consulente al mio fianco ma, se deciderà altrimenti, voglio credere che resteremo in contatto e ci scambieremo informazioni e riflessioni. Mi piace il suo modo di guardare alle cose. Lei sa adottare prospettive inconsuete che possono rivelarsi molto utili nei casi più intricati».

Stasera si festeggia all'Ippudo NY, sulla 4th Avenue, uno dei migliori ristoranti giapponesi della città. Seduti a un tavolino abbastanza minuto, io e Jessica ci teniamo per mano guardandoci negli occhi mentre la cameriera arriva per raccogliere le nostre ordinazioni. La mia metà è già stata qui ed è stata proprio lei a suggerire questo locale per trascorrere due ore liete insieme. Mi consiglia di prendere un *Menù-Ramen* e precisamente il *Shiromaru Hakata Classic*, ovvero una zuppa molto complicata fatta di tagliatelle, lombo di maiale, mezzo uovo bollito, zenzero, scalogno e sesamo. Alla vista, il piatto non sembra granché, ma devo dire che una volta messo in bocca c'è da leccarsi i baffi.

Fra una portata e l'altra parliamo dell'importanza che ha avuto in questa vicenda il romanzo di Flaubert. Anche se in questi giorni ne abbiamo parlato spesso, Jessica non lo ha mai letto, quindi glielo riassumo a grandi linee. Collegando tutti i fili, è lei stessa a trarre la conclusione più sconcertante.

«Quel libro ha portato Laura alla sua prematura scomparsa!»

«In un certo senso sì. Ma forse era destinata a una fine del genere comunque. Chi può dirlo?»

«Se non lo avesse mai letto, di certo non avrebbe sposato Alex e anzi si sarebbe abbandonata alle più sicure braccia di Marco, l'unico uomo che faceva veramente per lei...»

«Può darsi, ma non ne avremo mai la prova contraria. Inoltre, anche sposando Marco, non è che avrebbe fatto Fabio molto felice e quindi...»

«Hai ragione... Forse si sarebbe salvata solo scegliendo Fabio! Ma anche in questo caso sarebbero comunque sorti dei problemi, perché Marco avrebbe comunque rifatto la sua apparizione e lo stesso Alex non so come l'avrebbe presa...»

Dopo aver sorseggiato un po' di vino, torniamo a *Madame Bovary*. Jessica mi pone infatti una domanda molto intelligente.

«Ma davvero Flaubert voleva significare tutte quelle cose?»

«A mio parere l'interpretazione che ne hanno tratto Luisa e Laura è molto "scolastica" e certamente influenzata dagli input ricevuti da qualche professore di Lettere. Tutto sommato, io non credo che il grande scrittore francese volesse dire alle donne di non sposarsi con umili medici di campagna o di basare la propria vita e le proprie scelte sulla ragione a totale discapito di passioni e sentimenti. Forse voleva solo criticare la superficialità dell'atteggiamento borghese dell'epoca tutto mirato a conquistare, ad ogni costo, l'appartenenza esteriore all'alta società».

«Queste mire sono però molto vive anche oggigiorno...»

«Vero. Ma se questo fa del romanzo un'opera di valore universale, non bisogna però fare l'errore di pensare che i suoi personaggi coincidano perfettamente con gli uomini e le donne che incontriamo nel corso della nostra esistenza».

Le racconto altri elementi della trama e torno sull'idea di fondo: Laura aveva assimilato Marco a Léon, Fabio a Charles e forse anche Basile a Rodolphe, ma in tutti e tre i casi, anche se pure io in qualche modo ci ero cascato, in verità si era sbagliata di grosso. Marco nutriva un amore sincero per lei, mentre Léon Dupuis si stancò di Emma, dopo averla sedotta, al sorgere dei primi problemi. Fabio poteva assomigliare a Charles Bovary, ma solo in gioventù, perché da quando era diventato il grande ricercatore della Columbia, aveva dimostrato di essere fatto di tutt'altra pasta. Infine, per cercare di salvare Laura, Basile ci aveva rimesso la pelle, compiendo un gesto estremamente coraggioso che non era certo nelle corde di quel vile di Rodolphe Boulanger.

Riflettiamo ancora qualche minuto sulla bizzarra scelta di annullare ogni passione e progettare la propria vita servendosi dei soli calcoli della ragione. Secondo Jessica i sentimenti che nascono dal profondo non devono mai essere soffocati.

«Noi siamo fatti diversamente, per fortuna...»

Beh, io non posso certo dire che il mio modo di dar sfogo a tutte le mie passioni mi abbia portato molto lontano: forse a me servirebbe un po' più di raziocinio, mentre a Laura sarebbe servita una maggior capacità di lasciarsi andare ai moti del cuore e delle viscere. Equilibrio, questa è la chiave, Cristo santo!

Non male la mostarda e i germogli di bambù stagionati che ci portano dopo per accompagnare il *Kakuni*, sorta di brasato di maiale. Il tutto annaffiato dal rinomato Sakè giapponese.

Alla fine del pasto, mi congratulo con Jessica per le sue conoscenze della cucina nipponica. Lei mi confessa che da ragazza aveva lavorato come cameriera in un ristorante del genere, in California. Un pattuglia della Polizia sfreccia là fuori e allora mi torna in mente Collins.

«Che cosa è meglio fare, secondo te?»

«Prima di ragionarci, devo dirti una cosa importante: sono entrata nel sito dello Stato di New York, e precisamente nella *Division of Licensing Services*, ove si possono scaricare e stampare tutti i moduli necessari per richiedere la licenza di investigatore privato...»

«Bene, benissimo...»

«Fermati un attimo. Prendere quella licenza non è affatto semplice».

Mi appoggio allo schienale. Sento che sta per arrivarmi una batosta sul cranio. Un'altra...

«Purtroppo, prima di poter fare domanda per la licenza, devi aver già lavorato come investigatore per un minimo di tre anni e poi sostenere un esame. Per cui, temo che tu debba scegliere fra due possibilità: o accetti la proposta di Collins, o trovi un'agenzia investigativa che ti assuma come collaboratore. Fra tre anni farai l'esame e avrai la tua licenza. A quel punto, potrai anche aprire una tua agenzia».

Sbuffo.

«Ma perché è sempre tutto così dannatamente complicato?»

«Ehi, Roy, non abbatterti per così poco! Hai quei moduli da firmare e da portare a Collins lunedì mattina. Hai trovato la tua strada e da lunedì puoi iniziare a percorrerla. Ti pare poco?»

«Hai ragione, Jessica. Sei una gran donna. Come farei senza di te?»

«Faresti molto male: di certo non riusciresti a risolvere i prossimi casi, quindi ti consiglio di restare con me»

«E chi se ne vuole andare via?»

Le prendo la mano e la bacio.

Quindi, cambiamo argomento. Ora voglio solo passare un bel weekend con lei e trovare il modo di trascorrere anche qualche ora felice con il mio Thomas.

Concludiamo la cena con l'*Annin Sorbet*, una vera delizia: si tratta di una crema pasticcera di tofu dolce guarnita con sorbetto all'arancio. A dire il vero non so se prima di innamorarmi di Jessica avrei apprezzato un dessert del genere, ma è un fatto che stasera mi sbafo anche questo e con quale voracità!

Ci portano il conto e Jessica insiste per pagare. Il mio fido in banca è salvo!

Usciamo dal locale e, non appena in strada, vedo passare, sull'altro lato… per Dio… ma quella è… una Ford Focus Blu! Il cuore mi salta in gola. Cerco di vedere la targa, ma un autobus si frappone al momento meno opportuno. Ho però fatto in tempo a notare la S che aveva visto Jessica.

A lei non dico niente: a che servirebbe metterla in agitazione?

«Ahia!»

«Che c'è? Un'altra fitta?»

Faccio cenno di sì, mentre Jessica unisce le sue mani alla mia per cercare di ridurre il dolore. Ci vogliono venti o trenta secondi, ma poi passa. Fortunatamente, queste fitte sono sempre più rare.

Prendiamo un taxi.

Quando arriviamo a casa sua, e lei è di là in camera a recuperare qualche abito, ne approfitto per mandare questo sms a Collins: "*Mi raccomando la scorta sotto casa mia. Stasera ho rivisto l'auto di Hastings!*"

Un istante e il cellulare squilla. È proprio lui, Collins.

«Signor Tarantino, buona sera. Mi perdoni se la disturbo ma, visto che ha il telefonino acceso, la chiamo per informarla che la scorta è stata ripristinata ventiquattrore su ventiquattro. A partire da stanotte, l'avrete per tutto il weekend e anche la settimana entrante. Le segnalo inoltre che Marco Lombardo si è svegliato all'ospedale ed è fuori pericolo. Pare voglia rilasciare una dichiarazione».

Mentre ripenso al desiderio di riconciliarlo con la sua famiglia, il cellulare suona ancora.

È Julia. Dice che mio figlio ha voglia di vedermi. Me lo passa. Lo sento dire «Papà…». E la commozione mi travolge il petto, il cuore e tutta l'anima.

«Tommy, tesoro, come stai?»

Con la sua vocina innocente mi risponde «Bene…» e sembra sul punto di dire qualcos'altro ma non gli vengono le parole.

«Domani ti porto al cinema, ti va?»

Mi risponde con un sì entusiastico prima che cada la linea. Richiamo io.

«Senti, Julia, posso portare Tommy al cinema, domani pomeriggio?»

«Certo che puoi. Anzi, se non ti dispiace, verrei anch'io...»

Ahia... E adesso? Che cosa dico?

La mia risposta si fa attendere. Così Julia mi toglie le castagne dal fuoco.

«Tranquillo, Roy, capisco. Andate pure voi due. Magari un'altra volta...».

Jessica ha finito di riempire un'altra borsa e riappare in soggiorno. Scendiamo per andare da me. Eccola che si ferma per aprire la cassetta della posta. Dentro c'è una lettera. Legge solo la prima riga: capisce subito chi sia il mittente quindi me la mostra. La leggiamo insieme.

«Gentile signora Jessica Johnson,

le scrivo, con l'aiuto di un'infermiera, dall'ospedale di San Francisco, dove sono ricoverato e tenuto in arresto, per chiederle umilmente perdono. Quanto le ho fatto è semplicemente orripilante, disgustoso e criminale e le assicuro che se non dovessi provvedere alla mia piccola Michelle, mi toglierei la vita per il rimorso che provo nei suoi confronti. Le persone come me non hanno diritto di vivere e sono il primo a pensarlo.

Ma essendo condannato a vivere per crescere mia figlia, le giuro che farò del mio meglio per collaborare con le forze dell'ordine al fine di assicurare alla giustizia il maggior numero possibile di criminali mafiosi. Se lo Stato di New York deciderà di essere clemente nei miei confronti in conseguenza della mia collaborazione, non appena scontata la pena che mi verrà comminata, partirò con mia figlia per l'Australia dove mi ritirerò per cercare di dimenticare la squallida vita che ho vissuto prima di conoscere la mia povera Nicole e di diventare il padre di Michelle. Il giorno in cui conobbi Nicole, qualcosa cambiò dentro di me e decisi di lasciare il vile mondo del crimine. Quando poi Michelle venne alla luce, cominciai ad aprirmi altre strade ma, come lei può immaginare, non è facile lasciare la mafia per chi ci ha vissuto dentro sin dall'infanzia. Quando i boss hanno capito le mie intenzioni, si sono messi a ostacolarmi per impedirmi di diventare un cittadino onesto. Dato che sapevano tutto di me, gli è riuscito facile ricattarmi e indurmi a commettere quell'azione orrenda: le giuro che l'ho fatto solo perché avevano minacciato di uccidere mia moglie e mia figlia. La prego, mi creda. E se il suo cuore sarà abbastanza grande da perdonarmi, le assicuro che farò di tutto non solo per diventare un cittadino rispettabile, ma anche per darle tutto ciò di cui lei possa avere bisogno.

Non appena arriverò a New York, la manderò a chiamare. Voglio provare la vergogna di guardarla negli occhi mentre le chiedo perdono in ginocchio. E se vorrà calciarmi in pieno viso, la prego, lo faccia. Non merito altro. Se invece vorrà perdonarmi, beh, allora il mio dolore e il mio rimorso saranno più lievi da sopportare. Più di questo non so cosa scrivere.

Le chiedo ancora perdono. *Joe Garofalo*

Ringraziamenti

Esprimo il mio primo ringraziamento a William E. Klein, professore del "Liberal Studies Program" alla New York University, per avermi dato utili suggerimenti che mi hanno permesso di migliorare l'ultima parte del libro. Lo ringrazio anche per le generose parole con cui ha commentato il mio libro nella versione inglese, così come ha fatto il grande scrittore Bob Van Laerhoven.

Ringrazio di cuore gli altri amici e sostenitori newyorkesi, ovvero Bill Vicic, per il suo sostegno ultraventennale nonché Bill e Jacquie Friedewalds per avermi ospitato nel mio periodo di ricerche in loco nella loro magnifica casa situata nell'Upper West Side di Manhattan. Un grazie anche a Vivian Catenaccio, titolare del Mulberry Street Bar e del Ristorante La Mela, per il suo apprezzamento, entusiasmo e incoraggiamento.

Un grazie molto sentito va a Massimo Matteini, psichiatra dal cuore grande, che mi ha permesso di essere il più preciso possibile quanto alla terminologia delle malattie mentali citate in questo thriller.

Mi sento grato nei confronti di Lindsay Eufusia, la mia traduttrice ufficiale, che mi ha aiutato a rendere questo testo aderente all'atmosfera newyorkese contribuendo a renderlo coerente e congruente.

Vorrei inoltre esprimere la mia amicizia a tutti coloro che vivono e/o lavorano nella piccola Little Italy newyorkese, con la speranza che questo rinomato quartiere sia preservato e protetto, a beneficio delle future generazioni, per il gioiello che è grazie alla sua storia, cucina, architettura e atmosfera dovute a generazioni e generazioni di italo-americani che l'hanno resa ciò che è stata ed è tutt'oggi.

Un ringraziamento speciale anche a Franco Ugolini, Paola Ugolini, Elena Bellina, Stefano Albertini e al fotografo Paolo Pierotti.

Last but not least, un grazie anche a Massimo Foschi per aver creduto in quest'opera e in Roy Tarantino.